The

First
Signal

第一信号

彭海燕 ——

著

The

First

Signal

人民文学出版社

图书在版编目（CIP）数据

第一信号/彭海燕著. —北京：人民文学出版社，2018
ISBN 978-7-02-014612-3

Ⅰ.①第… Ⅱ.①彭… Ⅲ.①长篇小说—中国—当代 Ⅳ.①I247.5

中国版本图书馆 CIP 数据核字（2018）第 224201 号

责任编辑　脚　印
装帧设计　刘　远

出版发行　人民文学出版社
社　　址　北京市朝内大街 166 号
邮政编码　100705
网　　址　http://www.rw-cn.com

印　　刷　湖南美如画彩色印刷有限公司
经　　销　全国新华书店等

字　　数　400 千字
开　　本　890 毫米×1290 毫米　1/32
印　　张　17　插页 2
印　　数　10001—30000
版　　次　2018 年 12 月北京第 1 版
印　　次　2019 年 3 月第 2 次印刷

书　　号　978-7-02-014612-3
定　　价　68.00 元

如有印装质量问题，请与本社图书销售中心调换。电话：010-65233595

一

春分刚过，凌晨五点零七分，黑暗向光明做最后的抵抗，结局早已设定，不管阴晴雨雪，黎明必将来临。

这一天的警铃比黎明先来，比起床哨也早来一个多小时。它那巨大而顽强的声音，像破拆电锯把木门锯得木屑直飞，把铁门锯得火星四溅一样，把消防队员的睡意锯得金星乱舞，把他们的睡梦锯得七零八落，并将这些在梦境里正邀游的灵魂一个个都拧回年轻的躯体中，年轻的躯体一个鲤鱼打挺，从床上直接跃出房门。

警铃响起的时候，顾小鳕的确在做梦，一个先美后恶的梦，一个起源于回忆，终结于想象的梦。

梦中他拉着盛鱼的手，奔跑在散发着成熟气息的香蕉林中。一分钟前，随着暗红无光的圆月直坠海中，笨重的黑暗就压向了他们。他们转身飞跑，要到东边的悬崖去看日出。在月落和日出之间最深的黑暗里，只有硇洲灯塔上每隔十二秒扫过来的一束光照他们前行。他们每隔十二秒确定一下路径，在第九十九个十二秒即将来临的时候，盛鱼温软的小手从他的手里脱开，坠入咆哮的海浪中。

顾小鳕在悬崖孤树上结安全绳，但那个结怎么打了又松，打了又松？正着急呢，警铃就响了。

警铃是生命等待救援的第一信号。按照规定，从信号响起到消防车驶出营区，不能超过一分钟。在这一分钟里，如果你正在洗澡洗头发，肯定就得带着满头满身的沐浴液飞奔，速度带出的风能让板寸头上的香波生成小泡泡一路尾随你下楼；如果你在上厕所呢，那也得憋回所剩，丹田一聚气，提着裤子往外冲；如果你在吃饭呢，吃饭好一点，顶多把嘴张到最大的容量，满倒进去，边嚼边跑；如果你在训练，体能耗费达到极值，对不起，还是没有商量余地，那也得软着身子骨进车库，把臭汗淋漓的自己套到笨重的战斗服里，再使出吃奶的力气攀上高高的消防车出行；如果像这次的出警，深夜凌晨的你正在睡梦中，那就得看你有没有本事边做梦边出动了。总之，只要楼道里那连接着支队指挥系统的饭碗大的铁电铃发出第一下振动，你就必须马上停下你正干着的事情，飞跑到车库，穿上战斗服，登上消防车，奔向生死未卜的险境，这之间所花的时间，白天绝对不能超过六十秒，晚上铁定不能超过一分钟。

顾小鳕是班长，就睡在门边的那张床上。他当消防兵快五年了，警铃和警铃响起之后的奔跑路线及规定动作，他闭着眼睛都能完成。也就是说，新兵听着要浑身一哆嗦，紧张得汗毛倒竖的刺耳铃声，顾小鳕早已将其变为提出"第一信号系统"的生理学家巴甫洛夫训练狗的铃声——巴甫洛夫的狗闻铃便知有食，馋涎顷刻滴下，而他顾小鳕，闻铃声就知道要救人了，身体顷刻就自己按规程行动。

此刻，凌晨五点零七分，他还想继续在梦里把心爱的鳘鱼救上来，就开始了身心分离的过程：他的身起床、下楼、穿战斗服、登上消防车；他的心还在悬崖边的孤树上系安全绳。安全绳系好了，鳘鱼却不见了。消防车啸叫着驶出营区院门，顾小鳕这才泪流满面地从梦中惊醒。醒来之后，顾小鳕觉得自己的眼泪也并没有受大脑控制，而是那伤痕累累的心对梦境的一种应激反应。

他们手中的对讲机传出呜里哇啦的声音，好些人都在里头各讲各的，一时听不清。顾小鳕用右手食指右边一撇，左边一捺地抹掉爬得脸皮发痒的眼泪，问：

"什么情况？"

老搭档周子马是这辆大功率水罐车的驾驶员，这时他正聚精会神地看着路灯照耀下的前方，闻言答道：

"定安楼起火了,应该蛮大,我们是增援的。"

定安楼,顾小鳕不是一般的熟悉,不光是楼熟悉,楼主也熟悉。楼主叫潘定安,是定安房地产建筑开发公司的董事长,这栋楼就是他开发的。潘定安是顾小鳕的父亲顾如铁的发小,父亲落难后,潘定安曾两次资助父亲东山再起。

每个少年初长成的时候,男性意识在唤醒他们对女性的情感和保护欲的同时,也会唤醒他们体内沉睡的同性之间的哥们义气。当顾小鳕看到刚经商的父亲把潘定安的投资亏得所剩无几,潘定安不但不计较,还给他买车,并再次给他投资的时候,刚入伍不久的顾小鳕对哥们义气的感知便骤然明晰起来。那时他想,自己到父亲这个年纪的时候,若能拥有这样一个兄弟,那也是不枉此生了。

顾小鳕那时"不枉此生"的感触,他的父亲顾如铁的心里自然也有,甚至更深重,也正因此,他便和潘定安成了磕头兄弟,还让顾小鳕拜了潘定安做干爹。

对亲爹有着"再生之恩"的干爹的楼起火了,自己能亲自去救火,顾小鳕的心情更加急迫。他知道这栋四边相连的回字形的楼位于老城区繁华地段,一共九层,第一层原来是卖小商品的大市场,后来旁边紧挨着又建了个大市场,将这个并不老的市场挤垮了,现在也不知改为何种经营。楼的第二层到第九层都是住宅,五年了,房子早已售罄住满了人,现在黎明未至,楼里的人应该都在睡梦中。

顾小鳕知道,睡梦中的灵魂多半会"离开"身体去遨游八极,那些有毒烟气就会乘虚而入轻松夺人性命。每次夜半或凌晨的出动,总是最让他们消防员揪心的,他们将这样的出动视为与死神最激烈的争夺战,此次行动更是如此。顾小鳕在抽屉里藏了一个记载救人数字的带锁日记本,每次成功救人之后,他都会记上数字。作为消防战士,这是他的战绩,作为儿子,这是他为母救赎的一份孝心。他想,这次若能做到零伤亡,那本子上的数字是要往上蹿几蹿的。

春分时节乍暖还寒,凌晨的风冷得很干净,似乎还含着夜色里植物萌芽或开花所释放出来的暖香。顾小鳕吸了吸鼻子，觉得春天的凉夜里游走的丝丝香味，很像拿铁咖啡上的拉花。都五年没上咖啡厅喝咖啡了！五年前，身为副市长的母亲总会胁迫着带他去那些雅致而散发着文艺气息的场所，说是要培养他的品位。现在品位尚存一二，他却再没有资格，也没有条件去品味那所谓有品位的情调了。哦，母亲，想到母亲他的心又有了抽痛。

马路上很冷清，坐在顾小鳕前面的指导员林海泉让驾驶员周子马把呜哇啸叫的车载警笛关了，他说：

"'好睡要起去，好过要死去'，小时候，我奶奶总跟我讲，黎明前卯时的觉是最舒服的，因为睡不长了，这个时候要被吵醒，是最痛苦的。"

顾小鳕闻言心中一暖。路灯高悬，他看到街心公园里伸出的那枝桃骨朵，瞬间开了。

迎面驶来一辆洒水车，高分贝地播放着"祝你生日快乐"。对比很鲜明，车里几个小伙子都意识到了，周子马把竖起的大拇指伸到了指导员的眼前：

"好人！"

顾小鳕也在心里跟了一句：

"好人。"

顾小鳕的心上忽然飘出了他小时候，母亲经常在他耳畔唱起的一句歌词：

"而今举杯祝愿，好人都一生平安。"

谁料他和指导员，这一车保人平安的消防人，这一次却没有等到属于他们自己的平安。

两个多小时之后，在高照市闻讯启动的应急办的联动指挥下，大火终于被八个消防中队、十六台消防车、百来名消防指战员围攻得奄奄一息，谁知扫尾阶段，定安楼竟然轰隆一声塌了。

楼塌前的半个小时，顾小鳕所在的中队刚完成了居民楼的搜救任务。他们接到的新的命令是替换已经疲惫不堪的首攻中队，到南边正门出枪灭火。

顾小鳕和后他一年入伍的高中同学周子马都是一级士官、班长。当顾小鳕和他的中队长成小林一后一前握着水枪灭火的时候，他的至交，驾驶员周子马正坐在消防车上，侧着头，观察副驾驶尚天一拉水带。周子马看着副驾驶尚天一把水带拉到火场南边的顾小鳕身边，他发现中队长成小林正跟顾小鳕一起持枪灭火，火场里冲出的高温烟气让他眼睛半闭、眉头紧皱。周子马心里起了愧疚，他知道中队长都亲自抱水枪，实在是因为老兵人数太少。一年前，邻省的一个地级市发生的一起火灾中，死了五名消防战士，全部都是新兵，这次事故后，公安部消防局便下令新兵不许拿水枪，只能在后方做些准备工作。周子马这时候是驾驶员，不是战斗员，按道理消防车就是他的阵地，他坚守消防车，把好方向盘就够了，但是现在看到肩负着重要的指挥任务的中队长都亲自抱水枪上阵了，他心里便起了要替下中队长的想法。他已经很久没抱水枪了，抱方向盘比抱水枪自然要舒适和安全得多，但是在这样一个战斗氛围中，周子马却很想去最前线抱水枪灭火，他知道自己的血液里，男人天生自带的"战斗因子"被激活了。

周子马大声喊自己的副驾驶尚天一赶紧到消防车上去守住消防车，尚天一点头受命后，周子马又紧走几步，走到中队长旁边，周子马看出了身形偏胖的中队长明显的体力不支，便诚恳地说：

"成队，让我来吧！"

一楼的挑檐下，周子马和顾小鳕，中学时的老同学，消防队里的好搭档，就像一对油盐坛子一样，那么和谐默契地一前一后抱着水枪，朝仓库里面的余烬阴燃处来回扫射了。但扫着扫着，他们发现射出的水柱总被分成了花洒水流的形状，力量削弱了许多，够不到着火点，急得顾小鳕只骂娘。

周子马知道情况，他来过这里给中队厨房进干辣椒。那天他嫌旁边大市场摊位上的挑选范围太小，半劝半逼地，让干货老板带他上仓库挑。

那时他看着仓库里流光溢彩一大木箱一大木箱的干辣椒，兴奋得直喊：

"好辣椒！"

现在，昔日让他眼睛放光的干辣椒化成了辣椒烟火，呛得他流泪又咳嗽，他直喊：

"好辣！"

他连喊了几个好辣，盖住了顾小鳕的骂娘声，然后一边咳嗽一边给顾小鳕讲状况来由——业主把整个一楼用圆钢丝隔成了许多互相连通的小空间分租了出去，是粗钢丝把硬挺的水柱变成了柔和的花洒般的水流。这些租户里，一部分人在仓库里存放干辣椒、干红枣等干货，另一部分存放摩托车电动车和一些小型家电，因此火场荷载特别大，冒出的浓烟毒气和辣味共存。

顾小鳕闻言，边咳边叫嚷着指责周子马：

"仓库这么多易燃有毒的物品，荷载这么大，竟然没有用直砌到顶的实体墙做防火分隔，你消防队白待了，看见了怎么不去汇报？"

顾小鳕指责的话语带着一股辣味，穿透隔着他们的喧嚣声灌进周子马的耳朵里，他的心也被"辣"到了，这是至交顾小鳕第一次这么严肃地用这么长的句子来指责他。眼泪汹涌而出，将周子马布满黑烟的脸面冲出了大小不一的几条道道，这时他觉得自己没了脸面，但嘴巴上还犟着：

"指导员不是讲服从命令是我们的天职？职责规定你我是打火的，不是防火的，这些自然应该由防火人员来负责。"

讲到指导员，指导员林海泉就走了过来，他来不是要调解评判顾小鳕和周子马之间的争论，而是要亲自抱水枪投入战斗。

周子马和顾小鳕发现水枪的力量被火场中心的隔离网削弱的情况，中队长成小林也发现了，在周子马替下他之后，他便找到他的搭档，指导员林海泉商量对策。商量完毕，林海泉便决定亲自拿着水枪调整射击方法，他的实战经验要比成小林丰富。这时候，支队后勤人员也买来了早点，在喊叫着让那些在一线战斗了两个多小时的官兵们出去吃，林海泉知道昨晚自己的爱将周子马闹肚子闹了一夜，今天凌晨又匆忙出警，也想去替下他。

四周水枪声、仓库里各类货品燃烧后传出的噼里啪啦的爆炸声、消防车发动机的轰鸣声、受灾群众连咳带喘的哭喊叫骂催促声，使得两步之外的指导员林海泉需要大喊着下达命令：

"昨晚闹肚子没存货了，赶紧去垫垫，我来。"

周子马闻言不肯让：

"指导员你先吃，我拉光了轻装上阵啊。"

周子马那时嘴里虽这样回应，心里还是知道声音绵软的指导员说话向来强硬：说出来的话，生气时一般砸在地上要起几个坑，像现在这样带点玩笑的命令，那也是不容置疑更不许推翻的。看着指导员伸手过来拿水枪，周子马就转身离开了。

正在这个时候，一个长发男人飞快地蹿了过来，抓住林海泉的手，同时指向那没有过火，但烟雾弥漫的大楼东南角，哭喊：

"快！我老婆睡在我们那仓库了，快去救他啊！在那里，快去啊！"

林海泉马上用对讲机向上级请示，周子马见状，过来拉那个长发男人，说：

"指导员会去救的，这里危险，你跟我到警戒线外面去吧。"

那长发男人却挣扎着不肯离开，周子马好言相劝，中队长成小林也走过来问情况。

长发男人告诉成小林，凌晨两点的时候他给老婆打电话，老婆刚打完麻将，告诉他不回家了，就在仓库的钢丝床上对付一晚，因家里离仓库远，以前她也这样在仓库睡过。今早上他听说定安楼起火，赶紧打老婆的电话，一直没人接听，打电话去岳母娘家，也说没有去，肯定是被烟气熏晕了。

恰此时，林海泉得到了指示，以他们中队为主内攻救人，林海泉和成小林便带着顾小鳕等消防员朝那男人所指的方位迅速出击。

周子马是驾驶员，没有得到命令内攻，但他却不愿意离开，并且没来由地，他觉得心脏忽然突突地跳得很快，右眼皮也扯个不停。他有些为指导员和顾小鳕他们的安危担忧，便朝指导员和顾小鳕打火的那个方位走了几步。看到周子马没有再执意劝自己走，那长发男人也随着周子马往火场挑檐下走了几步。

周子马站在那里，看看指导员和顾小鳕那支水枪如蛟龙摆尾一般左扭右扭不断调整方向，往烟火里喷水，以掩护内攻人员进去救人；又看看近旁拿着对讲机的中队长在发号施令。拖延着，张望着，楼就在这个时候塌了。

楼塌的瞬间，周子马扬手用力推开那长发男人，与此同时，成小林也扬手将周子马往外一推。长发男人只是脚踝受伤，周子马也留了半条命，但中队长成小林的头，却在不到一秒的时间里，被飞来的大块墙体砸得脱离了躯体，怪异地反方向往火场中央的余烬里飞去，瞬间被烟火吞噬，又被高处坠落的大块砖墙砸落，再也不见踪影。

在清理废墟的过程中，头颅主人的爱人、亲人、战友，他们含着眼泪无数次地翻检寻找，到最后却连半片头盖骨也没有找到。埋葬完中队长成小林那只剩下躯干的遗体，一直光流泪不开腔的老父忽然对着坟头说了话：

"我儿从小脑子好使，老天爷看中收了上去当军师。这截身子，打了十余年的火，疤疤癞癞的，不成样子啦，老天爷看不上。"

中队长成小林伸手推开周子马，自己的头颅却被砸飞的瞬间，省电视台的记者欧阳至尊正好站在斜对面一个配电间的楼顶朝他们录像。因此，收入这段视频的，还有处于同一时空的，顾小鳕和指导员林海泉最后一起抱水枪的姿势。但没想到的是，这段成为绝唱的视频，日后却成了开发商潘定安反击原告的"罪证"。潘定安被刑拘后，他的律师找到了病床上的记者欧阳至尊：

"都是兵打火，那么多的兵，犯得上官动手？再说了，火都快灭了，指导员却亲自抱水枪带兵往里冲，是不是为了让你宣传，进行的摆拍？楼塌本来也不至于人亡，住户都没伤亡一个，负责救人的消防官兵倒伤亡了。他们是为了一个没落实的被困租户，送了自己的命，怎么反倒赖上了开发商？"

高照市的名记者欧阳至尊那时闻言打了一个哆嗦，病房里的空调开到了摄氏二十七度，他的内心却寒冷至极。他觉得这番话是带着寒毒的，于是心里暗下决心，一定要用手中的笔替那些牺牲的消防战士讨个公道，他要燃起公众怒火，驱散这唯利是图毫无人性可言的人间寒毒。

人间若无公道暖心，那还算人间？

警铃响起的时候，高照市公安消防支队的支队长郑小勇刚刚走进办公室。他已记不清多少次在凌晨走进这间办公室了，每次都是怕搅扰了家人的睡眠才过来在沙发上对付对付的。但与以往不同的是，他这次不是以当值主官的身份从抢险救援现场过来的。他刚刚完成的，既是职业赋予的重任，又是老婆大人交给的私家重任。

五年前，高照大剧院起火，烧死了近三百个学生，在后来的官司里，他与当时大家还习惯称教委的主要领导交恶。现在，他那个聪明但不爱学习的宝贝女儿要升重点高中了，他被妻子逼得没办法，只好硬着头皮去找那些领导。哪知教委那些人嘴上应承着，就是不见"条子"被签过来。如果按照他的性格，绝不会再去找第二次，但老婆一再相逼，甚至把"离婚"二字也挂在了嘴巴上，他就知道自己躲无可躲了。

这天晚上，他在教师村旁边的大队检查工作，看到处于低洼地势的教师村，由于下水道管网堵塞，前两天不停歇的大雨已经在这里形成了内涝，淹没了杂屋层，漫上了一楼的阳台。他出来的时候，正好看到消防队员出警前去救援，也听说教师村的教师们都去教育局找局长了，说是这次非得让局长解决这令人头疼的历史遗留问题。

这样的救援行动，中队领导带领队员就可以很好地完成，远远不需要他这个支队长亲自出马，但支队长郑小勇想起女儿的前途，老婆的"威胁"，又想这些一线老师教书育人确也辛苦，还有家不能回，本来不值班的他，这次就打算破例参加。他到现场之后，调来了冲锋舟，将滞留在教师村楼内的居民逐一安全转移出来，一直忙到凌晨四点多。

这段时间内，教育局长也在旁边忙碌，指挥局里的干部将教师村的居民都安排到附近的宾馆住下，又与各部门开了现场协调会。虽然没有过来打招呼，但对于郑小勇的"破例"指挥与安排，教育局长都看在眼里，心里此前对他的一些块垒，也逐渐被郑小勇额头上忙碌的汗水所浇化，当他们在凌晨五点将一切事情都安排好之后，教育局长终于走过来拥抱了郑小勇，又笑着说：

"不容易。"

郑小勇懂这三个字包含的意思，也笑着点头说：

"不容易。"

三字泯恩仇，五年前结下的宿怨就此勾销，女儿升重点的事也顺理成章地有了一些眉目。

一边想着女儿的事情下一步如何推进，郑小勇一边在沙发上铺开军用薄被，被子铺了一半，警铃就响了。

关于消防队的警铃，支队长郑小勇早就做过深入的思考，他认为消防队的警铃，应该称为第一信号，每年的新兵入伍大会上，郑小勇都会如是阐释：

"当人身安全受到威胁的时候，大脑反应的第一信号是什么？是护己逃生。

"当消防队员听到警铃响起，大脑反应的第一信号又是什么？是赴险救人。

"警铃，你们营房里随时都可能响起的警铃，国务院应急值班室和公安消防各级指挥中心那随时都有可能响起的警铃，都是党和政府聚集民心的第一信号！因为它是连接生死的信号，你想想，世间除了生死，还有什么是大事？所以它理当摆在第一的位置！当它在你耳边响起，你还有什么理由不争分夺秒全力以赴呢？"

现在第一信号响起，尽管他不是今天的当值首长，尽管按照规定，需相当级别的救援行动才需要他出动，尽管他累了一天到现在还没合眼……无论有多少个尽管，他还是毫不犹豫地叫司机备车，并快速朝楼下走去。

当他的车出了营房，一拐弯，河对岸那黑中带黄的蘑菇云就让他直觉这是一场报警延迟的火灾，他马上拨打老搭档支队政委庞正江的电话——五年前，高照大剧院起火的时候，他是支队政委，庞正江是支队长。一场震惊中外的大火烧起来，虽然没被处分，但也影响了升迁，本来在正团的位置上他们都可以再进一步的，也因此耽搁了，只是互换了个位置。现在，目之所见让他意识到这起大火的阵势不会比五年前的剧院火灾小，他不由得浑身一哆嗦，按到了挂断键上，他拨的电话没拨出去，想再拨时，政委庞正江的电话却进来了：

"快来！定安楼！最近的解放路中队已经到了，就近的几个中队我也调来增援了！"

一听是定安楼起火，支队长郑小勇的心直往下坠。消防隐患重重的一个单位啊！楼内的消防设施几近报废，楼外的消防通道根本就通不了消防车：北边是一片两层或三层的老旧棚户区，棚户区挨挨挤挤地搭建扩张，最近的几户人家用油毛毡、水泥瓦搭的厨房或杂物间几乎是紧挨着定安楼的围墙，大火容易蔓延不说，就是消防车开来了也进不去，水枪都布不了几支。即使见缝插针布上了水枪，如果一楼起火的话，也做不到迅速打进去水。相比之下，最有效的方法是扒掉棚户房子的瓦，站到屋顶上朝下扫射压着打，但屋顶是消防队说掀就掀的吗？必须政府相关部门来担责调度指挥，申请、汇报到劝说谈判，这个过程要多久？而南面呢，是前年刚建起的一栋名为"幸福楼"的十三层商住楼，这商住楼和定安楼一楼原本是相对开设门面，中间没用围墙隔开，本来是可以进消防车的，但定安楼的一楼市场被政府取缔变成仓库之后，便在楼的东西两侧砌了几个水泥墩，那宽度只能容小三轮车开进来。东面是政府新规划的大市场，这个市场与定安楼之间本来留下了足够消防车进来的地方，但定安楼一楼的承包商家为了弥补门面沦为仓库的损失，在东边门面外的临街空地上搭了一个棚子，地上画了白线，收停车费。因此就是把那些停着的摩托车汽车疏散开了，也要拆了棚子才能进消防车，但叫来相关部门拆完棚子，肯定也得耽误火灾救援的黄金时间。西面呢，西面靠南是定安楼开发的时候，建的一个两层的配电间，紧挨着配电间的是市第二毛巾厂一栋七十年代建的五层楼房，消防车同样不好进来。不管怎样，都是过了起初五分钟的灭火黄金时间了，就是首攻中队以最快的速度出水枪，也只能是控制蔓延了。

心里盘算着打火的方位和方法，郑小勇把自己盘算得急火攻心，牙疼得难受，急又生成了恨！重大隐患整改通知书已经下达了多长时间，开过多少次整改协调会呀，他们总存在侥幸心理，总认为自己没有那么倒霉，总觉得是消防队自己要创收，要逼着他们用现在手头并不宽裕的真金白银去为未来很有可能不会发生的事情买单。

因为定安楼以及周边的消防安全隐患太严重，防火部门下去执法阻力大，为此，郑小勇还不止一次亲自约谈过定安楼的董事长潘定安，可是他总有理由：

"放心！你的老部下我的铁哥们顾如铁跟我一起砌下的防火城墙，铁桶一样的，你不放心我，还不放心他？

"放心！政府该给我的钱到账了，马上换一套崭新的消防设备，当然，还是那句话，我添置设备不是为了防火，我没大剧院泡洋妞的家伙那么背时，我是为了让你安心。

"放心！我的饼子摊大了，物业那块我让出去了，请了深圳最先进的物业公司老总来坐镇，深圳，中国改革开放的最前沿，那儿的人来做安保你要放一万个心！"

最后这句话是上个月约谈的时候潘定安对郑小勇说的，话还是热的呢，火就烧起来了！还说什么最前沿来的人，恐怕这次烧的是最危险的火呐！

郑小勇眼见河对岸定安楼上空的蘑菇云越来越大，黄色越涌越多，他知道飞火已经上了外墙，又沿着外墙往楼上攀了，肯定得政府来启动公安、医疗、供水、供电、建筑等部门的应急联动了，有了上次高照大剧院火灾的教训，这次他直接拨通了市长李为民家里的电话。

电话响起时，平日里文气十足的市长李为民正在大床上酒气熏天地打呼噜。电话是小保姆接的，春寒料峭，小保姆被凌晨的电话惊醒，又冷又怕，握着听筒的手直哆嗦，话也说得哆嗦：

"谁、谁？找谁？"

郑小勇在那头喊：

"找市长，十万火急！"

小保姆望了望窗外，明白那一片光来自地上的路灯，而不是天上的曙色，她觉得该拒绝：

"天还没亮呢，肯定喊不醒，今天又是周六，市长不上班。"

郑小勇听出了这个带着乡音的年轻女声不是市长夫人，也不可能是市长刚过门的儿媳，遂怒道：

"我是郑队长，快去找市长听电话！人命关天的事情，耽误了时间得把你抓去坐牢！"

小保姆吓得灯都不记得开，连滚带爬地跑上楼去。刚才听电话的时候，她怕郑队长抓她坐牢，现在到了市长卧室门前，她又怕市长怪她吵了他的睡梦，犹豫再三，觉得坐牢更划不来，便哆哆嗦嗦敲起了市长的卧室门，但那迟疑的敲门声还不如刚才上楼的脚步声响。

敲两下，停下来，再敲两下，里面传出来的声音似乎没有改变。她把耳朵贴着卧室门仔细听里面的动静——鼾声照旧如雷。

小保姆着急了，加大了敲门的声响，鼾声还是没有小下去，均匀的鼾声这时候对本来睡意未消的小保姆起了安定和催眠的作用，她犹犹豫豫地在门边坐下，后来又稀里糊涂地睡着了，这十万火急的电话话筒，也就一直搁置在那里。

电话那头，支队长郑小勇久不见市长过来听电话，便自行挂断，加大油门向火场奔去。

当天刮的是西南风。支队长郑小勇便把车停在了火场南边的靠近十三层商住楼的马路边，消防车因为进不去小巷子，也大都停在了这里，用水带相连往里供水。这时已有民警在往外疏散人群，但警力明显不足，围观的人群像海浪一样，才散开去，又合拢来。郑小勇挤过他们的时候，听到有的人在讨论刚刚散场的牌桌输赢和手气，有的在着急地打电话，有的在哭喊，但明显看热闹的人远远多于从里面逃生出来的住户，只有他们的评述是冷静的，语调是舒缓的，他们指着一队队忙碌的消防兵说：

"和平年代，国家用得最多的就是他们这些消防兵了。"

"可不是？保家卫国，和平年代不就是保家保平安嘛！"

"打江山用解放军，坐江山用消防兵，你晓得不？消防兵不只是灭火呢，你忘记带钥匙了也可以找他们开门，而且找他们最灵，还免费！"

"哈，捅马蜂窝捉蛇，只有你想不到的，没有他们做不到的。"

郑小勇挤开叽叽喳喳的人群向里面跑去。火场车声人声鼎沸，哭喊喧天，近旁居然还有受灾户在吼一个正在铺水带的年轻消防兵：

"你们消防车不带水来灭火啊？还要用我们的水，我们五楼以上平时用水都撒尿一样的一线线，你这样子灭得了火吗？"

"你是新手吧？这是救火呢，晓得不？不是绣花！"

郑小勇知道普通百姓不懂消防队的分工协作：谁找水源铺水带负责供水，谁侦查火情进行搜救转移，谁拿工具破拆，谁持水枪灭火，谁负责消防车的作业等等，消防队员必须在第一时间都明确自己的任务，并尽最大努力完成好。郑小勇这时也不去理会百姓对自己队员的误解，他认为年轻人多磨磨性子是好事。这时他想尽快找到老搭档，支队政委庞正江，两人碰个头，立即报政府启动应急措施，这么大的火了，显然已经过了救火的黄金时期，一下子扑灭是不可能了，必须四面夹击，围攻堵截，上压下顶，才能控制不蔓延，只要不蔓延，没有人员伤亡，打火行动就是成功的。旁边棚户区房顶上的油毛毡必须马上揭掉，以便站到房顶上打火，搞不好还会要拆一两栋房子，而这些，必须由市里的主官直接领导的应急办才能调动一切力量，但那个李市长，怎么不接电话呢？

政委应该已经早就通知了主管消防的常务副市长了吧？哦，是的，因为这时他看到政府班子里头唯一的一个女将——常务副市长廖兰芝爬到了西面配电间的房顶上，她上来之后，政委庞正江也上去了，郑小勇飞快地朝他们那边跑去。

但郑小勇还没跑几步，胳膊肘就被人拖住，他顾不上去看后边是谁，脚步丝毫没有慢下来，边挣脱边往西面配电间方向疾走，那拖住他的手却更用力了，声音也在他耳边响起：

"你让你的兵都去抢救我楼上那些人吧，一楼这些东西烧也烧了，千万别出人命啊！"

郑小勇自然知道消防队从来就把救人摆在首位，楼上的住户早有战士去营救了，但他现在不想啰唆解释这些。他回过头来，看清楚了拖他的是定安楼楼主，现在的定安房地产有限公司的董事长潘定安，他不由得怒从中来，呵斥道：

"松手！战场上阻碍主帅指挥战斗，你就是人民公敌，要一枪毙了你！"

这句郑小勇自己都认为很夸张的话，却让潘定安松了手。

其实支队长郑小勇说这句话的时候并没有看潘定安，而是看向了潘定安身后低着头的，年长自己几岁的老部下顾如铁。瞪一眼顾如铁之后，他大步流星地向老搭档庞正江跑去。

顾如铁五年前已经被迫脱了军装，如今跟随潘定安左右，穿得衣冠楚楚。他的老朋友说他穿军装的时候，声大、力大、气魄大，是一只虎，就是脱军装的事由，那也是虎死不倒威的表现。但两次落难之后，朋友们都说他从"虎徒弟"变成了"猫师傅"，从见人就咬，变成了顺杆就爬，成了潘总身边的一只懂事猫。衣冠楚楚的定安房地产公司的董事顾如铁，现在在虎威振振的老首长郑小勇面前颜面无存，他低头扯了扯潘定安：

"会的，消防队肯定是救人第一。"

说完这句，他望了望越来越大的烟火，又对他的发小说：

"潘总你少安毋躁，我儿子肯定来了，我去看看他们车上还有没有战斗服，我也混进去帮个忙，五年没拿水枪了，心痒手也痒。"

说着就朝东侧走去，南边幸福楼边停的消防车他都看过了，没看见儿子。除了这边，他知道东侧的街道相对宽阔一些，唯一的一个能供水的消防栓也在那边，现在可能拆掉那边的棚子，开了消防车过去了，说不定真能在那儿找到他儿子的消防队。

顾如铁嚷嚷着要找到儿子，帮着他们一起拿水枪战斗的时候，他的儿子顾小鳕这时候还没有拿水枪打火，他们中队到达现场之后，接到的任务是和另外三个中队的队员一起，进入大楼内，进行人员搜救，这一任务正合了顾小鳕的意。

顾小鳕原来的同学也是现在的战友周子马，自从入伍分到顾小鳕所在的中队之后，总和他形影不离，尤其上了火场，周子马总觉得自己有责任要看好顾小鳕，所有的战友当中，只有他知道顾小鳕曾经经受过怎样的磨难，心里有多苦。因此到了火场，周子马停好消防车，便让副驾驶尚天一替自己守着消防车，他就过来寻顾小鳕了。

顾小鳕和他的战斗班里的队员领受任务之后，按照陆参谋长的指示，他们先是采取常规的喊话、敲门等简单易行效率高的方式，挨家挨户地疏散住宅楼里的居民。

其实更早之前，烟火的信号一起，许多机警的，或说是自我保护意识强的居民都闻信逃下楼去了。这些居民现在已经挤在派出所的民警拉起的警戒线外，闹的闹，哭的哭，骂的骂，叫的叫，都在争相猜测起火的原因，都在表功说是自己第一个发现起火报的警，都在祈祷这火不要烧到自己家里去，家里还有多么贵重的东西没有拿出来。

但生命高于一切，救人永远是指引顾小鳕等消防兵行动的第一信号。那时负责疏散搜救的支队参谋长陆俊丁对着这些群众喊话：

"你们自己家，或是邻居家，还有没有行动不便的人困在房里？说出楼层房号，我们尽快施救。"

居民们互相问着，三分钟过了，都没有结果，陆俊丁对着顾小鳕他们发令：

"出动！"

像孙悟空拔毛吹气，一毛变成千猴军一样，随着陆俊丁的一声"出动"，许多个衣着、高矮、年龄、胖瘦、连脸上的黑烟分布程度都差不多的消防员，就分散在各楼道，开始了地毯式的疏散与搜救。

顾小鳕他们挨家挨户地喊话、敲门，结果是里头无一人应答。可当他们下楼来到地面，准备报告领受新的任务的时候，一个瘦得露着深深锁骨窝的年轻妈妈，脸上还带着自己化的烟熏妆，这时候跑到烟气熏人的火场边来，找到支队参谋长陆俊丁说：

"我的女儿，只有四岁多，她一个人睡在家里，你们快帮我去救救她吧。"

陆参谋长说：

"几单元几楼几号？"

烟熏妆女人说：

"一门四楼左手边。"

陆参谋长问：

"钥匙？"

烟熏妆女人说：

"我出门的时候，忘在家里了，我就——"

顾小鳕没等那女人说完，就请命：

"我去吧！"

陆参谋长点点头，顾小鳕便带着切割机，飞快地冲进楼去营救。

这时候，楼道的温度又升高了不少，他们身上湿透的衣服很快被烘干。周子马和顾小鳕以及另一个消防兵，仨人手牵着手，在浓烟里顺着墙角摸到了一单元，再顺着楼梯摸到四楼，开始破拆防盗门。

高温烟气的熏烤之下，防盗门的切割不能在短时间内完成，高温让执切割机的顾小鳕几近虚脱。周子马便转身下楼叫了水枪手朝他们几人射水。

在防盗门快切割开的时候，顾小鳕身上佩戴的空气呼吸器却因为使用时间过长，气压不足了。二〇〇四年的时候，这种空呼器还不能做到人手一个，而顾小鳕身上的这一个，他是准备给将要营救的孩子用的。来不及多想，顾小鳕一脚踹开已经破损了的防盗门，冲了进去，楼道里的浓烟也随着他进到门里，他判断出卧室的方向，果然有一个小女孩在床上躺着。

顾小鳕将空气呼吸器戴到小女孩的脸上，他瞥见床边有一盒湿纸巾，便迅速抽过一些捂住自己的口鼻，抱着孩子飞快地往楼下冲。跑到楼下，小女孩醒了，睁开黑葡萄一样晶莹闪亮，又干净透彻的眼睛，透过空呼器透明的罩子，好奇地盯着顾小鳕看。

顾小鳕的心里猛然一震，这天清晨被警铃打断的梦里，盛鱼就是睁着这样一双黑眼睛看着自己的，眼形和眼色都一样啊，算一算，盛鱼死去到现在，可不就是四年多，如果她在殒命的那一刻，便再来了人间，正是这个孩子一样的年岁啊。

那小女孩的母亲一把抱过孩子，顾小鳕还恋恋不舍地跟过去，再看了两眼，就在这个时候，他又和周子马一起，领受到了新的任务，去二单元搜救一对腿脚不灵便的老年夫妇，他们的儿子刚刚赶过来给陆俊丁说了情况。

顾小鳕的父亲顾如铁此时不知自己的儿子正在楼内搜救，直到房子轰然坍塌，他也没能在那些服装、身高、发型都差不了多少的消防兵里找到自己的儿子顾小鳕。

开始的时候，他还有信心找到，虽然那些年他在消防队服役，每年回家的时间极少，几乎缺席了儿子的成长。等儿子成人之后，儿子又入了消防队，同样也一年见不了两回面，但儿子的那张脸还是熟悉的。不过找了没多久，他发现消防兵的脸都被烟熏黑，又被火烤出来的汗水和烟熏出来的泪水弄花，分辨率越来越低，索性放弃了这个念头，真的打起了进楼搜救的主意。

顾如铁那时想进楼搜救，技痒是真实存在的一个原因，毕竟之前漫长的三十来年，从青年到壮年，他都日夜值守在消防队。三十来年，他历险无数，也救人无数，且经验丰富技艺娴熟。五年前他受妻子连累脱了军装，一身的本事无处用。而另外一个更重要的原因是为了心安，哪怕是能让自己多心安一点点。这一心理恰恰反映出他心中的不安，因为定安楼消防隐患重重，顾如铁是清楚的。早先，他也曾提醒过发小潘定安，但潘定安总有话堵他：

"你是谁？火里头修炼了那么多年，是火神了，我把火神都请来了，还要什么防火器材？就像我们小时候每家门上都请了门神贴了，谁还会去找两个卫兵来站岗？别费那个钱了！"

"像旁边毛巾厂宿舍那样的，那年头建的房子，有什么防火设施？不是几十年平安无事？起火这种事情，像人得癌症，那不是病，是命，谁奈得命何？"

"你不当家不晓得柴米贵，现在你自己管理公司还不晓得柴米贵？一分钱都要用在坎上，像这种万分之一才可能发生的事情，不是我们的投资点。"

这算好听的话，逼急了之后话就难听了：

"顾如铁，我请你是看你在消防队有些老关系，这关系用好了是孙猴子的金箍棒。你倒好，硬是把它打成了紧箍咒，戴在我脑壳上还天天念念念，念得我脑壳痛，我家祖宗十八代欠了你的吧！"

话说到这个份上，顾如铁心里很不好受，他曾经可是消防队的一只虎啊！真是文钱逼死英雄汉，拿人手短，吃人嘴软，他觉得自己再不要开口了。但他不再向老板开口不代表他就放宽了心，相反，这个心操得还更大。公司来一批保安，他就要给他们灌输消防知识。有一天晚上他经过定安楼，无意间发现一楼仓库的租户在用硫黄熏干辣椒，当时他像遇到了前世仇人一样，冲进去抬手就是一耳光，打得那租户耳朵里作烂铁响。

那租户叫刘青山，年纪与顾如铁相仿，那时他捂着耳朵还没反应过来，顾如铁又飞奔了出去，弄得那刘青山开始以为自己碰见了鬼，后来又以为碰见了醉鬼,正自认倒霉的时候,顾如铁领着定安楼的几个保安过来了,他指着大熏烤箱里面正在"沐浴"着硫黄蒸汽的干辣椒:

"弄到保安室去,明天报食药监督局,要罚他个倾家荡产!罚得他从这里滚蛋!"

那捂着耳朵的租户刘青山龇牙咧嘴地放下揉着耳朵的那只手,问顾如铁:

"你是食药监督局的?证件我看看。"

一个与刘青山熟识的保安说:

"他是我们大老板的好兄弟——"

这保安话还没说完,顾如铁的脸上就挨了一记同样结实的耳光。那租户刘青山打完,还狠狠道:

"打的就是好兄弟!你们有本事都一起上啊!我今天硬是见鬼了,这里谁不用硫黄熏啊,不用硫黄熏卖不出去谁来租你们仓库啊?管得宽!"

顾如铁没有像刘青山那样,用手去捂住痛处,他出入各种急难险重的场合不知道多少回,全身没有几处没受过伤的,这一耳光的痛感对他来说不算什么,他的心更痛。挨了耳光之后他没有再还手,又一言不发地走了出去。

见他旋风一样又出去之后,刘青山问那熟识的保安:

"柴棍子,他喝多了吧?"

柴棍子名叫何深,是顾如铁亲自招进来的保安,因为长得极瘦而得此诨名,柴棍子这时说:

"没闻到酒味啊,顾总平时人蛮和气的——"

正说着,顾如铁又回来了,他是提着一桶子砂土进来的。当众人还没闹明白怎么回事的时候,他已经端开了正熏得红亮诱人的干辣椒,飞快地将砂土倒到了搁放在燃烧着的煤炉上方铁盒子里的硫黄上面,边倒还边给保安讲解:

"硫黄不能用水灭,小火用窒息法,大火用雾状水。"

刘青山见状推了顾如铁一把:

"你神经病！我的硫黄又没起火，你懂不懂？我是把硫黄烤得气化了，用气来熏呢！"

顾如铁把砂浆桶一扔：

"我不懂？加热到119摄氏度，硫黄融化成液态；继续加热到444.6摄氏度，液态硫黄沸腾，生成气态。但是你这狗日的鼻子被钱臭味熏坏啦，我在外头都闻到了臭鸡蛋味，不烧起来它会有这个气味吗？"

几个保安闻言翕动鼻翼，柴棍子说：

"是有点臭鸡蛋味，我还以为谁家肉臭了。"

顾如铁得意地笑了一声，脸又板起来：

"我明天和潘总讲，凡是在仓库动火的，一律停租，你们几个明天清查一下，都有哪些人这么不晓得死活！真是开玩笑！拿楼上几百人的命开玩笑！"

说完他又旋风一样走了。

他那晚说的话也旋风一样，从别人的这只耳朵吹进去，那只耳朵又吹出来了。潘总和租户以及保安都觉得他小题大做，现在，小题终于作成了大火，他觉得与自己有关，因此，他愿意在脱下消防队的战斗服五年之后，再进火场战斗一次，不为别的，为心安一点，哪怕只一点点，也对得起曾经穿过的那身军装。

已经年近半百，又五年没有参加过任何战斗和训练，也没有属于他的战斗服和空气呼吸器，顾如铁这时却没有任何顾虑与畏惧。他冲到一支水枪下，淋湿了全身，这让楼道口那些持水枪掩护兄弟们上楼搜救的消防兵很不解，他们觉得顾如铁的举动会影响搜救行动，也不安全，遂命令道：

"快走！快走！"

见顾如铁还不走，又对旁边维持秩序的公安民警喊：

"过来帮忙拖开他！"

公安民警闻言准备过来拉顾如铁，边走边大声说：

"快走，你神经病吧？水枪可不是给你冲凉的！"

顾如铁不理睬，感到自己浑身湿透了之后，他摘下湿领带飞快地捂住鼻子，往水枪掩护下的楼道冲去。

身后传来消防兵的喊声：

"命重要还是财物重要？别给我们添乱！"

"你住几楼？我们帮你找！里头是有人还是什么东西？"

顾如铁闻言，知道这些小伙子把自己当成去抢救财产或被困亲人的住户了，他心里想：

"哼！帮我，你们还嫩着呢！"

不过他的骄傲只维持了一分钟，就被楼道的高温烟气完全打压下去了。没有防火服、头盔、安全绳和空呼器，浓烟封锁的楼道里，他看不见路，只能摸着扶手攀爬，但才爬上第二层，他的脸就开始感到灼热，继而灼痛，头发和衣服也渐渐被烘干。他想他年轻的时候，那个年代也没有这些装备，每次打火内攻或者救人，都是水枪下淋湿军用棉大衣，从头往脚罩下来，一条湿毛巾捂住鼻子就敢往里冲，冲进去出来之后再淋湿了，再冲。但现在怎么就不行了呢？是歇了五年把自己歇娇贵了？还是年岁不饶人？或者是现在火场荷载物情况变复杂了？

含辣的浓烟呛得他眼泪直流。泪眼蒙眬里他发现二楼楼道拐角歇台处靠墙似乎有两个立着的影子。顾如铁憋足一口气冲过去，先拿脚试探了一下，硬邦邦的，不是人。他正准备离开，往三楼去，但以往的经验又让他折转了身子：

"是液化气钢瓶。"

他心里嘀咕道。顾如铁迅速将快熏干了的领带兜住鼻孔往脑后扎紧，一手提着个钢瓶往下冲，钢瓶已经被高温烟气熏得发热，真是万幸啊，爆炸了，这条援救的通道也就会毁了。

顾如铁提着钢瓶冲到一楼楼梯口，冲进掩护着的水枪阵地，有两个消防兵这时背着已经晕倒的住户跟在他身后过来了，他想上面肯定还有人要救，便将钢瓶丢在水枪下，再次转身往楼上冲去。

冲到接近三楼的地方，他隐约看见一个消防兵背着个人跌跌撞撞地下来了，凭经验他知道这小伙子肯定是体力不支了。顾如铁忍着脸上手上的皮肤灼痛，往上迎了几步，抓住被背着的那个人的手，往自己背上一搭，抬腿就往楼下冲，他听见那个兵在对他喊：

"告诉陆参谋长，不要派人上来了，我们搜到最后一户了。"

冲着顾如铁喊叫的人就是他儿子顾小鳕的老搭档周子马。周子马喊完之后，又转身去了九楼最后一户，刚刚他下来的时候，顾小鳕正做搜救的扫尾工作，他知道顾小鳕需要自己的帮助。

那时顾如铁背着周子马搜救到的住户刚冲过一楼楼道口的水枪阵，就脚下打滑双腿一软摔了一跤。一旁的公安民警过来扶起和顾如铁一同跌倒的住户，准备背着送到急救车上，但顾如铁没让，他站起来之后，坚持自己背着走开了。

民警望着顾如铁背着那个老太太蹒跚而去，消失在人群中，擦着眼泪感叹道：

"还说是神经病，孝子啊！好多年没见过了。"

其实在浓烟密布的楼道里，顾如铁的手一抓上周子马背上的被救者时，他就知道这是一个老太太。顾如铁想起自己的母亲病重被医院宣布活不过一天的时候，他的兄弟们就通知了他，说母亲死也要死在家里，让他马上赶回老家给母亲送终，但当时正是洪灾肆虐，他是大队的主官，一时脱不开身。他的老母亲，硬是吊着一口气等了他三天，等他这个最小的儿子到家，握着她的手，喊着"妈妈我回了"，她才咽气。那最后一握的手感，那种老年妇人特有的皮肤与骨骼的质感，就深深刻在他的心里了。因此他非常庆幸自己能在没有任何防护的前提下，勇敢地冲了进去，救了这个有如老母亲一样的老太太，虽然脸被灼伤了，但他换来了心安。

及至顾如铁将老太太送到急救车上，再让护士简单地给他处理了脸上的灼伤，又返回楼道口的时候，这边的搜救工作已经结束，整栋楼九十八户、四百二十三个人，都被消防队和公安民警成功地疏散营救。顾如铁这时长吁一口，气吁出来之后，他才感到身体的软和酸痛，他心想以前往返火场十多趟都健步如飞，现在自己才往返两趟，只救了一个人，就累成这样，体力这东西还真他妈的是用进废退啊。

顾如铁讪笑着自己，边走边擦着虚汗，步履蹒跚地去寻找他的发小，定安楼楼主潘定安。潘定安其实在顾如铁刚离开不久，就命令自己的秘书去把顾如铁找回来。那时市里在火灾现场已经成立了灭火和应急救援总指挥部，虽然李市长还没通知到，但各个相关部门的领导人在常务副市长廖兰芝的调度下，也都陆续到齐，并且按质按量地将事情落实到位。潘定安想找顾如铁，是听消防队支队长郑小勇提出要定安楼的图纸，要在一般情况下，调图纸是最正常不过的事情，但问题是潘定安知道，他这栋楼的蓝图是有改动的，准确地说，报建和施工的图纸，是两套，而且楼的层数都不一样。因此他想找了顾如铁来问问图纸与实际楼层以及消防通道的多少和图纸有出入，他要负多大的责任，并且他也想向顾如铁计要对策，谁知秘书转了几个圈都没看见顾如铁。等到图纸调都调来时，人都搜救完毕了，一百来名消防官兵四面夹击把火逼到一层的中心位置，消防支队都安排后勤人员去采买早点了，顾如铁才满头满脸满身乌漆麻黑像个流浪汉拦车乞讨一样，走到潘定安的车边叩击车窗。

潘定安满脸怒气地按开车门，顾如铁便用手把两条沉重得自己都提不起的腿逐一搬进轿车。潘定安正准备质问顾如铁，但他话还没出口，就看到了李为民市长的车一个急刹停在了旁边。

车门一开，潘定安惊奇地看到，那素有学者市长之称，儒雅得仿佛不食人间烟火的李为民，这时居然像个被追的逃犯一样，连冲带撞直奔火场，速度之快，连他那年轻的秘书都没赶上。

市长李为民拐了个弯，便看到了着火的定安楼。定安楼的四壁飞火这时已在十支水枪的夹击下败退了下去，但残留的黑烟使得楼的外墙失去了原来的颜色。李为民盯着定安楼上边的团团黑烟从上往下边看边跑，开始头还仰着，等他扫视完楼，目光下移、后退的时候，就看到了早已候在这里的常务副市长廖兰芝等部下，他们朝他迎了过来，他也就不再奔跑，并意识到了刚才的失态，便板着脸，脸色也迅速武装成过了火的定安楼外墙的颜色。

常务副市长廖兰芝指着南面停着的消防车说：

"本来开不进来的，我调了两台挖掘机，把东西侧的水泥墩子挖了，把那些搭建的棚子也挖了，才开进来的，也只能开这一台小型的，其他几个方位打火都是接了好几盘水带供水。北边棚户区本来就要改造的，您知道，谈不拢，但不扒了那些房顶打火，火肯定会蔓延过去，也就扒了几栋靠得最近的，他们还好，火烧眉毛了，也没具体谈怎么赔偿就同意了。今天刮北风，所以北边棚户区的房顶上是打火压制的最有利地势，消防队在那里出了四支水枪，南边出了两支，西北面和西南面各两支，攻坚战打过了，现在他们在指挥，争取打个漂亮的扫尾仗。"

李为民火场迟到，内心尚处在不安与自责当中，但他不想让别人看出来，遂依然沉着脸：

"你怎么不先说有没有人员伤亡？无论什么时候，生命总是摆在第一位的，至于你怎么调挖掘机，他们怎么指挥打火，等火都灭了再论功行赏吧！"

常务副市长廖兰芝被市长的话一下子噎住了，市长平时挺赏识她的，也不是个当众扫人面子的领导，今天怎么回事呢？她明明在给市长秘书的电话里说了，所有人员都已成功疏散营救了出去，秘书也不可能不告诉市长的。她还没想明白，旁边有人抢先回答了：

"报告市长，没有人员伤亡，一个都没有，市长讲过要把人民群众的生命财产安全放在首位，我潘定安是把这句话刻在心里的。"

李为民市长不置可否地朝潘定安微微一点头，又转向廖兰芝副市长道：

"小勇和正江呢？看望他们去。"

廖兰芝副市长便带着李为民市长，还有临时成立的火场总指挥部召来的政府各部门的负责人一起朝火场更近处走去。省电视台的记者欧阳至尊这时也发现了市长，就挤过来要采访他。李为民市长把他那白皙修长的右手手掌往镜头那方向一竖一挡，很快又收拢四指只剩食指，指向打火打得浑身烟黑的消防队员们：

"采访我干什么？他们才是最可爱的人，多给他们一些镜头。"

欧阳至尊就扛着摄像机，向庞正江政委走过去，他仰头看着房顶上的政委，打开摄像机，喊：

"政委，现在我们缺个有气势的集体镜头，让你们的兵摆个阵势吧。"

欧阳至尊喊完，便扛着摄像机，又朝那个最有利的拍摄地点——配电间楼顶走去。

随着记者欧阳至尊的离开，李为民市长一干人等走向北面，庞正江政委依然站在那边棚户区的房顶上，他现在无暇理会记者所说的什么有气势的集体镜头，他正用对讲机指挥扫尾攻击仗里的插曲——内攻搜救战役，他现在正跟站在南面指挥的支队长郑小勇沟通：

"需要火情侦察之后，再决定是否内攻，或是撤退。"

"我知道，我知道，不管什么情况，救人第一，只能前进，不能后退，我建议马上内攻，刻不容缓。"

在庞正江政委和支队长郑小勇沟通的时候，其实他已经看到了迟到的李为民市长来到了自己的脚下，也知道他们是要来看望官兵们。平时都这样，到现场来，握个手，讲个话，做个指示，都是必要的。但他这会儿没工夫和他打招呼，他心里矛盾得很。一刻钟前，他发现混凝土楼板变形下凹，但他们又不能临阵退缩，停止打火，最理想的效果是在相对安全的时限内，把火都灭了，大家鸣金收兵。他估算过时间，从接警到现在两个小时多一点，而且火势也得到了控制，且他打了这么多年火，没见过哪栋楼几个小时就烧塌了的，所以他认为将火彻底扑灭的时间应该是有的。而现在，忽然又报告说楼的东南侧没过火的区域，有人被困，这势必会延长时间，这栋建筑本身的质量能够再承受多久的高温烟火，他还没有十足的把握。

矛盾着，纠结着，他心里着急起来，也就顾不上别的了。这样一来，便导致了市长一干人等看起来像是被故意冷落在一旁了。常务副市长廖兰芝想提醒庞政委，但她朝着他站的那个屋顶才喊了一句，李为民市长就制止了：

"走，到南边去看看。"

说完从满地的棚户区房顶上扒下来的碎瓦片上踩过去，踩得咯吱咯吱响着，带头离开了。

当李为民市长走到定安楼西南角侧配电间南边通道处，支队后勤人员已经把早点买来了，正拿着对讲机对着火场的官兵们大喊着，要大家轮流过来吃早饭。

李为民市长没有理会支队后勤处处长对他发出的吃早点的邀请，径直朝南线中间位置走去。一群认识他的定安楼仓库租户和楼上的住户就在这时候，冲破民警设立的警戒线，冲到他的身边，七嘴八舌地向他告状：

"他们来了带的水不足，还要用我们的水，我们这里水压也小，反映过好多次，就是不解决。"

"开始还没有烧到我存摩托车的地方，消防不帮我去把那些摩托车转出来，警察又不准我自己去救，好了现在四十台崭新的摩托车都烧掉了，市长您要做主让消防让派出所他们赔偿我的损失啊。"

这些话，都被站着一旁的定安楼楼主潘定安听在耳朵里，两个月后当他被起诉的时候，每一句他都利用了起来，每一个对消防队或公安民警有怨气的住户他都找到了，都成了反击消防队的支支箭镞。

市长李为民没有马上表态，因为那些受灾户还没讲完，支队长郑小勇就走过来了，他闻言呵斥旁边的消防兵：

"你们中队安排谁维持秩序？闲杂人等都进来干什么！找死啊？"

市长李为民没有对受灾户表态，但他看支队长郑小勇走过来也没和他打招呼，而是凶巴巴地呵斥"闲杂人等"，这"闲杂人等"难道还包含了市长？

恰此时，市长李为民看见本来没火的南边一楼的一个门框的浓烟里又飞了橘红色的火出来，他瞪着眼睛，指着飞火问支队长郑小勇：

"这么大的火又出来了，我都看见了你的兵难道没看见？有火的地方不打，往没火的地方打。"

支队长郑小勇闻言，心里的火呼啦一下就蹿上来了，这个情况他当然知道，北风停了之后，北边的水枪数量多于南边，火自然就往这边压过来了，他刚好不容易说服了政委，正要去指挥内攻救人，哪知走到西南角，遇见这么一出。火场里人本来火气就大，市长的话更是火上浇油，郑小勇这时可不讲政治也不讲情面了，他也大着嗓门怼回去：

"打火你是内行？"

"别的事听你的，打火你还必须听我的！你去忙你的大事去吧！"

气得李为民市长掉头就走，一边走还一边对旁边的廖兰芝副市长说：

"走！我们都走！"

因此在省电视台记者欧阳至尊摄下的镜头里，出现了相向而行的两组人：李为民市长那时窝了一肚子火，气愤地离开火场，他和紧跟着他的部下以及那些市民，走向了生；郑小勇与气愤的市长反向而行，他没有时间去向受灾群众做现场打火指南说明，也顾不上配电间屋顶上，记者欧阳至尊一而再再而三地喊他将队伍都集中到他镜头拍得到的位置打火，他没有理会而是直奔东南角挑檐下，那里林海泉和顾小鳕正握着支水枪，他那时不知道，他和他的兵正走向牺牲。

三分钟之后，大楼由东北向西南坍塌。大楼坍塌后的灰尘还没飞出这个城市的市中心，省消防总队值班室的电话铃就拉响了警报，公安部消防局总值班室的电话铃也拉响了警报。从中央到地方，相关领导和专家以及省会城市和邻省的救援精英队伍在警铃和使命的催促下，坐飞机，赶火车或是开消防救援车，都以最快的速度直抵现场。

大楼坍塌的瞬间，支队政委庞正江闻声从北边的棚户区楼顶直接跳了下去，右腿当即骨折，他居然拖着骨折的右腿继续飞奔。浓厚的坍塌灰尘像条恶狗追着他脚后跟跑，当他感觉到紧跟着的灰尘越来越小的时候，他停了下来，转过身子之后，坐到了地上。

楼没了。

人也不见。

他大喊：

"人呢！我的人呢？！"

漫天灰尘里，庞正江对着对讲机让各中队紧急集合清点人数。

他的右手被划伤，鲜血顺着对讲机滴到地上，支队幸存的官兵在他滴血的对讲命令下迅速集结。清点之后，有包括支队长郑小勇、顾小鳕以及他所在中队的中队长、指导员等十九名官兵都不见了踪影。

大楼坍塌的瞬间，坐在潘定安车里累得睡着了的顾如铁被巨大的轰隆声惊醒。骤起的灰尘和瘆人的哭喊声，以及一个老消防员的经验，让他知道是起火的大楼坍塌了，他从车里冲出去的时候，都不记得关上车门。

顾如铁冲进坍塌现场的时候，看到原本呈回字形结构的九层楼的西、南侧半边已经完全坍塌了下来，墙体的断裂面上耷拉着一些水泥空心板和钢丝，像挂在屠夫案子上的半边猪身子上，露出被剁得参差不齐的骨肉。塌下的这一半则变成了一座钢筋水泥的小山包，碎楼板断梁柱紧偎着剩下的那一半楼体向四周扩散铺展开去。

灰尘落在了幸存官兵那橄榄绿的军官服和橘红色的战斗服上，亦落在他们的帽子和头盔上，他们一个个灰头土脸，就连眉毛都看不到本色。

这些被惊恐和悲痛袭击的官兵在废墟的西侧集合，他们有的脸上挂着泪，有的脸上流着血，有的腿脚受伤，扶着战友站在不成形的队伍里，各个中队最高级别的幸存长官在清查自己队里的人数。

顾如铁喊着顾小鳕的名字，一排排地查看已集合完毕的幸存官兵们，他没有看见自己的儿子。

他看到了老战友，支队的政治处主任毛羽。毛羽正用手机不知向哪儿求助：

"调来，都调来，渣土车、救护车、发电车、起重机、挖掘机、推土机、拖拉机——"

已经语无伦次的毛羽，现在在顾如铁看来像是救星，他跑到毛羽的面前，抓住他的胳膊，打断他的求救：

"我儿子呢？他站在哪里？"

毛羽见顾如铁打断自己十万火急的求救，扬手一甩，圆睁双眼怒吼道：

"你神经病！"

又重新把要的各种"车"和各种"机"重复一遍。

顾如铁被毛羽甩倒，挣扎着想爬起来，由于腿脚发软，他试着站了三次才站了起来。他万分无奈地将目光重新投向那断梁柱和碎楼板的小山包，他知道儿子被埋在下面，他身体开始簌簌发抖，他想自己去救儿子，但不知儿子具体在哪个方位。

这时他瞪着血红的眼睛挨个儿地问那些幸存的官兵：

"我儿子呢？我儿子呢？他埋在哪里？他刚才站在哪里？"

尚处于紧张忙碌或是恐惧震惊状态下的官兵们，没有一个人听进去了他的问话，因此也没有一个人回答他。他只得盲目地跑进废墟，盲目地抓捡那些钢筋水泥砖块，才两下就弄得他那没有任何防护措施的双手鲜血淋漓。

此刻，从他的情态和动作中，半点都看不出他曾经是一个有着丰富救援经验的老消防兵，巨大的悲伤让他退化到只剩下一个父亲的本能。他的身边高温烟火有毒气体充斥在尘雾里，不断地升腾盘旋，他竟浑然不觉。

他对着一个个支棱着的断裂水泥板构成的小空间，弯着腰甚至是趴下去，撕心裂肺地喊着：

"顾小鳕，顾小鳕你听见了吗？我是你爸爸，我来救你啦！听见了吗？啊？崽啊，听见了就答应一声吧！"

这时，一个同样撕心裂肺的女声也在废墟旁响起：

"顾小鳕，你在哪儿呀？妈妈来啦！苍天呀！我儿子在哪儿呀？要报应就报应我吧！"

她仰天哭喊的时候，遮挡着整个头脸的黑色丝巾飘落，人们惊骇地看到了这个五年没露面的，曾经主管本市文教卫的女副市长现在的面容。

这个曾经以美貌和文才著称的女市长，现在的面容已经没有了人的样子：嘴唇被烧掉，露出牙齿，脸上遍布烧伤和修补所致的褐红间杂青白的纹鳞，眼睛和鼻子也已变形。

她仰着一张脱了人形的脸哭喊完那一句，人们看到一股鲜血从她那残缺不齐的嘴唇里喷出，像鲸鱼喷水一样，喷到空中，又落到她脸上，顺着脖子淌了下来。

二

高照市主管文教卫的副市长名叫屈大雪，心里偏爱的却是小雪。

她这一辈子都记得十六岁生日的那一天。那天大雪纷飞，她头一次问母亲：

"为啥给我取个这样的名？"

母亲刚摘了右派的帽子却依然回不了城，望着被大雪掩盖得面目不清的村庄，回答有些漫不经心：

"那天也大雪。"

她不依不饶：

"你是不是想都没想就取的？"

母亲：

"一个名字，有什么好想的。"

她更加生气：

"一个名字！我要用一辈子！我用一辈子的名字你居然想都不想就给我定了！"

母亲也生气：

"我呢！说是摘了帽子，又不落实，落实的话我要做那坏名声的事去换你知不知道？这坏名声要跟我一辈子，大雪，名声和名字哪个重要？"

那天后半夜，母亲一根绳索就为自己的一辈子打了个死结。"大雪"的名字是母亲留给她最后的念想，她本来打算要改名字，因为母亲的死，她决定把"大雪"的名字用到死。

儿子出生的那天没有下雪,却是二十四节气中的"小雪",已经是小学老师的她,也像自己的母亲一样,想都没想,就对丈夫说:

"今日小雪,就叫小雪吧。"

她的丈夫顾如铁,那时是县公安消防股股长,股里连他一共三人。这天清晨他刚放下电话,电话里传达的是喜讯:

"是个儿子,连包裹一起十斤八两。"

他笑:

"嗬!这么重,铜头铁臂啊。"

刚要走,另一个电话打来:

"阳山花炮厂起火。"

放下电话他便要了县长的专车——灰头土脸的一辆北京吉普,直奔火场。他得赶在市里的消防中队到来之前,先去摸清火情。身为花炮制造业大县的消防股长,他知道,花炮厂起火,最怕的还不是火,是爆炸,但一起火,便离爆炸不远了。一旦爆炸,不仅人员伤亡难免,又更增加了火灾扑灭的难度,因为花炮的原材料中:有的不能用水灭,有的又只能用水灭;有的不能用砂土覆盖,有的又必须用砂土窒息;有的可用二氧化碳灭火剂,但如镁粉、铝粉、锌粉、钛粉等还原剂又不能用二氧化碳灭火剂,用水也不行。别人看到花炮升空看到的是五颜六色绚丽多姿,他看到的是硝酸钾、硝酸钙、硝酸钠、硝酸镁;别人想到的是喜庆热闹盛世繁华,他想到的是用直流水枪还是雾状水,是用窒息法,还是冷却法。他老婆好读唐诗宋词元杂曲,还劝他也培养点共同爱好,他却一脸不屑:

"那些酸不拉几的东西,是能防火呢?还是能防爆?"

所以他老婆仰头吟诵:

"火树银花不夜天。"

他会马上更正:

"三硫二硝一木炭。"

赶到发小潘定安开的花炮厂,顾如铁看了看表,还不到工人上班的时间，且只是包装工房起火，此工房离北边的成品库和原料仓库也有一定的距离，真是不幸中的万幸。他看了看破窗里冒出的黑烟是从北往南飘，知道刮的是北风，便安排那些一旁看热闹的居民，赶紧远远地把此工房南边的树林砍出一条隔离带，防止引发山火。村民中有人回答：

"关我屁事，那么便宜占了我们的山土，如今他吃肉我们喝西北风，都烧了才好呢。"

顾如铁闻言心里起了怒火：

"厂不是你们的，山是你们的呐！"

村民们这才丢了手中的瓜子零食，各自回家拿斧子拿柴刀去了。

顾如铁又跑步沿着火的包装工房查看，跑到南向的时候，他看到这边还有与包装工房共着一面墙壁的一间小房子。小房子上有门有窗，黑烟也从这边的门窗缝隙里飘了出来。他大声追问跑得不远的村民：

"这间房住人没？"

"有时候晚上老板会带细妹子到这里来睡，不晓得昨晚睡没睡。"

村民的话还没说完，他就伸手去摸门上的铜锁孔，发现不烫，便一脚踹开了房门，用早备好的湿毛巾捂住口鼻，冲了进去。

满房的黑烟中，他拖出了赤身裸体的一男一女，人是晕厥的，还活着。

把俩人都拖出来的时候，市里的消防车和救护车也到了。有个村民指着往救护车上抬的裸男裸女，笑道：

"这两个大鞭炮还没来得及包装。"

那天顾如铁一脸黑烟还没来得及洗净，就随救护车往市一医院的妇产科赶去。因为成功救出俩人，市消防队的领导说要表彰他，那两个"没来得及包装的大鞭炮"半路上也醒了，哑着嗓子艰难地表达要酬谢他，这两点那时让他心里充满豪情。老子英雄儿好汉，一定要给儿子取个好汉的硬名字。可当他像个凯旋的将军一样走进产房，妻子却如是告知。那时他瞪大了眼睛，染着烟黑的面容上泛着严峻的神情，让他看起来像审案的包公：

"一个男孩子，叫小雪，顾小雪？太好笑了吧？我的儿子听我的，叫顾铜墙，再生一个叫顾铁壁。"

她冷冷地：

"好笑，你的儿子，不晓得是哪个十月怀胎受尽了磨难，连个肩膀都没得靠。"

她抱起粉嘟嘟的儿子，再不看丈夫，自言自语，语气变得明亮温和：

"小雪，小雪多好啊，多谦虚啊，不像大雪，只知道突出自己，喧宾夺主，文过饰非，一手遮天，掩藏真相——"

丈夫顾如铁虽没什么文化，却也听说过"秀才遇了兵，有理说不清"这样的俗语，这时候他才知道反过来这句话也成立，只将另一句俗语"好男不跟女斗"来安慰自己，气冲冲走出了产房，想抽支烟平息平息再进去好好跟妻子说。但想来想去，越想越懊恼！不是吗？他男子汉大丈夫一个，在辖区里说话从来响当当的，现在竟然连孩子的名字都他妈的做不了主。想想自己的老爹多硬气，结婚的时候就说好了，生四个儿子，名字要霸气，"勇、猛、刚、强"。母亲还真是夫唱妇随，四胎全是男孩，还超额完成任务，第四胎是双胎，"勇猛刚强"不够用，老爹急中生智，给他这个老满崽取名"如铁"。"勇、猛、刚、强、如铁"长大之后，不光是村上，全乡都没人敢惹他们家族，父亲因此一辈子扬眉吐气。而自己的儿子，竟然叫个"顾小雪"，亲戚朋友要问，他怎么说得出口？如此盘算，越想越气，烟屁股丢了一地，心里的火也越抽越大，他暗自感叹：

"灭山火中易，灭心中火难；灭房里火易，灭家里火难。"

屈大雪副市长和她所在的城市出大事的这一天，天空正好飘起了这个中原城市的市民盼望已久的初雪。

一九九八年的初雪像这个地方那些求进步或求发财的官商子民一样，已然由仇恨腐败未果转换成凡事揣摩"上意"了。因此这沾染了地方民风的雪很懂屈副市长的心，下得很小，是六个瓣拆开了下的，以匀速匀量，撒白糖撒盐粒一样，撒了一整天，随物赋形，极尽点缀之能事：小径边的一张旧木椅，早被人忽略，让小雪一勾勒，有了虚位以待的干净空灵的禅意，居然成了市委家属院里的亮点。不远处的垃圾桶，顶着白色的小雪帽，尤显憨态可掬。更别说那假山、几千里外运来的礁石围成的池子和次第排开的常委楼小别墅，这些本来就美的地方，本相的细节被小雪一强调，意境臻于完美。

已经成为副市长的屈大雪认为，自己一路滔滔走到如今，是骨子里如小雪一般随物赋形的分寸感起了作用。十六岁那天母亲自缢身亡，天寒地冻，她跪倒在老支书顾兴洲的家门口。老支书做主埋葬了她的母亲。从山上下来后，回到又冷又空的家里，一遍又一遍咀嚼母亲留给她最后的那句话——"做坏名声的事去换"，她忽然悟到了什么。可怜的母亲，她记起同学背地里嚼过舌头，说她其实是来路不明的孩子，虽然母亲说过自己是遗腹子，但联系起来想，也许背后真有什么隐情，她已无依无靠，她不能在这个地方再待下去，她隐约感到有一条通往城里的路径，却没有抵达的方法，思量之后，只好又一次跪到了村支书的门口。

这是她第一次感受到权力的力量，这力量带给了她些许温暖，温暖了一阵之后，心里又起来寒凉。她那时就算穷尽所有的想象力，也绝对想象不到日后会成为副厅级的市领导。那时候她跪在村支书的脚边，只觉得村支书的权力大到可以主宰整个世界。

村支书往县城往省城跑了些时候，真让她享受到了母亲摘帽子回城的待遇，她进了母亲下放前所在的那家化工厂的子弟学校任代课老师。在学校安顿下来之后，她回到村里拿母亲那少得可怜的遗物，也去了村支书家拜谢，村支书这时候说：

"有人在背后说你是我的血脉，怎么可能？但你母亲的名声是件大事，现在有个办法证明。"

她被惊得目瞪口呆，村支书也不管她的惊慌，也没有继续说名声的事情，而是递给她一张照片，照片上有个端着枪的年轻军人，是村支书最小的儿子顾如铁，她捏着照片诧异道：

"铁哥哥？"

村支书从大瓷壶的口上拿下大瓷碗，倒了满满一碗牛饮完毕，揩着嘴巴说：

"你和他结婚。"

村支书短短的两句话，说了包括母亲和她两代人之间的三件大事，她半天没有回过神。

她这个未来的公爹继续说：

"近亲不可以结婚，我都让你和我儿子结婚了，那些谣言就自己破产了。"

她那时虽然不到十八岁，也没见过什么世面，但并非不谙世事，她当时只觉得这个有如上帝一般的恩人，在一手遮天地下大雪呢。她知道这些明面上的话就是覆盖在事物本来面目上的大雪，看上去高尚圣洁，实际上呢？实际上眼前的恩人早盘算好了，肥水不流外人田呐！

她本能的反应是想拒绝，她的终身大事，怎么可以强权分配？但没等她拒绝的话出口，对方又说了：

"婚姻自主，恋爱自由，一切都要看你的意愿，我只是说我和我家如铁都愿意，就看你的意思了。"

对于大她六岁的顾如铁，屈大雪其实是有个好印象的。夏天的时候，孩子们都随着大人在晒谷坪纳凉，母亲不喜欢在乡邻中混，终日沉浸在自己的世界中，不是看书，就是发呆，从不管她。和这样的母亲相处自是沉闷，因此她经常跑到晒谷坪里和村上的孩子们厮混。她那时就看到男孩子们用一块四方小木板，四个弹珠滚轴做弹子盘车互相比赛，比车型，也比车速。而这里面，铁哥哥做的是最好的，他的车上还带着刹车和小手电做的车灯。看她一旁馋得很，也邀请她坐上去，平地和上坡的时候用力推她，下坡的时候教她怎么踩刹车。属于童年的美好记忆只有这么多，对于未来，她也一片茫然，最终她点头了，这是她第一次尝到权力的甜头和苦头，也领教了它对自己那不可抗拒的力量——诱惑力与掠夺力。

接下来的人生，她不断地领教权力的诱惑力与掠夺力，她渐渐懂得了拿捏分寸，在权力必然带给她的甜头和苦头之间去选择，去拿捏。她觉得像小雪一般的谦和，是讨喜的。任何时候，她都会以陪衬者的面目出现在那些可以决定她命运的贵人面前。对于那些提携过她的贵人领导，小到村支书，大到省领导，她的心里都存着感激，记着恩。她的手上有权力之后，也会成为那些有着"小雪品格"之人的贵人，她知道，要想成为"贵人"，必须先有分配权，她很享受这种分配权给自己也给别人带来的愉悦。

哪知道这天因为一场大火，一切都倒过来了，天翻地覆呀！

多年以后屈大雪仍没明白，上天要演出一场悲剧，为何把序曲安排得那么美好。

那天下午四点钟，在市委大院她的家中，为了三个半小时以后的那场演出晚会，她特意拿出了省教育厅的一个领导出国时给她带回来的爱马仕围巾，她知道这个领导晚上也会去。当她在落地窗边的穿衣镜前边看自己边看雪景时，上高三的儿子顾小雪走过来说：

"妈，你这个年纪要系素色丝巾，来，这条纯白色的，最衬你天蓝色的套装。"

儿子正在逆反期，她又每天念叨他学习，儿子很长时间都不主动跟自己说话，今天不但说了话，还帮自己搭配丝巾，让她觉出了生活的美好，何况窗外还飘起了这么迷人的初雪啊。

打扮停当，临出门的时候，她让正在红白机上打"坦克大战"的儿子坐她的车去学校，反正去市政府要经过他们学校，顺路，下着雪呢，地面又冻了，省得司机又要回头再接送一趟。

儿子沉浸在游戏中，又变回了那烦躁的态度：

"接送一趟怎么了？他就是干这个的，你总是对家里人不好，对外面的人好得不得了。"

屈大雪被噎得说不出话来，儿子又来了一句：

"你快走，你们走你们的，我自己去！"

美好的序曲就在这里戛然而止，她和她这个家庭的悲怆大调在儿子的这句话里，在漫天弹射的雪籽中，正式奏响。

顾小雪那时不愿意随母亲的车出门,是想拿那条爱马仕丝巾送人。受赠人是他青春萌动时第一个来到他心上的人,是他小学班主任的女儿,叫盛鱼,脸庞自然姣好,嗓音里有金属的质感,是高照市家喻户晓的小歌星,尤其难得的是,总是一脸晴空。由于父母感情不和,顾小雪阴霾天见得多了,他尤其喜欢班主任和她女儿那两张总出太阳的笑脸。盛鱼比他小三岁,在另一个中学上初三。今年暑假他闲得无聊骑着不知是谁送给他的山地车满城乱跑,跑着跑着,来到他念了六年的实验小学附近,就想着去看看班主任。靠近教职工宿舍楼时,他听到了盛鱼的歌声和琴声,唱的是熟悉的高照市市歌:

"大高照啊,晴空万里,你哺育了我,我们爱你;大高照啊,白云朵朵,我爱着你呀,你也爱我。"

盛鱼家住三楼,他一口气跑上楼却不敲门,直到那有如口琴簧片质地的歌声余韵从门缝里钻出来,钻到他耳朵里,再到心里,心海里掀起的狂涛像扑向海岸一样扑向他周身的皮肤,让皮肤上的汗毛齐齐竖了起来,他这才定了定神,抬手敲门。

开门的是盛鱼,如花笑颜照例绽放,眼神亦被他那因情而起的亮光点亮,看到他一身名牌,尤其是腰里别着随身听,白色耳机一个在耳朵上,另一个垂在胸前,遂欢呼:

"帅呆啦!"

顾小雪那时骑车骑得一脸黑汗,闻言心里有些悸动,也有些脸红,好在那张脸晒红了在先,羞红显不出来。他朝屋里扫视一眼:

"刘老师呢?"

盛鱼将他迎进来,顺手关上门,把电风扇提过来,对着顾小雪吹,边答:

"我妈上门做家教去了,我考上了中央音乐学院附中特训班,在北京,要好多钱,我爸爸下岗了,也还暂时没找到事,吃过早饭就去找工——"

顾小雪不想听这些,他家客厅里找他妈说话的,说的都是这类的话,他有些烦躁，遂打断道：

"那我走了。"

盛鱼却对他骤起的烦躁全无感知，白皙的脸上两个深深的酒窝盛满了天真，仰脸望着他，央求他帮忙听听声音气息的处理哪样更好，末了还拉着他的手直摇晃，撒娇：

"求求你啦！没有一个人帮我，你也学过吉他弹唱的，我刚才看你进来像看到救星一样你知道不。"

整个上午，顾小雪就用自己的随身听给盛鱼又录又放又研究。为了避免噪音，他们把电风扇都关掉了，唱得投入时，三伏天里竟然忘记了热。情绪或者说关系的变化出现在最后一遍唱录中，他们一起听完录音，顾小雪指出：

"欠缺在这个'爱'字上，你唱得太重了，就显得很硬，很假，爱应该是柔软的，是心底里发出的声音，不是喉咙发出的。"

说着顾小雪就示范了一下，他示范的时候，目光灼灼：

"我爱着你呀，你也爱我。"

一段歌词掐头去尾只剩下这一句唱出来，让盛鱼意识到了什么。她脸红，低头，再也不跟着唱了。顾小雪也心慌起来，丢下随身听和录音带，什么也没说，逃了出去。

这天中午之前，按照顾小雪的说法，他是特别反感这种歌曲的。而从盛鱼家出来之后，他却将这首歌唱了一路，一直唱到进家门还在唱。那时她的副市长母亲已经回家，听到后将原来儿子给的讽刺还了回去：

"你不是说弱智领导定的弱智歌曲吗？还唱得这么起劲？"

顾小雪那时破天荒地对母亲报以微笑作答，心里想的却是不知从哪里看到过的一句话，"恋爱中的人智商为零"。他想，这是不是可以反证自己恋爱了呢？智商为零的人才会随口唱起弱智的歌嘛。

第二天上午，一夜辗转难眠的顾小雪又骑车去了实验小学。他在靠近教工宿舍那边的围墙外骑来骑去，口哨一遍又一遍地吹着他们的市歌，眼睛老往三楼的那个窗口瞟。当他吹得喉干舌燥有些气馁的时候，身后一个带有金属质感的声音轻轻响起：

"哎——"。

其轻柔的程度类似于二十二小时之前他教她唱的那个"爱"字。

显然盛鱼是在窗户里看到了他才下来的，手里还拿着昨日他留下的随身听和磁带。将这两样东西交到顾小雪的手里之后，她什么也没说，红着脸一低头转身就往回跑了。

顾小雪看着盛鱼跑开的背影，看出了她的变化：她的长发这时是披着的，不像昨天自己忽然造访时，她只将汗湿的头发随意在脑上挽个发髻，照长发飘飞的蓬松和柔顺感，应该是刚刚洗过并且精心梳理过，对了，一转身的时候，发梢甩到他鼻子下面，还有一股清香味。顾小雪明白了盛鱼的心思，他将磁带放入随身听里，戴上耳机听起来。

声音是盛鱼的声音，伴奏也是她弹奏的电子琴声，唱的却是这年春天刚在中国大陆上映的电影《泰坦尼克号》主题曲《我心永恒》：

> Every night in my dreams（每一个夜晚，在我的梦里）
> I see you, I feel you（我看见你，我感觉到你）

顾小雪是个笑点和泪点都很高的男孩子，当初看这电影时，他旁边的同学都揩眼泪了，他也觉得感动，却并未流泪。回家后，他也跟着录音带学会了这首歌，并拿着英文字典逐句翻译出了中文，当他懂了中文意思再唱的时候，联想电影里的那些片段，心里也有想哭的冲动，但那些冲动好像力量不够，总是没将泪水冲出他的眼眶。而这一天，当他听到盛鱼用心为他录制的此曲，眼泪却止不住地往下流，他那时在心里发誓，一定要保护好这个小妹妹，等她长大，伴她一生。

这天他等母亲走后，将那条印着漂亮的蓝色伞图案的爱马仕围巾小心折叠好，装回包装盒里，再将包装盒小心放到书包里，便急匆匆出门，要去高照大剧院。他知道盛鱼晚七点要在大剧院大门外领唱高照市市歌，以欢迎省教育厅和市教育局的领导们。他不知道母亲会不会出席，也不愿意多问，但他想母亲作为领导，是不会到得那么早的，而学生却会提前至少半天去熟悉场地和排练。他早给盛鱼讲好了，要让她系着最美最有意义的丝巾登台演出，这也是他送给她的第一个礼物，他那时却不知道，这条丝巾会成为她在人世得到的最后的礼物。

作为市领导的孩子，家里的吃穿用度几乎都有人安排有人送。别的礼物顾小雪看都没看过，甚至是鄙夷，但省教育厅的副厅长黄天蓝黄伯伯从法国回来，母亲设宴替他接风洗尘，是带了他同去的，他就是那时得知了这丝巾的故事，才动了谋下它送给盛鱼的心。

那日接风宴上，黄伯伯的秘书先是拿出一个电子游戏机送给他，并手把手地教他怎么用。在秘书教他用游戏机的时候，黄伯伯亲自递给母亲一个礼盒，并说：

"拆开，看喜不喜欢？"

母亲拆开包装盒，打开丝巾，听不出情绪地说了句：

"一把伞？"

秘书此时正教顾小雪玩游戏机，闻言连忙转过头用顾小雪听起来有点紧张有点急的语调解释：

"屈市长，这丝巾可是有故事的，是讲一个王子为了寻找今生伴侣在森林里迷失了回宫殿的路，遇到一个栗树老仙送了他一把神奇的伞。后来就是这把伞带着他从东往西，从南到北游历了四方。最后，当他亲吻美人鸟的双唇时，一位命中注定的姑娘出现在他的眼前，回宫殿后他们举行了婚礼。"

顾小雪听见母亲哈哈大笑：

"苏轼说，老夫聊发少年狂，哈哈，有点儿意思，搞教育的人是永葆童真的，老黄，谢谢啦！"

顾小雪眼角的余光瞟到黄伯伯指着秘书说：

"不是我，都是这小子的鬼主意。"

顾小雪也因此打了这丝巾的鬼主意。

顾小雪从家里出来的时候，雪已经停了，天是钢灰色的，但那钢灰色的后面似乎还亮着一盏硕大的白炽灯,是半透明的钢灰色。毫无征兆的,在他等出租车的时候,天空骤然雷鸣电闪,好像那天幕后的白炽灯被外太空飞来的一粒子弹引爆了一般,吓了他一跳。

出租车开到高照大剧院,下车时他抬手看了腕上的卡西欧电子表,时间显示是下午五点二十分,那时高高的台阶上没有一个人,他猜想因为天气太冷,晚会演出的师生都躲在里面彩排。

高照大剧院建于二十世纪八十年代末。歌德说过,建筑是凝固的音乐。而高照大剧院是不是凝固的音乐呢?可以这样说,单从建筑本体的艺术感来说,刚刚建起的时候,还是具有和谐赏心的音乐性的,虽然那些穹顶、罗马柱和欧式回廊无一不向听众诉说它是照抄了西方的"乐谱"。不过这也不奇怪,那时改革开放刚刚十年,十年来最流行的话是"筑巢引凤"和"摸着石头过河"。因要"筑巢引凤",所以要建这个具有地标性质的欧式大剧院;因为高照市头一次建此类大型的欧式建筑,也只能"摸着石头过河"。怎么"摸"?借鉴、仿效是最便捷的方式。

虽然高照大剧院作为建筑个体来看,是一个和谐的乐章,但要将目光扫视它的邻居——低矮老旧的青瓦民房、贴着蓝色粉色各种颜色瓷片的职工住房、办公大楼以及种着大蒜小白菜的家属院花坛,这样综合起来看的话,高照大剧院反而成了这个城市大合唱里那个跑调的音符。不过跑调没关系,跑调换个说法也可以叫创新,叫独树一帜,跟那些墨守成规的城市比,是可以成为该地方长官的政绩或供人仿效的模式的。但万事不由人算计,作为政绩工程的高照大剧院建成之后,不但没有奏出凯歌,让这个城市的市长更上一层楼,相反,这边大剧院落成剪彩刚结束,那边端午汛就冲垮了母亲河的大堤,因救灾不力,引发了比洪水更汹涌的民怨,那些被洪涝毁了家园失去了亲人的居民,相约着涌到市委市政府大楼的前坪里,吵嚷着要市长给个交代:

"为什么修高照大剧院有钱,把堤坝筑牢固就没钱?"

不久后该市长被问责并调离。待他的接任者来到这个城市,听说前任的离任与这个大剧院那说不清道不明的命运牵扯后,就请了个身份与

来历都讳莫如深的易经学者,来"说清道明"。根据五行相生相克的理论,这学者指着纯白色欧式的高照大剧院说:

"土赖火生,火多土焦;火能生土,土多火晦。而火为赤色,所以古时宫殿门、窗、宫墙多用红色,寓有滋生、助长之意,以示兴旺发达。而你们这座城市水旺火弱,又土能生金,亦能克水,火又生土,这样循环推理,你们至少要将外保温墙的八张大门换成红色。"

换好大门的那一天,新市长没有剪彩,只和他请来的那得道高人悄悄来视察了一回,看到白色建筑下的八张双开木质大红门,赞曰:

"白雪红梅啊。"

但老百姓不这么说,他们说:

"白色婚纱红绣鞋,土洋结合丑翻天。"

顾小雪的母亲屈大雪那时候已经是教委副主任,头一次走进改了颜色的大红门,两句古诗浮上心头:

"黄莺不语东风起,深闭朱门伴舞腰。"

"朱门酒肉臭,路有冻死骨。"

前一句是唐代诗人温庭筠为杭州名妓苏小小家的红门所作,后一句只要上过小学的人都会背,是杜甫代表那时穷人的不平之语。当时她就有个不祥的预感掠上心头,没想多年后她那时的腹诽还真的一语成谶。

而屈大雪的丈夫顾如铁,那天想回家没带钥匙,来这儿找老婆拿,看见白门改成了红门,咧着大嘴就笑了:

"哈!消防设施要什么没什么,倒是把消防队的红门照搬了!"

回到队里之后,他把这个事当笑话逢人便讲:

"千古奇谈!照搬我们的大红门对付整改通知,他以为以毒攻毒?还是以为我们的大红门自带门神,大灾小难都进不来?"

第二波改造转到了内部。大剧院建成后的第二年,苏联解体,大批金发美女南下中国捞金,这个城市的歌厅演出也开始由方言相声小品为主打变成了中西文艺演出各占半壁江山的格局,引进了大批苏联的"天鹅湖"里出逃的穿芭蕾超短裙,露大腿露屁股的踮脚跳跃的"天鹅",以及同样穿芭蕾超短裙，同样露大腿露屁股，在舞台人造冰上滑行的"天鹅"。如此，需要一个大型的演出场所，又加上当时的"猫论"，大剧院便承包了出去。经营者承包下来之后，按照价格低廉气氛热闹的原则，在灯光、布景等方面对舞台加以改造，又让这些跳芭蕾舞的白种洋妞与她们表演的场所来了个里应外合——白色芭蕾裙下穿上了红色舞鞋。如此，生意果然不错。

不久后，经营者发现，虽然场场爆满，但收入却似乎没有那么多，究其原因，是大剧院外部保温墙有八个门，内墙上有六个门，每张门都是服务员捞外快的偏门，于是总经理便进行了第三轮的改造：将外墙八个红木门的后面，再加一道上下开的电动卷闸门，且八张大门只开南向正面右手边的那一张门，其余的双合大红门也挂上"江山"牌大挂锁。这一举措既节约了人工开支，又使得安保成效大大提升。及至后来政府收回了经营权，将此大剧院用作市委市政府的大型会议、活动和演出的场所，依然沿用了只留一门的安保方法。又半年后，市委办再次责令大剧院改造，将内墙与外墙之间的左右两个回廊靠近正门的这一侧，各加一个横向收放的钢制栅栏，再将所有玻璃窗上都加了钢制护窗，内墙上的六个门只留前厅进去的两个门和通向厕所的两个门，通向右边回廊的内墙门也锁上。之所以如此，全因为那些要找政府领导签字批条的人太多，他们得知领导经常在这里开会，便早早地等在前厅和两边的回廊甚至是厕所处，通常是里面开大会，外面等着签字的各界往来人士在回廊里抽烟开小会。将回廊南侧也加了钢制栅栏之后，这些给领导"添麻烦"的人要找领导，便麻烦了许多，也就渐渐地不打此处的主意了。

至此，高照大剧院从建到改，都印证了雨果的那句话——"建筑是用石头写成的史书"。这石头就如那泡茶的瓷杯，时代、社会、人文、地域等构成的当下生活是那各色茶水在杯子上积垢，积成了石头"史书"。

那时顾小雪从唯一留着的南向右边的那张门进到前厅——前厅这时已在大红门的门楣上方隔出了一间放映室，因此显得低矮。一群小学生在这里两两相对练习如何向领导献花，敬礼。顾小雪看到背对着他指导学生的正是盛鱼的妈妈——自己的小学班主任刘燕子。如果放在以前，不管在什么地方遇着，顾小雪肯定会主动和这个自己喜欢的老师打招呼，但和她的女儿盛鱼有了交往之后，他有些做贼心虚的感觉，便赶紧一低头溜了过去。

顾小雪看了看左右的回廊，两侧都被锁得严实，便从内墙上的正门走进了剧院内场。

剧院内场是阶梯形的座位，舞台在最前方的低矮处。舞台上方，一排射灯高悬。射灯底下，七色的小气球一道道地弯上去，形成了彩虹的布景，这种布景廉价而热闹，适应一切一次性的活动。这种惠而不费的计算当时顾小雪也看出来了。他想，这所有的气球乘以一百都抵不了手上的这条丝巾的价钱，但确实适合营造氛围。过完年就是盛鱼的生日，他要买一百个气球，亲自打足气，拼成一条鱼，连夜挂在她家楼下的围墙上，给她一个惊喜。此时，他揣着值钱的丝巾，想着不花什么钱但是花心思的气球鱼，他还拿不准盛鱼到底会喜欢哪一种。至于自己会喜欢哪一种呢？贵的东西他拥有得多了去了，可是花心思的礼物，还是很少。自打他懂事起，母亲就忙着自学自考参加各种培训班参加各色比赛，那些文凭和荣誉证书侵蚀了多少陪自己的时间啊，小学阶段总是刘燕子老师带着自己。盛鱼的妈妈真是舍得在盛鱼身上花时间花心思，演出服上那许多出彩的小配饰小头饰，都是她亲手给女儿做的，那时他嘴上没说什么，心里真是羡慕。那么父亲呢？消防股变成消防大队，父亲正式穿上武警的服装，戴上武警的警衔后，顾小雪几乎就看不到他的身影了，但有一样以一当十的礼物，顾小雪一直珍藏。那是一只生铁片小白兔玩具推车，小白兔的两只前脚抱着个小弹珠轮盘，两只后脚处，连着一根光滑的小木棍，用来握着往前推。父亲拿回来这个玩具在客厅里推着示范给他看的时候说：

"儿子，老爸太忙了，不然早做好了，以我的手艺，本来半天工夫的事情，硬是拖了半个月。把铁片裁成兔子，中间出了三次警；装弹珠盘的时候，中间出了四次警；给小白兔刷油漆的时候，也被打断了两次；

最容易的应该是弄这个推把吧，可最离奇，居然被打断了七次，还没削两下呢，电铃就响了，砂纸刚拿到手上呢，电铃又响了。你看小白兔左右两边的身子，有四个黑指纹吧，这前边的是打山火回来留下的，这个呢，是打一家录像厅里的火回来后留下的，正好，变成了兔子的旋儿。"

顾小雪记得这个玩具推车自己一直玩到推不动了，才收起来。因此，顾小雪想，大家应该都喜欢花心思的东西吧，今天能悟到这一点，也不枉亲自跑一趟大剧院了。

顾小雪那时浮想联翩，在嘈杂的、各顾各的排练声中，朝着后台走去。穿过后台边的内墙门，他便看见盛鱼他们合唱队的几十号人在老师的指挥下，挤在通向两个厕所的回廊北段排练。等一曲终了，他便混在来来往往的人群里挤到披着宽大绿白相间棉校服的盛鱼身边，轻轻拍了拍她的肩膀。她回过头，朝他笑笑，这时合唱队负责指挥的老师在喊：

"快点快点，再来一遍，还是不到位，谁当南郭先生谁没有盒饭吃。"

顾小雪将丝巾递给盛鱼：

"去吧，你们这老师，以为盒饭是山珍海味呢！"

盛鱼接过丝巾时羞红了脸，她左右看看，发现有同学在笑看她，更不好意思了，于是拿起装了丝巾的盒子马上转身离开。顾小雪又在她身后补了句：

"你不去趟卫生间？你的演出服是什么颜色？"

盛鱼懂得了顾小雪的用意，于是向老师请假，去了卫生间。再出来的时候，白底海蓝色图案的丝巾便系在了她雪白的羊毛连衣裙上了，天使一般的美丽。

顾小雪向盛鱼报以满意的微笑，隔着人群向她挥了挥手，走了出去。出门的时候顾小雪看了看表，才五点五十七分。

高考临近，顾小雪本该抓紧时间去学校晚自习的，但今晚不知为何，不想那么早去。他走过两条街，走到解放路的一家肯德基店，要了鸡翅薯条和冰激凌，慢慢吃完，时间来到了六点四十分，他飞跑了出去。

他飞跑过两条街，回到高照大剧院的时候，看到盛鱼和他们的合唱队已经在高唱着迎接领导了,旁边庞大的号鼓队也敲得起劲,场面盛大热闹。号鼓喧天里,有些领导已经进场,那些还在门外的背影中,顾小雪认出了爱马仕丝巾的购买者——省教育厅的黄伯伯,但没有看到自己的母亲。

当领导们都进了剧院,合唱队的歌声也接近尾声:

"大高照啊,晴空万里,你哺育了我,我们爱你;大高照啊,白云朵朵,我爱着你呀,你也爱我。"

顾小雪站在重又飘起的小雪里,混在台阶下的人群中,看着动情领唱的盛鱼,觉得她真是好看啊,就不像人间可以有的,好像是随着这雪花儿飘下来的。他看见那丝巾翘起的一角在寒风里颤动,白色的裙摆也随风摆了几下。顾小雪裹了裹自己身上的天蓝色校服大棉衣,替盛鱼打起了寒颤。他想,凭什么啊,为了博得那些领导的一两句夸赞,都冻成这样。继而他又想,如果看到自己穿得如此单薄在寒风小雪中迎候领导,不知母亲会不会心疼。

盛鱼和她的合唱队队友们倒没有流露出什么不满,他看到他们唱完后,便随着指挥老师嘻嘻哈哈进了大剧院。顾小雪这才放心离开,他知道七点半晚会就要开始了,盛鱼还是这台晚会的学生主持人。

晚会却到八点整才开始。推迟的原因是为了等顾小雪的母亲——这个城市主管文教卫的副市长屈大雪。那天下午屈大雪系上儿子给她推荐的纯白色丝巾,又在天蓝色套装外裹了一件灰色羊绒大衣离开家后,第一站是去的市政府。她本想在办公室将晚会上的讲话稿看一看,改一改。改了不到一半,市一医院的院长孔武力来了电话,告知昨天的医患事件闹大了,患者的父亲今天带了数十个人来,已经围在了手术室外,说要医院马上交出钟医生,否则手术室不准进任何病人,免得那手术刀又去杀人,现在已经闹得许多患者都要转院了。

这个事故屈大雪昨天就已知道。她和孔武力院长一样,认为患者小题大做。事故是误诊引起的,接待患者的是年轻的钟山林钟医生。他诊断了直喊肚子疼且白细胞指数升高的十五岁的患者是阑尾炎，结果打开腹部一看，阑尾好好的没发炎。钟医生一看没发炎，就没有割掉它，并如实告诉了患者父亲。患者父亲一听，直接冲到院长办公室告状，说她女儿本来要参加第二天在高照大剧院的高规格晚会，省里市里的领导都要来看他女儿的演出，多好的机会啊，全给这庸医耽搁了。于是要赔偿，误诊的赔偿金，再加上肚子上动了刀子的营养与毁容赔偿金，一共开了个三十万。三十万在九十年代末是个天文数字，医院当然不答应赔偿这么多，只答应会处理钟医生。而在电话里，孔武力院长给熟悉的屈副市长说了走心的话：

"这阑尾，本来是个多余的东西，没发炎切了也没什么，再说它今天没发炎，不代表明天不发炎，发炎穿孔了，病菌感染到血液里，是会要人命的！顺手一刀的事情，这个小钟偏要认死理，说阑尾好好的呢，为什么要切？切完给病理室一分析，是个好阑尾，他的脸往哪里搁？连好坏都不晓得看？他不晓得病理室是自己人，私下里说一声，报告上把好阑尾写坏不就什么事也没有了嘛！"

屈副市长那时候想着要赶快去大剧院接待检查团的省领导，不想跟院长啰唆：

"要我去干什么呢？维护治安你们有保安队嘛，再不济把公安叫来。"

院长说：

"这患者父亲在无理取闹，他知道营养费住院费是算得出数的，倒没开多少钱，而今天晚上她女儿失去的要给省市领导表演的机会，这机会今后可能给她女儿的前途带来的效益，他写了个天文数字。我就想到了您嘛，您是主管领导，亲自来医院看一下，这机会不大过他女儿去晚会上的表演？所产生的效益，按照他的算法，我还要他倒找钱给我。"

屈大雪在电话那头笑起来。这个孔武力院长她了解，不是医学专业出身，是部队转业到医院管后勤，一步一步经营关系升上来的，换句话说，也是上头有人的人，她就应承了下来。

叫上司机飞快赶到医院，果真看见一众男人组成了人墙，拦在了手术室前面，有的拿着粗木棍，有的拿着菜刀，还有一个竟然拿着根皮带虚张声势地甩得啪啪响。看到院长过来，其中一个什么也没拿的高个子男人说：

"一天不解决，我这些兄弟们的误工费，你们也要一天天算上的。"

院长对屈大雪说：

"他就是患者杨雪晴的爸爸。"

又看向杨雪晴的爸爸：

"这是我们市里的屈市长，主管文教卫的，她是今晚上你女儿本来要参加的这个晚会的最高领导，人家市长去晚会之前，专为你女儿一个人而来，这个面子不小吧？"

不待杨雪晴的爸爸开口，屈大雪笑问：

"你女儿叫杨雪晴？是不是十二中那个会弹钢琴的杨雪晴？"

杨雪晴的爸爸点头，又得意地对院长说：

"我女儿名不虚传吧？你看，市长都晓得，你们这班草包医生，竟然敢对一个天才学生乱动刀子！"

屈大雪这时候从手提包里拿出个红包递给杨雪晴的爸爸，红包里有一千元，是院长在他办公室先给屈大雪的。这时她说：

"上学期市里搞三独比赛，她得了一等奖，我亲自给她颁奖的，很不错的一个孩子。这样，我还有事，这是我个人的一点意思，给她买点补品，祝她早日康复，我愿意再给她颁更高级别的奖。"

杨雪晴的爸爸是个跑长途贩运的司机，有文艺细胞的女儿是他的掌上明珠，更是他的骄傲。另外，他这辈子说过话的最大的官是他们的街道主任，现在见市长都这么看得起自己的女儿，他大男人的眼里竟然有了泪光，他有些冲动地紧握屈大雪递钱的右手：

"市长，您看得起，这事儿您一句话，我都听您的。"

屈大雪这时候很想将右手从这铁砂纸一样的粗手里抽回去，但她没有抽，反而左手盖在了男人的粗手上：

"孔院长是个公道人，你们就按他说的做吧，如果觉得不公平，随时到市政府找我。"

等她平息了医院的医闹赶到大剧院，时间已经指向八点。因为她晚上要讲话，所以整个晚会都为她推迟了半个多小时。她是昂首挺胸在众人的注目礼中走出医院的，一个多小时以后，她却命悬一线地被抬了进来，扔到医院的楼梯间，连亲儿子顾小雪也没有认出来。

三

屈大雪站在灯火通明的舞台上讲话，观众席就显得很暗，她从讲话稿上抬起头，寻找省教育厅的副厅长黄天蓝。在众多提携她的贵人里，黄天蓝算是顶重要的一位。黄天蓝提携她的时候还是满头青丝，现在快退休了，青丝全变成白发。白发的黄天蓝坐在观众席第三排，还是很好找，只两眼，屈大雪便找到了。她看到他听着她的讲话频频点头，应该也是为了让她看见吧，那头还点得很重，像打瞌睡的头，栽一下，再栽一下。她知道黄天蓝不是打瞌睡，是真欣赏她，是赞许她的讲话。全国的教改，喊了许多年，却总停留在口头上，这样下去的话，应试教育何时才能真正转化为素质教育啊？她无数次地听他在大会小会上发脾气：

"只听见楼梯响，没看见人下来！"

她成为主抓文教卫的副市长之后，真的让高照市的教改从楼梯上下来了，落地了，落地有痕了，成为示范了。今晚的晚会，将会为这次全省观摩学习活动画上圆满句号。

哪知一团火把句号写成了惊叹号，随着事态的发展，惊叹号又变成了一发不可收的省略号，一点一点又一点，点点都是血泪。

这团火是屈大雪的讲话接近尾声的时候掉下来的。当时她讲得兴奋，讲得投入，她觉得暗黑的观众席上的八百多双眼睛都被她的讲话点燃了，这些眼睛放射出的热能同时也点燃了她的眼睛。那时她双眸灼灼地说：

"提倡素质教育，有利于遏制目前基础教育中存在着的应试教育和片面追求升学率的倾向，有助于把全面发展教育落到实处。从教育面向现代化、面向世界和面向未来的要求看，素质教育势在必行。"

她从稿纸上抬起头，再次看向台下。这么多的孩子，个个能歌善舞，笑靥如花，人怎么能成为考试的机器呢，艺术素质多么重要啊，养着灵魂的东西啊！思想道德素质多么重要，给人以勇气和力量的东西啊。当然，她的讲话稿里没有写得这么感性，讲话稿有讲话稿的格式和文风，但不管怎么讲，她主抓的素质教育是取得了成绩的，这是多么可喜的事情。恰此时，她却忽然看到观众席上前半场的学生们参差站了起来，异口同声发出了惊叹：

"啊！"

除屈大雪外，这时所有人都看到挂在舞台背景前上方，那贴着"热烈欢迎素质教育观摩团的领导老师们莅临指导"的红色尼龙横幅，猛然被"素质"二字之间冒出的火苗撕开了，"素质"二字被火苗舔掉之后，横幅被撕成了两半。被撕成两半的横幅随着重力和火力摆动和飘荡，又把里层的幕布和布景引燃了。

当横幅从屈大雪的身后荡过去的那一秒，她本能地往旁边一让，回头就看见里层的幕布点燃了，又一直烧到舞台顶。她瞟见那些在候场准备表演舞蹈的孩子们仰头看着空中飞火，似乎还饶有兴致的样子，便喊：

"别看了，快走！"

又指着候场节目的指导老师，她的前同事，儿子的小学班主任刘燕子：

"赶快出去报警！"

刘燕子老师凭直觉想不能单独把自己的学生留在这儿，就拖着候场的那些仰脖子看飞火的孩子们，径直往舞台连接厕所的那个安全门跑。

屈大雪紧接着又对另一个负责主持的老师：

"消防栓那儿，灭火器，快！"

就这两句，火就大了，火苗在她身后乱窜，窜到舞台布景上，那些用来拼出七色彩虹桥的气球啪啪乱炸乱飞了起来。有坐在前排的市教委一些同事跑到舞台上帮着灭火，慌乱中不知是谁把外层的幕布拉上了，把这时候站在舞台前沿的屈大雪和两个学生主持人拉在了幕布外边。

坐在后面的孩子,听到噼里啪啦的声音,以为放电子花炮了,因为被前面站起来观看的学生挡住了视线,都离开座位跑到前面来看,观众席上嚷成一团,台下的老师嗓子喊疼了也喊不住。

黄天蓝副厅长这时候也站起来了,他被从后面跑上来看热闹的孩子们围在中间动弹不得。他拼命朝拿着话筒的屈大雪挥手并呼喊:

"疏散!疏散!"

他的声音被淹没在大火引发的喧嚣里。屈大雪没有听见他的呼喊,她只看到往前来看热闹的学生们已经挤作一团,还看到了黄天蓝正推开围着他的孩子们,眼睛死死地盯着她,奋力往舞台这边来。她心里一紧,想着舞台这边这么危险,他是要过来救自己吗?怎么还不快走呀?她急得大喊,正喊着,右手紧握的话筒不知被谁抢去了,她正准备回头看,鼓得像飞毯一样的幕布带着火苗点燃了她左手上拿着的稿纸,她被烫得手一甩,再抬眼,话筒连同抢她话筒的人都找不到了。话筒里传出的声音也淹没在四起的啸叫声里。

忽然话筒没了声音,所有的灯也同时熄灭。

全场一片漆黑,只有一团团的飞火往台下乱窜。飞火又引燃了台下混乱的人群,他们像一个个小火球四处滚动,都是些鲜嫩的孩子呀,怎么经得起火烧经得起挤压和踩踏!屈大雪的心脏痉挛,感到了撕肝裂胆般的刺痛。而此时,孩子们尖锐的惨叫声、哭声、爆炸声、撞击声,像裹挟了物件的飓风在屈大雪耳边呜呜呜叫,她有了世界末日之感,她明白自己要保护这些孩子,救这些孩子,但四周漆黑,混乱一片,她该从何处下手?又能用什么办法拯救?她盼着消防队快些到来,更祈求上天能法外开恩。

借着火光,她看到站在一侧惊呆了的女主持盛鱼和男主持王子阳。他俩是今晚舞台上最重要的学生,能被选上担任这么高规格活动的主持人,他们很珍惜,但忽然这机会就没了,他们怎么办?背了几天的串台词还在心里噼啪作响,一个字都没送出来呢,他们怎么办?

按照程序，屈副市长讲完话就轮到他们上场主持文艺节目了，话筒都拿在手里了，电又断了，还会不会来电啊，能不能再接着进行表演啊？屈副市长还在台上呢，要不要问问她怎么办呢？

正想着，屈副市长就过来了，一把拖着他们跳下了半人高的舞台。跳下舞台之后，屈副市长也没有把手松开，而是继续拽着他们在拥挤混乱的人流中，朝着一个方向奋力迈进，同时拼尽力气大喊：

"走厕所那边的通道，那边没锁。"

她这一喊，浓烟全部吸进了她的喉管，猛然间她涕泪横流，呛得再也发不出声音。就在这时候，一块燃烧的幕布劈头盖脸斜刺里飞了过来，屈副市长往后稍退，将盛鱼和王子阳用力一推，她整个人就被火盖住了。

被火盖住了的屈大雪瞬间感受到了灼痛感炸遍了全身的每一个细胞，她大叫着用手扑打自己已经燃烧的头脸，眼睛被亮瞎了，什么也看不见，她想就地滚熄身上的火，但疯狂的人群裹挟着她冲来荡去完全不能下蹲，更找不到出路，她身上的火又引燃了挤到她身旁的人。她记起消防员的丈夫曾反复告诫过儿子，一旦起火，烟害大于火害，而烟是往高处飘的，如果找不到安全的逃生通道，一定要保持最低的卧位，以湿毛巾掩鼻等待救援。

而此时，浓烟已经呛得她的意识濒临涣散，她知道自己还在舞台底下没走多远，那里是大厅的最低处，她感到了全身乏力，沿着舞台底边，先是奋力蹲下，再努力脸朝下躺了下去。

躺下去之后，刺眼的光芒消失，痛感消失，整个世界都安静下来，死寂呀。

这个晚自习顾小雪上得有些心神不宁。数学老师王一川发了去年的高考试卷下来，并且掐着时间看他们能完成多少，让他们各自估摸一下自己高考应试的水平。顾小雪本来有点偏文科，这晚上拿着数学试卷就更加看不进去，连读完一道题的耐心都没有。他想起同学们中间正流传的一句顺口溜：

"考考考，老师的法宝；分分分，家长的命根。"

自己的母亲，主管文教卫的副市长，将那针对应试教育的素质教育抓得有声有色，却总是逼着自己苦苦应试，真是天大的讽刺啊！

为了压抑内心的烦躁，顾小雪将深蓝色的派克圆珠笔在手指间翻转，可就连圆珠笔也翻得不顺畅，接连掉在桌上，又弹到地上三次，这样就引起了讲台上的数学老师王一川的注意。

王一川老师知道顾小雪是副市长屈大雪的儿子，屈副市长也郑重地拜托过他，让他严管这个"聪明，但不把心放在学习上"的儿子。王一川老师这时从讲台上下来，径直走到顾小雪桌子边，想如往常一样，敲敲桌子，再拿眼神提醒提醒他。但他那在心里预设的"威严中透着慈爱"的眼神还没透出来，同办公室的小于老师就大喊着跑过来：

"王老师，不得了，高照大剧院起火啦！"

顾小雪闻言，猛地起身冲出教室，向着高照大剧院飞奔。

街道边的路灯已经亮起，顾小雪边跑边艰难地打出租车，但路上居然没有一辆空车。天上落下的雪籽，地上冻住的路面，内心紧张造成的腿软，让他摔了好几跤，他并没有放慢自己的脚步。忽然间，他发现这些出租车都是朝着高照大剧院的方向跑，在第四次跌倒又爬起来之后，他强行拦住了一辆出租车，拉开车门径直坐了上去，说：

"高照大剧院，我要去救人，快！"

司机没等他关好车门就加油往前冲。车上的一对胖子夫妇说：

"我们的孩子也在里面表演节目，老天爷保佑啊，不然我们怎么活得下去。"

出租车跑得飞快，但顾小雪却嫌司机开得太慢，这时见司机居然还在黄灯闪烁红灯未起的路口停了下来，就发起了脾气：

"都什么时候了，怎么不闯过去？"

司机说：

"我一不是警车，二不是救护车，我只是个的哥，我还有老婆孩子要养——"

顾小雪从口袋里掏出两百块钱递给司机：

"少废话，闯！接下来的红灯都给我闯了。"

司机不接钱，还在嘟囔：

"你看能快的地方我都快了，前面人啊车的这么多，我闯过去万一撞人撞车了呢？"

顾小雪这时候听到了后方传来了消防车的鸣叫声，他将车窗摇下，把头伸出去往后看，看到一辆消防车在不远处被等红灯的公共汽车、摩托车、自行车严严实实地拦在了后面，只看得到一个红灯旋转的车顶。

顾小雪毅然拉开车门跑向消防车。他发现这是三辆消防车，最前面一辆是东风141，后面两辆是东风140，顾小雪知道前面这辆叫一班车，指挥官都会在这辆车上坐着，于是大长腿一抬，就跨上了东风141消防车的踏板。他往车窗里瞅瞅，没有看见父亲的同事，他知道这不是父亲那个大队的车。

车里的消防员按下车窗对他吼：

"下去下去！危险呢！"

顾小雪紧紧抓住车外的拉手，大声道：

"我是葫芦区消防大队大队长顾如铁的儿子，让我跟你们去吧。"

顾小雪半途搭上的静安县消防大队的车是前来高照大剧院增援的。得知这一点之后，顾小雪意识到这火应该不是一般大了，他在心里祈祷盛鱼能够顺利逃出。

顾小雪随着消防车赶到高照大剧院的时候，高照大剧院外已围着黑压压一大片人群，消防车连续鸣笛警示，他们才艰难地让出一条路。看着冲向夜幕、笼罩在高照大剧院上空的巨大的黑烟团，顾小雪的心直往下沉。

不待消防车停稳当，顾小雪便拉开车门跳了下去。他拨开人群往里冲，冲到大剧院的台阶下，被手拉手形成人墙的警察挡住了去路。他左右看了看，有许多成年人，大概是那些演出的学生们的家长，也和他一样要往里面去。借着路灯，他看到有个泪流满面的女警察大声说：

"对不起,为了更快救援,你们不能进去添乱,请相信政府,相信警察,相信消防员。"

顾小雪忽然又发现台阶右侧停着一长溜救护车、警车和一些社会车辆,那些车辆的车灯将台阶照得如同白昼一样明亮,有消防员抬着或抱着伤员往台阶下走。他心头一紧,朝那边奔去,刚才还在央求的那些家长似乎也发现消防员已经破开门往外抬人了,也跟着顾小雪往那边跑去。

这是顾小雪从出生到长成翩翩少年郎的十八年里,头一次遇到的大混乱、大困境。此时,四周哭闹喊叫,风声车声人声喧嚣一片,他却似乎什么都听不真切。寒天冻地里,拥挤的人群加上巨大火炉一般的大剧院里散出的热气,形成了朦胧的雾气,混在夜色里,使得晃动的人群影影绰绰,顾小雪也觉得什么都看不真切。

虚幻。

顾小雪那时有置身于梦魇之感。

一股肉质烧焦的糊味冲了过来,顾小雪本能地想呕,呕意在喉头翻滚了两下,又自行退了回去,他掩着口鼻拨开人群,靠近那辆正朝着台阶倒车的救护车。

台阶上,一名消防员抱着一个大约七岁模样的小女孩往救护车上送。顾小雪看到这个小女孩的头脸和上半身完好,还带着舞台妆,粉白嫣红的婴儿肥的脸,眼睛是闭着的,那浓密的长睫毛盖下来,让人心头发软。她梳着的如芭比娃娃那样的卷发马尾,以及身上穿着的白色芭蕾舞裙都没有过火弄乱。但当顾小雪往下看,他的心脏和胃同时痉挛起来,随着呕吐物出口,冷汗和眼泪也随之冒了出来。他看见芭蕾舞裙的下面,小女孩那双腿烧得焦黑,乌红的血水沿着双腿往下滴,一直从台阶的上端滴到救护车旁边。最让顾小雪难受的是,那消防员一松手,小女孩胳膊上的皮整张都被撕了下来。

顾小雪觉得被锋利的铁钩子勾住了心脏,整个人痛得站不稳。他不想再看那些从台阶上往下抬的烧焦的、踩坏的稚嫩的身体,但不看又怎么知道他心爱的盛鱼在哪儿,是不是活着啊。

他擦着不断涌出的眼泪，强忍着难受，看那一个个没了人形不辨男女的身体被消防队员抬下来或扛下来。这些活着或已经死去的身体个头差不多，很多都穿着同样的校服，别人或许不好认，但顾小雪记得自己两个多小时前才送给盛鱼的爱马仕丝巾，他想整个会场绝对只有这么一款丝巾，如果直到最后也没看到这条丝巾的主人出现，盛鱼就是已经成功逃脱了的。他甚至想象他正看着这边，忽然背后轻柔地搭上一只小手，听到盛鱼温柔的一声"哎——"。

但他没等到背后那只轻柔的小手，也没听到温柔的呼唤声，他听到了晴空霹雳般的一声大吼：

"顾小雪！"

打雷般的喊声来自台阶上走下来的一个消防指挥官，他的手里拿着对讲机，先是在汇报着什么，汇报完，发现了人群里的顾小雪，才有此一喊。

顾小雪闻声一个寒颤，看见喊他的是穿着灭火防护服的父亲顾如铁。

顾如铁又对着顾小雪吼：

"滚！这里不是你待的地方。"

顾小雪却没有理会父亲，也没有移动半步，他紧盯着那些陆续抬上救护车和警车以及社会车辆上的遇难者或受伤者看，心里既希望早点看到盛鱼，又希望看到的不是要被消防员搬出来的面目全非的盛鱼。

顾如铁那时已经知道自己的妻子，顾小雪的母亲被封在火场里了，他不想儿子看到那惨烈的画面，便再往下跑了几级台阶，朝顾小雪踹了一脚：

"滚！回学校去！"

这对父子，一个穿着消防员的灭火防护服，一个穿着中学的校服，人群里也并没有暴露父子关系，因此，顾如铁这一脚引起了周围群众的公愤。有家长喊道：

"看啊，消防队不救学生打学生。"

旁边有拿着相机的，就拍下了顾如铁飞脚踹倒顾小雪的照片。照片上，顾小雪双手撑住地面，双膝半跪着，扭过头去看父亲，父亲顾如铁是正面照，那飞起的脚还没来得及收回，也被拍了个正着，这照片在后来也为顾如铁的命运跌宕推波助澜。

顾小雪那时不想当着众人的面与父亲起冲突，他被父亲踹得一个趔趄跪地之后，忽然清醒过来。他想起盛鱼是主持人，应该是在舞台上的，因此他便侧身潜入人群里，向高照大剧院的舞台那一侧跑去。边跑他边在心里祈求上天保佑，希望盛鱼正心有默契地在剧院外面等着他，系着那条丝巾，身上的白色羊毛裙也一尘不染，对，就那么一尘不染完好无缺地等着他。

顾小雪跑开之后，顾如铁被群众围攻了，除了怪他不救学生反而殴打学生外，又质问他们消防队为何不早些来，来了为什么不第一时间把门破开，而是开什么会，开完会还不破门，又去找水，消防车不是带水的吗？还要找什么水啊？

顾如铁知道现在不是辩解的时候，三言两语跟外行也解释不清，遂甩开群众的拉扯，往指挥车跑去。指挥车上，市长过来了，在那里等着他。

但群众却不管这些，紧紧地拉住他，一定要他给个说法，情急之下，他指着消防车咆哮：

"左边那种东风141，自带4.5吨水，旁边的东风140，自带3.5吨水，几分钟就用完了，不先找消防水源行吗？"

一个黑脸汉子拖着他就是不肯放手：

"你一个指挥官，临阵逃脱，门才打开一点点啊，几百人在里面，你们掏耳屎一样往外一个个地掏，里面的孩子本来没死的也死了，你带我到门边去，我自己救！"

黑脸汉子力气很大，顾如铁甩不开，只好去扯虎皮作大旗了：

"市长在那边等着我，耽误了我们的全局指挥，你们哪个负责？"

这下群众炸锅了，都嚷着正好要找市长讲理去。

顾如铁急出一身冷汗，只得停下了脚步，让那黑脸汉子先放手，他先请示。

黑脸汉子放手后,顾如铁在对讲机里喊:

"政委、政委,我顾如铁,老百姓要和市长对话,请指示。"

那边政委的声音从对讲机里传来,速度之快肯定是没有向旁边的市长请示,而是自己直接下的决定:

"现在市长连情况都不知道,对什么话,开玩笑!赶快给我滚过来!"

顾如铁闻言,连忙大声向群众解释:

"对不起各位,容我向上级汇报了再请市长过来,相信政府,一定会给各位一个满意的答案。"

说完,飞快地向前跑去,三两下就闪到了前来接死伤人员的各种车后,甩开了纠缠他的群众。

顾如铁跑开之后,电力部门安排的几个小分队的工人飞快地在大剧院四周架设起来大功率的照明灯,这些亮晃晃的灯光一照,拥挤而晃动的人群愈发显得虚幻,顾小雪仰头看着,觉得梦魇感愈加强烈。

通讯指挥车上,坐着临时成立的灭火和应急救援总指挥部的全部成员:市长乐华清、高照市消防支队支队长庞正江、政委郑小勇以及召集来的市委市政府与抢险救援相关的各部门一把手。此刻每个人都表情凝重。这台通讯指挥车是由庞正江带来的,他们支队经费不足,向市财政再三申请未果,便自己请人将客运大巴改装成通讯指挥车,车上有可以联系到辖区每个大队和中队的通讯电台,中间有张会议桌,火灾事故现场便有个开会协调的相对不受干扰的地方。那时顾如铁刚一上到这台不轻易出动的通讯指挥车,政委郑小勇就命令:

"赶快说,拣要紧的说。"

顾如铁就说:

"火场原本有八百一十二人,是教育局组织的一次活动,绝大部分是学生,有一部分师生领导成功逃生——"

市长乐华清打断:

"今天到会的学生有多少?外地来的有多少?最高领导是谁?"

头发花白的公安局长游志刚抢先答道:

"这个情况我知道，教育局长宋华平是较早逃生出来的，他在去医院的路上给我打了电话，说里头的学生有七百一十二人，副厅领导有三人，省里的教育厅副厅长是一个，市里副市长一共三个，目前是否逃生尚不知晓；市里省里正处级干部有十七个，都是教育部门和文化系统，外地来观摩的老师有三十一个，可能是外地教委的科级和副处级领导，也可能是学校校长或老师，不太明确。接电话后，我在让秘书给您汇报的同时，也一边安排了民警立即到现场维持秩序。市长，我的外孙女也还在里面啊。"

公安局长游志刚说到这里，两行眼泪滚滚而下，他抬手擦了一下，又指着顾如铁：

"他老婆就是屈大雪，也在里面。"

顾如铁被公安局长这么一指，似乎按动了心里那个管"痛"的开关，心脏紧缩，像是起了水泵效应，将泪水抽到了眼眶，快要流出之际，顾如铁抬手擦了一下，转头望向别处。

市长见状怔了一下：

"都是人妻人子呀，二位同志克制一下，事故已经发生了，要尽可能地避免人员伤亡——"

顾如铁再也忍不住了，他豁出去了一般咬牙道：

"这时候谈避免人员伤亡不是可笑吗？市财政对消防的投入砍了又砍，大剧院的整改通知下达了多少回，总有上面的领导来打招呼顶了回去，起火之前外墙八个安全门只开了一个，现在连这一个也被因为断电而掉下来的卷闸门封得严严实实，整个大剧院已经变成了焚化炉啦！还怎么避免——"

市长不愿再听顾如铁的咆哮，他担心顾如铁将防火整改因上面"打招呼"而耽误的事搬出来，于是将头转向消防支队政委郑小勇道：

"接警之后你们都怎么安排的？按道理说，你们应该是有重点防火单位的火灾应急预案的，预案呢？你们怎么不第一时间给我打电话？第一时间给我救援方案？是剧院里头这些带着孩子们血肉燃烧的这团烟，向我发出了信号，我是自己闻信而来的！"

消防支队对地方财政有依存，但一九八三年开始，全国公安消防队伍已经被纳入武警编制序列。到一九八八年，消防部队更是与武警其他警种一并实行了警衔制，升迁晋级等并不依赖地方政府。所以高照市消防支队政委郑小勇那时听顾如铁这样发火，其实打心眼里认同，但他显然比顾如铁有涵养懂政治，这时看不出表情地答道：

"接警后我们马上上报了省总队、公安部消防局，领导们现在都已经出发。顾大队第一时间到了现场，大剧院是他们辖区内的，油铺街中队离得最近，这个中队到了后马上组织分工，火情侦查的抓紧侦查，铺水带的铺水带，破拆的破拆，但由于我们的破拆工具老旧，力度有限，进展缓慢。这又引起了四面八方赶过来的事故学生家长们的不满，他们中很多人干脆自己冲过去砸破外面的木门，连石头都用上了。不过木门砸开之后，里头的卷闸门他们怎么都弄不开，弄不开又不相信我们，指手画脚地不听公安民警的劝阻，也影响了我们消防员的工作开展。我赶到的时候，市里各个区的增援力量，包括刚成立不久的特勤大队都到了，该怎么部署力量，我们都科学部署了，外墙八个门八个窗也都安排了人破拆，也迅速动用了水枪压制。但你要晓得火场的烟囱效应，门窗破洞后，里头的热浪烟毒气就会被抽过来。破洞里抽出的烟气火气温度近千度啊，我们消防员身着灭火防护服尚且需要在水枪的压制掩护下才能近前，何况那些被封在里头的娃娃，那么多小娃娃！你们不知道，我去看的时候，两米高的窗户上不断有小脸出现，然后又掉下去，那么多透着绝望和恐惧的娃娃的眼睛，我这辈子都不能忘。我安排人砸窗，破门，听着那巨大的惨叫忽然没了！是再也喊不出来了呀！砸开的门边，烧坏的娃娃踩坏的娃娃，死的活的堆得有一人多高啊。"

市长乐华清的额头上这时也浸出了汗珠，他并不看向谁，又好像谁都被他的眼光笼罩着，指示道：

"伤亡不可避免，看来也不是小数字，重大特大事故了，马上上报省里和国务院，在国务院调查组下来之前，我们自己的调查组要彻底查清事故原因，查明一切相关责任人。志伟书记到西部的县里调研去了，要即刻联系上，请他马上回来，回来我们再碰头。电力、公安、交通、供水等部门现在都听支队长的统一协调，附近的几所医院，我刚看有许多救护车都来了，现在公安和消防的留下，其余的随我去医院看望伤员，各医院都要尽最大努力减少死亡数字，能减少一个是一个。另外，宣传口注意，现在可以派电视台记者跟我们去医院拍，但报什么，怎么报，我们研究后再定。"

顾小雪那时从前门台阶下沿左侧跑向大剧院后端想去找盛鱼，却不料每张门前都人头攒动，每张门前也都停着救护车、消防车和自发前来的救援车辆，每张门前无一例外地都有受难学生家长冲破公安民警手拉手搭起来的防线，跑到那已被消防战士破开，同时冒着热气和黑烟的门边欲亲自救人，或是想第一时间找到自己的孩子。顾小雪沿着外墙一张张门看过去，所见让他原本年轻有力的双腿越来越软。在那些被破开的门前，先是"摆放"着许多焦黑的、面目全非的身体或遗体，后因场地太小，人群干扰，转移太慢，"摆放"变成了"堆放"。另一些消防战士和公安民警从焦黑的身体"堆"里，挑出在呻吟的，有生命迹象的先抬着往救护车上送，而那些肉眼判断似乎已经"死去"的，则先码放搁置一边。

顾小雪看到那些消防战士中，许多和自己的年龄不相上下，他们被民众骂，被毒气熏，被高温炙烤，被惨状惊吓，被高强度的抢救工作所累，走下台阶之后又被凛冽的风雪吹冻，手脚越来越不麻利，甚至一直抖个不停；而那些年纪稍大的消防队士官、队长，则稳重许多，但也是眼泪长流。他们都紧咬双唇，奋力从门内扒拉出受难者，有几个实在体力不支或是被毒气所伤，还晕倒了下去，被弄醒之后，又投入到抢险当中。

这些情景让顾小雪失声痛哭。他哭着从这张门看到那张门，每张门边、窗边的情形都大同小异。当他从拥挤的人群中艰难走到剧院舞台那端的左侧门时，他看到了盛鱼的妈妈刘燕子老师。刘燕子老师满脸满身的黑烟，哭得直不起腰来，被一个和她长得很像却年龄稍长的女人扶着，当消防战士从门内搬出一个人，她俩便冒着火气和烟气上去查看，她没有找出自己的女儿。顾小雪没有去打扰她俩，站在旁边看了好一阵子，也没看到他送的那条爱马仕丝巾的出现，心里充满了绝望。

站在这张门查看等待的时间里，有两个顾小雪很熟悉的受难者从他的眼皮底下被抬走，他没有认出来。

一个是他的小学音乐老师吴雨晨——她被消防战士抬出来的时候，下半身全部被踩断烧掉，怀里还搂着两个化着舞台妆的小学生，这两个小学生头脸上身都完好，只是小腿与前臂被烧伤，烧伤的前臂都是紧紧地拽着吴雨晨老师，因此她们仨被烧结在一起，分也分不开。刘燕子老师认出了吴雨晨，也是根据吴雨晨盘着的头发上那个银质发簪判断的。这个发簪本来是刘燕子老师的，中午从学校出发前，是刘燕子老师亲自给吴雨晨老师盘的头发。看着吴雨晨老师烧成这样，刘燕子老师惊叫了一声便晕厥了过去。吴雨晨老师怀里的那两个孩子的家长也在旁边，孩子的妈妈连哭声都没发出来就晕倒在地上，孩子的爸爸则对消防战士说：

"别分了，她们生在一起，死在一起，就让她们永远在一起吧。"

吴雨晨老师和那两个孩子被抬出来之后不久，又抬出了一个高度烧伤的成人。消防队员抬着这个面目模糊、衣襟残缺、同样不辨性别的人从烟雾缭绕的门内出来，高喊着：

"还活，还活，让开让开。"

他们挤出人群，从顾小雪眼皮子底下经过，送往救护车上。这个成人受难者就是顾小雪的母亲，屈大雪副市长。在一旁指挥搜救的消防队大队教导员叫高世仁，绰号"高诗人"。二十年前，就是他替顾如铁给屈大雪老师写的一首情诗成就了他俩的婚姻，二十年后，那个在婚礼上美艳得让高世仁无限嫉妒的屈大雪副市长从他眼皮子底下过，从门内被抬出时他甚至都搭了一把手，但他始终也没有认出来。

紧接着，顾小雪等了两小时的目标出现了。那条爱马仕丝巾，没有系在脖子上，而是抓在了手里，她的头上已被烧得没有头发眉毛鼻子嘴唇，全身的衣物被烧得只剩下左边一小半校服，左手却紧紧抓住的那条完整的爱马仕丝巾。可以想见，在大火烧身的时候，女孩已经倒下，她的左胳膊被重重叠叠的遇难者压住，才得以留存小半边透露身份的校服和完整的左手。

顾小雪一看见手上那丝巾，便大喊：

"盛鱼！"

冲了过去。

刘燕子老师闻声这才看到顾小雪，但也只是瞟了眼顾小雪，便跟着他跑了过去，消防战士马上呵斥：

"还活着，快让开让开。"

他们飞快地朝救护车上跑去。顾小雪、刘燕子以及陪护刘燕子的那位女士，也相跟着跑向救护车。

救护车上已经不能让陪护的家长上了。等顾小雪、刘燕子和那位女士拦住一辆前来义务救援的出租车赶到离高照大剧院最近的市立一医院时，这个医院早已人满为患。由于救护车数量有限，医院人手、床位紧张，这些被送来医院的伤者，很多一进来就按顺序先后摆放在过道上的椅子上、地上、甚至是楼梯的拐角处，呻吟声一片，肉体的焦糊味熏得人想吐。而那些经过粗略检查，被护士判断为没有生命体征的人，就被马上送到医院太平间，免得耽误伤者的救治时间和占用了伤者的救治力量。

在来医院的路上，顾小雪得知陪护刘燕子老师的是她的姐姐，盛鱼的姨妈刘菊秋。当盛鱼的姨妈问顾小雪怎么那么肯定刚送上救护车的是盛鱼时，顾小雪难过得说不出话来，他哽咽着答道：

"丝巾，我刚送的。校服，我认识。一起长大的。"

说这些话的时候，顾小雪的眼前不断闪现刚刚送上救护车的烧坏的身体和完好的丝巾，他认为这条丝巾是在盛鱼的特意保护之下，才如此完好的。想到这些顾小雪的心更加刺痛，他看着窗外泪水滂沱。

顾小雪的回答，那时引发了刘燕子老师又一轮的大哭。这一路上，基本上都是刘菊秋在说话，她告诉顾小雪，是妹妹刘燕子报的警，报完警，妹妹又打电话给自己让她帮忙来救学生，妹妹在出去报警的时候，记得将她们班上来参加演出的所有学生平安带了出去，却忘记喊上自己的女儿——负责主持的盛鱼一起走，那时，刘菊秋也落泪道：

"如果小鱼儿没救活，你让我妹怎么活？她悔死了呀！"

又补充：

"就是救活了，烧成那样，一个女孩子，你让她怎么活！"

顾小雪在心里回答：

"只要她活着，无论送到哪里医治，花多少钱，我发誓要让她美美地活着。"

到了医院门诊楼前下车，他们又被民警手拉手形成的"人栅栏"拦住了。和火灾现场一样，这里也有很多伤者的家长亲属哭闹着要冲过人墙，但公安方面有命令，不准放进去除伤者之外的任何人，尤其是那些伤者的亲属，他们的情绪已经失控，放进去只会干扰医生们的抢救行动。所以那些年轻的身穿威严制服的民警们，看着那些哭求，甚至是跪求的伤者家属，他们纵然是心里万分地理解和同情，纵然同样的泪流满面，喉咙解释到嘶哑，刺骨的寒风把他们的脸庞和手吹得通红，也将"人栅栏"充满弹性地紧紧连接着。顾小雪看到有个和自己的妈妈差不多年纪的妇女跪在一个年轻的女警察面前，哭道：

"我们都是女人，你就可怜可怜我让我进去吧，我只想知道我的孩子现在是死是活呀，他知道我在身边，会为了我坚持活下去的，我不能让他一个人啊！"

旁边的人就着灯光，眼见这个女警察的泪眼里有了松动的迹象。他们发现她征求意见一般地看向站在前方一点的一个中年警官，就都觉得这里可能是个突破口，都挤过来齐刷刷地跪了下来：

"孩子不能没有我啊，这时候。"

"就让我进去看一眼吧。"

就连刘燕子老师也跪在了这个女警察的面前。

中年警官赶紧制止：

"会安排大家进去看的,等医生妥善收治了,我们会通知你们的,请大家少安毋躁。"

恰此时,市长乐华清领着一众人在医院开完会,又各病房抢救室查看了一番正好出来,当他走到民警围成的"人栅栏"边上的时候,顾小雪看到了他们。

顾小雪以前跟着母亲和市长乐华清吃过几次饭,这时他走过去喊:

"乐伯伯,我是屈大雪的儿子,您还记得吧,您点个头,让我进去吧。"

市长乐华清就朝中年警官点了点头。当市长一众从"警察栅栏"暂时松开的一个小口子那儿都出来之后,顾小雪就赶紧抓着刘燕子的手挤了进去。等他们仨人进去之后,"人栅栏"又迅速合拢了。

"人栅栏"合拢之后,跟过来的人们又愤怒了:

"凭什么他们能进去?"

"屈大雪是谁?"

"屈大雪?市里主管文教卫的副市长好像姓屈,对,就叫屈大雪!"

不知谁起了个头,人群一齐抗议:

"官民平等!"

"让我们也进去!"

有个穿校服,满脸黑烟的十四五岁男孩,这时对他的胖父母说:

"起火后,我听到有个女的在话筒里一直喊:'领导小心!领导注意安全!'没人管学生,我就跑出来了,但妹妹——"

这个男孩的父亲就是之前和顾小雪乘同一辆出租车的人,他记起了车上的时候,这个男孩先是拿钱让司机闯红灯,后又去扒消防车,霸道得很。现在又听自己的儿子这么说,怒向胆边生,对着中年警官就是一拳,喊:

"打死你们这帮官官相护的,我侄女要是死了,你们都要陪葬,特别那个什么女市长!"

这个男孩的一句话,后来发酵到无限大,但这个时候,顾小雪已经走进了门诊楼,他没有听见,因此还不知道自己的母亲也已历难。其实若不是事情出现得太突然太残酷,若不是顾小雪对盛鱼的那种初恋情愫占满了他的心，他是该想到，医院和学校都是他母亲主管的部门，就是他母亲没有在起火的高照大剧院参加活动，这时恐怕也应该出现在慰问的队伍里。多少年后，当顾小雪回忆当时的情形，总会有锥心之痛。他想，一向讽刺母亲官僚女、行政腔的自己，十七八岁的年纪，居然还能几次三番打着母亲的官名为自己解决问题，也不管是否侵占了别人的利益，真是被爱冲昏了头脑啊。他那时就这样被爱情一叶障目地冲进了医院，他抓着刘燕子老师的手，在门诊楼内半明半暗的灯光映照下，在躺倒在地上还没轮到检查的那些面目全非惨不忍睹的伤者中间艰难穿行，慌乱地寻找那紧抓着丝巾的完整的左手，和绿与白相间的只剩了左半边的校服。

后来他们随着一个贴编号牌的小护士，才得以有序地寻找。这个小护士戴着口罩，只露出一双惊恐万状的眼睛，她在一个年轻男医生的指示下，按照重伤、轻伤和死亡三类在贴着不干胶的编号，顾小雪看到她的手一直在抖着。跟着这个小护士检查到二楼和三楼楼梯转角处的歌台上的时候，顾小雪发现了他送的丝巾，他又喊：

"盛鱼！我来啦，你要挺住！"

刘燕子和刘菊秋也紧跟着跑了过去，刘燕子尖锐的声音大喊：

"医生！快来啊，快救救我的女儿啊，她快不行啦！"

负责检查的年轻医生简单地搭了下那只拿着丝巾的好手腕的脉搏，说："1号。"

就去检查下一个。

那个贴编号的小护士先把"1"的编号贴上，再贴一个"97"的编号，刘菊秋意识到第二个编号可能是排序，也就意味着前面要等九十六个才能轮到自己的侄女，这时她急了，呵斥道：

"别人我不管，我看见了就要优先我盛鱼，这么严重，不抢救的话，你俩能保证她活着出院吗？"

小护士这时提高声音回答：

"你喊也没用，医生都在忙，再说，送进来的都伤得严重，必须按照顺序来！"

顾小雪这时又故技重施，他一把拖过那贴编号的小护士，指着紧抓着丝巾的那只手，大吼：

"我妈妈是屈大雪，就是主管你们的副市长，赶快去叫你们最好的医生过来救她。"

这时候，就在顾小雪脚后跟处，一个重伤的成年人的光脚动了动，她那已经烧得没有嘴唇的嘴巴也张了几张，可惜讲不出话来。她就是屈大雪，儿子那熟悉的咚咚咚的脚步声，通过楼板的振动，有力地敲击着她的后脑勺，震动了她的心，她似乎从一个深深的黑洞里爬到了临近洞口的地方，看到了一线光明。这光明将她唤醒，她感觉到了儿子的到来，之后，她又欣喜地听到了儿子的口中说出的"屈大雪"几个字，她奋力用脚去够儿子的脚后跟，但够不着。最后，小护士叫来了院长，那个三个多钟头前请她帮忙解决医闹的男人，这个男人拍着她的儿子顾小雪的肩膀，命令手下人赶快把紧抓丝巾的小女孩插队送进重症监护室，一行人便手忙脚乱地离开。

听着儿子顾小雪那熟悉的脚步声又离她越来越远，屈大雪感到了绝望。当小护士和那年轻的实习医生再度来到孤零零躺在楼梯转角处的屈大雪的身边时，屈大雪忍住剧烈的刺痛，用喉音告诉他们：

"我是屈大雪。"

两行浊泪从那血红的已经看不见任何东西的眼里流了出来，她再度昏死过去。

给屈大雪动手术的医生就是钟山林。两天之前他坚持不给盛鱼的同学杨雪晴切除好阑尾，引发了医闹事故；三个多小时前，屈大雪副市长匆忙赶到医院，解决了这起因他而起的医闹事故；三个多小时之后，钟山林医生娴熟地切开了屈大雪的喉咙，给她吸掉了里面混合着毒烟的黏液，插上喉管，又处理了其他几处伤口，然后说：

"暂时没有生命危险，但肯定会有反复，你们盯紧了。"

屈大雪这时又有了短暂的清醒,她听见了钟山林医生的这句话,却认为自己已经死掉,她觉得自己又在那个冰冷刺骨的黑洞里直往下坠,下坠的路线就是她屈大雪自我埋葬的道路。在这条无人相送的路上,屈大雪拿怨气当纸钱,自己给自己出殡:火场外身为消防队长的丈夫,她也曾真心对待过他,他一次次在自己生病痛苦的时候,在自己需要他的时候,从自己的身边被警铃唤走,刻不容缓,他去那险境救了多少别人的命,如今自己在他的辖区内落难,却至今都未见他的身影;手术室门外过道上的那个儿子,她充满希望地把他带到这个人世,他也曾经占满过自己的心,而今他却无视亲生母亲的生死,还打着自己的名讳,救治守候另一个不相干的人。

终于,她觉得自己坠入了黑洞的底端,"咚"的一声,很好,她就这样瞒着世人,瞒着儿子,瞒着丈夫,把自己埋了。

心率监视仪发出了刺耳的声音,护士喊:

"35、22,钟医生!心跳快没啦!"

屈大雪的灵魂在她的心跳次数变成个位数的时候,升到了手术室的天花板上,她看到了病床上的自己,她想起少女时在乡下,听妇人咒仇人:

"我要你不得好死!"

"我会让你死得难看的!"

她没想到灵魂还真能看到自己的遗体,她没想到遗体还真能丑陋如此!

"不得好死""死得难看",多么恶毒的咒语。

顾小雪和刘燕子老师在重症监护室的门外守候到清晨,他们疲惫不堪,却谁都不愿意远离半步。可是,半夜回去拿衣物的刘菊秋匆匆赶来,却告知他们一个意外的消息,紧抓爱马仕丝巾、只剩左侧半边校服的在重症监护室被抢救过来的女学生,并不是盛鱼——姨妈从那半边校服口袋里掏出的钥匙,今天早上怎么都打不开盛鱼家的房门。

那么盛鱼在哪里?现在是死是活?如果活着,肯定会拿着钥匙回家的,难道?

顾小雪不愿意往深处想,他看见刘燕子老师瞪了自己一眼,起身跑向了医院太平间的方向——他们守在医院的这段时间里，无数次看到抢救台上或走廊过道里的重伤的孩子，被宣布死亡后，直接送到了那里。

医院太平间里，寒冷刺骨，但现在却只有一具成人的焦黑的遗体和五具小学生焦黑变形的遗体放在那里。负责守卫太平间的民警告诉他们，因为这里场地有限，又有不少没抢救过来的人不断地送来，所以先期确定死亡的，都被连夜陆续转移到了市里的殡仪馆，也有家长确认是自己的孩子的，被要求抱回了家。

刘燕子老师闻言，转身就跑，速度之快让顾小雪和盛鱼的姨妈赶都赶不上。

打了出租车来到城南的殡仪馆，盛鱼果然在那里，而且从外面看几乎毫发无损，只在衣服上、脸上有几个烟黑色印迹，她就像一个睡美人般躺在那里，圆圆的眼睛还睁着，只是再也不能转动。

看到他们仨哭喊着，越过殡仪馆地面上一具具已经编号的遗体，跟跄地扑向这个唯一一具不但完整而且美丽的遗体。负责拍照、填写死亡判断书的五个民警中，那个年轻的名叫柳中槐的男民警立即提着相机走了过来。过来之后他大惊失色，喊：

"天哪！昨夜眼睛还闭着，怎么今天睁开了？"

说得一屋子的人都骇然，其他几个民警也都跑过来看，一个年长些的就提醒：

"柳中槐，昨晚是你给她拍的照吧，看看照片你记错没有。"

柳中槐连忙翻出之前拍的盛鱼的照片，果然是双眼紧闭的，那长长的睫毛，柔柔垂放在白色羊毛裙两边的双手，倾泻而下的乌发，真的像仙境里的睡美人。

刘燕子老师看过照片后，摇晃着盛鱼，喊：

"小鱼儿！你醒醒啊，你动一下眼睛给妈妈看看啊！"

年长的民警这时叫来法医：

"家长请让让，您不放心就让我们法医再检查一遍吧。"

法医认真的例行检查一番之后，说：

"您看，还和昨晚检查的一样。"

这时杨雪晴的父亲，就是那个曾骂钟山林医生误诊的杨五六，和另一个男人抬着一个刚刚死去的被要求转到这里来的成人受难者遗体进来。杨五六本来是吵着要医院赔偿他女儿三十万的，但屈大雪副市长来过之后，他直接将赔偿金降到了三万；两小时后，高照大剧院大火，杨雪晴的同学死的死伤的伤被送进医院，目睹这惨状后，他拉着女儿杨雪晴给钟山林医生磕了一个头：

"谢谢你的救命之恩。"

又对旁边的院长说：

"需要我帮忙的，您尽管开口，我别的没有，力气和胆量是有几斤的，跑了十几年长途贩运，什么没见过呢？"

院长就安排他协助公安民警转移尸体。

这时他放下遗体过来说：

"我女儿一个一起学钢琴的同学，她的父亲想进医院找女儿被警察拦住，后来偷偷从医院太平间后墙上攀着下水道管爬上去，打破玻璃窗跳进了太平间，万幸呀，这个爸爸找到孩子的时候，发现那孩子还有微弱的心跳，马上抱起往急救室送，真及时呀，捡回了一条命！"

旁边有人插嘴道：

"那些草包医生，都是刽子手！人还没死就往太平间送！"

杨五六这时说了公道话：

"不能怪医生，你不晓得他们有多忙，我都亲眼看见好几个医生护士累昏倒了，爬起来又工作。"

家长们不说医生了，又抹着眼泪说民警：

"我昨天要进去也被民警拉住啦，你们民警只晓得替那些狗官维护秩序，不知害了好多孩子的命！"

听家长这么一说，几个累得快要崩溃的民警心里一凉，都转身就走，忙自己的去了。稍微停顿了一下，盛鱼的妈妈刘燕子老师像邪魔附体一样，忽然冲过来对着顾小雪就是一顿拳打脚踢。

刘菊秋愣了一下，也明白过来，加入了对顾小雪的殴打。顾小雪先也愣住了，本能地用手挡，后来看刘菊秋也攻击自己，这下他也明白了过来，不再反抗，只是咧着嘴哇哇大哭。

那些民警不明白顾小雪是因自己误了盛鱼的最后一口气而哭，还以为这孩子是被打哭了，纷纷过来抱住了像两头母豹子一样的刘燕子老师和她的姐姐。这时人群奇怪地发现，被打倒在地的中学生顾小雪，不但没有跑掉，反而自己接着打起了自己，脸上的血被拍到了手上，手上的血甩到了地上。

而旁边，刘燕子老师又反过身子攻击抱着她的民警，盛鱼的姨妈也同样为之，还嚷着：

"本来是活的，你们合谋杀了她啊，我要告你们！告你们！"

说完一把抢过柳中槐手里的照相机，就往楼下跑。

几个民警同时追了出去，年长民警跟在后头喊：

"相机！相机！一定拿回来！"

这时又有一个小女孩的遗体被送了进来。这个小女孩的遗体后跟着的四个亲属中，有一对正是昨天和顾小雪同乘一辆出租车，后来在医院又抗议警察将顾小雪他们仨单独放进去的那对中年夫妇。那男的先发现坐在地上，满是鲜血的顾小雪，憎恨道：

"活该！母债子还！你们看，他就是副市长屈大雪的儿子，起火后，他妈妈不组织我们的孩子逃命，只喊让领导注意安全！"

顾小雪闻言霍地站起来，他这才知道自己的妈妈昨天也在起火现场，他大叫着：

"妈——"

冲开人群飞奔了出去。

四

　　高照大剧院的灭火救援行动，从接警到搬出最后一具遗体，一共用了四个小时五十二分钟。在市长乐华清到医院看望伤者的时候，省公安消防总队总队长刘春秋、省公安厅厅长江思行、副厅长方夏志、省总队政委黄金柱、副总队长任拓宇、政治处主任蒋碧君以及高照市市委书记华志伟等省市领导都先后到达现场。在市委书记华志伟和省委常委、政法委书记、省公安厅厅长江思行的统一组织下，现场又重新成立了以省市政府、公安、消防领导为成员的灭火和应急救援总指挥部。总指挥部负责与活动主办方的教育文化系统，以及供水、供电、医疗、驻军、武警和当地相关部门的外围协调，并组织疏散围观群众和火场、医院、殡仪馆的警戒；同时成立了现场作战指挥部，省公安消防总队刘春秋总队长、黄金柱政委任总指挥员，具体负责指挥火灾扑救、人员施救及火场供水、火场通信保障等工作。

　　以上各级各部门领导的到场、人员分工以及具体工作安排，只是依照惯例进行。火灾或者安全事故是分等级的，一般级别的，连市一级的领导都不会惊动，而高照大剧院的这场火，虽然暂时没出来具体的人员伤亡数字，但事故性质明摆着已经是重大级别了，因此省、市、军、警大领导闻讯都在一个小时之内到齐。各级领导陆续坐到指挥车上，表面上看是戴着无形官帽子的官员（政府官员）和戴着有形官帽子的官员（军警官员）几个人坐在车上，实际上这么几个人坐在一起，就等于成千上万的戴着小官帽子的人坐在一起，也等于辖区内所有行政力量汇聚在一起，因此会议开到最后，惯例之外，高照市市委书记华志伟对各顶官帽子又有额外的请求。他对着大家一拱手：

"入土为安呐同志们！事故现场清理之后，我们必须在三日之内将这些娃娃们安葬，由政府选墓地，墓地我看就放在瓦罐岭工地吧，你们很多外地来的不知道，我小时候在那边上长大的，地方是山清水秀，但解放前和解放初期一段时间，那里是专门埋夭折的孩子的。那时候孩子暴病伤亡之后，家里人拿干柴一起烧掉，捡几块骨头，放在瓦罐子里埋在那个地方，所以叫瓦罐岭。开发商那里，你们去协商，早些天我路过那里，看见已经挖出了基坑，就用他们的设备，即刻将基坑改成墓地，我们再换个地方给他开发。另外，由政府置办棺木，有少数民族的，依照他们的风俗下葬，但时间地点必须统一：三日之内按规定下葬的，我们优待，给最好的大理石墓碑，刻上烈士之名，安葬之后，我们再谈抚恤以及伤残人员的相关补偿。国务院调查小组即将进驻，我们一定要全力配合，但更要紧的是，我们不能有一例上访事件，今晚一定要将所有伤亡人员的名单弄出来，明天早上八点之前，这些伤亡人员中，未成年的伤亡者的父母所在单位，成人伤亡者及亲属的所在单位，单位的一把手是谁，没有单位的，他们所在小区、社区的一把手是谁，这些都要搞清楚，然后把这些一把手的名单报给我，我们组织他们开个会，让他们去做通伤亡者的亲属的工作。"

这次会议顾如铁也参加了，他是以消防队领导的身份被允许参会的，由于妻子至今仍生死未卜，实际上他是带着事故亲属的心情在听会。会议开始时按惯例的分工顾如铁早已习惯也烂熟于心，听着没有别的感受，可会议最后，市委书记充满温情的讲话倒是让他不寒而栗。

他的不寒而栗市委书记没有觉察到，但是顾如铁的老领导，支队长庞正江觉察到了。会议一结束，顾如铁比谁都迅速地跳下指挥车的时候，支队长庞正江从后面喊住了他：

"你的任务暂时交给你们教导员高世仁吧，对讲机你暂时拿着，我让他们一旦发现成人伤亡者，就传你去看看，一旦找到你老婆，即刻派专车送往医院抢救,你陪着去。"

消防大队大队长顾如铁,从业二十多年来,可以说是身经百战,这是头一次碰到自己的至亲被火所困,也是头一次穿着制服当看客,因此他从指挥车上下来,由南门走到西门,西门走到北门,北门又走到东门,一副无所适从的样子。那时他心里火急火燎,根本不知道身后有个人在偷拍他的"消防警官火场闲逛"的视频,这个人就是火灾现场他抬脚踹自己的儿子顾小雪时,给他拍照的那个男人。那男人名叫欧阳至尊,个头瘦小,是个小有名气的小报记者,他那时以为自己发现了猛料,便一直跟拍,这些东西,后来还真的成了开除顾如铁的"罪证"。

顾如铁各个门逡巡一番,当对讲机里传出某个门有成人的遗体或是成人伤者抬出来后,他便飞跑着去那个门看,如此奔波几番,也没有发现妻子,还让自己跌得鼻青脸肿。他忽然觉得自己像一条愚蠢至极的丧家犬,遂给自己点了支烟,强迫自己定了定神,就去指挥车上找了卫生局局长刘柯之,让他问问医院是否已经收治了妻子屈大雪。

顾如铁靠在冰冷的指挥车外抽烟。他仰头看着天空,天空不知什么时候下起了小雪。这些小雪在路灯的光晕里飞舞,它们一朵朵一点点明明是就着北风斜斜地从上往下落,顾如铁却觉得它们是从下往上升的。

"平生不伤蝼蚁命,爱惜飞蛾纱照灯。"

这是他小时候,听奶奶摇着蒲扇说得最多的一句话。现在,在路灯的光区里,这些飞雪多像他小时候在乡下的田间看到的,被碘钨灯引来的一群群奔向光也是奔向死的飞蛾。哦,飞蛾,奶奶说过小孩子死了灵魂会变成飞蛾。

"孩子,飞吧,别留恋了,快离开这寒天冻地的人间,天堂里四季如春,天堂里只有鲜花没有寒冷,更没有这些利欲熏心的愚蠢!"

顾如铁眼望飞雪,心中如是祈愿。这个时候,见惯了生死惨状的顾如铁竟没有感觉自己在发抖,因为看飞雪出神而许久没吸的香烟,那长长的烟灰如受惊般掉落。伤亡数字现在没有出来,但以他多年积累的经验,他很容易就可以判断出死亡人数绝对要超过两位数。这时,那些朝着路灯奋力飞翔的如蛾子一般的雪里，一朵稍大的雪花忽然拐个弯掉落在他的眼睛上，这是哪个孩子的冰冷的魂啊？或者是妻子屈大雪？

顾如铁的身子猛地一震，半截烟掉落在地上。就在这个时候，往返于市立一医院和高照大剧院之间的救护车上传来消息，他的妻子屈大雪副市长已经在他们医院被抢救了过来，是院长亲自安排的手术。

顾如铁又问现在能否去探看，对方回答：

"别说是现在，最近几天都不行，重度烧伤，各项功能指标本就低，探视很容易让病人感染，感染就更危险了，北京的专家正往这边赶，我们会安排最好的专家的，您放心。"

顾如铁便又去南边正门找支队长庞正江。支队长受总指挥的命令，这时候正在指挥准备发动总攻，听到自己的老下级顾如铁扯着嗓子喊，要求给他重新分配任务，支队长庞正江劈头盖脸就是一顿训：

"九个中队都来了，不缺你一个人，走远点，别在这儿碍事！"

顾如铁恨得牙痒痒的，却不知道恨谁，他朝地上啐了一口痰，又仰头对天喊了一句：

"我搬石头打天啊！"

几点冰凉的雪屑儿落到他张开的嘴里，很快就融化了，流到舌根的时候，他似乎品尝到了一丝焦糊的苦味，他知道是雪花在半空中和火场飞出的烟尘结合形成的，他舔了舔嘴唇，回头望了望有如人间炼狱般的火场，就径直往家的方向走去。

顾如铁走进市委大院的家里的时候，已经是深夜十一点。其实从高照大剧院到市委大院，穿街过巷抄近路的话，最多半小时可以走到，但那时的顾如铁不愿意抄近道，他偏要绕着走大路。这个城市的大道他很熟悉，却从未慢慢走过它们。哪次出警不是火急火燎啊，不说部队对出警时间有规定，单从实际出发，也许一秒钟甚至半秒钟就是一条人命啊！不是吗，那次霞飞商场坍塌，他冲进去抱起一个被打断腿垂危的工人，刚一转身，只半秒钟啊，大梁就擦着自己的后背砸到地上。没有谁会比一个老消防更懂时间就是生命这条真理。因此每次从这些路上过，都是飞驰而过，但今天，当这个城市的消防力量倾巢而出的时候，这个城市的民众亦纷纷奔向火场的时候，他，一个原本向火而行的消防队一线领导，却要逆着救援的力量回家，在漫天的小雪里，慢慢走回家。

家？这还算家么？算他的家么？他已经差不多一年没有进这个家门了，上次回来是过年的时候，为了配合妻子给儿子和从乡下进城的老父老母上演一出和睦的家庭戏，他抽空回了一天，也陪妻子背对背地睡了一夜。第二天，他借口消防队有纪律，节假日是非常时期，不能在家久待，就赶紧离开了这个让他窒息的家。

这个晚上，他独自走进了这个名分关系上的妻子和血缘关系上的儿子的家，他知道他的妻儿没在里面，这反而让他稍感安心。进门之后，他将家里楼上楼下各个房间所有的灯都打开，然后坐在楼下大客厅的沙发上抽烟。

窗外飞雪沙沙，屋内香烟袅袅，往事就在烟圈儿里慢慢显影。

对于妻子屈大雪，顾如铁是有些怵的。他知道这份怵来自她与他之间的距离，这个距离一直存在，哪怕是他们洞房花烛之际，身体交融的那一刻，他还是懊恼地觉得身下这个女人离自己好远。

他记得从父亲那里得知屈大雪同意与自己交往之后，便特意请假，从城南的消防队找到了位于城北的化工厂子弟学校，去见了对象一面，不过只是他单方面的见面。

那天他去子弟学校找她的时候，她正在五年级教室里上课。他那时的心情一半像刚入学堂门的小学生一样激动，一半又像没完成作业又迟到的小学生一样紧张。他偷偷地站到紧闭的教室后门外，满脸通红忐忑不安，既想被屈大雪老师发现，又害怕被她发现。他本来是准备等下课与她见面谈谈的，但当他听完她讲的半节课，自信心全部被击垮。

他看到屈大雪老师不到二十岁的年龄，在课堂上敢于指出书上的错误，说得也很有道理；他怕下课之后见面了，屈老师随便一个问题就会让自己难堪，一难堪这婚事岂不是还没开始就黄了？

垂头丧气回到大队，值勤室的值勤员高世仁跑过来打探他相亲的结果，他便将整个过程一五一十地告诉了这个素有"高诗人"之称的好兄弟。谁知这个诗人兄弟安慰道：

"打架的时候，为兄弟可以两肋插刀；谈恋爱的时候，为兄弟可以两手飞诗。谁叫你偏偏认识我这个文武双全的兄弟呢？"

于是高世仁便替顾如铁写了一首诗并让他寄过去。如他们所料，屈大雪老师那时候确实被这封信打动了，她没想到少女时代认识的那个铁哥哥除了会做弹珠盘车，还会写诗，虽然字写得不好，诗好就行。收到这封信后不久，屈大雪老师所在的化工厂发生了火灾事故，瞭望塔上经常往北望的顾如铁那天第一时间就望到了火情，知道那个方位是恋人所在的方位，坚决要求随车出警。到得火灾现场，顾如铁表现得比哪次都勇敢，他一马当先，哐啷一声，以肉拳头击碎了值班室的硬玻璃，背出了正在值夜班的化工厂副厂长。他的右手被划破，正好成为不再写诗写信的借口。化工厂的副厂长出院后亲自去感谢顾如铁，说有什么忙要他帮的尽管开口。顾如铁吞吞吐吐说出了这个副厂长管辖着的子弟学校的屈大雪是他的未婚妻，水平很高，可不可以提拔提拔？副厂长满口应承了下来，因为这之前他就知道了屈大雪老师，这个老师把对教学参考书上的质疑写成了论文发表在杂志上，那后面标上了他们厂子弟学校的名称。不久以后，屈大雪升为学校小学部的副校长。前面的诗歌，加上这次火灾事故中顾如铁的表现，让屈大雪很受感动，她同意了他近日择期完婚的请求。

但婚礼上却露馅了。高诗人去参加婚礼，看见了新娘子又性感又美丽，还有才华，想起自己的老婆只晓得在乡下喂猪，自己的满腹诗才无人倾诉，哪知顾如铁几桶酒换了他的诗，再换来的新娘子如此美艳动人，还有城市户口，他嫉妒得满眼喷血，遂大口喝酒，喝醉了之后，便大声吟诗：

你是那百舸争流的大海，

我就是你海面上的一叶小舟；
生，感谢你的托举，
死，感谢你的收留。

他冲着新娘子屈大雪朗声吟诵，还做拥抱状，新娘子脸上挂不住了，问顾如铁：

"你怎么把我们的私人信件给别人看？"

高诗人摇摇晃晃大声说：

"我写的！酒逢知己饮，诗向会人吟。来，今天我们对一首诗助助兴！"

顾如铁冲他的勇、猛、刚、强四个哥哥一使眼色，四个哥哥呼啦过来抬起高诗人就往人群外去了。

那天晚上，洞房花烛夜，顾如铁和屈大雪，两个身体零距离接触的那一瞬间，顾如铁想：

"这个女人，原以为结婚就完全得到了，可眼下她这别过去的头，这表情，还是隔着十万八千里呀，恨死了这个高诗人，还有那些什么狗屁诗。"

而屈大雪却在想：

"强权加欺骗，我嫁到了一户什么人家呀！"

俩人从此貌合神离，互不买账。这样到了一九八一年，高照市消防大队机关各部门进行调整：在下辖的阳山县和流河县两县设立了公安消防股；在城区东、南、西、北、郊设立了公安分局消防股。顾如铁便请命去县公安局消防股工作，由于他之前的出色表现，顾如铁从大队调往阳山县公安局消防股工作的时候，便成了股里的头——股长。因为和妻子精神上的距离，顾股长才如此主动拉开和妻子在空间上的距离。及至年底小雪节气那天儿子出生，夫妻俩又因为取名吵了一架，加上顾如铁怵着妻子，最终儿子既没叫成"顾铜墙"，也没叫成"顾铁壁"，还十几年如一日地被叫成了他一想起就心塞的"顾小雪"。

不知这样坐了多久，顾小雪突然推门进来，打断了他的回忆，顾如铁回过神来，哑着嗓子问：

"你回来干什么，怎么不去学校？"

顾小雪没有回答，也发问：

"我妈呢？你有没有把她从火场救出来？"

顾如铁也不回答，而是起身吼道：

"过完年就要高考了，还不回学校读书去！快去！"

顾小雪意识到了什么，往母亲卧室里跑，再往楼上母亲的书房跑，边跑边喊：

"妈——"

顾如铁在楼下喊：

"你妈今天去北京学习去了，没在火场。"

顾小雪又噔噔噔下楼，瞪着眼睛望着父亲：

"你骗我干什么？他们都看到她在大剧院讲话，是不是你没去救她，让她活活烧死了？"

顾如铁知道骗不了儿子，如果不说实情的话，儿子是不会去学校上学的，想了想，换了一种说法：

"你妈被医疗专家的专车接到北京去治疗了，你放心去读你的书，她是市长，有最好的医生护士照顾她，不用担心，你先回学校上学吧。"

顾小雪却并未听从父亲的催促去上学，反而在沙发上坐下了，这时屋外的小雪变成了鹅毛大雪，纷纷扬扬地把世界下得白晃晃的。南方的冬天本来湿冷，昨天顾小雪出门时关上的中央空调，顾如铁一晚上都不记得去开，现在整个屋子里和外面一样冷，但他们父子的心比气温更冷，也就不觉得环境的寒冷。顾小雪在沙发上坐下之后，把脸埋进了自己冰凉的手掌内，再次哭了起来。他相信了父亲的答话，现在妈妈还活着，可以暂时不去操心了。但盛鱼却死了，哪怕她只剩一口气救活了，哪怕她烧得面目全非，也是可以去整容的，哪怕整不了，只要她活着，她的心能感受到他的存在，他的爱，也比什么都强啊！但现在盛鱼死了，一切都无可挽回，如果不是自己错认了那条丝巾，也许就不是现在的结局，他悔死了！

另一张沙发上的顾如铁却不知儿子的心事，他自己吃了没什么文化的亏，希望儿子能考个好学校，现在高考进入倒计时，一分一秒比钻石都金贵，儿子却还赖在沙发上不知哭哪般，他烦躁起来：

"你嚎什么丧啊！我和你妈不都活着吗？你哭死啊！都几点了，学校都上课了你还在这里磨磨蹭蹭！"

顾小雪把脸从手掌里抬起来，泪眼婆娑地盯着顾如铁看，抽泣得依然说不出话来。

顾如铁很久没有这样正眼看过儿子，或者说是没有这样被儿子盯着看了。他的同事朋友都说儿子长得像妈妈屈大雪，真的像啊，鹅蛋脸型，俊秀挺拔的鼻子，红润有肉的唇，清澈明亮的大眼睛，还遗传了那对于男孩子来说纯属多余的长睫毛。这会儿这双眼睛蓄着那么多痛苦和无助！顾如铁忽然恍惚了一下，沙发上的儿子变成了妻子，他觉得是妻子屈大雪在含恨带怨地望着自己，他想起了妻子说过的那句最伤他的话：

"你误了我的青春，我的中年，你还要误我一辈子吗？"

顾如铁之所以觉得这句话最伤自己，是因为他并不认同，屈大雪一路青云直上官至副市长，自己是出过力的啊，怎么反而是误了她呢？

想起这些，顾如铁的心里又烦躁起来。这一烦躁，他便从恍惚里挣脱出来，回到现实中，儿子这时候忽然发问：

"爸，你说我妈会在台上只喊领导小心吗？"

顾如铁闻言却懵了：

"说句话怎么了？你妈当老师当领导都是指挥人的人，这样说不很正常吗？"

顾小雪意识到自己没说清楚，补充道：

"殡仪馆里有个学生的爸爸说，起火了，我妈在台上大喊'领导小心''领导注意安全'，台下几百名学生的安危她不管，生死关头还一心只顾领导。"

顾如铁闻言心脏狂跳，他以为儿子是去殡仪馆找妈妈，他以为自己的妻子昨夜没有抢救过来，已然殒命，但回想起儿子进门的表现，应该是在殡仪馆没找到他的妈妈的，遂问：

"殡仪馆？没事你跑到殡仪馆去干什么？你什么时候去的？"

顾小雪又不回答父亲的问话，依然问自己的，他们父子这一点非常相像，所以多年来，沟通一直不畅。这时他继续问：

"你说我妈会不会这样做，凭这么多年你对我妈的了解，你说她会不会这样做。"

顾如铁觉得现在自己要稳住儿子了，因为儿子泪眼里闪烁的是绝望和无助的光，他定了定神，答道：

"儿子，相信爸爸，爸爸是个老消防了，起火之后，人群就会恐慌，人们的第一反应就是逃命，不管大人和小孩，见到危及生命的信号，本能的反应就是逃，哪里还会听谁说什么话。"

顾如铁想帮儿子卸下思想重担，又说：

"你妈当时如果真在台上，话筒如果也正好在她手里，我觉得她不会不顾学生，因为发现起火，现场就会失控，你妈肯定是想控制现场，让所有人有秩序地撤离。"

顾小雪皱了皱眉，极力去想象当时的场景，一想又想到盛鱼那儿去了。他想象起火了，他的妈妈拿着话筒，盛鱼是学生主持人，肯定站在一旁。为什么他的妈妈活着出来了，还有他熟悉的黄伯伯也活着出来了——他去医院找盛鱼的时候，瞟见了院长办公室坐着黄天蓝，他的耳朵和一边脸颊烧伤了，医生在给他包扎，看样子并不严重。

顾如铁看儿子皱眉，又补充：

"如果真有人听见你妈喊了让领导注意安全，那你妈也没错吧，我听说会场上有很多来自省会城市和兄弟城市的领导和老师，你妈是负责接待的主要领导，她必须对她所接待的人负责啊。"

顾小雪猛地站了起来，瞪着眼睛说：

"那就不必对自己的学生负责啦？那些领导和老师都是大人，大人要保护孩子的！你没看电影《泰坦尼克号》吗？人家都是以抢占了妇女儿童的救生艇位置为耻的！"

顾如铁说：

"没错，你妈是领导，但她首先是一个女人，现在她也被烧伤了，她需要我们两个男人去保护她，这些攻击她的话，现在也还没有落实，你不要信，更不要传，别人质问你，你还要否定，你要坚决地告诉别人，我妈是绝不会这样做的！"

顾小雪颓然跌坐在沙发上，双眼紧闭，泪水又流了出来，他喃喃道：

"盛鱼本来可以不死的，爸爸，盛鱼本来可以不死的，是妈妈和我——"

顾如铁打断：

"哪个盛鱼？你去殡仪馆就是为了找这个盛鱼？"

顾小雪点头，他喉头哽咽说不出话来。

顾如铁意识到这个盛鱼可能是儿子的心上人，要不然他不会这么伤心，但他觉得最伤儿子的，应该还是外面疯传的妻子在火灾现场的表现。他走到儿子身边，拍了拍儿子的肩膀，劝慰道：

"儿子，你妈是个好人，也是一个好领导。所以我认为，她是不会那样做的。这件事情，我想接下来国务院调查小组、公安等等，都会有个公道的结果，所以你不要现在就背这么重的思想包袱。你妈是个大人，舞台旁边就有一张通向回廊的门可以逃生，她都没有率先逃出来，她是受害者啊，你怎么跟着别人把她说成了害人者呢？你妈知道了要心寒的啊，这么多年，我在消防队没有时间带你，是她里里外外一把手，又当爸又当妈地把你拉扯大的，她还要追求她的事业，她太不容易了！儿子，你怎么能这样对你妈呢？"

说到最后，顾如铁也哭了。这是顾小雪第一次见父亲流泪，而此前，父亲一直是教育他"男子汉大丈夫流汗流血不流泪"的。正是父亲这稀罕的眼泪镇住了顾小雪，他扯过两张纸巾递给顾如铁，低头道：

"爸，对不起，我再也不这么想了，我去学校了，妈妈的病情有什么变化，请你及时告诉我，什么时候你去看她，请带我一起去。"

待顾小雪走出门，随着砰的一声关门声，顾如铁赶快拿起沙发角几上的电话，给大队办公室拨了过去，响了很多声，都是无人接听的状态。这是极不正常的事情，他预感出了什么事，遂拿起搁在沙发上的军帽戴在头上，打开门，投入到漫天的风雪中。

大雪飞舞，掩盖住事物本来的面目。顾如铁想，他的妻子屈大雪，如果真在火场上有这样的表现，他一定要尽全力制造一场反证的大雪，把它掩盖住，不然的话，他的妻子屈大雪，以及儿子和自己，就全毁了。

五

顾小雪风雪中跑到学校，正好第二节课的下课铃声响起。因为天气的原因，往常第二节课后的跑操就取消了，同学们都三五成群地围在一起说着昨天傍晚发生在高照大剧院的火灾，但他们看到顾小雪一进教室，就又不说了。顾小雪猜想他们可能是在传他的妈妈屈大雪副市长在火场说的那句话，遂苦笑了一下，去了自己的座位。可坐下之后，四周叽叽咕咕的声音又响起，弄得顾小雪如芒在背，他忽然想起数学老师王一川昨天也去了火场，不知现在来了没有，便起身朝数学组老师的办公室走去。

推开数学组老师办公室的门，顾小雪心里一动，因为不仅数学老师王一川在，他的儿子王子阳也在。那天盛鱼告诉他，和她一起担任学生主持的是他的数学老师王一川的儿子，还说本来她的老搭档本校高中部的黎京平主持得更好，但据说是市里指定了王子阳主持，所以她盛鱼没有办法，只好将就。当时顾小雪猜想市里负责指定的这个人肯定是自己的妈妈，自己的数学成绩并不好，但数学老师对自己特别好，换主持人的安排肯定是母亲在投桃报李，没想到此安排反倒救了黎京平一命。

不过让顾小雪没想到的是，屈大雪居然在火场还救了王子阳一命。见顾小雪走进来，王一川老师便对儿子说：

"阳阳，给哥哥讲讲，他的妈妈屈市长是如何救你和另一个主持人的命的。"

王子阳看了看顾小雪，又看了看自己的父亲，准备开口时，又看了

看办公室坐着的其他数学老师,忽然他失去了讲述的兴趣,皱着眉头说:

"爸,还是你讲吧,昨晚上你和妈逼着我讲了一遍又一遍,后来那些同学的爸爸妈妈爷爷奶奶又来要我讲什么情况,刚才我又给你办公室的老师讲了,我现在真的不想讲了,我都讲烦了,再要我讲我会讲死去的,你替我讲吧。"

说完径直走了出去。

望着消失在门后的儿子,王一川老师只好自己开讲了,他说:

"小雪,现在情况对你妈妈非常不利。昨天晚上,阳阳一些同学的家长,不断地找上门来,让他讲当时的一些情况,他们都提到了有个女领导,一直拿着话筒喊,让领导注意安全,对学生不管不顾,很多人都说是你妈妈讲的,因为起火的时候,正好是你妈在讲话。"

这时旁边一个老师从一叠摆得很高的作业本后面忽然伸出个头,说:

"这种大型活动,怎么可能只有一个话筒呢?"

另一张办公桌的作业堆后又伸出个脑袋,另一个老师说:

"话说回来,领导讲话的时候,肯定只能开领导那个话筒。"

这么一说,顾小雪的心又悬了起来,他问:

"到底是不是我妈说的啊?"

王一川老师说:

"我家阳阳说当时他和另一个学生主持手上也都拿着话筒,但是没开。起火之后,阳阳正和另一个学生主持在舞台侧边着急自己到底是走呢,还是等火灭了再主持,因为你妈当时让另一个主持的妈妈赶紧出去报警,又喊台上另外的老师拿灭火器灭火,阳阳猜火能灭得了,他太珍惜这次主持机会了,在家里他对着镜子把主持词读了许多遍啊。但另一个主持说要不然就走吧,因为她妈妈都带着自己的马上要表演的学生出去了。"

顾小雪知道王一川老师嘴里说了几次的另一个学生主持就是盛鱼,已经在殡仪馆停止了呼吸的盛鱼,他的心里又难受起来,眼泪又不争气地流了出来。王一川老师见状,长话短说了:

"别哭，小雪，屈市长没事的，虽然那些家长说我阳阳自己平安无事出来了，就去讨好市长，否认你妈说了那句话，但他确实是你妈妈救出来的，当时一团火飞过来，你妈妈抓住他和另一个主持，往外推，还告诉他们，让他们迅速从舞台旁边到厕所那个门去回廊往外逃，因为那里人少，也离得近，我阳阳就这样做了，捡回来了一条命。哦，真的，你妈呢？她没事吧？"

当王一川老师说到自己的妈妈屈大雪在火场抓住了王子阳和另一个主持人往外推，躲过了飞火的时候，顾小雪就不安起来。他不断朝门外张望，他想王子阳赶快回来，他要向他打听盛鱼最后的状况，为什么他跑出来了而盛鱼却殒命了。但等王一川老师说完，王子阳还没回，顾小雪等不及了，向王一川老师说了声对不起，朝门外跑去。

数学组老师办公室门外不远的地方，王子阳站在那里，背靠着墙壁，望着漫天飞舞的白雪发呆。昨天到现在的十几个小时里，他像做了一个噩梦。

昨天晚上的舞台上，他憧憬了许久的主持梦眼看着要变成现实，却被从天而降的一团火打破。然后是四处飞火、烟气弥漫的舞台，台下四处奔逃，又四处撞壁的学生，紧接着断电。一片黑暗里，被烧着被挤着被踩着的人的惨叫，像尖锐的玻璃划过他的耳朵、他的心，呛人的烟气熏得他眼泪直流。

屈大雪副市长将他和盛鱼推离飞来的那团火之后，他记着她的话，凭着感觉死死地抓住舞台的边缘，像在河里逆流而上一样，挤过已经混乱的人群，朝舞台西侧那张门艰难跋涉过去。但在舞台到西侧门的那一段，他失去了可以借力的舞台边缘，瞬间就被人群冲得东倒西歪，那时他的心里恐惧而绝望。恰此时，他感觉到有一双大人的手在用力将他们往后扒拉，他意识到这个大人是想往屈市长说的那个门的方向去，便将手伸过去，先是抓住了这个大人的外衣，但外衣似乎在往下脱，他又奋力将另一只手伸过去，死死地抠住了这个大人腰间的皮带，这才被从火场里带了出来，带到西侧回廊。但西侧回廊里这时候也充满了烟气，许多孩子，还有老师，都被烟气呛得晕倒在回廊的墙边，他们爬起又跌倒，跌倒又奋力爬起来，后面涌来的人直接从跌倒的人身上踩过去，跌倒的人爬起来之后，又踩着前面跌倒的人向外涌。更可怕的是，这些从火场逃出的人身上带出来的火，又引燃了旁边擦肩而过的人群的衣服和头发，使得西侧走廊也随后成了一片火海。

像溺水的人本能捞物泅渡，连根救命稻草也不放过一样，这个时候，王子阳依然没有放开他抓着的大人。这个大人见通向南门那唯一的出口处，已经挤满了人；这些以孩子为主的不辨面目的小黑（烟熏）人小红（流血）人，都在拼了命地翻越南向锁住的铁栅栏，还有一些在爬着他们无法打开的玻璃窗，掉下来的，都被踩得鲜血直流，嗷嗷乱叫。见此情况，这个大人调转了头，他像拖着一个大松鼠尾巴似的，疲惫地拖着个子矮小的王子阳又朝厕所方向挤了去。

王子阳记得，当时自己一手紧抠着这个大人的裤腰带，另一只手拿这个大人的衣服紧紧抵住鼻子，把整个的头脸都埋在他衣服的后摆里，因此那时他是根本没去想最终会从哪里逃，又逃向哪里的。直到到了大剧院地势最低的地方——厕所，准确地说是男厕所，这个大人才用力去掰王子阳仍然紧抓的手，几下都没掰开，便说：

"去把厕所门关上，莫让烟进来，我砸了玻璃递你出去。"

听这个大人如是说，王子阳便松了手朝门边跑去，边跑边大口呼吸，到了门边，他伸出脑袋往外看了看，说：

"烟子好像没往这边来，只是有点焦糊味。"

这个大人这时候已经站在了厕所的分隔栏板上，想攀上去打开那为了美观而设计得又高又小的欧式窗户，听王子阳这么说，他喘着粗气大声答道：

"那看还有没有人往这边来，都喊进来，再关门。"

王子阳便冲门外大喊：

"这里没火，到这里来啊，这里没烟快来啊！"

王子阳的声音一传出，马上就被淹没在前方大厅和回廊处传来的巨大的轰隆、啸叫与哀嚎声里,像一滴水被滔天巨浪吞没。见没人过来,王子阳又往外走了一点点,冲右边的西侧回廊拐角处的方向再喊:

"你们快过来啊,到厕所这里来啊,这里没火。"

在王子阳这一声喊出不久,一个女人和一个女孩的身影相跟着出现在了他的视野里,但只是倏忽一闪,便闪进了回廊拐角处的女厕所里,女厕所的门随之紧紧关上了。

王子阳于是又喊了一声。不知是这一声大过前几声,被拐角处西侧回廊那些学生听见了,还是他们四处瞎撞,误打误撞撞到这边来了,反正王子阳这一声喊刚落音,便有十几个学生,大的小的都有,出现在了王子阳的视线里。这群学生有两个身上还带着火,哇哇叫着,他们先是往女厕所那里冲,发现女厕所门推不开,又转过来跑向了王子阳,随着他们跑近,烟火气也跑过来了。

王子阳领着惊魂未定的这群人进了男厕所,那个大人已经将那只能透光,不能透风的欧式小玻璃窗拳打脚踢弄了个大洞。大洞弄出来之后,烟囱效应便产生了。恰此时,窗外的消防人员将两侧的窗户破开,水枪的压逼短时间改变了剧院内部的空气对流方向,这就形成了王子阳刚刚看见的尾随这群人过来的烟火气。这个大人这时候也被分流过来的这股烟火气呛着,他连忙跳下来,将门关紧,冲王子阳喊:

"靠着门靠着门,靠紧,你们几个脱衣服,厕所池子打湿,快点,快点,塞住门缝。"

这个大人说着这些的同时,手也没歇气,揪着那两个身上着火的学生,往水龙头下按,他俩身上头上的火马上就灭了,但依然哭叫着喊痛,不停地喊和叫,声声凄厉刺耳。这个大人便将他们中的一个伤得重些的,先提着往玻璃窗那边走。

这边的一些学生,有几个还没回过神来,仍愣怔怔站着发呆,眼睛瞪得铜铃大。另三个年纪大些的男中学生和一个女中学生清醒过来了,听懂了这个大人的话,马上脱下衣服,有的在水龙头下冲湿,有的扯下冲洗厕所的那个拉绳,在厕所池子里浸湿,一边浸湿一边咳嗽,吐出刚才狠狠呛着了他们的喉咙里的黑烟痰，再狠狠地吐在地上，像羞辱自己蔑视的仇人那般。

浸湿了衣服，他们三个男中学生一个女中学生相继过来，配合王子阳将厕所门迅速拉开又迅速关上，将湿衣服夹进去，如此几下，两边的门缝基本堵死，他们四人这时都用力吸了吸鼻子，其中两人觉得没有烟气了，另两人觉得仍有烟气从上下的门缝进来。为保险起见，他们又分工，女中学生蹲在地上塞下边的门缝，两个男中学生用叠罗汉的方法，去塞上边的门缝，一点点地仔细塞紧，王子阳则一直紧靠着门，可以说是用尽全力靠着，胳膊和腿都紧绷着，牙关紧咬。惨叫声还在不远处如飓风一样阵阵呼啸，王子阳那时觉得，有如魔法无边的妖怪一样的烟火，随时都有可能再冲进来，夺了他们的命。

这边的几个清醒的中学生塞好门缝，四人又再次吸吸鼻子，都判断为再无烟火气进来，便长长地吁了一口气，又狠狠地吸了一口破窗里吹进来的冷而新鲜、味道如甘泉那般清冽的空气，这才朝破窗那儿走去，他们听到了窗外有很大的叫喊声，应该是有人来救他们了。

破窗处，那个大人站在厕所那一人多高的分隔栏板上，在奋力提拉受伤严重些的穿着校服的小学生。看着他们不得力，王子阳冲另一个发呆的高个子中学生喊：

"快去推他的屁股，你这么高一推他就上去啦！"

那个发呆的高个子中学生便走过去往上托了托那小学生的屁股，一直嗷嗷叫着的这个小学生就像个篮球被投进篮筐一样，一下子被塞到窗子的破洞处，再在那个大人的帮助下，被外面来救援的人接了出去。

受伤的小学生被送出去之后，那个大人又指挥几个中学生将受伤稍微轻一些的男中学生举上来，想送出去及时到医院救治。但这个受伤的男中学生是个胖子，两个男生合力都不能把他举到窗户最高处的破洞处——这个欧式小窗在第二轮的安保改造中，下面部分已经装上了圆钢护窗，只有最上端的扇面形状，由于位置高而且异形，才得以免穿钢的"铠甲"。

见伤者举不上，送不出，这时那个大人长叹一声，对着扇形玻璃的破洞处朝外喊：

"快点快点！让消防队的来，你们群众让开点，里头还有十几人呢！"

那个大人说完之后跳了下来，快步走到水龙头那里，先是狠狠咳嗽一声吐出一口黑痰，然后又咕噜咕噜灌了几口凉水，竖起腰来的时候，王子阳看到他打了一个寒颤。

厕所门外响起了拍门声，让正用背抵靠着门的王子阳的恐惧感重新升起，他抬眼看着那个大人。

那个大人也听到了拍门声。拍门声响起的时候，他正在用往外汩汩流血的手擦脸上的水珠和汗珠，擦得脸上红一道白一道黑一道像唱京剧的大花脸，闻声他又打了一个寒颤，似乎听到了死神的敲门声。

"不能开门，再去两个人抵着，这时候的烟火气会更大，而且窗户也破了像个烟囱，门一开，大家都会死。"

那个大人咬着嘴唇下着痛苦的命令，因为门外有稚嫩而清晰的声声求救传了进来：

"救命啊！"

"让我进去吧！"

"开开门吧，我要死啦！"

王子阳抵着门的身子开始瑟瑟发抖，那个大人则眼泪长流。王子阳看着他又朝玻璃窗走去，他走到玻璃窗下的时候，圆钢护窗护着的玻璃被由外向内砸碎，一片闪着寒光的玻璃飞过来，那个大人本能地将头一偏，玻璃穿过他的右耳带着大半片耳朵跌在地上碎了。

王子阳看到有一把大铁钳子在有力地剪断护窗——咔嚓咔嚓一根断了，被外面伸进来的手拔下扯了出去；咔嚓咔嚓一根又被剪断，又被拔下扯了出去。中间的护窗被扯完之后，四边被击碎成锯齿形的玻璃也都被敲得粉碎，一个消防员钻了进来。

消防员进来之后，王子阳看见那个大人的脖子处满是鲜血，捂着耳朵的右手指缝里也有鲜血渗出，那人往前走了几步，弯腰捡起那大半片耳朵，转身走向被剪断了护窗的破玻璃窗，那里有站在梯子上接应的消防员。就在窗外的消防员把手递给那个大人的时候，王子阳听到窗外传来了熟悉的声音：

"王子阳，王子阳，爸爸来了，你在这里吗？"

王子阳便离开门，朝窗户那儿跑去，一边大声回应：

"爸爸，我在这里！"

在窗外嘈杂的声音里，又有愤怒的声音传进来：

"怎么先救大人，明明里面有孩子！"

"呀，大人受伤了，这么多血！"

"凡凡，我是妈妈，你在吗？"

"燕子，燕子我是爸爸呀！你听到了吗？"

站在窗下的王子阳，这时被跳进来的消防员轻轻一举，就举了出去。还在梯子上的消防员手里的时候，他就看到父亲王一川朝那个刚刚下去的大人喊：

"宋局长，宋局长你没事吧？"

教育局长宋华平没有理会王一川老师，他拨开愤怒的人群朝外走去。王一川老师也没有继续理会他的局长，而是朝着儿子王子阳，百感交集地张开了双臂。

宋华平局长捏着他自己的大半片耳朵，走出高照大剧院的后街，到了对面的小商店里，给好兄弟高照市公安局的局长游志刚打了一个电话，简明扼要地介绍了火场内的情况，也回答了游志刚局长提出的几个问题。之后，他找到了自己的小轿车，司机正在车上着急地等着他，他对司机说：

"去医院，超过八个小时，我这耳朵就接不上了。"

王子阳投入到父亲王一川温暖的怀抱里，王一川抱着失而复得的儿子滴下了眼泪。王子阳伸手揩掉父亲脸上的泪滴，以为噩梦就此结束，但才往前走了几步路，噩梦又回来了。他的同学的家长，这时候也相继赶到了高照大剧院，他们发现了王一川抱着的满脸烟灰的王子阳，便围了过来，七嘴八舌：

"我家张帆呢？你看见了吗？"

"没看见。"

"我家李俞仿呢？你知道他在哪吗？"

"不知道。"

"我家杨思萌呢？她和你最要好了，你没注意她吗？"

"没看见，我在台上，是屈市长把我拖下来的，拖下来之后，四周黑乎乎的，大家你挤我我挤你，你踩我我踩你，都看不见。"

"你看见屈市长和那些老师，带着学生出来了吗？"

"我看不见。"

"你看不见你怎么知道是屈市长把你拖下来的？"

"因为她正在讲话，火就在她后面烧起来了，她还喊一位老师去报警了，后来断电了，有一团火飞过来，那团火就在她头上，我看见了，她推开我和另一个主持人以后，她让我从侧边那个门逃走，我就再也没见到她了。"

"是舞台上起的火？"

"是的。"

"你就在起火的地方都没有被烧着，那我们的孩子离火远着呢，应该没事吧。"

这些家长就是听了王子阳最后的回答，抱着这样的侥幸心理走向了火场的各个门。两三个钟头之后，他们心存的侥幸被击破，看着在火场被踩得支离破碎，或烧得面目全非的自己的亲骨肉，想起离火最近的王子阳都安然无恙的出来了，他们觉得这里面肯定有蹊跷，他们要知道真相，他们认为站在台上的人应该是看得最清楚的，于是三五成群，又都找到了王子阳的家里。

王子阳的噩梦又开始了。整个晚上，他和他的父母接待了一批又一批哭哭啼啼的家长，将当时的情况讲了一遍又一遍，凌晨到来的那几拨人，又带来了他们从火场、医院、殡仪馆听到的最新的消息，这些消息加上王子阳讲的情况，像滚雪球一样地越滚越大，滚到最后，连王子阳和他的父亲王一川都不知道哪些是他自己亲历的，哪些是别人告诉他的。

在不断滚动放大变形的"真相"讲述里，王子阳从被询问，变成了被质疑，最后事态居然发展到被威胁：

"你真的不记得屈市长说的话？"

"你是不记得还是没听见？还是也听见了，也记得，但是她是市长你就不敢说？"

"别的学生都听见了，你是主持人，你离得最近，你可能没听见吗？"

"是不是你和另一个主持人手上的话筒开了，是你自己讲的这句话？你还没有变声，男孩子的童音听起来就是女声。"

"我求求你啦，我们给你跪下了，你就讲点真话吧！"

"我的孩子不能就这样不明不白地死了啊，你站在台上，如果你都没看到真相，那就没人看到真相了，听说另一个主持人也死了。"

"什么？你们躲在男厕所，宋局长不让你给那些后面要进来的孩子开门？造孽啊，我的孩子坐前几排，他肯定会往厕所那里跑，是你们把他关在外面送了命啊！"

"宋局长的车经过消防队门口也没进去报警？"

"消防队开始没带钢丝剪？老虎钳也没带？"

"我们要告宋局长，要告屈市长，要告消防队，要告教育局，要告大剧院，你要给我们作证，你如果不作证，我们连你一起告！"

送走了凌晨五点的那拨家长，王一川老师连忙熄灭了家里所有的灯。他和妻子协商之后，觉得要控制事态的发展了，不然自己的儿子没有死于烟火，最后被唾沫星子淹死了。商量之后，他们都觉得，不管怎么说，屈大雪副市长和宋华平局长，都是儿子的救命恩人，但整合现在他们听到的所有的消息，似乎这两个人都成了这次大事故中的罪人，成了伤天害理的凶手。这些消息中，关于宋华平局长把另外的学生关在厕所门外，不让开门，这一点是儿子王子阳无意说出去的，但被那些亡者家长抓住了把柄肆意放大了，这一点接下来要让儿子否认，他们不能恩将仇报，再说宋局长还是他们的领导。关于屈副市长在火灾现场的喊话，他们认为，儿子没听见就是没听见，不能让儿子像刚才这样，被逼急了，一会儿说好像听见了，一会儿又说没听见，就咬定说没听见，屈副市长是他们儿子的恩人，他们更不能恩将仇报。

王一川夫妻俩如此说定之后，便叫醒了被弄得疲惫不堪，刚刚入梦的王子阳，郑重说道：

"阳阳，你醒醒。你醒了吗？醒了，好，你听爸爸妈妈说，我们这个城市摊上大事了，我们是市里的一个市民，所以也跟着摊上大事了。昨晚来了很多人，说了很多话，把你搅糊涂了。爸爸妈妈都是老师，都学过心理学的，我们知道，在火场那么危险的环境里，人是会出现幻觉的，所以你的有些印象，也不真切。俗话说旁观者清，爸爸妈妈从你的谈话中，弄清了哪些是事实，哪些是幻觉，哪些是别人强行塞到你脑子里的，所以现在你要像听课一样，认真听好我们的话，并记下来，因为它就是真相，是事实。"

"第一，你在台上，你拿着话筒，但你一直没有对着话筒说话，你在和另一个主持人小声说话，所以你没有听到屈副市长说任何东西。

"第二，屈副市长看见飞火飞了过来，为了救你和另一个主持人，推开了你们，并大声提示了逃生的捷径，你就是顺着那条捷径逃生的。

"第三，宋华平局长混乱之中牵着你的手，带你躲到安全的地方，又砸开玻璃，不惜把自己弄得鲜血直流，他先从窗户里出去，是因为他受了重伤，要去医院抢救，他救了你们十几个人，他也是你们的恩人。

"第四，厕所门关上，指挥你们打湿衣服塞门缝，堵住烟气，这都是宋华平局长为了救你们而采取的正确措施，当时你背靠着门，门那边不远隔着一个回廊就是大剧院舞台，那里的声音很大，很吵，你不可能听到拍门的声音，这是你的幻听，你再不要觉得自己把求救的人关在门外了，那些声音都是来自舞台那边的声音，这个问题你就不要再讲，也就是，根本就没有什么人拍门，如果有人质问你为什么今晚说了有人拍门又不承认了，你就说，是你把舞台上隔着墙壁传来的噔噔声，错听成了拍门声。

"孩子，你一定要记住这些，只有这样说才能保护你，保护我们一家你没当过父母，不知道作为一个父母失去孩子有多么痛苦，那是会让人发疯的。面对失去了理智、要发疯的人，我们没有办法，只好躲避，所以你现在就穿好衣服，跟我到我的学校去，暂时躲避一下。"

　　趁着黎明前最后的黑暗，王一川老师背着儿子王子阳朝学校的方向走去。王子阳在父亲宽厚温暖的背上又睡着了，当他再醒来的时候，已经躺在了父亲办公室的办公桌上，身上盖着父亲的大棉衣，父亲的身上，则披着不知哪个学生扔在办公室的一件校服薄棉衣，短小而脏。

　　父亲王一川就这样坐在办公桌前，一动不动地盯着儿子看。他的目光像灯塔的光束扫射海面一样，扫过儿子的头发，刘海有些焦糊；扫过儿子的前额，前额上的黑烟灰还没有完全洗干净；扫过眉毛，扫过现在终于关住了儿子的惊魂的眼皮，以及眼皮下的睫毛，可能是做噩梦，眼球在眼皮里乱动，睫毛也跟着抖动；扫过鼻子，鼻子上的黑烟灰也没有完全洗干净，而且有些红肿，想必在哪儿碰到了；扫过儿子的红而薄的嘴唇，说话很利落的嘴唇，要实现主持人梦的嘴唇，却差点因为这个而送了命；扫过下巴，扫过细长的脖子，再逆向扫回去，又扫过来，怎么都看不够。

　　看到那么多的家长失去了骨肉，王一川老师此刻百感交集，他感谢上天保佑，感恩屈副市长和宋局长，让他的儿子劫后余生。此刻，他觉得重新拥有一个健全的孩子是多么幸运与幸福的事情。

　　看到儿子从并不甜美的睡梦中醒来，又在办公桌上坐了起来，再从办公桌上跳了下来，王一川老师说：

　　"阳阳，爸爸带你去食堂吃早饭吧，吃早饭的时候，有些和我熟悉的老师肯定会问你一些情况，他们不像那些失去了孩子的家长，不会为难你，你就默记今天凌晨我和你妈妈给你说过的那四点，试着给他们简单说说，就像你去小组长那里背课文之前，跟同桌先试着背一样的去说，说好了，我们就万事大吉了。"

　　结果在食堂他们并没有碰到熟悉的老师，倒是再回到办公室的时候，王一川老师的同事问起了，于是王子阳便像背课文一样，给父亲的三个同事分别背诵了一遍,父亲做了一些小的提示和纠正。但当顾小雪跑进办公室,父亲让他再讲的时候,他的意识忽然又回到了高照大剧院的那个男厕所,分明有很清晰的拍门声,他的后背都被振动了啊,还有那求救的声音,凄惨骇人!想起这些他再也受不住了,便径直冲出了父亲的办公室。

待顾小雪找到他的时候,他的情绪稍有平复,也在试着将记忆里的情景与父亲嘱咐他说的话做着比较,再联想到火场惨状和昨夜今晨那些失去孩子的家长的痛苦表情,他有些明白父母的良苦用心。这时他看到顾小雪走过来,便主动打了个招呼:

"嗨,怎么样?你的王老师没讲清楚?"

顾小雪昨晚一夜没睡,从火场奔到医院,医院守了一晚再奔到殡仪馆,殡仪馆里被打,再奔回家里,又跑到学校,他现在都弄不明白自己和自己的母亲到底是施害者,还是受害人。疲惫至极的他现在不想绕圈子,他直接问:

"我妈当时到底怎么说的?"

王子阳说:

"我当时和盛鱼在讲小话,我真的没听清。"

顾小雪听到盛鱼的名字,内心又像被针刺痛了一下,他想盛鱼最后的话竟然不是和自己说的,而是和这个小屁孩说的。

他又问:

"盛鱼——"

但这两个字一出口,他居然喉头被堵住了,不能往下说,直把泪水都堵出来了。王子阳望着这个比自己高一头的大哥哥,不知道他为什么问自己的妈妈没哭,问盛鱼倒是哭了,他说:

"盛鱼怎么了?哦,盛鱼也是被你妈妈救的,你妈妈是我和盛鱼的救命恩人。"

顾小雪克制了一下自己,接着说:

"盛鱼的命没救成,你能不能告诉我盛鱼最后是倒在什么地方?怎你俩同时被我妈推开，她没活成。"

王子阳闻言停顿了一下，这个问题他的父母没有教他怎么回答，他不知道如实说会不会有问题，但他转念一想，说真话自己心里会好受些，正因为这个问题父母没教过，他不用在这个问题上对父母的交代负责，于是如实答道：

"我们被你妈往外推了一下之后，就摸着舞台的边缘，往你妈说的那个门的方向去，我是走在前面的，盛鱼就在我后面，但我们走到舞台上台的那几级阶梯的时候，盛鱼说了句'哦，我的丝巾'，就摸着台阶上去了，我就被冲到人群里，抓住了一个大人的衣服，被带了出来。"

待王子阳说完这句话，顾小雪居然抱着结了冰的走廊栏杆，冲着漫天大雪嚎啕大哭起来。

一群学生闻言从教室里跑过来，几个老师也从教师办公室跑过来。王一川老师冲王子阳吼道：

"你又乱说！把哥哥都弄哭了！"

王子阳委屈地回敬父亲：

"我再开口我就不是人！"

王一川没有去理会自己的儿子，他看着学生顾小雪如此伤心，猜想他是担心母亲因言获罪，于是安慰道：

"清者自清。"

这时顾小雪哭得蹲在了地上，他的嘴里始终含混不清地滚动着两个字，在场的学生和老师都没明白他在说什么。后来好不容易听清或说是猜到了，却谁也听不懂。顾小雪那时泣血而出的两个字是：

"丝巾。"

六

市长乐华清去北京出差，宴席上有位做古建筑研究的学者和他套近乎：

"市长先生的城市，主色调是？"

乐华清市长此时已调来这个城市主政三年有余，他曾不止一次站在城市最高的楼顶层，或站在城市西侧最高的流阳山顶峰俯瞰过它，但从未思考过城市主色调的问题，甚至都没想过要去分辨它的颜色。朦胧的印象里：它起雾的时候是灰色，朝阳和夕阳映照之下会泛红；春夏是绿的，秋季是金色，冬天的大雪过后当然就变成白色……但这似乎跟城市的本色无关，本色是什么呢？他还真的一时答不上来。这时一桌人都望着他，他不能不回答，想了想，将问题反递回去：

"您以为，北京的主色调是？"

那学者不假思索地答：

"灰。"

市长乐华清接着他的话尾说：

"哦，我们是——"

他略一停顿，看众人的耳朵都侧了过来，眼睛也看了过来，这才给出答案：

"花。"

一桌人都笑了。

昨晚夜幕刚刚降临，在流阳山顶峰他的书画室里，看着脚下自己主政的城市次第升起灯火，忽然又想到了一年前在北京的那次席间问答，想着想着，他独自笑了。

改革开放以来，每每说起城市的变化，大家都用"大了""高了""富了"这样的字眼来形容。说自己的城市"花了"，乐华清认为，自己恐怕是第一人，但应该不会是最后一人。他到过许多的城市，感觉到城市的色调、味道越来越一致了，准确地说，是越来越一致地变"花"了。由此他想到了学生时代听得最多的一句话：

"百花齐放，百家争鸣。"

百花什么时候齐放？当然是在春天。他想起九十年代初，国家的总设计师在祖国的南海边画了一个圈，祖国就开始唱起了春天的故事，春天的故事可不就是百花齐放的故事？他感叹自己遇上了好时代，他打心眼儿里不同意北京的那个古建筑研究学者，关于"每个城市都要有自己统一的风格，统一的调性"的观点。他的青少年时代，听厌了那么多的"统一"——统一思想、统一步伐、统一口径。当他任了一方主官之后，他就下决心解放思想、前赴后继、多重合奏了，他要让大家各尽其才，互相竞争，他只要掌握好制衡的指挥棒就好了，这样才能真正做到百花齐放百家争鸣嘛。

但二十四小时之后，乐华清市长感到的就不是百花齐放百家争鸣的欣欣向荣了，他只觉得头昏眼花，双耳轰鸣。高照大剧院火灾中的受难者家属，把他们受害亲属的遗体都抬到市政府前面的树林子里，在每一棵树上都系着一条白布，别上自己孩子的照片，写上名字和对市政府的各色要求，又拿着电声喇叭，冲着政府鸣冤，成了"百家争鸣"的另一种态势。

那些受难者家属之所以要找他做主，其实是因为那时候还相信他。不是因为之前他做了什么让老百姓得了实惠的具体实事，而是因为在高照大剧院起火的之后，他是第一时间到达的政府官员，甚至比消防队还早到了那么半分钟。

那天他站着流阳山顶上看城市万家灯火，忽然就发现了山脚下高照大剧院的上空腾起了黑烟,遂马上叫了司机,飞快地朝高照大剧院开去。

他这么着急地飞奔下去,并不完全是出于他的职责要求,按说灾情不到一定的级别,是不用惊动市一级的领导的,况且也有一定的程序,是消防支队的火警电话响起后,由值班室在消防系统层层上报,消防的值班首长到现场侦查火情之后,觉得需要启动应急机制,需要政府的其他部门联动,才转报政府办公室下辖的应急指挥办值班室,由政府的值班室再报相关部门的主管副职,副职到现场后,觉得处理灾情非自己力所能及,才上报城市最高领导的。当然,消防相应级别的首长,也是可以直接拨打他这条口上的行政长官的电话通报情况的。而乐华清市长这次像见到狼烟的古代将军一样闻信而动,更重要的原因是他知道这个高照大剧院的内部构造和防火设施情况,消防队多次提出要整改查封,却因为种种原因没有执行。他也签署过市长督查令,也知道大剧院的经营者——他的小舅子不会照单完全落实,他清楚这里头的原因是什么,市里有太多重大的事情需要他去拍板处理,他也心存侥幸地没有顾上"此等小事"。另外,他也知道今天有几百学生在这里开汇报晚会,屈大雪副市长很多天以前就给他做过专题汇报,但由于省厅来的人级别不对等,他也就没有去参会,不过他一直悬着一颗心,就怕出事,结果担心什么来什么,他怎能不闻信飞奔。

不过他还在山上的时候,绝没料到有这么严重的后果,因此那时他还存着一个心眼,他把腕上的劳力士手表摘下来,捏在手里,他要掐着时间,看平时民众反映的消防队出警不及时是不是属实。此前,消防队打了多次报告要添置消防车及相关的器材装备,因为财政的袋子里就那么多米,僧多粥少,几次班子会,副职们都以民众对消防的意见为由,将他们要钱的报告压了下去。消防系统自然不承认,也据理力争,实际情况到底怎样,乐华清也搞不清。消防队是条块政策,是穿着军装的,说到底是部队的人,他们的官帽子他摘不下也封不了,现在自己下辖部门都吃不饱呢,要批给消防队的钱,他也就顺着副职的意思一再往下压。但防火防盗保护人民群众的安全,自古以来就是执政者的第一要务,消防的人不归他管，但消防做的事，件件都和他的子民相关，所以也不能老这么压下去。因此，消防队是不是出警不及时呢？他觉得今天既然碰上了，就要亲自验证一下。

　　到了现场之后，消防队的车也刚刚驶来，还没停稳，但这时的乐华清市长已经不记得看消防队的车，也忘记了掐表，目之所见让他惊得嘴巴大张着，一时间竟然失去了所有有意识的动作。此时他看到一群群的大孩子小孩子带着烟尘带着火从门里冲出来，挤出来，滚出来，有许多还一直从大剧院南门的台阶上，像个萝卜一样一直滚下来，滚得鲜血直流，又被踩得哭爹叫娘。率先冲出来的人中有本市教育局的官员认识他，冲他喊：

　　"市长，不得了，起火啦！"

　　"市长，只开了一个门，拿钥匙的服务员不见啦！"

　　也有在活动之前等在这附近的家长，这时闻声也围过来：

　　"市长，市长啊，救救我孩子吧！"

　　乐华清市长这才回过神来，冲那几个率先跑出来的教育局的官员喊：

　　"你们快给消防队说情况！"

　　又冲消防车上下来的官兵：

　　"快呀！赶快去呀！"

　　看见附近派出所的民警飞奔过来，又喊：

　　"多调些人，维持秩序，维持秩序呀！"

　　一群家长就随着消防官兵和公安民警往火场的方向，逆着奔逃的人群前行。

　　市长乐华清转头看到了支队的指挥车也开过来，便径直上了指挥车，好久才将心情平息下来。定神之后，他让指挥车上的司机喊话他们的支队长，要消防支队首长全都过来，赶快启动应急联动机制。

　　但对于老百姓而言，凡事找父母官做主，已经成了习惯，何况这个市长在起火之后，还那么快到达了现场，那神情是与家长一样着急啊！于是在失去至亲之后，他们觉得内心的冤苦，是非市长不能诉说，非市长不能解决了。

站在市政府办公楼三楼的市长办公室窗玻璃后面，看着外面漫天大雪里那些有生命和没有生命的躯体，乐华清市长心里的恐惧如飓风盘旋。从信访办主任反馈过来的消息看，这些遇难者的亲属们提出的要求，真是五花八门啊，其中有很多是无法答应的。比如，有些遇难者家长和家属提出来的，让他下令把以屈大雪副市长为首的火灾现场活着出来的官员，都抓起来判死刑。他担心最后被判死刑的会是自己。

他也曾让信访局长拿着大喇叭去喊话，说国务院事故调查小组的人已经来到了本地，正在介入调查，一定会依法办事，还大家一个公道，现在就请大家配合政府，尽快让孩子们入土为安。但信访局长喊破了嗓子，那些遇难者亲属也不买账，他们指名道姓要市长出来见他们，给他们一个交代。

就在火灾发生后的次日凌晨，当人员伤亡数字初步统计出来之后，市委市政府、省委主管领导和国务院调查小组的成员一起，开了一个会议，会上他们统一了思想，也领会到了上面的精神：

"稳定压倒一切！"

围绕这个精神，他们分工协作，争分夺秒地开展了善后事宜，如果能在三天之内让死者入土为安，他们便认为是打赢了火灾善后战役的第一仗。

但那些遇难者的家属们，不仅没有答应三天之内入土为安的要求，反而还将遗体从殡仪馆抢了出来，摆在了市政府前面的树林子里。

面对此情此景，乐华清市长感觉到了前所未有的煎熬。

难以忍受的煎熬，最后让乐华清市长走出了办公室，走下了台阶，走进了漫天飞雪中，走向了那片摆放着两百多个尸体，站着四百多个大人的树林，其实现在应该称之为"肉"林——摆在地上的那些娃娃们，美丽的灵魂已经升天，只剩一截枯残的肉身；站在他们旁边的大人，没有了至亲至爱的孩子，和行尸走肉有什么区别！

当他决定走出去面对遇难者家属的时候，他让秘书通知了电视台的工作人员。其实那些扛着摄像机的电视台工作人员是早已在市政府待命的,当他们见乐华清市长走下台阶,便打开镜头,跟了上去。

三分钟之后,市民们都在电视屏幕上看到了这样的画面:大雪纷飞,乐华清市长泪流满面,嘴唇颤抖。他颤抖的嘴唇疾呼:

"孩子们啊,我来迟了啊,我对不住你们啊,天寒地冻,你们还在这里受苦啊,你们的爸爸妈妈还在这里受苦啊!

"家长们啊,死者为大啊,入土为安吧,瓦罐岭是个风水宝地,我们已经在那里给孩子们安好了永远的家!孩子们呐,放心去吧,你们未竟的心愿我们都会替你们完成,请相信政府吧!孩子们呐,请原谅我吧!我这个父母官没当好哇!"

说完这句,乐华清市长对着镜头嚎啕大哭起来。镜头对着哭泣的市长持续了一秒,便反打给了人比树多的"肉"林。北风在这一刻停了,树木肃立,人也肃立,雪花沾在那些已经哭不出眼泪的悲伤的人们的眉睫上、头发上,飞落在掉了叶子的树梢上,大雪终于把林子盖得人、树不分了。接着,镜头一移动,横扫了过去,电视机外的人看到的最后一个镜头是:

一片白茫茫大地真干净。

这个城市暂时不花了。

乐华清市长动情的劝说以及电视里的这些画面,顾如铁碰巧都在家里的客厅里看到了。那天他拨打自己所在的消防大队值班室的电话,无人接听,便匆匆赶到了大队,看到几个办公室都空无一人之后,他便向会议室走去,果然大家都在那里和事故调查小组的人一起开会。顾如铁推开门,还没来得及张口,大队教导员高世仁便走了出来,拉着他到走廊里,说:

"支队长让你照顾你们家屈市长的,你怎么来了啊?"

顾如铁说:

"面都见不上,我照顾个屁啊?"

高世仁抠了抠后脑勺，有点为难地说：

"那你就在家休息休息。"

顾如铁意识到了什么：

"干什么？我犯了罪吗？我还是大队的人呐！你们开会不通知我这不对！让我进去给支队长说！"

高世仁只好实说：

"因为你老婆是火场里的遇难者，还有一些别的原因，反正，市里和支队都定了，稳定压倒一切，现在每个火场受害者的亲属单位的领导，都领了任务，必须包干把家属的善后工作做到位，这点你知道就行了，别嚷嚷——"

顾如铁没等高世仁说完，就嚷嚷：

"搞什么！怕我闹？我是那样的人吗？自从穿上军装的那一刻，我的命都交给国家了，我会为了我老婆去跟国家争利吗？我会为了她去杀人去找谁报仇，给队上添乱吗？"

最后一句话，为了让会议室的人听得见，顾如铁几乎是咆哮着说出的。说完之后，他拨开高世仁的肩膀往会议室疾步走去。走到门边，推开门，他特别用力地一个靠腿，对着里面的人敬了一个标准的军礼，眼光沿着长圆形的会议桌扫视一圈，与里面各色眼神短兵相接之后，又以标准的动作向后转，大踏步地离开了。

愤愤冲出队部的大门，顾如铁已经眼红嘴瘪，他的委屈无处可诉，心里的冤苦无处可伸，却也不想流那操蛋的眼泪，于是皱了皱眉，和着唾沫咽下了诸多不快。他打算去一趟市立一医院。这个医院因为离高照大剧院最近，因此收治的伤者最多，顾如铁那时走进去，走廊上虽然已经没有了伤者，但空气中依然弥漫着皮肉烧焦的味道，那么强烈的消毒水也掩盖不了的肉焦味。

在去医院的路上，顾如铁给卫生局长刘柯之打了个电话，问了问北京的烧伤科专家来高照市支援的情况，他还请求刘局长能给市立一医院的院长打个电话，安排他去见见自己的妻子，也就是主管他们工作的屈

大雪副市长。随着他的这个请求的提出,电话那头的人沉默了片刻,说:

"武力院长在住院部顶层西头的仓库,临时在那里办公,不是躲,实在是没办法,现在医院也变成了重灾区,不管怎么废寝忘食地抢救,他们都说有延误,院长压力很大,你要理解,也不要当着别人的面叫他院长。"

换上无菌防护服进到重症监护室,只一眼顾如铁便晕眩得蹲了下来。那是妻子屈大雪么,或者说那还算人体么?从头到脚烧得焦黑,上下都插满了管子,曾经美艳的脸上,现在眼部被纱布盖住,纱布中间浸满了褐红色的液体,眼下的部分,已经鼻子不像鼻子嘴不像嘴了,曾经细长白皙的脖子,肿得水桶一样粗,除了左边肩膀处、胸前缠着白纱布,浑身都赤裸,赤裸的部分皮开肉绽,像从乡下灶间的梁上取下的,打了划刀的腊肉。

作为丈夫,顾如铁都不记得有多少年没有面对妻子的裸体了。多年来双方的情感疏离,夫妻两个都没有了正眼看对方的兴趣,更别说暧昧的灯光下,去欣赏对方的身体了。可现在,命运真爱捉弄人啊,居然会在这样的地方,在她命悬一线的时候,以这种方式来让他直面妻子的身体,这个现在已经不能称之为女人体,甚至不能称之为人体的身体!

陪他进来的小护士这时候将他搀扶了起来,默默递给他一张北京的烧伤科专家会诊的结果单。接单子的时候,他看到小护士的眼睛里也蓄满了泪珠,他感激地冲她一点头,看起了单子。单子上写着这样的结果:

> 50% 深度烧伤、呼吸衰竭、急性肾损伤、左肩胛深度烧伤至骨头外露、急性颅脑损伤、硬膜积液、深度昏迷……

顾如铁心痛得几乎透不过气来,他往前走了几步,想细看妻子,又目不忍睹,他只上下匆匆扫了一眼,便将头别转过来,盯着心率监护仪屏幕上那个曲线看,他知道那是她活着的证明,是她的心脏跳动的轨迹和声音,用妻子的语言方式来讲,那也是她的心在"说话"。顾如铁走到心率监护仪的屏幕前，觉得作为丈夫，现在应该和她的"心"对对话。由于嘴唇颤抖，他的话有些哆嗦：

"大雪，雪，我来，来迟了，你要挺住，我和儿子在家等你。"

回到家里之后，也是百无聊赖，他便打开了电视机，他没想到电视机里，市长乐华清也在说"来迟了"！

妻子那腊肉一样的躯体还在脑子里晃，顾如铁那时候想，打火救人是消防队的事，他市长来早来迟，并不能减少损失，他还哭！对着已经成为遗体的那些孩子们哭！他这是哭给谁看啊？掩饰吧！谁不知道他的家眷亲属，连同大小相好都插手市里的大小工程，赚得盆满钵满啊！

顾如铁冲屏幕的方向猛啐一口，又"啪嗒"把电视机给关了。忽然他意识到，自己在医院里对妻子说"来迟了"，对着不省人事命悬一线的她说"要等她"，也是他妈的多么虚伪和可笑的话！作为专抓防火与打火的大队长，失火的地方也在自己的辖区，却是在妻子烧成这个样子后再去道歉，自己也是王八蛋一个啊！

他想起了半年前的那次有市长乐华清参加的协调恳谈会。会前，他给防火参谋呈批的"高照大剧院重大火灾隐患责令限期改正通知书"签字，但随即这张通知单又被乐华清市长的秘书古炎臣化成一纸空文。

在此之前，顾如铁大队的消防监督人员多次去过高照大剧院检查，有一次他还接到了防火参谋的电话，请示是否马上拉了他们的电闸，在电表箱上贴上封条强制关停他们的营业，顾如铁当时斩钉截铁地回答：

"封！马上封！让他们老板明天来队里找我，我来解释！"

话虽这么说，他深知自己队里的一个参谋，哪怕是他这个大队长，都没有能力查封大剧院这个规模级别的单位。电话里他那么说，是他意识到自己的参谋在剧院受到阻拦，受了委屈，为了给手下撑腰撑面子而已。因此，那日挂了电话，顾如铁便给支队政委郑小勇详细汇报了高照大剧院的重重隐患。郑小勇一贯欣赏和信任顾如铁，听了顾如铁的汇报，也惊出一身冷汗，他也知道大队一级的力量奈何不了高照大剧院，因此亲自出马，连夜拉掉了高照大剧院的电闸，贴上了封条。

不过那张封条在第二天上午的恳谈会后便撕掉了。其实这个结果郑小勇和顾如铁也有所预料，但没想到这么快。因查封高照大剧院的第二天下午，市里有个大会要在高照大剧院召开，大剧院的主管领导便连夜给支队长庞正江打电话，庞正江没有接，又给郑小勇打电话，郑小勇也一直不接，这位领导就知道这一次消防支队是动了真格要封剧院了，便直接找到了市长乐华清的家里。乐市长没有给消防支队的主官打电话，而是让秘书古炎臣发出信息，通知大剧院的主管领导和消防支队的主官一起，开一个协调恳谈会。

接到通知后，郑小勇知道所谓的恳谈会，肯定是以自己这一方妥协收场，但把大剧院的消防隐患及其严重性告知地方一把手是自己应尽的责任，因此，他带上了自己掌握的第一手资料，叫上了对高照大剧院情况熟知的顾如铁，前来参加会议。为了这次恳谈会，顾如铁和他的手下，加班加点整理了诸多的资料，在这些资料中，桩桩件件，在顾如铁看来，都是触目惊心必须马上整改的。因此，恳谈会上，郑小勇便决定让顾如铁来讲述实情，他交代顾如铁：

"据实汇报的基础上，措辞可严厉些。"

在这次恳谈会上，市长乐华清才了解到，他小舅子倒腾经营的高照大剧院是在三年前就开始改建，去年六月改建完毕投入使用的。在改建过程中，由于有关人员没有严格按照消防规范实施改建工程，这就留下了严重的火灾隐患。顾如铁那时眼睛紧盯着市长乐华清说：

"隐患不除，就会成灾。"

市长乐华清不耐烦地避开了顾如铁的目光，他自然知道灾难都是由隐患引起的，但这么小的事情来占用自己宝贵的时光，他心底里有些不乐意。

接下来，顾如铁具体讲了高照大剧院改建环节中的违反消防法规行为。在这些违法违规行为中，首先是设计施工方面的问题，乐华清市长听顾如铁详细介绍说：根据案卷材料反映，高照大剧院的改造设计从图纸上来看，是基本符合消防要求的，但没有按有关防火的设计图纸和资料的要求去做，有很多地方都改了。例如，根据设计图纸，剧厅吊顶应该是 FC 板，这是一种隔音和防火的材料，后来却改用五合板。起火后，五合板易燃，对火灾的防控都会有害无益。又比如，设计图纸上，要求的是木质门，并且必须朝外开，这样发生火灾容易破门，便于疏散。但在施工中木质门外面改加使用卷帘门，后来还在东西两侧的安全疏散门加装了防盗铁栅栏门。这样，在火灾发生以后，难以及时疏散现场人员。

在装修方面，按顾如铁所说，也是有很大的问题的：在高照大剧院的装修过程中，没有执行消防规范，采用了大量可燃、易燃材料及高分子材料。例如，舞台幕布均为化纤织物和塑料制品，座椅包装物为木材、泡沫、麻袋和化纤布。这些材料在购买时没有向生产厂家提出防火处理的要求，起火以后将产生大量有毒烟气和可燃气体，从而加速火灾蔓延，同时会使场内人员迅速中毒窒息、压迫窒息、原发性休克，极易导致火场人员的伤亡且不易施救。

在竣工验收方面也有问题：《中华人民共和国消防条例实施细则》第11条规定："工程竣工时，建设单位应当对工程消防设施进行验收。对不符合防火设计要求的，待施工单位负责解决后，方可接收使用。"竣工验收是改建以后的一个把关环节，但是，高照大剧院一直没有报告消防队去进行消防验收。说到这里，顾如铁的眼睛盯着会场里的丰主任：

"我们自己去检查，发现了设计施工和装修中埋下的火灾隐患，更有甚者，上次去检查，据大剧院的电工说，有次开大会，会后他们发现了幕布被舞台上的光柱灯烤糊了，那次我们的整改通知书上，也写明了第三、五、七号灯离得太近，建议改到合格的范围之内，等等。当时，大剧院的丰主任也在我们的整改通知书上签了字，但从未整改，一拖再拖。这次去检查，也还没有改，我们这才查封的。如果三令五申还不改的话，高照大剧院就等于一直放着一颗定时炸弹，只等哪天被引燃。"

顾如铁讲完，高照大剧院的直接管理者——高照市总工会文化艺术中心高照大剧院主任丰东方说：

"流阳山底下有个兵工仓库，那里不知道有多少炸弹，好多年了，流阳山还好好的，照顾大队的说法，我们大剧院，也等于放着定时炸弹，我感谢你们帮我们找到了这个你们称之为炸弹的东西，但我目前要做的是，注意不把这颗炸弹引燃就是了，万一引燃了，我也第一时间把它掐灭了，不让它爆炸就是了，这个我们能做到，之前发现烤糊了，不是也做到了及时掐灭在萌芽状态嘛。

"大剧院接待规格这么高，使用频率这么高，怎么说封就封呢？封一天的经济损失社会损失各方面的损失加在一起有多大，恐怕这个账你们没算过。"

这个本来就打算长话短说的恳谈会议，在双方诚恳发言之后，市长乐华清最后也长话短说地将它结束了：

"双方都很诚恳，都说到点子上去了。消防方面提出的整改，要落实；大剧院提出的要照常营业，也要落实。都是兄弟单位，罚款也就免了，用这点钱添置点防火用品才是把钱用在点子上了，你们会后协商好如何实现双方的意图，和为贵。"

回到大队，顾如铁打开高照大剧院准备的文件袋，里面有个信封，信封里有一千元现金。顾如铁知道与会人员都有，他那时自我解嘲地对自己说：

"钱就这样用在点子上了。"

有了这次大动干戈之后的无果而终，顾如铁发现支队政委郑小勇似乎也有些心灰意冷。他对顾如铁说：

"对高照大剧院的几次例行检查，都是没结果没下文的事，那些整改通知书之类的一纸空文，你看着不觉得是讽刺？"

顾如铁暗自揣摩这句话里头含着的意思，觉得是让他将此前关于高照大剧院的检查督查档案都销毁掉，等于从来就没有去检查过，这样，不光是面子问题，就是将来万一出了什么事，追起责来，也可推说消防队从未申报过，完全不知道存在这些隐患。这次的协调恳谈会，顾如铁就注意到了，没有任何人做会议记录，想来目的也是如此。本来，高照大剧院装修整改都是擅自进行，事实上也从来没有向消防队申请过，多次的例行检查，其实是消防队本着对民众负责的良心以及敬业之心主动进行的，而对方却认为他们多此一举，甚至被误认为是社会上流传的执法单位对商家的索拿卡要，如此，还有什么好说的呢，让他们到了黄河去死心，见到棺材去掉泪吧！

哪知当时这种暗含了"让事实给点颜色看"的心理，最终也是搬起石头砸了自己的脚！

但罪魁祸首不是自己啊！顾如铁决定以"报仇"来赎罪，他要亲自和火调处的技术员一起去高照大剧院再做一次火调，他要以此为突破口，搜集证据，扳倒这个放任亲眷做"豆腐渣"工程、"王八蛋"工程的腐败分子。不是有人插手干预，消防队的整改通知会成一纸空文吗？他亲自签署的所谓市长督查令会流于形式吗？会酿成今天的惨剧吗？这样的贪官，扳倒一个，救了一方！总理都在记者招待会上拍胸脯说了，不管前面是地雷阵，还是万丈深渊，都要一往无前，鞠躬尽瘁死而后已！他顾如铁，一个消防大队长，芝麻粒大的一个官，算个逑呀！就是鸡蛋碰石头他也要碰一碰，掉个脑袋就碗口大个疤！

七

顾如铁看完电视里市长乐华清的"表演",那时在自家的客厅里,他像头困兽,咆哮悲愤,他不知道,那些遇难者家属,此刻已经被市长乐华清的话深深打动。乐市长进到办公室之后,那些遇难者家属的领导,忽然一下子就出现在变成了"肉"林的树林子里,快得就像雪花从天而降。这些领导,人人都含着热泪,拿着协议,低声劝说:

"市长特批了,除了瓦罐岭的墓地外,市里马上动工,在流阳山脚下的文化区,为你们建一个小区,每个家庭都能有一套房。"

"考虑到你们受了很大的打击,再工作或许不能专心,不专心又怕有安全事故发生,如果你们愿意,可以提前退休,顶格发放退休工资,你们可以旅游散散心,也可以做点自己感兴趣的事。"

"市里给你们申请特批的指标,你们可以再生一个,再生一个,政府和你们一起好好培养。"

"日子怎么过,都是过,你朝好的方面想,它就会朝好的方面过,你把自己锁在黑暗里,光不会自己进来。"

"瓦罐岭风水宝地上的孩子们的后花园,明天都能准备好,殡仪馆,政府也都妥善交代了,有少数民族自己的丧葬习惯的,我们也尊重,总而言之:后天入土为安的,墓碑上都会刻上'烈士'之名,这样,我们生者和死者,阴阳两界都安;超过了后天的,就不在市里安排的范围之内了,您想想,总不可能一直摆在这里吧?寒天冻地的,摆在哪里都是对不起孩子啊!"

就像风儿把雪花铺满街巷,如此就事论事将心比心的抚恤方案,一天之内也下雪一样飞遍了市里的大街小巷。这些得到消息的遇难者家属的一些同事们或者是街坊们,许多人忽然由此都联想到了自己那些多年前故去的亲友:或是因病早夭的,或是江河里溺亡的,或是地震殒命的,或是自家失火烧死的,或是山上打柴不慎坠崖的,还有些联想到了父辈们说过的那些被饿死的,被日本鬼子杀了的等等,都没得到任何赔偿,更没得到政府这么多的优待啊,他们不都是生命吗?不是众生平等么?自家祖辈、父辈、平辈、儿孙辈中间的那些早夭者,死难的三亲六眷,跟高照大剧院的亡者相比,真是"死不逢时"啊!

如此,那些悲伤到麻木,痛苦到失智的遇难者家属,还有什么好说的呢?天灾降临,谁都不愿意发生,政府如此优待,还怎么好意思开口讲价钱呢?

这些遇难者家属中,完全没开口讲价钱的是顾小雪的小学班主任,盛鱼的妈妈刘燕子老师。高照大剧院那场大火被她报警叫来的消防队员扑灭了,但她心上的火却由此引燃。她这三天来可谓活在炼狱之中,时时体会到的是肝胆俱焚的滋味。

起火当时,她听从屈副市长的命令,马上出去报火警。在舞台上的时候,她还以为火能灭得了。她是打心眼里希望这台举全市教育系统之力,花了一个多月准备的晚会能接着进行下去,因此,她出去报警的时候,只带走了自己那要表演舞蹈的学生,没有去管台上的女儿。带走她的学生,也并非担心他们被火烧着,而是担心如果火扑灭了,孩子们要表演了,她还没回来,没有她指挥,这个节目肯定要演砸。把孩子们带走,一是省得他们调皮捣蛋,最主要的是,她想,如果找不到演员,主持人会将节目顺延的,到时候她排练了许久的节目就还能保证质量,她的名声也能被保住,她知道这台晚会,各地市兄弟学校的领导到场了,省教育厅的领导也到场了,是只许成功不许失败的,是机不可失时不再来的。这诸多的因素,让她的内心下意识地告诉自己,火一定能扑灭,晚会还是要进行的。刘燕子出去的时候,火还在初期,的确不大,因此在报警时,

119接警员问她：

"是初期火，还是已经蔓延？有人组织扑救？还是已经大乱？"

她回答的是：

"刚起火，屈副市长已经组织人去拿灭火器灭火。"

这一来就导致了消防队接警人的误判，第一时间内，仅仅调了最近的油铺街中队的两辆消防车出警，这个中队的装备远不如刚成立的特勤中队，破拆工具老旧，不光是没有电动工具，就连消防腰斧都没有，只有那种寻常大斧头，救援人员和其他器材也严重不足，阻碍了救火救人的顺利进行。这直接导致在后来的官司中，在大剧院的男厕所里小范围施展救援的教育局宋华平局长被人状告只顾自己逃命，经过消防队也不下车报警，而宋局长立即反击消防队救人不力误伤自己，消防队又以他们教育局的老师报警描述不清再反击回来。从此郑小勇和教育局的领导结下梁子。在郑小勇的心里，消防队在接到描述有误的报警电话后，都能及时出警、及时施救、及时增援，又在装备如此不足和落后的情况下，拼体力拼技能舍身救人，论其表现教育局不说要感谢，至少也该算无可非议的了，他们怎么能为了保全自己，来恩将仇报呢？为此，郑小勇从消防的角度狠狠地回击了他们。当然，在这三天内，被失女之悲煎熬的刘燕子老师是不知道这些的，也绝想不到这一层。

那天刘燕子老师带着她班上的十个表演节目的小学生，从舞台上下来，猫着腰，轻手轻脚地沿着剧院内西侧的过道走向南边那唯一开着的大门。从大门里出来后，她怕耽误时间，又怕学生走散，边大步走向台阶，边喊：

"跟上！大声报数！"

学生们逐一报数之后，她听清楚了自己的十个学生都出来了，也听到报数完毕后的学生喊冷，又再下一道命令：

"注意台阶，跟我跑起来！"

刘燕子老师带着十个学生跑下台阶，跑过台阶下的南广场，跑到广场边街道对面的小商店里，她让孩子们不要出声，自己飞快地拨了119

报警。报警之后，她大声呵斥那些正准备买零食吃的学生，让他们把手里拿的吃食统统放下，赶快跟她去大剧院。有两个手快的学生已经付款了，店老板不肯退钱，刘燕子老师争辩了几句之后，想着大剧院还要表演节目，便抢过学生手中的那两袋零食，扔在柜台上，说：

"走！花了多少钱等下老师补给你！"

等刘燕子老师带着她的十个学生避开来往的车辆，走过大剧院的南广场，走到台阶边上的时候，大剧院的南向三扇门中那扇唯一开着的右门里，忽然涌出了好多学生，也夹杂着几个大人，叫喊声四起，一片狼藉。刘燕子老师惊呆了，就在她惊呆的一瞬间，她看见，后面跑出来的人身上居然还带着火，从门内涌向楼梯的学生们，那些个头小的孩子，这时候也由跑变成了"滚"——他们被挤倒在地，无力爬起，只好就势从楼梯的最高处往下滚了。

听着阵阵惨叫，刘燕子老师回过神来，她对同样惊呆了的十个学生喊：

"站在这里，谁也不许动，更不许再进去！谁动开除他！"

一个被抢了零食还没退钱的学生这时问：

"刘老师，我好冷，我会冻感冒的，我们还是到店子里去躲雪吧！"

刘燕子老师一边严厉拒绝：

"冷也不许动！在这里等着我。"

一边自己又向街对面的商店跑去。

等她从商店给在附近的市文联上班的姐姐刘菊秋打完电话，再次回到高照大剧院南广场的学生们身边时，她发现南边的右门外侧的卷闸门已经掉下来了一半，一个男人像董存瑞高举炸药包一样，一手举着卷闸门，一手往外扒拉学生。刘燕子老师看到，这时候出来的学生都是黑人和红人了，包裹着这些"红人""黑人"出来的烟气浓得看不清人的面目，她终于想起了自己的女儿盛鱼，她高喊着：

"小鱼儿！"

她逆着稠密的人流向那张门跑去。

跑到门边，浓烟与火气已经让那个举着卷闸门的男人濒临窒息。隔着五步远，刘燕子老师绝望地看到这个男人闭着眼睛倒在了地上，哗啦而下的卷闸门压着他的右脚，她艰难地往前迈了一步，伸手用力将这个男人往外拖了一下，随着这个男人右脚出来，卷闸门彻底吻合锁上了，里面的拍门声、踹门声轰隆隆如次第响起的巨大雷声贯穿双耳。刘燕子老师直起腰，望着再没有人出来的紧闭的卷闸门，悲痛的大喊一声：

"盛鱼——"

就昏倒了过去。

由于门内暂时再无人可以逃出，已经出来的人群也都飞快地连滚带爬冲下了台阶。刘燕子老师的那十个被勒令不许走动，但最终忍不住还是动了动的学生，这才发现了高高的台阶上，他们的老师刘燕子已经倒在了地上。

这十个十岁左右的小学四年级的孩子，那时飞快地跑上台阶，门缝里有热热的烟气出来，里头的撞击声惨叫声依然如雷贯耳、如刺穿心。他们把手伸到老师的鼻子下，换了三个同学，都没试出老师是不是还活着。最后他们决定将刘老师先送到医院，把这个问题交给医生去解决。他们十个孩子是五男五女的组合，五个"小皇帝"在家里不是偷懒就是耍滑，在学校不是调皮就是捣蛋，从未流露出半点男生的担当，但这个时候，五个男生都争着说自己来背刘老师，让女生在后面扶着老师的两只手和抬着两只脚，因为刘老师虽然瘦，却比他们中间的任何一个人都高。

最后这个重任交给了个头最高的周轩辕。周轩辕在呛人的烟气、轰隆隆的撞击声和刺耳的哀嚎声里背起了高他一个半头的刘老师。为了不让老师掉下来，他的背弯得像一张弓。在他两侧和身后，其他孩子扶手的扶手，抬脚的抬脚，搂屁股的搂屁股，各个方向的力把他弄得跟跟跄跄。憋着一股劲好不容易别别扭扭地走到台阶下，周轩辕啪嗒跪倒在了地上。

另一个男生见状，觉得要纠正动作，说：

"抬！抬！我们快来用抬，不要背了！"

几个小兄弟又手忙脚乱地将刘老师抬了起来。一个女生忽然想起坐出租车要钱,她一边从口袋里掏出一块二毛钱,一边喊:

"大家口袋里还有多少钱,赶快凑一下,打车要用,我现在先到马路边去拦车。"

于是女生凑钱,男生继续抬着刘老师往马路边上走。其实在周轩辕摔倒的那一下,刘燕子老师已经有了意识,她在挣扎。等几个学生手忙脚乱把她抬到街边的时候,她的眼睛已经睁开了,问学生:

"我怎么了?"

周轩辕说:

"你晕倒了,我们想送你去医院让医生看一下。"

这时候,刘燕子老师的姐姐刘菊秋跑了过来,喊:

"你在这里啊?急死我了!我找到舞台那个门去了,你不是讲盛鱼在台上主持吗?"

刘燕子老师闻言,忽然像弹簧一样,一下子从地上弹了起来,朝大剧院舞台边的那个门跑去。

从殡仪馆确定女儿盛鱼已经一命归西,她叫喊着撕扯顾小雪,到事故调查小组来找她询问起火之初的情况之前,刘燕子老师都没有说一句话。其实这时候就是她想说话,嗓子也发不出音来。刘燕子老师的丈夫,盛鱼的爸爸下岗之后,找了一份长途押运的工作,每次出车来回要四到五天,盛鱼出事的时候,他父亲正在路途之中。因此这三天,关于盛鱼的善后事宜,都是刘燕子老师的姐姐刘菊秋在忙前忙后。刘燕子老师则像个木头人一般,坐在殡仪馆的地上,看着女儿美丽的脸,不断滚泪,直到肿得像鱼鳔一样的眼睛滚不出泪珠,也撑不开眼皮,她才把眼睛闭上,握着女儿已经冰凉的手,想象着往昔和女儿的一幕幕温情画面,耳朵里被女儿各种腔调、各种情绪、各个年龄阶段叫她的声音充满:

"妈,嗯妈——"

这是奶声奶气的十个月大的盛鱼在叫。

"妈妈妈妈、妈妈!"

这是学会说话之后,嘴皮子快得总要连叫三声才过瘾的三岁盛鱼。

"妈——"

这是有自己的小情绪了,皱着眉头的小学生盛鱼在叫。

"妈妈呀——"

这是沙发上、床上,滚在自己怀里的小棉袄求摸摸背,摸摸胸口,摸摸肚子的娇声。

"妈咪、妈嗯——"

这是中学学了英语的盛鱼,回来显摆着叫。

女儿的无数声呼唤,将她的耳朵填得满满的,以至于姐姐刘菊秋叫她和其他家长一起,把孩子的遗体抬到市政府前面的树林子里讨说法,她都没有听见。姐姐刘菊秋无奈,只好自己动身抱盛鱼的遗体,刘燕子老师竟然瞪着眼睛像看仇人一样看着她,最后居然将自己的身体趴到女儿身上,去护着。刘菊秋只好作罢,长吁短叹着,回家拿了盛鱼的大幅演出照片,跟在其他一些遇难者家属的后面去讨说法。

在市政府前面的树林子里,在市长乐华清讲完话之后,举着盛鱼的大幅演出照的刘菊秋,被市文联书记同时也是市委宣传部副部长易渊笠认了出来。

易渊笠副部长那时把刘菊秋叫到一旁,问清了事情的来龙去脉之后,又再让她讲了一遍她妹妹刘燕子老师如何带着学生出去报火警,又如何将举着电动卷闸门的市摄影家协会的龚大海救出,如何叫她来帮忙救学生等等细节。待刘菊秋翻来覆去,在漫天飞雪里,呼哧着满嘴的热气讲了三遍之后,她看到自己单位的顶头上司的眼睛亮了一下,旋即让她跟着他,去了市委宣传部。

到了市委宣传部之后,易渊笠副部长让自己的下属刘菊秋在小会议室等着,他自己先与宣传部长廖兰芝在部长办公室合计了大概有半个多小时。

半个多小时之后,易渊笠副部长来到小会议室,先是详细给刘菊秋讲了市里对遇难者和家属的各种优待条件,然后略一停顿,又说:

"我刚才和部长商量了,你妹妹刘燕子老师,在屈副市长的指挥下出来报警时,还不忘从火场组织学生逃生,据你描述,当时她的女儿就在旁边,她却先顾全了自己的学生,牺牲了自己的女儿。她的女儿,我们会评为烈士,她自己,我们的意思是,想推为典型,和被她救出的摄影家协会的龚大海一起,我们批准成为救人的英模,要开个英模报告会,广泛宣传这种舍己为人的精神。"

刘菊秋苦笑了一下:

"您以为我妹妹现在还讲得出吗?还有心情讲吗?"

易渊笠副部长说:

"咱们文联有的是人才,我去和作协主席讲一声,让他找个作家,今晚把讲话稿搞出来,搞两份,一份用于后天的追悼会,会上就安排刘燕子老师作为死难者家属唯一的代表发言,另一份用在稍后的英模报告会上,你妹妹只照着念就行了。"

看刘菊秋低着头半天没作声,易渊笠副部长又补充说:

"你妹妹还有哪些困难没解决的?像职称呀、晋升呀,评为英模之后,肯定是能解决的。哦,最近有个后备干部学习班,要推荐人去,你看你有没有兴趣?你能冒着危险帮着妹妹去火场救人,我们市文联也要给你记一功的。"

刘菊秋虽然心里知道,这无异于赤裸裸的交易,但她想了想,还是同意了。盛鱼早夭固然可怜,但人死不能复生,让活着的人受惠,也可以说是这个女儿最后对母亲尽的孝道,还可以说,是对妹妹受伤的心最大的抚慰,别人同样也失去了儿女,未必能得到这样的优待之外的优待。

在顶头上司易渊笠面前点头打了保票之后,刘菊秋马上赶去殡仪馆,去了殡仪馆之后,却没看见妹妹刘燕子,一问,才知道她又昏厥了过去,被民警送到了附近的卫生所。

又赶到卫生所,刘燕子正在打点滴。刘菊秋看到葡萄糖液点点滴滴,刘燕子眼里的泪珠又在点点滴滴,好像那些葡萄糖液从她手背沿着胳膊直接到了她眼睛里掉出来一样，连节奏都相同。刘菊秋不禁心里泛酸，喉头哽咽，她摸了摸刘燕子的手，冰凉冰凉的。她问：

"饿吗？想吃点什么，姐去买。"

刘燕子老师像没听见似的，自顾自地掉泪，眼睛怔怔地望着白床单。

刘菊秋急了，觉得非将她刺激醒不可，于是一个耳光打了过去，又一个耳光打在另一边，刘燕子老师终于哇的一声哭了出来。

刘菊秋自己也抱着妹妹哭了起来。两姐妹哭了半个多小时，哭得黏糊糊的涎水呕在地上有脸盆那么大一摊，才渐渐地停了下来。

刘菊秋拿温开水冲了一杯蜂蜜水递给妹妹，刘燕子接过，喝了一口，刘菊秋放心了，便仔仔细细将市里的抚恤政策和宣传部的想法，给她讲了一遍，各种得失利弊，也都分析得清清楚楚。在这次的讲解中，刘菊秋发现妹妹有了点头和摇头的反应，但依然没有开口说话。想了想，刘菊秋还是打了妹夫盛博吉的 BP 机，让他务必在明天中午之前赶回来。她知道妹夫长途押运的工作来得也不容易，但现在他非回来不可。

第二天中午，妹夫赶了回来，没想到回来之后，他的反应更激烈。刘菊秋刚说完高照大剧院大火，盛鱼在火里头没了，盛博吉就问：

"她在哪里？"

刘菊秋说：

"殡仪馆。"

盛博吉接下来的什么话都不听了，夺门而出，朝殡仪馆飞奔。

跑到殡仪馆却没有找到盛鱼。原来昨天乐华清市长讲话之后，就陆续有死难者家属在各自领导的劝说下，在协议书上签了字。在宣传部和易渊笠副部长谈完后，刘菊秋也代替妹妹刘燕子签了字，签字之后，殡仪馆那边便按通知加大火力、加快节奏焚化，及至盛鱼的父亲盛博吉赶过去，包括盛鱼在内的大部分遇难者遗体已经化成了灰，装到了骨灰盒里。

盛博吉殡仪馆里得知女儿已经被签字焚化，怒气冲冲地又闯进了妻姐刘菊秋的家中，质问她：

"你们姐妹！好歹毒！我的女儿，我看都没看最后一眼，就烧成了一把灰！"

刘菊秋对妹妹温柔容忍，对妹夫可没好话讲，她怒道：

"你男子汉有本事到外面去争回来，在家里吃定我们女人还好意思？恩将仇报的人！你知道这次死了多少孩子吗？你知道我们寒风大雪里如何争取，才有了盛鱼的花岗岩墓碑、大理石骨灰盒、烈士的称号？你知道不久之后，你们将拥有一套流阳山脚下文化区新建的房子吗？"

盛博吉哭嚎着说：

"我要这些有什么用，我的女儿没了呀！"

刘菊秋说：

"你不要这些，盛鱼也是没有了啊，你们还年轻，孩子还可以生，市长开口，给你们都特批了生育指标的。"

盛博吉闻言哭得更厉害了：

"盛鱼尸骨未寒啊，你就要我们再生一个？"

刘菊秋朝房里看了一眼，厉声制止：

"燕子好不容易不哭了，你又哭，你男子汉现在要担起一切，还不进去劝一劝！另外，开始讲的这一切优待，也要等明天孩子落土为安了才真正生效；还有，燕子的英模称号，以及后续的比别的死难者家属更多的优待，是要燕子在明天追悼会上以死难者家属代表的身份去发言才有的，燕子最听你的了，你进去劝劝，最好让她今晚把稿子熟悉熟悉，这是我们文联的专业作家用她的口吻写的。"

盛博吉就拿着那几页稿子，擦着眼泪进房了。

房门内，刘燕子老师正眼巴巴地等着自己的丈夫。盛博吉一推门，刘燕子就猛地扑进了他的怀里，紧紧地搂着他的腰，将脸贴在他宽厚的胸膛上。盛博吉也紧紧地搂着妻子，喃喃道：

"好了好了，我的燕子要好好的。我说过，盛鱼是我们的小女儿，你是我自己的大女儿，我已经失去一个女儿了，你要再有个什么三长两短，我可是一无所有啦！"

然后两人肆意地抱头痛哭，只哭得天昏地暗，哭得客厅里来了人在问话他们也不知道。

来客是顾如铁一行。顾如铁在高照大剧院的外广场遇到了安监局人员、消防火调处的技术人员和公安的刑侦人员等调查组成员，他们正在已经封闭了的，有民警二十四小时值守的火场取证，取证完毕之后，要找火场见证人问询。他们了解到刘燕子老师在起火之初是站在舞台上的，她也是第一个报警的人；他们还了解到是顾如铁的妻子屈大雪副市长吩咐刘燕子出去报警的，现在屈大雪副市长命悬一线，根本开不了口，发不出声，他们便问顾如铁是否认识刘燕子。顾如铁说：

"岂止认识，我儿子小时候就经常放在她家里带的，她女儿胖丫和我儿子可以说是青梅竹马。"

说完这句话，顾如铁这才联想到儿子那天说的去殡仪馆找的盛鱼，应该就是胖丫，那些年他去刘燕子老师家接儿子的次数有限，每次都来去匆匆，他实在没有打听过那个胖乎乎的小丫头的大名到底是什么，更没有见到长成了少女的盛鱼，现在却再也见不到了。一想到这里，他的内心又起了怅惘和伤痛。

他想找机会打听火调取证的情况，便率先拉开了自己队里的那辆车的车门，脸朝后侧着，说：

"你们的车跟我来，我带路。"

上了车，车门一关，他便急不可待地问他的手下胡参谋：

"怎么样？初步判断是个什么情况？"

"现场找到了熔珠，应该有电线短路的情况发生，但是不是电线短路引起的，要把熔珠送到天津去做镜像鉴定才知道；不过起熔珠的地方并不是着火点，着火点最精准的地方还要在问询后再去取证，等他们走之后我再给您看现场照片吧。"

胡参谋在迟疑之后，还是如实向他的大队长汇报了，在队里，官兵们都对大队长顾如铁更亲近，他们嫌教导员高世仁太啰唆，喜欢顾如铁这种直来直去、风风火火的性格。

到了市实验小学宿舍楼，敲了半天房门，并没有人来开门，对面的门倒是开了，邻居告诉他们，刘燕子老师的姐姐在起火的第二天来取过东西，刘燕子老师恐怕在市文联她姐姐的家里。

顾如铁又领着一行人赶到了刘菊秋的家里。

刘燕子老师疯了。

在她的姐姐刘菊秋家里，事故调查小组的成员对她进行了询问。开始她并不配合，但也没拒绝。她的丈夫盛博吉想了解事情的来龙去脉，便在一旁不断地鼓励她，也一直紧握着她的手，她才慢慢镇定下来开始回答。

但让她心理防线完全溃决的，不是来自事故调查小组的各种例行公事的询问，而是询问结束后，丈夫盛博吉的反问而引发的争论。那时盛博吉看着身穿笔挺威严的军官制服的消防队火调参谋合上本子起了身，他便拦在这个参谋前面，盯着他发问：

"按我妻子的说法，开始起的是小火，她也飞快地去报警了，油铺街的消防中队离大剧院不到一公里，你们怎么不及时冲进去灭火？怎么听任它烧？还是你们拖延了时间，等烧大了你们也没人手，就没办法灭了？"

火调参谋尴尬地笑笑，说：

"对不起，我们是负责防火和火灾事故调查的，不负责灭火，现场的情况我们不是很清楚！"

盛博吉立刻转身走了几步，高大的身子拦在了客厅通往走廊的防盗门内：

"今天不说清楚，谁也别想走！要走除非从我的尸体上跨过去！我女儿不能死得不明不白！"

公安民警说：

"我们今天来调查，就是要给所有的死难者家属一个交代，请您不要妨碍我们执行公务！"

盛博吉瞪着眼说：

"是你们私闯民宅！我们犯了那一条？不说清楚今天谁也不许走！有种你们试试看？"

刘菊秋这时也来火上浇油：

"我家盛鱼真的是不该死的啊，你不知道，她有好多次活下来的机会，都生生地耽误了！"

公安民警这时候插话道：

"我们还要到别的地方调查问询，这些事情会调查清楚的，请节哀顺变！"

刘菊秋加大了声音：

"我就是要找你们汇报情况的，我们要给我家盛鱼申冤。"

于是她从顾小雪错认盛鱼说起，到殡仪馆发现盛鱼死亡鉴定的错误，再到屈市长台上的喊话等都一一陈述，听得顾如铁一身冷汗。

公安民警说：

"这话不能乱说，法医就是去现场鉴定死亡的，有严格的依据才能判断，他们怎么会误判呢？"

盛博吉一旁吼道：

"我家前世杀了她爹娘吧，这辈子母子两个联手来要我女儿的命！"

刘菊秋挥着手对着盛博吉摆几摆，意思是不要盛博吉打断她的说话：

"所以事故调查组的同志，我不晓得我反映的情况你们哪个方面的人可以记录在案，可以帮我找证据找证人起诉，这里面我现在至少知道四个方面的人要追究：一个顾小雪；一个是把我还活着的盛鱼从火场送到殡仪馆，而不是送到抢救室的人，我不知道这个人是消防队员还是医院的医生，但你们要查；还一个是你们的法医；最后一个是屈副市长，我不管她官有多大，再大都没我盛鱼一条命大！"

胡参谋看了看冷汗已经渗出额头的大队长顾如铁，解围道：

"调查结论还没有出来之前，你们不要再主观臆测了，请相信政府，也相信我们的专业调查水平，我们会有一个公正的交代的。"

刘菊秋再度提高了嗓门，指着穿制服的胡参谋：

"还有你们消防的，来了不拆门，本来只有几个人，还去砸什么窗户，窗户那么高，比门方便救人些吗？后来搞了点斧头来砍门，还半天都弄不开，要是把这些时间都节约出来，我家盛鱼会死吗？不会啊，不光是她，好多人都不会死！"

穿便装的顾如铁这时候忍不住了，他反击道：

"你不懂不要乱讲！到哪个火场救火，都是先破窗，让烟气散掉，火场第一杀手是烟不是火；还有你家妹妹报警的时候，告诉接警员火很小，屈市长正在组织扑灭，是她的情报不准，导致了消防接警员的误判；另外，屈市长让她去报警，这个报警肯定是不限于打119这个电话，首先应该给大剧院的保安和服务人员报警，让他们把之前锁着的所有逃生门都打开，何况逃生门根本就不应该锁，当天负责会务工作的人员应提前检查锁没锁，在会议开始之前一定要打开，结果没有，都关在里面烟熏火燎加踩踏！是你们自断逃生之路，是你们报警没有说清楚，这才导致了逃阻和救迟，这是事故升级的重要原因！"

一直在旁边静静坐着的刘燕子，这时候猛地叫了一声：

"啊——"

便从丈夫的胳膊底下钻过去，打开门锁，跑了出去。

盛博吉扭头看了下飞快跑下楼梯的妻子，又再把头扭了回来，往前冲了一步，对着顾如铁的脸左右两记勾拳，打得顾如铁旋转了两圈半，直接跌坐在刘菊秋家客厅的地板上。

从傍晚到第二天黎明，盛博吉和妻姐刘菊秋以及他随车押运的东家，也就是女儿同学杨雪晴的父亲杨五六，他们仨人时而分头，时而会合，家里找了，河边找了，街巷找了，学校找了，就连殡仪馆原先摆放盛鱼遗体的那个地方也去了，都没有找到刘燕子老师。早上六点钟的时候，疲惫得腰和腿都伸不直的刘菊秋，才绝望地拨通了易渊笠副部长家的电话：

"我的妹妹失踪了，一晚上都没找到，今天追悼会上的发言，请你们换别人吧。"

谁知早上九点钟，那由追悼会临时改成的送别会上，刘燕子老师却鼻青脸肿、头发蓬乱地出现了，谁都不知道这一晚上她到哪里去了，为何这时候就准确地出现。刘菊秋最早在挨挨挤挤攒动的人头里发现了妹妹刘燕子，她一把将刘燕子拖到宣传部长廖兰芝和副部长易渊笠面前，还隔着几步远，就喊：

"我妹来啦！"

她喊完便顺手给刘燕子理了理头发，却没有发现妹妹的异常。

易渊笠副部长转头和廖兰芝部长商量了一下，又问刘菊秋：

"稿子带了吗？"

刘菊秋说：

"一直在提包里放着呢！"

廖兰芝部长对秘书说：

"准备话筒。"

作为一个追悼会，有领导亲友致辞，算一个盖棺论定；至少再要有一个死者家属致答谢词，这追悼会才算完整。一早得知刘燕子老师失踪，部里便紧急决定将追悼会改成送别会，现场只放哀乐，鞭炮礼花一响，就宣布时辰到，由各死难者亲属的单位领导和众亲属组成的送葬队伍就启程；待各个家属抱着骨灰盒都上了车，清点好人数后，直接开往瓦罐岭，下葬后再乘车回来，送到各自的单位或街道，从头至尾就不再安排任何人讲话。谁知刘燕子老师自己又出来了，于是随机应变，又架上了话筒，准备将送别会还是按原计划开成追悼会。

话筒架起来之后，宣传部长廖兰芝作了催人泪下的致辞，当然，稿子也是请人连夜赶出来的：

"大灾体现大爱。屈副市长，飞火来袭，她临危不惧，奋力推开两名主持人，当自己被飞火包裹，话筒被人抢走之后，仍不顾浓烟呛喉，大声给学生指明逃生的方向，自己却错过了最佳的逃生时机，被烧成重伤，现在仍命悬一线；

"教育局长宋华平,指挥学生王子阳,将十三个同学带进男卫生间,运用自己丰富的火场逃生救援知识,成功地将他们一一救出。在救援过程中,他砸破窗户玻璃的时候,手上的肉被剜去一大块,鲜血直流,仍继续施救,耳朵被尖锐的玻璃削掉一只,鲜血灌满脖子,染红衣襟,依然忍着剧痛,将学生一个个递出窗外,直到消防战士来接应,这才去医院治疗;

"刘燕子老师,我们舍己为人的英雄,她将自己的十个学生毫发无损地带出火场,又救出了勇托逃生门,最终被烟火熏得窒息的勇士,还不忘叫来自己的亲姐姐,我们市文联的刘菊秋女士前来帮忙救人。刘菊秋女士来了之后,姐妹俩还将一个烧成重伤的女生及时护送到医院并在外面守护了一个通宵,这个女生得救了,她的十个学生得救了,托门的勇士得救了,而她的女儿盛鱼,却被浓烟永远地夺去了生命!

"还有你们的儿女、你们的至亲,他们没有成功逃离大火,却是在大火中永生,他们把生的机会让给了别人,把美好的明天留给了别人,成就了自己熠熠生辉的美德!火场窗户底下那永远定格的人梯、烧得面目全非的老师双臂下护着的孩子、抬着昏倒的老师那一双双稚嫩的小手,这一切的一切,书写的都是人间大爱!

"人生苦短,是爱,是信赖,是理解,让我们在苦中找到快乐,找到希望!也只有这种人间大爱才能护送我们每个人到达生之彼岸,所以,你们的儿女、你们的至亲,这些用自己的生命为他人的生命护航的人,烈士之名当之无愧!现在,让我们怀着崇敬的心情,向他们致以深深的三鞠躬!天堂之路,一路走好!未竟的事业,我们完成!烈士们,永生!"

这篇惹得现场哭声连天的悼词,让刘菊秋心里听得不是滋味。她佩服宣传部的行动迅速,只三天时间,搜集到了这么多的现场材料;她也知道有些细节,经过渲染,都做了文学化的处理,都充满了积极向上的正能量。这样做,确实能让这次事故平稳收场,自己和妹妹也都得到了表扬,所有失孤的父母,所有失亲的孩童与老人,也都得到了相应的抚恤和补偿,但真相呢?此时她很害怕自己去想真相,更害怕之后妹妹和妹夫没完没了地追究真相。她想，是不是所有的事物都像硬币一样，有着阴阳正反两个面的真相呢？她一时还想不清楚，也不知道此生还要不要将它搞清楚。在这个悲壮的悼词引发的悲痛时分，刘菊秋也哭了，但她心里清楚，她的眼泪并不只为侄女盛鱼而流。

这篇悼词，也让特意赶到现场，想找那些死难者亲属打听情况的顾如铁心中五味杂陈。虽然他此时没穿军装，但骨子里流的是消防战士的血，火灾救援现场他去了，他亲眼见到也有许多消防战士被烧伤，被浓烟所伤，被锐物划伤，从高处跌下摔伤，但他们无所畏惧的救援精神，以及为火灾扑灭所做的贡献，宣传部长都只字未提。他知道闻信而动，全力救援是消防人的使命，但这么大的事故，也只有这么一次沟通的机会，既不通知消防队的人参加，也不为消防队说一句话，他心里还是非常难受。更让他难受甚至难以接受的，是这种把丧事当喜事办的搞法。灾难发生，需要表彰英模，这是一种精神引领，这点顾如铁是明白的，但灾难发生之后，更重要的应该是从灾难中吸取教训，让悲剧不再重演啊。如此文过饰非的搞法，或许有了一时的民心稳定，却肯定没有永远的长治久安。因此，当宣传部长廖兰芝的话音落下，他便趁着哭声四起，愤愤地离开了殡仪馆，走进了停了一个晚上，现在又纷纷扬扬的大雪之中。

就在顾如铁投身大雪的时候，刘燕子老师被她的姐姐刘菊秋扶到了话筒前面。见话筒前面换成了盛鱼的母亲刘燕子，藏在人群当中的顾小雪便挤到了前面，他是来送盛鱼最后一程的，他坚信盛鱼能感受到他的心意。昨夜短暂的睡梦中，盛鱼来了。他俩又一起去了湛江的海边，去了岛上的香蕉林，又一起在卷起千堆雪的海浪中嬉戏。梦中，盛鱼不断地朝他招手，朝他微笑，她用像口琴的簧片发出的颤音那样的磁性嗓音不断地重复着一句呼唤：

"小哥，来！"

他怎能不来。

顾小雪从黑压压的人群当中挤到第二排的时候，因为个头高人一截的缘故,刚刚站到话筒前面的刘燕子老师发现了他。刘燕子老师愣怔了一下,随即将姐姐刘菊秋塞到她手里的稿纸一扔,尖锐的声音喊道:

"小鱼儿!不是妈妈要害你啊!"

便疯狂地冲了过去,直冲到顾小雪的怀里,紧紧地抱住顾小雪的腰,比那日抱住丈夫,还要用力。

现场出现了骚动,宣传部长廖兰芝马上捡起了稿纸,塞到刘菊秋的手里,命令道:

"快上去,你来讲!"

刘菊秋接过稿纸开始念起来,扩音器里的声音充满了高照市殡仪馆最大的追思厅,盖住了厅里听众们的窃窃私语,盖住了厅里站不下而站到了厅外走廊上的亲属们的争吵议论,盖住了走廊外面的风雪的奏鸣……总而言之,话筒里的声音一出来,骚动就像顾小雪怀里的刘燕子老师一样,服帖乖顺了。

但刘燕子老师是彻底疯了,这以后,连和她恩爱了十几年、把她当女儿一样宠的丈夫她都不认了,姐姐也不认了,领导也不认了,学生也不认了,她只认顾小雪,或者说,只把顾小雪当盛鱼认。刘燕子老师的这一举动让顾小雪百感交集。当鞭炮和礼花齐鸣,亲属们抱着骨灰盒登上殡仪馆外的大巴时,刘燕子老师还是不肯放开顾小雪,丈夫和姐姐拖她,拽她,让她跟随自己去送女儿最后一程,她也不肯放开顾小雪。

见追思厅里只剩下他们四个人,也迫于从外面又折转头来找他们的刘燕子老师学校的校长的催促,更是自己内心的一股莫名的激流暗涌,顾小雪做出了一个让他自己也吃惊的决定:他把手从刘燕子老师的背部,移到她的脸部,托着她的两腮,看着她的眼睛,轻声喊:

"妈——"

刘燕子老师望着顾小雪不断地点头,泪水夺眶而出。

顾小雪的眼泪也流了出来,他接着说:

"妈,路上冻住了,滑,我来背您吧。"

刘燕子老师这才放开手，温顺地趴到了顾小雪宽厚的背上。

等他们几个上车之后，高照市有史以来最长最浩荡的出殡车队，就在如纸钱一样漫天飞舞的雪花中，朝着群山环抱的瓦罐岭出发了。

许是太累太伤心的缘故，刘燕子老师一趴到顾小雪的背上就睡着了。上车的时候，顾小雪在抱着骨灰盒的盛博吉的冷眼下，在刘菊秋唉声叹气的帮助下，他还让刘燕子老师睡到了自己的腿上。从背上到腿上这么大的动静，刘燕子老师不但没醒，还发出了轻微的鼾声。一路颠簸到了瓦罐岭，所有的人都下车了，刘燕子老师也依然没有醒来。

她的丈夫像抱着刚出生的婴儿盛鱼一样，一直紧紧地抱着盛鱼的骨灰盒，他像怕盛鱼冻着了一样，将骨灰盒塞到自己的羽绒服里，靠在肚子上。他想，就是刚出生的盛鱼也比这盒子大啊。

女儿盛鱼，他养了十五年，十五岁的女儿亭亭玉立了，现在却浓缩成这么一点点，放在这么小、这么冷的盒子里。他记得盛鱼像他的妻子，怕冷。小的时候，他们仨还睡一张床，一到冬天，盛鱼和她的妈妈都争相把她们冰凉的小脚大脚伸进他的睡衣里，搁在他厚厚的暖暖的肚子上，当他故意做出冷得一哆嗦的表情和动作时，母女俩便哈哈大笑，小盛鱼每次都会说：

"爸爸你再冷一下！"

盛博吉便又使劲儿一哆嗦，小盛鱼就哈哈哈又笑开了，笑得小胖脚丫在他肚子上乱蹬。另外一个让盛博吉记忆深刻的父女之间的游戏是"挂苍耳"。盛博吉是络腮胡，胡子又硬又粗，还长得快，一天不刮，腮帮子两边的胡茬能长到苍耳的刺那么长。盛鱼小时候胖乎乎的，盛博吉最喜欢在晚上回家的时候，拿腮帮子上的硬胡茬去扎盛鱼的小胖脸。开始的时候，小盛鱼不干，但盛博吉威胁她，不让扎一下就不许把小臭脚搁他肚皮上，小盛鱼就勉勉强强答应下来。直到有一年国庆节，他带盛鱼去一个江心荒岛边钓鱼，荒岛上的苍耳挂满了她的小棉布裙子，盛鱼觉得很奇妙，大喊爸爸快来看。盛博吉不知发生了什么事，钓鱼竿随便往沙滩上一插，就飞奔过来看。看到盛鱼那胖乎乎的小手，食指翘得高高的，在数裙子上挂着的苍耳，盛博吉笑了：

"是苍耳，怕什么？你妈妈的学生，不是背过这个课文吗？"

见女儿纳闷地抬起头，盛博吉自己背起来：

"苍耳妈妈有个好办法，她给孩子穿上带刺的铠甲。只要挂住动物的皮毛，孩子们就能去田野、山洼。"

小盛鱼的眼睛瞪得溜圆：

"是这个呀！我还以为小哥给妈妈背课文是说，是说的长耳妈妈呢！"

说完，小盛鱼又让盛博吉蹲下，待他蹲下之后，小盛鱼摸着他的腮帮子，那时早上刮过的胡子已经生茬，她说：

"哈，你是苍耳爸爸！"

从这天开始，只要盛博吉一坐下，小盛鱼就会跑过来"挂苍耳"。这样的游戏持续到她小学三年级，慢慢地她就懂得害羞了。但在盛鱼初二的时候，盛博吉从厂里的行车架上摔下来，导致颅内出血昏迷了一个星期，再醒来的时候，他首先感觉到的就是女儿盛鱼温润的脸颊贴着他胡茬深长的脸颊，那时他的眼泪流了出来，叫醒了她，她一抬头看见他睁开的眼睛，欣喜地朝病房外喊：

"妈——我爸醒啦！"

然后又一转头对盛博吉调皮地一笑，将脸又贴过来：

"再挂一个。"

想起这些，盛博吉抱着女儿骨灰盒的双手开始颤抖，眼泪也情不自禁地流了下来。冰冷的骨灰盒已经被他抱得温热，见妻子在顾小雪的腿上睡得那么香，便跟自己的女儿"商量"道：

"让可怜的妈妈好好睡一觉吧，请你原谅妈妈不下车，让爸爸和姨妈来陪你到最后吧。"

就下车朝墓地走去，这一次他是把女儿送进大地的子宫，他相信那里会永远温暖。

走到墓地，刘菊秋又一次见识了政府的办事能力。不到三天的时间，两百九十八个墓坑、一排排整齐的花岗岩墓碑都已准备好。墓碑上不但有亡者的照片，还都刻上了亡者的名字和立碑的亲人的名字，以及亡者的生卒年月和烈士的称号。刘菊秋想，这么多人的详细信息，在这么短的时间内要了解清楚并刻上去，还要运过来立起来，背后得动用多少人力物力财力啊。她从心底里感受到了权力的指挥棒是多么有力！这背后的那双大手是多么地善于"弹钢琴"，弹一支陌生的乐谱，竟然是如此流畅，这得要多么高妙的手法啊。

刘菊秋这样在内心唏嘘着，看见一旁的盛博吉从羽绒服里托出了盛鱼的骨灰盒，看到他把头低下来，把脸侧过去，脸颊上密密麻麻的胡茬像毛刷一样来回"刷"着骨灰盒的表面。刘菊秋顿时眼窝一热，泪水滚滚而下，她靠近拍了拍盛博吉的背，指着墓坑说：

"还是入土为安吧，时辰是选了的，吉时。"

当盛博吉将盛鱼的骨灰盒放到墓坑里的时候，刘菊秋仿佛看到了俄罗斯套娃——她觉得从那天市政府前的树林子里，乐华清市长说要入土为安，到现在真的都入土为安，这整个过程中的一系列作为，都是大官帽子罩着小一点的官帽子，再罩更小一点的官帽子，直到最后将事故原点团团罩住，一切就像俄罗斯套娃一样浑然天成，无懈可击了！

多么高妙的手法，这手法肯定不是后天练成的，是基因里带来的，刘菊秋那时候忽然悟到了这一点。

盛博吉和刘菊秋分别在盛鱼的骨灰盒上撒上土，又从她手里提着的大蛇皮袋里拿出盛鱼的书包以及她吹过的口琴、弹过的电子琴，都一一放到墓坑里，再盖上水泥板，守在墓坑边的民工便将早已准备好的水泥封好墓，盛博吉和刘菊秋再接过刘燕子老师的领导递来的黄菊花摆放在墓碑下。

哭声就次第起来了，其声之大，其调之惨，让从天而降的雪花都仿佛被阻截在半空中瑟瑟发抖，不能顺畅飘下。

紧接着，又一个更大的声音在山谷响起，声音来自墓地边上停着的一辆改装吉普车上连着的两个大音响。这辆奇怪的车是顾小雪的同学周子马央求汽车修理工父亲改装并开来的。那日走廊上和王子阳谈过之后,顾小雪嘴里含混不清地念着"丝巾"嚎啕大哭,他最要好的同学周子马便过来拉他到一旁,问清了事情的原委,也和他商量了以什么样的方式送盛鱼最后一程。开始顾小雪说要带个卡式录放机到殡仪馆放盛鱼那时留给他的磁带,但素来点子多的周子马却建议道:

"我觉得在墓地放更适合,西方电影里的牧师都是在墓地说那些安魂的话,唱安魂曲的。

"也不要用卡式录放机,那么多人,根本听不到,我让我爸贡献一台车,你把你家的豪华大功放拿来。"

顾小雪家里的豪华大功放里,盛鱼的歌声汩汩而出,乘着雪花的翅膀,飘满整个山谷:

> Every night in my dreams(每一个夜晚,在我的梦里)
> I see you, I feel you(我看见你,我感觉到你)

当这首歌以最大的功率在墓地响起,所有看过这一年春天刚在中国大陆首映的《泰坦尼克号》电影的人,都回想起了电影里那感人泪下的画面。他们哭得更厉害,但包括盛鱼的父亲和姨妈在内,没有一个人听出了这是盛鱼生前留给顾小雪的声音。

八

　　这盘如同顾小雪和盛鱼定情信物一般的录音磁带在墓地播放的时候，顾小雪那时也听得泪眼婆娑，也想起了电影里的画面，但更多的是他和盛鱼那属于他们的私人电影的画面。

　　他想起小时候在盛鱼家里，那个圆乎乎的胖丫老是像条松鼠尾巴似的跟在他背后，"小哥小哥"喊个不停。等他上六年级了，小姑娘知道害羞了，不再喊他"小哥"，而是像她母亲刘燕子老师一样，叫他"小雪同学"。有一次他们学校六年级和三年级正好都去同一个公园春游，她来找妈妈，碰到顾小雪，她笑嘻嘻地喊：

　　"小雪同学，看你妈给你准备了什么好吃的？"

　　说得旁边打扫卫生的阿姨说：

　　"这么小一个，不是小学同学，难道还是大学同学不成？"

　　等到他上初中，她也快小学毕业的时候，他就很少见到她了。他印象中是自己上初三时的一天晚上，他正在自己房里做作业，门外传来了刘燕子老师的声音：

　　"我家盛鱼说很久没有见到小雪哥哥了，要来看看。盛鱼，去找小雪哥哥讨教一下初中生活经验。"

　　他刚好将作业本反扣在桌子上，盛鱼就在外面敲门了。顾小雪是特别重视自己的私人领地的，他只要一进家，肯定是走进自己房间马上将门反扣，但这时他打开房门，冲客厅里叫了声刘老师，又让进了盛鱼，却不知自己要不要再把门反扣上。看着顾小雪捏着门把手迟疑，盛鱼倒大方道：

"顾小雪，随意吧！"

顾小雪脸一红，便把门虚掩了，在房间的桌子前坐下，又指了指窗边的一张沙发，对盛鱼说：

"你也随意坐。"

就在盛鱼长发一甩，一转身的时候，顾小雪感觉到了盛鱼已经长大了，亭亭玉立的，一点也不胖，已经是一个能让人心动的少女了。正因为那时他的心弦被盛鱼自然流露出的"长大"的感觉拨动了一下，他便起了"回拨"过去的想法，他从桌子前起身，走到墙边，取下吉他，说：

"听我妈说过几次，你是我们市里的小歌星了，今天我来班门弄斧一下。"

吉他弦一拨响，两人的心顷刻就近了。

那天他俩在房里独唱、合唱、独奏、伴奏翻来覆去玩得不亦乐乎，直到刘燕子老师敲门进来催盛鱼走，他俩还意犹未尽地合唱了一首：

"那天黄昏，开始飘起了白雪，忧伤开满山岗，等春春散场。"

他们那时嘴里唱着"青春散场"，其实是那暗藏爱意的青春已开场。如果把人的青春比喻为四季当中的春天的话，他们这个刚开场的青春正值春季里的"惊蛰"前——一切都在大地之母的体内积蓄力量，只等适合的温度湿度的节气一到，便要破土而出，势不可挡。

再见面又到了三年后的暑假，这时他们已开场的青春来到了"惊蛰"时分——那天顾小雪百无聊赖去了盛鱼家，长大了的他们又是在切磋歌唱的时候，碰撞出了情感的火花，而这情感火花，不到半年，就成了燎原之势，就像春天播下的种子已开成五月的花海。

让顾小雪无数次回想的画面，主场景其实是在湛江硇洲岛。这时候他们交往一百天了，正好放国庆长假，他俩的父母都很忙，于是他俩各自谎称跟同性同学一起出去旅游，就去了湛江那尚未开发的硇洲岛——恋爱中的人都不愿意扎进人堆，巴不得天地间只有他俩。

硇洲岛孤悬海中，在二十到五十万年前，由海底火山爆发形成，是中国第一大火山岛。但吸引顾小雪和盛鱼去的，还不是火山岛的地貌，而是那里的野海滩，准确地说，是世界三大灯塔之一——硇洲灯塔照耀下的夜海海滩，因为这里只是一个连公共汽车也没有的乡镇，所以他们认为，即使是国庆长假，这里的海滩也不会"下饺子"。

不过，那几天的硇洲岛虽不如其他景点那般熙熙攘攘，但也并不是像他们预料的那样无人问津，天地间只有他们俩。那日，他们坐船到得岛上，问了好几个撒网打鱼归来的岛民，得到的答案居然是岛上没有宾馆。在他们打听过的那些人中，有主动邀约去自己家里住的，他们又不放心，再去岛上人家问吧，连门都不敢敲。最后，他们只好站在码头，尾随那些看似像外地游客的人，看他们是去往哪里，如何找地方住宿。这个办法还真奏效，他们尾随的第一队游客便把他们带到了一个可以栖身的地方——天后宫。

天后宫是岛上有些历史的妈祖庙，但除了供奉渔民们的守护神妈祖，也有供奉观音的观音堂。南宋最后一个皇帝还曾经定都于此，改此地地名硇州为硇洲，"硇"字是专为抗击统称"匈奴"的北方游牧民族入侵而生造的，取以"石"击退"匈"奴，合成了"硇"字，所以此处还有每年固定来拜祭的香客，因此也就配套有供香客住宿的简朴客房、饭堂、公共卫生间和公共浴室。

那日黄昏，顾小雪和盛鱼在码头尾随的人，就是福建来的香客。看着这些香客走进庙堂，他们也走走停停地跟在最后。庙里安安静静，香客们也安安静静，一路上叽叽喳喳说个不停的顾小雪和盛鱼受环境的感染，这时候也安安静静。他们看到负责安排食宿的一个胖和尚和一个瘦高和尚对着他们在胸前竖起了一个手掌，腰略微一弯，边行礼边轻声道：

"阿弥陀佛！住宿每铺十五元，三铺一间；吃饭每餐一块五，八人一桌；早课凌晨四点，晚课傍晚七点，九点寺庙熄灯关门。现在请各位施主随我来。"

顾小雪和盛鱼那时觉得又神圣，又新奇，又忐忑，但他们无处可去，只好随着众人前行至客房的那一栋。上到二楼，他们发现居然没有分男客房和女客房，按照先后顺序，每人发一把钥匙。看其他人没有提出异议，发到顾小雪和盛鱼的时候，他们也就默默地接过钥匙，打开了房门。因为正好在他们前面的三个人住满了一间房，他们又是当天最后领钥匙的，这间三个铺的房间，也就只他俩了。

关上房门，顾小雪和盛鱼对望着，同时吐了吐舌头做鬼脸。盛鱼学着和尚的姿势，竖起手掌弯腰对顾小雪一行礼：

"阿弥陀佛，佛门净地，不许造次啊！"

顾小雪把笨重的旅行包放到进门的第一张床上，坐下，仰头望着窗外红红的夕阳透过玻璃窗射进来，将盛鱼额头上细细密密的汗珠映照得闪闪发光，心里一动，拍拍床沿，说：

"来，坐下歇歇，我给你讲个故事先。"

盛鱼却在对面的一张床上坐下，望着他笑：

"佛门净地，你可不许使坏，故事也要是干干净净的故事。"

顾小雪一笑：

"就是佛门的故事。讲一个老和尚带小和尚游方，途遇一条河，见一女子正想过河，却又不敢过。老和尚便主动背该女子蹚过了河，然后放下女子，与小和尚继续赶路。小和尚不禁一路嘀咕：师父怎么了？竟敢背一女子过河？一路走，一路想，最后终于忍不住了，说：师父，你犯戒了？怎么背了女人？老和尚叹道：我早已放下，你却还放不下！"

盛鱼听完，很快反应过来，指着顾小雪：

"哈，你是在说我！我想都没往那方面想！"

顾小雪说：

"哪方面？"

盛鱼准备开口，想了想，说：

"我不回答，一回答又掉你陷阱里了。"

顾小雪说：

"我在想，他们没分男客房和女客房，就是说，他们心里根本就没有俗人心里的那些想法，所以就没有分别。我妈书柜里，有一格都是关于佛教方面的书,我有回翻,看到一句'起心动念,无不是业,无不是罪',所以我想他们学佛之人,都不敢,或者说被告诫了,不许起心动念。"

一席话听得盛鱼对顾小雪崇拜不已。这时晚饭的钟声响起,二人跟随众香客规规矩矩去吃了那全素的晚饭,又规规矩矩去做了那全念的晚课。一个多小时的晚课出来,去公共浴室里冲了凉,顾小雪就看到那个胖和尚把大门关了。

这是头一个晚上,他们坐飞机坐汽车坐三轮车坐船兼步行,累得腰酸腿疼,加上头一回住这么神圣庄严的地方,二人确实不敢造次,九点多就各自在床上沉入梦乡。因为睡得太沉,凌晨四点的早课,他们既没听到钟声和其他香客起来的动静,也没听到那声声佛号的合诵。睡到自然醒,俩人透过开在西墙上的窗子,看到照在海面上的太阳已经不是朝阳的红色,而是闪着金光了,这才意识到睡过了头,睡到日上三竿了。

他们蹑手蹑脚出了客房,又装作若无其事的样子出了庙门,这才手牵手无所顾忌地沿着海边疯跑起来。这一天,他们去看了硇洲灯塔,在香蕉林里找寻到了从他们住的西边寺庙,到东边悬崖看日出的最近路线。夕阳西下时,他们去了最向往的晏海石滩,那是他们最惬意的时分。多年以后,顾小雪还记得他们漫步在晏海石滩的情景。

由黑色的火山岩礁石构成的海石滩似伸出的两臂拥抱大海,两臂之间有一千多米长,约三百米宽的沙滩带,沙滩细粒松柔,延至海里是约纵深二百米的浅海带,这是没有任何人工雕琢的纯天然海浴场。由于是"凹"字地形,在海风波浪的作用下,海浴场承受面积小,看起来总是浪大水急,因而有"无风三尺浪"之称。但这里的地势平缓,没有复杂的水域和危险的旋涡,在此游泳既刺激,又安全。那时他们看到许多泳客冲向海里,专等排浪过来,迎跳进去与之拥抱,羡慕不已。顾小雪看了看盛鱼,说:

"临渊羡鱼,不如退而结网;临海羡浪,不如进而搏击。"

话一说完,就脱到早已备在最里头的游泳裤,冲进了高高的海浪里。盛鱼见状,也穿着泳装跟了过去。

刹那间，他们就成了海浪里的两条矫健的鱼，时而你追我赶，时而牵手嬉戏，水里玩够了，又到岸边玩沙。如此几番，直到又圆又红的夕阳一个跟头栽入海里，盛鱼才说：

"回去吧，早课没参加，晚课又没参加的话，是不是他们会不让我们住了？"

顾小雪那时候还觉得意犹未尽，他提议道：

"想听夜海的声音。"

盛鱼看了看空旷的四周，渔船正从远处归航，海鸟嘶叫着绕着渔船飞前飞后，这片海滩这时候只剩下他们两个人，她有些害怕，说：

"路灯也没有，我们带的手电可能电不够呢。"

顾小雪那时往后一指：

"硇洲灯塔。"

那天晚上，头枕五十万年前从地心里喷薄而出形成的黑礁，仰望更古老久远的满天钻石般的星斗，他们听了两个小时的惊涛拍岸，听着天地之间这巨大的轰响。他们首先是并排躺着默不作声，好像海涛已经把他们晃啊晃，晃睡着了，这样过了半个来小时，顾小雪忽然说：

"盛鱼，我忽然知道了怎么证明天聋地哑。"

见盛鱼默不作声，顾小雪继续道：

"用海证明。你听啊，这么大的海浪声，这么多年不断地说啊，说啊，海为什么要说呢，因为地母是哑巴，她说不出，海就替她说了，但他为什么要一直说呢，因为天公是个聋子，海怎么说他都没听见。"

盛鱼说：

"那海就是个傻子，老对着个聋子瞎唠叨什么呢？"

顾小雪从礁石上坐了起来，抓住盛鱼的手按到自己的胸口，道：

"那我也是个傻子，这里头哗啦哗啦说那么久了，有个人也一直没听见。"

盛鱼呢喃道：

"我又不是聋子。"

顾小雪靠拢过来，先是就着海风叉开五指梳理盛鱼的长发，然后用鼻子去嗅她的发尾，最后不知不觉，他们就吻上了，像海水涨潮时，哗啦一下冲上去就吻着了礁石。

他们吻上的时候，俩人就变成一个天聋，一个地哑了：海浪依然在咆哮，顾小雪充耳不闻；似乎有一千个拒绝的理由，而盛鱼一个都说不出口。而在深深的黑夜里，时间也变成了瞎子，露珠像时间的眼泪凝结在盛鱼的发梢，顾小雪风干了的游泳裤，这时被自己的潮水漫涌。

跌跌撞撞回到寺庙，已经是子夜时分，大门早已关闭。顾小雪拉着盛鱼沿围墙走了半圈，发现墙内有一棵大榕树，粗粗的枝丫几乎搁在围墙上，他们翻围墙进了寺庙。

两个月后，盛鱼火场蒙难，顾小雪忽然想到了佛家所说的因果报应。

葬礼上，这首《我心永恒》放完之后，盛鱼生前演唱录制的高照市市歌又响起了。这一次，四处透着冷风的大巴车上，头歪在顾小雪的腿上睡得香甜的盛鱼的妈妈听着听着，居然醒了。她直起身子，没有去注意顾小雪，就连顾小雪掉在她右脸上的泪水，她也没注意到。这一条泪水滑到腮边，再落在那硬冷的汽车座椅上，好像是她自己的泪水一般，但此刻她的脸上是挂着笑的，似乎好梦刚醒，她把大巴上被风吹得嘟嘟作响的窗玻璃拨开，将头伸出去，和着女儿的声音一起唱：

"大高照啊，晴空万里，你哺育了我，我们爱你；大高照啊，白云朵朵，我爱着你呀，你也爱我。"

顾小雪趁刘燕子老师对着窗外专注地唱歌，他轻手轻脚地下了车，从车头绕过去，再飞跑到盛鱼的墓碑前，对盛博吉说：

"叔叔，刘老师还在车上，你们去照顾她吧，她醒了，我想陪盛鱼静静地待一会儿。"

盛博吉正准备离开，闻言却停下了脚步，他瞪着眼睛对顾小雪吼道：

"滚！今天要不是看在你刘老师的面子上，当时我就要宰了你！你告诉你那猪婆娘，我会去找你们算账的！"

顾小雪听盛博吉骂自己那还躺在医院里命悬一线的母亲，那时气得身子簌簌发抖，两只拳头紧紧攥着。他想起在家里时，父亲说过妈妈是市长，但首先她是一个女人，他认为自己的母亲遭受侮辱的时候，已经长大成人的儿子若不挺身而出，是枉为男人的。但当他扬起拳头时，眼睛却不知怎么瞟到了墓碑上盛鱼的照片，只一眼，他的气就泄了，恨得自己龇牙咧嘴，拳头也就捶向了自己的脑袋。随后，他甩了甩头，在盛博吉的怒目之下，软塌塌踩着大高照市歌的点子，朝周子马父亲开来的改装吉普车走去。

吉普车开到市委大院，在周子马父亲的帮助下把大功放送到家里装好，顾小雪忽然说：

"马，帮我给班主任说一声，我不上学了，我想当兵，当消防兵。"

周子马的父亲说：

"莫冲动，先和你爹妈商量了再说，这是人生大事呢。"

周子马说：

"要不你先在家里休息两天吧，我去给你再请两天病假。"

顾小雪想了想：

"那就先送我到我爸的大队吧，反正当兵也要他帮忙才当得成。"

到了顾如铁所在的大队，顾如铁却不在队里。

教导员高世仁告诉顾小雪，他父亲请假去市立一医院照顾他的母亲了。顾小雪诧异地问：

"我妈不是被接到北京去治疗了吗？"

高世仁问：

"你爹说的？"

顾小雪点点头。

高世仁拍拍比他高一个头的顾小雪的肩膀：

"好爹。"

顾小雪迟疑了一下，问：

"高伯伯，如果我想当兵，当消防兵，你说我爸会同意么？"

高世仁问：

"现在？"

顾小雪又点点头。高世仁摇头：

"现在不行，征兵工作结束了。"

顾小雪失望地走在去市立一医院的路上，他忽然想到了行尸走肉这个词语。从小学到高中，他学语文都学了十二年了，做过无数词语解释、词性、词组分析等题目。受母亲影响，他也很喜欢读书，但是他从未像今天这样对一个词语有着如此深刻和精微的认识，从未像今天这样佩服过老祖宗对汉语造词的高妙手法。

他走在积满冻雪的街道，像前面走着的人一样把白雪踩得脏兮兮的。他踩着脏兮兮的积雪自言自语：

"行尸走肉呀！"

行尸走肉还能听得进老师的讲课么？行尸走肉还能参加高考么？行尸走肉还有能力接受别人的爱，或者去爱别人么？统统不行了！他顾小雪的心，刚才已经随着盛鱼的骨灰盒埋葬了。一个空心人，读不成书，当不成兵，没有爱情，也没有学业，将来肯定也没有家庭，没有事业，不是行尸走肉是什么。

顾小雪咯吱咯吱地踩着赃雪往前走，他发现路上残雪越来越黑，忽然意识到了什么，往右拐进去，穿过小古道巷就是高照大剧院。他又起了去高照大剧院看看的想法。

一个小时之前，他的父亲顾如铁也在这条路上，也是走着走着，就起了去高照大剧院再仔细看看的想法。

那时他来到灾后的高照大剧院，看到那日被人墙包围的它，现在孤零零地呆立在风雪之中。他远远看见几个武警战士在剧院外警戒，行人在五十米外观望。远看，大剧院完好无损；近看，触目心惊。四面墙上的窗子全部都打破了，玻璃碎片上，被困人员求生的血迹，依稀可辨。正前方，三道大门都被破开，其中，两道卷帘门被弄得坑坑洼洼，狼狈倒地。前厅，满地都是烧得面目全非的中小学生用的皮鞋、衣服、书包，零下几度的低温将它们和灭火时的水冻在一起，踩在上面嚓嚓作响，像小孩的呻吟声……

通过标有单双号的两个长长小巷，就是观众厅。厅内，漆黑一片。抬头一望，顶上的轻钢龙骨烧得残缺不全，玻纤石棉东一块西一块吊着，层板烧掉在椅子上，同它一起焚烧。九百一十张椅子没有一个完好，前六排的大部分座位只剩铁框。

厅内左右各设有两个出口，右面两个门被关。这两个门附近的椅子被烧掉布套，木椅破损不严重。但是，这两个门口有一百余个死难者，顾如铁恨恨地想，如果当时门开着，那会要减少多少伤亡啊。他又看到了右面回廊堆有一些旧沙发、冰柜等物，而左面回廊，地上到处者是破衣物、破鞋袜，窗上的玻璃全碎了。门已被砸开，木门被拆掉，防盗门被撞坏，一根根铁条被撬起。

舞台上空空荡荡的，只有一排排烧得漆黑的灯吊着，几条只剩铜芯的电线交叉斜挂，地上黑灰盈寸。幕布踪迹全无。顾如铁在舞台上发现一推车的灭火器——那日市长乐华清的协调恳谈会后，大剧院唯一的落实整改的行动就是添置了这堆灭火器。现在，这些灭火器开关已开，显然，舞台上的人员曾想办法灭火，但没奏效，于是，场内大量的易燃物，把大剧院变成一焚烧炉，造成震惊中外的惨剧。

最后，顾如铁来到回廊，一本作文本吸引了他。残缺的作文本来自某个五年级小学生，顾如铁翻了翻，篇篇都是优秀，在一篇作文后，老师还批了一句"有文学天赋，努力吧，你会成为大作家的"，也许这孩子再也没有努力的机会了，人间也许真的就少了一个可能成为大作家的人。他的书包里有一个饭盒，饭盒里有一块切得整齐的蛋糕，已冻成冰块，上面还有一个红色的"乐"字，显然是生日蛋糕的一部分。

顾小雪踏着积雪咯吱咯吱走到高照大剧院的正门，正好碰到父亲顾如铁在那儿和一个中年的公安民警聊天。见儿子垂头丧气地走过来，顾如铁喊：

"怎么又逃学？"

顾小雪停下脚步看着父亲，意思是让父亲过来。顾如铁走了过去，顾小雪问：

"我妈呢？你不是在医院照顾我妈吗？"

顾如铁说："你妈有顶级专家照看着，我够不上，我说了让你好好上学的，你怎么又乱跑呢？"

顾小雪低头轻声道："爸，你有办法么？我想现在就进部队，当消防兵。"

顾如铁这次没有和儿子怼，因为他听出了儿子语气里的深思熟虑，遂问道："为什么？"

顾小雪转头看着高照大剧院熏得黑乎乎的花脸外墙，说："为救赎。"

顾如铁不知想起了什么，又烦躁起来："别学你妈尽讲些扯淡的没边没际的话，说具体的。"

顾小雪低头使劲踢地上冻住的残冰冷雪，踢开了上面白而半透的一层，下面居然是黑红色的，显然是烟灰和血液的混合物，他浑身一哆嗦，也学父亲吼："我妈怎么啦？我是我妈的儿子当然像他了！我就想去当个兵，我就不想读书我现在也没心情读了，不行吗？"

儿子一吼，顾如铁又沉默了。他看着顾小雪，顾小雪的脸已经被冷风吹得红红的，嘴唇开裂起壳，一道道的血口子正往外渗血。顾如铁的心里一酸，拍了拍儿子的肩膀，说："可以的儿子，当兵当然可以，当消防兵更好，子承父业嘛，走吧，随我进去看看，老爸给你上消防第一课。"

从高照大剧院台阶下的警戒线上跨过去，顾如铁回头提醒儿子："你要有心理准备，虽然没有人了，但是看起来还是很惨，可能会更阴森。另外，按规定我是不准进去的，你更不能进去，调查取证也还没有最后完成，所以小心，别破坏了现场。"

爬到高高的台阶上，顾如铁从口袋里掏出一个口罩，递给顾小雪："戴上。"

顾小雪推辞："我戴不惯，你戴吧。"

顾如铁又吼："不戴别进去！"

顾小雪只好乖乖地戴上。

电动卷闸门被拆得七零八落，烧得焦黑的大红木门则被大卸八块，它们叠放在一起，顾小雪觉得它们如生死相依的患难夫妻。这时他听父亲顾如铁说：

"就从这里讲起吧！今天是你消防入门课，我们就先讲门。儿子，这逃生门外千万不能设电动卷闸门，如果为了安保起见，硬要设的话，也一定要有独立的应急供电保障线路，也就是说，主电源起火断电或短路起火后，这门应该是自带备用的发电机，它不受主电源控制，能保证主电源断电之后，及时供上电，让卷闸门不掉下来。火灾时遇到像这种没有配备备用电源的电动卷帘门，几乎是没有全身而退的可能。"

小心绕开被五马分尸一般的电动卷闸门和大卸八块的红木门，顾小雪跟随父亲走进了高照大剧院的大门，一股血腥和焦糊的味道直扑了过来，他打了个寒颤。他看到剧院前厅里，墙壁和天花板都熏得浓黑，地上是黑红浓稠的血迹，被冻结在了那日救火的消防水凝结成的冰块中。顾如铁指着前厅的天花板，同时也是隔出的放映厅的地板说：

"据说这顶部的放映室里，有许多进口放映设备，价值不菲，所以他们把重点放在了防贼上。因为地势高，空间矮，排烟通风不足，所以这里是最危险的地方。但几乎所有的人都希望从这里逃生，而烟气也往这里飘，所以这里是造成伤亡的主要地点。"

顾小雪的呼吸粗重起来，他想起三天前，他还在这里看到刘燕子老师训练那些蹦蹦跳跳、无忧无虑的孩子们向领导献花，现在，这里只剩下他们的血迹，以及横七竖八、大大小小的鞋子，它们像寒冬的江河里被冻住的小船一样，停泊在血迹里的。

顾如铁听到儿子的呼吸起了异样，转头问：

"儿子！行不行？消防兵的战场都是这么恶劣的，这还是打扫过了的战场，还没有烟火以及坍塌的重重危险，所以，将来当兵之后，你受不受得了，你要考虑好啊！"

顾小雪隔着口罩说：

"没事的，爸，继续吧！"

顾小雪看到钢制栅栏门也被消防员拧弯剪断成了碎麻花状，扔到了一边，上面还挂着许多衣物和书包的碎片；钢制栅栏的旁边，鞋子、书，还有零食包装袋和一些看不清本来面目的东西静静地粘牢在地上，让顾小雪的脑海里浮现出这些东西的主人，三天前是怎样的在烟火里、在疯狂的拥挤里攀爬，又掉下去，再绝望到永远也爬不起来。他的眼里又有了泪意，他觉得这些天泪腺的闸门好像也被冲垮了，完全不受自己控制了，眼泪总是说来就来啊。

顾如铁说：

"消防与安保，本来就是矛与盾的关系。消防要求尽快疏散，安保要求尽慢放人，虽然二者都要求人群控制，显然两者的要求是互相矛盾的。没有把握好两者之间的冲突，是高照大剧院管理中的重大缺陷，造成了大量的伤亡。对生命和财产的重视程度不同，会让起决定权的那个人采取不同的安全策略。所以我们在面向社会的消防知识培训，包括你上小学那会儿的少年消防团的消防知识培训课上经常说，防盗门一定要在有备份逃生通道的情况下安装，防贼有法，逃生有道，才是真理。"

这一席话，让顾小雪第一次对父亲起了由衷的敬意。在他的成长过程中，母亲虽忙，却比作为消防人的父亲给予他的陪伴要多得多，因此，他受那爱好文艺的母亲影响也比父亲的影响要大。平日里，母亲虽没明说，那话外之意顾小雪长大些的时候，还是听出来了，她嫌父亲是个大老粗，没文化，但今天父亲的现场解说，让他对父亲刮目相看。一时间，顾小雪觉得劫后的高照大剧院也没那么阴森了，父亲在现场的专业解读让他肃然起敬。

顾小雪拍了拍父亲的肩膀，真挚地说：

"爸，你了不起！"

一股暖流注入了顾如铁的心脏，然后散发到周身，充满血腥味和焦糊味的高照大剧院里那砭人骨髓的阴冷似乎也被逼退了不少。在顾如铁的记忆里，这是儿子第二次表达对自己的崇敬。第一次在十四年前，那

时候顾小雪还在上幼儿园,看到父亲自己做的可以推着飞跑的兔子车,那时口齿尚不十分清楚的顾小雪仰着头崇敬地说:

"爸,我要当你!"

如今儿子长大了长高了,说崇敬的话,得低着头看自己,但这时的崇敬,肯定含金量更高,顾如铁心里深受鼓舞,嘴上却满不在乎:

"肉麻!看着点地上,踩着砖头,我们到舞台那儿去,快点,此地不可久留。"

顾小雪就着破开的窗户和大门里斜斜射进来的日光和雪光,看到大剧院里的近千个座位都已烧得残缺,很多如吃剩的鱼骨架,只剩个框框,更看不出原来是什么颜色什么材质;而通往舞台的过道里,也布满了学生逃生时慌乱弃下的鞋子、书包等各种随身物品的残骸。他随着父亲顾如铁踩着临时铺在过道上的砖头,像练习轻功的武者走梅花桩一样,迅速地走向烧得更加厉害的舞台。

此刻的舞台,没有半点顾小雪三天前所见的样子。天鹅绒和白纱的幕布都不复存在,高悬的射灯同样被熏得黑乎乎的,有几盏还掉落在地。顾小雪心里印象最深的,那由七色气球组成的彩虹更是不见踪影。顾小雪想起了那日还想到要给盛鱼送一条各色气球拼成的鱼,而盛鱼最后也是随着气球的消失而香消玉殒,现在她埋在了那个冰冷的山谷里,像鱼儿在厚厚的冰层下消失,再也不会回来。想起这些,顾小雪的内心又痛了起来,眼泪不听使唤地往下滑落。

顾如铁一开始没有发现儿子的情绪变化,他指着舞台边上烧糊的推车里,横放着的一个个干粉灭火器,说道:

"干粉灭火器适用于扑救布料等固体类的火灾,但对于高高在上的幕布燃烧肯定无能为力,因为够不着。当火灾发展到一定程度,超过了自身的灭火能力,灭火器的效果是有限的。由于火场烟雾弥漫,既影响了逃生判断,又造成救人者止步不前,这是救迟的主要原因。没有工具,没有设备,你能指望当事人做什么?领导在这种情况下又如何?救人不能蛮干。所以你那小学班主任的老公怪你妈，还真是没有道理啊！"

顾如铁说完一回头，就看见了儿子眼里的泪珠，他生气道：

"还当兵！动不动就撒猫尿！讲了好多次，男子汉，流血流汗不流泪！"

这时，舞台通向西侧回廊的那个门洞里，日光和雪的反光白晃晃地射进来，那日孩子们遗落的物件静静地躺在地板上，像冬天赖床的学生。因为这里是剧院最低处，地板没有过火也没有过烟。顾小雪低头看了看没有过火过烟的地板上那些遗留物件，他不忍去触及它们，好像这些物件里藏着主人的灵魂。这样想着，他便就着光线找了个空地站着，他不知道他无意挑选的地方，就是那日母亲受难的地方。那时，在门洞射进来的有如大型追光灯打出的斜斜的光晕里，顾小雪擦了擦眼泪，居然冲顾如铁笑了一下，虽然笑得很难看，但至少向父亲证明了自己的眼泪不是来自伤心。

那时他难看地笑着发问：

"进门的时候你说了逃生门，现在说祸首——火吧。"

顾如铁点点头，四处望了望，捡起舞台底下一支遗落的圆珠笔，也不摘掉笔帽，就蹲在地上，直接在地板上的灰尘里画了起来。顾小雪看到父亲首先画出了一个三角形，父亲画完三角形之后，他听他指着三角形的边说：

"通常我们用火灾三角形来解释火灾的发生，三角形的三条边代表三个点火的要素，缺一不可：氧气或含氧的空气、燃料、热量或温度。"

说到这里，顾如铁想了想，又把三角形改成四边形。顾小雪有了上理化课的感觉，亦被这些知识吸引，也蹲下来仔细地看。顾如铁将三角形改成四边形之后，便在第四条边上写了"化学反应"四个字，再想想，又将点火的三个要素写在之前画的三条边上，继续道：

"有时火灾三角形可以扩充成火灾四边形，增加一条边来表示化学反应，主要是为了突出燃烧反应链的作用。之前很多年没提到过这第四条边，是因为一般火灾三角形就足以分析火灾发生的原因。但后来部队开始重视灭火理论的讲解和学习，说到灭火的时候，是很需要化学反应这一条边才能说明白的。"

顾小雪又站了起来，仰头看着光线晦暗的舞台中央，那里曾烟火肆掠，黑乎乎的一片，他问父亲：

"我听我们王老师的儿子说，是舞台的横幅起火，那么按你这么说，横幅就是燃料了，氧气肯定是不缺的，三要素里头的温度，或者说热量来自哪里？"

顾如铁扔掉圆珠笔，也站了起来。打量了舞台一圈，最后将眼光落在舞台边沿的一盏残损乌黑的射灯上。他走近射灯，指着它道：

"我分析，它就是肇事者。大功率灯泡的节能效果不好，产生大量光线的同时产生大量的热量。我觉得这场大火的发生，舞台灯和横幅、幕布都有问题。灯的话，应该使用高发光效率的节能灯或增加安全距离，比如在上头加一个隔离网来防止，横幅和幕布应使用阻燃材料处理来提高点火温度。公众场合下使用的材料都是需要特别进行阻火处理的，点火七十秒不着，就是阻燃材料的贡献，但是直到今天，社会上的人对这个的认识水平还远远不够。认识决定需要，我们看到什么，取决于我们已有的知识储备。所以消防教育很重要。"

高照大剧院的舞台下蓦地起了一阵风，不像是从外面闯进来的穿堂风，像是从室内贴地腾起的。这股腾起的风裹挟着大量的烟尘和回廊里的那本篇篇是"优"的残缺作文本的碎片，直扑顾如铁和顾小雪的口鼻和眼睛。顾如铁一边咳嗽一边拖着儿子往外走，顾小雪问：

"爸，你懂得这么多，我妈嫁给你二十年了，况且她还是管教育的副市长，怎么这么不重视消防教育，还犯那么低级的错误呢？"

顾如铁说：

"现在结论还没出来呢，你就替你妈认罪了！再说了，发生火灾不能说是某个人的原因！像美国在二十世纪七十年代突然发生火灾频发的局面，原因在于社会广泛使用有机化学材料，燃烧性能也类似，可燃、易燃、有毒，为了阻燃而添加的阻燃添加剂又增加了烟气的产量，加重了逃生和灭火的困境。"

顾小雪听完，长叹了一声。这时南门处起了人声，有标准的普通话响起，顾如铁小声说：

"快走，国家安监局的人来了。"

从舞台西侧被撬开了的门板和铁栅栏的外墙门闪出去，顾如铁的职业敏感仍然让他仔细打量着这个当年被自己讽刺为"拿消防队的红门当门神防火"的巨大建筑，不留神踩到了歪在一边的大红门，他指着门板说：

"儿子你看，那天的火场发展有多大！辐射强度有多高！维持时间有多长，所以才造成外墙的门板灼焦的痕迹如此之重。"

顾小雪边走边回头看了好几眼被高温烟气灼黑的外墙红门，问道：

"爸，你说了这么多，但是我还是不知道，这场火灾伤亡这么大，最致命的是什么呀。"

顾如铁眯着眼睛望了望天空重又飘洒下来的鹅毛大雪，又深深地叹息了一声：

"报警和救助耽误了十几分钟，是造成重大伤亡的主要原因。"

顾小雪又问：

"那我妈，该负多大的责？"

顾如铁生气地瞪了儿子一眼：

"又来了！讲了你妈是受害者，你怎么就记不住呢？"

骤然而起的北风夹着一朵硕大的雪花直扑顾小雪的面庞，像一个冰凉的小巴掌"啪"地打在他脸上。顾小雪浑身一哆嗦，将宽大的棉衣裹紧身子，咯吱咯吱踩着雪地，跟在父亲身后，朝医院走去。

九

医院重症监护室里，顾如铁和顾小雪父子俩站到了屈大雪的病床前。这时的屈大雪已经做过一次大手术，据院长孔武力介绍，手术是由北京过来的顶级专家操刀，很成功，效果超出了预期，所以现在屈大雪虽不能正常言语，也无法动弹，但意识是清楚的。

事实也是如此，屈大雪知道丈夫和儿子来到了自己的病床前，但浑身上下撕皮割肉的痛感如带刺的千斤铁衣穿在身上，因此她并不清楚自己现在除了没烧伤的胸部被白床单稍微遮盖，身体其余部分为了防止发炎溃烂，都是赤裸着的；她也忘记了刚进病室那短暂的清醒阶段快结束时，灵魂在半空中看到的自己面目和躯体的丑陋模样。她现在心如死灰，她的记忆被冻在了楼梯拐角处，儿子丢下她不管，还打着她的牌子去救别人的时刻。

但对于顾小雪而言，此刻亦是他人生最黑暗的时刻。他这是第一次见母亲的裸体，也是第一次见女人的裸体，见到的却是如此不成人形的身体！他的双手和身体不停地颤抖，牙齿也随之磕得咯咯响。看到儿子涕泪滂沱，身子好像也快歪倒的样子，顾如铁一把搂住他，半扶半抱地往外拖。

出了病房，顾小雪趴着墙壁嚎啕大哭起来。

看着儿子如此痛苦，顾如铁后悔不该答应儿子让他进来看母亲，他高估了儿子的承受能力，亦低估了他们母子之间的感情。顾如铁总是批评儿子爱流泪，但这时他的眼泪也被儿子的哭引发了出来，他低声说了句：

"我去抽根烟。"

就在儿子的哭声中朝卫生间快步走去。

卫生间的小分隔区间里,顾如铁坐在专给残疾人设的那一个马桶上,关上小木门,点燃香烟,任泪水流淌了下来。他记起十八年前,也是在这个医院里,妻子屈大雪生下儿子,并执意要取名"小雪",当时血气方刚的他,也是在这个地方,抽了无数根烟平息情绪。他那时就想,他和妻子都是要强的人,也都是单位的先进,但两个先进积极分子,怎么就不能组成一个先进积极的家庭呢?他以为时间和儿子会成为他们关系的融合剂,但现在看来,显然是毫无作用的。他顾如铁,还有她屈大雪,上辈子是怎样地亏欠了对方,造了怎样的孽啊,这辈子要这样地在互相折磨的同时,还要遭受命运的折磨。顾如铁长长地吐出一口烟,仰头望着天花板,似乎那里有个上帝,他在心里对隐在天花板后的上帝说:

"她虽然是个市长,也对我不好,但她终归是个女人,是我的女人啊,有什么报应就冲着我来吧!"

在卫生间不知待了多久,直到敲门声响起,真正的残疾人要进来上厕所,顾如铁这才开门走了出去。

走到儿子的身边,他看到儿子的眼里已经流不出泪水了,只是呆呆地背靠着墙,像个木头人一般。顾如铁清了清嗓子,说:

"儿子,我们走吧。"

顾小雪软软地靠在墙上,歪着脑袋,斜着那眯缝成一条线,乍一看只看见一排长睫毛的眼睛,望着顾如铁,哑着嗓子说:

"爸,我真的读不进了,我现在要陪我妈,我也要当消防兵,我想我只有当消防兵救了别人的命,我这条死了一半的命,才会活过来。"

顾如铁盯着儿子的眼睛看了一会儿,说:

"好儿子!真的是我的儿子!你要留在这就先留在这,累了就回去,我现在去支队找政委帮忙,找完他我先到这里来找你,如果没找到你,我就去家里找你。"

七天后,顾如铁得知顾小雪当消防兵的事有了眉目的时候,想好能以此为由，便打定主意去和屈大雪谈。

那天走进病房的时候，屈大雪刚刚又经受了一次手术。医生告诉顾如铁，烧伤病人每次手术的感觉，都会是炼狱一般的痛苦，是千刀万剐一般的痛苦，因此谈话的内容应该回忆让人高兴的事情，以激励和鼓劲为主，不能让自己的悲伤去加重病人的悲伤。对于医生的嘱咐，顾如铁当时表面上唯诺应承，心里却不以为然。他的不以为然不是反对医生的提议，而是他认为医生远远不如自己了解屈大雪。屈大雪现在拒绝与人交谈并有求死的倾向，他医生有办法治么？他医生只能植皮缝针拿刀子，哪知道心病还需心药医啊。顾如铁打算借这次与妻子长谈的机会，送她一味对症的心药。

但是尽管之前就想好了谈话的方向和内容，真正坐到妻子的病床前，看到妻子见自己进来，将头艰难地偏转了过去，顾如铁又紧张了。因为紧张，顾如铁不知从何说起；又因为不知从何说起，他一时间完全忘记了此前想送给妻子的"心药"。

那时，顾如铁手足无措地在妻子的病床前坐下又站起，站起又坐下，甚至还习惯性地准备掏烟吸，如此几番，他还是没有记起要给妻子说什么。正沮丧之际，窗外的走廊上有白大褂医生的身影闪过，他终于记起了医生的嘱咐，要说高兴的事，要激励和鼓劲。但是属于他们夫妻之间有什么事情是让人高兴的，可以激励和鼓劲的呢？顾如铁那时像个只会狗刨的游泳者在记忆的河水里扑腾了。扑腾几下，他忽然想起了他们夫妻关系最好的一段时间，也是合作最成功的一件事，便是组建高照市的"少年消防团"。

筹备组建高照市少年消防团的时候，屈大雪已经借调到了市教委办公室。在此之前的几年里，她一心三用，既要独自照顾教育好顾小雪，又要做好自己的本职工作，还要利用此外一切边角余料的时间，来完成自己的学业。这几年，她从取得教师资格证开始，又先后考取了教育学院的小教大专专业和师范大学的汉语言文学专业，又在完成学业的同时，再占用一切娱乐时间，挤压一切休息时间，参加市里、省里的赛课、演讲比赛以及撰写和发表论文、诗歌和小说。正是屈大雪老师在屡次的赛课和演讲比赛上的崭露头角，才得以进入她人生中最重要的"贵人"——市教委的黄天蓝主任的法眼。

刚进教委的时候，屈大雪还以为是自己的哪一辈祖宗积了德，助她喜从天降，后来才知道，是自己并不熟悉的黄天蓝主任起了决定性的作用。她回想当年自己想从乡下回城，是颜面尽失地跪在了顾如铁的父亲面前，也最终搭上了自己的婚姻才换来的。这样一比较，黄天蓝主任的形象在她心里顿时高大起来，她那时心里都不知道要怎么感谢他才好。她那时甚至想，如果当时都是单身，她肯定是以身相许了，无奈他俩的身都早已许人，屈大雪那时就只能芳心暗许——把心思全放在工作上，全力辅助黄天蓝主任做出功绩，并也像他那样，施恩不言，不求回报。

不过组建少年消防团的想法，最初并不是屈大雪提出来的，而是她丈夫顾如铁提出来的。在屈大雪调到市教委的时候，顾如铁也调回了高照市的城区大队任防火参谋。有天屈大雪要加班，嘱咐顾如铁抽空去实验小学接儿子。走进校园，"小喇叭"广播站正在广播救火小英雄赖宁的故事。在花坛边上，顾如铁找到了等在那里的儿子顾小雪，他正和比他小三岁的盛鱼小朋友静静地坐在一丛金黄的菊花下，听赖宁的故事。顾如铁喊他走，他马上做了个"嘘"的制止手势。顾如铁笑了笑，只好服从，自己也跟着听起来，但随着故事的深入，老消防顾如铁的眉头皱了起来。那时广播里播到了故事的中段：

"下了楼，赖宁一眼便瞧见了冲天的火焰。他连告诉妈妈一声都来不及，就飞快地直奔火场。赖宁跑到山上，挥动松枝奋力灭火。高达二三十米的火焰，狂烧猛窜，赖宁和他的伙伴英勇顽强，一次次地冲向火海。

"山上的狂风左一股，右一股，撩拨得火焰东奔西窜。九点钟左右，天全黑了。赖宁、王海和周伟三个同学被大火截住了退路。忽然一阵狂风刮来，把离他们十多米的一片大火呼地吹到他们身边。风向一变，赖宁就和同学们失散了。赖宁独自在火中向山上攀登，他的双脚迈开弓步，他的双手紧紧地抱着一棵小树……"

关于国家教委和共青团中央树立赖宁这样一个救火英雄形象的事情，其实在消防队里，大家都是不赞成的。顾如铁原来在县消防股也去打过山火，林业局请的那班护林员，只要发现起火，就敲搪瓷脸盆敲洋铁桶子，把周边的老少妇孺都喊来打火，认为人多力量大。从消防队的职业眼光的角度来看，这样反而呈现人多力量小的局面，因为保护人民的生命财产安全都是他们的职责，其中保护生命还是放在第一位的，这就导致消防队员们总是一边要打火，还一边要注意保护打火群众，特别是那些蹦蹦跳跳游戏般趁打火热闹去"玩火"的孩子们。要孩子去打火，对职业消防队员来说，纯粹是去添乱和对孩子生命的极端不负责，这根本就是孩子们力所不能及的事情。可林业局呢，每次打灭山火之后，还会去学校表彰奖励那些在打火过程中表现突出的孩子，表彰他们的"英勇顽强、大无畏、集体主义"的精神，学校也以出现了这种"打火少年英雄"为荣。林业局和教育局归政府管，公安消防肯定是管不着的，因此他们只有无奈的份。现在，这种宣传眼看着对自己那一张白纸一样的、看起来还只有萝卜大的亲儿子起了作用，顾如铁打算立即纠偏，他问儿子：

"故事听完了，你喜欢赖宁吗？"

顾小雪仰着婴儿肥的小脸说：

"喜欢呀。"

顾如铁又问：

"喜欢他什么呀？"

顾小雪答道：

"他不怕火呀，我怕火呀，他还把火灭了呀，爸爸你教我怎么不怕火吧，我也要去灭火。"

顾如铁就说：

"你不准去灭火！你怕火是对的，你看赖宁灭火不是死了么？你死了就再也看不见爸爸妈妈，爸爸妈妈也再也看不见你了呀。"

小盛鱼这时候也插嘴问：

"也看不见我，我也看不见小哥了吗？"

顾如铁点点头，摸了摸小盛鱼的脸，说：

"是呀，人死了，就什么也看不见了，别人也看不见他啦！如果你有好吃的想送给他吃，怎么也找不到他，如果你有好玩的想和他一起玩，那也是怎么找都找不到的。"

顾小雪这时候着急了，说：

"没有死呀，故事讲完的时候，赖宁还在攀登呀！老师都说了要学习他呢，妈妈不是让我听老师的话吗？"

就是顾小雪的这句话，让顾如铁起了联合教委纠偏的想法。那天晚上，屈大雪加完班，拖着疲惫的身子回到家里，进房看了眼熟睡的顾小雪，又重新回到客厅，顾如铁便开口说了接儿子时所见到的事情。

屈大雪本想去洗澡休息的，听丈夫这么讲，便在沙发上坐下了，忧心忡忡地说：

"我们黄主任其实也觉得不妥，但不贯彻执行也不成，现在赖宁的家乡四川出了个这么大的典型，他们的知名度一下子就上去了，我们市教委，这么多年都没出过什么英雄事迹，也没有什么工作亮点，黄主任很着急，如果还不抓出点自己的特色，那他和我也不会有什么进步。如果不光是没特色，没成绩，连上面要学个赖宁的指示也不贯彻，那黄主任的官恐怕也当到头了。还一个，大家都知道，你也知道，我是黄主任做主调上来的，到今天我们都一分钱的礼没送过，他是个正直的人，当然也不会要我送什么礼，他调我过来，是想着我能帮他做点成绩出来，但这么久，也没做什么，我最怕欠人恩情了，这个时候要是我能有什么办法帮到他就好了。"

屈大雪很少这样和顾如铁推心置腹地谈话，见她这样真挚，顾如铁受到了鼓舞，他想了想，试探着说：

"要不你们和我们消防队联合搞个什么活动啊，建立个组织啊什么的呢？我的意思是，小孩子的接受能力强，现在又都是独生子女，家里看得重,孩子们说什么,对大人的影响大。"

顾如铁的这个提议点亮了屈大雪的眼神,她激动起来,连连道:

"哎呀,哎呀,哎呀!"

她连续"哎呀"了三声之后,都没找到合适的词语表达自己的心情,便冲进了卫生间,打开了水龙头。

听着卫生间传过来的哗哗哗哗的水声,顾如铁一头雾水,不知屈大雪嘴里的喟叹,到底是同意他的提议,还是不同意又不好说反对。正纳闷着,屈大雪把卫生间的门打开了一条缝,冲顾如铁喊:

"洗发膏没了,五屉柜的头一个屉子里有支新的,你拿给我。"

顾如铁闻言心里一阵悸动。要知道在这之前,如果哪次她忘记了反锁卫生间的门,顾如铁直接开门进去拿个剃须刀什么的东西,推门之际,屈大雪是会本能地拿毛巾或衣物遮挡自己的关键部位的。这样遮挡了两次,顾如铁便沮丧地心领神会了,他认为自己也是有骨气有面子的人,从此只要知道妻子在卫生间沐浴,他是那一边都不会望过去的。

现在,妻子屈大雪居然让他送东西进卫生间!卫生间里有着赤身裸体水淋淋的妻子,顾如铁想着,也按捺不住地激动了,他起身去五屉柜拿洗发膏的时候,还带翻了一张小凳子,妻子这一反常的举动释放的信息量太大了,大到他心里瞬间充盈的力量像火箭点火了一般。

但那时顾如铁尚不知道,他这次见着的妻子的裸体,是他最后一次见到妻子的完整而美丽的裸体。多年以后,在重症监护室,顾如铁懊悔地想,如果早知道这么美丽的裸体此后再也见不到,那时他一定要多看几眼,看到刻在心里。

但那天晚上屈大雪并没有由着顾如铁乘着激动的翅膀高飞。那时屈大雪在卫生间用丈夫递过去的青春洗发膏将长发洗得湿淋淋的出来,又用电吹风吹得满屋子都香喷喷的,香得顾如铁连打了几个喷嚏,把房间的顾小雪都打醒了,屈大雪就连忙跑进房间去哄儿子,将顾如铁独自丢在客厅里继续打着喷嚏。

顾如铁打完他的连珠炮般的喷嚏,就去卫生间洗澡,他一边在莲蓬头下抚摸擦洗着自己的身体，一边回味着刚才看到的妻子的曼妙有致的裸体——屈大雪那一刻正弯着腰冲洗头发，她浑圆的屁股向后翘起，饱满的双乳鼓胀向下，清澈的水流从精致小巧的乳尖流下，整个白皙光滑的身体像一件艺术雕塑。顾如铁那时边擦洗自己，边回味，想着想着，身下那几寸长的本事不由长起来了，他兴奋得呼吸的节奏都加快了，连忙胡乱擦干净身上的水，裹着浴巾走出了卫生间。

从卫生间到得客厅，却发现儿子顾小雪房间的门关上了，他走近旋动把手，发现门从里面反锁了，他在心里骂了句妻子：

"调戏我呀！"

便恨恨地走向了主卧室。

屈大雪在第二天就和黄天蓝主任说了丈夫的提议，黄天蓝也是个办事雷厉风行的人，他马上召开会议，只半天，"少年消防团"就讨论了个雏形出来。

午饭过后，稍事休息，屈大雪便根据上午的会议精神，在黄天蓝的亲自指导下，起草相关的报告和方案，这一忙，又忙到了傍晚时分。屈大雪想着儿子还在学校，便又打了顾如铁的电话，让他去接儿子。

顾如铁这时候是大队的防火参谋，不用二十四小时待在队里待命，他下午去了几个重点防火单位之后，便去学校接了儿子回家，还亲自下厨给儿子做了蛋炒饭。吃完饭之后，顾如铁又陪着儿子做完作业，再把儿子哄睡，时间就到了晚上九点半。

妻子屈大雪是晚上十点半到家的。这时候，顾如铁已经在主卧室发出了鼾声。屈大雪在卫生间洗漱完毕之后，径直走到主卧室，像只壁虎一般把脸和前胸贴在了顾如铁宽阔的后背上，左腿也缠了上去。

屈大雪之所以有这个举动，是当天晚上，黄天蓝和她的交谈起了催化作用。

加完班做好所有的报备文件方案，看夜已深，黄天蓝提出让屈大雪坐他的车，绕个路，先送她回家。

车上，黄天蓝第一次问起了屈大雪的丈夫顾如铁的情况。屈大雪作了简略的回答，之后，黄天蓝顿了顿，又说：

"你们夫妻，感情应该很好。"

屈大雪这时候对有留德背景、儒雅大气的黄天蓝充满了崇拜。她从小便因为长相漂亮身材性感被人喜欢和追求，但她对那些主动追求者从来都不屑一顾。她进行过自我总结，觉得自己最喜欢的人，是不喜欢自己的人，而在黄天蓝之前，她看到的不同年龄的异性的目光都是喜欢自己的，唯独黄天蓝，默默地提携了自己，成为直接领导之后，他也并没因为她的漂亮性感而多看她一眼。正因为如此，她便知道能够俘获她的真心的人来到了。但她是女人，双方又都有家庭，这种喜欢也只能压在心里。而这个晚上，当黄天蓝看似不经意间问及她和丈夫的感情问题，她心里不由一颤，脱口而出：

"不好，我和他是水火不容。"

黄天蓝笑了，说：

"一个柔情似水，一个热情似火，这个水火吧。"

屈大雪说：

"火把水烧开了，水翻过来灭了火。"

黄天蓝说：

"那还是能量互换，你中有我，我中有你，感情好的表现啊。"

屈大雪那时不想和黄天蓝磨嘴皮子，她想让他知道，她的情感世界是空的，于是说：

"是互不相让，难以融合啊，他没读几年书，就去当兵了，回家住的时间极少，回到家里，俩人也讲不到一起。他不回我和儿子还自在些，只要他一回到家里，那种不相容带来的难受，还真不是一般人能忍受的。"

黄天蓝说：

"小屈，家庭氛围取决于女人的营造，我妻子就很懂得这一点，所以说我很幸运。我看顾参谋能帮你，帮我们，也是帮他队里出这么好的主意，就说明他是一个敬业的男人。敬业的男人应该是很有魅力的，我妻子就经常这么说，所以她在工作之余，还独自承担起所有家务，更重要的是，她善解人意，怕我对她对这个家有歉疚之心，就经常拿'敬业的男人最有魅力'来安慰我，让我放开手脚忙自己的事业，但从不说我的军功章里有她的一半这样的话。所以小屈，我认为以你的才华和悟性来说，你应该完全可以经营好这个家的，我想看到我周围的人都能得到幸福，教育事业，应该是教会学生具有获得幸福和感受幸福的能力的事业，而不是某个知识点，我们是教育工作者，就要从我们自己做起。"

从背后抱住了顾如铁的那一刻，屈大雪其实是百感交集的，她觉得自己抱住的是黄天蓝；当顾如铁于梦中惊醒，反手抱住她的时候，她又觉得是黄天蓝抱住了她。这个晚上，是顾如铁婚后最幸福的一个晚上，当他直入云端的时候，他看到了妻子眼里的泪光，他问：

"痛？"

妻子屈大雪摇摇头。顾如铁笑了，说：

"痛快？"

妻子屈大雪犹豫了一下，点点头。

但接下来的岁月里，屈大雪和他之间的房事又让顾如铁摸不着头脑了。她有时候明显是找借口逃避顾如铁；有时候却像个饿鬼，恶狠狠地要，恶狠狠地喊叫，一次又一次。顾如铁不知道，这个恶狠狠的房事背后，藏着黄天蓝的影子——那时的屈大雪只要听到黄天蓝不经意夸奖自己的妻子，或是剧场、电影院里碰到黄天蓝带着妻子去看戏看电影之后，她就会带着一种说不清的复仇心理，受虐似地找顾如铁做，她自己也不知道，这是向命运复仇，还是向黄天蓝的"炫妻"复仇。

高照市少年消防团的相关方案做好之后，黄天蓝也是派屈大雪亲自去市消防支队联系。与消防支队联系的这段日子，成了屈大雪和丈夫顾如铁出双入对最多的日子，那时整个消防队都知道了顾如铁顾参谋有个漂亮性感又能干的老婆，一时间，队里的兄弟们只要见到顾如铁，都会笑着说：

"铁哥，不错啊！"

顾如铁感到了前所未有的、后来也再也没有过的扬眉吐气，同时也

激发了自己的学习潜能,他像海绵吸水一样学习业务知识,只为某天妻子屈大雪认真地告诉过他:

"敬业的男人最有魅力。"

这样联系了一个多月,由市教委和市公安消防支队以高教委字(1988)134号文件联合向市政府报告,经市政府领导同志决定,在高照市城区几所中小学组建了规模为一百八十人的高照市少年消防团。少年消防团团部设在高照市第二中学,距离高照大剧院最近的油铺街小学为号鼓队,团员六十名。少年消防团团员男生着橄榄绿小礼服,女生着橄榄绿套裙,男女团员均戴大檐帽,系武装带,配消防团臂章,手持木制水枪——木制水枪的模板是顾如铁亲自设计制作,他是天生的木匠,在设计制作水枪模板的时候,顾如铁和妻子屈大雪都想起了他们小时候在乡下,他设计制作的带刹车和车灯的弹珠盘车,直到这种车绝迹都始终无人超越。

不得不说,在少年消防团成立后的前几年,还是在社会消防宣传工作中发挥了特有的作用的。顾如铁后来回忆,少年消防团最红火的那几年,高照市都没有发生过特大火灾。更让顾如铁和屈大雪骄傲的是,少年消防团成立第二年,省会消防部队举行迎国庆四十周年阅兵暨技术汇报演出,少年消防团号鼓队方队、彩旗方队、鲜花方队、水枪方队以整齐的阵营、矫健的步伐通过主席台,庄严地接受了省市领导的检阅。那时高音喇叭里这样说:

"彩旗和鲜花簇拥着张张稚嫩的笑脸,预示着蓬勃发展的消防事业的未来。"

那时顾如铁、屈大雪和黄天蓝都到了现场,他们夫妻俩在巨大的进行曲的声音里,都想到了"婚礼"——顾如铁觉得这是自己和妻子的革命婚礼,屈大雪觉得是自己和黄天蓝的事业婚礼,至于黄天蓝当时怎么想的,多年以后,当他和屈大雪白发携手时,他回忆道:

"形式大于内容,少年消防团开始背离初衷了!"

虽然那时教委主任黄天蓝心里起了隐忧,但同年八月,少年消防团还是按原计划举行了首次夏令营活动：五十四名少年消防团团员集结市消防四中队，度过了对孩子们来说新奇又难忘的军营生活。营员们高兴地参观访问了空军3571工厂和飞机场，了解了各种飞机的构造和飞行原理。在大本营，营员们接受了防火灭火知识的学习训练，也开展了"学赖宁怎么学"的辩论赛。营员们还与市消防四中队的干部战士举行了一次快乐的联欢晚会，孩子们用自己准备的文艺节目为消防叔叔表演了《小草》《蓝精灵》《血染的风采》等优美的歌舞节目，消防队的战士也表演了当时正流行的霹雳舞，顾如铁还表演了从小和乡下老拳师学到的摔手螳螂拳等精彩节目。晚会中不时穿插着消防知识抢答赛，同学们竞相抢答，油铺街小学的营员获得抢答第一名。

少年消防团的组建和兴起，另一个方面的成效，就是促进了教委主任黄天蓝、教委办公室主任屈大雪、消防支队支队长黄金柱、消防参谋顾如铁等相关人员的升迁。待教委主任黄天蓝升至省教育厅副厅长，市消防支队的支队长黄金柱升至省消防总队主管其他工作之后，他们在市里的接任者，又开创了别的工作亮点，少年消防团的活动也就越来越少。及至高照大剧院起火的前五年，少年消防团几乎只剩下了一个称号，保持了活动能力的只剩油铺街中队的六十人号鼓队，这支号鼓队在高照大剧院起火前夕，还在台阶下欢迎了省市领导及嘉宾，但这时它已不叫"少年消防团"，改称为"油铺街小学号鼓队"。

多年以后，坐在妻子屈大雪的病床前，顾如铁想和妻子回忆他以为是夫妻之间最美最辉煌的那段岁月，但当他好不容易说出：

"还记得少年消防团吧？"

屈大雪却以问作答：

"黄天蓝，他跑出去没有？"

顾如铁愣怔了一下，又想了想，说：

"死亡名单上好像是没有他的名字，有没有伤不知道。"

一滴泪从屈大雪的眼角滑向她耳根。顾如铁看见了，意识到这眼泪是为谁而流,心里起了不快,却不好发作。他还记得进病房前医生嘱咐他回忆愉快的往事,让她打消求死的念头,开始他以为说起少年消防团会让她愉快,哪知她直接跳跃到了黄天蓝。顾如铁这时意识到黄天蓝活着的消息,或许就能消灭掉屈大雪求死的念头,于是他决定不再说少年消防团,直接说黄天蓝:

"黄厅长来参加这次活动了?"

屈大雪微微点了点头,艰难地说:

"你去帮我问问他伤得怎样。"

顾如铁心里有些隐痛,鬼使神差地,他忽然问道:

"你在台上喊领导注意安全,这个领导就是指的黄天蓝吧?"

屈大雪的面部开始抽搐,看起来狰狞吓人。顾如铁马上后悔起来,他连忙找补:

"这只是个传言,凭我多年的消防知识,起火了,所有人都会凭着本能逃命,只有你这样的傻乎乎的领导,才拿自己的命去换学生的命,所以大雪,请相信我,你是英雄!"

见屈大雪的面部抽搐稍微缓解了些,顾如铁的自信心又上来了,他找到了那日大剧院给儿子讲解时的感觉,继续阐释道:

"国务院事故调查小组的结论快出来,综合我自己的四处访问和调查,也是凭着我的经验,我觉得这次的火灾亡人事故,可以用这八个词语来总结,室闭、火起、延速、烟毒、判误、恐慌、逃阻、救迟,你看,这八个因素哪个都和你没关系嘛。"

屈大雪艰难地用喉音问道:

"怎么没关系?"

顾如铁便像他在灾后的大剧院给儿子讲解那样,引经据典地解释了起来。及至从专业的角度语速飞快地讲完这段话,顾如铁这才想起,刚才的这段话,就是之前准备了好久,想送给屈大雪救助她心病的"心药"。

又有新的眼泪从屈大雪的眼角流出,比上次的还多,顾如铁知道这次的眼泪不是为别的男人而流了,他安慰道:

"别哭，有我呢，都会过去的。"

屈大雪抑制住了自己的情绪，又问：

"伤亡多少人？"

顾如铁心里有了矛盾，不知道该不该给她说实话，于是打马虎眼：

"有蛮多，还在统计，你放心养病吧，出去了自然就知道了。"

屈大雪知道顾如铁在有意瞒她，说：

"说实话，我受得了。"

顾如铁只好如实说：

"死亡二百九十八人，大多是学生和老师，市教委和你们市政府的大人差不多都保了一条命。"

屈大雪难受得牙齿磕得连连作响，眼泪又流了出来，她含混不清地追问：

"外地的老师和领导呢？"

顾如铁说：

"没逃出去几个。"

屈大雪的身体开始痉挛，心率监护仪发出叫声，门外的护士冲了进来，连忙呼叫医生，又将顾如铁赶了出去。

医生也迅速地赶了过来，顾如铁这才想起这次来除了给屈大雪送"心药"，还准备告诉她儿子马上就要入伍的好消息。可现在事情被他弄砸了，他懊恼不已，只好又跑到卫生间的那个马桶上坐着，抽起了闷烟。

顾小雪是在出发去新兵连的前一天到母亲的病房来长谈的。那时他一进病房，就径直跪在屈大雪的病床边：

"妈，对不起，我不知道您受伤了，伤得这么重，没有及时来陪你，请你原谅我。"

说完趴在屈大雪的枕头边呜呜呜地哭起来。

门外的护士闻声推开门，呵斥：

"要哭的话，请你出去哭！"

顾小雪吓得连忙噤声，他站起来，转身冲护士挤出一个微笑，示意

她关门出去。待护士关好门之后,他重又朝着母亲跪了下去:

"妈,您那天推开了王子阳和盛鱼,王子阳按照你指的路平安跑出去了,您是救人英雄;但是我是个罪人,我是打着您的副市长的牌子,插队去救了一个我误以为是盛鱼的女生,我因为自己的愚蠢,耽误了找您救您的时间,也耽误了找盛鱼救盛鱼的时间,她的妈妈现在似乎精神有些失常了,她的爸爸恨我们一家恨得咬牙切齿,恨我是对的,我也恨我自己,但恨您是没理由的。"

顾小雪说得有些语无伦次,前面他说的都是自己想说的,最后一句话,是他进来之前,父亲顾如铁交代自己一定要说的。听儿子语无伦次地说完,屈大雪意识到丈夫和儿子都在极力劝慰她,不要有心理负担。屈大雪的脑子有些懵,那日丈夫提出"领导注意安全"这句话的时候,她就在回想,自己到底说没说,究竟是对谁说的这句话。如果说当时她拿着话筒在讲话,起火了,她是本能地会喊救火的。至于让领导注意安全的话,如果没有黄天蓝在场,她自己就是那天最高级别的领导之一,而黄天蓝恰恰在场,自己依稀记得最后时刻,是看到黄天蓝朝自己走来,但那一刻她有没有冲黄天蓝喊"领导小心",她无论如何也都回忆不上来。于是她将头转向了病床边的儿子,这时的她说话还是有些艰难,她艰难地说:

"我也不记得我说没说这句话,可终归我,我们这些组织者都是罪人,你爸爸说这次的伤亡惨重,是那个室闭火起什么的八个因素,其实他还是只看到了浅层,那些娃娃,那些娃娃——"

屈大雪说到这里眼泪长流,哽咽得说不出话来。

顾小雪着急了:

"妈,您不要自责,爸爸说了,什么事我们两个男子汉担了!如果您硬要说自己有罪,那我来替你赎罪。"

屈大雪缓过劲来,接着说,说得更加艰难:

"那些娃娃,其实是死于某些官员和商人的贪欲啊。"

顾小雪有些纳闷:

"妈，您是说另外有人该对火灾负责吗？"

屈大雪强忍着疼痛说：

"我是罪人，我们都是罪人。你爸爸说的那八个因素，哪个不是我们的贪欲纵容而来的？哪个不能事先规避啊？但谁会去事先规避呢！对于你爸爸他们消防，很多年前他在县消防股，社会上的关注点，就是他们卖消防器材，那些消防隐患说得触目惊心，大家都认为，是为了好推销他们的消防器材和用品，人们把他们同那些卖保健品的相提并论。现在不准你爸爸他们销售消防器材了，但信任一旦缺失，很难再建立。高照大剧院那些违反消防规定的设施和做法，其实我和我的同事都知道，但都心存侥幸，又觉得事不关己，各自都有自己职责上的事情要去完成，但这世上，哪一件事不是在同一张网上的？如果我们，我们的社会还不反省，那这些娃娃，九泉之下都不会瞑目的，这样的人间惨剧，也是会不断上演的。"

顾小雪这时候膝盖跪疼了，他站了起来，揉了揉双膝，为了能更近地感受到妈妈的呼吸，他又坐到了地上，趴在床边，羞愧地对屈大雪说：

"我膝盖没破皮没流血，跪久一点我就受不了，妈妈呀，你全身烧成这样，你怎么受得了呀！我就要去当消防兵了，我这个样子，我害怕会给你和我爸丢脸呀！"

顾小雪说这段话，不知不觉回到了他上小学时和妈妈撒娇的语气。自从上初中后，他开始逆反，什么都跟母亲对着来，现在，母亲蒙难，他又要离开她去部队，再和母亲住到一个屋檐底下不知得何年何月！顾小雪本是个柔肠暗结的男孩子，这时候压抑了多年的对母亲的依恋涌了上来，他意识到，能这样和死里逃生的妈妈说上话，是多么幸福的事情。

那日在火场，屈大雪见舞台有团着火的幕布飞来，她推开了盛鱼和王子阳，着火的幕布正盖在了她的头上，她本能地用手去抓顶在头上的火，双手就被那块分成两半的着火幕布包着烧，幕布燃尽，她的十指像滴油的蜡烛那样继续燃烧。现在，屈大雪想像儿子小时那样，用自己的指头去触摸儿子的脸，给儿子擦泪，但当她抬起被反复的疼痛弄得麻木的手，才看到自己的双手已被纱布包裹，双手指头已经不能触碰儿子的肌肤了。但是，她听到了久违了的儿子的撒娇，看到了儿子隐忍着咬牙哭泣，她的心里起了强烈的活下去的愿望，她是多么渴望触摸无助的儿子啊，她用了用力，将胳膊裸露的部分，靠近儿子，再靠近。

顾小雪看着母亲那吃力地抬高又靠近他的胳膊，意识到母亲是想抚摸自己，他激动地抱住屈大雪没有烧坏的胳膊的中段，先是拿脸，后又用嘴，一寸一寸地往上蹭，又往下蹭，往复不知多少遍，他的泪水滑落在屈大雪的胳膊上，又被他自己蹭掉。他努力地从医院特有的气味里，披沙拣金一样去搜寻他原本熟悉，又多年漠视的母亲的气息，大口大口贪婪地嗅吸着，直到屈大雪颤抖的声音再次在病房里轻轻地响起：

"积德虽无人见，行善自有天知。人为善，福虽未至，祸已远离；人为恶，祸虽未至，福已远离；行善之人，如春园之草，不见其长，日有所增；作恶之人，如磨刀之石，不见其损，日有所亏。福祸无门总在心，作恶之可怕，不在被人发现，而在于自己知道；行善之可嘉，不在别人夸赞，而在于自己安详。"

十

　　顾小雪更名为顾小鳕，带着盛鱼名字里的"鱼"字，带着替自己赎罪也替母亲赎罪的一颗千疮百孔的心，去了新兵连，成为一名消防战士。而他的父亲顾如铁，却在这个时候，失去了跟随他多年，早已融进他生命里、血液里、骨髓里的消防人身份。

　　导火索还是他的妻子屈大雪。

　　在此之前，部队特事特办，安排儿子当了消防兵，妻子的病情也趋于稳定转院到北京做修复治疗，市政府也派了专人去陪同照看，顾如铁终于得到批准，可以回到他那一天不来打个照面就浑身不自在的消防队里来了。

　　回队后的第二天，农历腊月二十二，一早，顾如铁便按支队的通知，和教导员高世仁、高照大剧院火灾救援的首战中队中队长狄如意、中队指导员邵琦，四人一台车，去往支队参加高照大剧院灭火救援行动的战评会，大队的工作暂时由副大队长李泰叙主持。李泰叙这天在大队的中心工作也是主持召开一个会议，会议的主要内容是落实省委副书记针对高照大剧院火灾做出的新指示：

　　其一，立即开展安全生产大检查。要按照全省防火防爆紧急电话会议的部署，各地立即组织力量，深入基层，认真开展安全检查。省里要立即派出检查组，督促指导各地检查落实。其二，安全生产大检查要突出重点。要把歌舞厅、影剧院、旅馆、饭店等人员集中的公共场所，高层建筑、地下工程、大型物资仓库及生产、经营、储存易燃易爆物品的单位作为重点，逐个进行检查。对检查发现的问题，要立即整改；对存有重大火险隐患特别是发生事故容易导致人员伤亡的隐患单位，要坚决停下来，不要养患成灾。其三，要加强内部安全防范工作。严禁将易燃易爆危险物品带入影剧院和歌舞厅等公共场所，要加强这方面的安全检查，要督促有关单位进一步建立健全落实安全管理制度，严格用火用电管理，对职工要普遍开展一次消防安全常识教育，落实值班巡逻措施，对消防器材设施要普遍进行一次检查维修，保证完整好用。

用会议落实会议，用文件贯彻文件，用讲话落实讲话，这是有些机关工作的常态，但到了消防大队这一层级，除了上述几种形式之外，他们还必须最终落实到可行的方案上，方案再落实到执行上，执行又落到总结上，总结再落到汇报上，向上级汇报落实情况之后，再等待上级的总结表彰或是批评指正，如此循环往复，因此消防大队的工作除了打火与训练劳身之外，还有"案牍劳形"，因此接到这个层层下传的省委副书记的指示，顾如铁大队长便将此"劳形"之事全权委托副大队李泰叙去做——他顾如铁这一辈子除了打火与防火的专业技术书籍，其他的文字一看就头疼。

大队长顾如铁一行四人驱车来到支队，离会议召开的时间还差了有四十多分钟。他是特意提早过来的，他很想找帮儿子进部队的老领导郑小勇好好表达一下谢意，顺便问问他对这次事故处理结果的私底下的看法；另外，他听大队教导员高世仁说，他在医院照顾妻子的那些日子，那些死难者家属从北京请的律师已经几次三番到大队和支队调查取证，他不知道此前自己擅自销毁的关于高照大剧院的检查档案一事是否被查出，若被查出，会对自己、对消防队有多大的影响，会不会将市长乐华清一起连带出来。他想告诉郑小勇，如果牺牲自己能扳倒乐市长，他是会觉得很值得的。

顾如铁来到支队政委郑小勇的办公室，见门是虚掩的，他敲了敲门，也没等里头回应，就走了进去，进去之后他看到了高照市安监局的局长莫迎风在里头和郑小勇压低着嗓子说话，一时间心里起了进退两难的尴尬。

在此之前，由省政府牵头，已经召开了由国务院事故调查小组、国家和省市安监局领导、公安局以及公安消防总队和支队领导参加的高照大剧院事故调查结果和处理通报大会。经过由国家安监总局、公安部消防局等单位派来的专家夜以继日地调查取证鉴定分析，再将事故结论和相关责任人的处理结果上报国家相关部委批复，这起震惊中外的特大火灾亡人事故终于在形式上落下帷幕。经查明，这次特大火灾是一起特大恶性安全事故，造成火灾的直接原因是高照市高照大剧院人员及其主管部门负责人严重违反消防安全规定，玩忽职守，汇报演出活动的组织者严重失职、渎职造成的。在火灾发生后的一周内，高照大剧院服务组组长陈项彤、服务员李素、刘美英等，以涉嫌重大事故责任罪被公安机关控制；高照市常务副市长胡晶晶、高照市总工会文化艺术中心高照大剧院主任丰东方、副主任佘书中，高照市总工会副主席金生资、高照市总工会文化艺术中心主任庞立平、高照市教育局局长宋华平、普教科科长、副科长等从火场生还的官员，除屈大雪以外，均以涉嫌玩忽职守罪被高照市公安机关控制或监控起来。

对此处理结果以及此前四散纷飞的各种小道消息，那天来参加省里召开的事故通报会的各局办委的领导们，其实心里都各自保留着自己看法，但大会上人多眼杂耳亦杂，大家都不好交流，因此这日市安监局的局长莫迎风便抽了个空，来和好友郑小勇私下侃侃。每次和郑小勇聊，莫迎风都会有像对知己、饮佳酿的感觉，因郑小勇的人文知识和专业水平是业界有名的，大家说起高照市消防支队的支队政委郑小勇，都会这样评价：

"具有国际视野。"

在顾如铁走进支队政委郑小勇的办公室之前，安监局莫迎风局长正就"都是大人，为什么高照市本地的官员全都逃生出去，而外来各地的领导和老师伤亡惨重"的问题，和郑小勇进行探讨。郑小勇回答说：

"莫兄专业水准在我之上啊，就像你刚才说的，'无关晚餐那顿酒，无关领导要先走'，确实是逃生路线的预知和选择问题。那些外地来的领导和老师们，绝大多数是第一次到高照大剧院，当天他们都是从南边那唯一开着的正门进去的，落座没有多久，火灾就发生了。他们不知道，就在他们左手十几米远的地方，也就是靠近舞台的地方，有一个太平门通往西侧的回廊，这个门没有上锁，因为回廊里有两个面积很大的卫生间。而当地的那些领导，他们经常在这里开会，看演出，路线熟，意识清楚，又不去管顾那些在无序中混乱的孩子们和外地人，不就出现了这种结果。"

安监局长莫迎风叹息着说：

"许多经济程度和文明程度更发达的国家，他们的安全意识要高得多啊，其实到一个陌生的地方，尤其是人员密集的地方，提前看一看逃生路线和逃生路线示意图，又花得了多少时间呢？就是没这个意识。"

郑小勇也跟着叹息：

"是啊，没经历过的人，都心存侥幸，也有惰性的层面在，还有习惯性思维在里面，不怕你笑话，我只要出差，提包里头是经常带着四件宝的。"

莫迎风揣测着说：

"逃生用的？"

郑小勇说：

"没错，电筒、绳索、面罩、毛巾。"

莫迎风对着郑小勇竖起了大拇哥：

"勇哥也给我备个你们的专业绳索和面罩吧，生命只有一次啊！我们国家的安盲现在是太多了，还都没有意识到这一点。我想，现阶段我国的安盲数量，可能等同于建国初期文盲数量。建国初期，国家发起办夜校，雨后春笋一样，城市办，乡村也办，除了大大小小正规不正规的课堂，那时孩子教大人识字扫盲的现象也随处可见，可以说是如饥似渴啊！我是多么希望现在我们的安盲对于安全知识的渴求也如此！"

当顾如铁敲响支队政委郑小勇的办公室门的时候，莫迎风正起身将身子靠近郑小勇，近乎耳语似的问：

"都说起火之后，有个女领导，有的说是你老部下顾如铁的妻子屈大雪，有的又说是常务副市长胡晶晶，说这个女领导一直在喊'领导小心，领导注意安全'的话，你说到底有没有。"

就在这时候，顾如铁走了进来。

莫迎风也和顾如铁同场喝过两次酒，因此也认识他，这时见说曹操曹操到，而且说的还不是上台面的话，耳根一下红了。

郑小勇感觉到了莫迎风和顾如铁的难堪，他自己却并不难堪，大方对顾如铁说：

"这么早啊，多少年没休过长假，放点假让你去陪老婆吧，你还不自在了，进来坐吧，莫局长你又不是不认识。"

顾如铁这才打着哈哈给莫迎风敬了个礼：

"莫局长好！"

又转头问郑小勇：

"我们消防内部的战评会，可是难得请其他部门参加的哟！不过安监局也是自家人了，难兄难弟嘛！"

莫迎风伸手和顾如铁握了握：

"铁哥说得好，难兄难弟，一有灾难，就是我们两家了难。"

说完这句，莫迎风拿起放在桌上的小手包，又转头对郑小勇说：

"那改日再向你请教？"

郑小勇本来已和莫迎风说饭碗里的事说到兴头上了，见他要走，便挽留道：

"没事的，我们刚才说到哪里了？哦，那句话，到底有没有人说过。我认为，这是个误解的信息，来源于对现场结果的误解和社会矛盾的变相表达。"

郑小勇是个喜欢思考的人，也一贯很自信。当他初次听说这句话的传言时，他便认定了是无风不起浪，那日的火场，肯定曾经有人说过类似的话语。不过此时事情还不清楚，也考虑到顾如铁的感受，便说：

"谣言的产生是一个社会心理和文化方面的课题，留待社会学家去研究分析吧。"

顾如铁问：

"那你觉得本地的领导有没有先走呢？"

郑小勇说：

"我认为，外地的领导和老师，有提前，时间在几秒到几十秒之间，因为他们是成年人，很容易判断出火场的失控形式，而且逃生行动不需要听别人指挥；如果没有提前的话，他们很有可能会跟随高照市本地的官员一起，从侧门逃生。不幸的是，他们原路返回，身陷人流，导致损失。另一方面，他们提前的时间不够长，当他们走到大剧院的中部的时候，火场失控，全面逃生开始，这时候他们与全面开始移动的学生挤在一起，进退两难，直到全部伤亡。"

顾如铁打断道：

"现在社会上议论的是活着的本地的领导，这些死去的外地领导不在他们关注范围之内，人嘛，总是同情更不如自己的，嫉妒命比自己好的。"

莫迎风说：

"其实这里头有毛病。都在议论我们本地的领导不顾学生安危，所先走了，活着出去了，那天活着出去的本地两个最高领导都是女的，一个是常务副市长胡晶晶，另一个就是你老婆了，她俩难道自己一边逃生一边提醒自己注意安全？"

顾如铁知道莫迎风局长这话是说给自己听的，郑小勇也意识道了，他俩都点点头，算是认同莫迎风说的那个意思。

顾如铁叹息着说：

"我家那蠢婆娘，唉，她的消防逃生知识应该比他们任何一个人都丰富，地形也是最熟悉的，现在变成她一个人受伤最重，冤枉也背得最重。"

郑小勇说：

"即使你老婆那样喊了，于那些伤亡的学生和老师而言，也无罪，何况她当时还极力组织了逃生。"

当支队政委郑小勇这么评价顾如铁的妻子屈大雪副市长在火场的言行的时候，以刘燕子老师的丈夫盛博吉为首的受难者家属可不这么看。他那时正带着那日在大剧院火场外，拍下顾如铁踹倒儿子顾小雪，而后又在火场"闲逛"的照片的小报记者，带着他下岗之前的工厂的那班兄弟们，朝顾如铁所在的消防大队奔去。当盛博吉一行到达顾如铁所在的大队营房门口时，郑小勇正在支队的战评会上痛心疾首地作战评之外的题外讲话：

"群众缺乏常识，经常意气用事，惩罚责任人，就是放弃了研究真相、改进制度的机会。替罪羊很容易找到，一次重大的事故可以给全社会的观念和认识带来很大的改变，这是事故的真正有价值的部分。

"一次重大事故，对于家庭或个人是抚恤与赔偿，但对民族和社会而言，应该推动变革，至少在制度层面要有所改进！以领导为中心的现状要改，领导的认识也要改！"

听郑小勇如是说，那时顾如铁心领神会地笑了。关于事故灾难可能推动制度层面的变革，或者至少是领导层面的认识的改变，郑小勇和顾如铁此前是有过深刻体会的。

当年郑小勇还只是高照市消防支队的副支队长时，这一年支队下辖的三个县的消防股，都改成了消防大队，郑小勇便力荐顾如铁回到阳山县，此前，他曾经担任过阳山县的消防股长，这次回到那里任大队长，熟门熟路，又顺理成章。

县里的公安消防大队成立，当然还是依赖县里的财政。这时候，县长和县委书记都不是顾如铁当年在这里当消防股长时的那两位了，顾如铁费尽心力，报告都不知打了多少，县里才给配备了一台旧的东风140三吨水的消防车，这是省会城市淘汰下来的，连高压水炮都没有。顾如铁要再申请经费配齐水炮等其他消防设备，县长就总是避而不见了。顾如铁便托老上级也是他的好兄弟好战友郑小勇打招呼下来，请县长大人到他们大队视察。视察的时候，顾如铁接受了郑小勇的建议，闭口不谈让县里的财政支持配备灭火器材和消防车，只说他们已经摸清了县里哪几个纳税大户和重点防火单位的消防情况，说他们已经做好了各种应急预案，起了多大的火，该怎么救，发生了哪个等级的事故，该如何叫增援，等等。虽没明确向县长提出要县里添置先进一些的消防车等设备，但这些应急预案里，要灭稍有点等级的大火，是肯定需要添置先进些的设备才能实现这些预案将火及时灭掉的。就是这个策略，才让县长大人觉得自己没有被逼上梁山，视察完毕后，留下来吃晚饭，喝大酒。

县长本是好酒之人，顾如铁也是好酒之人，且酒量惊人，但他也同样接受了郑小勇的提议，喝酒之前不露声色。也正因为县长看出了顾如铁的这种故意为之的不露声色，所以认定他可能是高"口"，应该是酒逢对"口"，将遇良才，心里也就暗喜，他说：

"都说部队上的人能喝，今天顾大队让我见识一下？"

顾如铁说：

"部队上的人能喝，但我天生不能喝，爹娘没给遗传，喝一次打一次吊针，喝多少酒要吊多少水，不过舍命陪君子，县长，我先干为敬，您让我也见识一下。"

顾如铁的装，让县长心中有了识破不说破的窃喜，酒过三巡，见顾如铁从椅子上滑到地面两次，舌头也伸不直了，县长松了口风：

"从现在开始，喝一杯我拨一万块，王秘书、李参谋，你俩记个数，不就是要钱嘛，你不说我就不晓得了？你们看我没喝醉吧？还清醒得很吧。"

那天根据两边记下的数，顾如铁硬是喝出了十二万块消防经费，也把自己真的喝得倒在桌子下不省人事，县长哈哈大笑，当场认下了顾如铁这个兄弟。

但兄弟是认下了，钱数字也记下来，到账却是君问归期未有期。喝酒的时候是初秋，消防经费到深冬都没到账，眼看快过年了，郑小勇决定下来帮顾如铁催一催。

那天是腊月二十二，南方过小年的前两天，高照市消防支队副支队长郑小勇带着支队防火处一行人来阳山县进行节前例行检查，主要查几家重点防火单位，也准备检查完毕，带着大队长顾如铁会会阳山县县长。那天郑小勇检查的第一家重点防火单位便是福利大厦。福利大厦是一栋五层半的楼房，属阳山县民政局所有。整栋大厦出租，所获租金给县里民政局要照顾的那些老弱病残发福利，是为福利大厦。福利大厦的一楼租给卖服装的商贩，二楼租给一对夫妻做快餐店，三楼和四楼做小旅馆，五楼开了家舞厅，顶上的霓虹灯旋转闪烁着"幸福澎恰恰歌舞厅"几个大字。

因为将近年关，一楼的服装店那些从乡下来的租户，已经关门歇业回家去过年了，其余几楼还在营业，同样因为将近年关的缘故，快餐店和小旅馆的生意冷清，唯独五楼歌舞厅的生意火爆——这是县城唯一一家可容纳四百多人的大型歌舞厅，全部用的是木质墙裙，隔音用软包装饰，现在外出打工和求学的人都回来过年，因此场场爆满。

当郑小勇带着顾如铁等手下走进福利大厦的时候，正好五楼歌舞厅的下午场刚刚散场，人流像瀑布一样从楼梯口涌出来，个个脸上都洋溢着运动和激情过后的神采，很多人口里还哼着刚刚播完的歌曲：

"悠悠岁月，欲说当年好困惑。"

副支队长郑小勇一行人就在这些"当年好困惑"，现在"好幸福"的人流里，如江心磐石一样伫立了好一会儿，楼梯口才不见人出来。郑小勇再次抬手看了看表，一边上楼一边说：

"十一分钟还多，这还是人群在镇定轻松的状态下的有序通行，如果起火之后出现恐慌，踩踏与拥堵，那逃生的时间会要翻倍，甚至无法逃生。"

郑小勇问了问身边的顾如铁：

"舞厅可容纳多少人？平时生意怎样？"

这个歌舞厅虽是在顾如铁调回高照市区任防火参谋之后开的，但顾如铁调回这里的第二天，就开始关注县城的几家重点防火单位，这家舞厅是重中之重，因此他马上答道：

"四边的卡座、条凳等位置都算上，有将近四百个座位，但来跳舞的，很多都不坐，实际上最饱和的状态，四边坐的加上舞池当中跳舞的、一旁站着抽烟聊天的，可以超过五百人。舞厅每天下午一场，晚上一场，下午场人少些，晚上人多些，还分淡季和旺季，现在是旺季，这几天晚上应该是每场都有四五百人。"

上到五楼，走进歌舞厅，郑小勇看到保洁人员正在清理卡座桌上的茶杯和条凳下面丢着的矿泉水瓶子。顾如铁对身边迎过来的保安说：

"把你们老板叫来，市里消防支队郑队长想问问情况。"

角落里一个抽着烟，一直盯着这边的三十来岁的男人走过来，从烟盒里拿出根烟递给郑小勇，郑小勇摇了摇手说：

"谢谢，不抽烟的，你这里头全是烟味，随便吸两口，比抽一包烟都过瘾。"

舞厅老板笑了笑，收回了烟，说：

"我们这里灭火器买了几年了，我屋里祖宗菩萨坐得高，还一回都没用过。"

郑小勇冷笑一声：

"看你这些装饰材料，电灯电器电源电线，密密麻麻乱七八糟，我觉得像有人在我头上淋汽油！"

从阳山县福利大厦出来，郑小勇对顾如铁说：

"明天你就带人封了这舞厅，不然这个年我们大家都过不清静了，我的乖乖，那个火场荷载，整个舞厅就像个油罐车悬在这上头，二楼还是快餐店，那么大的几坨藕煤日夜烧着，稍微不注意，唉，我都不敢想！"

腊月天气里，郑小勇额头上的冷汗都出来了，他打心眼里哀叹民众的消防意识差，刚刚那么多舞厅出来的人，都是一脸的轻松愉快啊，不是他这种老消防，不会被吓到，真的是无知者无畏啊。郑小勇想想，又说：

"县长那里，今天也不去了，这福利大厦是县民政局的，你封他，他肯定会去找县长，吃人家嘴短，拿人家的手软，县长一个招呼打下来，你又刚找县长要了钱,那这舞厅是封还是不封?"

顾如铁佩服郑小勇想得周全,但一年到头了,答应的钱没要到一分,如果封了民政局的舞厅,又不听县长打招呼,这钱恐怕是更加遥遥无期了,自己那顿酒,那点颜面,算是全丢了!这样想着,顾如铁又试探着问:

"郑队,是不是今天还是按原计划去找县长批了那十二万,等钱到账了,再去查封。"

郑小勇有些不快:

"亏你还是个老消防!你那十二万块钱和几百人的命比,哪个重要?封!明天一早必须封掉!人呐!一遇事,一比较,一下就看出他把什么放在第一位了,平时说太多都没用!"

顾如铁的脸呼啦一下子就红了,一直红到耳根,郑小勇的一番严斥,让他也感觉那个舞厅真的像一桶汽油悬在了自己的头上。

第二天一上班,顾如铁就带人直接去福利大厦五楼,把"幸福澎恰恰"歌舞厅的大门给贴了封条。贴完封条回到队里,时间不到上午九点半,顾如铁刚在办公桌前坐下,桌上的电话就响了,他拿起话筒,电话里是他熟悉的声音——民政局李四襄局长:

"你他娘的顾如铁,要砸老子的场子招呼都不打一声,老子那几坛子药酒喂了狗,狗都晓得摇几下尾巴!"

顾如铁说:

"四哥你莫躁,我这是救你你晓得不?过年了,几百人在那里头跳舞,墙裙是木质的,桌椅板凳卡座灯光音响,墙上隔音的软包,我的天,就是一桶汽油悬在我脑壳上啊!我给你讲,我这是保我的乌纱帽,更是保你的乌纱帽呢!"

李四襄在电话那头嚷:

"少跟我放狗屁,你倒是拆不拆封条?"

顾如铁说:

"昨天市里的郑支队长也去看了,就是他下令封的,拆封条的事,我做不了主,我想县委书记、县长也做不了主。"

电话就在这个时候猛然被挂断，顾如铁并不生气，起大火都见过多少回了，个人发点窝囊火算什么？他认为，堵了人家的财路，让人家发点火也是应该的。

但李四襄局长心里的火并没有随着电话的挂断而熄灭，相反，他挂了电话之后，亲自到民政局门口，用他心里的那把火点燃了更大的一堆火——那儿有一群找他讨要过年钱的人，坐轮椅的、挂拐棍的、东倒西歪的，他们在这儿候着他候了几天了，局里的钱僧多粥少，他也就躲了他们几天，这时候他不躲了，他站到他们中间，说：

"福利大厦的舞厅被消防大队查封了，你们的钱都是歌舞厅的收入上交得来的，你们去找消防大队吧！我答应，他们什么时候拆封，我什么时候发钱。"

民政局门口静坐也是坐，消防大队门口静坐也是坐，何况民政局门口几天下来都坐腻了，到消防大队门口去换个景看也不错，一行人便挂着拐棍、坐着轮椅又东倒西歪地走到了消防大队。顾如铁见状，知道是李四襄局长做的局，但消防大队的院落是部队营房，威严之地，哪能被地方上的民政局将了军？顾如铁集合全队人马，整齐向门口开拔，随着他声声口令：

"向前走！"

"立定！"

"跨立！"

消防大队营房大院门口，顾如铁那些身着整齐挺拔军装的消防战士们，此时已成铜墙铁壁之势，他们肩臂相连，双脚分立与肩同宽，双眼精光闪烁，望向门外的那些示威者。在他们的逼视之下，门外那"拆封！拆封！拆封！"的示威声，渐渐低下去，由齐喊变成了二重喊，最后只剩下一个聋子在做着"拆封"二字的发音口型。

顾如铁等到门外的呐喊之声完全停止之后，便独自走出门去，对着那些示威群众喊话：

"大家快回去吧，这么冷的天，又快过年了，我看着都心疼啊！"

示威的队伍里有个为首的，此刻他坐在轮椅上，手里拿着个保温杯，像六出祁山时候的诸葛亮拿着个鹅毛扇，一脸稳操胜券的神情，这时他刚喝完一口保温杯里热腾腾的茶水，他手上的不锈钢盖子反射着冬天里的阳光，使得盖子看上去也像一个兵器，就像是他的乾坤圈，他边盖杯子盖边说：

"我活了大半辈子，只看到过兵临城下，没看到过兵临门内，人民子弟兵是保护人民的呢，还是吓唬人民的呀？"

顾如铁闻言不露声色地微微一笑，他马上向后转，对着自己的队伍命令：

"立正！敬礼！"

整齐的消防队官兵又啪地立正，再唰的一下整齐地敬礼！门外的人群中，有的鼓掌，有的又学着官兵敬了不成样子的礼。顾如铁一看这些鼓掌的和学敬礼的，他先是想笑，马上又觉得不该笑，心里一阵发酸，他的声音变得慈软：

"李局长让你们到这里来，还真是没来对地方，县里还欠着我们队里十几万，欠了大半年了，一分钱都没拨呢！我们更不想得罪县里，我们查封了福利大厦的歌舞厅，其实是帮了你们的忙，你们不知道，那个舞厅就像个汽油桶悬在火炉上啊，一把火烧起来了，你们不但今年过年的钱没有了，以后每个月的保障都没有了啊，我们关也只是关他们过年这一段旺季，淡季的时候，整改整改，还是可以继续开的，你们回去吧，别在这里吹冷风了！"

说到这里，他又把左右扫视的眼光看向了为首的那个拿保温杯的男人，说：

"也请您带个话给李局长，正因为我是他的兄弟，是喝到一个壶里，也尿到一个壶里的兄弟，我不能害了他，害了民政局，也不能害了县里，害了县长，更不能拿跳舞的那几百个群众的命开玩笑啊！"

在顾如铁诚挚的劝说之下，队伍逐渐散去，顾如铁这才松了一口气，走进自己的营房，解散了自己的队伍，他手下的那一群兵都对他竖起了大拇指。

但这一群大拇指带给顾如铁的激励没持续多久，县长和县委书记接连打来的两个电话，又让他内心挣扎了。毫无疑问，县长和县委书记打来的电话，都是替民政局说情的，县长因为和顾如铁喝过酒，也认过兄弟，说话随便些：

"铁大队啊，人家民政局跟你们比，弱势多了，你可不能欺负弱势群体啊，我看那封条，等下就去拆了吧，大过年的，县城里就这么个地方好耍，我们不能和人民的幸福对着干啊！"

县委书记和顾如铁不熟，电话里就留有余地了：

"顾队，福利大厦的舞厅，关系到方方面面的利益，也是人民群众最佳的娱乐场所。我问过了，承租手续，工商税务等手续都齐全，每年给民政局的上缴也不少，是不是等到过了正月十五再看看封还是不封？这一段正是他们营业的黄金时期啊。"

顾如铁面对县长和县委书记，都是铁面一张，电话打到最后，顾如铁都亮出了杀手锏：

"领导的提议不是不可以考虑，但是不是要民政局给县委县政府打个报告，请党政一把手都在上头滴点墨水，做个担保，保证出了事，与消防队无关，一切后果，各人自负？"

县委书记和县长都不敢做这样的担保，不过结束电话的时候，都给自己留了威严和面子，在顾如铁听起来，也意味着两位一把手也和民政局长一样，和自己结下了梁子：

"该说的我都说了，你自己看着办吧！"

县里的两位头头都把话给顾如铁说到这个份上了，顾如铁的心里也忐忑起来，他向郑小勇汇报：

"郑队，这一查封，我恐怕是在阳山待不下去了。"

郑小勇可不这么看，他说：

"坚持原则的人，哪里都待得下去，不坚持原则，不说远了，至少在我队上，肯定立锥之地都没有！"

舞厅就在满县城怨气里，这样艰难地维持查封状态，直到正月初六，像要证明郑小勇的料事如神一般，一把大火真的从二楼往上烧了起来。

正月初六的晚饭后，二楼快餐店的老板过完年回来，买了几十斤猪肥膘，放在可并列三排大蜂窝煤的大煤炉上煎熬猪油。因为还在过年，有人喊他去打麻将，他估摸着时间，便兴冲冲地去了。那晚他手气出奇的好，赢得其他三方输家都不许他走，他也渐渐地忘了自家煤炉上正煎熬着的猪油。大概九点来钟，窗户底下，炉灶上锅里的猪油起火，迅速蔓延到四周，里头的桌椅板凳烧着了，炉灶上方厚厚一层油污的换气扇烧着了，火焰迅速飞出门窗外，引燃了三楼钢护窗上放着的干燥杂物，就这样，大火如攀爬能手一般，一直往楼上烧去。等到有人拨打"119"报了火警，顾如铁一边请求支队的增援，一边带领阳山县消防大队的所有力量迅速出警。但他们赶到的时候，大火已经从二楼烧到了五楼的歌舞厅外墙。到现场之后，顾如铁又一边让人赶快通知县委书记和县长到火场，让他们将公安等相关部门一并调度到位，一边进行火情侦查，三楼开旅馆的老板告诉顾如铁，幸亏正在过年，客人少，只三楼住了五个客人，也都跑了出来，四楼是空着的，五楼的歌舞厅因为被查封，只有一个留下看守舞场的人，应该还在上面，没有跑下来。说到最后，这个旅馆老板对顾如铁竖起大拇指：

"你们查封得好啊，如果没关门的话，这时候舞厅还没散场，几百人就会关在里头烧，可能门边的人会冲出来，他们人一多，那我旅馆的人就跑不出来了！"

顾如铁没有闲工夫听旅馆老板的夸赞，摸清火场人员滞留情况之后，他安排手下出动水枪灭火的灭火，打掩护的打掩护。在水枪掩护之下，顾如铁亲自往楼梯口冲，边冲边命令手下的中队长：

"自我防护好，随我到五楼，救人要紧！"

中队长回头补充：

"水枪掩护要跟上，后面再备一支水枪！"

顾如铁带人冲到二楼楼梯口，正好门板被烧穿，水枪里的高压水一冲，门板哗啦倒了下来，里面那桌椅板凳哄哄燃烧得疯狂的火苗也像一条身子粗大的火龙，呼啦就蹿了出来，利用楼梯间烟囱效应的抽力，直往上冲，完全封锁住了他们往上去的路径，顾如铁转身喊：

"两支水枪，过来，往二楼内攻，注意保护好自己！"

给顾如铁他们做掩护的两支水枪便跑到顾如铁的前面，近距离攻打门内冒出的烟火。

中队长见状建议道：

"顾队，楼梯烟火这么重，我们是不是采取拉梯加挂钩梯从外墙攀到五楼去？我去派一个战斗班来掩护挂钩梯救援开辟通道。"

顾如铁原路返回，一边对他的中队长下命令：

"调一支水枪过来，我们还是必须从楼梯来开辟救援通道，你刚才看到了，外墙的飞火都烧进了楼上的一些房间，蔓延很快，升温也很快，玻璃会炸裂，玻璃都炸裂了的话，烟火要从窗户里分散不少，楼梯的烟火就会减弱，一支水枪掩护足够了。"

中队长大声回应：

"是！保证完成任务！"

下到一楼楼梯口，顾如铁看见县委书记、县长以及民政局长李四襄都急匆匆地跑了过来，跑向顾如铁。县长说：

"这火怎么越打越大呢？你这水枪里冲出来的是水呢还是汽油？"

顾如铁擦了把脸上的水，又吐了口含着烟火气的浓痰，一阵寒风吹来，他打了个哆嗦，但随之而出的声音不哆嗦，他将那日县长电话了给他说的话还了回去：

"该说的我都说了！"

说完，对旁边吓得发呆的民政局长李四襄说：

"让你手下去借个喇叭来，手持的，其他人都跑出来了，只剩楼上舞厅有个守场子的没出来，楼梯间被火完全封了，我已经让中队长安排战斗班开辟通道去救，现在我要拿喇叭指挥这个人怎么保命，如果他那条命还在的话。"

民政局长李四襄如梦初醒，安排几个手下分头去找这里的租户或是旁边的邻居借手持扩音器。县委书记望着被火焰包裹着的福利大厦，以及福利大厦上头的那团乌黑的浓烟，像是自言自语，又像是说给旁人听：

"蹊跷啊，怎么说起火就起火了呢，还不是别的地方。"

县长闻言，想起那日视察顾如铁所在的县消防大队，顾如铁向他汇报的那些应急预案里，也有福利大厦的，便说：

"按你那天的说法，你那应急预案没有灭不了的火，也没有救不了的人，怎么不启用呢？"

顾如铁说：

"你要有条件呐，我的县长大人！"

他指着旁边接着消火栓正取水的一台老旧东风140消防车，大声说："如果你给我买了台高喷车，车上的水炮功率要大得多，可以从上往下压，你要知道，火都是从下往上烧的，你追在它后面去打，和你从它的上方往下压着打，你自己想嘛，哪个有效？我现在不但没有高喷车，我的大队刚成立，你们县里给我买了辆旧车子，还不带水炮的，我喝酒喝得半死，只想用那点钱去配个水炮，一个水炮要顶六支水枪呐！好了，钱总是看不到！不说水炮了，我刚才很想直接冲上去救人，但是空气呼吸器都没有，一个破防毒面罩，谁戴谁头晕，就连我这个老消防都晕，这种情况下我都冲到了二楼，你说我怎么办？我拿自己的命去换别人的命是可以，但是我还没见到要救的人呢，我自己的命就先没了，你说这些器材该不该配？你不给我配，我怎么去救人？怎么去灭火？"

县委书记这时候在旁边说：

"配！配！要什么配什么！"

民政局长李四襄这时候递过来一个手持扩音器，顾如铁接过来，拨动按钮准备对着楼上喊，哪知扩音器里自己出来了声音：

"跳楼价啊，跳楼价，工厂倒闭，肉丝袜——"

旁边围观的人哄地笑了，顾如铁意识到自己按错按钮了，他连忙关了这边按钮，按下另一边，喊了起来，扩音器里传出了他失真的声音：

"舞厅滞留人员，舞厅滞留人员，现在大火已经把你的门窗都封住了，飞火也窜进了舞厅，你把你的毛巾、被单打湿了，把门缝堵住，把嘴巴鼻子捂上，水不够就先打湿毛巾捂嘴鼻，实在没水用尿也行，我们在你住屋的窗下，听见了的话，请不要惊慌，做好防护措施，坚持住，等待我们的救援。"

此时已是晚上九点四十分，夜空中的烟火将四周的住户都引了过来看热闹，虽有派出所的民警拉起了警戒线，往外疏散围观人员，但总有一些人，以各种借口，甚至跟民警们套近乎，以求靠近再靠近，来打探第一手信息，以后作为谈资去满足自己和别人的好奇心。因此顾如铁声嘶力竭喊出的这些话，还是被鼎沸的人声和各种声响汇集的喧嚣声所干扰，为保险起见，顾如铁接连喊了两遍，喊得旁边看热闹的群众哄笑声一阵接一阵，顾如铁知道他们是笑自己说到了"尿"。其实这也是顾如铁用扩音器喊话的另一个目的，县里对民众的消防教育太缺乏，现场教育是最有力量，不光对民众对看客，对县领导，对当事人更加如此。

在顾如铁喊话的时候，按照此前的安排，他手下的中队长已经从楼梯口开辟出了救援通道。中队长让他的战斗班将打外墙飞火的两支水枪接上足够长的水带，全都安排进了楼道，掩护自己和一班长上楼救人。

五分钟之后，中队长从舞场入口旁边的小房间里，搜救出守场子的中年男子，并将他背了下来。县医院救护车上的医生赶紧跑过来，一检查，对紧张地看着她的民政局长摇了摇头：

"死了，应该是烟熏死的。"

民政局长李四襄这时候啪地对着福利大厦的烟火跪了下来，仰起那张布满了后怕和痛苦的脸：

"只留一个人都死了，要是几百人都在里头——"

这时候，郑小勇带着支队的两台带水炮的东风140过来，他们重新制定了灭火方案，一刻钟之后，明火基本扑灭，郑小勇直接又带着支队的两台消防车回去了。在这过程里，郑小勇和前来招呼他的县委书记、县长以及顾如铁等，一句寒暄也没有，那严峻的面孔却表明了一切。他走后，顾如铁的中队二十来个人继续清理火场余烬阴燃。

顾如铁在火场守到凌晨一点多，将火场完全清理干净，才回营房休息，习惯早起的他，第二天早上六点半还是按时起床，七点一刻，他刚吃过早饭，接到了一个意料之外的电话。电话是县委书记的秘书打来的电话，说早上八点让他去县委参加一个重要会议。

这天是正月初七，按过年过到正月十五元宵节为止，这时候大家都还在四处拜年喝大酒，这时候通知去县委开会，顾如铁心领神会，知道与昨晚福利大厦的大火有关。

果然，县委书记紧急召开的县里各局办委的一把手参加的假期会议，中心内容便是县委书记主讲他对福利大厦火灾引发的思考——执政的第一信号，是把人民群众的生命财产安全始终摆在首位毫不动摇。最后，他还特别表扬了顾如铁：

"如果我们每个单位的领导，都能像顾如铁大队长这样坚持原则，把人民生命财产的安全始终摆在第一位，那我们的工作就好开展得多了，我们干群关系，也就能理顺理清了，我们的国家也就能早日走向繁荣昌盛了，我们的人民，也会早日过上幸福安宁的日子了！我们都要向顾如铁同志学习，他是我们县的铁面英雄！"

县委书记的这些溢美之词，大到吓了顾如铁一跳，但也并没有在他心里激起任何波澜，倒是这天傍晚民政局长李四襄做的一件事情，让他一辈子都受用，也让那时的副支队郑小勇欣慰了一辈子。

这天傍晚，民政局长李四襄，亲自带人开了一辆皮卡车，拖了半车啤酒半车猪肉，将车厢堆得满满地来消防大队慰问顾如铁和他的手下了。

他们把车开到消防大队的门口，先是放了一挂长长的万子鞭和两个大礼花。待鞭炮与礼花的声音将顾如铁和他的手下引出来之后，李四襄局长便跳下车，站在那日上门"维权"的群众站过的地方，冲门里喊：

"铁兄弟！我来慰问你们啦！你这回可是救了我两条命啊，我这命是一条，政治生命也算一条啊！"

顾如铁得意地说：

"不见棺材不掉泪,你和县长他们都一样,我刚接到县财政局长的电话,说李书记交代了,过完年马上添置新消防车,新设备!"

这边高照市消防支队的四楼会议室里,郑小勇的讲话完毕,他嘴里"意气用事"的民众,就意气满怀地冲到了那边顾如铁所在的消防大队的办公楼上。本来以盛博吉为首的一群人是进不到营房大院里来的,但会议开到快结束的时候,警铃响起,一分钟之内,战斗一班的车闻信出动,盛博吉等人就抓住了这个营房卫门大开的几秒钟时间,闯了进来。

盛鱼的父亲盛博吉,那日在女儿的葬礼之上,承受不住女死妻疯的打击,本想狠狠揍顾小雪一顿解恨,但碍于妻子和女儿的面子,没有在她们"面前"动手,可他对顾小雪一家的恨,一直积压在心里,回家之后,看到妻子一天比一天疯癫,最后连自己都完全不认识了,那恨便堆积如山——恨压三峰华岳低了。

就在顾小雪去当兵的第二天,盛鱼的母亲刘燕子老师趁丈夫盛博吉出去买菜一时疏忽忘记反锁大门,便撬开反锁的房间门,打开大门跑了出去。

盛博吉买菜回来之后,先是找到了妻姐刘菊秋的办公室,然后又和妻姐一起,去墓地、殡仪馆、医院、盛鱼生前所在的学校,甚至是强行闯进被封的高照大剧院,也都没有找到刘燕子老师的踪影。

但是在被查封的高照大剧院的门外,他们遇到了另一些死难者家属在那里烧纸钱。在这些烧纸钱的人群里,还有一些老人,他们大多从乡下赶来,依据老规矩,在一声声喊着自己的儿子、女儿的名字,这些名字属于起火当日,从外地赶来参加高照市素质教育观摩活动的校长或当地教育局的领导,他们是此次事故中死亡率最高的成人团体;也还有一些老人,在喊着孙子或孙女的名字,这些在老规矩下长大变老的老人们,是要把他们孩子的魂魄,从死亡之地,喊到老家的祠堂里,让列祖列宗来照看这些可怜的、永远都不可能成为祖宗而上祖宗牌位的灵魂。

盛博吉见状,也照样对着大剧院,喊起了自己女儿的名字:

"盛鱼——跟爸爸回去啊!"

一声大喊之后,盛博吉觉得心中情感宣泄的阀门自动弹开了。此前他多次想宣泄,不是顾及妻子的情绪,就是顾及自己男子汉的面子,堵啊堵,一直积压到现在,积压到他感觉那个阀门可能都生锈了,打不开了。而现在,混在那些白发苍苍的老人们那此起彼伏的喊魂声里,喊出这么一句,盛博吉瞬间泪如泉涌,他决定喊个痛快:

"盛鱼,你妈妈在哪里啊——"

"盛鱼,你的灵魂要保佑妈妈平安回家啊——"

"盛鱼,是你把妈妈的记忆,把妈妈的魂带走了吧?她连我都不认得啦,你托个梦给她,把她劝醒,把她还给我吧!"

"盛鱼,爸爸也想你啊,爸爸想你的时候到哪里去找你啊!"

壮年男人的声声呐喊,更显悲催。那日火场偷拍顾如铁的小报记者欧阳至尊,这天也正在现场补拍素材,他被盛博吉的喊声吸引过来了。欧阳至尊在不远处偷拍了盛博吉的几张仰天呐喊的照片之后,才靠近盛博吉,亮出记者证,开始采访。

当然,那时盛博吉敞开嗓门像嚎月亮的饿狼一样凄凉呐喊,只为宣泄,并不想惹事,因此当欧阳至尊对他亮出记者证,他也只是瞟了一眼,没有接过来看,更没有搭腔。欧阳至尊虽在小报工作,却是报界的名人,以对题材嗅觉极其灵敏而著称,很多大报纸大刊物都要到他这里来偷偷买素材。这时他见盛博吉不配合,便说:

"刚听先生说的话,是不是尊夫人因为孩子的亡故失心疯,现在人失踪了?如果是,我们报纸可以免费刊登寻人启事,帮你找回来。"

就是这句话打动了盛博吉,也打开了他倾诉的话匣子。这天傍晚,两个大男人,在高照大剧院旁的一家小酒馆里,一连聊了三个半钟头,聊到酒馆要打烊了,欧阳至尊跟随盛博吉回家取刘燕子的照片,又在他家聊了一个多钟头。

这几个钟头的采访里,欧阳至尊捞到了许多令他兴奋的素材,当然,作为资深记者,他并没有喜形于色。为了回馈盛博吉的畅所欲言,也为了鼓励他继续畅所欲言，欧阳至尊也穿插着馈赠讲述了许多这些天来他采访到的火灾发生前、中、后的情况。从欧阳至尊的讲述里，盛博吉感受到了"同行者"的力量，还有那么多的死难者家属同他一样，痛苦着，愤恨着，忍受着，压抑着，沉溺于失亲之痛而无法自拔，他因此而不再觉得孤单，心里也生出了与现实生活对抗的力量。那天晚上，欧阳至尊借着酒兴，眼含热泪，朗声说道：

"一支笔，替天行道；一颗心，天下苍生！"

第二天一早，盛博吉便和"替天行道"的欧阳至尊一起，来到了顾小雪的学校里，他们想找顾小雪问问，有什么线索可以找到失踪的刘燕子老师——盛鱼下葬的那天，刘燕子老师那般异常地依赖顾小雪，这里头到底有什么隐情？这个隐情说出来，是否可以提供寻找刘燕子老师的线索呢？欧阳至尊分析是很有可能的。

到了顾小雪之前所在的中学，他们才知道顾小雪在短短的时间段内，已经进了部队，而他的母亲屈大雪，也已转院去北京接受最好的治疗。那天在校门口的寒风中，欧阳至尊对盛博吉以及同来的其他死难者家属说：

"我分析，这背后隐情大着呢，你看啊，这么短的时间，居然在征兵工作结束之后，还把儿子运作进了部队，这是其一。如果只有这个其一，还不会让我起什么联想，关键是与此同时，屈大雪也迅速转院去了北京，我曾经采访到屈大雪是重度烧伤，病情不稳定的时候，一般不提倡转院，如今她竟然冒着危险转院去了北京，一家三口走得只剩当爹的一个人，这个人还在部队上，我们地方上管不着，等于是一家三口同时被保护起来了！你们想想，如果这个屈副市长在火灾现场没做亏心事，他们娘俩犯得着如此突破重重困难地逃逸吗？"

盛博吉这时候有些激动，他挥着拳头说：

"就是跑到天边我也要去把他们抓回来，老子就是后悔那天墓地里没有扣下那个小杂种！"

同来学校找顾小雪的这一群人当中，也有火灾当天和顾小雪一起同乘一辆出租车去往高照大剧院火场的那对夫妻里的男人，这时那男人说：

"就是个小杂种！那天也是天意，来火场的时候我和我老婆碰巧和他坐了同一辆出租车，那小杂种在车上称王称霸，对的士司机耀武扬威，唉！什么样的娘就有什么样的崽，有什么样的崽就有什么样的娘！他娘的那个小杂种居然这么快就跑了！"

盛博吉说：

"真的是个小杂种，这个小杂种的娘原来也是教委的领导，最初和我老婆在同一个子弟学校教书，好多人讲她就是傍上了当时的教委主任黄天蓝才有今天的。那黄天蓝据说有四分之一德国血统，皮肤白得不像中国人，头发也卷卷的，那个小杂种，一个男孩子，也是白皮肤，卷卷毛，天底下有这么凑巧的事情？"

话越说越远，盛博吉感觉偏离了主题，便打断大家，最后出了个主意："明天到消防队，找他爹去！"

"我采访了各方面的情况，这么重大的事故，他消防队难道毫无责任？省里的通报会上居然没有通报消防的功过，必须要找到突破口突破一下，他们总以为我们地方上的管不到部队的。"

那天盛博吉和欧阳至尊一行人闯到了办公楼会议室那一层的楼梯口，副大队长李泰叙刚刚组织大队留下来的人员学习完省委副书记的讲话，他指示其他人留下来讨论执行方案，自己便出来，想去办公室抓紧时间审阅几个自己主管的部门送过来的呈批件。

副大队长李泰叙走出会议室，刚往前走了几步，便看到楼梯口聚集着的一群人，许多人还挥舞着木棒，队里的一个卫兵压着嗓门在劝说，但显然劝说无效，李泰叙走了过去，呵斥自己的卫兵：

"门都守不住？！"

卫兵委屈地看向自己的副大队长李泰叙，嘴巴张了张，说不出辩解的话。

这时候，脖子上挂着长枪短炮的欧阳至尊也把眼光从李泰叙的身上移到了盛博吉身上，那意思是询问这个人是不是他们要找的顾如铁。盛博吉对欧阳至尊摇了摇头，又转头对李泰叙说：

"我们找顾如铁。"

李泰叙说：

"这里是乡里的牛栏屋？还是城里的菜市场？"

盛博吉又说了一遍：

"我们找顾如铁，他家欠了我家的命债，他好汉做事好汉当，你把他喊出来跟我们走，我们不劳烦别人。"

李泰叙说：

"你这阵势不是找他个人啊，你舞枪带棒的，是要找我们打群架？还冲到楼上来了！你们懂不懂法？命债也好，钱债也好，你们去法院告就是了，我告诉你们，仅凭你们这阵势打上门来，妨碍我们的公务，特别是擅闯军事管理区，我们就可以治你的罪！走！赶快走！"

盛博吉按照事先商量好的，继续由他一个人说话：

"我们只是来找顾如铁，找到了就走，你们别的人该干嘛就干嘛，我们不妨碍，我们就在这里等，我就不信他躲得了一时，还躲得了一世？"

李泰叙想了想，换了个语气：

"好吧，但是请你们下去等，最好去门外等，对你们有好处，别怪我没提醒你们，不过我可以告诉你们，顾大队今天没来队里，你们爱等多久就等多久吧！"

李泰叙说完直接往楼下走去，卫兵见状，似乎懂得了什么，也跟着下楼。盛博吉望了望欧阳至尊，欧阳至尊点了点头，一行人就都往楼下走了。

一行人走到院子中央，会议中段出去的一班车正好又回来了——原来他们刚出大门不远，就接到报警人的电话，说那边的火已在物业的帮助下，自行打灭了。一班长跳下消防车，命令手下人按规矩做好车子的维护保养卫生等常规工作。他刚交代完毕，便见一群挥着木棒的人，跟着副大队长李泰叙从办公楼里出来了，他一时间不知道到底发生了什么事情，又不敢贸然靠前去问，只好站在消防车边张望着。

李泰叙也发现了回来的一班长和一班车，遂朝一班长招了招手，一班长连忙跑过去敬了个礼。

李泰叙指了指身后一群人，对一班长说：

"你请他们出去，客气点请。"

说完，转身往楼上走去。

盛博吉见状，也带着他们的人要跟着上楼，李泰叙火了，转身吼道：

"还有没有王法！我告诉你们，我是我们大队最能忍的人，你们还要跟着来撒野的话，我手下的兵个个都不是吃素的！"

刚回来的战斗一班的人员，这时候都已经从车库里出来，听平时文质彬彬的李副大队都这样说话了，又看到那群人当中，很多人手上都拿着木棒在挥舞，知道这群人来者不善，都呼啦一下子围了过来。

就在这时候，顾如铁和高世仁等去参加支队会议的一行四人也坐车回来了。车子刚一进营房门，坐在副驾驶位置上的顾如铁便发现了盛博吉一群人，他按下车窗，伸出头来，喊：

"什么事？"

盛博吉转头看见了身着戎装的顾如铁，火调当日情景重现，他心里的火气呼啦又蹿上来了。他想起女儿被这个人的老婆和儿子害死了，这个人居然说去报警的妻子还要担责任，直接把妻子给逼疯了，现在疯妻也遍寻不着，而他们一家逍遥法外都被保护起来了，自己是底层弱势，就真的只能拿命拼了，于是大喊：

"姓顾的你给我下来！"

顾如铁却没有下来，下来的是后座上的大队教导员高世仁。他们乘坐的车却加快了速度朝办公楼后面的车库开去——是高世仁在后座按住了顾如铁的肩膀，他让脾气暴躁的顾如铁避其锋芒，省得钉子遇了铁，对抗起来，把事情闹大。

哪知事情还是闹大了。

那时盛博吉骂阵一开始，就停不下来了，他为了以怒壮胆，继续讲着狠话：

"姓顾的,你今天不把你那小杂种和那婊子婆交代出来,不是你死就是我亡!"

"姓顾的,你那小杂种是婊子婆偷人养的,你当王八啦,还不快点交出来,我替你出恶气!"

教导员高世仁闻言,勃然大怒。顾如铁的妻子屈大雪那高不可攀又不容亵渎的形象,多年之前在他心里一经扎根就不可磨灭,现在,竟然有人如此侮辱,他冲过去指着盛博吉怒吼:

"你欺人太甚!"

随着教导员高世仁的这一声怒吼,刚刚出去打火半途而归的一班长关上越对着自己的战士把手一挥:

"上!"

年轻气盛的一班战士直逼到盛博吉和欧阳至尊一群人面前。欧阳至尊后退几步,举起脖子上挂的相机连连拍照。盛博吉看到孔武有力的战士们逼近,慌乱之中也对着自己带来的兄弟喊:

"上!"

那些兄弟们便举着木棒从盛博吉的身后冲向了一班长关上越。这时候,一班有个叫陆熠熠的一年兵,手里正擦拭着接在消防车上的水枪,看到那群人拿着木棒冲向了自己的班长,便"啊——"地喊叫着,打开水枪对准了拿着木棒的那群人。但猛然打开的水枪后坐力太大,陆熠熠没站稳,跌倒在地。离他最近的一个战友王琰琛,他是第三年兵,看到陆熠熠跌倒在地,赶紧跑过来帮忙持水枪,这时,对方的木棒敲在了一班长的肩膀上,一班长关上越站立不稳倒在地上。王琰琛和关上越是老乡,平时感情甚笃,看到一班长被打倒,他本来是想过来收水枪的,这时候他脑子里被愤怒扫荡,一片空白,于是他与陆熠熠俩人协力,像打火一样,扛着水枪朝着拿木棒的那群人来回扫射。

顾如铁就在这个时候从车库跑了过来,他喊了两声:

"干什么!干什么!"

意思是质问新战士拿水枪扫射他人,这是在干什么。但他的声音淹没在了众人的叫嚷声和水枪发出的声音里,他只好转到一班长关上越和列兵陆熠熠的身后,想抢下他们手里的水枪。

顾如铁的手挨上水枪的那一刻,早已跳到一旁,拿着相机躲在人群后拍个不停的欧阳至尊正好抓拍到了。就是这张照片,彻底改写了顾如铁的命运,也改写了他的战友和手下人的命运。

由于当时场面混乱,在场的所有人,包括顾如铁自己在内,注意力都集中在互相纠缠着的人群身上,谁也没有注意到欧阳至尊"黄雀在后"的偷拍。欧阳至尊拍完关键性的照片之后,朝着盛博吉和他的兄弟们大喊:

"走!快走!"

就率先朝门外走去。

盛博吉等人一看主心骨撤了,虽不甘心,也并没弄清楚为何顾小雪和他妈妈的下落都没弄到,欧阳至尊就喊撤离,但也只好懵懂着,浑身湿淋淋地朝门外追过去。

大澡堂里,欧阳至尊、盛博吉和他的众兄弟脱下湿冷的外衣,赤裸其身,泡在一个热气腾腾的大池子里坦诚相见。欧阳至尊这才开言:

"我的职业准则,盛兄弟知道,一支笔,替天行道,一颗心,天下苍生。可能正是如此,上天才额外眷顾我,你们不知道,那日在大剧院的火场外,我也抢拍了两张照片,主人公竟然都是今天你们要找的这一位。"

"一张,是他穿着军装在火场外悲哀的人群中踹倒了一个穿着校服的学生;另一张,作为一个消防队的指挥官,这场大火又如此惨烈,他竟然无所事事,在人群里闲逛,也被我拍到了。"

盛博吉的一个兄弟问:

"他们去救火,本来就应该出现在那里,你拍的照片是静止的,怎么可以看出是闲逛呢?"

欧阳至尊说:

"我小时候,只要一看到有人在巷子里走得飞快,他的熟人就会说'走那快，抢火去吧'或者说'你雷急火急干什么呢'，你看，凡是和火有关的，大家都是快，快走的时候，手是甩起来的，脸上的神情是紧绷的。但是那天我拍到的顾如铁，是在雷急火急的人群中，右手夹根烟，左手插在裤兜里，口里吐着烟圈儿，歪着头，眼睛望着天。"

盛博吉一边往自己的前胸撩水，一边扭头问：

"欧阳老师要怎样用这三张照片？"

欧阳至尊把背转向了离得最近的一位兄弟，那兄弟很懂味地帮他搓起背来，他眯缝着眼睛，舒服地说：

"我的报太小了，我有个兄弟，可以把这些材料整理好，上内参的，那内参可以一直递到中央委员那一级，你们今天也见识了，顾如铁他们是很强势的，地方上一般的报纸一般的媒体，不敢动，不管你有理没理，何况这位顾军官的太太还是副市长呢！"

又补充说：

"一般的风，只能让小树弯弯腰，让大树摆摆手，我们只有刮起十二级台风，才有可能把他这棵大树连根拔起，不留后患，这样才能真正做到惩恶扬善。"

顿了一下，又自言自语道：

"太可恨了！拿水枪对着手无寸铁的民众！他以为水枪是灭火的，能灭世上一切火；他哪里知道，对于我这种疾恶如仇的人心中的怒火而言，他那水枪里射出来的不是水，是油，是火上浇油！

"上帝要人灭亡，必先让人疯狂，等着瞧，他毁灭之日不远矣！"

盛博吉闻言，很久没有接话，他默默地搓洗着自己的胳膊、胸脯、大腿，搓着搓着，他调转身子，脸朝着没有人的那边，任泪水嗒嗒掉到池子里。良久，在众兄弟对欧阳至尊的一片赞美声里，他清了清嗓子，说：

"欧阳老师，我现在最想的，不是报仇，我只想尽快找到我老婆，我已经失去我女儿了，我不能再让我那可怜的老婆流落街头遭人欺负啊！如果哪天我也两眼一闭，见到我女儿，我该怎么交代？"

十一

在消防队里抢拍了顾如铁的照片后,第二天一早,欧阳至尊派起火当天和顾小雪同乘一辆车的金胖子,将一个信封递给了消防大队的卫兵,信封上写着顾如铁亲收。

顾如铁在办公室打开信封,抖落出了三张照片:一张是在高照大剧院的火场外,身着军官制服的顾如铁踹倒了身着校服的顾小雪,照片上的顾小雪被踹得半跪在地上,头扭过去看向正面对镜头的顾如铁。另一张也是在高照大剧院悲哀涌动的人群中,顾如铁右手两指夹着点燃了的香烟,左手插在裤兜里,口里吐着烟圈儿,歪着头,眼睛望向被临时支起来的大功率广场灯照亮的,细雪纷纷的夜空。最后一张最让人震撼——身着消防制服的顾如铁和两个士兵,手握水枪,怒眼圆睁,用高压水柱向一群身着便装、狼狈不堪的男人们扫射,有两个人被完全扫趴在地上,一个半跪在地上,其余的抱头躲避,现场混乱不堪,背景则是消防队停放消防车的车库。

顾如铁反复看了三张照片,越看越气,越看越怕,他叫来了隔壁办公室的高世仁,两人商量对策。

高世仁看到信封里还装着的一张便条,便条上写着个电话号码和一句话:

"想通了给我电话。"

高世仁怒道:

"居然讹诈到我们头上来了!决不妥协,要怎样就怎样!"

顾如铁说：

"这是个什么人？到底什么背景？电话号码里头有总机号码，是不是哪个宾馆的房间电话？如果是，这人十有八九是外地人，那他和来队里调查问询的北京律师是不是一起的？是不是让派出所的兄弟去查一下呢？"

高世仁说：

"主要这上面的三张照片，都对你非常不利，我觉得还是知道的人越少越好，现在大剧院的整个案子都在走司法程序，我们不要自己把事情挑起来了，要不我们静观其变吧。"

顾如铁说：

"也好，其实我自己也可以根据这个电话号码找到这个人，只是我这边主动一找，就正中了对方的下怀，反而就被动了。就按你说的办吧。"

这天是农历腊月二十三，第二天便是南方过小年的日子，高照大剧院的特大亡人火灾事故对于消防队而言，随着昨天的战评会算是落下了帷幕。虽然他们内部处理了一些涉事官兵，但还是本着保护的原则，采用了避重就轻的警告方式，官兵的积极性也就并没有受挫。接下来，他们要全力投入到落实省委副书记的讲话和每年年终最忙的节前大检查，以及整个春节的重点安保行动中。但对于那些受难者家属而言，贯穿他们一生的悲伤和怀念才刚刚拉开帷幕。年关将近，那种"每逢佳节倍思亲""遍插茱萸少一人"的思念也越来越重，重到无法独自承受的时候，就只好惺惺惜惺惺，去找同样遭遇的人倾诉了。这一互诉衷肠，就使得他们中的很大一部分，结成了一个新的群体，于寒凉的境遇里抱团取暖。

这一个新的群体，推举出的领头人并不是死难者家属，而是年方而立的记者欧阳至尊。因这一群体的死难者家属里，没有一个懂政策懂法规的人。那些在政府机关工作的人员，甚至学校的老师、企业的负责人，都不愿或是不敢来参加这样一个维权群体，他们凑钱请了北京知名的律师，来代理起诉那些让他们恨之入骨的罪人。其余的死难者家属组成的小组织里，其人员构成大都是些下岗工人、菜场小贩或是工厂工人、种地农民。他们平日里孩子老婆热炕头地活在自己的圈子里，自力更生，自给自足地生活着，他们只关心买来的泥鳅鳝鱼是稻田里电打的还是池子里头用避孕药养的，不会关心市里新来的市长是空降的还是本土提拔的。此次大剧院失火，家人蒙难，让市委书记、市长以及其他各级官员直接走入了他们的视野，并对他们许下了承诺，可是埋葬了他们的孩子之后，市长、市委书记和政府，又忽然一下子消失了一般，就连那些忽然特别关心自己的单位或是街道社区的领导，也很快就淡下了对他们的热情，变得又像事故之前一样忙碌，一样的不便打扰，他们有了那种"站着放债，跪着要钱"的感受。他们不知道补偿申请的程序或其他各种司法程序，都需要一个漫长的过程，因为他们的生活里，今天摘下的菜，今天要吃掉，不然明天就坏了，今天碰到的降价粮油，今天要买下来，不然明天就没这好事了。生活中的利益和快乐都是"短线"，这让他们丧失了等待的耐性，凡是让他们等待的，他们都认为是借口，是托词，是要慢慢毁约的表现。因此这一群体在不相信别人的同时，也同样不相信自己，他们想要做一些诸如让政府和单位承诺自己的那些抚恤尽早落实等维护自己权益的事情，就必须找个人出来为首，做自己的主心骨。

　　按照大家商量的，这为首之人，必须公平公正，没有私心，能得到所有人的信任。但他们也都知道，他们是相同境遇的一群人，都有自己的权益要维护，有自己的仇恨要报雪，如果对方要收买这个人，牺牲大多数人的利益，私下里满足这一个人的利益是很容易也很可能的事情。因此推选来推选去，也没找到合适的人选。这时候，他们在大剧院碰到了"一支笔，替天行道；一颗心，天下苍生"的记者欧阳至尊。这个年纪轻轻却早生华发的男人，专管天下不平事，愿为他们出谋划策，为他们奔走求助，还不收任何费用，让他们产生了第一层信任，最主要的是，他有手中的一支笔和一肚子的才华与热情，这使他们产生第二层信任。他们甚至觉得欧阳至尊是上天垂怜他们，派来人间的活菩萨。

　　"活菩萨"欧阳至尊那日在大剧院外承诺，免费给盛博吉失踪了的疯妻打寻人启事，这一举动更加奠定了他在这个群体里的地位，而他对一些事物状况的分析，也让这个群体的人们很是佩服，他成了这些溺在悲伤与无助的河流里的人们的最后一根救命稻草。因此，他们很赞成盛博吉带着"救命稻草"欧阳至尊去顾如铁所在的消防队讨说法——当他们从欧阳至尊的口里得知许多活着出来的官员都在他们的声讨里被控制或监控，而只有看上去很有可能是罪魁祸首的屈大雪副市长却逍遥法外，一家人被安排得妥妥当当并保护了起来的时候，他们几乎全都相信，将这样的"元凶"绳之以法是对自己死去的家人最好的告慰。

不过，当盛博吉叫其他死难者家属一起去消防队的时候，他们却很"齐心"地全打了退堂鼓，他们说：

"人多嘴杂，说不好话。"

"这种事情，要叫你自己的熟人或亲人，不能让对方晓得了我们这些人结在一起搞行动，那不一下就把我们都抓起来了？"

"派兵打仗，总要有个打头阵的，全部一下子都冲到前头去，要是出师不利呢，那不全军覆没了？"

他们那时已经在高照大剧院外搭了个帐篷，四周挂满挽幛，对外一律称替亡人守灵，但更多的时候，则聚集一起，让欧阳至尊带着他们步步为营地奔向目的地——除了落实市委市政府给他们的所有赔偿和抚恤、让所有罪人得到惩罚之外，最终要让政府将这个大剧院拆除，为他们的孩子和家人建一座纪念馆，至少也要建一个纪念碑。最后一件事最为艰巨也最为重要，就像"活菩萨"欧阳至尊对他们所说：

"这么优秀的孩子，葬身不能葬美名，要千古流芳。这么可耻的领导，逃生不能逃罪名，要遗臭万年。"

从消防队拍了照片，又在澡堂洗热了身子出来之后，欧阳至尊支开盛博吉和他的兄弟们，他先是半路上往北京打了个电话，才独自来到了这个临时搭起的帐篷里，金胖子和另外一些死难者家属在等着他带领盛博吉讨说法的消息——是他背着盛博吉劝金胖子他们不要参加到去消防队讨说法的行动中去的。

欧阳至尊来到高照大剧院外临时搭起的帐篷里，简略地说：

"没找到他们娘俩的下落，双方打起来了，都太冲动，所以，接下来的行动，你们不能再冲动。"

又说：

"快过年了，政府部门也都忙于年终总结，有些忙着给上级领导拜年，也有些忙着准备回老家过年。你们也要过年啊，从明天起，大家不必来这里坚守了，过完年，等政府部门上班之后，我们再到这里集合吧。"

这个茫然的群体就解散了。

群体虽然暂时解散了，但欧阳至尊私下把金胖子留在了自己身边。之所以留下金胖子，是因为金胖子私底下告诉过他，他和消防队的人熟，而且相处下来，他发现金胖子这个无业游民最贴自己，不怕事，又喜欢搞事，却没有脑子。当然，他坚信自己有头脑，且这个群体也只需要一个首脑，因此他并没有给金胖子讲出他心底真实的想法，只是让金胖子做做跑腿的事情。在金胖子帮他送出装着顾如铁照片的信之后，他就让他回家等消息了，他想顾如铁收到照片之后，会马上给他回电话的。

但直到腊月二十九，欧阳至尊也没有接到顾如铁和他们消防队任何一个人的电话。这一天正是阳历二月十四日，是西方传过来的情人节，他倒是接到了远在京城的女友的电话。电话响起的时候，他以为是顾如铁的电话，遂兴奋得一个鲤鱼打挺从床上跃起，抓起话筒，但他连"喂"还没出口，对方的声音就出来了，是女友的声音：

"几天前，你说情人节要送我一份大礼，我现在还没收到，不会半路寄丢吧？"

欧阳至尊先是闻声失望，而后闻言为难。他和女友阮眉本是漂在京城的报界同行，这次高照市出此大事故，他独自过来捞猛料，是承诺了女友一定资源共享的。所以那日从澡堂里洗舒服了出来，他实在喜不自禁，便在半路找了个电话给女友拨了过去，可当电话接通之前的那几秒钟等待的时间里，他忽然又改变了想法。他想起了澡堂里，盛博吉告诉他，不愿意再去报仇，只想找回自己的妻子，那么，这些顾如铁的系列"猛料"

自己就可以任意处置了，他敏感地觉得他发财的时候到了。这时候电话接通，他便咽下了向女友抖落"猛料"报喜的想法，转而道：

"情人节快到了，到时候我会送你一份大礼的，你可要准备好配得上的回礼哟！"

他心里是想的是收到巨额"消灾"钱之后，完成女友的心愿，买一枚鸽子蛋钻戒送给她。但是，事情并没有像他盘算的那样发展，这让他有些无法理解。这"脚踹学生""特大火灾不作为""用水枪对准人民"的三重罪，居然可以毫不在乎？

现在时间都过去六天了，那边却还没动静，他自己也不敢贸然行动。他后悔昨天没让金胖子去跑一趟，试试水，也不记得今天是情人节，更不记得曾经许诺了要在这一天送女友一份大礼。现在女友电话来催，他一时竟然不知说什么才好，只好打马虎眼：

"我准备这几天赶回来，把我献给你吧，没办法，这边的采访还没结束，没捞到干货啊，无颜见京城至爱。"

女友阮眉也是敏感之人，她听出了欧阳至尊的回答是临时起意，肯定有什么隐瞒着她，遂直言道：

"说实话！"

也真是一物降一物卤水点豆腐，欧阳至尊可以在陌生人面前侃侃而谈，吹得天花乱坠，唯独面对女友，不管他事先把谎言想得多么周全，一开口，马上就会被她逮住尾巴。这时，他知道瞒也瞒不住了，就将因灾而起的民愤，以及他如何采访到顾如铁一家的"罪孽"资料，如何帮助受难者家属讨公道的事情详细说了一遍，只是没有把打算通过照片敛财给她买戒指的说法坦承。电话的最后，欧阳至尊吹嘘道：

"我们在高照大剧院外搭起了帐篷，那是我们的前线指挥所。我们的最终目的是，拆毁这个罪恶的地标性的建筑，然后在这个地址上，为这两百九十八个受害者建一座纪念馆，馆内陈设有这两百九十八个受害者的生平，他们的遗物，他们历年的获奖证书；另外，这个纪念馆，还要设置耻辱柱，每个柱子的底座上，刻上这些造成火灾惨案的罪人的名字，嵌上他们的照片,让他们遗臭万年,活得生不如死,以此提高犯罪成本,警醒那些后来者;还有一部分陈列内容,是从消防的专业角度出发,陈列此次火灾的起火和逃生失败的原因,这样也是个警醒;最后一部分,陈列那些火场发生的好人好事,那些英烈的故事。"

欧阳至尊这段话说完,电话那头沉默良久,然后随着阮眉轻微的一声咳嗽,她接话道:

"欧阳你刚才说了一段很靠谱的话,但我觉得并不是一件很靠谱的事情,拆与建,需要多少钱,是一个多么巨大的工程。金融危机,政府财政本来紧张,这次火灾造成的损失又这么大,短期赔偿与长期抚恤,加上那么多烧伤的病人要长期整容修复治疗,那是一笔无法计算的天文数字的费用,这么浩大的工程,就凭你的三寸不烂之舌?凭你的一支秃笔?"

欧阳至尊说:

"阮眉你别小看我,别笑话我志大才疏,我是要做成一两件事,你才会相信我的,这也是我开始说的,为什么要做成之后再告诉你的原因,我知道你会泼冷水。"

电话那头又是一阵沉默,之后,阮眉依然轻咳清嗓之后,再说:

"欧阳,你要做你的大事,你尽管去做,我们可以分工,你把那个女领导的电话或住址找到,告诉我,我想亲自去采访。火灾自古有之,就是亡人火灾,全世界每年也都有发生,但是在起火现场有人只顾领导不管学生,这样的情况闻所未闻。其余的事情,你放胆去做吧,这件事交给我,也算是情人节你送我的一份大礼吧!宝贝儿,情人节快乐!"

阮眉的这段软了语调说的话,让欧阳至尊在电话这端落下了眼泪,面对人间苦难,他也心有所感,但他之感触,并非常人之感触,来高照市之后,他貌似与许多死难者的家属推心置腹聊过,但只有他自己知道,他总在试图站在别人的角度去说话,因此他一直是孤独的。今天,准确地说,是这一会儿,这个自己总是搞不定女友,居然和自己心气相通,并希望得到自己的帮助了,他的心里一酸,涕泪皆下了。但他不愿意对方听到，免得又小看了自己，因此他想尽早挂掉电话，于是硬着嗓子说：

"节日快乐，找到联系方式就告诉你。"

他挂了电话，索性伏倒在床上，把头伸出床沿，让眼泪鼻涕痛快地滚滚而下，流了一地。

正哭得痛快，床头的电话又响了，他想这次肯定是顾如铁了，遂顾不上去擦牵着丝的鼻涕，就伸手抓起听筒；鼻涕擦过他的嘴皮掉到话筒上，话筒里传来鼻涕一样又黏又恢的声音：

"欧阳老师吧，我是盛博吉，派出所这几天都没找到我老婆，你那个报社只怕也找不到，我想自己找，你陪我再去一趟消防队，我要找顾如铁问线索。"

腊月二十八这天，顾如铁在办公室待着，想起收到的匿名信，他又开始揣测信封中唯一的一句话：

"想通了打我电话。"

他忽然想起，他和高世仁都忽略了一个重要的人，那就是送信的人，到底是刘燕子老师的丈夫，还是那个拍照的人？顾如铁连忙戴好帽子，下到门口，去问卫兵：

"那天我的信，是一个什么样的人，交到你手上的？"

卫兵说：

"大奶婆的金胖子。"

金胖子的老婆佘香香租了顾如铁所在的消防大队营房左侧的门面开了家名叫"大奶婆蛇馆"的小饭店。队里的官兵时不时的在这里喝喝酒加个餐，因此队里的人基本上都和金胖子夫妇熟。

那时顾如铁听说送信的人是金胖子，有些出乎意外。他和高世仁教导员猜过两个：北京请的律师派来偷偷取证的摄影记者、盛博吉找来拍照的兄弟。没想到却有第三人。这个金胖子，和自己这么熟，特别是他老婆，做生意完全靠队里的兄弟抬举，他这么做，就真的是不识抬举了，或者是那晚的事情漏了风？

想起这些，顾如铁决定亲自去找金胖子探探口气，把大事化小小事化了。他飞快地朝大奶婆蛇馆走去。

与此同时，欧阳至尊接到盛博吉的电话之后，伸手拿过桌上的相机，挂在脖子上，又拿起床上的大衣，边走边穿，飞快地朝金胖子的老婆开的蛇馆里奔去，他要赶在盛博吉之前，先让金胖子去消防队探探底——和女友谈过之后，他依然想要名利双收。

那时顾如铁出营房大门，向左边一拐，只两分钟，就到了大奶婆蛇馆。平时队里的人要来金胖子老婆的蛇馆里吃饭喝酒，都会先打个电话，让她打开后门，他们从后门的大院里进去，就不算离开营房，但今天金胖子的老婆看到顾如铁是从前面的大门进来的，便玩笑道：

"不走我的后门了？"

顾如铁也话里有话地玩笑道：

"后路都被人抄了，哪里还有后门。"

又问：

"你老公呢？"

金胖子的老婆佘香香笑说：

"放心，他不在。"

紧接着边拿一双桃花眼盯着顾如铁看，边说：

"又想验验真假？"

顾如铁脸一红，想起今年夏天的那一夜。

那天顾如铁的一个发小来高照市办事，找到大队，直喊要把这些年欠的酒债补回来，于是就近到了这家大奶婆蛇馆。酒过三巡，发小有些迷糊，望着蛇馆老板娘丰满的胸脯在单薄的低胸T恤里，一会儿左右滚来滚去，一会儿上下跳来跳去，有些血冲脑，遂借着酒劲儿大着嗓门问：

"你这奶子，大得离谱，真的假的啊？"

顾如铁闻言，朝餐馆的里间望了下，岔开发小的话题：

"你老公呢？"

佘香香倒大方：

"老公不在，跟真假有什么关系？好看不就行了？"

发小满饮杯中酒后，朝靠在吧台的佘香香招手：

"过来过来，隔了衣服哪里看得出好看不好看？"

佘香香还真的动身往他们这一桌来，实际上这个晚上也只有他们这一桌客人。她走过来没有坐到发小的身边，而是坐到了他的对面，也就是顾如铁的身边。她一只手搁在桌子上，一只手随意放在自己的腿上，看着顾如铁的发小，话却是说给顾如铁的：

"顾大队在我这里进进出出好多回了，从没怀疑过我的真假。"

发小玩笑道：

"都到进进出出的份上了？老兄艳福不浅呐，我懂了，刚才的话得罪了，我满饮此杯。"

说完一仰头，二两五的杯子咕咚咕咚全喝了下去。顾如铁那时也有几分醉，闻言心里动了动，他知道佘香香是个放得很开的人，她老公金胖子也正好是个看得很开的人，平日里在这里喝酒，佘香香也喜欢和兄弟们开玩笑，有次还当着金胖子的面，说他是"人肥肾根短"，当时有个新兵不懂事，问：

"肾根在哪里？我只听说过舌根的。"

说得一屋子懂了人事的男人哈哈大笑，金胖子和他老婆佘香香也笑了。佘香香还对新兵说：

"肾根就是和你舌根对应的地方，就像你的嘴巴对应你的屁眼。"

新兵还是不懂：

"嘴巴里有舌根，但是屁眼里也没个舌头样的东西呀？是痔疮？"

金胖子走过去指指新兵的裤裆：

"她一老娘们懂什么，地方都搞错啦，你下面没有舌头，还有个什么头呢？"

新兵这才明白过来，一屋子人又都笑了

那次之后，顾如铁就知道性感风骚的老板娘，那方面和自己一样，是欠缺的——她的欠缺来自老公的没心没肺没能力，自己的欠缺是因为老婆没心没意没感情。因心里有了这样的意识，佘香香的影子就老跑到他的脑海里来，他认为这样反而不好常来常往了。

　　隔了一段时间，他和队里的兄弟再来的时候，就发现老板娘佘香香也意识到了顾如铁的有意不来，因此看他的眼神也就有了不同。发现老板娘看自己的眼神有了不同之后，顾如铁更是借口不参加兄弟们到这里的活动了，但那次发小找到大队来，要和自己喝酒，因时间太晚，顾如铁也是那天的当值首长，就不好跑太远，硬着头皮，又来了佘香香的蛇馆。谁知发小玩笑开得很大，还开到自己身上来了。佘香香一身蛇香味，晃着一把好乳也斜着身子靠上来，他觉得自己都有些不能自持了，遂顺着发小的话半开玩笑半解释：

　　"哪来的艳福，进进出出这么多回，就图个口福，蛇的味道不错。"

　　谁知他这话一出口，佘香香垂在桌子下的这只手，突然就伸到了他的裆部，碰到了他正顶帐篷的部位。佘香香隔他的夏季军裤握住不放，脸上得意地笑了，眼睛依然望着顾如铁的发小，嘴里说：

　　"今天的蛇实在煮烂了呀，怎么忽然它又变硬了呢？"

　　发小不明就里，看了看冒着冷气的三匹大空调说：

　　"你这空调，开得，开太大了，吹冷了就会，硬些。"

　　顾如铁被摩挲着、挑逗着，再也受不住了，他很大动作地起身，说："去下卫生间。"

　　就大步朝卫生间走去。

　　佘香香这时也不动声色地端起那一钵子蛇，对醉得双眼迷糊的发小说：

　　"我去给你们热热，是吹冷了。"

　　因为去蛇馆的卫生间是要通过厨房的，因此佘香香和顾如铁理所当然地，就走向了同一个方向。佘香香紧走几步，将那吃得只剩下半钵子的蛇肉放到灶台上，赶在顾如铁推开卫生间门的那一刻，自己先挤了进去，又用力把顾如铁拽了进来，回身反手锁上门，再转过身子，撩起自己的上衣和胸罩，一对巨乳蹦了出来，蹦到了顾如铁的眼前。佘香香喘着粗气说：

"是真是假，你验验吧！"

她伸手将顾如铁的脖子一勾，再顺势上去将他的头压到那对乳上。顾如铁真的就把脸埋进去蹭了起来，蹭着蹭着，他俩就站在那里，把想办的事办了。

可到了第二天，双方的想法却又天壤之别了。对佘香香而言，顾如铁一身牛力，又是消防大队的一把手，拿下了他，于情于性而言，是个慰藉，于生活前程而言，是个靠山。至于丈夫金胖子，他早就看开了，只要她不离开他，而且有钱让他每天去赌几把，什么事他都可以睁一只眼闭一只眼，某天他知道了佘香香与顾如铁的私情，那他恐怕还佩服老婆还是有本事有魅力。但对顾如铁而言，佘香香一身骚劲，自己的消防大队又是她蛇馆的东家，自己被拿下，就拿人手短，吃人嘴软，不好公事公办了，但他顾如铁一辈子最恨的人就是攥着自己把柄的人，最恨的事就是被人拿捏住的事，所以第二天他回想着那既销魂又惊魂的一刻，心里痛下决心，一定不能再被纠缠，而且要想办法不动声色地将他们为难到自动离开。他查了查他们的租赁合同，这年十月份就要到期，便叫来分管财务的副大队长李泰叙，交代道：

"货币贬值，物价上涨，这一次到期的门面，我们要多涨点租金了，你提前去给他们通个气，好让他们有个心理准备。"

那夜之后，佘香香每天都要打开几次后门遥望顾如铁的办公楼，她看到他行色匆匆，连头都不往她店里这边偏转一下，就知道顾如铁对那晚的事后悔了，自己被吃霸王餐了，心里就起了恨。过了几天，当李泰叙副大队长给佘香香提租金要涨的事情之后，佘香香更明白是顾如铁怕惹火烧身，要赶他们走了，心里的恨更深。但她是个倔强女人，从来就是越挫越勇，门面到期之后，她咬牙续签了租赁合同。

这天顾如铁知道是金胖子送了那封匿名的威胁信后，也想到了是不是金胖子要报复他，但这个念头一起，他马上又否定了，佘香香再开放，金胖子再放得开，她也应该不会把和别的男人的那种事情老实交代吧。

所以走进蛇馆之后,他听佘香香又在提他们发生关系的那晚说过的话来刺激他,这才半开玩笑地说:

"今天不验你的,想验验你老公的真假。"

这时候正是下午三点半,不到晚餐的时候,蛇馆里没有别人,佘香香这时靠近顾如铁,低声说:

"这么久都不来,是怕我缠上你吧,你看我缠你没有?你说要涨租金,我找你求情了?给你白吃了,谢字都没一个,就算了,还要赶我走,你说你还算个男人吗。"

顾如铁马上又一副公事公办的样子:

"你老公不在,那我就走了,他回来你让他到我办公室来一趟,我有事找他。"

顾如铁进门之后,一直是面对吧台站着的,佘香香则把手抱在胸前,背对着吧台,就是凑近顾如铁低声说话的时候,手也是抱在胸前的。当顾如铁说完这句话,佘香香抱在胸前的两只手忽然放了下来,飞快地拽住他的一只手,插向她穿着的健美裤的松紧裤头里,自己的手又在健美裤外使劲儿捂住顾如铁那已经在她裤头里的那只手,然后迅速侧过身,大喊:

"非礼啊!救命啊!消防队长强奸啦!"

就势倒在地上。

佘香香本来就丰满,她的体重加上手里的拽劲儿,把顾如铁也连带着拉倒,压在了她的身上,她抓着他的手依然用力,两条腿一分,盘到顾如铁的膝弯处,死死勾住了顾如铁。

相机不离身的欧阳至尊就在这时候闯了进来。他在门外就听到了佘香香的喊声,也听清了"消防队长强奸"几个字,职业的敏感让他没进门之前就端起了相机,进门之后咔嚓就按下了快门。

欧阳至尊按下快门的时候,顾如铁已经将手从佘香香的手里挣脱,呈半跪半起的姿势,他转头看见了端着相机正在咔嚓拍照的欧阳至尊,怒向胆边生,一跃而起,飞脚朝相机踢去,竟将相机从欧阳至尊的脖子上踢下，掉在地上。

欧阳至尊也吓得不轻，相机脱离脖子的时候，他踉跄了几步。但相机是记者的命根子，欧阳至尊扶着饭桌稳住了，赶紧侧头寻找被踢飞的相机，又飞快地冲过去，抢在顾如铁之前抱住了相机。

顾如铁从小习武，十八岁入伍之后又每日操练，练就一身牛力，这时他一只手将欧阳至尊的手一抓，再往后一扳，另一只手用了不到五成的力气，就轻松地将照相机抢在了手里。

金胖子这时候也进来了，佘香香跑到金胖子的身边，指着顾如铁朝丈夫喊：

"打他！把相机抢过来，他刚才侮辱你老婆啦！"

金胖子见顾如铁和欧阳至尊扭打在一起，问：

"哪个？哪个侮辱你？"

佘香香还没回答，顾如铁一手拿着相机，一手冲过去对着佘香香就是一巴掌，打得佘香香转了一个圈跌坐在地上，捂着脸嚎啕大哭。

欧阳至尊这时候说：

"快！把相机抢过来，有罪证！"

顾如铁举起相机，朝地上猛地摔去，相机顿时四分五裂，欧阳至尊立即跑过去，欲从裂开的相机里拿胶卷，被顾如铁一脚踢倒。金胖子跑到厨房拿了把菜刀出来，朝顾如铁冲去。

顾如铁回头看见，一脚踢在金胖子的手腕上，菜刀飞起落下，正好砍在了欧阳至尊的小腿上，砍过外裤和秋裤，菜刀深深地卡在了他的腿骨里。

欧阳至尊手里攥着包裹着胶卷的碎相机，大喊：

"救命啊！快打110！"

佘香香马上去吧台拨打电话，顾如铁又冲过去，一把抓起电话，用力一拽，就将电话线拽断，啪地扔在了地上。

金胖子这时候操起旁边一把椅子朝顾如铁砸去，顾如铁伸手接住椅子，砸在吧台上。他砸红了眼，抓起什么砸什么，速度之快，力气之大，吓得金胖子和佘香香高喊救命跑出了门，吓得欧阳至尊拖着流血的腿，朝门外飞快地爬去。

顾如铁将餐馆的桌椅板凳都砸成了残废，砸得他自己的额头上起了汗珠，便大踏步地走出蛇馆，提溜起欧阳至尊，朝自己的消防队走去。

欧阳至尊身子瘦小，又拖着残腿，他不知道顾如铁要把他怎样，遂回过头大喊救命。

金胖子和佘香香这时候都吓傻了，站在自己的蛇馆前面不敢动弹，旁边的麻将馆老板倒是跑出来，他看到欧阳至尊拖着的流血的腿，以及卡在腿上的菜刀，问顾如铁：

"顾大队，消防队什么时候变成派出所了？"

顾如铁没有理会麻将馆老板，继续朝前面走去，欧阳至尊却像见到救星一样，朝麻将馆老板喊：

"快打110，就是他打的我！"

顾如铁大声说：

"打110吧！那臭婆娘居然敢污蔑我！"

佘香香这时候跑了过来，边跑边喊：

"先别打110。"

跑到欧阳至尊身边的时候，手一伸，拿走了他手上装着胶卷的相机残部。

顾如铁这时候已经走到了营房门口，他也不理会诧异的卫兵，依然拖着欧阳至尊往里走去。

看到顾如铁把自己拖到了消防队的卫生室门口，欧阳至尊松了口气。

顾如铁对卫生兵说：

"你先出去，我问他几个问题。他答得好，我再叫你进来，你再给他简单处理一下，然后喊中队长一起再送他去医院缝针；答得没有诚意，那就留给我来处理好了。"

卫生兵闻言赶紧跑了出去，跑向教导员高世仁的办公室。

卫生兵出去之后，顾如铁对疼得直叫唤的欧阳至尊说：

"为什么要陷害我？"

欧阳至尊说：

"我没有陷害你，我一个记者，从来就尊重事实。"

顾如铁说：

"你一个记者，不采访当事人，拍几张照片来敲诈，就凭这一点，我就可以告你，但我不是你这种糊涂人，我告你之前，至少要把事实了解清楚，告诉我，你这样做的目的何在？"

欧阳至尊说：

"我在业界，也算有些名气，我最看不惯你们这种强权压人的行为，你那天用了水枪，那是国家用我们纳税人的钱给你们添置的保护人民的工具，你竟然用来欺负可怜的火场受害者家属，今天，你又用部队上把你训练出的武力，伤害我这种手无寸铁的善良之辈。"

顾如铁冷笑道：

"说得好听！那三张照片里夹着的字条，就是那句'想通了打我电话'的字条，我可是保存下来的，这就是你敲诈的证据。"

欧阳至尊说：

"什么字条？你又来污蔑我！"

顾如铁把手放到菜刀的背脊上，威胁道：

"你是知道我的力气的，再不说实话，我一加力，你这条腿就废了！废了你还赖不上我！上头只有你那同案犯金胖子的指纹。"

欧阳至尊听顾如铁提到了指纹，心里一亮，记起了自己拿照片、装进信封、到打印店打印字条、再将信封封上交给金胖子，都是戴着女友阮眉给他买的黑色薄棉手套的，冬天戴手套是很正常的事情，因此金胖子等人并没有察觉有什么不妥。因此他提高了嗓门说：

"你加力吧，那样的话你就会罪加一等！我那天是跟着受难者家属来拍照，但我从来没有什么敲诈的字条，你也可以让公安去验指纹嘛！"

顾如铁见欧阳至尊讲得这样斩钉截铁，也有些怀疑金胖子偷了欧阳至尊的照片擅自行敲诈之事了，他问：

"信是蛇馆的金胖子送过来的，照片是你拍的，如果你今天不来蛇馆，我还怀疑不到你，你一个外地记者，怎么就和金胖子这样的无业游名搞到一起了？是不是你们一起在做个圈套？"

欧阳至尊说：

"盛博吉的女儿、金胖子的侄女，都在这次火灾里丧生，我就是在这次火灾采访中才认识他们的，我是个记者，我从来就以事实为依据，以法律为准绳。"

大队教导员高世仁和卫生兵这时候推门进来了，高世仁喊：

"快把他送到医院去！"

顾如铁说：

"等等！我还没问完！"

高世仁厉声对中队长狄如意和卫生兵说：

"听我的！快！"

又对顾如铁喊：

"佘香香刚才也找了我，你怕是活到头了吧！"

顾如铁愤怒地睁大眼睛，他一时顾不上阻止中队长狄如意和卫生兵架起欧阳至尊外出了，他质问高世仁：

"你居然信那个骚婆娘，也不信我？"

高世仁说：

"蛇馆里的摄像头都录下了你刚才的所作所为啦！强奸民女、打砸店铺，哪一样不会要你的命啊！我相信你的人品，也站在你这一方，让他们先不要扩散，我自己来处理的，你怎么那么没理智呢！"

顾如铁愈加气愤：

"我会强奸她？凭她？你信那个摄像头！你再去看看，我是被她扯倒的，她有意陷害！"

高世仁说：

"我看了不下十遍，我当然不会只相信那个摄像头，但是她佘香香连你那东西有几寸都一清二楚！"

顾如铁觉得一股毒血像喷泉一样从心脏涌到脑子中央，他又羞又气，抓起桌上的一个盛医疗器械的白搪瓷盘子，哐当砸到了地上，砸得里头的剪子刀子不断在地上翻跟头，他觉得还不解恨，还要找东西砸的时候，高世仁捉住了他的手：

"这里是消防队，你冷静点！"

顾如铁这时候清醒了点儿，意识到问题的严重性，他挣脱高世仁，颓然坐到椅子上，说：

"有回我老家的发小来了，我喝醉了，这个佘香香靠在我边上，一只手就偷偷地从下头伸过来，隔着我的裤子窸窸窣窣，我哪知道她在量我呀！相信我，我是被他们两口子陷害了，从那几张投机取巧伪造现场的照片开始，到今天我找过去，佘香香主动出击，他们是怨恨我涨他们的房租啊！"

高世仁说：

"涨房租是队里的决定，怎么报复你一个人？他们要巴结你才是，怎么反倒陷害你，而且她佘香香当着老公的面描述你那东西，不到万不得已，不是受了天大的委屈想伸张，她一个妇道人家，再放得开，也不至于到这步田地吧！"

看顾如铁把头别过去，他又说：

"年初，克林顿的丑闻搞出来的时候，你还笑他愚蠢，我真的不想你成为克林顿第二，我真的是想帮你！"

高世仁拿出烟盒，抽出一根烟递给顾如铁，自己也拿了根点上。高世仁的话提醒了顾如铁，他想克林顿和莱温斯基的事情，最初克林顿和自己现在的心情一样，是想赖账的，但最后不认罪反倒变成了他致命的罪状，而且也因此激怒了莱温斯基和独立司法人。而这个没有抵赖过去的债，来自两个证据：其一，莱温斯基给国防部的同事加女友倾诉对总统的感情，又让女友录音了；其二，莱温斯基被逼急了，拿出了染有克林顿精液的蓝色洋装。那么，佘香香会不会留下那晚粘着自己东西的内裤？似乎佘香香不是莱温斯基这种痴情之人，但谁说得清呢？还有，佘香香之前看自己的眼神，是有喜爱的，能和自己交往，好像也是她期待的。

顾如铁想，自己那时狠心拒绝佘香香，不到她蛇馆里来，还变相赶她走，应该和克林顿的心情和想法都差不多，不想再给自己惹事，但正因为如此，莱温斯基才向女友倾诉自己的郁闷而被录音，而自己，也因为佘香香在希望变成失望之后，生出了一种恼羞成怒的报复，才酿成了今天这种不可收拾的后果。如此思忖良久，顾如铁叹息着说：

"黄泥巴粘在裤裆上，不是屎也是屎，高兄，我打个转业报告吧，这样也不会连累你们，我也不想再解释什么了，我去北京找我婆娘去，前面几十年没陪她，现在她这个样子了，我正好去陪陪她，晚年我就陪着她了，等于还债吧。"

高世仁说：

"我觉得你可以给支队先请假去北京，反正也过年了，你情况特殊，这边的事情，等冷了之后，我再慢慢给你擦屁股吧，今晚上我开个会，这件事和前面拿水枪扫人被拍了伪照的事情，就控制在我们队里，谁声张出去我请谁滚蛋。"

顾如铁拍拍高世仁的肩膀，走了出去。出营房门的时候，碰到了前来找他的盛博吉。盛博吉那天带人来闹事的时候，还是满头青丝，这才过去五天，他居然顶着满头花白的头发来了。他看见顾如铁走出来，没有大声叫嚷，只是扑通一声跪在了他的面前说：

"我女儿没了，老婆疯了，现在又怎么都找不到，你儿子在哪儿呀，出殡那天，我老婆就是抓着你儿子不肯放手，我不知道这里头的原因，我想你儿子应该晓得，也许我老婆就是去找你儿子了，你就告诉我你儿子在哪里吧。"

顾如铁扶起了盛博吉：

"你都不知道我儿子在哪里，你老婆疯了，怎么会知道。"

盛博吉说：

"她可能不是疯了，可能是我女儿的魂魄附体了，有些事情说不清楚，有一线希望，我就要努力的，你就告诉我吧，我已经不恨你们家了，我现在只想找到我老婆，我不能没有她。"

顾如铁说：

"走吧，我也想去看看他。"

十二

两个月后，欧阳至尊腿上的伤疤已经痊愈，他通过女友阮眉的姐夫发在内参上的爆料文章，也引起了政法委高层的注意，顾如铁及其大队的相关联的人员，都受到了处罚、牵连，只有两个人例外：一个是副大队长李泰叙，那晚高世仁召开紧急会议，勒令全队保护大队长顾如铁，将此事瞒下，谁也不许去支队报告，让大家都在会议记录上签字同意，只有李泰叙没有签字，他说自己绝不会说出去，还说也相信弟兄们都不会说出去，签字这种事，就是不相信弟兄们的表现。另外，他也力劝一班长关上越不要签字，因为关上越是大队甚至整个支队好不容易树立起来的学雷锋标兵，他此前自觉自愿地做了那么多好事，不能毁了这个好苗子的前程。最主要的是，不能因为毁了关上越的前程，而毁了整个消防支队甚至是消防总队在公安消防局树典型这一块打翻身仗的契机。那晚开会之后，李泰叙通过总队一个老乡领导的关系，将没有签字的关上越推荐到了流水县大队所辖的一个中队雪藏了起来，过完年正月十六就去报到上班。

当总队接到指示追究顾如铁事件的时候，顾如铁写了满满五页纸的材料，将那日参与水枪射人事件的所有人的过错都揽到了自己头上。他首先替照片上和自己一起握着水枪的第三年兵王琰琛和列兵陆熠熠开脱，说是自己因为恼怒而先拿起的水枪对准了前来闹事的人，他俩是来合力抢走自己手上的水枪的，他俩的行为是为了阻止事态的发展，因此他们是无辜的。材料上，他也替多年的战友和至交高世仁揽下过错，说那夜的那个会议，是自己主持召开的，为了掩盖自己违反部队禁令的行为，他以手中的权力逼迫自己的手下在会议记录上签字，他们都是不得已而为之。

在材料上，他唯一没有承认的就是佘香香诬陷的强奸罪，只承认自己不冷静，打砸了她的店铺，后来公安刑侦人员通过调查取证，也落实了强奸罪纯属诬告陷害，这一条让顾如铁没有被送上法庭，但总队的意思是消防部队再不能出现第二例这样的事情，对顾如铁一定要严惩才能起到警示作用，最终他的职务待遇被一撸到底，降为战士的身份退役。

而大队的其他人员，高世仁还是被记过处分，命令他当年转业到地方；第三年兵王琰琛，取消了他当年考军校的机会；列兵陆熠熠，在服役期满之后，退伍回到了老家；只有李泰叙副大队没有被处分，不但没被处分，高世仁转业之后，他还升任了大队教导员；已经调走的关上越，果然没有辜负李泰叙对他的珍惜，后来终于成为总队乃至整个消防局学习的榜样，也确实成了总队在消防局的地位排名打翻身仗的一个宣传契机；而佘香香的蛇馆，在顾如铁辞职之后，被转让出去，改成了叫"克林炖莱温斯鸡"的专门吃鸡的馆子，生意好到需要排队等号的程度。

让顾如铁陷入人生低谷的的文章，和阮眉采写的关于高照市大火成功逃生官员的文章，都用了同一个标题，这个标题是个反问句——"器之过？"。

在欧阳至尊的文章里，这个"器"是水枪和顾如铁在部队里练就的一身武力；而在阮眉的文章里，这个"器"指的是屈大雪和她的同事们手中的权力。他们都从"柴薪可生火煮饭，亦可成灾，斧头可伐木采薪，亦可杀人"等器物的两面性谈起的，最后都落在非器之过，实乃人之过，是人性恶的一面，彰显了"器"的破坏性，所以一定要惩恶扬善，引导社会环境走向清平。

欧阳至尊的文章，导致了顾如铁丢了饭碗，脱了他挚爱的军装。而阮眉的文章，则使得民意更加汹涌，直接坐实了高照大剧院火灾逃生官员的罪名，更让原本因为救了王子阳而烧伤毁容的屈大雪，从救人英雄变成了功过参半，最后到睡到担架上到法院接受宣判，成为那日法庭之上最惨的戴罪之人。

阮眉对屈大雪的采访是不顺利的，她第七次找上门去，在病房里放了对高照市的其他官员包括省教育厅的常务副厅长黄天蓝和高照市常务副市长胡晶晶以及市教育局局长宋华平的采访录音之后，屈大雪才同意接受阮眉的采访，她这也是第一次对外界开口说话，但只是短短的一段话：

"这些日子以来，我的每一个被疼痛折磨的梦里，包括手术台上，意识涣散之时产生的幻觉里，全都是那些可爱的孩子们，我给他们颁奖，看他们表演，甚至是给他们上课，和他们促膝谈心，一起游戏。我从事教育工作几十年，我自己的儿子也还是学生，我跟孩子们的感情有多深，只有我自己知道，我不可能在起火的时候不顾孩子只顾领导。另外，先人后己是我做人的准则，你刚才问我，我的同事毫发无损地逃出去了，只有我变成这般模样躺在这里，我后不后悔，我告诉你，即使一千次让我面临这样的状况，我也还是会一千次地留下来营救我的孩子们，直到我无能为力，直到我生命的尽头。"

在屈大雪看来，只要她坚持这样说，就会保护到包括自己在内的所有同事，以及她的贵人黄天蓝免受法律的制裁，哪知到最后，在民意的推动之下，在受害者家属所请的代理律师的代理词里，她听到了正是她的这一陈述，导致了她多加了一条罪状——不认罪不悔罪。

高照市高照大剧院这起火灾，最后被定性为特大火灾事故，在被媒体提及的时候，一般都被冠以"震惊中外"这样的词语来修饰。而这起特大火灾事故案件，经高照市中级人民法院一审和省高级人民法院二审终结，十三名被告人受到了法律的制裁。其中十二名被告人分别被以重大责任事故罪和玩忽职守罪定罪判刑，一名被告人被免予刑事处分。免于刑事处分的人就是宋华平，他的救人行为首先是被宣传部门当作英雄事迹准备在报告会上宣讲的，但消防支队的政委郑小勇得知这个消息之后，阻止了这种宣讲，他告诉高照市委宣传部部长廖兰芝：

"宋华平是教育局局长，当年也是我们和市教委联合创办的少年消防团的名誉团长，他应该懂得基本的消防知识的，但他并没有运用消防知识做正确的有利于火场营救的事情。因他关门的举动而被误导丧生的孩子的数量，要多于他所救的孩子的数量。这还不是主要的，他也是受害者，他能逃出去对我们消防来说，是减轻了负担，我们不能去追究他的责任，但你们要宣扬他的这种行为就是大错特错了，这会害了一代又一代的人。"

郑小勇的这一番话，不但使得自己与教育局长宋华平以及他的手下交恶，也使得宋华平成了被告，不过最终他还是被以王子阳家长为首的学生家长联名上书保了下来。而郑小勇对宣传部长说的这番话传出去之后，还让起火那日躲在女厕所并关上门，况且还毫发无损的常务副市长胡晶晶也成了众矢之的。甚至又有火场逃生的学生说"领导小心，领导注意安全"的话是她胡晶晶跳到台上，抢了屈大雪的话筒说的。欧阳至尊被顾如铁踢飞的菜刀砍伤了腿后，他的女友阮眉从京城回高照市照顾他并进行了系列采访，采访到胡晶晶的时候，胡晶晶回答道：

"第一，能从火场成功逃生是因为我具有丰富的逃生知识，如果我顺着人流原路返回，我是个大人，势必就会抢占孩子们从那里逃出去的机会，会导致更多的孩子丧命。我关上卫生间的门，也是我所掌握的逃生知识的指导，女厕所在西侧偏南，差不多和起火的舞台平行，它不像男厕所在正北面，在舞台的后面且那面墙壁没有门窗，当时正在刮北风，我要是开门，我会死，跟着我进来的那个女生，甚至假设我不关门进来的更多的人，都会死，所以火场能迅速找到逃生的路自救，其实就是救人。第二，你刚才问我为什么不组织学生逃生，我组织了，而且同样是按照我掌握的消防知识来组织的，当时我看正在讲话的屈大雪副市长拿着话筒半天没讲到点子上，我急了，就冲到台上抢下了她的话筒，但我绝对没说那句话，我自己就是那天最高级别的领导，我说这句话不是可笑么？我说的是，'同学们别乱跑，校领导组织逃生，服务员快开门，电工断电'，说完这句话，电就断了，我到现在还不知道电是因为起火短路跳闸断的，还是电工断的，我看见电断了，就跳下舞台，朝女厕所的方向跑去。我想，如果那天大家都像我一样冷静，伤亡绝对不会有这么大，我是功臣，是火场逃生该学习的典范，何罪之有？"

胡晶晶现年五十四岁，按照惯例，市里配班子一般要一个副市长是女的。把屈大雪提到管文教卫的副市长的位置上，就是考虑胡晶晶退休之后，这个班子的搭配能顺利完整，但一场大火烧起来，二人均因同一罪名被捕，也都曾认为，面对媒体的这番话，能让自己免于受罚，结果却成为罪加一等的口实，而且在受难者家属看来，对他们的惩罚还太轻，这一切的一切，都体现在受难者家属从北京请来的代理律师撰写的代理词上。

来自北京的律师团代表卿日者侃侃而谈：

"依据案件的事实、证据和有关法律来衡量，应当说，高照大剧院火灾是一件由严重官僚主义、严重形式主义和许多环节有关人员的不履行或不正确履行职责、玩忽职守行为所造成的'特大恶性安全责任事故'，是一起完全由人祸所造成的特大惨案，是一件性质恶劣、危害极其严重的犯罪案件。

"根据被害者的强烈委托要求和本案的有关情况，我们代理人认为，对于本案中被查处的犯罪分子，应当在查清案件事实、全面追究刑事责任和准确、恰当地认定罪名的基础上，在被告人所触犯的法律条文所允许的范围内，严肃地追究刑事责任，原则上严厉地适用刑罚……"

卿日者中途几乎没有休息，站着在审判庭上念完这份洋洋万言的代理词。听众席上哭声一片，有十多个孩子的母亲当场哭晕过去，被一直值守在法庭外待命的医护人员送到了医院。盛博吉依然没有找到妻子刘燕子，这天他在听众席看到了躺在担架上接受宣判的屈大雪，这是大火之后，他第一次看见她。望着面目全非的屈大雪，盛博吉心里对她的怨恨瞬间土崩瓦解，当他听到她被撤销一切职务之后，最终仍然被宣布判刑四年半，他的心脏甚至有了刺痛的感觉。

但自始至终，担架上的屈大雪都没有看一眼听众席。她躺在担架上被押送到法庭，进门的那一刻，她就在找黄天蓝。此前，她得知黄天蓝也将到法庭接受宣判，就打算借此机会看看他的眼睛，想从他的眼睛里读出一些信息，她认定了他的眼睛便是她此生唯一的镜子。

火灾之后，这也是黄天蓝第一次看见屈大雪。那日从火场逃出，他只是脸部和右耳以及右手有轻微的灼伤，但这已经让他感受到了钻心的疼痛。去医院处理好之后，他一天病假也没休，就投入到省教育厅对高照大剧院火灾中丧生的师生们的善后抚恤工作里。在繁忙而痛心的善后工作中，屈大雪的面容也不时在他脑海里闪现，但始终都是她那日在台上的自信、高雅、动人的模样。得知自己和屈大雪要被同堂宣判，他对她毁容的状况也有过预估，但见到之后，还是被震惊了。

看到黄天蓝震惊的表情，屈大雪起了锥心之痛。她在烧伤科看到过别人不同程度的丑陋面容，也想象过自己是哪一种样子，但是她始终没有勇气出现在某一面镜子，哪怕是近似于镜子的玻璃窗、电梯内壁面前——每次去手术室，躺在担架上进电梯她都闭上了眼睛。

得知黄天蓝将与她同堂受审之后，她也想提前看看自己的样子，但她最后还是打消了这个念头。很多年前，她和黄天蓝在一个地方上班，她经常想起的一句话是"女为悦己者容"，那时她经常为他而打扮，就是毁容之日，去高照大剧院之前，她也是揣摩着他的审美角度打扮。而现在，她总在心里想，她是为"悦己者"毁容——那日火场，她看到黄天蓝被乱作一团的学生们堵在中间，对着台上拿着话筒的自己挥手说着什么，她以为他要跑到起火的舞台上来救自己，她想阻止他，她想营救他，但大庭广众之下，她知道自己不能喊他的名字，他是一路提携她的贵人，是她多年的领导，她只好对着话筒，朝那些乱叫乱跑的学生们和对自己挥手的黄天蓝喊：

"领导小心，领导注意安全！"

那时她已经与黄天蓝级别相同，但他是省管干部，对于市里的领导而言，见到省里来的领导，即使级别比自己低，也会尊称为"省领导"，而在她心里，他领导她多年，是她一生的领导。在起火的那个晚上，他也是她在近千人当中认定的唯一的领导，她的那句话，原本是对他一个人喊的。

多年以前，她就和黄天蓝讨论过道德面貌的问题。他们是从《周礼》对古代妇女的"三从四德"的要求说起的。那时，他们都认为"三从四德"里的"三从——未嫁从父、出嫁从夫、夫死从子"已经随着妇女地位的提高，完全被时代所淘汰。但说到"四德——妇德、妇言、妇容、妇功"，他俩就有了小小的分歧。前面"三德"——妇女的品德、妇女的辞令、妇女的仪态，他俩都觉得现在的男子择偶，也是以此为标准的，但最后"一德"——妇女的治家之道，他俩的认识就不同了。屈大雪的短处就是不会做家务，更无心女红，因此她说：

"这个年代，家务劳动都社会化了，商场里什么没得买？现在还有谁穿补丁衣服？谁还穿千层底的布鞋，挂绣花荷包？能挣钱的女人，实在要表爱心，是可以买了送去的，那比自己缝制的要好得多。腾出做女红的时间，俩人去月下漫步，或者听一场音乐会，不更好么？"

而黄天蓝却强调，妻子的最美形象，是在灯下，将长发半绾半垂，拿着细小的闪着银光的花针，长长的一截白线，在裂开的裤缝里穿来引去，然后微微侧头，白玉牙齿咬断线头，哪怕不用针线，就是拿着精巧的剪子，用尖端一下一下挑断丈夫新买衣服内领的商标，那也美得很！

屈大雪知道这样的形象是黄天蓝的妻子留在他心里的形象，闻言那时她心里就发酸，但他与她控制着恰到好处的距离，她也不便流露自己的醋意，只好化解他的话意：

"我认为，你刚才讲的这两个形象，可以分解到'妇德'和'妇容'里去，你讲的不是手艺，是品德，是仪态。"

屈大雪这样讲，那时赢得黄天蓝的赞许：

"对文字的感觉，我还真不如你。"

于是他们又谈到了女人的"秀外慧中"，谈到了"女子无才便是德"，最后他们共同创造了一个新词——道德面貌。

他们都认为，道德面貌，就是一个人在众人心里的形象，这比长相更为重要。而这次火灾，情急之下，她高喊了那句让她后悔终生的话，她是为他损毁了自己的道德面貌，毁得比自己的长相还要残酷，还要丑陋。

女为悦己者而"毁容"，法庭之上，她想从他的眼睛里，看看自己内外的两个"面貌"的改变，会给他产生怎样的冲击，她其实是想从他的眼中看到怜惜、懂得和心疼的，没想到他的第一感觉是，震惊。

那时的法庭上，听众席上还骂声一片，吵嚷不休，他们在候审室等待传唤，她看到他震惊的表情之后，就被传唤了出去。她那时躺在担架上，被推到审判庭，听众席上的骂声渐渐软下来，她知道她的容颜也给了那些受害者家属以震惊。但她无暇顾及他们，她总在扭头看向里间的那张大门，她想多看看他，也许这一别，就成永别。

黄天蓝在屈大雪被推出去的时候，来到了门口，他费力地朝她张望，直到他们终于再次四目相对，他为她流下了心痛的泪水。

顾如铁这一天也来到了法庭。他站在听众席上，看着躺在担架上的妻子屈大雪，吸着氧气，打着吊瓶，被女警察推了出来，心里又起了剧痛。但看到自始至终，妻子的眼光都没往听众席上看一眼，没有流露出一点找自己的意思，而是把眼光投向里间候审室的门口的黄天蓝，他的心里又起了另一层感觉的痛，前面是锐痛，这时候是钝痛。顾如铁这时候已经被迫脱下了军装，他本想余生就陪伴在妻子屈大雪的身边，好好照顾她。他想没烧伤之前，她的相貌和才学，还有地位，都高于他，但现在，他们的地位平等了，才学也可以不论了，相貌的话，她已无法和自己相比了。他以为从此以后，自己在妻子面前的优越感会上升，他们可以平等相待，安宁地过完后半辈子，哪知妻子的心里依然没有自己。更让他想不到，也想不通的是——当审判完毕，他强压心中的不满和嫉妒找到屈大雪，低声对她说：

"大雪，一切都过去了，接下来，我会每天都陪在你身边照顾你的。"

屈大雪却斩钉截铁地回答：

"我们离婚吧，越快越好，就明天吧，省得我去了北京还要再回一次。"

一审完毕后，受害者家属中，有将近一半的人觉得现有的刑法对这些他们认为是十恶不赦的罪人量刑太轻了，只有三到七年，还希望在省高院的二审中，判这些死里逃生的"官员"死刑！他们算了账，死了那么多孩子，就是把这些罪人都判了死刑，算下来也是一个抵了二十个人的命啊，真是太不公平了！

然而不只是受害者家属觉得不公平，那些被判刑的官员，他们心里也觉得冤屈得很，又不是自己放的火，自己也是受害者啊！因此除了屈大雪、黄天蓝、宋华平不再上诉之外，也都向省高院提出了申请。

但三个月后的二审依然维持原判。市委市政府的态度是"人民至上"，办事的指导原则还是"稳定压倒一切"。为了平息受害者家属的恨怨，高照市委宣传部开展了一次高照大剧院火灾英模报告会，由学校、医院、公安、消防四个方面的报告团组成。报告会讲哭了所有的受害者家属，但他们依然一分为二地看问题，他们对学校、公安、消防三方面的宣讲都心存疑虑，觉得这三方面在火场中的表现，都是功过参半，唯独对医院这一块，尤其是听了市一医院的孔武力院长亲自做的报告之后，更是感动和感激之情满溢心头。

报告会上，行伍出身的孔武力院长说得涕泪横流：

医院过道上都住满了人，孩子们痛得直打滚，凄惨的哭叫此起彼伏。医护人员边流泪边抢救。

普外科护士长肖琳琳紧张而镇定地指挥救护。此时，她比谁都清楚，她的儿子也在高照大剧院。直到深夜时，把最后一个病人送到病区后，才去找儿子。六个多时小后，她才在殡仪馆找到自己的骨肉，将儿子掩埋后，她又回到医院："我的儿子没了，我们不能再失掉这些活着的孩子们。"

与此同时，我们的兄弟单位，市人民医院得到消息，院副书记梅芳谱立即带领二十多名救护人员赶到高照大剧院，进行现场抢救。

灾情牵动各地医护人员的心。北京积水潭医院、省医学院、省武警医院、市消防医院、省人民医院、省军区总医院、市医学院等十八支救援队近二百名医护人员前去协助抢救。我国著名烧伤专家孙家华教授从北京专程赶来主持救护。

我市的友谊商店以及旗下的几家分店送来了救治伤员所需的浴巾和医疗器械。北京、省里的各地及高照市的三十多个单位为医院送去了援助的医疗器械、药品等。他们和医护人员都有一个共同的愿望，就是从死神手中抢出更多的生命。

据估计，一百余伤员的医疗费将达数千万元。高照市市委市政府表示，对烧伤者，将全力抢救与治疗，并负责整形。对他们以后的上学、生活、就业将长期安排，负责到底。

国家层面上，十二日上午，国务院秘书长主持紧急会议研讨处理方案。会上决定，派国务院副秘书长率国家教育部、公安部、劳动部等部门领导组成的工作组乘专机赶往现场。

主管教育的国务院副总理得到消息后，心情十分沉重，他当即指示，请工作组转达他对死难人员家属的慰问。十四日上午，在工作组赶到高照市后，他又打电话到该市，代表党中央、国务院对死者亲属表示亲切慰问，对参加抢救的有关人员表示感谢，希望当地党委、政府做好善后工作。

主管政法的国务院副总理得到消息后，马上向工作组打电话询问情况。此时，国务院工作组已到机场。副总理仔细地询问了国务院的处理意见，指出，要从重从快查处责任人。

主管教育的中共中央政治局委员、国务委员看了高照大剧院特大火灾的情况通报后，批示：教训惨重！致电慰问，要妥善处理善后事宜。

十二日，国务院工作组乘坐的专机降落在高照市阳光机场。

在这之前，省里的党政一把手，以及主管公安消防和主管教育的副省长和相关部门的领导同志已赶到高照市察看现场，慰问遇难者的家属，看望伤员和各级职工。

社会各领域各阶层的人民也极为悲痛，纷纷以各种形式表示哀悼。

市立养老院的二十八名干部职工，将本月工资共计28303.25元全部捐献出来救护伤员，院长乐余红说：

"那些失孤而不能再生育的父母，我们院承诺，免费为他们养老！"

全国各地也都寄来了捐款，发了唁电。目前收到捐款近两千万元。各级党政领导，各条战线的干部职工以浓浓的情意安慰伤亡人员家属的心。

现在，与火灾有相关责任的领导都受到了法律的制裁，其他十七名责任人也受到了严肃查处。然而，这场灾难的后果是一张处理意见所不能消除的。

现在，全省也都在广泛开展整改火险隐患的工作。去年年底，省里的防火涂料脱销。今年年初，其他消防器材也供不应求。很多单位主动到消防部门反映问题，请求帮助解决。

其他省市也在开展声势浩大的"查问题、除隐患"的活动。

全国人民都有一个共同的心愿，让悲剧不再重演，让天下的儿童都远离灾祸。

市立一医院的院长孔武力的这篇报告，也是市文联的专业作家根据宣传部长廖兰芝的授意所撰写的。之所以不由市委宣传部门的人来宣讲这些火灾发生后政府部门和社会上所做的相关事情，是廖兰芝给暂时代理市长职责的副市长李为民提议的，她说：

"医者父母心，受难者父母的心声，只能由医院方面来宣讲，可信度，可感度，才强烈。

"人民的心声,只能由人民自己来宣讲,这个时候,我们政府部门的领导,最好不要上台讲话。"

报告会的效果证实了廖兰芝部长的判断力,一年之后,她被提名为高照市常务副市长。

其实,本来在孔武力院长的报告里还有这么一段:

"高照市市长乐华清同志第一时间赶到火场,督战灭火救灾行动,又迅速去医院视察,所见让他心情极为沉重,引起心脏病复发,但仍坚持到各条战线慰问干部职工。"

但就在英模报告会举行的前一周,高照市出了一件于政坛来说堪比大剧院火灾等级的大事——市长乐华清和他的妻儿先后都逃出了国门。

市长乐华清之所以会出逃,是因为在此之前他听闻自己的罪行已近暴露的边缘,将一辈子身陷囹圄的风声。他之所以被牵出,是因为上级接到举报,直指他的小舅子一直插手市里大部分的建筑工程项目。而最近起火的高照大剧院,在市总工会没有收回经营权之前,也一直是他的小舅子承包,几经改造,做成了引进俄罗斯的冰上芭蕾等项目的大歌厅。这小舅子据说还泡了俄罗斯的演员,有一个还给他生了他逢人便炫耀的"美丽的小杂种"。

从高照大剧院火灾之夜开始,乐华清就已经寝食难安了。不明真相的人都盛赞他是好领导,与人民群众同悲共苦,为了人民群众而伤心落泪,更重要的是极大程度地满足受害者的要求。后来他与妻儿前后出逃国外,明白了真相的人们才知道,他哭的是他自己,他流的根本就是鳄鱼的眼泪。

乐华清出逃被确认后,上级任命副市长李为民代行市长之职。李为民在审查廖兰芝部长递上来的英模报告会的稿件的时候,只是当着廖兰芝的面,在关于乐华清的那一段上点了点,廖兰芝就明白了过来,她说:

"我也想摘掉这段,但是市文联易主席和我讲,您指示一定不能在报告会上出现您的名字,这次救灾,是以我们市里为主,各方面领导都提了,市里一个都不提,好像不太好,现在把乐华清的拿掉了,我看还是补上您的一段吧。"

李为民代市长说：

"起火的时候，剧院里头有我们的两个副市长，又如何？要我说，就应该站到台上跪着忏悔。"

善于察言观色的廖兰芝部长那时知道代市长李为民是在说气话，但不愿意在这个英模会上被提及，也应该是他真实的心愿，于是市领导就在这次英模报告会上集体"失踪"了。孔武力院长也就出乎意料地成了市级领导的代言人了。

在这场高照市领导集体"失踪"的英模报告会上，心里暗藏得意的孔武力院长像一个出色的指挥家，左手的"指挥棒"是他那行伍出身的粗犷的形象，右手的"指挥棒"是他那恰到好处的几度哽咽，在这一对"指挥棒"的指挥下，报告会变成了哭声大合奏，高低粗细的嗓音都发出了哭声，一会儿齐奏，一会儿几重奏，狠狠地让那些压抑得快要爆炸的失孤家长发泄了一把。

而那天，已经和屈大雪离婚的无业游民顾如铁，也来到了报告会的现场，他却是唯一没有参加哭声"合奏"的听众。因为此前的几十年，他都是以救人为业，所以对那些危急时刻出现的英模救人事件，他没有什么感触。从消防职业的角度出发，他甚至反感这种去鼓励非专业人员徒手救人的宣讲，他觉得这是对生命的不负责，他在众人的哭声中说了两个字：

"荒唐。"

当顾如铁听到孔武力院长讲完他们卫生系统那些舍己为人的事件之后，忽然自提几个行政级别，以市长和市委书记的口吻总结灾后情况，他不但没哭，反而在众人的哭声中微微一笑，又说了两个字：

"荒诞。"

不过孔院长这错位的身份口吻说出的内容中，倒是有一句话对顾如铁有触动，并改变了他的命运：

"去年年底，省里的防火涂料脱销。今年年初，其他消防器材也供不应求。"

　　已经成为无业游民，搞了几十年消防的原消防大队大队长顾如铁，从这句话里嗅到了商机。他记起了儿子顾小雪出生的那一天，他从火场里救出来的发小潘定安。他知道潘定安已经成了高照市有名的房地产商，市中心的定安楼也刚刚竣工，这时若让他投资搞消防器材设备厂，或是开家消防工程公司让自己来管理，那肯定是：

　　"毛毛雨啦——"

　　众人的哭声中，顾如铁学着当时流行的港商腔调，这么说了一句。

　　深重的黑暗中，名誉扫地、妻离子散、一无所有的顾如铁看到了一线光明。

十三

"轰隆"一声巨响,顾小鳕的干爹潘定安开发建设并施工建筑的定安楼塌了。

楼塌犹如人断气。九层高的楼轰然下坠,"躯体"坐下来变成三层那么高,像人死了躯体的萎缩与变形。逐渐与"躯体"分离,闯进之前灰色浓烟里的黄色的粉尘团,也有三层楼那么高,像人死时灵魂的飘离。

有如灵魂一样的粉尘团先是被坍塌产生的气浪左右,和那些断了的梁柱及墙体一样,向四边散。随着垮下来的墙体不再松动,从三层楼那么高的废墟顶上直往下滚的最轻的墙砖也滚落在相邻建筑的墙脚边安静站立,粉尘团才完全脱离它住了一世的"躯体"。重的颗粒是楼的"灵魂"记忆里今世放不下的人和事,它们就地落下;轻的是对这一世苦难的解脱,它们随风飘远,边飘边撒,撒下一路的信号——楼塌了。

楼塌了。

前来灭火的消防队一级士官顾小鳕、列兵李世栋、老班长戴希、他们的指导员林海泉以及支队长郑小勇等官兵,被埋在了废墟的底层。

刚刚还是烈焰耀眼,转瞬就是黑暗深重。

顾小鳕本能地咳出浓厚的粉尘,本能地大喊:

"救命——"

忽然听到了"救命"的回声,而且还不止一重回声,像站在群山的山谷喊出的回声一样,有好几重。顾小鳕有些懵,但随之而来的疼痛和狭小空间的压迫让他意识到自己没在山谷里,是楼塌下来了。

其他"救命"之声也不是他自己的回声：是指导员的声音，是列兵的声音，是老班长的声音，是支队长的声音。他记起来了，他刚才在打火，和中队指导员林海泉一前一后握着同一支水枪正往起火的大楼一楼仓库里扫射，掩护老班长内攻救人呢，他们现在都被埋在了整栋大楼之下。

"救命呐！救命！"

又一声"救命"传来，就在顾小鳕的耳旁，其声之大，其调之痛，像一把生锈的电钻旋进顾小鳕的耳朵，是不光滑的痛，带着滴血的毛刺。

他听出来了，这是指导员林海泉的声音，是撕心裂肺的一声喊：

"救命呐！救命——"

指导员林海泉的第二个"救命"的"命"字，顾小鳕认为，其实不是喊出口的，而是被从心脏里涌出的鲜血冲出口的，因为随着猛然间低了八度的"命"出口，一连串的咕噜咕噜的声音便在顾小鳕的耳边涌动。

血腥味刺鼻，顾小鳕贴在地上的脸也马上被滚烫而浓稠的液体包围，他知道那是指导员的嘴里涌出的血，他甚至分辨出了是冒着泡泡的鲜血。顾小鳕本能地将头一抬，但横在他头顶的断楼板又将他碰得重新趴到了地上。

顾小鳕顾不上自己喊痛，他侧转脸，对准他感到的空间稍大的那一侧，在深重的黑暗中，在浓厚的血腥味里用尽力气呼喊：

"救命呐！救救指导员！"

不远处的李世栋也在喊：

"来人呐！救救指导员！"

老班长戴希在喊。

支队长郑小勇也在喊。

没有一个人听到他们求救的信号——这些原本对绝境生命施救的人，此时在自己的生命绝境里发出的第一信号。

九层楼眨眼变成了三层高的断墙残壁。高照市消防支队政委庞正江，被楼塌下时的巨大气浪冲到了地上。他原本站在与塌掉的定安楼紧挨着的棚户区二层楼顶上指挥打火，被气浪冲下之后，巨大的下坠力集中在他先着地的左腿上，造成左腿腿骨骨折。但本能的逃生意识迫使他一秒也没停留，拖着伤腿又跑了几百米，跟定安楼顶滚下来的碎砖头一起，滚到棚户区的一栋老房子的墙角，才翻转身看着气浪冲来的方向。

漫天浓厚的尘灰里，他先是发现楼没了，尔后又看见近旁有几个像碎砖头一样四散而滚的消防官兵，他大喊：

"天呐！"

又爬起来，瘸着腿朝废墟的边沿跑：

"人呢？我的人呢！"

他的右手受伤，鲜血直流，他丝毫都没觉得痛，他用沾满自己鲜血的对讲机指挥：

"全体官兵都到配电间这里集合，清点人数。"

同样被气浪冲倒，也一样惊魂未定的支队政治处主任毛羽跑过来：

"报告政委，我在这里！"

幸存的官兵也纷纷过来向政委庞正江报告。庞正江流血的手握着对讲机，开始下达命令。他指挥幸存的官兵集合，清点人数之后，让有救援经验的官兵先徒手施救埋得较浅的伤员，同时让支队值班室将市里所有的抢险救援车调过来，请应急办把急救中心的救护车多派些过来，接着又让人分头给省总队的最高领导，以及市里的最高领导去电话，请求紧急增援。

市里的最高领导是市委书记白举纲，他是四年前从省会城市平调过来的。五年前高照大剧院起火，原高照市市长乐华清逃到了国外，原市委书记亦受到牵连调往另一个地级市任职，副市长李为民升任市长，又将省会城市的市长白举纲调过来，任了高照市市委书记。

白举纲书记来高照市走马上任的第二天，便和市长李为民一起，带了局办委十几人去了消防支队开现场会，他开口的第一句话便是：

"人民对平安幸福的渴求，是我们施政的第一信号，因此高照市的民生工程，我们就从消防抓起。"

得知新到的市委书记来高照的第一件事便是抓消防，支队长郑小勇和支队政委庞正江紧锁了半年多的眉头终于展开了。他俩在高照大剧院火灾之前，本来是各自都有升迁机会的，但高照大剧院特大亡人火灾一出，他俩的升迁都受到了影响，只是按照部队岗位到期轮换的原则，互换了个位置。接到总队的任命之后，郑小勇和庞正江这一对老搭档，用持了多年水枪的手，持了一夜的纸烟枪。他们在支队阅览室内一边喷烟一边喷口水，一会儿哀民生之多艰，一会儿又叹己运之多舛，说来说去，怎一个"愁"字了得！

现在新来的市委书记如此重视消防，他们闻信也高兴了一阵子。高兴劲儿可后，两人又讨论，是不是因为高照大剧院的事故太大，他们必须第一站就考察消防，来给他们的上面一个交代？是不是仅仅停留在对上交代，而不是对下解决问题上？

讨论来，讨论去，庞正江和郑小勇决定还是要拿点"硬货"触动他们一下。怎么触动？支队长郑小勇建议还用他当年提供给阳山县的消防大队长顾如铁的那个思路——闭口不谈"钱"字，让现状自己哭穷。

第二天一早，支队动用了一辆警车开道，支队长郑小勇带一辆小车，另外又开一辆依维柯面包车接秘书长、财政局长等局办委一把手一行人。

如果按市委书记的秘书事先交代的那样，是从市政府出发，直接到消防支队会议室开会。但郑小勇的思路决定了市委书记一行人的出行线路——支队带路的警车，在途中，在大桥下面最穷的那个中队停了下来。

支队长郑小勇飞快地下车，瞟了眼车库，车库里空空的。按照他昨夜的指示，一辆服役了十三年的老解放牌消防车和一辆服役了八年的东风141消防车，一早便开了出去。

郑小勇走到市委书记白举纲的车边，替他打开车门，说：

"书记，带您看一个我们的特殊中队。"

白举纲有些不悦，但也没有办法。考察市里的消防工作，支队安排看看基层中队，似乎也在情理之中，他只好下车随着郑小勇往里走。

郑小勇边走边对白举纲耳语：

"这里有个叫顾小鳕的新兵,是大剧院火灾中重度烧伤的前副市长屈大雪的儿子,他的父亲是我的老部下,这次也遭人陷害脱了军装。"

白举纲停了脚步,随后的一行人也隔着恰当的距离停了下来。这次白举纲将不悦表现在了脸上:

"屈大雪我认识,也一起开过会,但你认为我有必要来看她的儿子吗?"

郑小勇不再耳语,而是放开声音说:

"不是看这个新兵,是这个新兵当兵的动机值得我们大家思量!我提干有二十多年了,可以说是'阅兵'无数,但从没听说过当兵是为了救赎,顾小鳕就是为了救赎来当兵的!他申请到最艰苦的中队,来队之后,他只要听到警铃响,不管是白天还是晚上,不管是在吃饭呢,还是在睡觉,总是第一个冲到消防车前,第一句话总是问有没有人员被困。"

一直站在一旁的中队指导员林海泉接着支队长的话说:

"有一回一家民宅发生了火灾,火势还比较大,按规定,我们是不允许新兵进入火场的,但那次是顾小鳕第一次碰到真正有人员被困的行动。他见我安排内攻救人的人员里没有他,趁我不注意,他居然尾随着搜救人员钻了进去。整个房间充满了浓烟,我们内攻的几个人在门口系好了救援绳索才能进去摸索,他却凭着感觉,进去摸,还居然真是他第一个找到了被困在小房子里的保姆,并将她成功救了出来。这种情况真是危险,回来之后,我们给他记过处分,他毫无怨言。晚上,睡在他上床的战友发现,他打着小手电,从床底下摸出了一个带锁的本子,打开之后,在第一页写了这天的日期,还有一句话:妈,今天我替你救了第一个。"

市委书记白举纲闻言有些动容。屈大雪他是知道的,号称市委机关的一枝花,因"机关"与"鸡冠"同音,故同级别或是级别高些的各地市同僚皆喊她的诨名——"鸡冠花"。这次屈大雪出事,白举纲暗地里还替她惋惜。这时他指着中队院子里站得整整齐齐的四排官兵,问:

"这孩子是哪个?"

中队长成小林啪的一个立正敬礼,说:

"报告首长,顾小鳕刚和'老感冒'一起出动了!"

支队长郑小勇批评道:

"什么'老感冒'、'小感冒'的!正经说话!"

成小林继续说:

"是!报告首长,'老感冒'是我们队里唯一的消防车,是解放牌,服役期规定只有八年,但现在它已经十三岁了,所以喷水的时候,要不鼻塞,喷不出,弄两下,一个喷嚏,又喷出好远,能把人带翻,像人感冒了一样。因为它是我们队里唯一的宝贝,所以大家都亲切地叫它'老感冒',大剧院火灾,老感冒也余热生辉了。"。

白举纲书记完全明白了支队长郑小勇改变此行路线的用心,他说:

"既然来了,我们看看营房?"

营房是上世纪九十年代初,在一所旧学校的基础上改建而来的,这所学校便是屈大雪最初任教的那所化工厂子弟学校。后来随着国家的城市化进程,市郊的化工厂便处在扩大后的市中心,化工厂的烟囱和排进阳江里的污水,遭到旁边新建楼盘的居民的投诉,这家化工厂便行政性破产了。厂房空了出来,厂里的工人买断下岗后,各散五方,只留了些老工人住在破旧的宿舍房里,不肯搬走。子弟学校也因为人员不足而解散。

子弟学校解散那年,市消防支队在对市政府财政打的第二年预算报告里,提出要在城市的东西南北四个方向,各增加一个消防中队,以满足越来越密集的楼盘对消防的刚需。市财政那些年也不富裕,便就汤下面地将因化工厂破产解散的子弟学校拨给了消防支队,让他们改建成一个中队。

消防支队当时虽然觉得有点被糊弄的感觉,但聊胜于无。不过改建时的经济状况显然也是窘迫的,这一点可以从破洞窗户上看出来,那种窗玻璃是早已淘汰不用的最薄的玻璃,破了玻璃的地方,现在裁剪了半透明的塑料袋粘着,虽然裁剪成小波浪形或是锯齿形的边缘被战士收拾得整齐美观——战士们在透明的塑料上,沿着锯齿的内边沿画了一个圆圈,圆里画上了微笑的眼睛和嘴巴,边沿长长短短的"锯齿"有意没粘在玻璃上,风一来,边沿微微抖动,像孩子笑得头发颤动,补丁变成了手工艺品。

但再漂亮的补丁,它依然是补丁;补得再好的窗,它也是个破窗。带补丁的破窗在闹市里的存在,让这一行人的脸色都有了变化。

犹如"忆苦思甜"纪念馆一般存在着的消防中队营房,让即将带着这个城市跨世纪的白举纲书记看得直摇头,他不愿意进到房子里去看,也不愿意谈缝补得像剪纸工艺的破窗,他指着外墙上的黑板报说:

"这仿宋体不错,军营里板报用仿宋体协调,横平竖直的跟咱们的兵一个样。"

市长李为民也明白了支队长郑小勇安排大家视察此基层中队的目的,更明白白举纲书记避实就虚的这一句表扬,他凑到黑板报前面,拿手指触了触黑板报上的一幅山水插图,看看手指上沾着的粉笔灰,附和市委书记说:

"是不错,插图也不错,粉笔能画出水粉画的效果。"

指导员林海泉说:

"顾小鳕负责的,城市兵写写画画的能力很强,他是将粉笔浸湿了弄出这种效果的,本来我想将他做文书培养,他却强烈要求到战斗班上前线,说这些文书工作,他牺牲点休息时间便兼顾过来了。"

市委书记白举纲听着事情又扯到了顾小鳕身上,心里有些不爽。他不愿意掉到别人的思路里去,他想这小地方出来的人就是喜欢耍小聪明,他一个省会城市的市长,什么人没见过?什么事没见过?难不成到了这样一个地级市的消防队,还指导不了工作?还把控不了话题走向?心里这样嗤之以鼻,面上却和颜悦色:

"我看过的部队,菜地都像绣花毯子,猪身子洗得像白雪公主,你们的呢?"

支队长郑小勇不易察觉地微微一笑,示意中队长成小林前面带路。

成小林便带着一行人绕到了营房后面。

还没看到猪圈,便有一股刺鼻的气味传来,但显然不是猪臭味。原来紧挨着猪圈的厕所,居然还是旱厕,太阳一照,气温一上升,气味就从出粪口直冒出来。

李为民市长指着旱厕问:

"怎么搞的?文物保护单位?"

指导员林海泉指着靠近河滩的一片菜地,说:

"报告首长!多亏是旱厕,看那边,我们的菜地,长得多好,全靠它了,循环经济!"

市委书记白举纲不经意地扫了眼他的下属,有的笑,有的没笑出来,有的掩着鼻子走开了,脸色最难看的是财政局长,他知道自己的钱袋子今天要为消防撕个大口子了。

一行人返回停在院子里的车旁。恰此时,大桥中队的那辆"老感冒"载着出去执行任务的六个消防兵回来了。见中队指导员林海泉跑到"老感冒"的旁边指挥停车,又指挥那几个包括顾小鳕在内的战士集合,让他们跑步过来和领导见面,市委书记白举纲非但没有停下钻进小车的脚步,反而加快了步伐。

"老感冒"的破败样子和大桥中队的寒酸一样,让这个城市新任的市委书记白举纲如鲠在喉。他也不愿意去面对顾小鳕,那个美丽的'鸡冠花'副市长的儿子,那个要为已经烧得没人形的母亲救赎的消防列兵。

他抢在下属伸过来的手之前,自己开车门上车,又自己迅速地带关了车门,旋即命令司机:

"快走!"

待车子驶出营房,他又低声自言自语:

"救赎。毛都没长齐,称得出救赎二字的分量么?哼!给谁上课呢!"

支队会议室里,支队长郑小勇、政委庞正江如实向市委书记白举纲和市长李为民、副市长廖兰芝以及十几个局办委的一把手汇报了市里的消防现状。也是在这个会议上,李为民市长才知道自己主政的城市对消防的亏欠竟然是如此之大!

在此之前，他听说剧院大火之后，全省的防火涂料、防火器材脱销还暗自高兴了一把。那时他认为，老百姓自己对消防安全的忽视才是最大的消防安全隐患，他们自发的防范意识才是最有效的防火墙。

那时他听说老百姓都被剧院大火的惨烈后果吓怕了，都知道自我防范了，每个单位、每家也都自己掏钱添置消防设备了，他认为这就好比战争年代的全民皆兵，自己便可以无为而治了，市里的钱袋子就可以多向能直接创造 GDP 的项目倾斜了，谁知到头来自己反倒成了消防安全最大的债主。

当他听到郑小勇介绍说：按照规定，城市应该每四至七平方公里建一个消防站，这样才可以保证"五分钟消防"，不然路上一堵车，消防车不但没有翅膀可以飞到火场，反而因为体量大，连见缝插针都不行，这就导致错过了火灾救援的黄金时期。高照大剧院的火灾救援有所延迟，就是政府对消防的历史欠账所致时，李为民市长心里稍微一算账，惊出了一身冷汗。

那时他的眼角余光瞥见了旁边的白举纲书记似乎向他侧转了拷问的脸，对面正在汇报的支队长郑小勇也拿眼睛望着他，他顿时觉得如芒在背。郑小勇说：

"这是一道小学三年级的学生都可以做出来的算术题。我们每年年底向市财政打的报告中都有建消防站这一项，但每年砍掉多少？一共砍掉多少？答案是，我们这样的一个地级市，按规定，我们还欠了四十三个消防站没有建！大家算算，高照大剧院这一把火所带来的损失，可以建多少个消防站？"

李为民从分管消防的副市长到市长，来这个城市已有四年，郑小勇的这番话自然让他心中不快。市委书记白举纲初来乍到，郑小勇的这一段话虽不会让他产生不良情绪，却引起了他对郑小勇的不良印象。他觉得这个团职军官有些滑头，或者说是有点自作聪明：半路上去看穷中队也就罢了，现在将堂堂市级官员比作小学生，这不是公开侮辱大家的智商吗？虽然高照市的消防欠账不是他的原因，但他曾经主政的省会城市的消防站建设，如果严格按照每四至七平方公里建一个的算法，那也亏欠了不下三十个，这在全国来说，其实是一个普遍存在的问题。把普遍存在的问题这样小题大做、言过其实地说出来也就罢了，但他郑小勇能当到消防支队的支队长，在他手上建的消防站应该也不少，他难道不知道建一个消防站，要批地、要拆迁、要筹资、要建设、要增加人员编制、经费开销等等，是件十分棘手又复杂的事情吗？这怎么可以用一道小学算术题作比？如果硬要拿答题作比，这道题也至少是大学的政治、经济、社会、建筑、规划等方面的大题。

郑小勇的汇报完毕，政委庞正江又做了补充说明，他说的内容其实也包含了小学生的算术题，但他的表达方式是白举纲书记能接受的，他说：

"现役消防兵兵力明显不足，这些年政府为了解决或者说缓解这个问题，出钱、出政策给我们配备了不少合同制专职消防员，但这些专职消防员上岗之后，拿自己的工资和沿海城市的专职消防员的工资一比，发现干的同样的活，工资却少了一半，又纷纷去了南边的沿海城市。等于说，这些年我们都在学雷锋，我们成了他们免费的培训基地，自己在消防力量上的空缺却越来越大，这一大损失要想办法挽回。"

怎么挽回，政委庞正江没有往下说，但在座的所有人都知道，答案只有一个字：

钱。

其实这天的现场会提出的所有问题，都可以用一个"钱"字解决，但表达者的表达方式不同，听闻者的内心感受也会大相径庭。关于这一点，和政府打了多年交道的消防支队的两位主官，队长郑小勇和政委庞正江是深知的，他们在前一天晚上的商谈中，就定下了一个唱黑脸，一个唱红脸的做法。

他们这么做，其实也是不得已而为之。市支队受省总队直接领导，他们的升迁在总队领导手里把着。总队每年都会对全省的十几个支队进行评比检查，然后按照分数进行排名，排名结果关系到支队领导的升迁。

在这些评比细则里，有一项是支队每年向当地政府打的财政预算报告里，向市财政争取的消防经费，必须是逐年增加百分之十五到百分之二十。当然，多多益善：一是钱多自己队里好办事；二是在上级领导面前有能力强会办事的面子，也有加分累积政绩的里子。不过实际情况却是困难重重，这些年为了落实消防经费，他们可以说是想尽了办法。

最让他们难受的一次是高照大剧院起火的前一年的那次。也是为了参加总队的评比——随着改革开放的深入和新世纪的临近，城市的高楼越来越多，越来越高，购买消防高喷车也就成了各支队必要的装备建设。那次为了落实此专项资金，他们自己把自己也"潜规则"了一回。

那时，市里的各局办委，包括他们自己，都感觉到了市长乐华清的强势，郑小勇那时候就让他的副支队长单独去找乐市长的秘书古炎臣，请他帮忙把压了一个多月的专项资金申请报告，能在某天放到其他文件的最上面，让乐市长能顺利看到并批示。古炎臣那时候对他们说：

"大家都和你们一个意思，你说我该听谁的？"

又说：

"还有压了十个月没和市长见上面的报告呢，办事都得有个原则，有个依据不是？"

副支队长回来给郑小勇和庞正江汇报后，他俩就都意识到了古秘书语焉不详的"原则"和"依据"，其实就是想要"抽点"的潜规则。他们那时也算了个账，如果给古秘书个人一点实惠，能争取到专项资金的话，也还是划算，但他们不能像社会上的商人那样直接给古秘书"抽点"的钱，这一点他们认为古秘书应该也是知道的。商量到最后，便是支队凑钱买一台新款奥迪，给古秘书自己用。

如此操作，这笔专项资金果然顺利到手，支队也在评比中争取到了一个靠前的排名。但事后郑小勇的老部下顾如铁在回他老婆屈大雪所在的市委大院那个家时发现，那辆新款奥迪古秘书自己并没有开，而是停在了他们乐市长的楼下。

后来乐华清举家出逃，那辆奥迪显然带不出去，却永远回不到他们消防支队了。一想起这桩事，郑小勇就觉得糟心。因此新的市委书记白举纲走马上任的这一天晚上，他和老搭档庞正江又说起了这件事，那时他们都唏嘘不已：

"对于我们这种高危职业，要命是件很容易的事，要钱，有时候真的是比要命还难。"

那一夜，说完这句之后，郑小勇还与庞正江谈起了自己的想法，他说他想向更高一级的政府部门建言，以期改变消防队现在这种军不军、警不警、民不民的现状。他说：

"三个和尚没水吃啊，这就是我们要钱难的根源，如果我们像美国、香港那样，消防成为一种职业，而不是现役兵的一种任务，那样会专业和高效得多，由政府一家投入，也就不可能出现这种互相推诿，互相扯皮的现象。安监局的兄弟和我讲，要是他手里也有一支我们这样的救援力量就好了。我的建言就是需要国家层面有个专门的部门来统帅这种各部门协调的应急联动，常态化才有实效啊。"

庞正江那时听得直摇头：

"我劝你还是不要建这个言，你看得到的，上面看不到？一级政府有一级政府的考虑，一个部门也有他那个部门的经要念，屁股决定脑袋，你坐在团职的位置上想将军的事，你不是逞能吗？你想想，有几个逞能的有好下场？"

见郑小勇有些不快，庞正江又补充说：

"我还是大队长的时候，你就是副支队长了，很多人和我讲，你有才华没头脑，智商高情商低，要我讲，你坏事就坏在说话不分场合，不注意对象上。"

明显的话不投机，郑小勇也就不再说什么。他拿起搁在砚台上的毛笔，将晚饭后抄了一半的《心经》扯到一边，重新拿过一张宣纸，将小楷笔饱蘸了墨汁，看看，却又重新搁下，他觉得他的心情已不适合写小楷，便从笔架上取了一支中楷，想了想该写什么内容。一念之间，一首近期总在他心里盘旋的唐诗跳出来，他旋即挥毫写了起来，是韩愈的《左迁至蓝关示侄孙湘》：

  一封朝奏九重天，夕贬潮州路八千。
  欲为圣明除弊事，肯将衰朽惜残年！
  云横秦岭家何在？雪拥蓝关马不前。
  知汝远来应有意，好收吾骨瘴江边。

  郑小勇挥毫之际，一直没有和庞正江说话。庞正江站在郑小勇的对面，专注地看着他留在宣纸上那浓淡干湿的墨迹，也是一言不发。待郑小勇写完，庞正江才绕到郑小勇那一侧，默读宣纸上的内容。读完，他懂了这个老搭档的情怀，但他依然不出一言，只是拍了拍郑小勇的胳膊，走了出去。
  现在，楼塌了，清点完人数，他发现老搭档郑小勇也被埋在了废墟之下，他大叫着问每一个活着的官兵：
  "支队长呢？支队长最后站在哪里？"
  "到底是这里？还是那里？"
  "你们他妈的别乱指！谁是最后看到他的人！"
  市长李为民就在政委庞正江的吼声中又返回来了，他是在楼塌之前，被支队长郑小勇的一句"打火你内行？"气得带着他的副市长和各部门的头头走出火场的。他没想到恰恰是这句把他噎得半死的话，让他和他的下属最终免于一死。
  回到火场的市长李为民声音走了样，他指着废墟的西南侧，那是郑小勇瞪着眼睛气他的地方，他指着那个大致的位置告诉庞正江：
  "小勇在那里。"
  又说：
  "白书记正在首都机场，他全权委托我调度指挥，我已安排征用了幸福楼三楼的一间会议室，作为抢险救援应急指挥中心，省领导也在来的路上，走吧，我们去那里等他们协商。"

见庞正江没有回答，也没有挪步，他补充说：

"会议室我看过了，落地窗可以俯瞰整个坍塌现场。"

庞正江却冷冷道：

"你去吧！我的阵地在这里，我的前线在这里，我的人也都在这里，我等特勤队来，我要亲手把小勇救出来。"

说完这句话，庞正江的眼前出现了幻觉。灰蒙蒙的幻境里，郑小勇在市委白举纲书记刚刚走马上任的那一夜写的那幅《左迁至蓝关示侄孙湘》出现了。

这幅字后来挂在了庞正江新装修的书房里，是他主动找郑小勇要了装裱起来的。开始庞正江的老婆不准他在新房里挂这样一幅内容不吉利的字，那时庞正江斩钉截铁地回绝他老婆：

"说破不准道破不灵，你懂什么！"

现在，老搭档郑小勇在废墟底下生死不明，他默念起那首诗的最后两句：

"知汝远来应有意，好收吾骨瘴江边。"

言毕嚎啕大哭。

十四

眼前依然漆黑一片。

顾小鳕觉得,这种黑暗,比五年前他和盛鱼在野海滩上体验过的月落日升前的黑暗还要浓,是浑浊的浓。

此时,他贴在地上的脸,已经被指导员林海泉身体里喷出来的鲜血包围、浸染。开始的时候,他感受到的是液态的血,但不久,他的脸上开始发干、发痒、发烫,顾小鳕知道,浓稠的血液已经被烤干。

如此又厚又浓的一摊血会在这么短的时间里被烤干,顾小鳕判断,这些热量是来自已经烧得里外发烫的断梁残柱破砖头辐射出来的热气,自己应该是被着火点上方塌下来的断楼板或大梁墙柱掩埋了。另外,他还知道,坍塌的墙体并不能灭火,一定还有楼塌之前没有熄灭的火在废墟的各个小角落小空隙里阴燃,这种阴燃更难熄灭。就是这两点,让他所处的空间犹如烤箱。

除了脸部,他的手、脖子等裸露的部分也被烫得钻心的疼,他的嘴巴里、鼻孔里、眼睛里,好像都在喷火,但是指导员压在自己左腿上的右腿一直都纹丝不动,也没有再听到指导员喊救命,指导员是牺牲了吗?

想到指导员平日里在各种指挥现场镇定自若有条不紊的指挥;想到凌晨出动的时候,指导员让周子马关了车载警铃免得打扰了居民的好梦;想到他曾经救过许多绝境里的人,如今自己身陷绝境无人相救;想到牺牲伸手可触,鼻孔里钻进来的都是死亡的气息……顾小鳕的心脏锐痛起来,他哑着冒火的嗓子,又将头稍微抬高一点点,再次用力呼喊:

"救命啊！快救救指导员，他不行啦！"

喊的时候，他感知到嘴边的尘灰和指导员的血浆烤成的粉末被口里冲出的气流吹开，而一口气喊完，吸气再闭嘴的时候，他又觉得喉管和肺部像吸了一把带刺头的火焰进来，灼得他刺痛不已，呛得他连连咳嗽，好像要把心脏都咳出来。

他不敢再喊了，只得将头脸重新趴回到地上——和周围垮塌下来的滚烫的墙体相比，地面的温度稍微要低一点点。

黑暗依然深重，四周寂静无声。

许久，顾小鳕的耳畔一声叹息。

像轻轻掩上门，主人一去不复返一般，轻叹落地之后，指导员林海泉再也没有发出任何声音。

指导员牺牲了，指导员这下是真的牺牲了，顾小鳕的喉头发紧、心脏发紧，他呕吐起来，却是干呕，昨晚吃的的饭早已消耗掉，今早还没来得及吃早餐，连水都没有喝一口。干呕完，他又感觉自己在哗哗流泪，实际上，炙烤已让他严重脱水，他已经没有眼泪流出来了。

眼泪没有了，往事却奔涌而来。在这狭小、滚烫而黑暗的空间里，顾小鳕那条和指导员林海泉压在一起的左腿渐渐麻木，心里的感受却越来越灵敏细腻。指导员留在这世上的最后一声轻叹像一把尖刀扎在他的心上，他甚至看到了尖刀的寒光和心脏的滴血。顾小雪和指导员林海泉的交心，也正是从一声叹息开始的。

顾小鳕想去当兵的时候，招兵工作已经全面结束，新兵已经在省消防总队的新兵团里开始了训练，因此他的体检、政审、入伍都是支队长郑小勇找总队的领导特批了，才得以顺利过关的。正因为他进新兵团训练比别人晚了一个月，大家也都猜到了他肯定是个有背景的"关系"兵，他的这份特殊，让战友和他保持了距离，也就导致了他被孤立起来。

被孤立，对于那时的他来说正合了心意。那时他重度烧伤的母亲还在医院治疗，也因为火场的举动而成为众矢之的，副市长的职位也许不保；衬着两百多学生火场殒命的背景，母子俩的良心也日日都在不安之中；更重要的是，他的初恋女孩盛鱼，也是火灾殒命的众多学生当中的一个，特别是他抱着救她的心还弄巧成拙。这些事情每天将他的脑子当作跑马场，跑来跑去扬起阵阵灰尘热闹得很，因此他也乐得被孤立。他那时不想和任何人说一句话，每天都玩命般地训练。别人以为他玩命训练是为补上迟来的军营所缺的课，后来看他的训练成绩渐渐脱颖而出的时候，又以为他想争名次图表现。

对于别人的各种议论，顾小鳕都当过耳风吹，只有他自己知道，他是想用训练所带来的身体的疼痛，来分散心里的疼痛。他透支体力，也只为晚上能够顺利入眠，入眠才有梦，那些属于青春的单纯与美好的感觉，只能偶尔在他的梦里回来了。

十八岁，穿上橄榄绿的那一刻，他觉得他的心老了，像春天的一片新叶，嫩黄变成了老绿。顾小鳕知道是大剧院那场火灾带给他的变故将他熬老的，不过首感心之沧桑，是在新训团的授衔仪式上。

因为他是郑小勇支队长亲自送到新训团的"关系"兵，所以他被分在了一营一连一排一班。又因为他在一营一连一排一班，且训练表现突出，所以授衔仪式上，他就理所当然地成了全省近千名新兵当中选出的十名代表之一走上主席台，参加授衔仪式。

当省总队副队长任拓宇给他戴上红色列兵肩章，他与首长眼神相遇的那一刻，他猛然觉得自己老了。首长是火场上身经百战的历练以及年年岁岁的人情世故给熬老的，顾小鳕觉得自己在剧院火灾之后的这些日子，一日抵得过常人的一年，他的心灵所受的冲击，很多人一辈子都没机会经受。母亲曾告诉他，使人成熟的不是岁月，是经历，他觉得这一段经历让他感受到的人情世故，也许比首长几十年感受到的还多。因此在十位接受首长授衔的新兵代表中，他的眼神，他的表情，明显与其他九个激动而洋溢着勃勃生机的新兵不同；他嘴角淡然的微笑，十八岁的年轻的眼睛里驳杂的沧桑，让给他授衔的首长都觉得诧异，不禁多看了他几眼。

首长眼神里的诧异让顾小鳕意识到，自己已经从春天的嫩黄，骤然变成了秋天的橄榄老绿了。

授衔之后，便是面对八一军旗宣誓，近千名新兵和带他们的班长、连长、营长一起，举起右手宣誓，广场上顿时手臂如林，喊声冲天：

"我是中国人民解放军军人，我宣誓：服从中国共产党的领导，全心全意为人民服务，服从命令，严守纪律，英勇战斗，不怕牺牲，忠于职守，努力工作，苦练杀敌本领，坚决完成任务，在任何情况下，绝不背叛祖国，绝不背叛军队。"

如林的手臂中，有顾小鳕的一只；冲天的呐喊里，有顾小鳕的轻轻的一声；但是，他比战友们多喊了一句：

"绝不背叛良心。"

这一句他是在心里默念的，这是他自己对自己的誓言，他必须保持宣誓的姿势，因此他的胳膊比别人迟放下来两秒。放下握拳的右手之后，他第二次觉得自己老了——那日市立第一医院的病床前，他像初生儿那样动情地用唇摩挲母亲那唯一没有烧坏的右臂，母亲就在他的耳边喃喃而语：

"年轻人追求功名利禄，服从规则也利用规则，很多时候常常违背自己的心。人只有老了，才会淡化身外之物，关注到自己的本心，对自己好和对别人好，都只为不背叛自己的良心。"

顾小鳕第三次觉得自己老了，是在即将离开新训团分兵下队的前一天。这天他的父亲顾如铁肩扛两杠一星的少校警衔，和盛鱼的父亲盛博吉一起来找他，当他看到训练场上的同龄战友们那羡慕嫉妒恨的表情时，他不动声色，也没带任何感情色彩地在心里对他们说：

"小屁孩。"

他觉得自己那时候跟父亲是一样的年纪与资历。

父亲来新训团看他，问他想分到条件好的地方，还是随便哪里都可以，他回答：

"最差的地方。"

最差的地方就是林海泉任指导员的中队，大桥中队。这个中队在高照市的北边，前身是顾小鳕的母亲屈大雪刚从乡下回城任教的化工厂子弟学校。二十年前，顾小鳕的父亲顾如铁还只是个消防战士，他来到这里找自己的对象屈大雪，听了她上的半堂课之后，就自惭形秽，从此一辈子在她面前说话都没底气，后来还是顾如铁的战友高世仁暗中相助，才成就了他们的婚姻，这世上才有了顾小鳕。二十年后，顾小鳕子承父业，第一站却是母亲曾经工作过的地方。可见世间人物和事物都有流转的共性，人的身份可以改变，房子的性质用途也可以改变。面对学校改成的消防中队，顾小鳕年轻的心里起了沧海桑田之感，这是他第四次觉得自己老了。

顾小鳕这种"自以为老"的心理后来还是被一个人粉碎了，这个人就是指导员林海泉，他没有做什么，就是静静地走在顾小鳕的身后，轻叹了一声。

指导员发出这声叹息的日子，是这一年的除夕，这天是顾小鳕分到大桥中队的第二天。

能当上兵，能如愿分到大桥中队，父亲顾如铁告诉顾小鳕，这一切全靠支队长郑小勇的暗中帮助。父亲告诉他，郑小勇是个正直又有才华的首长，希望儿子多向支队长讨教，并成为那样的人。那时顾如铁被记者欧阳至尊拍照要挟，与蛇馆的老板娘佘香香恩怨纠缠，心情颓败至极，却不好在儿子面前表现，但言谈当中难掩对自己的失望：

"多学支队长，别学我，我这一辈子就这样打止了。本来支队长要留你在支队机关，放在他身边的，我去给他说，你希望分到最差的地方，他首先表示不理解，后来我说出你当兵的目的是为了救赎，他才恍然大悟并表示敬佩。"

顾小鳕那时听父亲说完，说了句与他父亲辈分颠倒的话：

"幼稚！"

顾如铁闻言，不知儿子是在说他，还是说支队长幼稚，他很不理解儿子，自己的好心被儿子当成了驴肝肺，心里愈发颓败，但盛博吉还在外面等着儿子出去，帮他分析刘燕子老师的下落，他不好发作，只得将一切吞了下去，期望自以为老练，却真正幼稚的儿子自己能早点成熟，能早点理解父亲的一片苦心。

其实那时候顾小鳕对父亲说"幼稚"，一是指父亲不该和外人说他当兵是为"救赎"，当日在大火过后的大剧院，他说出这两个字的时候，父亲还骂他不该讲这种很虚的话。可现在他居然去和外人说，外人能理解么？人家只是当面不说你的儿子罢了，背后还不当成笑话讲？其二，他对父亲说"幼稚"，是指父亲以为他想到最苦的地方来，也是为来"救赎"，这是真正犯了想当然的幼稚病。他顾小鳕想去最苦的地方，只有一个目的，就是为了证明自己不是"关系"兵。试想，有关系的兵会分到条件最差的地方去干最苦的活吗？他是要利用上层"关系"，来造一个他没有走上层"关系"的事实，来攻破那些说他是"关系"兵的流言，他想跟大家一样，他不想成为特殊对象，被议论和关注。

分到条件最差的中队之后，他果然没再听到他是"关系"兵的议论，也没有被孤立。不过他虽未像在新兵连那样被孤立，却又主动地不合群了。那天来到大桥中队，老兵们点燃鞭炮欢迎他们，其他的新兵都兴高采烈，唯独他却走开了。他想循着自己的心，去寻找这所房子在他孩童时给他留下的记忆。

茶话会上，中队长成小林和指导员林海泉让他们在介绍完自己之后，讲讲自己的特长，其余的新兵都说了诸如唱歌、打球等特长，有两个农村兵，连养鱼种菜和拿大头针杀鸭子都说出来了，唯独顾小鳕，站起来之后，只有简单的两个词组：

"顾小鳕，本地人。"

便坐下一言不发了。

他坐下之后，带他们的班长戴希还严厉地提醒他：

"特长！"

顾小鳕也不再说话，只盯着他对面的窗玻璃上，补着破洞的塑料补丁看。

班长脸上挂不住了，想发作，这时候指导员林海泉制止了，说：

"抓紧时间吧，重要的是接下来的着装训练，下一个。"

就帮顾小鳕解了围。

虽然顾小鳕这是第一次见指导员林海泉，但其实林海泉是很早就认识顾小鳕的。当年他是顾小鳕的父母合创的少年消防团的第一任团长，那时顾小鳕还是小学生，跟在母亲屈大雪身后跑。因为他们母子一个叫大雪，一个叫小雪，林海泉一下子就记住了。这次顾小鳕被分到自己的中队，大队长告诉他，是支队长郑小勇亲自打招呼下来的，是要重点培养，好好保护的。中队长成小林和指导员林海泉都知道，支队长所说的这个"好好保护"，就是不要让队里的其他人知道了顾小鳕的家世和身份背景，包括顾小鳕本人，也不能和他提及。

他们刚下队的那一天，顾小鳕除了茶话会上的自我介绍那六个字，再没有开口跟人交流半句话。同一个班的人看他茶话会上连班长的话都不听，自然也就没有人再去和他套近乎。

晚上十点熄灯之后，从省会城市的消防总队一路奔波辗转来到高照市的这个大桥中队的新兵们，被困倦疲乏很快拖入梦乡。一时间，呼噜声、磨牙声、梦呓声、放屁声，还有做梦还在跑步的人脚后跟敲床的砰砰声，此起彼伏。顾小鳕也加入了这种营房晚间几重奏。这天晚上，他比在新兵连的床上睡得好，他发现他们现在睡的床，是他妈妈屈大雪在这里当老师的时候，学校给配备的中午午休的床。睡在儿时曾和妈妈一同睡过的木床上，顾小鳕一段时间来被寒凉占据的心，渗进了丝丝温暖，他很快就进入了梦乡。营房几重奏里，他贡献的声音是梦话，他梦里讲的话，比白天讲的字数多得多。

顾小鳕在讲梦话的时候，指导员林海泉正好进来查寝。那时林海泉没有捏亮手电筒，他听顾小鳕在喊：

"快跑呀，妈妈。"

又喊：

"我来了，妈妈。"

再喊：

"太阳出来啦！太阳出来啦！"

林海泉知道顾小鳕的母亲就是高照大剧院被火烧成重伤的副市长屈大雪。高照大剧院的火灾救援他也去了，其状之惨让他几天都吃不下饭，至今他都不吃腊肉和烤肉。因此他听到白天沉默不语的顾小鳕，却在梦里高喊"妈妈"，不禁鼻子一酸。

顾小鳕那时在梦里，梦见了年轻貌美的妈妈，也梦见了更年轻貌美的盛鱼。他们都在黎明前的黑暗里奔跑，要到海边看日出，一会儿妈妈在他后面，他叫妈妈快点，一会儿他在妈妈后面，妈妈叫他快一些。只有盛鱼，她是长翅膀的，不在地上跑。当太阳跳出海平面的那一刻，盛鱼坐在又红又圆的太阳上朝他们微笑；太阳冉冉上升，她那洁白的双翼变得绯红，微微扇动，扇得大海涛声阵阵。海涛声里，所有的人都欢呼：

"太阳出来啦！"

"太阳出——来——啦——"

那晚的梦里，顾小鳕像个复读机一样，将"太阳出来啦！"重复喊了九遍，梦里的他知道，只有不断地喊，太阳才不会重新掉进海里，盛鱼也就会一直在眼前，而且是越喊越近。

当他要喊第十遍的时候，尖锐的电铃声像把电锯，把他的梦切断了，他又伤心又气恼，赖着不起床，班长戴希用力一巴掌拍在他的胳膊上，他痛得一下子从床上弹了起来。

起来之后，他听明白了是紧急集合。这是班长事先没和他们打招呼的，顾小鳕明白这是对他们的考验。

"快点下楼！到车库穿战斗服！"

班长戴希大声命令。

拖着凉鞋，穿着睡觉的内裤，顾小鳕飞快地跟着班长朝楼下跑去。

来到车库，按照这天下午所学，他光脚套进战斗靴，提上裤子、穿好战斗服、戴上头盔、系上腰带。顾小鳕眼见其他队员都动作迅速地跑开了，便一边整理衣服一边冲出了车库，向操场跑去。

随着声声报告，七名新兵都到了操场中间，顾小鳕正是第七名——他最后一个跑到队伍里，最后一个整理好胡乱套上的服装，其实这个时候，他的一半的心意还在那个让他留恋的梦里。直到瞥见班长充满愤怒的目光，他的梦才完全醒来。梦醒之后，他才看见站在中队长成小林身边的指导员林海泉手里拿的秒表，原来中队的两位主官是在卡着时间测他们的速度和素质。

"清点人数！"

"是！"

"报数！"

"一、二、三、四、五、六——"

"七。"

报数报到最后一位顾小鳕，声音骤然低了八度。他在新兵连就这样，他最烦当兵的人大声吼叫了，可部队偏偏是报数吼、接令吼、就连唱歌也是吼，新兵团的团长居然指示他的部下：

"把这些小鬼都给我训练成嗷嗷叫的小老虎！"

有了首长这句指示，各个训练班的班长便根据自己的理解，各显神通了。有把"嗷嗷叫"理解为"呱呱叫"的，便在军姿、队列、体能等训练上下苦功夫——班长把大头针别在新兵的领子上训练站军姿，如果熬不住了，脖子稍微一偏，就会被大头针扎，不想被扎，那很好，就一直纹丝不动地站着吧，军姿就这样达到极值了。有的班长还把图钉针尖朝上撒在地上，让新兵们在上面做俯卧撑，一次一百个到一次两百个甚至三百个。当你想放弃的时候，你就想想你胸脯下方的地上铺着的无数个图钉吧，体能也就这样训练到极值了，也就完成了这一些班长理解的"嗷嗷叫"。不过也有耐力不够强的新兵，被领子上的大头针扎了，扎得嗷嗷叫，被铺在地上的图钉扎了，扎得嗷嗷叫，这好比买眼镜送个眼镜盒，这些班长就当超额完成首长交代的任务了。

还有一些班长，为了日后新兵变老兵了，战友好相见，也就没做得那么出格。他们只将首长的"嗷嗷叫"理解为训练新兵们喊出部队的士气，造出压敌的声势，因此他们在新兵的喊声和歌声上做文章。

对于哪种嗷嗷叫，新兵顾小鳕都不以为然。他们新训班的班长属于后者，只在喊声和歌声的"嗷嗷叫"上做文章，但纵使这样，顾小鳕也不照办。大家都嗷嗷叫，他一个人不嗷嗷叫，对于要求整齐划一的部队来说，就是一个大问题。

在新训班的时候，大家一起回答，一起唱歌，顾小鳕还可以当一下南郭先生，但单个报数或者接令，顾小鳕就蒙混不过去了，所以屡次受罚，他还屡教不改。别人只说他这种关系兵狂妄，他心里却笑别人幼稚。他那时不想违背自己的内心，他心里认为这种吼，压根儿就不能提升士气，而是虚张声势，是傻，要不别人怎么会说"傻大兵"呢，他可不想当傻大兵。现在都是高科技武装的军队，一个按钮，决胜千里之外，又不短兵相接，喊什么喊？有理不在声高，有力也不在声高。另外，那时他也想多训练自己的体能，被罚么？正好！他认为，练了真本领，才能帮助他达成来当消防兵的心愿。

见报数的声音在顾小鳕这儿低了下去，班长戴希脸上又挂不住了，他瞪顾小鳕，大喊：

"重新报数！"

六个新兵大吼着重新报数：

"一、二、三、四、五、六——"

声音比上次更大更高，盖住了不远处的河水哗啦声，盖住了左前方大桥上渣土车跑动的轰隆声，甚至惊飞了院子里老梧桐上栖息的夜鸟。但到顾小鳕这里的时候，他依然用正常说话的声调，不带任何感情色彩地说：

"七。"

班长戴希看向中队长和指导员，他俩正不易察觉地相视而笑。见戴希眼神里有气愤，也有询问，指导员林海泉微笑着向戴希点了点头，示意他可以进行下一个步骤。

戴希便忍住怒气，紧跑几步，向中队长大声报告：

"报告队长，新兵七人全部到齐！"

不知是因为班长戴希太生气以至于报告时的吼声有些变调，还是因为他的方言口音所致，"新兵七人"一出他的口，夜色笼罩下的操场上的所有人，都清楚地听到他喊的是：

"新兵气人。"

这句一出口，除了真正气了人的新兵顾小鳕没有笑，其他的新兵都笑了。其实顾小鳕也笑了，他那时是在心里冷笑：

"幼稚。"

中队长成小林这次没有笑，他正色道：

"这几天大家都辛苦了，但为什么还要紧急集合？有两个原因：一是要牢记我们的身份，我们是一名消防兵，既然选择了当消防兵，就得时刻做好各项战斗准备，无论你是吃饭睡觉，还是洗澡上厕所。第二个原因，明天就是除夕，是火灾发生频率最高的时候，老百姓过年我们过关，尤其是高照大剧院刚刚发生这么大的火灾，这对老百姓是个警醒，对我们也是个警醒，所以我希望大家时刻准备着，当电铃在你耳畔响起第一声，你就要意识到，这是生命等待救援的第一信号在召唤你，你就必须一刻都不耽误地，第一时间着装上车，第一时间赶赴现场。"

手里拿着秒表的中队指导员林海泉在中队长讲完话之后，也总结道：

"从刚才大家的表现来看，整体不错，但距离一名合格的优秀的消防员标准还差得很远很远，需要在接下来的日子里不断地学习锻炼和加强提高，希望大家做好吃苦的思想准备，大家有没有信心？"

其余六名新兵都以迅雷不及掩耳之势回答：

"有！"

指导员林海泉发现，这次顾小鳕不但没有出声，连嘴巴都没有动。

看着顾小鳕转身离开的背影写满倔强和悲苦，指导员林海泉不禁一声叹息。

第二天就是除夕。这一天，包括顾小鳕在内的大桥中队的七名新兵都感觉自己的军旅生涯正式开始了。

因为是除夕，也因为他们刚刚分兵下队，指导员林海泉安排他们打扫完营院、检查完执勤备战器材、挂完"恭贺新禧"的红灯笼之后，便喜气洋洋地说：

"队里今天把长途开通了，给家里打电话拜年吧，每人限时五分钟，打完了的去厨房帮厨，今天有顿好年夜饭要忙。"

其余六个新兵欢天喜地地去了办公室，唯独顾小鳕一转身去了车库。

从昨日顾小鳕来到大桥中队，和指导员林海泉见了第一面开始，林海泉便一直默默地关注他。林海泉如此关注一个新兵，其实和顾小鳕的父亲顾如铁有关，林海泉曾是顾如铁带出的兵，准确地说，他是在顾如铁的手里成长起来的。

因为和屈大雪的关系一直没有处理和谐，也因为顾如铁确实喜欢他所从事的消防事业，所以结婚很多年，顾如铁对小家庭的概念一直没有建立起来，屈大雪这样评价：

"顾如铁，爱队超过爱家，爱兵超过爱子。"

长官能够爱兵如子就是兵之大幸了，何况超过对儿子的爱呢？这一点，林海泉是深有感受的。不过顾如铁爱兵胜子并不是慈爱，而是严爱。他也经常对林海泉说：

"社会上讲，松是害，严是爱。对我们消防兵来说更加如此，我觉得，应该改成，松是害命，严是救命。"

顾如铁对林海泉他们这些兵的严爱，不仅体现在体能训练和灭火技能训练上，更体现在他的严于律人更严于律己的原则上。比如体能训练，他要求兵一次做三百个俯卧撑，他自己必须先示范一次四百个；灭火进行内攻，他都是身先士卒，并且要求和他一起进火场的兵离他不能超过两步；挑选到的和他一起内攻的人，必须是他认为各项技能和体能，以及反应的灵敏度能达到遇险之时能自我保护并全身而退的人；进到火场之内，他不是先找打火的进攻点以及进攻路线，而是先找好逃生点，设计遇险之后的逃生路线；去高楼内攻搜救，没有救援绳索，他决不让自己人上楼。

诸如此类的规矩，每次他都自己做到了，并且每次行动回来之后的战评会上，他都会让他的手下复述他灭火救援的每个程序，并指出如果哪个程序没有到位，将会带来怎样的后果。他经常对林海泉和其他的手下说：

"你都不能自救，怎么可能救人？

"上面老是宣扬，让我们消防战士以命换命，我最反感了。我给你们讲，没有十足的把握，我不会让你们冲，如果你们为了证明自己不怕死，两眼一闭，往里冲了再说，就是救了人出来，我也要处分。

"我看作战的书，讲的都是一将功成万骨枯，在我们消防队，我要反过来，一将功成万兵成，成长的成，成活的成。我的兵历经千难万险都活着成长了，那我才算有功之人。"

这是顾如铁当中队长的时候，对还只是士官的林海泉说的话。后来顾如铁当上了大队长，便这样要求他的手下：

"我这把年纪了，还天天出操，我看你们当中有些人，当了中队的主官就不出操了，腆着个酒肚子，火场能带头往里冲吗？冲得进去，有退得回来的本事吗？你们去了别的大队我管不着了，在我的大队，我定期抽查你们的出操情况，到时别怪我罚狠了！"

后来林海泉调到了大桥中队。大桥中队不归顾如铁所在的大队管辖了，但林海泉还是照搬了顾如铁那一套带手下。现在顾如铁的儿子分到了自己所在的中队，自己是否也一样地对待顾小鳕呢？林海泉一时还拿不定主意。不是他现在否认了顾如铁的那一套，而是他知道顾小鳕现在的心境和他那时很不一样。要知道他当新兵的那会儿，当他被顾如铁逼着，练得吃饭手拿不起筷子上厕所腿都蹲不下去的时候，他可是连杀了顾如铁的心都起了。他还清楚地记得，那段时间，在梦里，他也确实杀了顾如铁无数回。

而现在，顾小鳕的父亲顾如铁被记者拍照要挟了，还和蛇馆的老板娘闹出绯闻又打砸了人家的店，捅出去了可能要脱了军装。这个事情，自己曾带过的兵关上越能偷偷传过来，作为当事人儿子的顾小鳕或许也有所耳闻。再加上顾小鳕的母亲被烧成重伤，也许丢官去职。他一养尊处优惯了的公子哥儿来到这种艰苦的地方，如果得不到所有人的帮助和了解，如果他永远关闭自己的内心，如果逼急了他，或许他起的就不是杀人的心，而是自杀的心了。

基于这一层面的考虑，更是出于对师傅顾如铁的感恩，林海泉那时是心疼着顾小鳕的，他想和顾小鳕建立畅通的交流，又怕哪句话没说好，反而弄巧成拙。

看到顾小鳕放弃给自己的父母打拜年电话的机会，林海泉便绕了一个方向，偷偷跟着顾小鳕来到了车库。他站在车库的一根粗柱子后面，看见顾小鳕先是将手抹了一下消防车的车头，发现手上没有沾灰，便一脚踹向了消防车的轮胎。踹完轮胎，他退后看了看，再打开了工具箱，从里面拿出一把起子，坐在冰冷的地上，一下一下地，像剔牙一般，把消防车轮胎纹路里卡着的泥巴和小石子，一点点地剔了出来。

剔着消防车轮胎上卡着的泥巴和小石子，顾小鳕那时心如刀绞。每逢佳节倍思亲，他的这个拜年电话该打给谁，打向哪里？

打给母亲么？她远在北京，正承受凌迟一样痛苦的植皮割肉手术，自己连那病房的电话号码都不知道。打给父亲么？他前几日才见过自己，那种沮丧颓败的表情，说两句便话不投机，再说肯定难受。

其实他现在最想说话的只有一个人，那就是已经不在人世的盛鱼。他是那么喜欢她，她也喜欢自己，而她的母亲却因为自己的原因，疯了，逃了，她的父亲，那日来见他，胡子拉碴的，一下子老了不止二十岁。如果真有一通可以连接天堂的电话，他该和她说什么？

无颜面对，无语凝噎，还有无言以对，怎一个"无"字了得！

除夕了。

除夕一过，第二天就是新春，春天了，他的心却冻在了这个深冬。他剔除轮胎纹路里的泥，必须用巧力，他剔得那么专注，那么细致，像做一件工艺品。只有他自己知道，他的内心其实是在用狠力，心里的千钩狠力到手上的时候，要化为捏针巧力，这能量转换之间，需要耗费的心力，比单纯地大力爆发要多得多，他觉得这才是最到位的自虐。

剔着剔着，他听到车库的哪个角落里传来一声叹息，轻轻的，只一声，马上就没了，像一片枯叶落在地上，滋啦一声，就静了。

剔着剔着，一个打雷一样的声音从车库后的厨房响起：

"装鱼的桶呢？雷班长，你搁哪儿了？"

是东北口音的李班长在喊。他喊完后，楼上响起雷班长的回答：

"洗手池水龙头下面，我滴着水加氧呢！"

李班长：

"都要杀了，还加啥氧啊？叫哪个新兵蛋子帮我给杀了！"

顾小鳕闻言，丢了起子朝洗手池的方向跑去。

不一会儿，林海泉看到顾小鳕提着桶子朝河边走去。他猜想顾小鳕是打算去放生，他听说了顾小鳕为母救赎的当兵动机，他理所当然地也以为，顾小鳕这种十八岁的孩子说"救赎"，就像小学生在作文里写上的看透了人生。

放生就放生吧，一个才出学堂门的新兵对"救赎"的想象，当然不过如此了，他打算就由着他这一回，思想工作是要慢慢做的。

除林海泉之外，没有人看见顾小鳕放生那桶里的三条鲢鱼。这天下午，为了不翼而飞的桶中鱼，雷班长和李班长吵了一架，中队长成小林都喊着要叫派出所找个搞刑侦的兄弟来破案了。

顾小鳕发现，又是林海泉制止了中队长，他说：

"算了吧，大过年的，为了三条鱼，至于吗？"

成小林说：

"年年有余啊！讨个吉利都讨不到？飞了只鸡或者跑了只鹅也就算了，这鱼又没翅膀，猫也叼不动，肯定是有人偷了啊！"

最后，雷班长很愧疚，他把错揽在自己头上，说：

"算我多此一举，放到外面的洗手池里，也没看住，我再去买几条吧！用我自己的钱。"

负责厨房的李班长附和道：

"快去呀，缺啥都不能缺鱼啊，哪旮旯过年也得讲究个年年有余不是？"

顾小鳕闻言在心里说：

"你还买，我还放，我缺鱼，谁知道呀！"

结果雷班长从市场空手而归，原因是除夕了，市场早就关门了，他对李班长说：

"这回怪不得我了，哪旮旯的人也得过年不是？"

基于"老百姓过年，消防队过关"的惯例，他们每年的年夜饭都会提前吃——天一黑各家各户就开始放烟花爆竹，除夕夜总是一年到头火警最繁忙的夜晚，一顿年夜饭吃几个钟头分几次吃是常有的事。

这次大桥中队的年夜晚按惯例也是四点钟便开始吃。他们中队本来就穷，今年还挂了个"无鱼（余）"的彩头，全中队分三桌吃饭，吃得都没劲，静悄悄的，碗里的菜一下子就见了底。

又因为高照大剧院年前刚发生过特大火灾，老百姓的防火意识骤然提高，他们中队居然将一顿年夜饭一次性吃完了，这在往年是从未有过的现象。

一顿年夜饭下来，林海泉发现顾小鳕的筷子一次都没有伸向那些装着荤菜的碗，心想这个孩子真是敏感，一个有着玻璃心的兵，他该怎么带？

除夕的天黑得早，也黑得黏。黏黑的天幕，才粘得住烟花的色彩。多年以前，世上还没有顾小鳕，他的爸爸妈妈看除夕烟火，妈妈说：

"火树银花不夜天。"

爸爸说：

"一硫二硝三木炭。"

这个特大亡人火灾刚过的除夕夜，高照市的天空依旧次第粘上代表年味的烟花，顾小鳕在心里背诵三个月前做过的高考模拟考试，语文卷上的填空题：

"沉舟侧畔千帆过，病树前头万木春。"

火警就在这个时候响起。

这回顾小鳕只花了不到十秒钟的时间就完成了从上到下的整个着装，第一个站到了车库里并排停着的"老感冒"和东风141之间——在晚饭后的休息时间里，顾小鳕一个人站在车库后墙边的服装架前，将着装练习了无数遍。

指导员林海泉走过来，看到第一个到达车边的顾小鳕，报以赞许的一笑。顾小鳕却在心里说：

"犯不着，我可不是为了表扬，我没他们那么肤浅。"

警报拉响，警灯闪耀，消防车绕过新修的两个小区，绕过破败的、拆毁了一半的化工厂生产车间，直奔起火的化工厂宿舍。因为高照大剧院的火灾，除夕之夜骤然响起的消防车警报声一发出，就拨动了闻者的神经：楼上的人打开窗户四处观望，看看哪个方向起了烟火；路上的行人和车辆远远地就让开了道，待消防车过去之后，有不少好事者还跟着追向了火场。

顾小鳕和其他的新兵坐在了二号车"老感冒"上，他们是第一次出火警。顾小鳕用眼角的余光扫了扫其他新兵，看他们都是一脸抑制不住的自豪和兴奋。新兵郑子豪感叹道：

"一个多月前，俺还是山里没见过世面的社会青年，现在我居然登上消防车了，你们看，那么多行人在看着我们呢，他们连烟花都不看了！他们像看烟花一样仰视我们！"

班长戴希说：

"有人等着自己去救，当然爽啦！"

顾小鳕那时在心里冷哼：

"幼稚！人家在受难，你居然说爽！"

着火的地方是已经行政性破产了的化工厂老宿舍楼。火并不是从房子里面烧起来的，而是小孩子在屋外燃放彩珠筒，引燃了老宿舍楼一楼护窗上搁着的废纸盒旧木箱和干拖把引起的。

天干物燥，北风又大，一楼烧起的飞火很快又引燃了旁边护窗上搁着的易燃品。

因为高照大剧院的特大亡人火灾刚过去不久，隔着围墙的对面新建高档小区的有些居民家里便添置了干粉灭火器。这时候见火灾真的近在咫尺，但一时殃及不到自己家里，便兴奋地拿出来飞奔到隔壁的这个低他们一等的老旧小区来试火。

这人跑来的时候，一楼的火还没有飞上去，只是引燃了旁边的一个窗户，他大喊那些拿水灭火却把自己浇成了落汤鸡的人让开，说：

"你们这农业社会的灭火方式！让开让开！我的先进！"

拿着他的灭火器便朝燃得正欢的火焰喷去。但他只是学会了打开灭火器，并不懂得热空气比冷空气轻，高温烟火是往上走的，因此有效的打火方式是从上往下压。他那干粉灭火器对着一楼护窗底部一扫射，火焰唰地一下冲到了楼上，引燃了二楼护窗上垫着的木板纸板以及晒着干货的竹篮子。

二楼的这个住户是个五十多岁的妇人，本来端着水盆在帮楼下邻居泼水灭火，被这个干粉灭火器主人喊到一边之后，眼看着他把火逼到了自己家的护窗下，直接引燃了她晒着干货的竹篮子，生气了：

"把火赶到我家去做什么！"

旁边有人解围：

"他也是好心，不要怪他。"

干粉灭火器的主人也有些不好意思，想着过年，就送了二楼住户一句本地吉言讨彩头：

"您老家里烧发烧发！连年大发！"

二楼住户因为家里有腿脚不方便的老伴躺在床上，也就顾不上听完这句吉言，拿着空水盆，跑向楼房的东侧，朝南边的楼梯口跑去。北风把她边跑边说的一句话吹到了众人耳中：

"哎呀我那老鬼！"

顾小鳕他们所乘的"老感冒"和东风141消防车就在这个时候开到

了这栋楼的东侧停了下来。因东风141是一号车，所以停在了前面。

见消防车上下了消防官兵，二楼住户停住了脚步：

"救火的，先救我家，二楼那家，我家有个老鬼还瘫在床上。"

林海泉当然不会听住户的安排，他得自己侦查火情之后再定方案。就在他带着老兵绕到不能进消防车的楼房北侧的时候，顾小鳕违反了新兵只能旁观的原则，下了车，随着二楼住户上了楼，其余的六个新兵则跟着去看老兵灭火的程序。

走到二楼这家门口，那妇人放下脸盆摸口袋，摸了两把，又喊起来：

"哎呀我的钥匙！"

再拍门，拍两下又停了：

"老鬼下不来地，怎么得了，烧活的！"

说完又朝楼下跑去。

顾小鳕估计这妇人是忘带钥匙，里面困住的人也十有八九是瘫痪在床，但他不明白这个妇人为什么不让他踹门，又跑开了，难道去找其他家人拿钥匙？

顾小鳕想起父亲顾如铁曾说过火情蔓延的威力，救的迟早，一秒钟的区别都很大，他来不及细想，往后退了两步，再向前冲，抬脚朝门锁处踹了过去。

林海泉带着三个老兵侦查火情，只是扫了两眼，他就看明白了燃烧物并不复杂，火也没有往房里钻，估计寒天腊月的，家家都关着窗户，也幸好关着窗户，且无人盲目开窗，因此只是些飞火，东风141自带的水就可以灭掉。

紧跟着指导员林海泉的班长戴希说：

"指导员我目测了一下，消防车到这里，应该不到二十米，一盘水带的样子。"

指导员林海泉说：

"好的，戴班长、雷班长，两支水枪，快！"

两位班长便飞跑着打开消防车的车厢卷闸门，一边提出水带，一边接上水枪往前跑，消防车也跟着加压出水。

一瞬间，水柱稳稳地射向起火的护窗，不到五分钟，火被扑灭，旁边的群众一片叫好声！

就在两位班长准备出枪灭火的时候，顾小鳕开始踹门。

门是老式碰锁木门，很破旧了，顾小鳕去新训团虽然迟到，但他那时以发泄和折磨自己为目的练体能，力气可以用与日俱增来形容，现在第一次出动就遇到被救对象，心情好比世界杯上的替补队员，终于逮到了上场机会，也正好在自己的近旁，有个球做了出来，他肯定铆着劲临门一射了。三个因素相加，顾小鳕只一脚，就踹开，并踹裂开了这妇人家的房门。

进到门内，他顾不上去看窗口的烟火，直接往房里冲。其实直到这个时候，火也并没有烧炸窗玻璃，只有窗缝里进来些许的青烟，气味也并不呛鼻，更没有达到影响室内能见度和人员呼吸的程度。

但顾小鳕在跟着那妇人上楼的时候，脑海里就开始迭现高照大剧院火灾时的浓烟、大火和一具具烧焦尸体的情景。因此他闯进这个两室一厅的房子之后，虽然明显能见屋中摆设，但他脑海里却浓烟密布，床上的人奄奄一息。

顾小鳕那时先冲进左手边的房间，发现床上没有人。他迅速跑出来，又去了紧挨着的右手边那一间房。这间房的床上，果然有个瘦得两腮塌陷的老头子躺在床上哼哼。

顾小鳕在新训团的四百米疏散物资救人项目比赛中，曾取得过不到三分钟的好成绩，比赛场上他们背的还是六十公斤重的假人。而眼前这个老人，顾小鳕目测他不到四十公斤。时间就是生命，他都没和老人打个招呼，就把老人当作不会说话的假人一样，抓起他的两只胳膊，往背上一搭，朝楼下跑去。

当他背着老人跑到消防车边，火已经被打灭了，两位班长正在收水带，包括二楼那个妇人在内的围观的群众也随着指导员林海泉走到了消防车旁边。顾小鳕忽然听到人群发出笑声，那个妇人像离弦的箭一般直冲了过来：

"快送回去！"

人群中有个五十多岁的男人取笑妇人：

"裤都不给你老公穿，太图方便了吧？"

有个女人说：

"造孽！长了褥疮呢，瘫痪病人就是要勤换勤洗。"

顾小鳕这才意识到自己双手搂住的是老人两条瘦骨嶙峋的光腿，他的脸一下子红到了耳根。

指导员林海泉说：

"这么大的风，快送回去，火已经灭了！"

顾小鳕连忙跟着妇人背着老人上了楼。

把老人放到床上，已经被邻居取笑得颜面无存的妇人却不肯放顾小鳕走，非要他赔偿踹坏的门和老人受了风寒需要就医的费用。

顾小鳕争辩：

"我是救他，是你带我来你家的，如果火没灭掉，他不被烟呛死了？"

妇人说：

"我没让你踹门，我也没让你背他下楼去丢人现眼，你哪是救人，你这是害人知不知道！"

指导员林海泉就在这时进来了，他其实可以让班长戴希来处理的，但他记着顾小鳕的玻璃心，更想多一点机会趁早和他培养感情，打开他的心结，便单独找了上来。

看到打火的军官走进来，那妇人就喊叫着要林海泉评理。林海泉掏出一百元递给那妇人，不说赔偿，只说：

"给您拜年了，您合家欢乐！"

那妇人接过钱，对林海泉说：

"他是个新兵吧，这么不懂事！看在你的面子上，我就算了吧。"

顾小鳕和林海泉就出了这房门。刚下两级楼梯，顾小鳕就听到身后传来了一声轻叹，和他在车库剔除轮胎里的泥巴时听到的叹息声一模一样。

他明白自己偷偷放掉那几条鱼,指导员肯定是看见了的,看见了又不说,指导员是真心理解和关照自己的人,这世上除了母亲,居然还有一个可以信赖的人。

想起这些,顾小鳕憋了一个多月的眼泪脱眶而出。这些日子他一直以为自己老了,但和指导员相比,自己是多么幼稚。那时他心里打定主意,一定要找个机会,和指导员说说交心的话。

迅速出动,且及时灭掉化工厂宿舍这起火灾后,这一栋的居民聚在一起,凑了钱在当地电视台的点歌栏目里,给林海泉所在的消防中队点歌致谢。当电视机屏幕上飞过点歌事由的字幕,想起不久以前高照大剧院的火灾惨状,高照市的居民们在王菲与那英的《相约一九九八》的歌声中议论:

"和平年代,还真的少不了消防队,他们就是守护神呐。"

十五

能交心的指导员是真的永离了人世,顾小鳕的心一阵阵绞痛。

除了心绞痛,那时顾小鳕浑身上下都被诸如刺痛、钝痛、压痛、烫痛、呼吸困难的憋痛、胃里的饿、嗓子的渴导致的灼热啃咬之痛等各种炼狱般的疼痛所袭击。他感到无法忍受,却又不得不承受。

他想起刚刚被埋的时候,旁边好像还有老班长戴希、列兵李世栋和支队长,以及另外两个他不熟悉的紧随着自己的呼喊叫"救命"的声音。开始他误认为是自己"救命"的回声,但随着指导员的一声叹息之后,四周再也没有声音发出,顾小鳕猜想,恐怕那些"回声"的主人,也都先后牺牲了。

忍着浑身的各种疼痛,身高一米八一,体重七十公斤的顾小鳕,姿势犹如胎儿蜷缩在子宫。他蜷缩在这狭小、炎热而又黑暗的空间里侧耳细听,他希望听到其他战友的声音,这样他至少不孤单。但转念之间,他又希望听不到其他战友被埋在废墟里发出的声音,他希望被埋的人越少越好。

可是他最终判断,像他这样被埋的人是不会少的。一栋四边相连的"回"字形大楼,其实就是占据了四个方向的四栋楼房,这么大的面积,这么大的体量,而且是瞬间倒下。楼倒下时,各个方向都有打火的官兵,还有记者和政府官员,是多少人呢?

顾小鳕越想越害怕,他想起了五年前的高照大剧院的火灾,这次的死亡人数恐怕也会不相上下了。

这该死的楼！"回"字形的楼！他记得有个晚上，他关在房间做作业，不知是谁拜访他的副市长母亲，他听到那人在和母亲谈起定安楼：

"中国几千年的风水文化，还是有的，那潘定安现在是只信钱，不信邪。本来只批了平行的三栋楼，为了增加面积，硬是变成了回字形的四栋楼。"回"字楼也就罢了，本来"回"字中间的院里还栽了树的；但是不久，他说四方框里有"木"，是个'困'字，便让他的手下把树都砍了，中间用空心板搭了起来，这样一来，原来的院子也被封闭成了门面，和一楼原来四边的门面都通了，面积一下子增大不少。一楼顶，他用水泥糊了糊，做了个内广场，让人聚会用，这下他就不管风水了，您想啊，现在是人在四方框里了，那不是个'囚'字吗？别人提醒，他发飙了，说建都建了，还推了不成？"

顾小鳕想起这些，心里震惊，定安楼现在塌了，自己埋在里头，可不就是"困"，可不就是炼狱般的"囚"？

他又想起了楼的开发商，也就是他的干爹潘定安。潘定安说起来也是高照市的风云人物，是省里第十一届、第十二届人大代表，他建的定安楼还得过政府颁发的质量奖，按说应该是座扎实的楼，怎么不到五年的功夫，一把火就能烧塌呢？

潘定安宣布定安楼得奖的消息，顾小鳕是亲耳听到的。那是他当兵快一年的时候，某个星期天父亲顾如铁开着一辆崭新的桑塔纳来接他，让他一起去参加潘定安的生日宴会。

父亲那时指着新桑塔纳说：

"潘总够意思，我的专车，今天带你去转转。"

顾小鳕在这之前的半年里，已经知道了父亲被处分脱了军装，虽然军营里传的版本不一：有说顾如铁男子汉一人做事一人当的；有说顾如铁和蛇馆老板娘早有纠纷，而且不光是情感纠纷还有经济纠纷的；有说其实他是被妻子牵连，却被妻子弄得一无所有净身出户的。对于这些，顾小鳕只是听在耳朵里，他也没有求证过。他每月一次给北京医院的母亲寄信，也从不过问他们为什么离婚，也不问母亲被宣判监外执行之后，心里是否承受得了，他只挑自己在部队的好事给母亲汇报。而每月父亲来中队看他，他也是父亲说多少，他就听多少。但父亲也总挑好的说，说得最多的是潘总——他往政府跑了几趟，找了些熟人，就帮潘总把定安楼欠的手续补齐了，潘总很满意，马上投资开了一家消防工程公司让他做主管理，还要他好好干，明年再把消防器材厂的业务也抓起来，等等。

现在顾小鳕居然看到父亲像个孩子一样的来给他炫耀潘总赐予的新车，心里很不以为然：

"转什么呀？我在这个城市长大的，再说了，这一年坐消防车也转够了，消防车高，视野还开阔些。"

顾如铁知道儿子的性格，也并不计较，这一年来，脱了军装，换了身份和政府部门打交道之后，他也渐渐地懂得拿面子来换实惠了，也就渐渐把性子给磨出来了。他笑着对儿子说：

"路熟，车不熟，桑塔纳，不是脱了这身皮，恐怕我一辈子都开不上。"

又指着自己的一身白西装说：

"他们讲我穿西装比穿军装帅，是不？儿子。"

顾小鳕由不以为然变成了反感，他想起老兵们谈起社会上的现象，念过的一句顺口溜：

"吃的是王八，坐的桑塔纳，抱着十七八。"

最后还有一句顾小鳕不记得了，但已经足够。他看着穿白西装把自己当白马王子打扮的父亲，想起他开着桑塔纳带着小姑娘出去兜风——抱着十七八，十七八可不就是自己的年龄？而现在，母亲容颜尽毁，还躺在医院里生不如死呢！

顾小鳕说：

"没事我进去了。"

顾如铁说：

"我已经打电话给海泉了，他准了假，今天是大事，潘总生日。其实潘总生日也不是大事，主要他想在生日宴上收你这个干儿子。"

顾小鳕怒了：

"你们生我和我打不上商量就算了,我都这么大了,你想把我送谁做儿子我就做了?"

顾如铁依然笑着:

"好!我的儿子像我的个性!爷们!但你要晓得,潘总收你做干儿子,一是他自己找了三个女人,生了四个女儿,再生他都没信心了,但他确实想要个儿子;二是他确实喜欢你,欣赏你;三是他和我关系铁得很,就是生死兄弟;四是他知道你妈和我离婚了,你妈原来多漂亮,多有权呀,他原来对你妈仰慕得很,现在你妈落难了,他想帮帮她,现在只能通过你去帮她了。我和你妈离婚了,没有关系了,你们母子离不了呀!"

看顾小鳕没作声,顾如铁补充道:

"潘总的产业越来越大,钱越多,就越显得自己没人,我是你亲爹,不会害你,你当消防兵是好事,但总有脱军装的那一天,社会这样发展,都在喊原始积累,在喊第一桶金,部队给不了你第一桶金,我和你干爹能给。"

顾小鳕说:

"我这当兵才开始呢,你就给我想后路了,想我当逃兵?想我做别人的狗?"

顾如铁赔了半天的笑,这时候生气了:

"你说谁是狗呢?棒槌都有一头大小,你连大小都不清楚了?走!"

两行眼泪唰地从顾小鳕那双长睫毛的眼睛里流了出来。除夕夜第一次出动之后,他开始与指导员林海泉交心,交完心之后,他不再紧绷自己,也不再自以为"老",便感觉整个人轻松了不少,又恢复到大剧院火灾刚过的那个动不动就流泪的状态。其实这个状态他也不是最满意的,他知道男儿有泪不轻弹,但他感觉他已经回不到火灾之前,也就是看《泰坦尼克号》电影时的那个泪点很高的正常状态了,他觉得自己的"泪腺池子"的堤坝已经被冲坏了,明明可以不流泪的,泪水自己就下来了。

看见儿子流泪,顾如铁心又软了起来,声音也低了八度,说:

"我从部队、从婚姻里出来的时候,是真正的一无所有,我那时的处境，连一条流浪狗都不如。是潘总救了我，他给我投钱开消防工程公司，我自己是消防出来的，又经了大剧院这场火灾，我想做良心工程，做工程时，用的就都是货真价实的材料，但会计盘点发现我们还亏了。我亏的都是潘总的钱，还不是小钱，他只是提点了我几句，又给我买车，还说要我明年管理他开的消防器材厂。儿子，做人要讲良心，你也会有自己玩得好的兄弟，你也会碰到恩恩怨怨的事情，我希望你能够感恩不抱怨，才会过得好。"

这是父亲顾如铁第一次和自己推心置腹。上次在灾后的高照大剧院里的讲解，只是消防方面的知识传授，算不得交心，但那次顾如铁在顾小鳕心里的地位骤然提升，哪怕是穿上军装之后，得知父亲被开除，他也在心里暗下决心，做一个父亲那样业务娴熟的消防员。而父亲今天和自己说的与业务无关的心里话，让顾小鳕心里起了恻隐，他想父亲也不容易，他也愿意父亲平安快乐，他自己却给不了父亲这些。但现在，能给父亲快乐的人要自己做干儿子，这个人父亲称之为生死兄弟，自己还有什么理由去拒绝呢？假如是自己最好的兄弟周子马有事相求，那自己不是想方设法都要帮到么？

顾小鳕打开车门，坐到副驾驶的位子上，说：

"走吧！"

车开动后，顾小鳕又说：

"我高中同学周子马，高考落榜了，跟着他爸爸修了两个月车，现在征兵了，他想当兵，我想你帮忙把他弄到我们中队来。"

顾如铁笑了：

"没问题儿子！懂得交换，就懂得经商了，部队里锻炼几年，到社会上来混，不会比你老爸差，比你干爹也不会差，咱们顾家也弄个李嘉诚顾嘉诚的出来看看。"

这是顾小鳕第一次见到潘定安本人，之前父亲没有描述过潘定安的相貌，但顾小鳕根据父亲言谈当中对他的景仰，自己勾勒了一下他的形象，这个形象是气宇轩昂的，至少也是高大威猛的。

但那日在宴会上，顾小鳕见到的潘定安却是肥矮的身材，五官虽也正常，但头脸上有两处异于常人：一是耳朵和下巴，要比常人肥厚得多，可以赶得上画像里的弥勒佛了；二是毛发的分布有些错乱，眉毛很浓，头发却少得可怜，尤其是前额和顶部，不但毛发没有了，连毛孔都没有，铮亮铮亮的。

那日宴会上，潘定安理了一下从后脑勺跑过来支援前额的三缕头发，端起高脚酒杯，在水晶吊灯闪烁的宴会厅里，宣布自己的三喜临门。因为到场的都是熟人，喜事他没有直接宣布，而是让人猜，猜对一个，现场给奖金一千元。一千元在当时是一个熟练工人一个多月的工资，因此他的话掀起了宴会的高潮，有人猜：

"潘董事长大寿，是一喜。"

不料潘定安否认了：

"痴长了一岁，回又回不去，急又急死人，算什么喜？这是伤心事，不算，罚酒一杯。"

这回大家找到思路了，有人说：

"潘总终于拿下了江边的那块地，那是黄金码头啊！"

潘定安让女秘书赶紧拿现金来奖励，但是他强调只能奖励五百元，因为这人只猜对了一半，又阐述说：

"拿地容易，我拿的地也不少了，就是黄金码头，我也拿过，算不得喜事，最喜的是，我要在这里建一栋全省最高的商住楼，已经得到批准了！"

他阐述完毕，大家欢呼鼓掌，于是他又让人猜他的第二喜。

大家只说范围太宽，让提示，于是潘定安给刚送完现金的漂亮的女秘书使眼色，让圈定范围提示一下，女秘书说：

"还是楼。"

在场有个潘定安的兄弟是个消息灵通的圈内人士，这时说：

"定安楼获得了市里颁发的质量安全信得过奖。"

潘定安闻言带头鼓起掌来，说：

"还是奖五百，楼得奖是半喜，最主要的是人，证明了我们穿草鞋的人做的事，得到了穿皮鞋的人的认可，这是根本。"

大家又鼓掌，有的还叫：

"说得好！"

叫好的是潘定安建筑公司的老总舒向荣，定安楼就是他在乡下老家请的泥瓦工盖起来的。很多人当时都质疑这些泥腿子，现在泥腿子盖的楼得到了政府的奖励，还真是喜事。

猜完第二喜，大家又让女秘书提示第三喜，女秘书说：

"是人。"

有人喊：

"潘总要娶四嫂？"

潘定安说：

"三个女人一台戏，再加上我的四个女儿，我在女生宿舍住了这么多年，耳朵就没清净过，我还想留了我这条命多活几年。"

见大家都不作声了，潘定安自己提示：

"不是女人，是男人。"

除顾小鳕、顾如铁、女秘书和潘定安本人之外，一众哗然。

潘定安不动声色一笑，朝女秘书示意了一下，女秘书退到了门外。

女秘书退出去不久，宴会厅的灯忽然熄灭了。众人以为女秘书退出去是要带那个潘定安所说的"男人"进来，给大家揭晓第三喜的答案。谁知灯却熄了，熄灯是为了给生日蜡烛让位，也许这第三喜根本就是潘定安本人，他不就是个男人？

有人黑暗里猜道：

"第三喜就是潘总自己吧？人到中年的生日，就有了前面的两大喜事宣布，这可不是一般人做得到的。"

正说着，大门缓缓推开，四组戴着生日皇冠的年轻漂亮的服务员，分别推着两组垒成塔状的蛋糕车、两组将酒杯与酒瓶叠了九层的香槟车，唱着生日快乐歌走了进来。

猜第三喜的那个男人叫了起来：

"潘总我第三喜猜对了，奖金！奖金！"

潘定安说：

"沉不住气！"

蛋糕车和香槟车推到了潘定安的前面，潘定安朝顾小鳕招了招手，顾小鳕脸一红，没有马上动身，而是看了一眼自己的父亲。

顾如铁拍了拍顾小鳕的肩膀，走到了他的前面，引着他朝蛋糕车旁边走去。

蛋糕上的烛光熠熠，照见了众人眼里重新升起的疑云。

待顾小鳕走到潘定安身边的时候，潘定安往旁边站了站。他往旁边站是因为他的身高只及顾小鳕的腋下，距离太近，他就是抬头也看不见顾小鳕的脸。

潘定安往旁边站了一步之后，前脑门上的三缕长发又掉到了后脑勺，他也顾不上去捋，只让铮亮的脑门辉映着烛光。他看着顾小鳕笑道：

"屈市长的儿子，今天就是我儿子啦！"

顾小鳕闻言心里一颤。按照父亲顾如铁的说法，潘定安要收自己做干儿子，一是因为他和父亲是生死兄弟，二是因为潘定安欣赏自己，但怎么现在一开口首先说的是自己的母亲呢？说自己的母亲也就罢了，明明知道高照大剧院火灾一案，已经毁容的母亲去职还判刑，早就不是市长了，他现在却依然报出母亲市长的头衔，这是为哪般？

顾小鳕拿询问的眼光看父亲顾如铁，他发现父亲的眼睛也闪烁了一下，分明也有些意外。其实在顾如铁想来，他潘定安应该这样说：

"铁哥的儿子，今天就是我儿子啦！"

他来潘定安公司之前，潘定安一直叫他"铁哥"，向人介绍，也会说："铁哥，我铁哥们！"

来潘定安的公司之后，心情好，又没外人的时候，潘定安也喊过他"铁哥"，人一多，他会喊他"顾总"。因此，这时至少应该这样宣布：

"顾总的儿子,今天就是我儿子啦!"

却丝毫没有提到自己,提的却是自己那已经不是市长的前妻。这时潘定安又说:

"屈市长,好漂亮,好有魄力的一个女人!我到哪里接工程都没有在教育部门接工程轻松,她屈市长那时候只要在我的报告上撒几点墨水,她手下哪个不像接了圣旨一样地替我开路办事!现在,一把火、一句话,让她这样凄惨,我如果站在干岸上,那我还是个男人吗?她当年批工程是唯一没有收我回扣的领导,我今天也不要她嘱咐半句,我要主动把她的儿子当儿子,把她的老公——当然,不能当老公。"

众人哄笑,鼓掌。顾小鳕注意到了,父亲顾如铁在潘定安说话的时候,已经悄悄地站到了人后。

女秘书宣布:

"董事长收儿仪式现在开始!"

"许愿!吹蜡烛!"

女秘书将顾小鳕从潘定安身边带到另一个蜡烛车旁边,顾小鳕这时候注意到了,潘定安前面的蜡烛上,插的是数字"43",而自己面前的蜡烛上,只插着一支蜡烛。什么意思?

顾不得多想,随着《生日快乐》的旋律响起,顾小鳕也像潘定安那样,双手合十,闭上了眼睛,然后呼地一口气,吹灭了蜡烛。

掌声又响起来,水晶吊灯也亮了起来,顾小鳕眨巴了两下眼睛,扫视一圈,便看到了人群后的父亲。顾如铁的脸色依然没有好起来,顾小鳕不禁有些心疼。

顾如铁现在的心情,和屈大雪当初和他谈离婚时的心情一样难受,他一颗真心对爱人,对友人,怎么到头来都是自作多情?

那时屈大雪说:

"结婚二十年,我试图,也努力地想要爱你,但很遗憾,我始终爱不上你。

"恩格斯说过,没有爱情的婚姻是不道德的,我现在毁容、去职、判刑，成为众矢之的，道德面貌毁得比我的脸还惨，这些都不是我能控制的，但我的婚姻是我的私事，我还能控制，我不想要不道德的婚姻再存续，这是我残存的道德尊严。"

顾如铁说：

"你毁容，我也丢了工作，我还想接下来好好照顾你，补偿之前我为了工作而对家庭、对你娘俩的亏欠。我们一家三口，从此过点正常人，正常家庭的天伦之乐的日子，你知道，我一直就是爱你的，只是我不善表达。"

屈大雪说：

"谢谢你的爱，世上唯独爱不能假装。我其实一直感谢你那么爱你的工作，这样我和儿子就有了自在的空间和时间，如果你那时每天在家陪着我们，我恐怕早就提出离婚了。我现在提离婚，就是害怕你没工作了，要日日陪着我。"

顾如铁还想找回一点面子，寻求一丝安慰：

"我就不信你对我没有一点感情，没有一点爱。我们也一起出去散过步，夜色里你说鞋不合脚，还让我背过你，有段时候晚上睡觉，你还从后面抱着我，把嘴唇主动凑到我的脖子上——"

屈大雪突然，提高了嗓音打断：

"这不是爱，或者说，我试图爱过你，这些主动是我的试图，只能代表我努力过，很遗憾，努力的结果是没有成功。"

那时的顾如铁心如刀绞：

"原来你骗了我这么多年。"

那时屈大雪说：

"对不起，我现在不想骗了，我不是天生的真正的骗子，一个伪骗子骗人的时候，难过的程度不会比被骗者低，家里的财务一向透明，你想要什么就拿什么吧。"

那时的顾如铁落泪了，他望着陌生的妻子——脸因为毁容而陌生，现在她的心也显得那么陌生。他说：

"还是我净身出户吧,请你成全我一个男人最后的尊严。"

半年前,顾如铁在妻子面前用净身出户来保全了一个男人最后的尊严;半年后,一无所有的他受恩于潘定安东山再起,他以为这些是潘定安对自己的看重,不看重发小的情谊,也要看重开鞭炮厂的时候,自己对他的救命之恩。谁知在自己劝儿子拜他为干爹的宴会上,自己看到的真相竟然再次摧毁了他作为一个男子汉的尊严。

他那时在潘定安的侃侃而谈里,狠狠地骂自己:

"我他妈的算个球啊!"

吹完蜡烛之后,潘定安拿出一张银行卡递给顾小鳕:

"今天开始,你就是我儿子了,所以每年今天我会给你过个生日,今天你一岁,我送你一万,明年两万,后年三万——"

人群的欢呼声和掌声淹没了潘定安讲话的声音,潘定安也就跟着鼓掌,不再说话。

鼓完掌,潘定安回到席上准备吃饭,他自始至终都没有看顾如铁一眼,他在心里嘀咕:

"你顾如铁不是消防队的一只虎吗?我潘定安最能的就是虎口拔牙,不把你变成没牙的老虎,你怎么会服服帖帖效忠我啊!"

那晚开着桑塔纳送顾小鳕回营房的路上,顾小鳕明显发现父亲的情绪低落了不少,但是还在强颜欢笑:

"儿子,这钱留着娶媳妇?"

顾小鳕说:

"我开始不是让你还给他吗?你非得让我拿着,现在又取笑我。"

顾如铁沉默良久,然后一声叹息:

"儿子啊,不在江湖上漂着半年,体会不出文钱逼死英雄的痛苦啊。"

又说:

"人在江湖漂,哪有不挨刀,软刀子也杀人啊!钱总是好东西,你妈给他批了工程,从来就没给我提起过半个字,还居然没收过他的回扣,他给你这点钱,还不够那些回扣的十分之一啊!"

又说：

"你妈真的是个好官，也是个好女人，怎么就没个好命呢？说起来，潘总还是不错的，这些事，你妈的这些恩，他可以不记，就是记得，也可以不说，可以不还的。说到底他还是个大方之人，可能有些事情，我想多了吧。"

下车的时候，顾小鳕说：

"我抽个时间，把这些钱打给我妈吧。"

顾如铁说：

"我们爷俩想到一起去了，他妈的这白书记到位之后，前面那个跑到国外的乐市长承诺的好多抚恤都不认了。李为民他妈的又是个百无一用的书生，讲不起话，市政府本来派了个工作人员照顾你妈，现在也撤回来了，你妈自己要请陪护，有些好药，也得花自己的钱买，不是个小数目啊。"

顾小鳕那时也拍了拍父亲的肩膀，说：

"爸，你说妈妈是好人，干爹是好人，你自己也是好人呢。"

十六

干爹建的楼，亲爹补办的手续，自己赶来救火，最终楼塌了，把自己埋在了楼的废墟里。

世上还有比这个更可笑的黑色幽默么？

黑暗里的顾小鳕被各种痛摧残身体，但意志力忽然被自己想到的黑色幽默增强了。

他不能就这么死了，他不能死在这样的楼下，他要是死在这里，那就更黑色幽默了。

刚刚进楼搜救时，他抱在怀里的那个小女孩又亮又黑的瞳仁闪现了出来。是的，他是救人者，可以救别人，同样地也可以自己救自己。

强烈的求生欲望赶走了心里的恐惧，他试着探索他所在的空间。之前为了喊救命，他动过头，知道自己的头部没有受伤，也能动，同时也知道了头部所在的位置，是有一点活动的余地的。

他想了解头部以及自己所处的空间活动余地究竟有多大，于是试着将头尽力往上抬，刚把头竖直，将下巴抬离地面，便感到被压得死死的右手被扯住，他的右肩关节处也扭得生疼，而左手被牵动的时候，有发烫的瓦砾渣土掉下来。

怕吸入更多发烫的、带着粉尘的空气，他不敢太过用力，便决定休息一会儿再试，于是他的头脸又重新侧着贴到了地上。

一个来自顾小鳕同一平面的声音在不远处响起：

"还有，活着的吗？"

顾小鳕听出来了,是支队长郑小勇的声音。父亲告诉过他,如果不是支队长郑小勇,他绝不可能如愿穿上军装。

顾小鳕回应道:

"支队长吗?我是顾小鳕,我还活着。"

郑小勇问:

"你受伤了吗?压住了哪里?手能不能动?"

顾小鳕又试了试两只手,右手完全扯不动,左手可以抽动,但是他一动,上面压着的碎水泥渣或是小石头便又往下掉,他不敢再动,怕引起全面坍塌,于是,说:

"除了头和左手能稍微动一下之外,我身体的其他部位都被压住了,支队长,好重啊,压得我都喘不过气来了。"

郑小勇说:

"试着来,我们能活着,肯定是塌下来的梁柱构成了一个小空间护着我们。我现在就是仰躺着的,你调整到可以保护自己的最佳姿势,保存体力,等待救援。"

顾小鳕说:

"好的,指导员的腿压着我,支队长,指导员好像牺牲了,我们会不会——"

郑小勇说:

"我想上面的救援行动应该开始了,我们第一要保存体力,第二不能睡着了,你现在试着调整姿势,看被压着的手脚能不能解放出来。"

顾小鳕便开始试着一点点将左手从瓦砾里抽出来,完全抽出来之后,上面并没有继续往下掉东西。顾小鳕这才松了一口气,他用左手去挖靠近指导员林海泉那一边的瓦砾,勉强挖出了一个大一点的空间。

顾小鳕感到了虚脱的晕眩,他停止了挖掘,用已被挖得出血,钻心疼的指头去触碰感知他刚刚拓展开的小空间。摸了摸,他感觉触到的是一根滚烫的横梁或是粗的方柱子。

又热又痛,他喘着气说:

"我的屁股上方，紧贴着的好像是一块石板，石板好烫啊，我动不了，烫活的，我觉得我的屁股好像会融化掉。"

郑小勇说：

"一定要把压着的手脚抽出来，不然即使他们把你救出去了，最后你也变残疾，不过一定要先摸清空间构成，就像打仗之前要知道地形，要利用地形，要小心，生命肯定比腿脚重要。"

郑小勇连着说了几句话之后，灼热而浑浊的空气将他呛得咳嗽起来。可能咳起来让他的嗓子和肺部更痛，他咳完之后大口地喘气，然后很久没有说话。

四周依然漆黑而寂静，那些压着顾小鳕的石板、梁柱和瓦砾渣土所含着的温度丝毫没有下降，它们烘烤他的头部和上半身，烘焙着他被压住的屁股和下半身。他嗓子干得厉害，像千万只跳蚤布满了他的喉咙和口腔，吸干了那里的血，吸干了嘴里所有的唾液，干涸的痛苦让他不想再讲话。

休息了一会儿，顾小鳕依然想凭借自己的努力挖出去。虽然支队长说上面一定开始组织救援了，但万一挖的不是这个方向呢？万一挖到这儿了，大型挖掘机碾压过来，将他压成了肉酱呢？他不敢再想下去，他觉得世界上最靠得住的还是自己。

理清了思路，顾小鳕逐渐意识到，单凭一只左手，他是无法挖出去的，他得靠身体的其他部位来配合。于是，他拼命侧着身子，将右手顺着衣袖，学杂技演员的缩骨术，又拧又扭地，一点点地往回缩。

暗黑无光的狭窄空间里，顾小鳕费了九牛二虎之力，终于将右手解脱出来。喘息一会儿，他开始反着两只手从背后挖。

只几下，顾小鳕刚解脱出来的右手手指也被磨破。十指连心，每挖一下，他都觉得自己是在经受酷刑，但不挖，他又不甘心坐以待毙。

黑暗里忽然传来几声清脆的敲击钢管的声音，顾小鳕仔细听了听，是来自于他所处的同一平面空间，他问：

"支队长，是你敲吗？你难受得不能说话了吗？"

"是我，我是，戴希，顾小鳕你还活着？"

顾小鳕心里一阵激动，又一个活着的战友，还是他刚下中队时带他的班长：

"老班长，真好，你还活着！"

想起了什么，又补充：

"其实不好，你要好好地在外面才好，怎么你也被埋了呀！"

又一个声音响起：

"我也在，班长，但是我好痛，又分不清哪里痛，又好像哪里都痛。"

顾小鳕听出来了，这个年轻的声音是他们班的列兵李世栋。他怎么也被埋在了下面？他都没有经过成人礼啊！顾小鳕知道，后天才是他十八岁的生日，作为班长，他给李世栋偷偷地准备了生日礼物——《汽车故障大全》丛书。

顾小鳕当上班长之后，学会了指导员林海泉的以爱带兵的风格——这种爱有别于顾如铁的那种严父之爱。性格使然，他和指导员林海泉都是用的慈母之爱。因此班里每个兵的出身、生日、爱好等等，顾小鳕都会事先进行摸底，每个兵过生日，他也会精心准备生日礼物。

李世栋来自四川农村，家里一个姐姐一个双胞胎弟弟，弟弟只小他三十五分钟，叫李界梁，兄弟俩的名合起来，就是"世界栋梁"。名字起得大，说明他们的生命之初，父母是寄予厚望的。但因为农村学校条件差，他俩的学习成绩是班里前十名，都没有考上高中，跟着父母在城里打了两年工，别的没学会，学会了每晚偷偷往旁边的网吧去打游戏。双胞胎兄弟利用相貌酷似的有利条件骗父母，俩人轮流从出租屋里翻窗跑出去，今天你玩，明天他玩。那时候刚流行《星际争霸》的游戏，兄弟俩在没钱去网吧的时候，会躺在床上交流打游戏的感受，说到激烈处，兄弟俩认为自己可以称霸星际，那就不止是世界栋梁了。

有一回说得忘乎所以，被隔壁房里的父母听出了端倪，父母觉得俩儿子再这么混下去，他们亲自播种栽种的两棵树都会长歪，不但不能称霸星际，也不能成为世界栋梁，甚至连做门槛木都不够格。

这样担忧着，便让哥哥李世栋应征入伍了。送儿子入伍，父母也早已熄灭了让其成为世界栋梁的愿望，他们的目标退到了最低，退到了本能——只要李世栋在部队能免费学会开汽车，回家就能找份工作养活自己，也就会娶得上媳妇，为李家续后。

李世栋当兵之后，对消防车的驾驶没兴趣，对修车倒是起了浓厚的兴趣。因为"老感冒"老坏，老要修，中队的班长周子马的父亲是修车的，他也学过俩月修车，加之人聪明，所以"老感冒"一坏，周子马就修，周子马一修，李世栋就蹲在旁边递工具。顾小鳕有回还听到李世栋给父母打电话，骄傲地说：

"我学会修车啦！修车比开车安全，还能开修理厂，挣大钱！等我挣了大钱，我还要盘一家游戏厅，到时候妈妈在游戏厅收钱，爸爸在修理厂收钱。"

顾小鳕闻言便知道该给李世栋送什么生日礼物了。

顾小鳕问李世栋：

"你受伤了吗？腿脚能动吗？"

李世栋的声音小了下去：

"我只知道痛，我不知道我的手和脚还有我的身体在哪里，我根本就分不出哪里痛，班长，我能出去吗？我没有一点力气了，救救我！"

顾小鳕哽咽道：

"你肯定要活着出去，后天你十八岁，我给你买了一本《汽车故障大全》，你看了就能变老师傅挣大钱。"

支队长郑小勇这时候又说话了：

"我们，再累，再没有，力气，都不要，睡着了。动一动，宁愿很痛，也不能，让自己麻木，没有知觉，听到了吗？"

顾小鳕又听到了支队长的声音，虽然他听出那是很艰难发出的声音，但也使他心里的勇气又增加了几分。他知道支队长是父亲最钦佩的人，曾在美国进修过，逃生知识丰富。

他向支队长建议：

"支队长,我们几个人,能不能形成一个团队,您指挥,我们协同作战,一起挖出去。"

连说了几句,顾小鳕的嗓子又干痛得难受,他感觉自己现在很像陷在干涸河床上的鱼:头上是暑天的大太阳,尾巴又卡在没有水分的淤泥里,逃也逃不脱,奈也奈不何,只能晒得翻白眼,最后死不瞑目。他舔舔火辣辣的嘴唇,嘴唇已经起了厚厚的硬壳。

顾小鳕知道被埋的几个人,感受应该是一致的,因此,他问出这话,支队长很久没有回答,他也并不诧异,他在等支队长缓过劲来。

不知过了多久,顾小鳕没等到支队长回答他的问题,反而听到声音虚弱的列兵李世栋又说话了:

"班长,我不想死,游戏厅收钱的那个妹子,她喜欢我,我来当兵之后,她先给我来了两封信,后来我写信,她就再没回过了。后来,我弟弟来信,说和游戏厅的妹子挂上了,我还想等到探家的时候,去问问那个妹子,到底是喜欢我,还是喜欢我弟,还是把我弟弟当成我来喜欢,我没搞清楚,我死不瞑目啊。"

顾小鳕闻言心里难受得发紧,他只好安慰道:

"你还小,轮也轮不到你的,你一定会活着出去娶这妹子的。"

顾小鳕听到李世栋所处的方向一声叹息,然后又没声音了。之后不知多久,李世栋的声音没来由地忽然响起,顾小鳕听出那是欣喜又充满希望的声音,好像还夹杂一丝幸福:

"光!班长,我看到了光,我的头顶,一束,像舞台上的追光。"

顾小鳕这时候还是双膝跪趴在地的姿势,他将头向左向右各偏了一下,他的眼前依然是浓厚黏稠炎热的黑暗,他说:

"是吗?我这儿怎么没有光,是不是挖到你那儿了?"

戴希也说:

"是不是挖到你那儿了?李世栋,我也摸到钢管了,我和你离得不远,我怎么,没看见光?"

支队长这时候又说话了:

"敲，钢管，保存，体力。"

三声单调的敲击钢管的声音传到顾小鳕的耳朵里。敲击声过后，他侧耳细听，头顶并没有挖掘机的声音和人们搬动断墙残瓦的声音。

顾小鳕问：

"李世栋，你那儿的光还在吗？"

李世栋没有回答，顾小鳕听到他所处的那个方位传来一阵急促的喘息声，紧接着，喘息声小下去，再小下去，直到无声。

顾小鳕明白过来，李世栋看到的"光"，是他临终前的一种幻觉。

顾小鳕的心又痛起来，不到十八岁的李世栋走了，他们中队最小的战士走了。那么黏人的一个阳光男孩，近在咫尺，他这个以救人为职业，经常训练自己的战士怎么救人的班长却无能为力。若自己能活着出去，他该如何向首长、向李世栋的父母交代？他还不到十八岁啊！他连一份完整的爱情都没得到。

顾小鳕哽咽着说：

"支队长，老班长，你们还好吗，李世栋走了。"

顾小鳕听到戴希所处的方位，又传来两声敲击钢管的声音，然后，敲击声又没有了。

顾小鳕明白戴希所处的空间可能也和自己的一样狭小而不好用力，又或者，他受伤很重，已经竭尽全力了。

顾小鳕有些着急，他担心戴希坚持不住：

"老班长，你要坚持啊，别睡着了，出点声好不好？用点力气就敲一下钢管好不好？"

戴希所处的方向传来一声轻叹。

时间像是最笨重的爬虫，那么慢地，像爬行了一个世纪，顾小鳕觉得自己像奶奶簸箕里晒的白辣椒，又干又皱又辣，浑身的体力和体液像辣椒本来的青绿色一样，都被高温吸白了。

突然又传来戴希的声音：

"上边有人，在敲我头上的石头。"

顾小鳕心里一阵激动，马上侧耳细听，似乎上面真的出现了一些动静。

顾小鳕喊：

"救命啊！救命！"

支队长这时候又出声了，他也跟着喊：

"救命！救命！"

顾小鳕猜想支队长郑小勇也听到头顶的动静了。他准备再叫救命的时候，想起了支队长说的要保存体力，于是提醒戴希：

"老班长，敲钢管！保存体力，你使劲敲。"

但戴希所处的位置再也没有传来任何声音，紧接着，顾小鳕开始听到的头顶细微的动静也没有了，他问：

"老班长，你听到我的声音了吗？"

支队长郑小勇也喊：

"戴希！戴希！听到我们的，声音，你就敲钢管，或者，就敲，你手边的石头吧。"

戴希所在的地方依然没有发出任何声音。

顾小鳕的心又开始新的疼痛，他想象着戴希呼出最后一口气，然后也是轻轻掩上了他的生命之门，出去远行，再也不能回来。

想起这些，顾小鳕又哭了：

"支队长，恐怕这里头，只剩我和你，还有口气！"

支队长郑小勇轻声道：

"别睡，保存体力，坚持。"

顾小鳕说：

"我好渴，我怕我会渴死，我们埋了多久？一个星期了？"

支队长郑小勇没有回答。

顾小鳕怀疑他伤得不轻，他隔那么久说两句话可能都要付出很大的努力才能做到，他是在强撑着鼓励自己，强撑着等待救援战友的来临。

又过了如一个世纪那么久，顾小鳕感到自己已被高温烘烤得像一张白纸那么薄、那么干，他感觉只要有一点点火星，他的身体就会燃烧起来。

忽然，像出现奇迹一般，顾小鳕发现压着他的废墟上方有水漏了下来，先是一点、两点、三点，后来没有了"水点"滴在尘土上的细微"嗒嗒"声。顾小鳕再细听，便感觉到水已经连成了细细的一条线，就在他脑袋前方流下。

最开始的时候，顾小鳕以为是自己太过干渴，有可能是要渴死之前出现的幻觉，就像刚刚死去的李世栋临终前看到的光，但紧接着他又闻到了水和尘土混合而发出的那种特有的气味，他知道不是幻觉，水，生命之水，是真的被他盼来了。

顾小鳕的精神为之一振，声音也大了许多：

"支队长，外面下雨了，你感觉到了吗？雨水滴下来了。"

几声大小不一的轰隆声从上往下传到顾小鳕的耳朵里，他再度兴奋，又喊：

"支队长，打雷了！"

支队长郑小勇那个方位传来了一声有些含糊不清的回答，顾小鳕顾不上细听，赶紧伸出手去探索水流。探到之后，他把右手收拢，手心成窝去接水喝。

由于臀部以下被压死，顾小鳕的下半截身子不能动弹，而水流是从他前方废墟的空隙里漏下，那个距离刚好他的右手指尖能够着，手掌若缩成窝状，便触不到水流。

顾小鳕的手指尖在挖身子背后瓦砾的时候被磨破，触到水之后，又开始钻心地疼起来。但痛可忍，渴不可忍，他用力去够水流，水擦着他的指尖漏下，他艰难地缩回手，嘬着指尖那一点点湿润。谁知不嘬还好，一嘬更渴，又痛又渴。

顾小鳕侧过脸，颓然趴在已然湿润的地上，他真想把地上湿润的泥尘含在口里去吮吸，但他知道，地上的泥尘已被牺牲在一旁的指导员嘴里喷出的血浆盖住，后来血浆又被烘焙成血粉。他再渴，也不能吮吸含着指导员血浆的泥尘啊。

顾小鳕难过至极，拿额头去撞击地面，这一撞，他忽然记起他没有被掩埋的时候，是在打火，打火的时候，是戴着头盔的，现在头盔没在头上，应该就掉在不远的地方。

顾小鳕伸出双手在前方的空间里一点点地触摸，不一会儿，他的右手指尖有了光滑的触感，再往上摸索一点，是个球面，他知道头盔找到了。

顾小鳕忍着手指的疼痛，摸到仰置的头盔边沿，用力一扯，有一些瓦砾滑了下来，他赶紧屏住呼吸。待尘灰落地，他将头盔里的瓦砾倒出来，将空头盔伸到前方漏水的空隙下方。

感觉接到可以喝一口的分量，他连忙缩回右手，仰头对着头盔喝水。

水却难以下咽，有着强烈烟熏味，又苦又涩还刺鼻。顾小鳕想，要保住命，再难喝的水也是水，总比脱水致死要好。

他又将头盔伸向前方，打算多接一些水，然后像小时候妈妈逼着自己喝中药一样，屏住呼吸一口气喝下去。

估计接到有十来口水的样子，顾小鳕收回了头盔，将头稍微扬起，一口气将水喝光。

喝进去的水却并不滋润他的五脏六腑，相反，不到两分钟，他的胃里一阵刺痛痉挛，刚刚喝进去的水，连同胃里尚存的一点食物残渣，又全都吐了出来。

顾小鳕趴在地上呜呜地哭了起来。

哭了一会儿，支队长郑小勇的声音传来：

"不是打雷，是挖掘机开过来了，也不是下雨，救援队在撒雾状水给这堆废墟降温。"

顾小鳕闻言停止了哭泣，他先是一阵欣喜，忽又有些害怕：

"支队长，挖掘机会不会把我挖成两截？"

顾小鳕想象着没长眼睛，但是牙齿锋利的挖掘机一铲子下来，他便身首异处，鲜血从他断裂的脖子里像喷泉那样喷出，不禁瑟瑟发抖。

支队长安慰他：

"不会的，他们现在肯定调来了特勤队，救援工具是专业的，救援技术也是专业的，他们有生命探测仪。在有生命存在的那个小范围里，会徒手救援。"

顾小鳕注意到支队长郑小勇讲话的声音忽然响亮了一些，并且连贯了起来，他问：

"支队长，是不是刚才你也接水喝了，我觉得你好像比开始好一些了。"

支队长郑小勇说：

"空气没那么灼人和呛人了，不过，你一定要保存体力，尽量少说话，少喊叫，除非你确认救你的人能听得到你的呼喊。"

没等顾小鳕回答，郑小勇又说：

"我不知道支队今天到底有多少兄弟在废墟底下，小顾，如果你出去了，一定要好好地钻研火场兵力的科学部署以及自我防范的问题。现在你我的眼前漆黑一片，耳边都是沉寂。人在黑暗里，在死寂里，思维会更专注，更能看透一些东西。你我现在埋在废墟里，身份反转，等待救援，也许我们这样熬着，最终等来的不是被救，而是生命的终点。"

顾小鳕阻止道：

"支队长，您别说了，您比我年纪大多了，您更要保存体力，我们支队如果失去您，那损失可大了。"

郑小勇没有理睬顾小鳕的话题，他仍在自己的思路里：

"我们来打火，来救援，我们又被埋，事故直接升级，不管怎样，灾难已经发生，我们能挽回的损失，就在于能在灾难中吸取教训，再举一反三，但或许命运不会再给我机会了。"

郑小勇大喘了几口气，又接着说：

"今天这个事故，从一个侧面表明，在火灾中，光靠勇敢和牺牲并不能降低火灾损失。水火无情，面临火灾，更需要讲求理性及科学。事实上，包括我在内的支队领导，还有市政府的一些领导，甚至是你的父亲，我们都对这栋大楼的质量问题抱有疑问，对楼内消防设施的缺失有所了解——"

顾小鳕忽然想起自己的父亲可能也在火场，心脏一阵狂跳，他问：

"我们被埋的时候，我爸爸在哪里？他不会也埋在里面吧？"

郑小勇等顾小鳕一口气问完，自己叹了一口气，却依然没有回答顾小鳕的问题，还是在他的思路里：

"在扑救建筑火灾时应牢记两点：一是对建筑物的稳定性做出评估；二是怎样建立一支更加专业、有效并且能够尽最大可能规避风险的消防队伍。小顾，请你重复一遍我的这句话。"

顾小鳕感觉不妙，他从郑小勇的讲话方式和所讲内容里，嗅出了临终寄语的意味。他哽咽着，大致复述出了郑小勇所讲的这两句话。

待顾小鳕复述完，郑小勇又迫不及待地继续说：

"火情侦察，科学评估是多么重要啊，他就等同于你我的生命啊，所以你出去之后，一定要建言，以后类似的大火，一定要先做好这个工作。"

大喘了几口气，郑小勇又说：

"另外，我们还要注意这样两个问题：一是在消防组织方面，不仅要有勇、有谋，更要有知识；二是消防工作需要专门技能的人，需要成为一种职业。在这方面，国外的经验值得借鉴。各个行业都在改革，我国的消防体制是时候要改一下了。"

稍微停顿，郑小勇像讲课一样，语速飞快地讲道：

"火灾事故使人民的生命财产面临着巨大的威胁，也使消防人员面临着死亡的危险，因此，更加理性科学的决策，更加专业有效的队伍就显得至关重要。我国火灾发展趋势还很严峻，其主要原因在于火灾科学基础研究工作跟不上社会的发展步伐，表现在采取针对性强的科技措施方面束手无策。因此中国要大力开展火灾科学基础研究以迎接将来的火灾挑战。这应当是我们实现科学消防的必由路径。"

一口气讲完，郑小勇连连咳嗽，咳完之后，又大口喘气。

顾小鳕心痛不已。

不知什么时候，上面往下漏的水也断流了，废墟里的阴燃余烬仍然不时冒出高温烟气，重新又从哪个断墙缝里钻了过来，他的眼睛不能睁开。实际上，漆黑的空间里，睁眼也是什么都看不见。

但此刻的顾小鳕多想眼泪长流地痛哭一场啊。可体液耗尽，他只能在心里，牵肝扯肺地颠簸着内脏哭泣了。

在不知是过了多久的时间里，他亲近的指导员在他身边牺牲，现在僵硬死沉的腿还和自己逐渐麻木的腿压在一起，自己的脸还枕着染了他血液的尘土。还有不到十八岁的列兵、自己的老班长，也先后在他的耳畔发出绝境里盼望救援，感到无望之后悲痛而去。而他和他的父亲都很景仰的支队长，似乎又要走到生命的尽头。最要紧的是，自己的父亲很可能也在火场，同样是生死未卜。

黑暗里，各种情景在顾小鳕的眼前清晰上演，他像坐在电影院观看自己参演的悲剧，一幕又一幕。

各种情绪也随之在顾小鳕的心里汇聚冲撞，心海里掀起狂涛万丈，他觉得内心的堤坝逐渐崩溃。

轰隆一声，他看见意志的堤坝被冲开一道口子，狂涛从溃口里怒吼着冲了过来，他用尽力气发出一声呼啸：

"爸——"

十七

  顾小鳕在灼热的废墟底下用尽全力呼喊他的父亲的时候，顾如铁和支队政治处主任毛羽一起，正坐在电视台的编辑机前，查看火场记者欧阳至尊拍下的镜头，来寻找被埋战友在楼塌之前，最后所处的方位。

  大楼坍塌的一瞬间，欧阳至尊正扛着摄像机，在配电间的平台上拍摄火场救援的官兵。

  大楼轰隆一下倒塌，一股气浪将欧阳至尊掀下房顶，掉到地上，随之而来的断墙碎砖头像浪涛一样席卷了他，死死压住了他腰部以下的位置。在这突如其来的一瞬间，他闻信而动的双手没有甩开手中的摄像机去护住自己的脑袋，而是本能地一弯腰，将摄像机抱在怀里，像抱着一个十代单传的婴儿。

  欧阳至尊当记者多年，曾经是小报界有名的记者，号称"一支笔替天行道，一颗心天下苍生"。当年顾小鳕的父母都被他爆料而名誉扫地，成为大剧院火灾背后的大事。这两件轰动报界的大事，也让欧阳至尊和阮眉这对情侣的知名度直线上升。欧阳至尊也不再待在小报，而是去了高照市电视台当了可以露脸的记者，他的女友也变成了妻子，回到娘家所在的高照市相夫孕子，不去干那奔波劳碌的记者的苦差，成了一名坐在家里的作家，只写写虚构作品。

  他俩结婚的时候，都已过而立之年，尽快地生个孩子，是他们结婚成家后最迫切的事情。阮眉的亲姐夫是内参的大记者，他喜爱书法，知道妻妹阮眉和妹夫的心愿之后，亲手替他们写了洞房的窗联和门联：

洞外桃花开半夜，房内桂子结五更。

诗题红叶昨日始，玉种蓝田今夜成。

想着洞房花烛夜能"玉种蓝田"结下"桂（贵）子"，但一连四年都没"种"上。这四年，阮眉历经诸如通输卵管等各种痛苦的治疗，仍然怀不上孩子之后，便放弃了自然怀孕的想法，而去做了试管婴儿。就在定安楼大火坍塌的前一个月，阮眉终于孕成。这天清晨，欧阳至尊接台里的通知，去定安楼采访拍摄之前，还将嘴凑到将醒未醒的妻子那一点儿都不现形的孕肚边，对着才一个多月的胎儿说话：

"火一、火二，好好待着，别把妈妈又吵吐了哦，爸爸去去就回。"

"火一、火二"是欧阳至尊为双胞胎孩子取的名字。因是试管婴儿，为保险起见，一般都会放入两颗受精卵，至少保证一颗成活就成功了，而令欧阳至尊夫妻高兴的是，两颗都成活了，他们不但有孩子了，还是双胞胎，真是皇天不负有心人。因大剧院大火让他俩在圈内火了起来，所以得知双胞胎孕成之后，欧阳至尊便以"火"赐名，以求他们的事业能一直火下去，生活也能红红火火。

哪知发生在高照市的第二把大火却间接地要了俩胎儿的命，并断了他欧阳家的后——欧阳至尊被气浪掀下房顶之后，判断跑不过垮塌的楼体断墙残砖的追赶埋压，多年养成的职业本能让他弯腰趴下护住了手中的摄像机。他保住了定安楼之战消防官兵最后的绝唱，却导致自己高位截瘫，医生诊断他永久地失去了生育能力。而在此之前，闻听定安楼垮塌，阮眉一路飞奔来到现场，看着被砸得血肉模糊且生死未卜的欧阳至尊被送上救护车，她当即昏倒在路旁，俩胎儿流产，她也被送进了医院。

就在欧阳至尊被高照市消防支队幸存的官兵从废墟中挖出的时候，支队政委庞正江发现了他死死抱住的摄像机。那时候，庞正江发誓要亲手将老战友郑小勇从废墟里救出，但是他不知郑小勇最后所处的准确方位。看见被欧阳至尊保护得完好无缺的摄像机，庞正江对他肃然起敬的同时，也想到了通过影像资料来确定遇难者最后的方位，来寻找一丝线索。

支队政治处主任毛羽接受了去电视台编辑机前找寻遇难者最后方位的任务。庞正江在交代毛羽千万要保证遇难官兵的名字和最后方位在图纸上的准确性的时候，顾如铁甩着在废墟中挖得鲜血淋漓的双手走了过来。当看到毛羽急匆匆抱着摄像机朝停在火场外的汽车走去的时候，他像条沉默的尾巴一样，跟随而去。

电视台编辑机的屏幕上，牺牲战友们，又时光倒流一样生龙活虎起来。支队政治处主任毛羽觉得心脏痉挛，他看着屏幕，捶着自己的胸膛哭喊：

"兄弟啊，兄弟，你转身回来，黄泉路上你转身回啊！"

可这些亲如手足的兄弟再也听不到他的呼喊，再也不能回转身来，冲着自己嬉笑怒骂了。

面对这些官兵们留在世上最后的身影，顾如铁亦看得泪流满面，然后又嚎啕大哭。哭得随他而来的政治处小干事握着笔的手，画不直方位图的线段，写不准那些被埋者的名字；哭得电视台派出的操作编辑机的小编导的手都发起抖来。

支队政治处主任毛羽看到，在欧阳至尊拍下的影像资料里，楼轰隆一声坐下，郑小勇在往外扑逃的时候，飞快地顺手抓起地上的水带用力一扯，烟尘将他彻底包围，渐渐布满全屏，不见一个人影。

编辑机前的顾如铁，同样睁着血红的眼睛，死死地盯着屏幕，两道目光像要把屏幕挖出两个洞那样地搜寻着儿子的踪影。

他看到儿子顾小鳕和林海泉一后一前抱着水枪不断地靠前、再靠前，直到站在挑檐下，夹着黄色火焰的浓烟从定安楼一楼仓库里冒出来，被他们射出的水柱分成两股，升上去之后，又合二为一，飘向高空。轰隆一声，定安楼南楼与西楼像手拉手的两个巨人，往下一蹲，黄尘漫天，屏幕上再看不到半个人影。

顾如铁惦记着儿子还在废墟底下，他不管身为老朋友的支队政治处主任是不是完成了方位图，他自己是记住了儿子所埋的方位，他懂得生命救援的黄金时期，因此，他看清儿子在楼塌之前最后所处的方位后，便飞快地跑出了电视台的机房，都忘了给老朋友毛羽打一声招呼。

顾如铁重新跑回定安楼火场的时候，两层的配电间已经被几台大型挖掘机挖倒并清理干净——顾小鳕在废墟底层听到的如打雷一般的轰隆声，便是挖掘机刚刚挖倒配电间的声音。

倒地的配电间被清理干净之后，大型的挖掘机和大吊车开到了定安楼的废墟边沿。在此之前，高照市消防支队幸存的官兵和庞正江随后调来的特勤中队的救援力量早已排兵布阵，开展了徒手救援，有些埋得较浅的伤员，被及时救出，并送到了医院。这里面包括了三名记者和十五名消防官兵以及定安楼的一名保安。

进行第一轮徒手救援的是大楼坍塌之前正在打火的各个中队幸存的官兵。他们刚从废墟里满身尘灰地爬出来，有的身上还带着伤，流着血。转头不见了班里日夜相处的兄弟，他们顾不得自己身上的疼痛，顾不得现场高温毒烟和粉尘每分每秒都在挑战自己的呼吸系统，顾不得没有手套等任何防护用品和液压钳等救援工具，仅仅凭着一份难舍的感情，凭着一名军人的良心和使命，便徒手，而且是赤裸着双手，对着瓦砾断墙开挖。他们一边挖一边呼喊着曾经日夜相处的战友和首长的名字，泪如雨下，汗如雨下，被磨破的双手血如雨下，他们也不喊痛，更不曾歇息片刻。

快！快啊！他们在心里催促自己。面对生死边缘挣扎的战友，一秒钟都可能成为生死存亡的分界线。他们那时只恨自己的十指怎么不是魔术师的金手指，只轻轻一点，便能隔空搬物，被埋的兄弟们就循着魔力自动飞离废墟，飞到自己的眼前，来个紧紧的拥抱，或者是狠狠地揍对方几拳。

北边首先挖出的是三名记者。这三名记者当中，欧阳至尊的伤势最为严重，他的腰部以下被砸得血肉模糊后又被断墙埋压，挖出的时候已经深度昏迷。另外两名被砸伤的他的同行，是当地党报和省都市报驻高照市记者站记者，被挖出的时候，还有清楚的意识，但也被断墙砸碎了骨肉，被火场余烬烧伤或是烫伤了皮肤。

南边首先挖出的是没了头的大桥中队的中队长成小林。成小林的遗体，被一块断裂的楼板压住，楼板的上面，又落着厚厚的一层瓦砾和碎砖头。他们小心地站在两边，飞快地挖开楼板上的碎渣，再抬开断楼板，一截没有头的躯干便出现在他们眼前。这个躯干的最上端是颈部，只剩后颈一块沾满血泥的皮耷拉着，颈腔里居然被灌满了细碎的水泥渣，水泥渣和着粉尘，加上血肉，它们像混凝土一般牢牢地结构在一起。

挖出这具无头遗体的六名战士，他们的双手这时已挖得没有了指甲，血肉和尘灰粘在了一起。十指连心，但是他们此刻居然不觉得十指痛，他们觉得的是心尖尖的锐痛、牵肝扯肺的锐痛。他们一边哭喊着、呕吐着、咳嗽着，一边继续扒开旁边的瓦砾楼板，希望能找得到这个穿着军官战斗服的身子的头颅。

身首异处，怎能身首异处？

这些幸存的官兵都知道，中尉军官是消防队打火的一线指挥者，只要接警出动，不管大灾还是小火，按规定都必须有中队主要领导带队指挥。他们是最前线的指挥官，是他们撑起了消防队的日常救援，他们曾给多少人施救！天地仁慈，怎能让善者落个身首异处的结局？无论付出多大的代价，他们都要至少还这名尉官一个囫囵的尸身啊！

但他们始终没能找到这个中尉军官的头颅。他们在离他不远的地方，很快又挖出了一双穿着战斗靴的脚。顺着这双穿着战斗靴的脚往上挖，他们刨出了他的腿、他的腰，他的战斗服已破碎，露出了布满肌肉但皮肉已破的胸膛。他们一边刨，一边祈求能看到一个囫囵的身子。这次战士们带血的祈求得到了上天的应允，他们刨出的不仅是一个囫囵的身子，而且还是个有呼吸有生命体征的完整的人。

但是这名伤得血肉模糊的战士已经深度昏迷，无法告诉救他的人，他到底姓甚名谁，属于哪个中队。徒手救援的战士们在刨开掩埋他的滚烫的瓦砾和砖头之后,看到的是一截断楼板上支棱着的钢筋像钉蜻蜓标本一样,斜穿这名战士的头,将他扎在废墟上,这名战士的头脸,被挖出时已经严重变形,他们只得在医护人员一边输氧、输液的同时,撕开了他的战斗服,查找确认身份的线索却始终没能找到。

凌晨出警的时候,为了赶在一分钟之内出动,这些消防兵们都是只穿一条部队发给的篮球短裤,光着身子从被窝里爬出来,直接套进战斗服的。

头脸已变形,衣物都统一,这两个因素加在一起,导致现场幸存的官兵们,终是谁也认不出这个重伤的战士是谁。

高照市定安楼应急救援指挥部这时已经成立。公安部消防局、安监局、省总队、省委省政府的领导,以及本省及邻省的最强救援力量,医疗、宣传媒体等各条战线的相关人员也都闻信陆续赶到了现场。指挥部的紧急会议上,到会最高领导依照类似事件的应急预案做了部署和分工,其中一条是要马上确定被埋在废墟里战士的名单。这个时候,公安部已经将这些为救火救人而献出宝贵生命的官兵定性为烈士,高照市市委市政府也将这十九个失踪官兵的名单及他们的详细身份信息都分发给了市里的十九个局。这十九个局,每个局包干一人,负责通知失踪官兵家乡的武装部,让武装部再通知他们的家属,然后再到机场、车站接来家属,负责好善后工作结束之前的一切安抚接待事宜。

和五年多前高照大剧院的特大亡人火灾相比,这次不是惨烈,是悲壮;救援行动也从上次的乱成一团、信任缺失到了这次的有序进行、诚挚相待。坐在应急指挥部会场上的李为民市长,那时在心里做出了如此比较,他噙着眼泪在心里说:

"时代在进步,历经苦难,我们必将走向成熟。"

与无头的中尉军官和钢筋斜穿头脸的一级士官差不多时间挖出的一些遗体,面目没被毁掉的,已经被相关局办认领了去,迅速地打通了这些官兵原籍武装部的电话,这时已经开展了洽谈安抚事宜。

而这个挖出来还活着的一级士官,他是算在失踪的十九个官兵之列的，但让应急指挥部棘手的是，他的身份经过几波人群的辨认，都得不到确认，这就影响了对烈士名单的确认，以及对家属的交代问题，也影响了媒体的对外宣传。媒体实事求是的宣传之后又反过来影响了消防队对家属的交代和安抚——租了废墟南侧幸福楼四楼一间房作为拍摄地点的邻省卫视那时候这样向全世界宣布：

"在失踪的十九名消防官兵中，现在救出了一名活着的消防战士。但遗憾的是，由于他的头脸严重变形并且深度昏迷，谁也认不出他是谁，这给那些仍然埋在废墟底下的失踪官兵的亲属送去希望，同时更增加了不确定性带来的折磨。

"我们采访了现场的专家，由于大楼坍塌时所形成的气浪的巨大冲击力，断墙的撞击碾压力，加之火场余烬所产生的高温烟火，尚未从废墟里找出的这些官兵，很有可能会再出现面目无法辨认的人员。"

邻省的卫视记者是随着他们的特勤队过来的，本省宣传部约束不了他们的采访报道，因而随着他们的报道，高照市消防支队办公室的座机，以及本省消防队各级领导手中的手机，一时间都被打爆，他们只得选择重要的电话接听，却根本就没有空隙回复电话。因此高照市市政府又找来移动公司的领导，安排给应急指挥部的所有成员都另外配备了一部手机一张新卡，来回复那些重要的电话。

高照市消防支队政委庞正江，就是用现场配备的新手机与正在电视台编辑机前确定失踪官员最后方位的毛羽联系的。那时毛羽看影像资料正看得伤心，手机响了，一看是各陌生号码，便马上挂断，但挂断之后，这个号码又执着地响起，他点开接听键，还没等对方开口就骂：

"你神经病！这时候打我电话！"

马上又挂断。这个号码却又紧跟着再次出现在屏幕上，毛羽意识到对方可能是真有事找自己，便再次接听。电话里传来了支队政委庞正江的声音：

"等不及你的图了，你现在就给我现场汇报，支队长最后站在哪里？他的身边有哪些人？现场挖出了一个无头尉官，离他不远有个被钢筋斜穿头脸的一级士官，是在火场南侧偏西的地方找到的，脸被砸坏了，他们是谁？"

庞正江给毛羽打电话的时候，顾如铁已经离开机房，向火场飞奔了。当他再次到达火场，发现前妻屈大雪也已重回定安楼废墟，站在那名被钢筋斜穿头颅的一级士官旁边，从脚趾到头脸，在仔细地辨认着。

屈大雪在北京的治疗告一段落之后，已于一年半之前回到了高照市。由于丢官去职判刑，她市委家属院里的别墅也被收回。回到高照市之后，她在幸福楼的顶层买了门对门的两套房子，一套作为自己的居所，另外一套是她创建的火灾战评动漫工作室。这个工作室，利用青年和少年对动漫的喜爱，寓教于乐地演绎、解说和评价那些近年来的中外消防战役，并用做公益的形式，通过消防协会来发行到有意向的各级消防队，以及各大学、中学、小学。在她所创意的这些动画片里，一条条火龙都是有生命的。这些火龙，没有来到人间的时候，都是有爸爸和妈妈的，他们的爸爸和妈妈便是起火的要素，这些要素爸爸和要素妈妈，都具有自己的特性和本事：有的有毒；有的火力威猛，蹿得快；也有慢性子，尔后爆发力更大的。而这些火龙，又分为不同的年龄和不同的性格，以及他们最怕的是什么，最喜欢吃的是什么，让他们长得最胖最大的又是什么。而在火龙的对立面，就是前来救火的消防队员，这些卡通形象的消防队官兵，也是各有各的本事，各有各的拿手好戏。他们的战略和战术也是多种多样，但也有失策被火龙那边得胜的时候。如此设计，就使得每一个火灾战评动画片，都是一个好看的战斗故事片，既能让青少年们学到消防知识，又能激发他们长大当一名有勇有谋的消防战士的愿望。而对于那些本身就是消防战士的新兵来说，也能在快乐里学到相关的技能技巧和战略战术。

她的工作室逐渐得到业界的认可，但是，她始终躲到幕后，从不出门，更不出名。抛头露脸的事情都交给被判刑四年又监外执行的老领导黄天蓝。

她的这一举动，谋心安为主，谋生为辅，根本谈不上谋名谋利。只有她的老领导黄天蓝知道，她是放弃了后续的整容机会，将这笔不小的款项节省下来，营建她的火灾战评动漫工作室的。

那时她对黄天蓝说：

"道德面貌对于我来说，更加重要。"

黄天蓝无限感慨地回复她：

"我懂，你这是道德整容，自己给自己整。"

屈大雪回到高照市并创建火灾战评动漫工作室的消息，只有黄天蓝一个人知道。屈大雪那日躺在担架上被宣判监外执行，又离婚之后，便再次回到北京治疗。在北京治疗的头一年，是市政府抽调了卫生系统的两名有经验的护士，每人一月轮番去照料的。到了第二年，新来的白举纲书记清理大剧院火灾的赔偿抚恤旧债，将屈大雪等被宣判的官员之前的福利统统摘除。对于在火场当中受伤的屈大雪、宋华平和黄天蓝的赔偿金和治疗费，也摘除了之前市政府决定的按照官职上浮的部分，一律和其他在大剧院火灾中受伤的师生一个样。

屈大雪对于白举纲书记的这一举措没有反对，而倒是很拥护，她那时对收拾行李准备回高照市的，照顾了她一年的市一医院的护士说：

"一把火能够烧出真正的官民平等，于我而言，现在只有欣慰，没有伤感，我只希望接下来不要上演好了伤疤忘了痛的情节。"

那护士却说：

"这件事别人可不是您这么看的，别人说，这是人走茶凉，是一朝君子一朝臣，或者呢，就像我们高照本地话说的那样，一个师公子一道符，各搞各的。"

又说：

"大剧院拆掉了，但是原来答应建纪念馆的，也不建了，推平之后，在中间部分铺上水泥，作为市民休闲的广场。唯一能体现一点纪念意义的是，广场周围栽种了二百九十八棵青松，每一棵代表一个亡魂。市里还举行了一个认养活动，让那些大剧院火灾死难者的家属，每人认一棵树，精心呵护好，就像培养他们的孩子一样。"

屈大雪却说：

"这个主意好啊！"

那护士说：

"那些死难者家属可不像您，可以接受原定的抚恤优待赔偿方案被推翻。他们说，除非把建纪念馆的钱分摊给他们，才算公平，否则的话，吃亏的是他们，这笔钱又被贪官贪了。"

屈大雪说：

"信任一旦被破坏，再建立可不是件容易的事。"

那护士说：

"是啊，市委市政府为了解释这件事，又成立了专门的协调委员会，告知大家，跑到国外的原市长答应他们的承诺根本就没上会，纯粹都是他一言谈，是他逃跑之前的缓兵之计，而且这把火烧掉了市财政不少钱，那么多窟窿还不晓得哪天才补得上，根本就没有事先准备的一笔钱来修纪念馆，更不存在被现在的官员瓜分了。另外，他们还让市委宣传部找了作家，在晚报副刊上开辟专栏，挖掘以青松纪念这些孩子们的积极意义。我记得几条：一是说，瓦罐岭的墓地，那是过往，是静止的死寂，昨日之日不可追，人活是活明天；二是说，这些青松，栽下之后，日日生长，可以寄予理想和希望，青松代表高洁，四季常青，松柏延年，人的生命都活不过他们，这样才是永恒的追思，永恒的念想。"

待市里派出的照顾她的护士走出病房，她自己请的护工还没进来的那阵子，很久没流泪的屈大雪痛痛快快地哭了一场，哭完之后，她念起了陈毅元帅的一首诗：

    大雪压青松，
    青松挺且直。
    欲知松高洁，
    待到雪化时。

屈大雪在北京治疗的第三年春天，在北京杨树飞絮的季节里，黄天蓝顶着满身满头的杨絮来看她了。就是这一次，屈大雪知道了黄天蓝的妻子嫁给他的时候，就患有严重的心脏病，黄天蓝因此一直没有要孩子。几十年来，他们夫妻相濡以沫，把对方当作自己的孩子一样宠溺，一样培养，一样成就，连脸都没有红过。而黄天蓝的妻子对他，还额外多了一份崇敬。也正因为这一点，黄天蓝在高照大剧院火灾那日保命逃出并被判有罪之后，他的形象在妻子的心里一落千丈，并给了妻子脆弱的心脏第一次冲击。再后来，觉得赔偿不足的教育厅下属单位死难者的家属，找到了黄天蓝家里，不巧的是，黄天蓝那几日有事不在家。这些义愤填膺的家属不知他妻子患有严重的心脏病，一顿叫骂推搡之后，他们走了，她也走了。她脆弱的心脏停止了跳动，瞪圆了眼睛永远地走了，一句话都没留给黄天蓝。

黄天蓝是个行动力很强的人，是一个不逾矩的"当下"主义者。妻子在世时，他懂得屈大雪的美好，也明白屈大雪的爱意，但他不逾矩，过好和妻子的"当下"；妻子离世了，他不怨艾，不陷于往事，立即投入了自己对未来的安排中。他为他的未来安排的人是屈大雪，安排的事是消除大剧院火灾惨状在他良心上抽下的鞭痕。他知道为未来安排的人和事是可以统一的，所以他毅然北上去看望屈大雪。

那时去北京看屈大雪，黄天蓝几乎没费什么口舌就让屈大雪明白了他的来意，也接受了他的建议——将经济统一，一起生活，一起做一些让灵魂安宁的事情。

这一天是四月十五日，屈大雪记下了这个日子，她在心里把它定为自己的生日。大剧院火灾当日，她自己给自己送葬，自己埋葬了自己，她曾将那天当作自己的忌日。而现在，她觉得生活又有了希望，黄天蓝的提议，让她觉得自己重获新生。

一年半之前，屈大雪悄悄地从北京回到了高照市，在幸福楼买下门对门的两套房，和黄天蓝一起开始了新的生活、新的事业，并越过越好。

她回高照市的消息没有告诉任何人，原因是她不愿意给包括儿子顾小鳕和前夫顾如铁在内的任何人添麻烦，或是添堵。虽然离婚的头一年，他和顾如铁二十年的婚姻生活的片段会不时浮现在她心上，那感觉时而如蚁行，时而如虫啮，但她知道，离婚之后，相见不如怀念，怀念不如忘却，她要学习黄天蓝，不让过往耽误前程。因此她和黄天蓝约定，她不出门，她回到高照市的消息也不能出门。

在此原则之下，她给对面工作室的工作人员安排工作，都是打电话安排，她要检查他们的工作，也是黄天蓝将文案或者是影像资料带回来给她看。而每次黄天蓝出门到对面上班，都要先从猫眼里侦查一下外面有没有熟人，每次下班，都是将工作室的门带关了才迅速开对面的门回家。黄天蓝像个地下工作者一样的上下班，这是屈大雪特意交代的，她担心工作室的工作人员知道对面就是老板的家，要进来参观，这样她就藏不住了。

亲儿子那边，屈大雪在回高照市之前就想好了办法。她请医院曾经照顾过她的那个护工帮她转交顾小鳕的一切信件，而她给儿子的回信，也是先从高照市寄到北京，再由护工从北京寄回高照市。因为她的双手在大火中严重烧伤，所以往返信件，一直是护工代笔，如此周转信件，一年多来，顾小鳕竟没有发现破绽，也就一直认为母亲正在北京接受一轮又一轮的治疗。

因定安楼毗邻幸福楼，第一辆消防车拉响警笛开过来的时候，屈大雪便开始了紧张的关注。那时她趴在顶楼自家的窗框上，看着春分时节尚带清寒的春风，将腾空而起的青烟吹往北边；看着吵吵嚷嚷的居民飞奔下楼，来到街上，看着消防队员手提强力照明灯，飞快地上楼搜救，心里祈愿这场大火再不要伤及无辜。

而那三天，黄天蓝正好到外市去做消防动漫的推广发行工作了。出差之前，黄天蓝已经按照惯例，买好了屈大雪独自可以吃三天的面点、熟食和荤素搭配的菜品。那些荤素搭配的菜品，黄天蓝都事先切好、搭配好，装在盘子里，用保鲜膜一份份地分好放在冰箱里。除此之外，他还炖了一锅够屈大雪一个人吃三天的墨鱼黄豆猪肚汤，也用汤碗分装好，放入冰箱。他这么做，一是因为屈大雪自从住进这套房子之后，就从未出过门，也就更谈不上去菜市场买菜；二是因为屈大雪的十个指头，有八个已经烧得熔化成半截并粘连在一起，只有两个还留有指甲。最初的时候，这两个尚存指甲的如鸡爪一般的手指也是和其他八个指头粘连在一起的，后来经过多次手术，才勉强将其分开，但形色也如冬天枯干的细枝一般，永远丧失了弯曲功能，不能完成握、抓、捏、拿等细致动作，只能双手合在一起用力，抓住并移动一些适当重量的东西。

  定安楼起火的这一天，是黄天蓝出差的第二天。当屈大雪打开窗户，看见烟火越烧越大，心里着急起来。她知道这么大的火，消防车陆续来了那么多辆，儿子顾小鳕肯定会在其中。她那时还并不担心顾小鳕的安危。因为前夫顾如铁当年在消防队的时候，条件那么差，打了半辈子火，都没见他缺胳膊少腿或是烧坏哪块皮肤，而现在的消防队，装备肯定要比之前的好，另外消防人员本来就是学习怎么带领危险境地的人重获安全的，也肯定知道自保。屈大雪那时担心的是定安楼上住户的安全，也担心火借风势，四处蔓延，烧到四周的其他小区去。

  当她看见消防人员拿着扩音器不断地催促住户逃生，更有派出所的民警和消防战士或背或抱，或搀扶着老弱妇孺走出楼梯口，她的心才稍微安下来。看见儿子参加的消防队有条不紊的救援行动，屈大雪感到欣慰，联想到当年在大剧院里被火所困的无助和绝望，那时她还流下了百感交集的泪水。

  她用那烧得不成形的手擦着眼泪，走到客厅沙发上坐下，双手夹着电话机搬到自己的腿上放着，用右手手掌上剩下的那两个带指甲的手指中的食指，先点开免提键，再一下一下地点着黄天蓝的手机号码。电话很快接通了，她告诉黄天蓝：

  "定安楼起火了，市里消防队的车来了好多辆——"

  黄天蓝电话那头的声音骤然加大，明显他被惊吓到了：

  "那你赶快跑，跑出去，我们在顶楼，浓烟锁住楼道就麻烦了，电梯不能用了你更跑不出去了。"

屈大雪说：

"我看了，刮的是南风，烟子都吹到北边去了，我想告诉你的就是这一点。天蓝，儿子他们消防队真不错，疏散楼上的住户，安排供水，打火，动作迅速，队员们也很尽力。大剧院那场大火之后，我们市里的消防力量真的增强了，我真的太高兴了，更高兴的是，我儿子也在里面。"

屈大雪在电话这头慢悠悠地发表感慨，却将电话那边的黄天蓝急得不知如何是好。高照大剧院的那场火灾，让他丢官去职被判刑，左脸也被严重灼伤，最主要的是，他因此失去了在妻子心中的人格魅力，又将妻子牵连致死。和屈大雪在一起之后，他们做火灾战评动漫，更深切地了解到水火无情。男人的承受能力，很多时候都要弱于女性，黄天蓝现在不说是谈火色变，至少是一听到有火灾发生，便会联想很多，往往一想就直往最坏的结果想。

可在屈大雪这里并不是这样，她认为自己从火场九死一生地出来，又丢官获罪，人生再也没有什么是自己不能承受的了。在相处的这一年多时间里，黄天蓝以一个男人的大度与细腻，一点点地把屈大雪暖过来，而屈大雪心中那小女子的柔情也渐渐复苏。这时候，看电话那头的黄天蓝如此担心自己的安危，一会儿威逼，一会儿好言哄劝，只想将她逼下楼去，远离火场，不由得心里如饮甘饴。她心里如饮甘饴，嘴上却诉苦：

"我这样子能下楼么？晚上出去都怕吓着人家，何况现在大白天的，楼下又是火灾现场，他们要误认为我是刚烧坏的人，把我送进了医院，我不惨了？"

楼就在这时轰隆一声塌了。

屈大雪顾不上和电话那头的黄天蓝说原委，也顾不上说再见，更不记得挂电话，就这样飞奔下楼了。跑到楼下，坍塌的灰尘正向四周蔓延，还没有往高空升腾，屈大雪只好在幸福楼的楼道口停了一会儿。在等待灰尘散去，能见度稍微提高的当口，她将脖子上的丝巾解下来，又披在头顶上，费力地用残破的手指与牙齿配合，来将丝巾的两端在下巴处打结，好遮住被烧坏的嘴脸。她做这些的时候，耳畔传来一阵阵的惨叫哭号。她惦记着儿子的安危，只好边艰难地打丝巾的结，边往人群里挤和冲，希望快些冲到塌了的楼边，去看看有没有儿子顾小鳕的身影。

这个时候，本来就在外围的公安民警们飞快地形成了新的"人墙"警戒线，不许任何没有穿公安制服和消防服的人员入内。屈大雪那时候几次被人挤到最外面，好不容易靠近警察手拉手形成的警戒线，又被勒令不得入内，她那时候急不择言，方言顺嘴就冒了出来：

"我崽，让开，我崽咧！"

警察拿眼睛瞪她：

"谁是你崽！"

屈大雪还没来得及解释，又被后面喊喊叫叫挤上来的人群扒拉到了外围。屈大雪听到他们在哭喊：

"我的家啊，我的房子啊！"

"八百八一平米啊，我贷款买的啊！"

"我一辈子的积蓄啊，我的窝啊！"

屈大雪心想，这些身外之物算什么，还有比可以行走的身体更贵重的房子吗？还有比一个朝气蓬勃的儿子的生命更贵重的东西吗？

这么想着，不知从哪里来的力气和勇气，一年多没有下过楼，更没有锻炼过身体的屈大雪，那时用仅存两根完整指头的右手，紧紧夹住始终没打成结的丝巾的下端，再将头一低，如同一支可以拐弯的箭矢，嗖嗖地从人群里直钻了过去。钻到警戒线边上，她更是飞快地往地上一蹲，从一个警察的胯下钻到了废墟的边沿。

钻进去之后，她看到了正疯狂地用裸露的双手挖掘废墟的前夫顾如铁。儿子是真的被埋在下面了，她那时仰天长啸：

"顾小鳕，你在哪儿呀？妈妈来啦！苍天呀！我儿子在哪儿呀？要报应就报应我吧！"

她仰天哭喊的时候，遮挡着整个头脸的黑色丝巾飘落，熟悉她的人惊骇地看到了这个五年没露面的女市长现在的面容。这个曾经以美貌和文才著称的女市长,现在的面容已经没有了人的样子。

她仰着脱了人形的嘴脸哭喊完那一句,人们看到一股鲜血从她那残缺不齐的嘴唇里喷出,再像鲸鱼喷水一样,喷到空中,又落到她脸上,顺着脖子淌了下来。

顾如铁惊骇得站起身来,远在北京的前妻忽然出现在自己的身边,这是今天他受到的第二次震惊。但屈大雪口吐鲜血昏倒在他脚边,又让他忘记了震惊,他大喊着:

"医生!快!医生!"

有穿着白大褂的年轻的医生护士跑过来,他们以为顾如铁救出了一个被火烧又被砖砸的伤员,顾不得细问,医生抬手一探,嘀咕:

"还活着。"

就和另一名护士抬起屈大雪,飞快地朝救护车跑去。

当顾如铁在编辑机房找到儿子在火场最后所站的方位,飞奔着回到定安楼废墟的时候,屈大雪也打伤了一名拦着她的护士,跑出了医院,跑到了火场。这时候,定安楼旁的配电间被拆掉,无头的中尉已被抬走,送到了殡仪馆。从中尉身边挖出的被钢筋斜穿头颅一级士官一息尚存,正在接受救治和大家的辨认,医护人员给这名一级士官戴上了氧气面罩,正在研究如何将他从断楼板上取下来。

顾如铁和屈大雪以及随后赶到的周子马的父亲,都在极力回忆自己儿子的特征,想认出这名一级士官。开始的时候,他们都争着说是自己的儿子,但当护士褪下这名一级士官被磨得破破烂烂的战斗服,擦干净沾满灰尘的腿,大腿根露出一条宛如蜈蚣的伤疤时,顾小鳕和周子马的家长又都说不是自己的儿子。

屈大雪说:

"他常给我写信,没听说过受伤,小时候就更没受过伤了。"

周子马的父亲说:

"我汽修厂离他中队不远,我见他的面也不少,也没听说他受过伤缝过针的,小时候肯定也没受过伤,不然当兵不成的。"

顾如铁也低声说:

"我也常来看他,也没听说过,不过——"

顾如铁的"不过"还没说完,周子马的父亲立刻打断:

"如果他不是我儿子,那我儿子在哪里?埋在这里头,这么高的房子一压,还能活命吗?"

医生这时候已经研究出了如何将这名一级士官从断裂的楼板上取下来的方案。他们都认为,不能用电锯锯断钢筋,那样的话,电锯一开,一震动,这名士官就会失去生命。唯一的方法,就是几人合力抬起这名士官的身体,反方向将他从斜穿他整个头脸的钢筋上拔出来。

这个时候,一开始受命在废墟北边徒手救援的周子马的副驾驶尚天一跑了过来。他在北边救援的时候,一块从废墟顶滚下来的断墙体滚了下来,砸了他的头,让他当场昏迷,被送到医院抢救。他在医院苏醒过来之后,惦记着废墟底下被埋着的兄弟,又重新跑了回来。当他看到刚这名士官大腿根的伤疤时,便哭着大喊:

"班长!你醒醒啊,班长啊!"

尚天一这一声哭喊刚出口,旁边的顾如铁、屈大雪、周子马的父亲以及救援的官兵等,异口同声地问:

"他是谁?"

尚天一说:

"我的班长,周子马。"

周子马的父亲便哭喊着抱住了儿子。医护人员一起喊:

"把他拉开,救命要紧。"

几名消防官兵就拉开了周子马的父亲,并问尚天一:

"都没认出来,你怎么认出来的?"

尚天一跟着担架边走边答:

"大腿根的伤疤,是我刚入伍的时候,他给我示范挂钩梯项目时被划拉出来的,也是我陪他去缝针的,后来又是我陪他去拆线的。"

周子马被认出来之后，顾如铁和屈大雪便重新陷入了焦灼的等待。

　　根据支队政治处主任毛羽和小干事在编辑机前画下的消防官兵最后所处位置的方位图，政委庞正江重新部署了救援力量。看着大型挖掘机和起重机轰隆隆开到废墟边缘，将三层楼高的废墟顶端的大块楼板和墙体挖开，起吊，顾如铁的心也跟着被挖，被起吊。多年的消防救援经历告诉他，要在这么高的废墟底下把人快速救出来，是非得动用大型机械不可。时间就是生命，但现在，自己的儿子被埋在下面，前妻在旁边哭喊：

　　"别挖着我儿子！别压着我儿子！"

　　"小心啊！那是不是他的脚？"

　　"小心啊，那是不是他的衣服？"

　　"小心啦！那是一个人头吧？哦，石头，那边呢？"

　　顾如铁被哭得心烦意乱，也不相信这没长眼睛的机械了。他向庞正江主动请缨，要爬到废墟顶上去做挖掘机铲子和起重机吊臂上的眼睛，指挥他们搜救，但被庞正江拒绝了。实际上，庞正江已经将邻省的特勤队带来的最尖端的搜救工具和最敏锐的搜救犬，都安排在支队长郑小勇和顾小鳕被埋的这一边。

十八

废墟里只剩下顾小鳕和支队长郑小勇在苦苦支撑。

想到父亲可能也在现场，顾小雪此时心如刀割，他想自己这一家子只怕都是属"水"的，火要把水烧干，水要把火浇灭。只有"水"和"火"才如此地不相容啊。

顾小鳕这时候只是个二十三岁的班长，是最不认命的年纪，但这会儿埋在烟熏火燎、死寂沉黑的废墟底下，离地狱之门一步之遥，他不由得想起爷爷、奶奶常常喃喃自语的叫作"命运"的东西。当年奶奶被医院判定活不过当日，送回老家之后，为了等在外抗洪抢险的最小的儿子顾如铁，愣是硬撑着又活了三天。那时爷爷一边急躁躁地等着顾如铁，一边在他的儿孙们面前反复念叨：

"阎王喊你三更走，不会留人到五更。"

体力被透支的同时，意志力也被透支，当一切接近临界点的时候，胡思和乱想，就会轮番登场，胡言与乱语，也会接踵而至。处在临界点的顾小鳕，那时直喊：

"奶奶你抱住指导员的脚！"

"盛鱼你飞到哪里去了？"

"李世栋你放开盛鱼！"

喊得撕心裂肺。

支队长郑小勇那时也处于临界点，但他却被顾小鳕的声音吵醒。吵醒之后，他的精神和力气似乎又渐长，他知道顾小鳕此时处于崩溃的边缘，必须马上喊醒他：

"顾小鳕！顾小鳕！你妈妈呢？"

"顾小鳕！顾小鳕！你爸爸在叫你！"

郑小勇的几声大喊，让顾小鳕逐渐从梦魇里跑了出来。他是逐渐听到郑小勇的声音的，便顺着问：

"你爸爸在叫你？"

能复述自己的话，说明顾小鳕已经从梦魇里逃出，而且这明显小下来的声音，也是清醒之后才能有的，不像说胡话时那样声嘶力竭，不知疼痛地叫。郑小勇高兴起来，继续道：

"是的，你爸爸在上头叫你！我和他战友几十年，比他和你还有你妈相处的时间都要长得多，声音我听不出来？"

顾小鳕醒来之后，全身又开始疼痛，他忍着痛仔细谛听，四周依然死寂，他质疑道：

"我怎么没听到？支队长你哄我的吧？"

郑小勇说：

"真的呢，你爸爸是消防铁人，救援经验丰富得很，他肯定知道趴在废墟的每个方位的每个缝隙里朝下喊，刚才可能他喊的那个缝隙，正好有个小通道，就像你耳朵的耳道，曲里拐弯的，声音不还是能从外耳传到我们的耳蜗再把电脉冲传到我们的听觉神经产生声音？刚才你爸的声音就是通过了一个大型耳道一样的缝隙，传给我了，我就听到了，这会儿他可能又喊到别的地方去了，所以你别睡着了，等下可能又会喊回来，直到喊得你答应为止，相信我，和你爸一样，我是当兵的，也是当爹的。"

顾小鳕听到郑小勇如是说，内心重新燃起了希望：

"我信，我刚才好像做梦了，我梦见我死去的奶奶划着船来了，来接我们了，指导员、李世栋、戴希他们都上船了，她在喊我上船，我小时候听我奶奶说过，人出生的时候是阎王爷差了使者一船船装来的，人死的时候，也会有使者一船船的装了送回去。"

郑小勇这时长叹一声，声音又小了下去：

"你一定要坚持住，小顾，我这辈子，有欣慰，也有很多遗憾，唯一放心不下的是我的女儿，她被她妈妈惯坏了，我又没时间管她，对她们我都亏欠，也就说不起话。小顾，你一定要告诉我女儿，说爸爸的愿望，就是希望她当兵，部队还是个锻炼人的地方啊。"

顾小鳕又嗅到支队长郑小勇话里含着的诀别意味了，他心痛道：

"您不会有事的，您出去后亲口对她说！"

他俩一口气在黑暗而狭小的空间里，忍着各自心上和身上的疼痛说了超出他们体力的许多话。尤其是支队长，一开始都是尽量把话说得轻松，用自己积极的情绪来带动对方积极的情绪，鼓励对方活下去，可绝境里漫长的等待，希望一等不来，再等还不来的时候，悲哀和颓丧，甚至是绝望总会偷袭过来。所以讲着讲着，不知不觉又变成了交代后事，双方都意识到这一点之后，忽然又都陷入了难堪的沉默和沉思。

最开始的时候，这种沉默和沉思会被郑小勇呼唤顾小鳕的名字的声音所打断一下，渐渐地，十来个小时过去，郑小勇呼唤顾小鳕的声音越来越小，间隔的时间越来越长，顾小鳕便反过来呼唤郑小勇。

这样又坚持了大约个把钟头，顾小鳕连喊了三声"支队长"，那边都没有回应，他急了，冲着他估摸出的，他所处的狭小空间里，有可能形成一条如"耳道"一样通向地面的缝隙大喊：

"救命啊！救救支队长啊！"

喊得尘土灰屑簌簌落下，喊得自己连连咳嗽，支队长虚弱的声音传来：

"你，保存体力，我，呼吸有点困难，我，女儿，父母，帮我，照顾好。"

顾小鳕大感不妙，说：

"支队长你挖一下，使活动的空间增大些，你调整一下就好了。"

那边没有回应。

又隔了一会儿，顾小鳕问：

"支队长你情况好些没有？"

支队长还是没有回答。

像开始支队长叫自己一样，顾小鳕这时候是隔一会儿，就叫郑小勇"支队长"，每回连着叫几次，可每次等到的都是死一般的寂静。顾小鳕知道，支队长也走了。支队长强撑着最后一口气，把他从奶奶撑过来接他去阴曹地府的船上喊下来，支队长自己却攀上那船永远地开走了。

顾小鳕痛哭了起来。

他在沉黑死寂的废墟底下的哭，从指导员走时有声有泪的哭，再到战友走时有声无泪的哭，现在支队长走了，他的痛哭只剩痛，而没有哭了。高温烟气对他的烘烤毒害，使得他现在已经哭不出声，也流不出泪了。

时间之流浓稠得仿佛凝固，顾小鳕在黑暗里看到自己成了一只落入胶水里的苍蝇。

而对于此刻废墟之上的人们来说，时间却是飞快得恨不能一秒掰做两秒用。顾小鳕感到支队长郑小勇永远离开自己的时候，定安楼的抢险救援工作已经从头天早晨进行到第二天凌晨了。

半夜子时，春分第三日的凌晨一点，一排高功率射灯将定安楼废墟照得如同白昼，数十名消防官兵正在废墟中搜索，四辆救护车停在周围的路面上，医护人员和消防战士们一样枕戈待旦，随时准备抢救生还者。两台挖掘机和一台工程抢险车正在现场清运倒塌楼房的废渣，七台运输车来回穿梭抢运渣土，机械和人工两条线交叉进行，几百名抢险人员按二十人一组，轮番作业。他们此刻被叮嘱要倍加小心，既对自己，又对废墟底下的被救援人员。而屈大雪和顾如铁，已经被劝到了警戒线之外，应急指挥部首先安排他俩去救护车上等着，但屈大雪嫌救护车上看不到现场，她说：

"离我儿子越近，我心里会踏实点，他能听到我的心跳的，他听到我的心跳，就会有勇气支撑下去。"

顾如铁那时带着质疑又夹杂一点担忧的眼神看了一下屈大雪，屈大雪读懂了前夫的眼神，解释道：

"我没有说胡话，我被烧的那年，在地狱口往上爬的时候，我就是听到了我儿子咚咚咚的心跳声,我才醒过来的。"

顾如铁明白了屈大雪的意思,便不声不响地下了救护车,屈大雪也相跟着,朝依然冒着黑烟的废墟边沿的警戒线走过去。他们站在围观的人群里,不记得吃,也不记得喝,焦急地望着废墟里紧张的救援。

那时,应急指挥部已经根据灭火时力量部署情况,结合支队政治处主任毛羽在编辑机前画下的打火官兵所处最后位置的方位图,分析被压官兵最接近准确性的位置,开展了搜救。

他们以梁为界,以灭火水带干线为线索,在现场西南、正北两面开辟四个救援作业面,利用吊车将楼板、墙体、梁、柱等坍塌重物清离现场,利用生命探测仪探测和搜救犬搜索埋压在废墟中的被困官兵,在确定没有生命的前提下,配合挖掘机在废墟的西北面的两个救援作业面实施救援,逐层由上往下,由表及里,先挖后清,逐层清理。

参战官兵整合成十个搜索救援小组,由组长带领,轮番上阵实施救援,确保救援人员体力充沛。每个战斗段都由省总队副总队长、参谋长、战训处处长等有丰富救援经验的首长负责,用前来督战的公安消防局局长的话来说:

"只许成功,不许失败!只可挽回损失,不能再添损失!"

为此,在特勤队开始救援之前的集合上,他让大家一齐背诵《公安消防部队执勤战斗条令》第一条。那时的废墟边依然烟雾缭绕,火气逼人,灰尘漫天,这些准备为被埋的兄弟竭尽全力的消防战士齐声高喊:

"救人第一,科学施救!"

在特勤队紧张地搜救被埋战友的同时,在定安楼坍塌废墟的西面、东南面、东北面、西北面设置四个水枪阵地轮番冷却坍塌物,同时采取了挖掘机和铲车与人工搬运相结合的救援方法,先后拆除了现场阻碍了大型机械进入的门面和房屋,开辟出了第二条救援通道,并调集武警和民工以接力的方式清理废墟。

第二天清晨,当省委书记和省长来到废墟边上慰问受伤人员,看望前线消防战士的时候,省会城市的特勤队已经依据支队政治处主任毛羽在编辑机前画下的方位图，顺着水带的方向，找到了支队长郑小勇所埋的准确位置。站在废墟边，支队政治处主任毛羽用嘶哑的嗓音，哭着向省领导汇报：

"我们支队长郑小勇就埋在这里，本来他在挑檐之外的，楼塌的时候，他和战训科长是并排站着的。战训科长逃生了，只是腿部受了轻伤，但支队长没能逃出，原因是他多了一个弯腰抓住水带往外拉扯的动作，这个动作，让他迟了那么两秒钟，没能跃到安全地带。我反复看了视频，他忽然抓起的水带的另一端，连着的正是在挑檐下打火的大桥中队的指导员林海泉和班长顾小鳕，他是为了保护部下而没能早逃生啊！首长，这就是我们的支队长，我们的战友，我们的兄弟啊！"

一番话说得在场的所有人都热泪盈眶，省委书记那时擦着眼泪说：

"好同志！都是我们可信可敬的人民子弟兵，一定要做好营救和善后工作，让各行各业的人，都向他们学习！让我们的人民，永远铭记他们的英雄壮举！"

省领导从废墟现场离开之后，指挥部下达了再次进行全面搜救的命令。这个时候，搜救队伍已经挖掘到了废墟的中间部分，由于烟火往上走，这里的温度是整个废墟最高的地方，他们在这个地带发现的遗体经常是一抓就掉下一块皮肉，甚至整个肢体。

支队政治处主任毛羽从电视台机房回来之后，被安排负责遗体搜寻和确认的工作。面对几天前还在一起喝酒的兄弟的遗体，一天前还吼叫着并肩战斗的兄弟的遗体，毛羽的泪腺和汗腺像开了闸的水库一般，激流倾泻而下。在整个搜救过程中，保全战友兄弟的遗体是他和他的搜救队伍的最高原则：为处理一位因梁架翻滚被撕裂的战士遗体，毛羽亲手把流出来的内脏塞进腹腔，作了初步处理才让战士抬出去；西楼二层牺牲的一位战士被横梁穿胸而过，为了保全他的遗体，毛羽组织战士锯断一根根钢筋，再将遗体取下来。

毛羽指挥他的手下搜寻处理了一具又一具的遗体，他们最后的惨状让他不断地战栗，他想要是他们的亲人看见了，该是如何的刻骨铭心，如何的悲痛欲绝啊！还有找不到头颅的中队尉官，他该如何向他的家人交代！

从不迷信的毛羽那时仰头向天祈祷，把他所能叫得出名称的东西方诸神都请了一遍，希望他们齐齐来保佑，接下来能找到活着的战友。如果不能万幸活着，那也不能死得这么惨啊！他们在世的时候，都是救人苦难的好人，是英勇无畏的战士，怎么着都不该得此结局啊！

支队政治处主任毛羽仰天祈祷，那时他还不知道，真有一个活着的战士，在废墟底下苦苦地支撑着。

支队长走后，顾小鳕被巨大的孤独、恐惧压迫，脑仁越来越痛。他的双腿被大梁以及一些碎渣压迫，也是越来越痛，到后来几乎没有了知觉。他想起支队长的重托，想起不满十八岁的列兵李世栋死时的遗憾，便在心里不断给自己鼓劲：

"顾小鳕你不活着出去你就不是个男人！

"顾小鳕你不活着出去你对不住死在你身边的兄弟首长！

"顾小鳕你不活着出去你根本就不配做人！"

那时顾小鳕知道，要出去就一定要把双腿解救出来，否则即使出去了，也将终身残废，那样的话，能帮谁完成遗愿呢？

顾小鳕稍微抬起上半身，用双膝和一只手撑地，另一只手开始继续挖，挖一会，停一会，开始挖破了的手指结痂后，又被重新挖破了，鲜血不停地往外渗。他在衣服上擦一下手，磨破的手指碰到衣服上汗水凝成的盐分，又开始钻心地痛。

他忍住疼痛，将手指疼痛的那条胳膊用来撑地，另一只手反过身去，继续掏挖脚上的土石，并使劲地往前蹭，拔出右腿。好不容易，右腿从被碎渣压着的战斗靴里拔出来了，他用力掐了一下，已经没有了知觉。

顾小鳕这时已极度疲倦，他只想停下来喘息，但是他知道一鼓作气再而衰三而竭的道理，这个时候他不能停下来，要是停下来，他怕再也没有勇气来重新鼓起勇气。

咬着牙，把嘴唇咬得出血，他一点一点，一刻不停地，又慢慢拔出了左腿。

这时的他全身都是伤，迫切要找到水喝。但水枪已被压住，拔不出来。他摸索着找到一根小管子，右手找到一块碎玻璃，用劲地划，很久都没有划开。

脑子里忽然电光火石似的亮了一下，顾小鳕手一缩，碎玻璃掉了下来。他猛然意识到自己刚才划的是一根煤气管，万一划破了，煤气泄漏，那不是自取灭亡么？

再无他法，顾小鳕只好忍受着干、渴、饿、烫、痛的煎熬，不再动作，以保存体力，迎来救援。

黑暗沉寂里又过了顾小鳕认为的可能是十天那么久的时间后，他终于听到了挖土机的声音离自己越来越近，激动和害怕一时间像接踵而至的两个巨浪，同时扑向了他——激动的是救援力量终于靠近；害怕的是救援队挖掘而碰掉石头，砸扁他的脑袋。

听着挖掘机震耳欲聋的行进声，已经极度虚弱的顾小鳕用力卷曲着身子，往后面自己将腿挖出来时形成的洞里缩去，他挖掉了压在腿上的那些碎砖渣之后，用手触摸到那上头斜斜地横着一根梁柱，梁柱上还搭着一块楼板。梁柱压着指导员的那一边低，压着他的这一边稍微高一些。现在他将楼板下的碎砖渣都挖掉了，正好形成了一个可以躬身而栖的小洞穴。

顾小鳕差不多是全身折叠一般藏到自己挖出的小洞穴之后，依然担心会被上头掉下来的砖头砸到。想了想，他又摸索到了之前用来喝过水的头盔，戴在头上。

在机械的轰隆声稍微停止的空隙，顾小鳕清楚地听到外面有人在喊："里面有人吗？"

顾小鳕又是一阵激动，他终于听到了人的声音！是带着活气的充满力量的人的声音，是带着希望之光而来的声音！那时的激动让他心脏再次痉挛，他想回答上面，但喉咙很久没有发声，他的嘴巴张了张，只觉得那个声音是在他心里盘旋，并没有出口。

他开始着急起来，将手含在嘴里吹着口哨。口哨的声音并没有把上面的声音吸引得更近，一着急，喊声居然这时候出口了：

"有人——

"来人啦——"

他连着喊了好几声，希望有人听到，哪怕只是一声！

但问话的声音似乎又走远了，他不禁又失望去起来。时间一点儿一点儿过去了，顾小鳕仍然一边叫，一边吹口哨，挖土机轰隆隆的声音在他的头顶响着，顾小鳕觉得自己不能太被动了，他可不是一般的受困者，他是从事救人职业的消防战士。

如此自我激励之下，他开始自己朝前上方小心翼翼地开挖。他首先摸索着抓住一块断砖头的下端，用力摇了摇，旁边掉下一些碎渣，他把手缩回，等灰尘落定之后，继续摸索挖掘。

几次反复之后，随着断砖下落，尘埃再次落定之后，顾小鳕欣喜地看到左前方射进白线一样的微光，他又开始激动，自己终于从地狱挖到了人间，重见天光了！他扯开喉咙喊：

"救命啊！救命啊！"

喊两声便停下来听听有没有人回答。但是只有听不清内容的人声、脚步声以及重物落地的等各种声音形成的嘈杂。顾小鳕像助跑一样，往里吸了一口气，再朝那透出一线白光的方向用力把声音送出去：

"救命啊——"

喊完后他侧耳细听，果然听到前来救援的人在说话，内容很清楚，中间包含的声调和情绪也能分辨出来，是带哭腔的中年男人的声音：

"等一会儿啊，我马上抬你。"

然后是几个声音一起喊：

"担架！担架！担架！"

顾小鳕一阵欣喜，他以为上面的声音是让自己等一会儿，但是他等了好几个一会儿，还是没见人继续来救。再后来，那一线亮光的地方竟然又被堵上了，顾小鳕重新跌入失望和担忧之中。

顾小鳕想了想,他判断刚才的那个中年男人的声音可能是对离他不远的另一个被埋着的人说的,可是在被埋的漫长时间里,他是亲耳听着一个个生命离他远去,去了另一个世界,难道救援者会对遗体说"等一会儿"?

应该不可能。

这样想着,顾小鳕忽然想到了另一种可能:在过去的漫长时间里,被埋的那些战友都只是想保存体力不想说话,或者只是说不出话,还有一息尚存!

想到这一点,顾小鳕高兴得心里一片亮堂,他觉得身体里又开始有了一点力气,在之前被挖开了一点儿的左前方,继续探索着挖掘。挖一会儿,又停下来仔细听听上面的声响,上面不断地有包括脚步声在内的各种声音纷繁杂沓。

这时候又有一丝亮光,银针一样刺过来,吓得顾小鳕抬手捂住眼睛,同时他听到紧挨着被埋的指导员的那个方向的上面,有好几个哭声在喊:

"头!小心,这是他的头!"

"指导员啊!"

"指导员!是指导员!"

"指导员最后还是灭火的姿势,水枪在他手里,扯不出来了!"

"指导员——"

"锯断水带,就让他,带着他的武器上路吧!"

在死寂里待得太久,顾小鳕的听觉敏感得像个扩音器,以至于这会儿他觉得耳旁挖掘的声音和脚步来去的声音,以及救援人员说话的声音,是有如炸雷一般。

听着这声量和内容都震耳欲聋的话语,顾小鳕心里绞痛起来,他在心里哭喊:

"指导员啊!来世我还做你的兵!"

当他感觉救援人员从他的旁边把指导员抽出废墟,便再次进行大喊前的"助喊",深吸一口气,再用尽全力拼命地喊一声:

"啊——。"

喊完之后，顾小鳕听见外面有个年轻的男声响起：

"这里有人！"

提高了八度的又一声：

"活着的人！"

有中年男人的声音在问：

"在哪里？在哪里？"

顾小鳕又一次地激动起来，他知道自己这次是真的被救援者发现了，自己抓住了生命的尾巴，自己重生了！他将手指头塞到嘴里，一声声用力地吹起了口哨。

救援者的声音传来：

"还有人吗？还有活着的吗？"

在寂静黑暗的废墟底下，在几次生死的临界点上，顾小鳕的眼前都曾出现盛鱼的身影，出现她的笑颜，甚至还清晰地听到了那有如口琴簧片一样金属质地的声音：

"如果黎明到来，光明不来，黑暗一直存在，你会永远抓住我的手不松开吗？

"如果掉到夜海的波涛里，不知道岸在何方，你会一直和我游下去，直至生命的尽头吗？"

他在湛江的海边，在那月落日出前最深重的黑暗里，给盛鱼的回答是：

"会。你在，我在。我们永远在一起。"

可谁会料到百天后，盛鱼会和他永别呢？谁又会料到，五年后，他也和盛鱼一样遭遇了生存绝境，在死寂暗黑的废墟底挣扎呢？

在瓦罐岭送别盛鱼的时候，在盛鱼留下的最后声音，那首堪称"绝唱"的《我心永恒》的歌声中，顾小鳕曾发誓要替盛鱼好好活下去，像电影里露丝一样，活到一百多岁，把盛鱼没活够的年岁赚回来，同时也好替盛鱼给她的父母养老送终。但是在废墟底下的几次意志崩溃的边缘，他都伤感而绝望地在心里对心上的盛鱼说：

"我来陪你啦，我们再也不要分离。"

现在，救援力量近在咫尺，人的求生本能像洪流一样在他的血管里奔涌，直往他脑门顶上冲。他忽然想到，盛鱼在她生命的最后一刻，肯定也像现在的自己一样，渴望一双救援的手伸过来，渴望一个充满力量的声音在耳旁说：

"不要怕，有我。"

当他吹着口哨，很久没有唾液的口里重又吹出了涎水，很久没有泪水涌出的眼睛又开始湿润，他的内心感到了自己从事的是一个多么伟大的职业。

他曾经对人施救，他那时不觉得自己有什么特别，至于"伟大"一词，从没有来到过自己的脑海中。看到伤者鲜血淋漓，看到死者死不瞑目，看到好好的房子好好的家具化为灰烬，他的心里只有灰暗和颓败，只有同情和怜悯。对于自己的施救对象，作为消防员，他没想过要对方怎么感谢或夸赞自己，只要对方不埋怨就心满意足。

而此时，当他以被救者的身份在生死一线间等待救援，他才觉出了自己曾经从事，以后还要继续从事的职业是多么的崇高，国家有这样一支以救人为职业的队伍是多么的重要。试想，在暗无天日的废墟底，如果不是满怀被救的期待，如果不是知道有这样一支专业的队伍在上头正对自己施救，他还会有信心和勇气苦苦支撑到现在么？

顾小鳕吹着求救的口哨，听着自己的同行，自己的战友，这些救命恩人从四边围拢了过来，他听到了他们兴奋的声音：

"听，口哨，在这里，在这里！"

"散开！散开！别踩着，小心！"

头顶又响起扔砖头的声音，顾小鳕感到他们现在是在用手一捧一捧地往外刨废渣、捡砖头，随后他又分辨出无齿锯等液压破拆工具在剪断钢筋的声音。他知道他们确定了自己所处的方位，便不再吹口哨。实际上他最后只是循着惯性保持吹口哨的动作：二十多个小时的高温烟气，二十多个小时水米未进，二十多个小时流血流汗，二十多个小时弯腰蜷伏，二十多个小时悲痛欲绝，早已熬干了他的体液和体力，他一直把手塞在口中保持吹哨的动作，是因为得救带给他的巨大的冲击力让他忘记了一切，此刻他脑子里一片空白，思虑纯洁得犹如初生婴儿。

右前方被刨出了一条罅隙，顾小鳕感到巨大的，犹如直视太阳那般刺眼的光芒猛然闯进了他的容身之所，他被光明鞭打，眼皮这肉帘子自动拉下，想睁都睁不开，这是他第一次感受到光的千钧之力。

有个声音如雷贯耳：

"找到了！找到了！医生！快！"

顾小鳕一只手捂着眼睛，循着强光进来的方向把另一只手伸了过去，四周一片欢呼！拓展洞口废渣的那几双手的动作明显加快。

有一只戴着救援手套的手握了一下他伸出去的手，那只手的主人说："你叫什么名字？"

顾小鳕用力张了张口，他没有听到自己的声音。他曾经学过吉他弹唱，声乐老师告诉他唱歌要用丹田之力来将声音推出去，歌声才洪亮。这么想着，他丹田一聚气，往上一推送，他就听到了自己嘶哑虚弱的声音：

"顾小鳕。"

"水，水！"

洞外递进来一瓶水，同时递进来一句话：

"小口喝，只能喝一点点。"

顾小鳕想着马上就能出去了，出去了不是想怎么喝就怎么喝，想怎么吃就怎么吃，想怎么撒野就怎么撒野？他在待了一天半的狭小空间里，充满激情地默念：

"广阔天地任我驰骋啊！"

他强抑兴奋和饥渴，喝了两小口，尝出了他们给的是盐水。

将盐水瓶递出去之后，有医生的手伸进来给他飞快地输氧和输液，又给他系上黑色的遮光布。一个中年男声响起：

"顾小鳕，公安部消防局陈局长来看你啦！"

顾小鳕将没有输液的那只手再次伸出洞去。

陈局长紧握着顾小鳕的那只伤痕累累，满是血痂和黑尘的手，哽咽着说：

"好啊！你是好样的！不愧是我们坚强勇敢的消防战士，一定要挺住啊！"

松手之后，顾小鳕听到这个陈局长的声音在对谁吩咐：

"加快速度，小心营救，医护力量要再加强，不能有任何闪失！"

顾小鳕听陈局长说完这句之后，内心被滚烫的激流冲涌，他在心里感念：

"消防队真好！活着真好！"

正感念着这温暖而动人的力量，顾小鳕感觉到一个话筒从洞口递了过来，同时一个女记者口吻的声音在问：

"你叫什么名字？"

顾小鳕哽咽着回答之后，那只话筒拿上去了，他听到女记者在说：

"顾小鳕，一个坚强的，好样的消防战士，在被埋二十九个小时之后，成功获救，此时，全世界都为他喝彩！"

至此，顾小鳕才知道自己竟然被埋了一天多的时间，他在心里感慨：

"真是度日如年啊！"

洞口从外围向内一点点小心地扩大，这时，一个熟悉的声音从洞口传来：

"妈妈来啦！乖崽啊，叫我一声！"

顾小鳕闻言内心一阵悸动，他听出来了，真的是妈妈的声音！他再次丹田聚力推送声音：

"妈——"

话音未落，顾小鳕便感到妈妈的头伸进了洞口，妈妈那熟悉的呼吸声也近了！他用尽力气向洞口挪了几寸，仰躺下来，像只坐井观天的青蛙，他想看到妈妈的面容，他已经将近五年没有看见妈妈了。

在黑暗中待久了，一点点光对人的视力都有很强的刺激，但那时，顾小鳕太想看见妈妈了,他自作主张地往下挪了挪遮光布,眯缝着眼,望向洞口。

但他还没有看清妈妈的面容,便感到一滴一滴的水下雨一般滴到他的脸上。有几滴顺着插在鼻子里的氧气管往腮边流去,有几滴滴到了他干裂的唇上,沁到口里。他尝了尝,咸的,是眼泪的咸味。

妈妈哭了!

二十三年前,他费力爬出同样黑暗的妈妈的产道,来到这个世上,尝到的第一个滋味便是妈妈香甜的乳汁;二十三年后,他爬出废墟底,死里逃生,重获第二次生命,他尝到的是妈妈的泪水,他再也不能自持,嚎啕大哭:

"妈妈呀——"

医生用力将屈大雪扯开去,同时喊:

"不能激动,不能激动!保持冷静,保持平和!"

一边喊,医生一边将手伸进来探顾小鳕的脉搏。忽然,父亲顾如铁的声音在耳边响起:

"真是我的好儿子!挺住啊!"

顾小鳕不由得又激动了,他喊:

"爸!你还活着!支队长呢?支队长还活着吧?他们都活着吧?都抢救出去了吗?"

这时的洞口已经被消防特勤队员用手工扒渣的方式,扩大到可以将顾小鳕的身子抬出。他听到支队政治处主任毛羽喊:

"担架!医护人员!你,这边,你,这边……好了,顾小鳕,我和战友们救你来了,你配合,能自己用点力最好,还有力气吗?"

顾小鳕点点头,说:

"我尽力。"

说完,他感到几双有力的大手抓住了自己的胳膊、腿、搂住了自己的腰。但由于洞口还是不够宽,容下了同时伸进来的几双胳膊,就没空间将顾小鳕抬出。毛羽只好调整方案,他对顾小鳕说:

"大侄子！好样的！你爸是消防队的铁人，你是小铁人，来，伸出胳膊，腿用点力气，身子侧一侧，我们拉你出来。"

顾小鳕按照毛羽的指挥，先是伸出那只没有输液的手。手被人从外面抓住之后，几近虚脱的他竭尽全力用一只已经失去了知觉的脚蹬地，上面的人齐齐用力，顾小鳕终于被侧着拉了出来。

由于拉的时候，洞穴边的钢筋挂掉了开始医生给顾小鳕蒙上的黑色遮光布，他被拉出之后，强光像雪亮的刺刀朝他双眼刺来，他不由得用力闭眼并难受得左右移动脑袋想躲避强光，这时，一条领带马上蒙住了顾小鳕的眼睛，他被抬上担架。顾小鳕的妈妈屈大雪、支队政委庞正江以及政治处主任毛羽一行人朝街边停着的救护车跑去。与此同时，应急指挥部事先安排的等在废墟警戒线边的十个警察马上围过来，排成担架前后各两个、左右各三个的阵势，护卫着这名支撑了二十九个小时，刚刚从鬼门关里逃出的消防战士。

市立一医院的救护车边，这时嗖地驶来一辆黑色的轿车，然后又吱地停下。一个秘书模样的男青年从副驾驶坐上飞快地下来，又迅速转身拉开了后车门。已经升为市卫生局局长的原市立一医院的院长孔武力从后座上下来，跟在他身后的是一个戴着金丝眼镜的五十多岁的白净脸皮的男人。他们看着不远处，被一堆记者追逐又被警察护卫着的顾小鳕的担架。这担架像蹚沼泽地一样，艰难地蹚过人群推过来，这个戴着金丝眼镜，被孔武力局长尊敬地唤为"谷院士"的男人感叹道：

"他马上要成为我的病人，但现在，他是记者的采访对象、警察的安保对象，这是一组客观存在的矛盾关系：记者完不成现场对他的采访，记者失败了；警察没有有效拦阻记者对他的打扰，警察失败了；你们大老远地把我请过来，如果我没能抢救他过来，我也就失败了。"

孔武力局长还没有来得及回应谷院士的说话，担架就歪歪扭扭突破人群来到了救护车边上，事实回答了谷院士的三个假设：记者们"失败"了，他们始终被警察推到一米开外，推过去又弹回来，再推，又再弹回来，像当时小朋友们正玩得起劲的溜溜球。但眼看着警察就要成功完成顾小鳕的安保任务，成为谷院士说的矛盾关系里成功的那一方。谁知危急关头，警察却也失败了——这边正要将顾小鳕的担架往车上堆放，车那边以迅雷不及掩耳之势冲过来一个三十来岁的女人，死死揪住担架，大声问顾小鳕：

"顾小鳕！你的指导员呢！他们都说你和指导员一起打火的！"

从废墟到市立一医院的救护车停放点，这不到五十米的距离里，无数个长长的杆子挑着话筒越过警察的头顶、肩膀，伸向顾小鳕的担架。那些话筒的主人喊破了声音采访顾小鳕，顾小鳕哼都没有哼一声。但现在，顾小鳕熟悉的指导员妻子的声音在耳畔响起，被高热和虚脱弄得头脑混沌一片的顾小鳕忽然有了片刻的清醒，两行眼泪从遮住他双眼的染了黑色烟尘的金色领带下流出，他哽咽着说：

"嫂子，对不起！"

头一偏，浑身抽搐，只几下，不再动弹。

顾小鳕眼睛上用来遮光的领带，是他的父亲顾如铁从脖子上摘下来，亲手蒙上去的。五年前，高照大剧院的一把大火，烧得他妻离子散，自己受牵连脱了军装，摘下了军用制式领带。投奔发小潘定安之后，董事长潘定安给他置办了一套国际品牌的白色西装，配了条金色领带。那时潘定安望着换上白西装，打上金领带，浑身不自在的顾如铁说：

"都说你是消防队的一只虎，但我公司和气生财，不要吃人的老虎，要白马，唐僧骑白马取真经，阿弥陀佛，今天开始，你就是白马王子啦！是金领啦！"

加入潘定安的公司之后，他系着这条领带，穿上白色西装，真的像匹不仅会赶路，还会办事的白龙马一样，仅用了两个月，便给刚刚竣工的定安楼补办了一切手续，把之前亏欠的所有证照都跑下来了，"定安楼"这个黑市孩子终于上户口了。为此，尽管他让潘定安给他管理的消防公司亏了钱，潘定安还是给他奖励了一台桑塔纳。然后，他又开着桑塔纳，还是系着这条领带，拉着儿子，在潘定安组织的家宴上，让两人结成干爹干儿。

一天前，儿子来给干爹潘定安开发建筑的定安楼打火救援，不料楼塌人埋，恩怨错乱纠结，金色的领带，也成了废墟里爬出来的儿子眼上的遮光布了。

多年来在消防队训练出来的结绳本领，让他飞快地将领带遮住儿子的眼睛，并在耳边打了一个漂亮而扎实的结。结打好了，担架迅速地推走了，顾如铁却愣怔在原地，看那个结随着担架的推动，像只笨大的蝴蝶一样在儿子那红肿的头脸边颤动，顾如铁不由得感慨万千。

他的耳畔又响起在漫长的二十多个钟头的等待中，前妻屈大雪神经质一般反复哼唱的一段戏文：

"俺曾见金陵玉殿莺啼晓，秦淮水榭花开早，谁知道容易冰消！眼看他起高楼，眼看他宴宾客，眼看他楼塌了！这青苔碧瓦堆，俺曾睡风流觉，将五十年兴亡看饱。"

顾如铁回头望了眼已成断壁残垣的定安楼，望了眼还在废墟上躬身搜救的曾经的同行，再用想象的穿透力望了一眼仍然在废墟底下生死未卜的战友兄弟之后，便爱恨交集地一扭头，朝停在路边的救护车奔去。

他现在的妻子梅丽贞的电话忽然响起，他连忙接听，手机那头传来了愉快的声音：

"你当外公啦！发作一天多，还是自己生出来的，我女儿体质真好！"

又说：

"是个男孩，他潘定安终于有后了！那楼啊车啊，不都是我女儿我外孙的，我女儿真有福气！"

十九

　　定安楼垮塌之际，高招电视台名记者欧阳至尊的妻子阮眉，正像小时候守着煤炉"看饭"一样，在"看"药——她拿陶药罐煎煮保胎的中药，中药需在液化气小火上慢慢熬，药性才能释放到液体中。阮眉舍不得这点时间，便依着小时候养成的习惯，随手拿了本《鲁迅全集》翻看，翻翻到了那篇《论雷峰塔之倒掉》。

　　这篇杂文很短，最后一行只有两个字——"活该"。每次看这篇文章，阮眉都要从头仔细往下看，然后看到"活该"，就莞尔一笑。其实她差不多能背下整篇文章了，但她还是想看整个内容，然后在"活该"处释放自己的快意。这种感觉就像看世界杯上的进球回放，谁都不会只看临门一射那一脚，肯定是先要看其他队员如何传球，如何过人，如何创造机会，然后再看射手怎么从人后钻上来，精准有力的临门一射，那才快意。

　　当阮眉正饶有兴致地看鲁迅先生如何在短文里花了长长笔墨写怎样从蟹壳里翻出"法海"，忽听不知哪儿传来轰隆一声。她尚沉浸在书中：

　　"雷峰塔倒了？"

　　马上又从书里出来，她想自己看的又不是有声读物，怎么可能配音效呢？

　　哑然失笑之后，她估计刚才这一声响是来自窗外，她将书反扣在灶台上，也不去管那个就要出现的文末"活该"以及随之将来的快意，便急匆匆出到客厅的北窗和南窗分别看了一下。看到南窗的时候，她发现之前定安楼上空飘着的黑烟里，渗进去了许多土黄色，并且先是矮下去，然后逐渐才升高。她想了想，忽然浑身一个寒颤：

"楼塌了？定安楼塌了？我家欧阳！"

她听到自己的心里也轰隆了一声，马上跑到沙发边，拿起电话拨打丈夫欧阳至尊的手机，那头传来的声音是：

"对不起，您拨的用户不在服务区。"

一个多钟头前，她明明听到丈夫接的电话里，是说让他赶快去定安楼火灾现场采访；现在，火灾现场升腾起的烟雾肉眼可见，丈夫也肯定还在火灾现场"服务"，手机怎么会"不在服务区"？

阮眉感到了灾难的临近，心狂跳起来，她又拨打了欧阳至尊徒弟凌度安的电话，这回电话先是占线，再拨打，很快被接通了，却是凄厉的悲声：

"救命啊！楼塌啦！"

阮眉觉得眼前一黑，如窗口飘过一片乌云，但她告诫自己一定要临危不乱，她不是普通的弱女子，她是北漂过多年的久经沙场的名记者。

电话那头还在语无伦次地喊：

"快来人啊！救命啊！我在，消防车底下了，我腿断了，救我啊，我动不了了，车一动我就死了啊！"

阮眉问：

"你师傅呢？欧阳至尊呢？"

电话那头还在哭诉：

"看不见！都是灰，都是烟，我什么都看不见！空气又烫人又呛人，救命啊！"

阮眉将电话一撂，忘了厨房里正熬着的药，也忘了换下粉红色薄而透的家居服，更忘了自己都没有穿内衣，赤脚还在拖鞋里，就朝外冲去。

她一边在街上快步走着，一边挥手拦车。好不容易拦到了一辆出租车，她拉开车门往副驾驶座上一坐，也没去揣测年轻的男司机异样的目光，就说：

"定安楼，火车站那边的那个定安楼。"

男司机说：

"住那里？家里起火了？"

阮眉心里着急，旁边的司机说什么她完全没有听进去。她想跟欧阳至尊或者是他的徒弟凌度安继续联系，这才发现自己出门没换衣服，没带手机、钥匙，连钱包都没带，她急得哭起来。

那年轻的男司机注意到了她在家居服的两侧摸了摸，结果一无所获的动作和接下来的表情，便安慰她：

"我送了好几趟去定安楼的了，还送了伤员到附近的医院，都没收钱，这么大的事，能出点力就出点力吧。"

见阮眉还在哭，又说：

"高照大剧院起火那年，我还是学生，我从里头跑出来了，平安无事，我看到好多社会车辆送人去医院，我也帮着抬人了，我表妹在那把火里也死了，人很脆弱的。"

这个男司机就是曾租了顾如铁所在的大队营房门面开蛇馆的佘香香和金胖子夫妇俩的儿子金泰山，当年疯传的屈大雪的那一句"领导小心，领导注意安全"，最初就是他在市立一医院的警戒线外，看着顾小鳕的背影说的。

少年时的金泰山本来就不是个听话的乖孩子，那日高照大剧院舞台火起，他和几个顽皮的学生站起来挤着、跳着、叫着看了一会儿火花飞溅的"奇观"之后，想冲到舞台附近细看看到底是什么表演，或者是发生了什么事情。但是坐在他前面一排的学校校长这时候拦住了他们，大喊：

"别挤！别乱跑，一排排撤，是起火啦，别看啦！"

他可没听"一排排撤退"的命令，本来就有"泰山猿猴"之称的他，这会儿明白了台上是起火了之后，更露出猴子的本性，直接跳起来，踩着座椅背脊，一排排跳过去，后来似乎又踩着人的背脊、肩膀和头，他也没管被踩的人嗷嗷乱叫，被踩倒再也无力起身，他只管他自己百米障碍跑一般地往前冲，直到他闯到了剧院前厅，闯出了火场唯一开着的那扇门。

他的"顽劣",让他当时在火场救了自己一命,但当他逃出火场,回头看到那些被踩得鲜血直流,被烧得面目全非的同学和老师的时候,心里就开始不安起来,脚底下也开始发软。想着双脚踩过的那些人,是不是就是最后跌倒了爬不起来,被活活烧死的人?他像摸了电门似的,浑身发起抖来。

后来父母在大剧院外面找到了他,又带着他一起找尚在火场的表妹,更大的惨状出现在他眼前的时候,他便觉得内心有些什么东西在垮掉,一块块不知名目的,从心墙上垮掉的断砖头纷纷掉到他心上,砸得他心生疼。

再后来,父母带着他和表妹的父母一起到市立一医院,想在那些已被送进医院的伤亡者里找孩子,却被警察拦在了警戒线外,如何哀求都不得进。金泰山那时目睹这边普通民众不许进,那边顾小鳕利用特权却可以在市长的一个点头后,让警察拉起的警戒线为其开缺口,朦胧中他想起了起火不久的时候,大剧院的舞台上拿着话筒的女领导,一直喊"领导小心,领导注意安全"的话。他想如果自己踩着别人的身体闯出了火场有错,那这个是大人的领导更有错,以错比错,他的心里会舒服一点,这样一来,他便对自己的父母脱口说出这句后来引起了民愤,也引起了远在北京奋斗的高照籍女记者阮眉注意的话。

金泰山火场上不听话,平日课堂上更不听话。起火的那一年正好是初三上学期临近期末,过完年再去学校上课,看着班上的老同学因为伤亡将近半数没来上课,早两年没少操心自己的班主任也命丧火场,他便更加魂不守舍,直到中考来临,他考了两门之后,发现会做的题目加起来都不满三十分,便干脆不再考其他科目。

高中没考上,父亲和母亲开的蛇馆也关张歇业,他在社会上混了两年,就跟着父亲弄了辆出租车轮着开,他母亲则顶了一个麻将馆开着糊口。但父亲人胖,又散淡爱自由,开了不到一个月出租车,便提出和他的母亲佘香香一起守麻将馆,三缺一的时候,可以顶上去搓几圈。如此一来，金泰山总是独自开着车转，他不求发财，只求安逸，能糊口就行。

高照大剧院的那次火灾在他心里留下的阴影一直没能消除。这以后的几年，大剧院没拆之前，他每年总在表妹的忌日，也就是他的老师和同学的忌日，偷偷去瓦罐岭墓地烧几堆纸钱，说说这一年高照市发生的事情，说一说他知道的活着的同学们各自的去处和变化。高照大剧院拆除，又建起了青松广场之后，他一有时间，便去青松广场里那几棵刻着表妹名字或是生前和自己最铁的几个同学名字的松树下坐坐。开车的时候，他会摆上些零食，端着矿泉水瓶子当酒，吃一点，喝一点，讲几句话；不开车的时候，他会带上啤酒和香烟，去那几棵松树下，光抽烟喝酒不说话，心事下酒，往事下酒，直到把自己喝得云里雾里，才跟跟跄跄的回家。

这五年来，不管是瓦罐岭墓地上的祭奠，还是青松广场上的陪伴，抑或是到市政府给所有在大剧院火灾中失去亲人的死难者家属建起的"凤凰"小区去探望，所见所闻都让金泰山无限感慨。这些见闻是秋风，秋风吹老少年人，他二十多岁人的心上，撒了层和年岁不相符的秋霜，秋霜就是他心上脑海里时常起来的喟叹和感慨。

瓦罐岭墓地上，头一年的祭奠，一家来了好几个，人数多得只见人头于烛火青烟中晃动，根本看不见墓碑。但到第二年，祭奠者就少了一半，每家派出一个代表，匆匆点了鞭炮，烧了纸钱便离去，金泰山有意四顾，墓碑下看不见几个晃动的人影。第三年更少，到第四年，金泰山发现，许多不去墓地祭奠的那些学生的家长，都转到了青松广场来了，他们的手里，或牵或抱着一个孩子，相比于第一年墓地上的齐放悲声，这时候他们都笑声朗朗了。

金泰山的姨妈也再生了一个男孩子，当他去"凤凰"小区看姨妈的时候，姨妈的这个新家里，已经没有了表妹小时候的那些可爱的演出照了，姨父还特意嘱咐他：

"别提你表妹，影响你姨的心情，会影响奶水，会影响你小表弟长个子。"

说得金泰山在心里只替表妹抱屈，替她和像她一样命运的自己的那些好同学难过。他想，一个活生生的人，说没了就没了还犹自可，关键是至亲为了自己好受一点，还要刻意去忘却。生个孩子，就像蒲公英吹把种子出去一样无情，一样无牵挂，那人活一世，真的和草木活一秋没有区别了。

终归都是悲剧。金泰山无法左右别人的行径，便在心里确定自己的人生观——不为难自己的前提下，尽量地去帮下别人。太为难自己，也大可不必；很为难别人，那不如求己。

当这日清晨出车，他看到定安楼大火，忙乱喊叫的人群找不到交通工具，他就决定义务送人了。当他送了七趟与定安楼大火有关的人员来火场，或去医院，或到各自的单位之后，他碰到了神思恍惚、穿着家居服就出门的阮眉。发现阮眉坐到车上后魂不守舍，钱包手机都没带的时候，金泰山便将心比心地安慰起了她。

哪知那时阮眉一句话都没有听进去，她一直在想，到底是先绕一下去娘家拿了钥匙，回去拿手机和丈夫联系，还是先去现场，找到了丈夫再说。还没想明白，金泰山就将车开到了幸福楼以南两条街外的警戒线边停下了，他说：

"警戒线又推远了，你只能在这里下来，往里头再走三条街就到了。"

阮眉下得车来，凭着一个记者多年练就的见缝插针的本事，她很快就突破了第一道警戒线，往里跑去。第二道警戒线，阮眉绕来绕去，始终没找到突破口，见缝插针的本事用不上，她便用上了唇枪舌剑的本领。

首先她实话实说，报出了丈夫欧阳至尊的名字，说他在现场采访，自己是他的家属，接到他徒弟的电话说楼塌了，徒弟在消防车底下躲着，而丈夫却不知去向。

警察的人体组成的防护墙，真的变成了没有耳朵没有嘴巴的墙体，谁都铁着脸，谁都没有看她，也没有回答她，似乎她和其他要求入内的人，都是空气里飘动的尘埃。

阮眉看这边哀求不成，又换了个地方，换了个警察去求情，她这次放弃了记者实话实说的方式，用上了这两年作为一个作家惯用的虚构法，将自己虚构成定安楼的受灾户，要去火场找父母，她说得眼泪汪汪：

"他们还活着的话，我要亲自背他们出来，如果有什么不测，那也要允许他们唯一的女儿给他们送终啊，你也有父母，人之常情你不可能不理解吧？"

警察这回没把她的话当尘埃，但是她也没有得到入内的允许，警察还是没有任何表情地说：

"一个小时以前，定安楼的所有住户都已平安撤离。"

阮眉马上说：

"我没有找到他们，他们躺在床上不能动，也没有力气说话，更没有力气求救，你就让我进去找吧。"

警察这回有了表情，是紧张着急又担心的表情，这个警察用对讲机和他的上级汇报联系之后，对阮眉说：

"你住哪一栋哪一楼？门牌号码？消防帮你救。"

阮眉听这个警察向上级汇报的时候，就知道虚构牌也打不成了，她趁警察放松了对她的警惕，猛然往里冲去。但警察训练有素，本能地一抬手，她就被推得后退几步，跌倒在地上。

阮眉从地上爬起来的时候，肚子有点儿疼，跌坐时，屁股和腰椎也疼得很，她没有在意，心里挂牵着生死未卜的丈夫。哭喊叫骂和汽车警笛组成的巨大喧嚣里，她迈开步子，马上又朝另一个方向的警察墙那边疾走而去。

这次她拿出了京城历练多年的属于记者这个"无冕之王"的职业给予的霸气，她昂着头，走向定安楼废墟南侧的幸福楼边路口。这个路口是通向火车站的主干道，路很宽，双向六车道，但现在两头已被封锁，路的西侧停着一溜消防车，东侧停着一溜救护车，第二道警戒线就在消防车队和救护车队的末尾。阮眉走向了救护车队的末尾，她发现那儿可以观察到通向废墟的那条巷子口里抬出的担架。这时她的小腹和屁股痛得厉害，但是前几次的苦情牌没起作用后，她觉得要拿出些气势才行，于是昂首阔步向着救护车队末尾站着的警察走去。

阮眉昂着头，用几乎标准的普通话向警察自我介绍：

"我是新华社记者，请让我进去采访，新闻的时效性和时机性不容错过，感谢你支持我的工作。"

那个站在救护车正后方的警察看了眼阮眉穿着的家居服、拖鞋里的赤脚，他和旁边的警察相视一笑，没有理会阮眉，而是继续刚才俩人谈论的话题。

阮眉遭到了轻视，还感到被讥笑，她循着刚才警察的目光低头看了一眼，看到薄薄的粉红色家居服里，自己的胸部若隐若现，她心里一阵懊恼羞愧，面上却没表现出来，她继续说：

"昨晚连夜赶稿，现在情况紧急，我是从旁边的宾馆被同事的电话打醒的，按规定只有我才有权采写今天这么重大的新闻，所以你必须让我进去。"

两个警察同时说：

"任何人不得入内。"

其中一个年轻的警察补充说：

"何况你什么证件都没有。里头有多乱，多危险，我们这是保护你，你晓得不？"

阮眉看着通向定安楼废墟的巷子里推出的担架，走向了她目力不能及的救护车，心上更加着急，她提高声音朝那副担架大喊：

"欧阳至尊！我是阮眉！欧阳至尊！我是你老婆啊！"

她的声音淹没在巨大的喧嚣里，围着担架的穿着制服没穿制服的人，没有一个看向她这边。阮眉心急如焚，她准备在这辆救护车开过来，路中间的警察人墙让开的时候，瞅空往里闯。正紧张瞅着救护车有可能开来的地方，她身旁一个年龄稍长的警察问：

"欧阳至尊是不是原来在报社，后来又去了电视台那个？"

阮眉闻言心里一亮，她知道她所处的是个关系社会，向来是熟人面

前好说话,好办事,于是连连点头说:

"是的,我原来是他的同事,现在是他的妻子。五年前高照市主管文教卫的副市长屈大雪,还有和她一样不顾火场学生的生死独自逃命的官员,就是我的报道助力送他们上法庭的。"

谁知那个中年警察冷笑一声:

"欧阳至尊是个小人,我兄弟顾如铁是条汉子,他老婆屈市长也是个好人,他们是一床不睡两号人,你们也一样。"

阮眉气得咬牙切齿。这时候救护车"哎哟哎哟"叫着开了过来,路中间的警察松手让出一个口子,阮眉的身子一侧,擦着救护车往里冲去。年轻警察喊叫着要去追,中年警察拉住了他:

"让她去,这种人,不吃亏不晓得自己几斤几两。"

这句话阮眉没有听到,她更不知道擦着她身子过去的救护车里,躺的是受不了儿子被埋的打击而昏迷倒地的屈大雪,阮眉这时心里只想知道丈夫欧阳至尊的消息,但她冲到废墟边的最后一道警戒线时,又被拦住了,不过这里至少能看见废墟里忙碌的消防官兵,能看得清每一个从里面抬出的伤者和亡者。

阮眉在定安楼火场废墟边守候着丈夫的消息,却不知道自己的家里也成了火场。她匆忙跑出来之后,她家厨房液化气灶上熬着的药罐被烧干,然后炸裂,药渣被引燃,然后又引燃她反扣在灶上的《鲁迅全集》,火力就在沉默的《鲁迅全集》里爆发,熊熊的火焰又引燃了灶台玻璃窗上装着的换气扇。阮眉有着许多职业女精英和现代女知识分子的通病——十指不沾阳春水,书房整洁而厨房脏乱,这就导致了厨房的换气扇上油污寸许厚,换气扇下方的玻璃和灶台上,同样油污斑驳,看不见原来的底色。

灶台、玻璃窗和换气扇上的油污积垢都被火舌舔着的时候,引起了楼上住户的注意,他们刚刚听说了定安楼大火烧塌了楼房,自己的楼下又马上起火,一时间大惊失色,一边喊着、扶着、抱着家里的老老小小从楼梯往下逃,一边拨打119。他们拨打火警电话的时候,心里还担心没人接电话，担心没救火车过来，以为全市的救火车都去了定安楼打火救援了，没想到火警接通之后，不到五分钟，就有一辆消防车开到了他们楼下。

他们仰头看着六名消防官兵冲到阮眉所在的楼层之后，从楼梯间窗口爬到了着火的窗口下的空调架上，一人拿干粉灭火器喷射，一人破拆玻璃窗，浓烟火苗又从破窗洞里冲出，火苗冲出之后被压下去，其中一个年龄稍长的消防兵从窗口钻了进去。

阮眉楼上的邻居仰头看得脖子发酸，正准备上楼看个究竟的时候，消防官兵却陆续下来了。他们抬手看了一下表，前后不到十分钟，他们冲满脸黑烟的消防官兵竖起大拇指：

"我不知道，你们这么快的速度，定安楼怎么会烧垮！"

穿着指挥服的消防官员说：

"是你报警及时，再迟一点，液化气罐就会爆炸，我们进去的时候，液化气灶和气瓶子的导管都烧断了。"

阮眉家的这起险些又酿成大灾的小火，被她家邻居及时报警，又被消防员及时扑灭。一个月之后，定安楼开发建筑商潘定安被批捕，他委托律师私下里四处搜集消防队接警和出警不及时的证人和证据。当阮眉楼上的邻居听说之后，便主动要给消防队作证，证明消防队在遭遇定安楼坍塌大事故的同时，还及时接警，及时出动，他说：

"那定安楼起火的时候，全市都太平无事，肯定是更及时了。"

虽然后来律师说阮眉的邻居证言无效，但是，这位邻居的这番话对于那时正遭受失去战友的痛苦又受到误解和质疑的高照市消防支队队员来说，无疑是一副安慰良药，套用《水浒传》里的"及时雨"，他们那时都称阮眉家的这把火为"及时火"。

当那日消防队员将阮眉家的火扑灭，走下楼梯的时候，定安楼废墟通向大马路的巷子口，又一前一后一推一抬送出了两副担架。前面推着的担架上躺着的是欧阳至尊的徒弟凌度安，后面抬着的担架上躺着的便是欧阳至尊。欧阳至尊在生死存亡之际拼命保护完整的摄像机，已在他徒弟凌度安的允许下，被拿去了电视台机房——欧阳至尊是昏迷的，而他的徒弟凌度安是清醒的。清醒的凌度安也先于欧阳至尊被消防队员从消防车下救出，但他一放心不下师傅欧阳至尊，二放心不下自己和师傅在大楼坍塌之际拍到的珍贵素材，因而坚持要在废墟旁等着师傅被完全挖出再一起去医院。正是他的坚持，让阮眉在巷子口的等待没有白费，凌度安在拥挤的人群中一眼就发现了阮眉，他大喊：

"师母，我们在这里！"

因为凌度安的一声喊，阮眉得到特许来到了丈夫欧阳至尊的担架边。不过凌度安高估了阮眉的承受能力，他以为阮眉看到欧阳至尊还活着，会放下心来，以为阮眉作为一个曾经的名记者，多么危难的场面，多么惨烈的情景都见过，因此见到丈夫的伤口不会承受不起。他没有想到，当阮眉冲过来，看到欧阳至尊被砸得血肉模糊白骨外露的下半身，当场大叫一声，就昏死过去，肚里那好不容易才怀上的双胞胎，也不可逆转地双双殒命。

欧阳至尊和阮眉夫妻双双被送进医院。一个星期之后，阮眉的身体得到恢复，心灵却受到极大创伤，在她被告知极有可能终生不孕的情况下，她的丈夫欧阳至尊也被告知永远失去了生育能力。另外，医生还沉重地告诉了她欧阳至尊的状况：

"一是有可能终生不能脱离拐杖；二是会影响其大小便功能，有可能终生不能脱离导尿管；三是膀胱机能下降会导致肾积水，并进而导致肾功能下降。"

当阮眉问及丈夫多长时间可以出院时，医生说：

"半年或者一年都有可能，甚至需要更长的时间。可以肯定的是，患者终生需要到医院检查，现在每月需要大约两万元的治疗费，你们要做好思想准备。"

失去了腹中好不容易得来的双胞胎，又双双失去传宗接代的能力，两两相加便是个灭顶之灾，那时阮眉恨得咬牙，接下来医生又说到丈夫的终身残疾和天文数字的治疗费用，等于洪水灭顶之后再压了块石头。

怎么办？

从医院回来之后，阮眉才知道自己家里同时还遭了火灾。当楼上的邻居在她家门口拦住她，夫妻俩绘声绘色地给她讲怎样及时报火警，消防队员又如何及时出警，及时灭火，及时防止了液化气罐的爆炸，一向温文有礼的阮眉竟然没说半个谢字，也没有一丝笑容，只是木然地听完，然后木然地开锁进门，又毫不客气地关上了大门，把这夫妻俩想进去看看火灾现场的念头生生关在门外。

阮眉家庭遭受的沉重打击，那时邻居尚不知道，因此阮眉当时的表情让他们夫妻莫名其妙。丈夫想了想，边往楼上走，边小声怪妻子：

"人家家里遭了火灾，你讲得那么高兴，这就不是件高兴的事，人家怎么高兴？你眉飞色舞的，好像我们在幸灾乐祸。"

其实邻居刚才讲什么，阮眉一个字都没听进去，她沉浸在内心的悲哀里。她在算账，一个月两万，十年多少万，一辈子有多少个月，又有多少个两万？算来算去，她在心里算不清，她想进屋拿个计算器算算。打开房门，她还没来得及去想计算器放在哪里，便看到了白色镜面砖的地板上，有几行大大的脚印。有个脚印里静静地停着拇指宽的一条烧过的纸屑。她觉得纳闷，走过去，蹲下来，捡起纸片，纸片周围焦糊的地方立即碎掉，只剩中间两个字清晰可见：

"活该！"

阮眉捏着"活该"，逆着大脚印走向厨房，她看到了厨房门边的液化气罐，罐子上蒙着抹布，连着灶台的导管已经断掉，是被火熔断的痕迹，灶台上一片焦糊碎渣，静躺着几片陶制药罐的瓦片。已经不再透明的玻璃碎在糊渣上，留着干粉灭火器扫过后的痕迹。阮眉看向只剩空空窗棂的窗户，几个被烧焦的格子和窗格子边缘锯齿的碎玻璃框出窗外灰蒙蒙的天，使得整张窗户看起来像一个皮肉尽失、龇牙咧嘴的骷髅头。

阮眉这才想起一个星期前，从家里匆忙出去的时候，是在煎药看书的。药是保胎药，姐姐千辛万苦从北京的老中医那儿找来的保胎良方，自己还没来得及喝下去，胎儿先没有了，以后也不会再有。想到这儿，阮眉蹲在地上嚎啕大哭，直哭得天昏地暗，哭到眼睛肿得看不清手里捏的"活该"二字。

但她知道手里捏的是"活该"，是《鲁迅全集》里的那篇《论雷峰塔之倒掉》的最后两个字，以前她每次看到这两个字都会快意地一笑，现在，大哭之后，眯着红肿的眼睛，她也在嘴角笑了一下，但这时只有她手中的"活该"二字看到她的笑有多难看，多骇人。她保持着嘴角的这条骇人的笑纹，走到客厅的电话边。

电话听筒是一周前她匆忙扔下的，直到现在还没有扣上，像藤上结着的一条老丝瓜一样耷拉在角几边沿，一动不动。她抓起听筒，往支架上扣一下，再拿起。她拨了一个电话，电话是打给北京的姐姐阮黛的，她要邀请姐姐姐夫来高照市助她复仇，她觉得此时的身体里，有了白娘子当时的勇气和力量。

姐姐阮黛和姐夫柯正当第二天就赶到了高照市，他们一起算了一笔账：欧阳至尊现年三十六岁，至少再活三十年，不算物价上涨，每个月花两万，三年是七十二万，三十年便是七百二十万，他们至少要准备七百二十万。

七百二十万的数字一经算出，他们自己都被吓住了。阮黛问妹妹，高照市政府和电视台是否会将医药费负责到底。阮眉说，父亲在第二天便去问了，电视台不是事故责任单位，只能尽人道主义，往工伤那边靠，看能不能给一些补偿。市政府也不能负担医药费，但是会垫付前期的治疗费用，这个"前期"到底有多久，相关人员委婉地答复阮眉的父亲：

"也就是进院时所垫付的这三十来万吧。"

阮眉那时候倒是清楚自己该找谁。她从给姐姐拨电话的时候起，就将目标锁定了定安楼的开发商潘定安，这个高照市有名的大富翁——是他的楼压伤了自己的丈夫，是他的豆腐渣工程让他们夫妻断了后。白蛇娘子被压在雷峰塔下，她还有个状元儿子来祭塔，她和丈夫一辈子都不可能有孩子了，想起这一点她心里就生出无限的痛和恨！她将恨都锁定潘定安，她一定要他付出代价！

阮眉那时候想，法海被罚一辈子在螃蟹壳里不得出来，除非螃蟹断种的那一天，他潘定安最好也被罚到哪个壳里出不来，对，最好是乌龟壳，千年王八万年龟，让他家千年万年世世代代都做乌龟去吧！

她心里那时这样诅咒着潘定安，嘴上和姐姐姐夫说得没这么情绪化，她只对姐姐阮黛说了五个字：

"请个律师吧。"

第二天，姐姐阮黛请来的律师告诉阮眉：如果3·22定安楼大火是一起意外事故，那受重伤的欧阳至尊不能提出索赔；但若该大火定性为责任事故，事故的责任方必须做出过错赔偿，那样的话，欧阳至尊便有权力索赔。

阮眉的姐姐阮黛安慰妹妹道：

"别急，给我点时间，我会替欧阳，替更多的百姓讨个公道的。"

姐夫柯正当也补充：

"那些名垂青史的文章，大都是推动社会进步的檄文，社会发展到今天，我们手中有笔，更要做社会的良心。"

二十

阮黛只用了半月时间,便挖出了不少干货。当她和妹妹阮眉商量用什么主题来结构文章,取个什么题目发表时,阮眉想起自己和欧阳至尊出事那天,也是定安楼垮塌的那一天,她边熬保胎药,边看的鲁迅先生的文章。那篇文章叫《论雷峰塔之倒掉》,阮眉于是说:

"就叫《论定安楼之倒掉》吧。"

姐姐阮黛马上否定:

"还论什么论!应该是质问,就叫《质问定安楼之倒掉》!"

题目定下来之后,阮黛只花了一天的工夫,便将她丈夫柯正当说的"檄文"一挥而就。文章展开阐述了这样几个质问:

"如果不能把大楼坍塌的原因找出来,那么,我们拿什么告慰英烈的在天之灵?"

"一个五证不齐全的商品房为何能够出售?"

"谁同意了开发商擅自增加楼房的层数?"

"一个在建筑行业非常普遍的违规违法现象,有关部门为何管理得'比较松'?"

"没有经过专家权威部门验收的大楼何以向百姓出售?"

"这是开发商想蒙混过关,还是有关部门犯有渎职罪?"

"一个无资质的建筑商为何能承接建设项目,一个靠借用他人资质的建筑商何以能够偷梁换柱,提升自己建筑资质?该省的建筑单位资质证书是怎样管理的?"

"一个消防隐患如此严重的大楼,在验收不合格的情况下,将《消防法》置于何地?"

最后,阮黛犀利发问:

"消防部门对一座存在严重消防隐患的大楼已经提出了整改意见,但是,我们的消防战士却牺牲在这座豆腐渣大楼里,我们第八个问题是,我们的消防战士能不能向大楼的开发商、建筑商索取赔偿?

"从根本上说,高照定安楼就是一座'不折不扣的违章建筑'。我们不知道,盖这座大楼背后有多少黑幕,有多少权钱交易,我们甚至无法预测在高照还有多少这样的违章工程,它的倒掉已不足为奇。定安楼的问题只是高照市无数大楼之中的一个象征,甚至它也只是中国目前建筑界的一个缩影。在全国各地的城市扩张运动中,有多少像这样的违章工程?有多少大楼还存在消防安全、建筑安全隐患?这种反思和质疑显然不仅仅是针对高照市的,不仅仅是针对高照的哪一个部门,这是一个令人愤怒的普遍现象,一个期待政府严厉惩治的现象。目前,国务院派往高照的联合调查组称,高照3·22大火是'特大火灾坍塌事故'。对于这样的事故,我们像全国所有正直的公民一样期待着有关部门继续深入调查。"

阮黛的这篇檄文在报纸上一发表,果然引起了各方的震惊。

第一大震惊来自高照市的普通市民。本来高照市的城市情绪面貌是乐观的,从来就不去理会居安思危是个什么意思。每当孩子们在做作业的时候,问家长,什么叫居安思危,有的家长在告知意思之后,会补充说明:

"崽啊,你答题目的时候这样答没关系,做人这样做就太累了,没必要,没事找事。"

"今朝有酒今朝醉,明天太远我先睡。"

"打酒赊肉不吃素,哪管口袋布贴布。"

很多的高照市民就是听着这样的本地民谚乐呵呵长大的。老人们都说,解放前上无片瓦下无寸土,还不是一样地娶妻生子?点灯说个笑话,吹灯做点乐事,一代又一代都快快活活地活到了如今。如今解放了,又改革开放了，有房子有工作，有肉吃还有肉汤泡饭，不尽情享受快活的每一天，还去思什么危？

许多老百姓操心不了超过饭碗大的事情，也就理解不了居安思危这样的词语，他们信奉有钱富快活，没有钱穷快活，反正要快活。就连高照大剧院的特大火灾亡人惨剧，也只在街头巷尾谈论了一阵子，大家又回归到自己的生活里自得其乐。

而这次定安楼的火灾坍塌事件，一经阮黛的报道，便史无前例地扯断了高照老百姓基因里的那根快活神经。五年前的大剧院火灾，虽然伤亡惨重，但他们觉得这是集会时的群体性伤亡事件，老人都讲过，没事别往人多的地方去，以后少去这样的地方就安全了。另外，大剧院是政府管着的地方，乐观的高照市民脑子里想的从来就是"天塌下来有高个子顶着"，政府官员就是他们心目中的"高个子"，官越大，个子越高，越该替百姓顶着一片天，你不顶，就是你失职。而大剧院火灾之后，涉事高官都被判刑，也就对上了他们心里的这一生活道理，因此很快就平息了民怨民怒，大家又开始了有新的"高个子"为他们顶着天的生活。

但这次定安楼的火灾坍塌事件却不同，它直接粉碎了高照人民心中"安居乐业不思危"中的首词——"安居"。居所不比大剧院这种地方，去不去可由自己选择，家是每个人每天都要回的地方，就是自己偶尔不回，也总有家人在里头，来不得半点闪失。而阮黛的这篇报道，直接把当前建筑乱象的锅盖给揭开了，从不理睬"居安思危"的高照市民现在变成"居危思安"了。

他们知道潘定安是省里的人大代表，是高照市数一数二的有钱人，定安楼还得过市里的建筑质量安全奖，就连这样的楼一把火都给烧塌了，那自己每日栖身的地方，岂不是更不安全？自己能注意用火安全，家里的老人孩子能不能时刻注意到呢？自家的人可以注意到，谁又能保证晚上睡着的时候，楼上楼下，左邻右舍的家里，人人都能注意到呢？定安楼烤个辣椒能起火，家里厨房不是一年四季一日三餐要用火？厨房的火注意到了，客厅的电炉子烤个衣服被子不是常事？就是炉子不起火，电开关、电插座用久了，你知道它哪个时候起火？这样想来，高照市民乐观不起来了，他们的日子不快活了，不快活了能怪谁？还不是潘定安建的豆腐渣工程塌了才惹出的？

在这种思想的驱使下，高照市民放下了手中多年来不搓就痒的麻将，放下了啤酒小龙虾，放下了唱歌跳舞打桌球，都将注意力集中到潘定安和他所建的楼上来。他们四处打听消息，但是小道消息自相矛盾着满天飞，他们知道定安楼坍塌的那一天，国务院就派了人来到高照，成立了事故调查小组，但是那些人，个个讳莫如深，他们拢不了边。这时候他们想像个记者一样去打探，但是他们一没有记者的职业证照，二没有记者的职业技能，挖不到真相。因此，在定安楼废墟警戒线外，在潘定安的公司、住宅以及他所建的小区四周转悠一番得不到真相之后，高照老百姓又齐齐把眼光投向了新闻部门，他们请求记者们替他们挖出真相，以求替老百姓顶天立地的"高个子"站出来，惩罚罪人，促进整改，好让他们每晚睡个安身觉。

阮黛的檄文发表后，引起的第二大震惊来自本地记者，他们震惊于阮黛能在她离开了多年的高照市采写到许多本地记者都得不到的定安楼的相关内幕，他们不知道这里面的渊源，不知道完全是顾如铁这个身份复杂的人在里面起了重大的作用。

檄文发表后引起的第三大震惊来自潘定安。他这时因涉嫌工程重大安全事故罪被公安机关刑拘。当他看到阮黛这篇针针见血的报道之后，他的震惊让他那鲇鱼嘴巴张开有足足半个小时没能合上，涎水从嘴角流了出来他都不知道。

潘定安是定安楼坍塌之后的第四日被警方控制起来的，而最初他真是觉得自己是个受害者，他没想到会变成害人者被囚。楼塌那天的现场，有人就楼的质量问题质问他，他那时见没有他楼里的居民伤亡，埋的都是前来打火的消防队员，心想，消防队员当时是在工作，自己的楼是他们的工作阵地，他以为消防队员的伤亡完全由消防队负责，他每家给个一两万块钱慰问一下就足可以了，于是说：

"我的楼没问题，美国的9·11你晓得不？双子塔楼你晓得不？那还不扎实？飞机撞过去，起火了，还不是被火烧塌了？"

又说：

"我也是受害者，火不是我放的，消防队救火没救成，把我的楼烧塌了，把他们自己的人埋在里头，我们的损失都惨重啊！"

他潘定安说这些话的时候，消防支队的政治处主任毛羽一旁听到了，他火冒三丈：

"老子打了几十年的火，头一次看到这么不经烧的楼，老子的兄弟来给你打火，埋在你的楼下，你居然这样血口喷人，等老子有时间了老子要和你算总账！"

潘定安这才意识到问题的严重性，急切地想找人商量对策。但这边懂消防的副手顾如铁守着尚在废墟里的儿子，没法和他商量；家里那边，最有文化的现任老婆刚进了产房，也肯定不能去打扰。

虽然潘定安知道自己公司的法律顾问能帮他分析他该负的责任，但那不是他信任的人，他现在只想和心腹说话。之所以这么看重心腹，原因来自他的出身，他的奋斗历程。他从一个赤贫的农民，到开鞭炮厂的老板，再到建筑公司的老总，然后成立房地产开发公司，一路奋斗过来，个中的艰辛只有他自己知道。他惯用的手段是拿钱交朋友，再通过这些朋友把钱赚回来。所以他认为别人看重的也只有他的钱，包括他的几个前任老婆。他那时喝酒喝到肺腑翻腾的时候，总要掏心掏肺地掏出几句从他奶奶那儿口口相传的贤文：

穷在闹市无人问，富在深山有远亲。
不信且看筵中酒，杯杯先敬有钱人。
有酒有肉多兄弟，急难何曾见一人。

直到五年前妻离子散的顾如铁一无所有地来找他，请他投资开一家消防工程公司，他才总算找到了他发财路上头一个可以信赖的心腹。那时顾如铁说：

"潘总，你投资，你受益，我连工资都不要，只在食堂里吃点大锅饭，在你们的集体宿舍找个铺位，我他妈的就是看不惯那些黑心商，消防配件以次充好，消防工程偷工减料他妈的就是谋财害命，他们太胆大妄为了，我要我们的公司挤垮这些黑心公司，最后垄断高照市这一块的市场。"

怕潘定安不能理解，顾如铁又解释：

"大剧院这把火把我烧惨啦！这一切都是大剧院的消防工程消防设施不到位引起的啊！你说我该不该把那些次品消防公司挤垮？"

顾如铁这一番外人听来很幼稚和理想化的话，恰恰让潘定安信了。他信顾如铁，不是信他这个幼稚和理想化的目标，而是通过这番话相信眼前这个人还是小时候那个一根筋的人。他想，秉性没有变，加上从前的交情，顾如铁是可以成为自己的心腹，可以放心大胆地使用的。

潘定安和顾如铁是一个村小念书的同学，也可算是一起长大的发小，其交往像一个横睡着的阿拉伯数字"8"。

小时候，潘定安瘦弱，却嘴巴快，快嘴又配了个慢脑子，说过的话往往都没仔细考虑，一出口就得罪人，所以经常挨揍。

挨揍却没兄弟撑腰，原因是他母亲生了七个女儿，号称"七仙女"之后，才生了他这个儿子。贫家出独子，他在家被宠，到学校却被揍，且姐姐们统统没钱读书，出嫁的出嫁省口粮，没出嫁的在家挣钱挣粮以攒够潘定安的学费，因此他在学校被揍是一种无处可逃，又无人相帮的惨境。而顾如铁家兄弟五个，父亲还是老支书，家境不错，更重要的是顾如铁从小习武，跟着师父练习拳术的同时，也接受了师父锄强怜弱的思想。他看到潘定安连续被人家揍了几次，都没有兄弟相帮的时候，他就出手了，几拳就把自己打成了潘定安的靠山。但初中毕业后，顾如铁在支书父亲的建议下当兵入伍，而潘定安初三只上了一个学期，便随阳山县的大姐夫去花炮厂学徒，俩人便没了交集。

按理说若是真发小的铁友谊，空间距离也是不会减弱他们的情谊的，但他们之间的交情却有些特殊。潘定安小时候依赖顾如铁的铁拳得了安宁，但不知为何，俩人说话却说不到一起去，而且顾如铁的强，总提醒了他自己的弱，因此只要没人欺负自己的时候，潘定安是不会去找顾如铁的。这样一来，初中之后各谋出路，他和顾如铁便自然是大路朝天各走半边了。

走到了横着的"8"字中间的时候，他俩又交会了一次。这个时候，潘定安成了改革开放后的个体户，拥有了自己的花炮厂，而顾如铁则成了潘定安的花炮厂所在地的县消防股股长，还在一次火灾中，救了潘定安和当晚陪他过夜的一个女人。但当潘定安拿钱去感谢顾如铁的救命之恩时，顾如铁并没有收他一分钱，还自己掏腰包请他喝了一顿酒，说是救他的那天，自己正好得了一大胖小子，救人一命等于给孩子添福添寿，是天大的喜事。

潘定安就是那时候才知道，小时候念书时，那个高傲得想远远闻闻她头发上飘过来的气味都不可能的屈大雪，已经嫁给了顾如铁。潘定安那时的心里满是羡慕加嫉妒，喝下去的酒就被这种羡慕和嫉妒酿成了醋。他那时就比顾如铁有钱，他交往过的女人，准确地说是得了手的女人都有了两位数，但他觉得她们没有一个有屈大雪那种美。他把钱收起来了，酸酸地说了句：

"有了这个女人，你就是天下最阔的人，这顿酒是该你请我。"

这次救命之恩的交集之后，潘定安和顾如铁的关系又沿着横着的"8"字，大路朝天各走半边了。不过这次交往是他们成年后的第一次交往，潘定安已经在商场上混出了"狐"性，而顾如铁则在部队里练出了"虎"威。狐能嗅得出虎威，虎却不会去分辨什么狐性，百兽的本性是个客观存在，他这个有兽之王坦坦荡荡地压根儿就不必去在乎。

具有了狐性的潘定安从那次之后，就开始关注顾如铁的妻子屈大雪，他总认为屈大雪不会是顾如铁这样一个小小的"股长"的池中物，他这种判断始于那次他去感谢顾如铁的救命之恩时，顾如铁的酒后真言。那次谈起妻子屈大雪，顾如铁半醉里说到激愤处，便向潘定安报怨：

"你说顾铜墙、顾铁臂的，不比顾小雪好？她硬是不肯！我消防股我说了算，我怕个谁啊！"

潘定安一听顾如铁这么说，就知道他们夫妻关系如何了。

这之后，潘定安有意和顾如铁拉开距离，顾如铁却认为这再正常不过了。他救了潘定安的命，是因为这是自己的本职工作，何况还是发小呢！道不同，自然碰面的机会少。顾如铁这么想，但潘定安却是别的用意，他有意拉开和顾如铁的距离，其实是他动了屈大雪的心思。

顾如铁那时在县里的消防股，很少有时间去照顾屈大雪母子。屈大雪生完孩子出月子之后，顾如铁拜托潘定安送过一回屈大雪母子回他们城里的家。这以后，潘定安便经常借报答"铁哥"的救命之恩为由，去屈大雪的家里或是单位送些土特产或是日用品，并嘱咐屈大雪不要告诉顾如铁。当屈大雪问起原因，潘定安那时答道：

"铁哥那个人对兄弟你晓得，最怕欠兄弟的，我本来是要报他的恩才表示表示的，不表示我心里过意不去，但他晓得了，会要想方设法回我的礼，那不张郎送李郎送到不清场了？"

潘定安和屈大雪的联络，就这样不远不近地保持了下来，但屈大雪一没和顾如铁讲起潘定安，二没有对潘定安有任何回馈，直到屈大雪去教委任职，有了一些权力之后，她才慢慢酌情帮潘定安做些人情联络的工作，但在潘定安看来，他和她的距离，依然是天隔地远的距离。

潘定安和顾如铁各走各的道，但都关注屈大雪的成长升迁。顾如铁的关注，只是在每年年终的时候，两人回老家，按照他父亲顾兴洲老支书定下的家规，各自都说自己那一年的成绩和下一年的目标的时候，才知道屈大雪一年来的进步。那时顾兴洲总表扬儿媳屈大雪替老顾家光宗耀祖了，同时又当着家人的面批评儿子顾如铁不上进。其实顾如铁最喜欢做的事情是在前线打火，他一点都不喜欢行政管理工作，他最快意的生活便是在火场手一挥：

"弟兄们跟我上！"

但是他的父亲顾兴洲所在意的却是升官，因此看到每年的年终总结

会上,儿媳妇屈大雪总有进步,而顾如铁的总结一般都是三个字:

"还那样。"

他老支书的脸就会拉下来,背地里对顾如铁说的话就更加语重心长:

"你俩的起点差不多,你怎么就不争气呢?女人太强,男人就会窝囊一辈子,她再强一点,可能就是别家的女人了。"

顾兴洲的想法,顾如铁不赞同,可顾如铁没想到的是,很多年没有交集的发小潘定安那时也这么想。顾如铁和屈大雪没能在职位高低上齐头并进,但潘定安在另一条道上的发展速度倒是与屈大雪匹配。当屈大雪成为教委主任的时候,潘定安已经由阳山县的花炮厂厂长,变成了高照市活跃的建筑包工头了;当屈大雪成为主管文教卫的副市长,潘定安也成了高照市小有名气的房地产开发商了。

在潘定安一边不停娶女人生孩子,按照老说法是置"姨太太"的同时,他的心里一直隐隐有个和顾兴洲同样的意识,那就是:屈大雪官越大,越有可能甩掉顾如铁;只要屈大雪一离婚,他潘定安就会有机会;只要屈大雪一点头,莫说是丢掉几房姨太太,就是和原配以及几个女儿绝交,他都愿意。多年来,在屈大雪没有权力,也没有帮过他的时候,她就是他心里神一般的存在,何况当他俩都出人头地了,都有过生意上的往来了,若能结合,那从事业上来讲,就真的是强强联合,从婚姻上来讲,是天作之合了。

哪知人算不如天算。高照大剧院的一把火要了许多人的命,也烧掉多少人的如意算盘。屈大雪毁容丢官判刑离婚,顾如铁被消防队严惩脱了军装又净身出户。一直关注他们的潘定安把他们的情况打听得清清楚楚,但此时却按兵不动。经商多年,他最先学会的本事便是算账,他想要出手,但他要先算清成本,理清有可能带来的或名或利的收益。

像有天意一般,顾如铁真的主动来找他相帮,且一不要名,二不要利,三句话不离本行,只谈自己钟情的消防事业。这让潘定安心里窃喜——一喜顾如铁还是原来那个一根筋的顾如铁,好差遣;二喜他不要名利,其生意的成本低;三喜顾如铁一无所有还是主动相求,自己略微施恩,得来的肯定是涌泉相报；四喜顾如铁从消防队出来，丢了的只有那个身份，他独揽责罚的举动，却赢得了公安系统和相关政府部门那些熟悉他的人的同情和尊重。潘定安知道，同情和尊重，以后都是顾如铁替自己办事时可资利用的筹码。

果不其然，顾如铁被他任命为公司副董事长兼新开的消防工程公司的总经理之后，真如好马配上了好鞍，既贴心又得力，仅仅两个月时间，就利用他原来和政府部门的某些千丝万缕的联系，补办了定安楼之前欠缺的所有手续。虽然新开的消防工程公司在只懂消防不懂经商的顾如铁的折腾下，才半年就入不敷出，但这一切都是在潘定安的预料之中。一来这点钱对潘定安来说，是九牛一毛；二来他知道当时的市场都是劣币驱逐良币，他本来就猜到顾如铁这样管理公司肯定会亏钱，他甚至觉得对于自己当时的格局来讲，亏的钱不算亏，算投资。

在潘定安的盘算里，这个投资不是在消防工程上收益。收益之处，一是得到顾如铁的忠心，进而得到他的所有的关系和小时练就的好身手的保护；二是通过他，得到屈大雪的儿子顾小雪的认可。潘定安老婆娶了三个，但不知怎么一直都生女儿，他想他爹妈也是生了七个女儿之后，接受了一个算命先生的建议，托关系找了一个有钱的亲戚家的儿子收作干儿子，有了"引窝蛋"之后才生了他这么一个儿子。他想是不是宿命也有遗传，再加上小雪的面貌五官很像屈大雪，也是个上进的孩子，因此，他希望收服了顾如铁的心之后，再通过他来收顾小雪作干儿子，做他再生儿子的"引窝蛋"，他潘定安家大业大，必须有个儿子来接掌。一直以来，潘定安还是想圆小时候的一个梦——得屈大雪的心，但以他对屈大雪的了解，她是不会直接接受他对她的援助的。因此，他决定把这恩情通过顾如铁和顾小雪递过去，以求曲线得心。

谁知屈大雪那边对于他的这种曲线投资没有半点回应，倒是顾如铁，却真成了他的心腹。三四年的时间里，顾如铁和潘定安形影不离，他们一起创业，一起要债，一起消遣。碰到有人对潘定安动手，顾如铁也还是像小时候那样，舍得挺身而出去拼命，碰到酒桌上难缠的金主，顾如铁也能舍了命去替潘定安挡酒，潘定安有了从未有过的安全感和幸福感，而顾如铁也享受到了此前从未享受过的精神上的自由和身体上的欢畅。

一年半之前，顾如铁曾经在火场救下的一个女人梅丽贞。她得知顾如铁离婚之后跟随高照市最有钱的潘定安一起发了财，便开始对他死缠烂打，最后成功嫁给了顾如铁。顾如铁娶了这个梅丽贞之后，头一次感受到了一个妻子的照顾，也头一回享受到了家庭的温暖，而且她前凸后翘的身材，和屈大雪很有几分相似。只是她的年纪比顾如铁还长一岁，嫁给他的时候，已经四十七岁，且有一个读研究生的女儿了。顾如铁刚刚和梅丽贞交往，带着她和潘定安一起吃饭喝酒宵夜的时候，潘定安最初表示的是反对：

"一个快五十的女人，你也要？"

顾如铁回答：

"她把我的脚抱在怀里剪指甲，我那狗窝又小又脏她也不嫌弃，连墙壁缝里都擦干净了。"

潘定安笑道：

"不晓得算成本，难怪做生意亏！一个保姆的事情，花了娶老婆的血本。保姆算月薪，按钟点结算也可以，老婆的穿衣吃饭都归你管，还要养老送终，猪脑壳你真是！"

顾如铁被骂也不生气，还呵呵笑：

"有回我在家里被碎玻璃划破了手，我连痛都没喊出口，她就起火了一样飞跑出去，一会儿买了碘酒、棉签、创可贴回来逼着我贴上，贴完创可贴，我低头一看，凉拖鞋里，她的大脚趾冒血了，肯定是跑得急哪里碰的！保姆会这样心疼我？"

又软了声音说：

"我打火几十年，手上刮破一块皮，腿上剜掉一块肉是常事，把血一抹照样做事，哪里受过这样一补？"

后来的一次宵夜后唱歌，梅丽贞的女儿梅朵兰也参加了，潘定安和梅朵兰一起合唱了两首歌，又聊了十几分钟之后，在回去的车上，潘定安却改口了，说：

"我看这梅丽贞对你一片真心，这年头什么最贵？真的东西最贵，真心尤其贵，你可以考虑她。"

顾如铁笑着反问：

"你不是说快五十的女人了，只能做保姆吗？"

潘定安却说：

"你懂什么？女人三十如狼，四十如虎，白天当保姆，做事麻利，晚上当女人，经验丰富。"

潘定安那时正在建的高照市第一高楼定安阁要竣工了，顾如铁亲眼见到别人办不到的事情，潘定安几顿酒喝下来都给摆平了，因此对他崇敬有加。听到潘定安赞成自己与梅丽贞在一起，而且表态送一套定安阁的房子给他们做新房，他一天都没耽误，唱歌的第二天，便和梅丽贞去民政局领了证。领证的时候，顾如铁意外地在那里看到了潘定安和他的原配夫人，一问，才知道他们在办离婚。

潘定安在原配之后，又找了几个女人，并且生了孩子，但是从没有给后来者以名分，也不让糟糠之妻下堂。顾如铁那时候纳闷，到底是什么原因让潘定安下此决心呢？他猜到肯定是有个让潘定安中意的女人，但他万万没想到的是，这个女人，不，女孩子，竟然是梅丽贞的女儿梅朵兰！高照市第一高楼定安阁，也改名为朵兰大厦。两件这么大的事情，枕边人梅丽贞没和自己说，潘定安也没和自己说，直到潘定安要娶梅朵兰准备大摆筵席的时候，顾如铁才知道这两个消息。

忽然之间被变成发小兼老板的岳父，这件事情让顾如铁心里着实憋闷了一段时间，但梅丽贞和潘定安接下来对他的全方位的好，又让他觉得变成这种关系虽说有点滑稽，但终归是更亲近了，这对以后与他的交往和自己的发展，是有利的。这样一想，他也就释然了。

潘定安也觉得这是好事一桩，顾如铁是他行走江湖多年来唯一信任的人，胜过他自己的任何一个亲眷。

其实他最初是想在他的亲眷中培养亲信或说是心腹的。他七个姐姐都将自己的孩子和丈夫送到他公司做事，但人人都争权夺利窝里斗，表兄弟表姐妹之间斗，更和潘定安的几个老婆娘家的兄弟斗。刚开始，潘定安认为是竞争，他觉得对于公司来说，竞争会使得他们的办事效率更高，但斗了一两年之后，他逐渐发现变成了内耗，内耗还很大。这种内耗使得公司的风气不正，互相算计，互相攻陷，大家都觉得对方做的事没自己多，得的利比自己大。

在这种思想的驱使下，他们各自都利用手里的权力，中饱私囊——管劳务的，克扣农民工工资；进材料的，更是以次充好或偷工减料；管安全的，偷了脚手架上的铁扣子，当作废铁卖出去，最后发展到每进一次水泥钢筋等材料，在夜里总会进来个手扶拖拉机，转出去一点偷卖掉。不光是侄儿侄女、大舅子小舅子，潘定安发现，就连承包了工地食堂的潘定安的亲姐姐，都在成倍地虚报钱款。

那时潘定安气得在灰尘漫天的定安楼工地上大吼：

"都是我血亲，还来吸我的血，这世界我还能相信谁啊！"

在此强烈的对比之下，经过几番考察，最后潘定安相信了顾如铁，拥有了他人生的第一个心腹。

但这个"心腹"却在最关键的时候，一剑刺穿了他的心腹。潘定安看着报纸上署名阮黛的记者所写的《质问定安楼之倒掉》的文章，大为震惊，几乎肝胆俱裂。九个质问像利剑九刺他的心窝，而他明白这些内幕只有顾如铁知道得最清楚最全面。是顾如铁这个心腹背叛了他，向记者泄密的！

他花了一天的时间才恢复过来。能够集中注意力思考之后，他对前来探看的律师说：

"第一点，快快把我保出去；第二点，一定要做无罪辩护，不惜一切代价。"

潘定安说这话的时候，律师从他的眼睛里看到了复仇的火焰。

二十一

潘定安在看守所晃动着手铐，向律师提出了取保候审要求。但律师的申请一递上去就被否了，办案民警喷着烟讥笑律师：

"取保候审？开玩笑！民愤、军愤、官愤，都被他这破楼一垮给压出来啦！那么多双眼睛盯着，你竟然说要把他保出去？我告诉你，不怕他钱多，也不怕你会耍嘴皮子，休想！"

取保候审被拒之后，律师从潘定安那年龄最小，也是学历最高的老婆梅朵兰那里拿了不少的经费，去取证和"造"证，想替取保候审不成的潘定安做无罪辩护。律师知道自己胜算不大，但不管胜算大不大，潘定安终归是高照市的有钱人，也是有名的人，能接了这官司，于他而言即使不是名利双收，也是旱涝保收的。

随着调查的深入，律师发现，与五年前的高照大剧院特大亡人火灾相比，这次虽然牺牲的消防官兵人数远不及大剧院火灾的伤亡人数，且没有百姓伤亡，但因百姓心里的"安居"被烧掉，引发的怒火已成区成片，而记者们发表的报道是大风，火借风力，现已成燎原之势。到最后，律师其实已感回天无力，但收人钱财替人消灾，也只能死马当作活马医。

律师感到回天无力的时候，潘定安已经被刑拘了一年有余，这一天他终于等到了庭审，他盼着这个日子到来，又怕它到来。

庭审这天，两百多个旁听席座无虚席，还不包括在现场挤来挤去拍照的记者。法庭上，控辩双方就建筑构件的耐火极限、工程质量等问题展开了激烈争论，辩方律师也一直做无罪辩护，但由于案情复杂，涉案嫌疑人较多，争来辩去，耗时费力，结论像产妇难产，痛得一阵比一阵凶，孩子总不见露头。

潘定安和另外五名曾经的公司负责人作为同案嫌犯，对擅自加层、取消楼顶六个水箱、两个楼梯改为一个楼梯、大梁的水泥质量问题等指控予以否认。他们或者说时间久已经忘记了，或者说精神紧张记不清，或者把责任推给别人，这些所谓的"别人"实际上互为姻亲。

由于起火时间将证明火灾是不是导致定安楼部分坍塌的直接原因，所以这一"时间"成为庭审焦点。

公诉方出示了多份证据，以此表明起火时间是在去年三月二十二日清晨五时左右的几分钟内，消防部门接报出警的时间是准确的。但被公诉方辩护人却提出，起火的真正时间无法确定，应该远早于这一时间，大大超过了建筑构件的耐火极限，导致建筑物稳定性被破坏而坍塌，他们同时提供了部分证人证言。

关于定安楼中一道大梁出现的质量问题，戴着银丝眼镜的公诉人不时地推动由于鼻翼的汗水而下滑的镜架，如是指控：

"一九九七年五月十日早晨五时，在定安楼西南角二楼大梁浇灌过程中，定安楼施工员阳高照发现浇灌大梁用的水泥浆流动性很差，怀疑水泥质量有问题，于是马上打电话报告当时任定安公司工程部部长的被告人龚文君，要求他到现场解决问题。被告人龚文君于当天早晨七时多赶到现场看了水泥后，认为水泥没有问题，要求继续使用这批水泥施工。"

庭审中，龚文君一开始否认自己知道这一情况，他说当天未接到任何电话或其他形式的报告，后在公诉人出示的铁证面前，他又改口说他是在拆模时发现问题后才去的现场。

而在阳高照接受询问时，则肯定地说当时就向龚文君报告过。

这批水泥后来被有关部门鉴定为有质量问题，质监站要求打掉大梁重造，最后该公司却只进行了局部修复，用水泥在上面做了修补。

"方案是项目部提出的，我和潘定安同意了。"

龚文君说不是他的决策，是下面人想的方案，而这个"下面人"也包括潘定安的侄女婿。

然而作为施工员的阳高照则表示，自己并没有提出方案，而是公司开会作的决定，是潘定安和龚文君提出的要求。

对于楼顶第九层加房的问题，潘定安在庭上说是阳高照提出要套房子才决定加的，龚文君也说是公司一个施工员要一套房子，他没参与这件事情，是潘定安和阳高照决定的。对于这一说法，阳高照坚决否认。

类似这种互相推卸责任的情况在法庭上多次出现。比如大楼一些重大的修改，潘定安、龚文君等人说是征求了设计人员的意见，可当问到设计员牛威等人时，他们又都说自己不知道，或者是没同意。

看到这种情况，潘定安心如刀绞，而站在他身后的妻子梅朵兰则泪如雨下，以致她哽咽的声音总让潘定安要转头不忍细听。

梅朵兰和潘定安的儿子潘梅运已经一岁四个月了，会走会叫人了，但梅朵兰只能指着照片让儿子喊爸爸。她自己也已经一年多没有见到潘定安了。这一年多来，她被潘定安前面的几个老婆和女儿咒为"祸水""扫帚星"，她和潘定安的儿子则被称为"克星""霉运鬼"，又咒这孩子是定安楼的屈死鬼投胎，一定活不长。这几个之前互不来往的女人，这时候倒是联合起来，一致对付潘定安的这个年纪最小文凭最高，且拥有结婚证和儿子的老婆梅朵兰。在几个前老婆中，既有和潘定安的结婚证又有离婚证的原配夫人最积极，她带着潘定安的其他几个女人，叉着腰打上门来，让梅朵兰抱着孩子滚蛋，别坏了潘家的风水。

梅朵兰自然不依，她当即报警，民警来了之后，她把结婚证拿了出来，在民警赶这几个女人走之前，她高昂着头说：

"民警同志，她们私闯民宅我就不追究了，我想请你给这几个法盲普普法，到底谁是合法继承人，谁和谁才是非法同居。"

民警说明利害关系之后，梅朵兰没想到原配夫人反将了一军：

"你合法，你陪着那风流鬼坐牢去吧！我们的别墅，我们的车，莫想动一根毫毛，跟他没关系了！"

梅朵兰将头昂得更高：

"放心，我就是砸锅卖铁把我的嫁妆都贴进去，我也要捞他，只是管好你们的腿，管好你们的嘴！再打扰我的生活，再诽谤我，诽谤我儿子，我会诉诸法律的！另外，管好你们的兄弟，你们的女婿，得利的时候像条狗一样跟着我家潘定安，如今个个又像疯狗一样乱咬人，我告诉你们，再这样是要付出代价的！"

梅朵兰在潘定安庭审之前这样警告过与丈夫同案的几个人的亲眷，但现在，这几个从前依靠潘定安发了财的亲戚，在庄严的法庭上依然把脏水都倒向了潘定安。

其实最让梅朵兰伤心的还不是潘定安这边的亲眷。能够伤到自己的人，往往是自己最在乎的人。潘定安能被顾如铁伤到，因为他将顾如铁视为多年难觅最终才觅到的心腹；而梅朵兰被自己的母亲梅丽贞伤到，也是因为顾如铁。母亲在最关键的时刻，选择和顾如铁站在一边。那天律师拿着登载有阮黛所采写的《质问定安楼之垮掉》的文章的报纸上家来，要增加律师费：

"这篇文章增加了我的工作难度，我去看守所给潘总讲了，他说要不惜一切代价取保候审，然后做无罪辩护，你自己看看，九个质问里，其中的八个都是可罗列罪名的，我现在要担风险，去消罪证或是找别的证据，时间还非常紧迫，我需要找一个团队来帮我完成，你说该不该增加费用？"

又停下听听房间动静，见没有旁的声音，补充道：

"潘总说，这里头有些东西他只告诉过他的手下顾如铁，文章里也点了顾如铁的名，是顾如铁背叛了他。他让你开除顾如铁，并全权接手管理公司和配合我给他打官司，这是他让我带出的纸条，你自己看。"

梅朵兰接过纸条，泪水长流。泪水里有伤心，但更多的是临危受命之后的一种被信任的感动。当年决定嫁给潘定安，一是因为自己从小没有父亲。她小时候在外婆家的时候，断断续续听过人家议论母亲，说是她在外地做那种靠姿色和身体吃饭的营生。但她知道外婆家的人并非看不起母亲，他们都说母亲梅丽贞很早出去，把弟弟供上了大学，供成了城里人，又独自把女儿养大，还供成了研究生。梅朵兰也不是看不起母亲，她小时候问过母亲，为什么别人都有爸爸，她却没有。母亲回答说，她的爸爸在她还没出生的时候就出车祸死掉了。梅朵兰一直没有追问爸爸的老家，爸爸的亲眷等具体事情，她很早就懂得这是给母亲也是给自己留面子。但不追问并不代表她不渴望父爱，她渴望父爱的情结在遇到潘定安之后得偿。

她嫁给潘定安，第二个原因是她学的是工商管理，她的心很大，她想有一番成就，有一番作为。她知道，成就和作为是必须拥有一个好的平台和跳板才能达到的彼岸，而她不但没有好的平台和跳板，就连母亲那样的好身材和好姿色她都没有，她的成功，只能靠自己一步一个脚印的打拼，并且也只能尽人事知天命。

没想到天命还真眷顾了她，让她通过继父认识了高照市的风云人物潘定安。那日和母亲一起去参加潘定安和顾如铁的活动，是她主动提出的，她曾对母亲说过，如果有潘定安的活动一定要喊她参加一次。

她就是那次抓住了机会。

这机会不是靠她的姿色得来的。她知道潘定安这种家族企业会毛病百出，那日在KTV见到潘定安，她诚恳地告诉潘定安，她的硕士论文研究方向是家族企业的利弊以及新的管理模式。她请求潘定安帮助她完成，她会把一切成果都无偿贡献给潘定安的。潘定安那时正为公司的内耗焦头烂额，他想这个女孩子真是上天送给他的最好礼物。

他当时就直截了当地问梅朵兰，愿不愿意嫁给他，一起来创业。当时顾如铁正和梅丽贞一起合唱《相思河畔》，梅朵兰都没有转头看一下母亲，就在母亲和继父的歌声中自作主张答应了潘定安的求婚。

当潘定安把与原配夫人的离婚证摆在她面前，她那时亦是感动得热泪盈眶。但结婚容易，整个公司的管理权可没那么容易到手。接下来她怀孕，潘定安找人悄悄给她做了检查，是个男孩，便更加不同意她再去为公司的管理劳心，只让她养好胎，为自己生个继承人。

谁能想到儿子出生的那一天，定安楼竟然塌了，还压死压伤了三十多个人。她那时已经知道了潘定安全部的资产有多少，定安楼只是很小的一部分。当潘定安被抓进去，她就想到是否自己出马来管理公司，但没想到的是，潘定安在被警方带走的时候，竟然让顾如铁来主持工作。

而现在，这么大的公司的管理权，多少人争，多少人抢的管理权，定安楼一塌，潘定安一关，顾如铁一背叛，竟然不费任何功夫就落到了自己手上，真是造化弄人。

律师走后，梅朵兰的母亲梅丽贞抱着孩子从楼上下来。梅朵兰的眼泪还在流淌，她转身迎到别墅二楼通往一楼的楼梯口，抱住儿子，激动地说：

"妈给你改个名字，咱们叫造化，不叫梅运了好不好？"

咿呀学语的孩子自然是听不懂母亲梅朵兰的话，但梅朵兰的母亲却听懂了女儿的话，也听见了开始律师说的话，她冷着脸问女儿：

"你真的要开除你继父？"

梅朵兰说：

"这是孩他爹的意思。再说，他进去之后，你看公司成什么样了，我早就想清理那帮蛀虫了，他们以为我和那几个一样，只会奶孩子洗尿布。"

梅丽贞说：

"你管公司我替你高兴，但顾如铁不能开除，你不知道，楼塌了之后，他的亲儿子差点死了，被挖出来又差点没救活，送到省会大医院之后，他就去看了一次，其余的时间，吃睡都在公司，帮着物业公司补那些消防方面的资料，制度打印出来装框挂墙，拍了新的照片之后，又取下来做旧，再挂到墙上拍旧的照片，连几年来关于消防的会议记录，什么人说什么话都补上去，找不同笔迹的人签了字。我去办公室看过，吓了一跳，一周时间，补的资料有一米厚三米长。"

梅朵兰说：

"这算什么，他的儿子被楼一压，成了国宝级人物，副省长亲自指挥封了从高照到省会大医院的高速公路，这个规格连我们市长都没享受过。我的儿子呢？一出生爹就被抓进去了，到现在都没见过爹，这不都是那顾如铁告诉记者底细导致的？他补点资料连将功补过都算不上，他本来就是公司兼管消防的副董事长，他这样做是为了保全自己。"

梅丽贞说：

"顾如铁又没说假话，怎么说也是定安楼质量不好才垮，压死那么多人，他的儿子也是肾功能衰竭，被挖出来的时候，那个医学院士说，不需用什么力气，整张皮都可以揭下来。"

梅朵兰那时瞪圆了眼睛问母亲：

"我是不是你亲生的？我现在表示怀疑。"

梅丽贞也针锋相对：

"我是帮理不帮亲。"

梅朵兰也顶上了：

"我看你是被爱情冲昏了头脑。"

梅丽贞愣了一下，以子之矛攻子之盾地回敬了她一直以来都引以为豪的研究生女儿：

"你不一样的？"

梅朵兰冷笑一下，笑得她母亲全身起了鸡皮疙瘩：

"我儿子是潘家两代单传的男孩，是潘定安所有财产的合法继承人，这个烂摊子我是替我儿子收拾的。我不像你，我自己生的孩子就是我的命，顾如铁我开除定了，你最好现在就去通报一声，他自己辞职体面些。"

法庭上，站在许久未见的丈夫的背后，梅朵兰看着除了自己，全世界都"背叛"了自己的老公潘定安，一时间有了万箭穿心的感觉。

她的这种心痛，一半为了潘定安，一半为了儿子。梅朵兰想，如果潘定安在刑事诉讼之后被判刑，那么随之而来的，涉及定安楼的所有住户、伤亡的消防官兵、记者等的民事诉讼之后的民事赔偿，还有因此带来的负面影响给公司业务的损失，算起来那将是一笔天文数字啊，恐怕真的要倾家荡产了！想到这些，想到父债子还，自己那一岁多的儿子将来可怎么办呀，她不由得当庭落泪，泣不成声。

梅朵兰那时还不知道，那些等着潘定安判刑之后进一步索赔的群众早就里三层，外三层围在了法院的围墙外，只想第一时间知道结果。

但从早上八点一直等到晚上十一点多钟，直把乳白色的晨曦等成了刺眼的金刀，再等到金刀将西天划开皮肉，划出一片血迹，将太阳埋进去，最后等到月亮像个戴着白色孝帽的人横卧在苍青色的中天，都没有等出个结果。

没等来结果，却等来一群群的蚊子，和派发名片的律师以及进不了法庭的记者。

这些围在法院外的群众，一边啪啪地拍打着胳膊上、脸上那些吸血的蚊子，一边叽叽喳喳地交换自己心里想的或是哪里听来的关于潘定安和定安楼案件的信息。他们有时候立场一致互相赞许，有时候又相互矛盾，争得面红耳赤，总而言之，没有法槌敲响的庭外，要比庭内热闹得多，尽管法庭内才是暴风雨的中心地带。

在这些围等着的群众当中，有两个自称权威的"火灾时间新闻发言人"，在太阳还没有变成金色的时候，就成了法庭外的中心。

其中一人是高照市第二毛巾厂的退休工人周知苏。据他说，去年三月二十一日晚上，他送走客人后在路上碰到毛巾厂多年未见的老同事，准备再叫上两个人打牌，但并没有找到人，两人就在幸福楼小区外的店铺门口，边聊他们的青工时代追过的姑娘，边看人打牌，大概两点多钟，才打算回家。

周知苏回家要穿过高照大市场，当他穿过生鲜公司那条街时，看到定安楼一楼从北边数第二家仓库门面里一男一女在用硫黄熏干辣椒。周知苏说到这里，他的老妻看到有只蚊子叮在他的腮帮子上，于是啪的一巴掌打过去，打得周知苏的头往旁边一偏，打得人群哄笑起来。

周知苏的老妻伸过去巴掌，让他路灯下看清楚：

"蚊子，吃了你好多血！"

周知苏被老妻一打岔，不记得讲到哪里了，又不好意思停顿，更不好意思问别人，于是边回忆，边拿埋怨老妻来掩饰：

"它只是吸我一点点血,你就要了它的命,这个世界不公平,弱肉强食。"

群众中有许多曾经是定安楼的房主,他们没有经历火灾,他们买了这里的房子之后,租出去了,现在房子塌了,他们焦急地想探听到能否索赔。他们知道庭审的焦点就是起火的时间问题,这时候听这个自称权威知情人说了一点点又不说了,心里着急,一着急,又对周知苏的"权威性"起了疑心,于是问:

"凌晨两点多,你在仓库外面走,里面熏的是辣椒还是红枣,你怎么看得清?"

周知苏这下想起来讲到哪里了,他怕忘记,并不回答这个定安楼户主的质疑,而是先接着往下讲:

"好像是加热硫黄的电炉子烤着了门面里堆放的尼龙绳和塑料包装袋,里面起了火,这两个人用桶提水灭火,然后拉下卷闸门就走了。"

有群众问:

"他们不把火彻底打灭就走了?"

周知苏有些生气:

"你们又要听又要怀疑,那我不讲了。"

开始质疑的那个住户说:

"好,你讲你讲,我们都不插嘴。"

周知苏这时自己打向一只叮着他左脸的蚊子,看了看手上没有血,觉得自己白打了自己一耳光,有些沮丧,一沮丧,又忘记自己讲到哪里了。他左顾右盼地想不起来,旁边的老妻着急了,凑到他耳边提示:

"看见卷闸门里仍然有烟冒出来——"

周知苏这样又接上了,继续说:

"我看见卷闸门里仍然有烟冒出来,就到定安楼的保安室叫保安,那晚上是柴棍子何深当班,我准备拍门的时候,听见里面的声音不对,就先没拍门,借着路灯的光往里头一看,他正在和一个女的搞路——"

周知苏的老妻急了，提醒：

"没有这段！"

定安楼的那户主也提醒：

"讲起火的事。"

有男群众起哄：

"起火有什么好听的，火都灭了，人也死了，周爹我问你，定安楼保安室那屁眼大的地方，他们怎么搞的？你老眼昏花了吧？"

又一个男群众却说：

"乡下碰到两条狗也不要打扰，何况是人呢？"

周知苏接着说：

"就是啊，我喊了一声'起火了'，就听到了里面的声音，也就没打扰，等里头开心的声音没有了，我才拍门的，保安何深问有什么事，我就说定安楼仓库起火了，他倒好，说你去打个119吧，我又不是救火的，你快去吧。"

有男群众又插嘴道：

"那确实，你站在门边上，人家里头的女人怎么好意思出来？"

众人又哄笑起来。周知苏没管人家的哄笑，接着说：

"这保安何深是外地人，听说是到这里来找走丢了的疯子媳妇，媳妇还没开始找，一下火车就发现钱没了，正好碰到定安楼招保安，他一下又聘上了。聘上了保安，还姘了个临时媳妇，我听别的保安说起过，只要哪天晚上他值班，第二天早上保安室肯定一股子讲不清的味道，我就想看看他到底姘了谁，是同一个人呢，还是好几个人。打牌的人议论好久了，都不晓得情况，我正好碰上了，我搞清楚了，我不就是第一知情人？"

人群中这时候分成两拨人，一拨是后来赶过来的法院附近的群众，定安楼的垮塌以及赔偿和他们没有直接关系，他们只想探听有否知情人谈到全市的建筑质量情况，看自己的居所是否安全，因此是听起火时间，还是保安偷情的故事，他们最感兴趣的是后者。见周知苏说到这里，他们饶有兴趣地问：

"最后看清是谁？漂亮不？"

而这些听众中的另一拨人，是定安楼的住户，他们已经失去了居所，虽然市政府正着手在郊外帮他们抢建一个安置楼盘，而且也竣工在即，但他们去实地看过，那里有三家老化工厂，环境污染严重、配套设施缺乏、地段也偏僻，许多灾民都表示不愿入住，他们拿高照大剧院火灾安置小区作比，认为同样性质的安置，为什么那时能安排绿化好、风景好的地方，而他们却被赶到了鸟不拉屎的地方。

几次表达诉求之后，市政府又答复要解决配套设施、治理周边环境，因此这拨定安楼灾后安置户，现在又有一些人抱着观望的态度。但住惯了市中心的人，从来就把郊外的人蔑视地称为"乡里人"，他们是不愿意去做那个"乡里人"的。更多的人，只想能够向潘定安索赔，用索赔得到的钱，再加上卖掉市政府给他们建的安置小区的新房子所得的钱，还在市中心再置一套房子，因此见自称起火时间权威发言人的周知苏说着说着又跑题，心上焦急，不禁又插嘴：

"讲起火时间，到底那夫妻俩打灭了仓库里熏辣椒的火没有？烧垮了我们房子的火，是熏辣椒的火，还是这以后的火？最后是你报火警的，还是那个保安报火警的？"

周知苏也明白了自己跑题了，又放下偷情的保安何深，回头讲起火：

"我看到卷闸门里的烟不断往外涌，就没管何深那档子破事了，跑到开始看牌的那家店子，用他们的电话打119报警，电话没人接。"

人群里又有人插嘴问道：

"你戴了表没有？这时候是几点钟？"

周知苏答：

"我没戴表，这时候也不晓得几点钟。"

人群里有人大声说：

"你还权威，都不晓得几点钟！"

又说：

"既然是打官司，没戴表，不知道确切的时间，但是总要证人和证据证明是几点吧？那保安呢？他后来证明没有？那麻将馆呢？你用他们店子里的电话报警，有人给你证明没有？"

周知苏怕打断得太久，回答别的问题太多，又记不起该怎么讲下去，因此不管别人的提问，一口气说完：

"我打119，听到的是打通后无人接听的连续长声，不是占线的短促嘟嘟声。往家走的路上，我在中西医结合医院门口的杂货摊上又打了一次119，仍然无人接听，我还特意到中西医结合医院门诊大厅看了下挂钟，是三点二十。"

有懂行的群众质疑：

"世上最不可能没人接的电话，就是消防119，我晓得消防管得严，谁敢擅自离开？他不想在部队待了？"

周知苏的老妻这时候背书似的补充：

"我家周知苏反映的上述情况的证词经高照市公证处公证后，现在已经被辩护方律师提交法庭。但从最初高照市刑警大队取证到各级调查组来我们高照市调查，都没有谁再找我们了解过情况。"

定安楼住户的那一拨围观群众听周知苏说完始末，开始担忧起来。他们事先就了解到了，如果起火时间太长，超过了建筑物的耐火程度，那么潘定安将无罪，那他们就不能向他索赔。而周知苏说得那么肯定，还特意跑到门诊大厅去看准确时间，如果周知苏所言属实，真是凌晨三点就开始起火，烧到早上八点，那肯定是超过了耐火极限，而导致的楼房坍塌，那他们就真的索赔无望了。想到这些，他们心急如焚，追问周知苏道：

"刑警大队找了那个保安没有？他应该可以证明你几点去找的他吧？那对熏干辣椒的男女呢？应该抓了他们吧？他们也可以证明起火时间吧？他们应该是最权威的吧？怎么就单单找你这个定安楼的非住户取证呢？而且就你一个人证明，不是孤证么？孤证有效吗？"

周知苏还没有回答，人群里一个尖声尖气的女声就抢先说了：

"我听了好久了,就晓得你们会在法院外头说这些!周知苏你莫血口喷人,我晓得你收了潘家的钱,到这里来造谣,我告诉你,国务院调查组都调查出来了,起火点不在我仓库那边,离我那里还离得远!你再说我那门面号子,我就告你诽谤!"

周知苏的老妻也大了声音说:

"你才血口喷人,你哪只狗眼看见我们收了潘家的钱?我家老周几次三番地打电话报警,叫保安打火,还不是为了帮你,怕你的那些东西被烧掉了?保安何深起来打火的时候,发现消防栓里头是个空的,他也去店子里打电话报警了,他是定安楼的保安呢,还在我家老周之后才去灭火报警。他看到死了人之后,想起那晚做了那背时的事,就畏罪潜逃了,不晓得跑到哪里去了,你要我们到哪里去找证人?"

那尖声尖气的女人是顾如铁曾经打过耳光的定安楼租户刘青山的妻子,那晚起火的时候,其实熏的是红枣,而不是干辣椒,并且是在刘青山他们自己的干辣椒熏完之后,接受相邻铺面卖红枣的绰号"糖粒子"的委托,顺便把她的枣子也熏一熏。他们答应了朋友的请求,但是让卖红枣的糖粒子自己早点过来守着。

糖粒子当时正在幸福楼街边的麻将馆打牌,她接到刘青山的电话之后,让站在一旁看牌的周知苏去仓库看看情况,说周知苏看完回来就把自己的位子让给他打牌。周知苏接过仓库门面的钥匙,走过来看到卷闸门里有烟冒出来,想起事情紧急,便去找保安何深。哪知何深屋里藏了个女人,不愿意马上出来,他便骂骂咧咧地走向麻将馆,把糖粒子叫出来,一起提了水把刚被引燃不久的尼龙绳上的火焰浇灭了。

等他们浇灭了火焰,何深走了过来,打开消防栓,说了句:

"我早叫你打119的,你把我喊起来,我也知道这里头是个空的,你看你看,这不是个空的?你们走吧,打火其实我也会一点,我们顾总是消防大队长出身,什么东西起火用什么灭,教过我们不少。"

卖红枣的"糖粒子"惦记着刚才牌桌上输了钱还没挽回来,就和周知苏重新返回了麻将馆。他们打牌打到凌晨五点多,消防车的啸叫吓了他们一跳，便放下手中的牌，跑到定安楼旁边一看，烟火已经从好几个卷闸门里涌出来，估计昨晚的火没有被完全扑灭，糖粒子急得直喊娘，周知苏安慰她：

"赶快找到何深，问问他昨晚到底清场没有。"

他们找何深，何深也在找他们。他们在定安楼的配电间底下相遇。何深告诉他们：

"真是出鬼了哦，我按照顾如铁顾总平时教导我们的，灭火要除根，就是要把灰烬都扒走，我是拿铲子铲了，还拿扫把扫了，那些灰烬垃圾我都倒在停车棚子边上的垃圾桶里了，不信你们去看嘛！你想啊，扫把到了都没引燃，朗个还有什么东西引燃哦。这真是出鬼了！"

周知苏想了想，那时便和糖粒子以及何深一起统一口径：他们压根儿就不知道起火这件事，也没有熏过什么东西，倒是听说旁边二号门面的刘青山夫妇，那晚上熏了红辣椒。

随着定安楼的垮塌，事故升级，糖粒子越发紧张。当刘青山夫妇找到她，问她有没有来看着熏红枣，她肯定地答道：

"我来看了，保安何深也看见了，平安无事啊，那肯定是别处起的火。"

定安楼坍塌的第三天，一个男人拿着律师证找到了周知苏。他告诉周知苏，定安楼卖干辣椒的刘青山夫妇已经被警察带去问话了，警局里传来消息，那晚上他们动了火熏辣椒，但是他们说熏辣椒的时候并没有起火，后面把火种交给了卖红枣的糖粒子继续熏红枣。他是糖粒子推荐过来取证的，糖粒子说没看起火，还说那时正和你一起打牌，我想她应该是假话，不然后面的大火做何解释呢？

因为那天周知苏和糖粒子以及何深统一了口径，他们发誓说不知道起火这回事，所以周知苏首先说：

"你把糖粒子喊过来，她没看见起火，难道说我看见起火了？"

律师说：

"定安楼的大老板潘定安觉得，烧塌他楼的，就是这把大火，有个说法，你记下照说了，大家就都过得关，你还会有些好处，如果不这样讲，搞不好你会坐牢。"

因为事先没有见到好处，周知苏什么都不肯说。律师找过周知苏之后，忽然又一连三个月没来找他，这反倒让周知苏的心七上八下。三个月后的某一天，律师忽然带他去看潘定安在江边上新竣工的一百一十八米的朵兰大厦里的一套房，说按他说的行事，房就归周知苏。

那时周知苏站在三十六楼的落地窗前，看着江水在脚下流淌，阳山沐浴在夕阳之下，一派庄严温柔，不由得心动了，一项协议就这样暗暗达成。

周知苏和律师达成的这项协议，以及那晚周知苏看到的真相到底是什么，周知苏的老妻一直没有搞清楚，她也不愿意搞清楚。多年来的夫唱妇随，维护丈夫成了她的主旋律，因此看"烧塌了楼"的刘青山妻子还如此猖狂地破口骂人，不禁跳出来对骂回去。

刘青山的老婆好心帮朋友糖粒子熏红枣，还被警察带去问话，虽然最后国务院调查小组的工作人员给出的调查答案是远离他们的另一个铺面的"不明遗留火种起火"，还了他们清白，但这真的是险而又险的事情，何况谣言已经传出很远，面也传得很宽，传到最后，竟然有人说他们在国务院有亲戚，帮他们改了调查结果。

刘青山那时候又好气又好笑，他倒是很想朝中有人，那样即使不做官，经商也多点门道，但他家不说国务院没有亲戚，就是高照市政府，他们连看门的保安和卫生间的保洁大妈都不认识。当他们夫妇被警察带去问话，承认了那晚他们在熏干辣椒，但保证绝对没有起火之后，他们就被放了出来。放出来之后，他们也是四处打听，又问了卖红枣的糖粒子。那时糖粒子赌咒发誓地说，绝对没有起火，他们听后也半信半疑。直到国务院调查小组还了他们清白。

刘青山探听到国务院调查小组调查出的起火地点和起火原因之后，与妻子抱头痛哭，马上去打印社做了一面上书"当代青天"的锦旗，要送到国务院去。可是他们心里的"国务院"既大又远，侯门深似海，最终他们把锦旗挂在家里，像"每日三省吾身"一样，每日三顿饭前都看一看，感念旁人所称许的来自"国家级"的恩情。

闻听定安楼火灾坍塌事故案件开庭，刘青山便让妻子过来澄清是非。听到周知苏的老妻对自己的反唇相讥，刘青山的老婆实在忍不下去了，积压许久的冤屈点燃了她心里的怒火，她猛扑过来抓了周知苏老妻的头发，一边扯一边骂：

"你造我们的谣！明明我熏辣椒的火都灭了，我自己的铺面，我会留个火烧自己？猪脑子都想得通！"

周知苏的老妻一边抓着自己头发的根部，免得被对方揪下来，一边大喊：

"救命啊！"

周知苏不敢恋战，他用力掰开那个尖声尖气的女人的手，对着人群大喊一声：

"我们走！做好不讨好！"

就拉着老妻拨开人群远去了。有一部分人站得腿脚发酸，胳膊上、脸上被蚊子叮出的小红包比周知苏喷出的口水还要多，便也随着他们离去。

法庭里，起诉书上，记载的第一个打通119报警电话的人是张孝友。他当时住在定安楼第二层，这时他也在人群中。见周知苏拉着老妻匆匆离去，张孝友摇着蒲扇咳嗽一声开了腔，因为觉得自己有底气，所以说话的声音要比周知苏低了许多，也正因为声音小，吵闹的人群反倒出奇地安静下来。

张孝友见人群静了，便在寒暄之后，摇着蒲扇开始讲述：

"起火那天凌晨快五点，我被屋里毕毕剥剥的声音吵醒，醒来闻到烟味，以为自己家哪里失火了，就下床查看，结果发现烟是从厨房的下水道冒上来的，我摸了摸地砖，已经很热了，才知道是一楼的仓库失火了，便跑到二楼的天井准备叫大家起来。

"我到了二楼天井，发现已经有几个人在那里，住在五单元的桑菊花站在天井大声喊'起火了'！我那时就想，桑菊花是有名的'高音喇叭'，她的嗓门比我大得多，有她喊就够了，所以我就让跟出来的老婆回去把手机拿出来，我开始拨打119，对方是一个男音接听，问明地点后就挂了。"

而法庭内，公诉方认可张孝友的电话是消防部门接通的第一个报警电话：

"国家安全生产监督总局、监察部、公安部、建设部、中华全国总工会以及省政府有关人员组成的高照市定安楼3·22特大火灾坍塌事故调查组做出的调查报告认定，119接警时间为五时七分。五时十二分，高照消防支队车站中队的消防车首先赶到现场。"

公诉方在该案庭审中出示的，从电信部门调出的电话记录显示，张孝友前后共打通过四次火警电话，119接警后，为什么还要继续拨打呢？

法庭之外，张孝友同样也告诉群众，他继续拨打119是因为第一辆消防车到来后，消防战士打开卷闸门，发现火势已经很大，但是消防车却没有水。

他这句话一出口，惹怒了高照消防支队大桥中队的中队长成小林的妹妹。因为参加庭审旁听的名额有限，她只能在法院外等着。前面说的事情她都听在耳朵里，记在心上，但她没有作声，这时见有人说到了哥哥所在的消防队，她想起哥哥来帮定安楼灭火却牺牲了，到最后身首异处，并且脑袋直到现在都没有找到，心上难过又气愤，马上反击：

"不了解消防装备就别说得这么武断，一辆消防车只能储存三至五吨水，三四分钟就喷洒完了，灭火主要靠消防栓供水。"

人群这时候骚动起来。

他们的骚动不是来自成小林妹妹的愤怒反击，而是来自不少人手中刚接到的一张传单。传单是由一个年轻的男生和七个年轻的女生分发给众人的。这八个青年男女分发完之后，就站在路灯下，由男青年起头，一人一句地朗声念了起来：

"暴食、贪婪、懒惰、嫉妒、骄傲、淫欲、愤怒，这是天主教教义所指的人性七宗罪。

"定安楼坍塌，潘定安也犯有如下七宗罪：第一宗罪，用废品水泥浇筑大梁，大火一烧，大厦坍塌。

"第二宗罪，少建一个楼梯五个水箱，居民无路可逃，无水救火。

"第三宗罪，私自改通道为停车场，消防车无法进入火场。

"第四宗罪，没有地质勘探就设计图纸。

"第五宗罪，设计、施工采用两套图纸，欺上瞒下。

"第六宗罪，大厦建成后没有验收质量。

"第七宗罪，偷工减料造成质量隐患，隐患难抗外部诱因。"

这八个年轻男女像天兵天将一样忽然降临，念完"七宗罪"之后，又像一阵风一样，刮起灰尘迷住了众人的眼睛，瞬间就不见踪影。

捏住传单的人回过神来，都互相打听刚才发生了什么事，到底是什么人派发的这份传单。

阮眉这时候从人群边缘走了出来，走到路灯下，平静地说：

"是我。"

人群看向这个瘦得锁骨高耸的女人。之前还在慷慨陈词的火警报警人张孝友问：

"你是谁？"

阮眉目光如炬地看向张孝友，答道：

"一个有良心的记者。"

这些传单阮眉早几天便准备好了，早上刚开庭的时候，丈夫欧阳至尊的徒弟问她发不发？她那时的意见是想看看潘定安在法庭上的认罪态度再定，如果潘定安很快认罪，或逐渐认罪，她就收起舆论的刀，只用法律的剑。但从早上一直审到月上中天，潘定安还是那两句话：

"建筑质量没有问题！

"大厦坍塌的主要原因，一是因为火势大，二是因为烧的时间长。"

他请的辩护人也一再强调：

"当地堆放易燃物品塑料等非常多，很多都是石油制品。火势猛烈，造成支撑大楼的大梁内钢筋受高温变形，水喷上去又导致钢筋不断淬化，水泥凝结块酥软粉化，这是导致房屋坍塌的真正原因。"

阮眉再也忍不下去了，潘定安如果被宣布无罪，不但自己的丧子之仇不能得报，她丈夫欧阳至尊的天价药费更是无处可求。

她不想听法庭上的车轱辘辩论。从法庭出来后，她给丈夫的徒弟使了个眼色，那徒弟便带领电视台的七个女实习生分发传单。传单发完之后，他们又在法庭之外，路灯之下，群众的围观中，朗声控诉阮眉亲自总结的"潘定安七宗罪"。

待群众捏着传单围拢过来，倔强的阮眉便开始了她的现场口头控诉，矛头仍然直指潘定安的楼。但这次她讲的不是已经垮塌的定安楼，她说：

"定安楼建筑模式若不根除，一个定安楼垮塌了，千万个定安楼竖起来。而潘定安在高照市最繁华的中山路上堪称标志性建筑的朵兰大厦，是定安集团在高照开发的第十个项目，号称'高照第一高楼'，其操作方式与定安楼如出一辙：'先上车后买票'，直到建好之后都没有施工许可证。"

现场有群众问：

"他们这样违规，就不怕政府部门查封吗？"

阮眉冷哼一声，答道：

"凡高度超过一百米的建筑，都须报建设部批准。为减少审批环节和节约成本，定安集团只报建九十八米，而实际高度一百一十八米。他们的计划是，超出部分罚完款后，再按照程序申请验收检测，"

阮眉停了停，看了看夜色下的群众脸上起了忧戚的表情，她觉得应该再吹一口风，把火燃得更旺一些，于是提高嗓门说道：

"在前几年的房地产开发热中，一些开发商为了争一时之利，在开发中罔顾规划，缩小楼距、增加楼盘、擅加层高的事时有发生，以消费者的弱势地位很难与之抗争。大火吞噬了定安楼，定安楼垮塌牺牲了十七名前来灭火的消防战士，如果我们不能借着这股力量以正压邪，让潘定安判刑，不罚他个倾家荡产，那这些黑心建筑商会害怕吗？所以，为了我们住得安心，为了我们的子孙后代，一定要让潘定安判刑，杀一儆百！"

人群中不知谁带头高呼：

"让潘定安判刑！"

众人便跟着齐喊：

"让潘定安判刑！"

法院大门洞开，从里面跑出一队警察，大声呵斥着解散了这群先是疲惫不堪，后又激情四溢，最终不欢而散的人们。

两天后的下午五点钟，高照市人民法院对高照3·22特大火灾坍塌案进行一审宣判，以工程重大安全事故罪，判处被告人潘定安有期徒刑一年六个月。截至宣判日，潘定安已经被羁押将近一年零四个月。

法庭最终认定：定安楼建筑项目立项后未办理报建手续；业主私自雇请人员设计图纸，更改规划平面布置图，私自更改原设计；由无资质的施工单位施工；使用不合格建材；擅自变更定安楼一楼使用性质……这一切最终酿成3·22特大火灾坍塌事故。

尽管从二〇〇五年七月第一次开庭起，控辩双方在法庭上就建筑构件耐火极限、工程质量是否与坍塌有直接因果联系等问题展开了激烈争论，辩方律师也一直做无罪辩护，但一审判决后，潘定安并未提出上诉。

他对他满脸失望的妻子梅朵兰说：

"胳膊拧不过大腿，况且，对我们做生意的人来说，胳膊是用来抱大腿的。"

又说：

"留得大腿在，不怕不翻身。"

而随着刑事部分的宣判，3·22火灾民事诉讼很快也投入紧张地取证中。阮眉被所有的索赔户推荐为代表，她动用一切关系推进，希望这个案子附带的民事诉讼尽快开庭审理。几个渠道给她反馈的信息都显示，她和其他灾民们因火灾坍塌事故造成的伤残医药费，以及在火灾中损失的财产等，都可望得到足额的赔付。

而高照市市长李为民这时也接受了中央电视台的采访，他说：

"对于重大消防安全隐患,高照今年以来一连下发了二十个市长督办令,有十五个没有完全整改到位。据统计,去年高照市有在建项目一百六十二个,其中八十二个未及时办理施工许可证。

"而省建设厅在布置今年房地产工作时也着重强调,要吸取3·22特大火灾事故的教训,开展房地产行政执法检查工作,清查房地产行政管理中各个审批、登记环节,坚持依法行政,落实责任追究制度。此次特大火灾发生之后,高照市对城区消防和建筑质量安全隐患进行地毯式清查,不管花多大代价,我们都要整改到位"。

但私底下面对已经娶妻生子的儿子,李为民市长却坦承,要真正落实他对电视台记者讲的这些话,难度不是一般的大。他说:

"这种违规是圈内公开的秘密,几乎全国每个城市都多少会有,它的形成有着深层次的社会根源。"

他看到儿子的眼睛里有些迷茫,继而阐释道:

"先上车后买票、边勘察、边设计、边施工,都是常有的事。谁都知道这是不允许的,但为了赶工程进度,为了省钱,有的开发商就顾不上这些了,而有些监管部门也大开绿灯,你说过错在谁?"

就在李为民市长接受采访的当日,高照市消防支队的副支队长毛羽也接受了媒体的采访。他介绍说:

"高照市消防支队的硬件建设已今非昔比:支队新建了指挥中心,全市的消防队伍实现高速光纤联网,反应更加快捷,再也不会出现因电信的原因而延误出警的情况。在消防战士个人防护方面也加大了投入,每位队员都配备了自动定位跟踪系统等高技术装备,消防战士单兵防护装备总价值超过万元。

"我们这支队伍听从的第一信号就是有火必救,要把人民生命、财产安全看得比自己的安全更重要,什么是先进性,我认为这就是先进性。"

记者那时问了毛羽两个问题:

"有人质疑高照市消防队无人接警,又出警迟缓,您认为呢?"

"定安楼事故牺牲了那么多战友兄弟,这以后遇到大的火灾,您还敢叫弟兄们往里冲么？他们还敢冲吗？"

毛羽那时给记者讲了三件事：

"第一件，定安楼大火当天，你们的同行，高照市电视台记者欧阳至尊家里起火，邻居拨打119报警电话之后，我们的消防队员迅速出动，从接警到扑灭大火收工归队，不到一刻钟；这个时候，定安楼刚刚倒塌，他们的兄弟都还埋在废墟里，绝大部分的救援力量都要来保证定安楼的生死救援。我们出警及时不及时，由此可以判断。

"第二件，定安楼大火过后第八天，它旁边的高照大市场一个铺面起火。市场保安拨打119之后，手中捏着秒表掐时间，我们的消防队赶到现场，仅仅花了三分零二秒。当消防官兵从消防车上跳下来的时候，人群发出了欢呼，称我们的队员是'神速'，是'光速'，谣言不攻自破。

"第三件，定安楼大火过后的第二十八天，高照阳山县发生大火，消防支队根据情况冷静分析，尽管大火燃烧超过了四个小时，为了国家和人民群众的财产不受损失，我们还是进去了，也成功扑灭了，还平安归来了。"

二十二

高照市消防支队扑灭阳山县大火平安归来的时候，顾小鳕还躺在省城最好的医院里。

那日，救护车旁，当指导员林海泉的妻子冲到他的担架边，向他要人的时候，他猛然觉得自己没能保护好自己的长官，独自活着出来了。这对于军人来说，是天大的失职，对于兄弟来说，是真切的不道义。心理压力的陡增，击溃了他求生的最后一道防线，他用尽力气说了句：

"对不起，嫂子。"

随即陷入了无边的黑暗中。

救护车载着他直奔高照市最好的医院——市立一医院。五年前，他是一个高三的学生，虽然内心悲苦，但依然可以动作敏捷地找寻遇难的盛鱼；后来，他又在这里百感交集地看望自己的母亲，用他红润青春的唇，亲吻生死存亡之际的母亲那唯一没被烧坏的手臂。

时间流转，像录音卡带放完了A面，转到B面播放。现在，留存了生命，但面目全非的他的妈妈又在这里，在急救室外心急如焚地等待着自己命悬一线的儿子。

她已经在废墟旁等待了一天一夜又半天，等到儿子活着出来之后，儿子那破皮起壳乌青的唇嚅动着讲了不到二十个字，她又眼睁睁地目睹儿子滑向了死亡的边缘。

有医学院士参加的抢救手术进行了半个多小时，屈大雪等到的却不是儿子被抢救过来的好消息。因为知道自己的容貌吓人，所以她那时一直背对着人，面对着墙站立等待。听到身后响起了急促的脚步声，屈大雪微微调转头来，眼角的余光瞟见急匆匆跑来的是卫生局长孔武力，她感到情况不妙，问：

"醒来了？"

孔武力这时离屈大雪还有三步远，他边走边说：

"谷院士说，顾小鳕的皮，如果轻轻一剥，现在都可以整张揭下来啦，到这个程度了，危险得很，所以你赶快去签字！"

又补充道：

"高照市的医院能力有限，现在只能尽快送到省会大医院去抢救。"

屈大雪问孔武力：

"去省会有三个小时的车程，我儿子能在连抢救室的医疗条件都不如的救护车上支撑那么久？是不是你们救不活我儿子，又不想让他增加你们医院的死亡率，你们都不想负责，就把他推出高照市的地界，推到高速路上去自生自灭？"

孔武力没有回答她的质问，他急吼吼地说：

"快签字，转院，来不及了。"

屈大雪问：

"签字可以，但你们让我签字是推卸责任我当然不签，如果是为了救我儿子我肯定签，马上签。"

屈大雪那时的不明白，就像恋爱中的男女智商为零一样，为儿子的生死忧心的母亲，此刻智商也为零。她犟在那儿，把孔武力急得直跳脚。这时候支队政治处主任毛羽跑过来说：

"字我签了！他爸爸顾如铁短信委托我签的，别磨叽了，快过来，刘省长把部队的直升机调过来了。"

屈大雪听说调了直升机过来，才明白自己的猜忌毫无道理，自己的担忧纯属多余，大家的心愿都是一样的，只想把儿子顾小鳕抢救过来。她这时分清了医院对儿子的抢救行动和当年对自己的抢救行动的区别，儿子现在已经不只是她屈大雪的儿子了，他是消防局组织的救援队全力配合抢救出的幸存者，是他们辛勤付出后的胜利成果，更是高照市消防支队出的英雄，通过废墟边卫视的直播，他又成了全世界都知道的坚强的灭火英雄。

屈大雪走进市立一医院的会议室，就听到刘省长在走来走去打电话吩咐交通管制的事情。他的秘书低垂着头站立一边，脸都是红的，估计刚才事没办好，遭刘省长批评了，刘省长只得屈尊亲自打电话。而高照市市委书记白举纲和市长李为民则像两个摇头的电风扇，眼睛盯着刘省长，头随着他走动的方向来回摆动。他们本来都与屈大雪熟悉，并一起共事过，这是在屈大雪毁容之后，他们的第一次相见。他们当然知道她是屈大雪，但他俩谁都不愿意，或者说不忍和屈大雪相认，只装作十分关注刘省长正打着的电话，连眼角的余光都没有瞟过来。

高照市消防支队政委庞正江见过许多烧伤毁容的人，还因为他所处的地位和两位市里的主官不同，因此他看见屈大雪进来，连忙一瘸一拐地迎上来，解释道：

"省长很重视，亲自安排，直升机里没有医疗抢救设备，空间又太小，谷院士说必须在两个小时之内到达省会医院，省长的意思从这里到省会医院，市里的干道、高速公路等，全程交通管制，算了时间，车子全速开的话，一个半小时能到！"

两行浑浊的泪自屈大雪那也再长不出睫毛的眼里流出，她软了腿，转过身，朝着在会议桌上首那端走来走去的刘省长与她身边的门所形成的夹角方向跪了下去。整个会议室里，就这个夹角方向没有人，屈大雪跪的是会议室里的所有人和天上的所有神——跪人，是在座拥有权力的人在抢救一个属于他们的英雄，这个英雄正是自己的儿子；跪神，是屈大雪知道，从英雄到烈士，对于现在的儿子来说，就是一口气的事情，而决定儿子生死的这口气的支配权，似乎只在神的手中。

跪下来的屈大雪那时在心里祈祷：

"老天，我儿子可以不要英雄的称号，但千万别让他成为烈士啊！所有的罪就罚在我一个人身上吧！"

谷院士的判断很准确，刘省长的命令很奏效，屈大雪的祈祷也灵验。省会医院的所有医生都说，再迟来几分钟，顾小鳕的命就没有了。

顾小鳕住进省会大医院的第七天，指导员林海泉的妻子进到了重症监护室。她是一周来唯一被组织批准，也被顾小鳕首肯进来探望的人。那时候顾小鳕刚被宣布已经脱离了生命危险，但人还未清醒。省委书记和省长以及政法委、公安部的领导那个时候刚好对烈士们的善后事宜做完指示，也都从高照市回到了省里。恰此时，省委办公厅负责与医院联络的人员正好从医生那里得到了顾小鳕终于脱离生命危险的消息，汇报给省里的几位最高领导之后，他们都同意在这个被称作"第一时间"的时间里，到医院来看望。

媒体也就随行，但他们都被挡在了病房之外，他们拍到的镜头，都是省部级的头头们穿着无菌服，刚从顾小鳕病房探望出来后的情景。

顾小鳕转到省会医院的消息就这样走漏了出去。一周来，一拨拨本地的、外地的、地方的、国家级的记者像一窝窝采蜜的蜂一样，嗡嗡嗡从高照市的现场又掉头直扑过来，都要采访从废墟底下被挖出来，又从死亡线上被抢救过来的英雄顾小鳕，但都被清醒过来的顾小鳕拒绝了。

自从他的父母因为媒体报道双双陷入人生低谷之后，他就对媒体起了本能的反感。当兵五年来，他们中队开展过许多活动，为了中队的荣誉，也请过许多媒体进行报道，但每次顾小鳕都是参加活动积极，接受采访销声匿迹。那时的中队指导员是林海泉，林海泉是顾小鳕的父亲顾如铁一手带出来的，他知道顾小鳕的父母和媒体有着差不多可以称为"不共戴天"之仇，便也就顺应了顾小鳕的意思，让他回避媒体。

而现在，指导员林海泉已经牺牲，没有哪个懂他的人可以为他挡媒体。开始的时候，顾小鳕想拒绝，支队的领导还做他的工作，让他配合记者，但最终迫于他的病情，没让媒体进到病房来，只在他去透析室透析的路上，记者远远地拍一拍担架车上的他，把长长的话筒杆子伸过来，大声采访他，问他感觉怎么样，顾小鳕一概闭着眼睛不做任何回答，但记者们依然不死心,他们都像母亲守护儿子一样,白天黑夜地蹲守在病房门口。

直到有一天,一名手腕通天、敬业精神抓铁有痕的电视台记者,在没有经过他首肯的情况下,换上无菌服,将话筒递到他的面前,他因过于激动而血压猛升,指标一下子飙到了性命堪虞的程度,这才惊动了主治医师,继而惊动了省总队负责他医疗事宜的副总队长。副总队长派驻一个班的武警在他的病房门口轮流职守,这些记者方才消停。

指导员林海泉的遗孀夏淙能够进到病房,也非易事。

得知定安楼坍塌的时候,夏淙刚进办公室不久,她是高照市电视台总编室的外宣,每天上班第一件事便是把频道前一天的收视率统计出来,送给总监过目。这天她进办公室之后,还没来得及做第一件事,就收到了花店送来的一束花。

夏淙接过花,一看花束上系着的小卡片上的字,便知道是丈夫林海泉送的。那潇洒的字迹书写着长长的一句:

"夏历生辰记心窝,林海有泉淙淙过。低眉看花添喜色,抬眼想我快乐多。"

夏淙这才想起,今天是自己的夏历也就是人们通常说的农历生日,她的农历生日还是林海泉从万年历上给她翻出来的。

林海泉喜欢看书,知识面广,也很细心。他是通过介绍人介绍才认识夏淙的,介绍人介绍道:

"夏淙,二十三岁,林海泉,二十七岁,你们自己谈。"

说罢就出了门,留下他俩单独相处。夏淙还记得为了缓解当时的尴尬,林海泉是从她的姓开始说起的。他看着低头敛眉的夏淙,没话找话地扯闲篇:

"你姓夏?这姓好啊,很厚重,很有历史感。"

夏淙略微扬眉,看了眼林海泉,说:

"你是说我们国家有个夏朝是吧?"

林海泉说:

"夏朝是其一，关键是夏历，夏历比夏朝厉害多了。"

看夏淙有些不解，林海泉就开始滔滔不绝了。他告诉夏淙，夏历就是现在我们大多数上年纪的人说的农历。其实"农历"的喊法，是一九六八年元旦才公布的，此前中国传统历法自民国起一直称"夏历"。新中国建立后，宣布以世界通用的公历为法定历，按公元纪年，而夏历为辅历。

看夏淙的脸上没有了尴尬，出现了好奇和钦佩的神色，林海泉又引用《辞海》和《中国大百科全书·天文学》中关于夏历的许多阐释来继续他们的话题。

第一次见面，一个姓氏就古今中外，中文带英文地说了这么多，夏淙那时候想，虽然林海泉有掉书袋之嫌，但他愿意为自己掉书袋，又肚子里有"书袋"可掉，证明他是看上了自己的，也证明他是个读书之人。抛开他是个相貌堂堂的军官不说，光是这两点，就已经能够打动女孩子的心了。

第一次见面就确定了恋爱关系，到第二次见面，林海泉就将夏淙的公历生日翻成了夏历生日。从此以后，她便过两个生日，但只有夏历生日，是她和林海泉俩人的秘密，是他俩独自过的，每当自己的夏历生日来临了，她的丈夫林海泉总是记得并有所表示。

办公室收到了自己的夏历生日的鲜花，幸福的夏淙知道是丈夫林海泉在消防队旁边的花店匆忙订的。他不能把生日礼物亲自送到自己手上来，夏淙并不怪他。他们确立恋爱关系之初，某天她去他们中队看他，刚一进去，还没来得及说一个字，警铃就响了，广播里同时播出出动什么车的指令。林海泉飞奔下楼，连头都没有回，只留下她在那儿发呆。

那次打火回来之后，林海泉就诚恳地对她说起了自己的职业，他说："消防警铃是老百姓的生命财产安全受到威胁时，发出的求救信号，这个老百姓，也包括你、你的父母亲戚、我的亲友在内，因此闻铃飞奔，这对我们消防兵来说，是职责所在，是必须遵守的第一信号，这个信号一响，其他什么事情都要摆在其次，你要知道，一秒的时间，都可能是生死的临界点。所以，我给你讲明，也请你能理解。"

当时的夏淙犹豫过，但是换一个角度去想，她又想通了。她想现在社会上的一些男孩子，只要有点钱有点权，或者仅凭三寸不烂之舌，就到处去找女孩子，花心得很。她的失恋过七次的闺蜜总结现在社会上的男孩子找对象，就总结得很经典：

"他们，哼！插一排钓鱼竿子，只看哪根响铃。"

夏淙可不愿意成为一排钓鱼竿子里的某一根。她想林海泉这种责任心强，又任务重的消防军官，虽然没有很多时间陪自己，但终归被责任心和部队的制度管起来了，要比社会上的男孩子放心得多。再加上，有首歌里不是唱"军功章里有你的一半也有我的一半"么？他从事的是高尚的职业，他也有文化，也会有前途，他们成为夫妻之后，是荣誉和利益共享的。

想通了之后，夏淙从来就没为林海泉要值班不能陪自己而烦恼。她知道，林海泉比她还想相伴相守，只要有时间，哪怕一个小时，他也要来看看自己，而她若路过大桥中队，也会进去看看丈夫的。

低眉嗅花，果然快乐满心，夏淙拨打林海泉的手机，一拨不通，再拨不通，夏淙心里犯了嘀咕，如果丈夫是在忙工作，至少是无人接听的状态，忙完了，丈夫就会回过来，怎么现在变成了总是接不通的状态呢？

把花插好，将电脑打开，夏淙心不在焉地查看频道昨日的收视率，还没两分钟，门外就有人大喊：

"欧阳至尊被压啦！定安楼起火烧塌了楼，压了好多消防兵在废墟底下啦！办公室去人善后，栏目组去人接替和跟踪采访。"

夏淙闻言便疯了似的跑出电视台，跑向了定安楼废墟。

定安楼的废墟外，她碰到了先出来的丈夫中队里的伤兵，他们告诉她，楼塌的时候，指导员林海泉和顾小鳕是俩人紧挨着的，他们同一支水枪打火。

她在警戒线外等啊等，等来了妈妈送了吃的来陪她，后来又等了爸爸再送吃的替换妈妈回家去，一天一夜又半天，她就喝了两口水，妈妈和爸爸送来的饭菜,她一口都吃不进去。直到她看到一群记者追着一个担架要采访,同时她也看到了自己台里的记者冲警戒线外的同行喊:

"幸存者叫顾小鳕!快,市立一医院,你们赶快去占有利地形!"

她便不顾一切地冲了过去,冲到救护车旁顾小鳕的担架边,问:

"你们指导员呢?他们都说他和你在一起。"

顾小鳕简短的回答让她眼前一黑:

"嫂子,对不起。"

她这次找到省会医院来,就是要问一问顾小鳕,废墟底下到底发生了什么事,让他说出了"对不起"三个字?他是什么地方对不起她?同一支水枪打火,身子挨着身子,为什么官牺牲了,兵还活着?

这天是林海泉等烈士牺牲后的头七,所有的烈士家属这时都在高照市集中了,他们在宾馆住了几日之后,一直有各个局派出的人点对点地陪伴和看护着。他们问陪人,是问什么答什么,要什么买什么,但有一条,不许去看那些已经成为遗体的自己的亲人。

部队让这些陪人给出的说法是:

"他们是从火场里被挖出来的,脸上身上都是黑烟灰尘,谁是谁都没分清,所以不好让大家去看。现在正在请专人给他们一点点清洗,洗干净了,认出谁是谁了,定制好的新军装军帽也来了,穿戴整齐了,自然就会喊大家去看了。"

他们不知道的是,在顾小鳕被挖出来的一天之后,失踪的最后一个战士的遗体才找到,至此,大楼刚刚坍塌时,现场点名后得出的失踪人员十九名,才悉数被找到,但谁是谁,由于遗体变形过于严重,半数以上都没能被战友认出来,也就更不好让烈属们去辨认。

支队政治处主任毛羽在会上如此建议:

"烈士当中,九个弄不清身份的兄弟,我看也不要去惊动他们的家属,采 DNA 也不必了,都是可敬的好战士,好兄弟,都是人民的子弟兵,他们生在一起,死在一起,我建议,葬也葬在一起吧,为他们建个烈士陵园，树个碑，碑上刻着他们的名字，无分彼此吧！"

"他们的头脸大多变形，成小林的头到现在都没找到，但不能为此无限期的把追悼会推迟啊，过几天是清明节，我们就在那天送战友吧。追悼会上，每人都穿上新军装，断胳膊少腿的，赶紧做了假的放到制服里。头脸都变形了，入殓师化妆师尽量整，尽量化，我建议把他们生前最威武的照片放大，在他们头的上方，做个小支架，将照片直接贴上去，蒙住头脸，所有的烈士都这样，家属也不会起疑，也会好接受一些吧，前提是，在追悼会前，在火化前，千万不能让烈属们见到这些兄弟。"

毛羽的建议至情至理，被上级领导悉数采纳。会议快结束的时候，支队政委庞正江强调：

"将我们这十七位兄弟定为烈士，幸存的顾小鳕和周子马定为英模，这是公安部消防局对这些可敬的英烈的最大程度的认可，也是对我们高照支队的认可，我们衷心地感谢部局领导。我们的救援行动是及时的，灭火战略是高效可行的，弟兄们都是英勇善战的，我们的这种作风是由来已久的，总而言之，不是我们不堪一击，是定安楼不堪一烧，凶手是楼的建筑质量，我们是英勇无畏的，这些意思，也要传达给烈属们，让他们为自己的亲人感到骄傲。"

烈属们来到高照的这一周时间里，女性亲属都承受不了打击，基本上每天都要由陪人带着去医院输液，或是一直就住在医院。男性烈属好一些，陪人便贯彻支队领导的意思，带着他们去自己的家人曾经战斗过的地方转悠，解说，说他们曾经参加过哪些打火或者是救援的行动，每次是如何英勇，为高照市保一方安宁，挽回了多少财产损失，救了多少人的命云云。这种陪伴和解说是有效的，他们逐渐接受了家人远离的事实，悲痛之余，也真心地为自己的烈士家人而自豪。

这样到了第七天，按照民间的规矩，头七是要烧纸喊魂的。既然不能让家属见遗体，支队研究之后，就让大家在陪人的陪护下，去定安楼废墟，烈士们牺牲的地方烧纸祭奠。

尽管坍塌当日和次日的救援行动，已经将废墟翻了个底朝天，但夹在许多坍塌死角里的阴燃还很多，一条条的黑烟从依然有两层楼那么高的断壁残垣的缝隙里冒出来，气味依然呛人，现场温度也有如伏天太阳下那般燎人。

烈属们见此情形，不由得又放声大哭，其中那个不到十八岁的新兵李世栋的母亲，还边哭边大声数落：

"这里头是熏腊肉啊，我的儿呀！你在屋头破点皮呢，我都心痛辣辣的啊，你到底有好惨呢，他们都不让我看啊，我的儿呀！上回信里你还说，和班长抬了个烧焦的死人啊，你一个星期吃不下饭啊，你自己又——你啷个不晓得跑啊！"

哭得和她跪在一起烧纸的林海泉的遗孀夏淙也泣不成声。她已经七天没有睡个囫囵觉了，她听李世栋的妈妈如此数落，想起自己到现在也还没能见到丈夫的遗体，丈夫在废墟底下到底经历了什么她也不得而知，于是连忙起身，直奔省会顾小鳕所住的医院而来。

来到顾小鳕的门口，却见两个持枪武警面无表情地站在那里，同时对她做出了不许入内的手势。

夏淙大声说：

"我有要紧事要找顾小鳕，我的丈夫是烈士，牺牲的时候就在他旁边，你们不能这样对待烈士的家属，我的丈夫还尸骨未寒啊！"

右边那武警便伸手抓住夏淙的胳膊，扶着哭得直不起腰的夏淙往外走，说：

"对不起，病人经不起打扰，请理解，请离开。"

夏淙不肯，她用力甩开武警的手，蹲在电梯口嚎啕大哭起来。

屈大雪这时候过来看见，她认出了夏淙，轻轻说：

"你是林海泉指导员家的人吧，节哀顺变啊！"

夏淙闻言转过头来，一看那张不成人形的脸，她就明白这是谁了。她站起来，问：

"你能帮我见到你儿子么？我有重要的话要问他。"

屈大雪习惯性地将脸别转到背人的一边，说：

"我的儿子，从他当兵入伍开始，就已经不是我的了，现在更不是我的了，重症监护室，我都只是在没有武警把守之前进去过一次呢。"

夏淙说：

"这些武警要谁发话，才能让人进去？"

屈大雪说：

"住院楼七楼的小会议室，现在被用作定安楼事故医疗善后临时办公室，省总队委派了一个副总队长在这里负责，你去找他们通融一下吧。不过，如果不是要命的事情，我觉得还是不要进去好了，他们说我儿子现在不能感染，一感染只怕又会危及生命，我自己都没有进去。"

夏淙在住院楼七楼小会议室，倒是被省总队的副总队长客气地请坐请茶，但当她说明来意，遭到的依然是拒绝：

"请你理解，我们好不容易把顾小鳕从死亡线上拉回来，他真的不宜受到刺激，你有什么话，写个条子，我让医生在适当的时候带进去。"

省总队副总队长客气的拒绝，又勾起了夏淙心里的不平意绪。她想顾小鳕不过二十刚出头的年纪，他对部队的奉献怎么可以和自己的丈夫林海泉相比呢。

她想起她刚刚嫁给林海泉的时候，他还只是阳山县一个消防中队的副中队长，也不知道什么时候才能调回市区中队，他俩为了能多一点时间在一起，她从市里的学校调到阳山县的农村小学去。夫妻两人挤在中队的一个仅仅只有二十平方米的小屋里，那个小屋的屋顶还漏风漏雨。

刚搬去的那个春天，丈夫在队里上班，她闲得无聊，想去紧挨着小屋的后山采映山红，结果从旁边的小路绕上山一看，紧挨着他们那个小屋的树丛里，就错乱了十几个坟包，还有没有墓碑的甚至塌陷了的野坟墓。她吓得直往队里跑，哭着让丈夫去找领导给换一个不靠山的房子。但丈夫林海泉愣是以不能给队里添麻烦给拒绝了，不过此后的每个晚上，只要不出警，他就会守在这个小屋里，守在她的身边。

但灾难的发生不会挑时间，许多个警铃骤然响起的晚上，她便会跟着一起去他要去的地方，消防车上坐不下，她自己打车，或是骑单车，都要赶过去。这样，夏淙也就有了许多机会以旁观者的身份去看待火场或灾难现场里救援与被救援双方的立场和态度，也因此更近距离地感受到了人性的幽微处。

她发现，灾难里的人们是那么脆弱，他们看到消防兵的来临，眼里那一星希冀的火苗，本来像烛焰被大风吹得倒伏，忽然风停了，烛焰一弹又起来了。夏淙无数次看到灾民眼里的这种起死回生般的希冀火苗，被消防兵的到来而点燃，也从此对丈夫林海泉所从事的职业起了由衷的崇敬的。

但这只是她看到的人性的A面，A面让她鼓舞，而B面却让她沮丧。也有很多次，灾民觉得消防队施救没有达到自己的预期，或是觉得消防车来得太慢，他们就会站在自己的角度上，恶狠狠地责骂消防官兵们，全然不顾这些人打火打得满脸满身黑烟，甚至是手脚和脸部裸露的地方被划得鲜血淋漓。

每当这个时候，夏淙就会为林海泉和他的兵们抱屈，头一次听到这些责骂时，夏淙还忍不住和灾民对骂：

"消防车又不是飞机，路上堵车你怪谁啊？"

"把你爷爷活着背出来就不错了，里面都是黑烟，摔跤碰撞不是难免吗？他们不也是受伤了吗？这怪得了谁啊？"

但回队之后，站在队里的操场上做战评，夏淙发现，自己的丈夫林海泉非但没像自己一样替那些兵委屈，反而站到骂他们的灾民那一边说话，他训斥自己的兵：

"平时不流汗，战时就流血！我们的职责就是要帮到灾民，他们的评价是最中肯的战评，他们评的是救援质量，我这里评的是救援技术，乃至救援技术背后的每日训练。你平时不吃小亏，你战时就要吃大亏的，受点小伤是提醒你，训练不到位，技不如人，那就不是受伤了，不但救不了别人，反而自己的命都要送了！"

又点名将灾民的爷爷背出来的那个班长出列：

"你，半个小时背假人运动。"

夏淙便看到这个既成功地救了人，又摔跤晒破了脸的班长，吭哧吭哧背着一百二十斤重的假人，在操场上跑了起来。

夏淙那时候真是心疼这个班长，怪丈夫虐待自己的兵。但一个月之后，他又觉得丈夫对这个班长比对自己还好。事情的起因还是房子——半个月前的一个晚上，林海泉边仰头看房顶，低头放下盆、桶接屋漏，边给妻子夏淙说：

"今天听到一个消息，支队为了解决我们基层干部的驻防困难，要建集资房了，我可能会分到一个指标。"

夏淙听后，高兴地蹦到林海泉身上，手钩着他的脖子，双腿夹着他的腰，不肯下来，嘴里唱着：

"左三圈，右三圈，脖子扭扭，屁股扭扭，我们一起住新房！"

但再半个月，夏淙问起房子指标的事情，林海泉却涨红了脸，半天才嗫嚅道：

"一班长嘛，你知道，他也老大不小了，没有房子结婚，未婚妻就总是让他当未婚夫，他心里不踏实，急得了不得。按打分来说，如果我让出了这个指标，他就能上，所以——"

夏淙那时瞪大眼睛问：

"你就这样让给他了？"

林海泉点头，夏淙披上衣服就要出门：

"我找你们大队长顾如铁去！我要把房子要回来。"

林海泉冲过来抱住妻子轻声道：

"顾大队也没要，我已经和队里说了，我说你不想要这个房子，说我们感情好，想多一点时间在一起，住在队里。房子小是小点，差是差点，但我随时可以回家，就是不回家，我在营院里操练，你也能看见我，我要是住出去了，我们在一起的时间就会少很多。我这样说，他们都相信了，都佩服你的为人，都羡慕我们感情好，说我上辈子肯定做了好多好事，今世才能娶到你这样的好老婆。"

一番话说得夏淙在林海泉的怀里大哭起来，却将抓着门钮的手慢慢放开了。

后来林海泉的大队长顾如铁调到了高照市，没两年，林海泉也就跟着被安排回市区，但被安排在条件最差的大桥中队，他也毫无怨言，还对妻子说：

"白手起家，好啊！顾队是照顾我呢，这样容易出成绩。"

林海泉调回高照市区后，夏淙让他找顾如铁跟屈大雪说说，把自己安排到高照市实验学校教书。但林海泉又拒绝了，他说：

"顾大队没有我这么好的命啊，他那老婆，别看是教委主任，华而不实，顾大队都好久没见过她的面啦，他说过这辈子都不求他妻子做任何事。"

夏淙只好放弃了这个想法，但幸运的是，这一年高照电视台对外招聘，夏淙抱着试一试的想法，考取了总编室的外宣岗位，虽然只是频道聘任的合同工，但能和林海泉在一起，比什么都强，她便把自己在阳山县的在编教师资格放弃了。

陪着林海泉一路走过来，夏淙没有享什么福，却也没有怨言，她嫁给他的初心，本就是只要两个人忠贞地互相陪伴。林海泉对工作尽职尽责，也超出一般人的付出，他没有要求更多荣誉，也不图回报，还是默默无闻地工作着，从未有过一句怨言。

夏淙知道，她和林海泉都是那种不求大富大贵，只求平静相守的人。

但命运如此不公，救了那么多人的人，自己遇难时，反倒没人把他救出来。只想平静相守的夫妻，偏偏年纪轻轻就生离死别。住院楼七楼的会议室里，说起自己和丈夫林海泉的命运，她泣不成声。但当副总队长听完她的诉说后，倒是改变了主意，他沉重地说：

"好吧，我去找医生说，同时我也劝劝顾小鳕，他不同意见媒体，也许会同意见你吧。另外，您丈夫林海泉的事迹太感人了，我为我们支队有这样的基层干部感到骄傲。那几年我们花了多大力气培养典型，却连这么典型的典型都没发现，是我们的失职啊！"

夏淙随副总队长走出会议室，电梯里，她还是把丈夫多年来献血献骨髓的秘密讲了出来，她幽幽道：

"从阳山县开始，他每年都要献血，他还在中华骨髓库登记过，也配型成功了一例，他不让我讲，连他的父母都不让我告诉，说老人家不懂，会瞎担心。你看，他生前献了那么多次血，善良得连我都觉得他是菩萨转世，到头来他却连自己的命都保不住。我真不知道这个世间，什么是恶有恶报，善有善报。"

重症监护室，换上了无菌服的夏淙拿着丈夫林海泉的照片，让顾小鳕看着，回答她的问题：

"你为什么对我说对不起？"

顾小鳕平静地答道：

"指导员对我太好了，我眼睁睁地看着他在我身边没了，我无能为力，他对我的好，我今世无法报答了。"

夏淙追问：

"对你太好了？是不是这蠢东西牺牲自己，保全了你？"

顾小鳕说：

"我们都被同一根柱子击中，废墟底下没有一丝光亮，我看不见，但打火的时候，指导员站在我前面，我们脚挨脚站着，楼塌的时候，我本能地往旁边侧了一下身子，我感觉那根柱子是竖着把指导员从头压到脚，再压住我的脚的，因为我的手只能从脚摸到他屁股那个位置，我摸到那根柱子是竖着在他身上的。"

夏淙想了想，又哭了，说：

"他还是那样，这么多人的队伍打火，他还是要自己亲自抱水枪，还是要自己在前面，他太自信了，可老天爷不长眼睛。"

顾小鳕没有作声，他心里想：

"老天是不长眼，这么好的指导员让他走了，留下一个不中用的自己。"

夏淙哭了一会儿，又问：

"他在底下留了什么话给我没有？"

顾小鳕说：

"我只听到他在我耳边喊了几声救命，就再没发出声音，倒是支队长、老班长他们，活了很久。我知道他们走了，那天去透析的时候，其他病房里的电视在播放烈士名单，我都听见了，我都听见了啊，支队长还一直要我坚强活下去——"

说到这里，顾小鳕忘了医生的叮嘱，他抑制不住地激动起来，一直盯着指导员照片看的双眼闭上了，眼泪流了出来。

不明就里的夏淙也跟着哭起来，还一边哭一边告诉了顾小鳕一件事：那日定安楼大火歼灭战到了扫尾阶段出现的那个长发男人，他所说的老婆被困火场的情况实际上有误。定安楼垮塌之时，他被周子马推出去保住了命，没多久他的老婆就找到了现场。原来这个整夜没回家，第二天一早又总不接电话的老婆，晚上说了去仓库对付一夜的话之后，又转身就近去了朋友家。

顾小鳕闻言，内心波澜起伏，手脚也随之痉挛，监视器再度报警，医护人员冲了进来，夏淙被轰了出去。

被"轰"出去的夏淙后悔不迭，她想自己真是糊涂了，告诉顾小鳕真相又如何，难道下回有人说火场有人被困，他能不去救吗？情况紧急，把人民的生命财产安全摆在第一位的消防人，哪里还有时间去甄别啊！自己曾为丈夫抱屈，觉得为了一个"不存在"的被困人员献出生命，是多么的不值得。那么，告诉刚从鬼门关里逃出来的顾小鳕这些，不是等于否认了他鬼门关里吃苦的价值，又把他往鬼门关推么？

直到这时，她才意识到，废墟底下有个顾小鳕能活着出来，是多么不容易的事情，他的命确实珍贵，而他们消防人的使命是如此崇高。

二十三

顾如铁是在儿子转到省会医院的第十二天，等他曾经的战友兄弟的追悼会开过之后，才过来的。

他之所以没有像屈大雪一样跟车来省会陪伴儿子，一是因为他和屈大雪已经离婚，而且他又再婚，那天和屈大雪一起等待儿子从废墟底下被营救，他深刻体会到了离婚夫妻再相处的别扭。另一个原因，是他知道重症监护室他进不去，何况潘定安还希望他这个"继岳父"和"老心腹"，挑起此次事故善后的重担。

在潘定安被刑拘和阮眉的姐姐阮黛找他之前，顾如铁是打算和潘定安同舟共济的。

那日，记者阮黛找到了定安公司他的办公室的时候，潘定安刚刚被刑拘，律师也才从他这里了解了一些情况，他也刚刚知道，潘定安若被判有罪，则将要附带巨额的民事赔偿，他也可以替儿子顾小鳕向潘定安索赔。

顾如铁知道，不管儿子怎样，自己都不会向潘定安索赔的。儿子是消防队员，是军人，他也从事这个职业多年，他在职的时候，一直做好了为了这份事业随时献身的准备。在他心里，对于军人来说，为国为民英勇献身是职责所在，也是种在他心里的根深蒂固的信念。他想，就像战争年代，父母妻子送男儿上战场保家卫国，难道男儿为国捐躯了还要去找谁索赔？

这是从信念方面的考虑，从情感道义一方考虑，潘定安这些年待他，待他儿子顾小鳕都不薄，出此大事，就是考验朋友兄弟情谊的关键时刻到了，难道他顾如铁是那种有福同享，但大难来时各自飞的人么？是那种被江湖人唾弃的，口里喊着为朋友两肋插刀，事来了插朋友两刀的人么？

何况他和媒体曾经还结下过"梁子"。

因此阮黛来找他的时候，虽然打着他的前妻屈大雪的牌子，虽然打着替烈士与高照市民讨说法的牌子，但顾如铁还是严厉拒绝了她。那时他刚一听阮黛自报家门又言明来意，就像一只猛虎一样咆哮了：

"你只说是屈大雪让你来找我，我要早知道你是记者，来找我是为了要定安楼的事故原因，我告诉你，你连门都进不了！她屈大雪被你们记者害得那么惨，她还让你来找我爆料？我看她不是脸被烧坏了，她连脑子都烧糊了！你给我滚！不要让我再看见你，看见你们这一类人！"

阮黛闻言也来了气，她索性把话挑明了讲：

"害了屈大雪，或者说害了你的，是你们自己！我们揭露批判，我们也歌功颂德！那些事情，是你们先做下孽，犯下罪，我们只是据实报道，从而达到医治和改良的效果。"

顾如铁一声冷哼，反驳道：

"你们揭露批判？你们医治改良？我看你们是唯恐天下不乱，用我们高照话讲就是'日间挑得牛斗架，晚上挑得火烧天'！你们就是一群挑事拨非的人！只有你们这群人闭嘴，社会才能稳定，人民才会团结！"

阮眉来之前，想到了顾如铁或许会拒绝，但没想到他会如此攻击自己，并攻击自己的职业，她不禁怒火中烧，反击道：

"没有人希望天下大乱，谁都知道社会稳定的重要性，尤其我们记者！但这种稳定必须是基于社会的公平正义得到普遍的尊重和约守，而不是你贪赃枉法，巧取豪夺，还要我们保持沉默！"

顾如铁闻言，指着门大吼：

"滚！"

出师不利，阮黛很是沮丧。一天前，她去省会医院找过屈大雪，她没有向屈大雪隐瞒自己的身份和来意,也细说了妹妹妹夫在定安楼坍塌事故里所遭的重创。

那时阮黛和屈大雪是在浓重的医院特有的气味中,背对着人群,面对电梯间的窗口谈话的。那日窗外细雨霏霏,阮黛抹着眼泪说:

"断子绝孙,就是这么说一说,都是狠毒的,何况如今我的妹妹和妹夫就承受了这样一个打击。事故皆因潘定安的楼太脆弱而起,楼的脆弱是因为建筑商的黑心,我们必须把这个罪魁祸首揪出来,杀一儆百,对于老百姓来说,这才是真正的安居工程、惠民工程。屈市长,您原来当过市长,我想关于这一点,无须我多言,您是懂的。"

看屈大雪陷入了沉默,那张满是伤痕变形的脸上看不出任何表情,阮黛又说:

"您是我找的第一个人,找您有几个原因:高照大剧院火灾那个影响最大的报道,就是我的妹妹阮眉采写的,刚才我讲了她的名字,我想您也听到了。按常理来说,我找其他任何人,也不能找您再来采访定安楼事故背后的故事。但您不是常人,一是因为之前您是副市长的身份,见识和眼界自然异于常人;二是因为您是经过生命的九死一生和政治上的九死一生的人,对人性和世道的理解必然更透彻,这一点也异于常人;三是因为您是定安楼坍塌事故的直接受害者的母亲;四是因为您在副市长的任上,也曾是潘定安的建筑工程穿针引线之人。这四个因素,就是我必须找您的原因,冤家宜结不宜解,何况我妹妹当初只是为了人间道义,而不是与您个人结怨,我想,您会懂得这点,因此也能和我一起,来打这不符合人之常情,却体现人间真情的一手牌。"

听阮黛一口气讲了这么长的一段话,而且条理分明,包含夸奖,又包含了激将,显然是有备而来。屈大雪那时候在心里笑了笑,眼睛看着窗外越下越大的清明时节雨,依然没有作声。

沉默许久,她才幽幽道:

"多行不义必自毙。"

然后又不再说话。

阮黛有些不明白,她问:

"您这是说谁?"

又是一阵沉默,有小护士跑过来喊:

"顾小鳕妈妈,这里有两个地方要您签字。"

对于目前的屈大雪来说,用残破的手指夹着笔写字,哪怕只有几个字,都是很困难的事情,但却是屈大雪这些天来最愿意做的事。只有在儿子的手术单上签上自己的名字,屈大雪的心里才有一份深沉的踏实感,这个时候,她十月怀胎生下,又一手拉扯长大的儿子是属于她的,属于她屈大雪一个人的。她是他的妈妈,他是她的儿子,跟部队无关,跟社会责任无关,跟名利无关,只跟他们两个的个体生命有关。她拥有为他签字的权力,就像顾小鳕刚出生的时候,她拥有给他喂奶权力一样自然,一样神圣,一样凛然不可侵犯。

闻听护士喊签字,屈大雪立即转身低头而去,阮黛倔强地跟在后面。另一个小护士抱着一床医用一次性无菌中单从顾小鳕的病房里出来,屈大雪看见,紧走了几步,从小护士的手里拿过上面沾满了黑色血痂的中单,像晒床单一样地抖开,看了看,点点头,又交给了小护士,小护士抱着走开。

阮黛隐约觉得中单跟顾小鳕有关,转身扯了下小护士,问:

"她为什么要看?"

小护士说:

"她是顾小鳕的妈妈,这中单是她儿子的,她不能进去看儿子,就每天看看从儿子身上脱下的血痂。"

阮黛闻言,喉头哽咽,她转身赶上屈大雪,低声道:

"您是伟大的母亲。"

屈大雪似乎有所触动,略微停步,小声说:

"你去找顾如铁吧,他是我孩子的爸爸,也是定安公司的副董事长,内幕在他那里。"

采访顾如铁出师不利,阮黛没有气馁。她想,从屈大雪那里打听到谁是内幕的掌握者,这是一大收获。接下来只要想办法打通顾如铁的心结,就有望采访成功。她回去和阮眉一商量,二人都觉得顾如铁的儿子已经被抢救过来了,儿子的亲情牌分量虽然轻了,但他的诸多战友都牺牲了,不管哪朝哪代,向来是讲究死者为大的,她们可以从顾如铁的这些战友亲属身上做文章,打战友情的牌。

当天晚上,阮黛就去了那些烈士家属所住的宾馆。这家宾馆那时也住下了许多为着此事故而来的记者,这里自然就成了此类消息的集散地。在同行的房间里几进几出,阮黛很快便将十七个烈士的生平和家境弄清楚了。她发现,牺牲的消防兵都是二十岁左右,且以农村兵居多,很多都是大山村走出来的,家境贫寒,父母也都是极老实本分的。她认为这一部分人,无须费自己什么口舌,就会被自己说服,从而和自己一起把舆论造大,让潘定安定罪,以达到索赔目的。而牺牲的消防军官,虽然也有半数出生在农村,但因为年岁稍长,都在城市安家,且有了小孩,他们的家境显然比那些兵的家境要好得多,部队按级别军衔所给的抚恤,肯定也会倾向于他们,要说动这一部分烈属,可能要比那些消防兵的烈属难。但阮黛也看出了属于这一部分人的特质——他们有许多的战绩,有许多英勇而感人的故事,可以让自己书写,从而去拉近和他们的家属的感情,结成统一战线联盟。

她将为牺牲了的消防军官撰写深度报道的想法汇报给了报社领导,哪知领导在电话里就一口回绝了:

"我们又不是党报,你是我们报纸的老记者了,怎么还要我在这上面来费口舌?"

此路通不通,阮黛又另辟蹊径。

她找到了在高照市公安局的中学同学,首先她问要花多少钱才能买下法医拍下的那些烈士血淋淋的遗体照片。

同学拒绝了,他转动着手里的茶杯,在腾腾的热气中说:

"开玩笑!这样的照片要是流出去,让那些家属看见了,消防队不被他们闹翻天？你想啊，他们把生龙活虎的孩子送进来，现在把个死的还给人家，还不是个全尸，你要人家怎么受得了？太不人道了！"

阮黛这时候掉着泪，把妹妹妹夫的悲惨遭遇又讲了一遍，她试图说服这个同学：

"我自己的妹夫被砸成高位截瘫，我妹妹到现场一看那样子，就流产了，我怎么不知道这样的照片对烈士家人的刺激有多大？我要这些照片，就是要去说动定安楼建筑质量的黑幕真相掌握者，他和这些烈士曾经也是同事，今天我去找了他，他拒绝我了，我想拿这些照片去刺激刺激他。"

阮黛的同学说：

"我知道你说谁了，这些照片刺激不了他的，他守在废墟里等他儿子被救出来，这段时间里有多少遗体血淋淋地从他眼皮子底下抬过去？那不比照片更刺激么？另外，他现在是定安公司老板身边的一只'董事猫'，乖顺得很，你如果晓得这些年他跟着潘定安吃香喝辣玩女人过得有多快活，你就不会打他的主意了。"

阮黛说：

"他顾如铁就真的这么铁石心肠么？如果他要包庇潘定安，要维护他的利益，我要发动那些烈属连他也一起告了！"

阮黛的同学说：

"你如果拿定安楼的建筑质量说事儿，那还真不关顾如铁什么事儿，定安楼都住满了人，顾如铁才进的潘定安的公司。"

看着阮黛满脸的失望和沮丧，她同学建议道：

"你倒是可以去找一下消防支队的政治处主任毛羽，你别说我让你去找的，他和顾如铁的私交很好，也许你晓以利害，能够说动他，但我建议你先是以采访宣传烈士们的先进事迹为由去找他。"

阮黛说：

"烈士们先进事迹的宣传，消防队自己的宣传部门还有政府的宣传部门自然会去做，而且这样的新闻报道对于我们报社来说，登载出去是没有力量的，普通的读者，也就是广大的老百姓关注的是他们的切身利益，那就是房子的质量、建筑黑幕等等。"

阮黛的同学叹口气道：

"唉，我本来不想说的，同学一场嘛，还是直说吧。你们当记者的，有时只为了吸引读者的眼球去写东西，发表东西。你们晓得好事不出门恶事传千里，就专挑那些阴暗面去爆料，还说什么有力度些。你不知道，我们公安默默地为百姓做了许多好事，至少是守一方平安吧，但你看看，发行量高的那些报刊，哪个挑我们的这些正面材料报道？写的都是那些反面的东西，还添油加醋地写。我有个领导说得好，他讲他原来以为记者是蜜蜂，好事呢就是花，不是花一盛开，蜜蜂自来么？结果没一个记者主动来，都要出车马费才给个豆腐块。那他就说了，这记者根本就不是蜜蜂，是苍蝇，你看我们出了点什么负面的事情，哗地一堆记者围过来了，赶都赶不走。我原来还觉得他说得有点夸大其词，但你看，如今你要煽动这些烈属和你一起去争赔偿，连报道他们的事迹都嫌多余，我真不知道你们这个行业的原则是什么？"

一席话说得阮黛的两颊飞红，她低声说：

"嗯，你批评得是，我也这样批评过我自己，但是，什么文章好发，什么文章不好发，甚至能不能发，不是我说了算，有发表这些正面典型的阵地，但我们不是，我开始也想到了在我们报纸上发表这些烈士的事迹，我也觉得自己有能力比别人写得更感人，但是我请示之后，我们领导说，要采写社会热点的东西，我们报社也是一直做社会热点，报纸的发行量才大，因此效益也就好，哪个行业首先都是求生存，然后再是求发展不是？"

阮黛的同学说：

"唉，你们报纸，我都不知怎么说了，五年前，顾如铁还不是因为你妹夫一篇文章捅到内参上，才丢官去职一无所有的？他个人还犹自可，那段时间，消防局一开会就讨论高照市消防支队顾如铁大队长的反面典型，逢会必讲，要大家引以为戒。这对他公平吗？所以啊，欠下的债是要还的，你先还了这笔债，再想其他事吧！"

阮黛第二天便去消防支队找了毛羽，但毛羽进进出出，一下座机一下手机的忙得不可开交，好不容易等到午饭时间到了，一个士兵送了一大碗饭菜进来。在毛羽坐下来午饭的时候，阮黛瞅着有了空档，便挨过去说明了来意，毛羽却避实就虚地说：

"你们报纸，太有名了，正好宣传宣传我们可爱的消防战士吧，他们的家属都在高照宾馆，你去采访他们吧。"

昨晚受了同学的刺激，阮黛在来之前，便想好了对策，她觉得消防支队的领导，应该都是强势的，对于强势的人，首先就要在气势上压倒他，不然，人家把你当小丫头片子看，一句话就打发回去了。这时看毛羽果真在耍滑，便正色道：

"您弄错了，我们的报纸是报道，而不是宣传，就像你们灭火和救援是专业一样，我们新闻界，也有关于自己的新闻专业常识、新闻业的天职。新闻这个行当的存在就是为公众最大限度地实现公众知情权，让公众知道我们周围世界的变化，以便每个人对自己的生活做出预判和安排。哪里发生了灾难、哪里发生了瘟疫正在蔓延，我们及时准确地报道出来，以便于我们生活在另一个区域的人们可以做好应对，这是非常重要的，所以，一座定安楼倒下去，我们老百姓便关心起自己的住的楼是否也是定安楼的翻版，这首先就要弄清楚定安楼的建筑质量如何，建筑时有否违规，以此为蓝本，才可举一反三，你们的消防队员的牺牲，才不会是白白牺牲。"

为了赶时间，毛羽他们在消防队都练就了风卷残云似的吃饭法，阮黛看他吃饭不是吃，简直是往嘴里塞。这时，毛羽的腮帮子鼓鼓的，里面塞满了青菜，他把青菜嚼到了可以勉强说话的程度，含混着说：

"你报道我们的烈士们牺牲的意义所在，是让所有的老百姓都知道自己拥有一支多么忠贞可靠的救援队伍，我们消防队员的牺牲才不会是白牺牲，老百姓才会过得安心。我发觉你们的定位总是个反的，总让老百姓觉得这里会有危险，那里会有瘟疫，这就扰乱了他们正常生活的秩序，引起了不必要的恐慌。你要报道党和国家是关心他们的生产和生活的，也建立了强有力的军队时刻守护着他们，他们的生活是有靠的，有希望的，这才对嘛！"

阮黛感觉到了毛羽是一个很有定力，也很有条理的人，她看他忙了一上午，却忙而不乱，和自己的谈话，守着一个目标，她怎么讲都讲不散他的谈话目的。但她也从毛羽回复自己的这段话里感觉出，至少他没把自己当一个没有分量的小丫头片子看待，他是在和自己平等对话，于是进一步阐述道：

"我想您还是没能了解我们记者在社会中的角色定为，普林策讲过，媒体和记者的另一定位是'瞭望者'角色：一是报道者，向公众报道实情；二是瞭望者，守护公众的安全。报告前面可能有暗礁或异常情况，记者一直在前面探路、了解，我觉得这个很重要，不能因为报道出来马上会引发可能的麻烦而不让媒体发声，我认为这是更可怕的。"

见毛羽还在鼓着腮帮子咽饭咽菜，阮黛没等他回答什么，继续道："我讲个很简单的概念，'鳄鱼来了'，在河里发现了鳄鱼，作为记者第一时间真实报道河里发现了鳄鱼，请岸上的人注意，这时会引发什么问题，人们自由游泳等各种生活秩序被打乱，后来大家发现鳄鱼找不到了，就会责难最早报道'鳄鱼来了'的人。再比如马上要发生泥石流，记者就及时报道，这里可能会发生泥石流，预警，把信息准确地告诉大家，可能在第一时间告诉大家时会影响很多人的生产生活，导致很多人不能去上班，导致很多人家里的很多事情被打乱，大家会心生抱怨，但等发生地震之后，当真正发生泥石流之后，我们再看最早喊出这里要发生泥石流的预警信息的价值在哪里，不能因为预警信息暂时导致人们的恐慌而责难媒体，我认为这是不负责任的。

"真相的价值在哪里？明明你身上有个大烂疮已经导致了深度癌症，但你永远用一件袍子护着，记者就是愣把袍子撕开了，让你当时很尴尬，但其实这是对你负责的，为你的生命健康安全负责，才会把你的袍子撕开，说你的病已经很严重了，必须去治病。就是这个道理。所以一定要最大限度地让更多新闻记者履行记者职责，最大限度地实现公众知情权，当公众了解的情形越多的时候，公众越加理性，一个人的判断力来源于掌握信息的多寡，当老百姓只有单源信息的时候老百姓肯定是非理性的，甚至是戾气很重的。"

阮黛的话说完了，毛羽的饭也吃完了，他随手扯了张餐巾纸擦了擦嘴边，问：

"完了？"

阮黛点点头。

毛羽把粘了油的餐巾纸扔到垃圾筐里，说：

"你们不报正面的鼓舞人的消息，只报负面的赚眼球的消息，对老百姓来说，也是单源信息，老百姓更加不理性，戾气会更重。"

阮黛心里感叹毛羽的老辣，她想自己如果不做一点让步，定安楼垮塌的这个内幕，肯定挖不出来。于是她考虑以消防烈士的角度去写，不光是宣传英烈们的事迹，也宣传与建筑有关的消防知识，文章末尾，再替这些英烈们质问潘定安，替英烈们索赔。她想，如果这样结合着写，文章的可读性，民众的接受度，传播度，都会要加大。

考虑成熟后，她把这个想法告诉了毛羽。

其实当阮黛在谈话最初说明来意的时候，毛羽就知道，这个记者跟他们是站在同一立场上的。那日火灾坍塌现场，潘定安竟然说他也是受害者，反怪消防战士没把火成功扑灭，把他的楼烧塌了，毛羽那时就起了一定要和潘定安算总账的心。

但潘定安狐狸一样狡猾，被抓的时候，竟然让顾如铁全面主持他公司的工作。顾如铁和毛羽的交情，潘定安是清楚的，消防队要动定安公司，有顾如铁在的话，他毛羽是会投鼠忌器的。当然，国务院调查小组能力有多强，在消防队待了几十年的毛羽自然是心知肚明的，顾如铁能影响到他毛羽，绝对影响不到国务院调查小组的办案。

不过被潘定安盘算，毛羽心里很不舒服，加上这些年来，毛羽耳闻了志得意满的潘定安其实并不把自己的兄弟顾如铁当一回事，他一直对这事儿耿耿于怀，却只能在心里替顾如铁着急，每次和顾如铁的老上级郑小勇说起来，郑小勇都要说一句：

"哀其不幸，怒其不争。女大都不由娘，他顾如铁连我消防队嫁出去的女都算不上，充其量算私奔吧，生死祸福，就由他去吧。"

而现在，"私奔"了的女儿要被不良"女婿"胁迫着倒戈相向，难道能由着他吗？

当记者阮黛提出让自己帮忙联系顾如铁挖出内幕的时候，毛羽的心里有了新的打算，他决定借此时机，会一会顾如铁。

这么盘算着，他回答阮黛说：

"你这么写就对了，这才不是单源信息嘛，这样，你等我电话，我今晚上约一下顾如铁。"

毛羽对阮黛说晚上，其实阮黛一走，他便驱车直往顾如铁的办公室去。他听公安刑侦队的兄弟说，顾如铁正在日夜不停地补消防这一块五年来缺的资料，刑侦兄弟笑着对毛羽说：

"就让他补吧，偷鸡不成蚀把米，反正证人证据我们都锁定了。"

毛羽就想不通报地闯进去，看他顾如铁的脸往哪里搁。他想顾如铁这个老消防，一只虎的角色，现在沦落到当耗子了，实在是悲哀啊，他想趁此机会拉自己的兄弟一把。

进到顾如铁的办公室，果然看见那些关于消防的资料堆成了小山，顾如铁正皱着眉头一页页的看。毛羽心想，顾如铁在消防队的时候，最烦就是看文件、做资料，连个年终总结都不愿意自己写，可现在，不知是什么力量使然，他居然可以埋首资料堆了。

顾如铁抬头看见进来的是毛羽，脸一红，手一抖，那页资料像片树叶叹息一声掉落地上。毛羽捡起看了看，递给顾如铁，但他并不揭穿他补资料的事，而是问：

"儿子呢，稳定下来了吧。"

顾如铁知道，高照市消防支队派驻省会医院的人员，每天都要向队里汇报顾小鳕的身体情况，而毛羽这种明知故问，肯定是寒暄一下，他不可能专为打听儿子的病情而来。来者不善,但顾如铁不是个弯弯绕的人,他从来就是想什么说什么,毛羽没揭穿他补资料,他却忍不住要揭穿毛羽的这种明知故问:

"我儿子的病情稳不稳定,你肯定比我更清楚啦。说吧,平时请你来我办公室喝杯茶,请都请不来,今天怎么自己就来了呢?"

顾如铁的性格,毛羽当然清楚,这时他也开门见山道:

"弟兄们走得有多惨,我想你自己也看见了,但起火那天,潘定安当着我,还有好多官兵群众的面说了一句话,我想你没有听到,可能现在也还没传到你耳朵里,如果我不说,也许这一辈子都传不到你耳朵里。"

顾如铁说:

"莫卖关子,什么话你直说,一句话而已嘛,弄得这么神秘,这不是你的性格嘛!"

毛羽望了眼顾如铁,丢给他一支烟,说:

"这可不是一句话的问题,你晓得,有些人的一句话屁都不如,屁放了还留点臭气,有些人的话呢,可以决定国家的兴衰,人的生死,所谓的一言兴邦一言丧邦嘛,所谓的君要臣死臣不得不死嘛——"

顾如铁烦躁了,他打断道:

"哎呀呀,有话就讲有屁就放,孔夫子的卵,文吊吊的,我最烦躁这样子了。"

毛羽笑了下,然后严肃道:

"他潘定安在那种场合,当着我拼了命帮他打火的兄弟,当着废墟底下被他的楼板削掉了脑袋的你我兄弟的面,居然讲得出那种话,当时他也知道你的儿子,他的干儿子还埋在里头啊,他潘定安真的不是个人了!"

见毛羽依然不讲到底是句什么话,只在这话的旁边绕圈圈,顾如铁像让人搔背上的痒,那人总在痒处的旁边绕,就是没搔到点子上一样,又急又烦了,他把眼睛一闭,往老板椅上一靠,一副你爱讲不讲的模样。

毛羽见状,说:

"你等一句话出来,前后不到两分钟,你就这样不耐烦了,你想你儿子,在他潘定安的废墟楼底下,烟熏火燎,还全身都是伤,也不知道能不能活下去,在这种情况下,他等了三十个钟头,你想他难不难受!"

看顾如铁睁开了眼睛,一副要争辩的样子,毛羽没容他争辩,加快了语速道:

"还有许多你的前战友,都是来帮他潘定安的楼救火呀,哪里想就被这劣质楼要了命呢,你凭良心讲,我们都是老消防了,哪有这么不经烧的楼呢?他潘定安该不该负责呢?"

顾如铁这时候抢话道:

"该!该!该!你到底要和我说什么呀?"

毛羽说:

"不是我要和你说什么,是他潘定安不该说那句话,什么人讲什么话——"

顾如铁这时候又插嘴抢话:

"到底什么话,你现在讲,马上讲,莫扯远了——"

毛羽说:

"我也是受害者,他们消防队,不晓得打火,让火把我的楼烧塌了,他们死了人有部队负责,我找谁来赔。"

顾如铁闻言瞪大了眼睛:

"真的?"

毛羽叹口气,不再作声。

顾如铁手里的烟也抽完了,他摸出烟盒,抽出两根,一根丢给毛羽,另一根自己点燃,又给毛羽点燃。两个老消防,就这样一言不发地又抽了一根烟。

烟灰缸里摁灭烟蒂,毛羽转身往门外走,走到门边的时候,顾如铁叫住了他,问:

"你今天来,就是为了转潘定安的这句话给我听?"

毛羽停住脚步,说:

"差不多吧，哦，我，还有我们的消防队的所有官兵，都要和他潘定安打场官司，不然我对不住牺牲的兄弟，更对不住良心，还对不住你原来穿过我现在还穿着的这身衣服，我和你讲，他潘定安输定了。"

顾如铁走过来，低声问：

"你是要我把这些话通过律师带给潘定安？"

毛羽转过身来，说：

"随便你，但你还愿意给他洗脱罪名么？你的良心过意得去吗？"

顾如铁回头看着桌上、地上堆积如山的资料，忽然明白过来：

"哦，我晓得了，你今天来，就是要我站在你们一边，和潘定安打官司。"

毛羽目露忧伤，连连摇头：

"白来了，我今天白来了，唉，兄弟，为了拉你迷途知返，我尽力了，你好自为之吧。"

顾如铁有些纳闷：

"我刚才没啥说错呀，你这意思不还是拉我站在你们一边？"

毛羽说：

"错就错在'你们'这两个字，我来是为着我们的兄弟情来的，我以为你只是不穿这身衣服了，到底还是我们中的一员，永远是我们中的一员！"

顾如铁有些慌乱，他伸手拉了毛羽一把，把毛羽又拉进了办公室，并回手把门带上了，说：

"兄弟！今天我算清白了，穿过这身衣服的人，莫说只是脱了它，就是自己的骨头化成灰，我也是个军人！是我糊涂了，你不晓得，当初从部队出来，我也活得难啊，文钱逼死英雄汉，我以为过去穿那身衣的顾如铁已经逼死了，今天你一番话，把我骂活了。就像把我儿子从鬼门关里救回来一样，今天你把我从没有尊严，讲不起狠话，活得不像个男人的死囚牢里救出来了！兄弟啊，我能帮那些牺牲了的弟兄们，特别是小勇支队长，我所有像个男人的日子，扬眉吐气的日子，都靠他的栽培啊，我能帮他做点什么？你是明白人，你今天就明说了吧！"

毛羽拍了拍顾如铁的肩膀，说：

"还是我的好兄弟！目前，潘定安和与定安楼的建筑有关的人都被刑拘，公安机关也在侦查取证。外面呢，也要让记者造些舆论，双管齐下。刑事审判之后，再让烈属和灾民附带民事审判和赔偿，好好地惩罚惩罚这个狂妄的家伙，也让和他一样的黑心建筑商晓得，欠的债迟早是要还的！定安楼建好之后，你才来，可以讲你与本案无关，但内幕你知道，你可以帮着媒体造舆论。"

顾如铁点点头说：

"可以，但我和潘定安也是兄弟一场，我揭内幕可以，我不想做得太现形。"

毛羽不易察觉地一笑，说：

"你替我们想，我也要替你着想，有个叫阮黛的记者找过我，他是爆料你的那个记者欧阳至尊的妻姐，潘定安肯定也会知道他们的这层姻亲关系，你给她讲内幕，她的署名文章发在报纸上，潘定安不会怀疑你的。"

看顾如铁有些犹豫，毛羽补充道：

"她给我说，会结合悼念英烈和消防宣传的角度来架构这篇文章，潘定安不会想到你这儿的，再说，欧阳至尊一篇文章对我们支队造成了那么大的影响，她阮黛做这些，也是为了赎罪，我就是看到她这点诚意，才打算接受她的采访，我想，小勇支队长泉下有知，也会觉得欣慰的。"

顾如铁彻底被毛羽说服。他不知道，这是毛羽为了把他从潘定安身边的"深渊"里拉上来所用的一箭双雕之计。当天下午，顾如铁不再去检查那些急着补上的消防资料，他给公司办公室的人说，儿子顾小鳕需要他，他要离开公司一段时候，公司里的事情，让他们请示潘定安的大女儿或是他的小妻子，官司的事，让他们请示公司的法律顾问和律师。

当天晚上，在郊外的一家茶室里，顾如铁接受了阮黛的采访，和盘托出了定安楼的建筑内幕。送别战友兄弟的第二天一早，他便开车去了省会医院。他在那里找到了前妻屈大雪，也知道了屈大雪和黄天蓝已经同居，并且合伙开了一家与消防有关的公司。这时候，他愈发觉得毛羽把自己喊醒，让自己为消防队和故去的弟兄们做点事是多么正确的事情。他那时用儿子在火灾过后的高照大剧院前坪里对他讲话时的口吻，对妻子说：

"为了救赎，我懂了，六年前，儿子告诉我时，我不明白，今天儿子躺到了ICU，我才明白。"

一周之后，署名阮黛的《质问定安楼之垮掉》的文章在京城一家有名的报纸上登出，让顾如铁吃惊的是，文章里竟然出现了他顾如铁的名字。他立即打电话质问毛羽，毛羽大呼上当，他说：

"我嘱咐了的，哪知他们言而无信？你等着，我打电话问问。"

其实这就是毛羽所用的"离间计"，但他想这事儿他要烂在肚子里，一辈子都不讲出去。毛羽挂了顾如铁的电话，在办公室的饮水机下接水泡了一杯茶，吹开热气喝了一口之后，这才拿起电话回给顾如铁，说：

"我问了记者，她说，为了新闻的真实性，报社要求用真名才能发出去，而且，她还说，现在你顾如铁，成了为民请命的英雄了，烈属们都要感谢你。"

顾如铁那时候苦笑道：

"感谢就不必了，我顾如铁，反正横竖不是人，还英什么雄？"

在顾如铁被梅朵兰开除出公司之后，他知道，自己是没脸再在江湖上混了。他问妻子梅丽贞，是选择和他离婚，还是选择陪他到老家种田，梅丽贞那时候说：

"我这么大年纪才结一次婚，还离什么婚，你到哪我到哪，这辈子我就和你相依为命啦！"

顾如铁在得到梅丽贞的回答之后，一个小时都没耽误，开着车直接把梅丽贞带到老家安了家。

第二年春天，他将门前的几亩田都承包，左边种上了枣树，右边种上

了黄桃树。从军校回来探亲的儿子顾小鳕看见,笑着对父亲和继母说:

"一个枣,一个桃,你俩这是早逃啊!"

堂屋里,老得牙齿都没了的爷爷顾兴洲这时瘪着嘴说:

"三十六计走为上计,早逃早托生啊。"

二十四

顾小鳕还在医院病床上躺着的时候，支队就决定保送他去昆明消防指挥学校上学。顾小鳕拒绝了所有媒体的采访，也推掉了所有英雄事迹报告会上的演讲，他那时为了一次性地彻底拒绝这两样事，亲自打电话给已经成为代支队长的毛羽，恳求道：

"毛伯伯，我一看见话筒，血压就升高，脑子里的血管就要爆炸，你们好不容易救活我，我也好不容易活下来，我不想死啊！"

毛羽其实也知道顾小鳕的真实想法，但他需要一个合理的解释回绝媒体，顾小鳕这么一说，加之他确实有过一次被记者打扰之后血压上升的事情，从此以后，毛羽就把这些事情都安排顾小鳕的战友——周子马的副驾驶尚天一去做了。

坚拒了抛头露面的媒体采访和演讲报告，但顾小鳕没有拒绝省公安厅颁发给他的一等功军功章和上军校的机会。当他把军功章挂到胸前，他在心里默念：

"支队长、指导员、中队长、老班长、李世栋，还有其他十二位好兄弟，一等功军功章啊，我暂时替你们戴着。我顾小鳕，也是替你们活着。我上学，我练功，我去打火救援，我做什么事都会想着你们，你们在天上看着我，等着我，我一定不给你们丢脸，不给我们的军功章抹黑。"

而当他戴着军功章去军校的时候，他把那本带锁的笔记本烧掉了。这个本子，是他刚刚当兵时，为了替母救赎而记录救人数字和名目的一个专用本。这几年来，他内心悲苦，不苟言笑，每一次的救援行动，他都敢打敢冲，而且很明显的是直奔救人而去。高照大剧院那场火虽不是因母亲而起，却也与她密切相关，他那时的想法是，救满因母亲安排的晚会而丧生的人数，他就退役，然后跟着盛鱼的爸爸盛博吉去开长途大货车，一路寻找盛鱼的妈妈刘燕子。

但自从他经历了定安楼废墟下的生死考验和生离死别之后，特别是将支队长忍着剧痛对他讲的临终遗言整理成文之后，他的人生观发生了很大的变化。他觉得自己因为一个虚幻的救赎理念入伍，却在五年之后，找到了坚实的奋斗目标。他打心眼里以自己的消防兵身份而自豪。五年来，他每救一个人，是洗去一份苦，而现在，他认为，每救一个人，必定滋生一份甜。

他在高照市 3·22 消防烈士陵园的墓碑下，烧掉了那个带锁的日记本，从此以后，救人的数字，不再重要，救人的专业性，救人的使命感，那才是他人生的主旋律——他被救生还，也将以救人为生。

从昆明消防指挥学校毕业之后，因为死去的领导和战友，也尤其是因为周子马的缘故，顾小鳕申请回原中队任职，他首先被任命为大桥中队的副中队长。

周子马是在送进医院后的第三个月才醒来的。斜插他脑颅的钢筋被取出来之后，他依然昏迷不醒，头脸肿大。谷院士最后和一个留美归来的医学博士一起会诊，得出了周子马的脑积水，是来自脑膜炎，而引发脑膜炎的，是钢筋带进去地粘在他脑血管上的一粒微尘。

这是一粒取不出来的微尘，也就意味着周子马的脑积水会要一直延续，不能根治。怎么办？不可能让他一直躺在医院里，积水，抽水，再积水，再抽水……这么无限期地躺下去。毛羽请求谷院士和留美博士给出相对安全经济的诊疗方案，留美博士说：

"美国有一种可以装在颅内的类似于微型抽水机的设备，当脑内有了积水，压力会增大，这个设备就会自动启动开始抽水，抽出的水，将会顺着事先埋在患者身体内的，从头到膀胱位置的一根管子流进膀胱，和尿液一起被排出。"

毛羽那时候当机立断：

"还等什么，赶快进啊，不管多少钱，也要让周子马醒过来，好起来！"

一个月之后，周子马再次做了开颅手术，装上了这种类似于微型抽水机的神奇的进口设备，他终于醒了过来。

醒过来之后，医生又让他留院观察了三个月。这三个月里，周子马时而清醒，时而糊涂。周子马的爸爸本是个老光棍，经人介绍抱养了周子马，他本想着靠周子马养老送终，周子马原本也乖巧聪明，还很孝顺，父子俩相处起来像哥俩，但现在，周子马醒来之后却不认识他了，他感到很悲哀。

他在周子马醒来之后的第十天，去了消防支队，找到了代支队长毛羽，对毛羽深深地鞠了一个躬，说：

"我儿子本是我抱养的，我养到十八岁把他送到部队，如今他成了这个样子，连我都不认识，我给他端茶递水，他不接，穿了你们制服的兵照顾他，他那个高兴劲儿，看得我心里酸酸的。他出事前一个月，大概过年的时候，我去看他，好端端他忽然拍着自己的士官肩章说他生是部队人，死是部队鬼，考不上军校也要当个'兵王'，我说大过年的你讲这些干什么，哪知没多久他就出了这样的事。首长，不是我不负责，是现在他不认我，我留在这里已经没有什么意义了，我只是一个普通的汽修工，抱个孩子，指望他养老，现在成了这个样子，我再不去上班，工作都会没了的，我现在连自己都会养不活。"

周子马父亲的话说得毛羽泪光闪闪，他说：

"哎呀周师傅，你没当过兵，你不知道我们穿上了军装的那种感觉，真的是，怎么给你形容呢，外人看到的只是一件军装，衣服而已，但因为帽子上有徽章，肩领上有军衔，而这些衔章是国家赐予的，是使命，也是责任，衣服也就不是简单的保暖避寒的衣服了，它是带着魂的。所以好多退伍军人都说，穿上了军装，永远是个兵，就是退役了，衣服不穿了，军魂还在啊，魂魄是附体的，一日当兵，一生是兵，分不开了。"

周子马的父亲回汽修厂上班之后，周子马也完全没有寻找父亲的意思，依然只认身穿消防制服的人，为此，毛羽又派了一个兵前去照顾他，这个兵便是周子马的副驾驶尚天一，他这时候代替顾小鳕和周子马，代表牺牲的十七个烈士，全国巡回演讲完毕，已经归队了。

　　令医生都感到惊奇的是，周子马居然认出了尚天一。当尚天一走进病房，喊了一声：

　　"周班长，我来看你啦！"

　　周子马从病床上一跃而起，像半年前的凌晨，他听到警铃从床上跃起奔向消防车一样，冲到门口抓紧了尚天一的手，说：

　　"尚天一你这个鬼崽子，老子找得你好苦，你和顾小鳕跑到哪里去了？指导员、中队长，他妈的一个都没来看老子！"

　　说得尚天一抱着周子马像个孩子似的呜呜呜地大哭起来。哭声惊动了医护人员，他们了解到情况之后，大为惊奇，然后紧急会诊，最后一致认为，之前的治疗仅仅针对周子马的器质损伤，这是失策的，像这种因脑颅器质损伤而导致的失忆，应该在患者熟悉的环境里，由他熟悉的人慢慢唤醒。

　　当尚天一把医生的诊断结论告诉支队后，毛羽连连自责：

　　"哎呀，是我的不对，我派兵去照顾他，怎么就没想起派他熟悉的兵呢！"

　　正准备转业的支队政委庞正江那时也在旁边，经历定安楼事故之后，他一下子老了很多，原本乌黑的头发里，两鬓和脑门心的位置一时间生出了丛丛白发，说话的声音从原来的高喉咙大嗓子，也变成了现在的轻言慢语，这时他慢悠悠地劝道：

　　"不能怪你，他们大桥中队，这次减员是最严重的，总队都在想办法往他们那里安排补员，怎么能再抽人出去呢。"

　　在医生的建议下，周子马回到了他熟悉的大桥中队。他回去的时候，在屈大雪和黄天蓝的家里休养的顾小鳕也接到通知归队。顾小鳕在医院住了四个多月，胸腔、腹腔的积水没了，本来要换掉的差不多坏死的肾脏，也奇迹般地慢慢恢复了,但是高血压和身体皮肤的烫伤伤口却无法恢复如初。他按照医生的叮嘱,先在家静养。父亲和母亲现在已是各自再婚,顾小鳕选择了和母亲住在一起。相比较而言,他和母亲的话要比和父亲的话多,跟黄天蓝的相处交流也很和谐畅快。而且母亲的家对门就是母亲的公司,在住了半个月后,他和公司的员工也混熟了。在他的提议下,母亲的公司已经正式立项开发一项与消防有关的电子游戏产品了。

周子马在尚天一的陪同下,回到中队,一进门,他就看见了顾小鳕。他把行李包一扔,抱着顾小鳕转了三个圈,才将他放下来。

周子马的病情顾小鳕也听说了,他从医院出来那天,就向队里提出去看周子马,但队里考虑到他有高血压,怕他见到周子马现在的样子情绪激动,又出什么事,便没有批准。现在,两个刚从鬼门关里爬出来的老同学、老战友紧紧地拥抱在一起。周子马的这紧紧一抱,让顾小鳕放心了,他知道周子马没有忘记自己,他为周子马忘记了养父也没忘记自己,而感动得掉下了眼泪。

但周子马接下来的问话又让顾小鳕打了一个寒颤,周子马把顾小鳕放下之后,又擂了他胸脯一拳:

"你他妈的又和盛鱼约会去了吧?每次约会都要老子打掩护,这次告都不告诉我一声。"

顾小鳕首先猜想是周子马又出鬼点子捉弄自己,他是否在用"与盛鱼约会"的隐晦话语,来指代顾小鳕从鬼门关里逃出呢?但他在生命垂危的时候,确实很清晰地看见了盛鱼的身影,也听到了她那金属质地的声音,这周子马,脑膜炎的病,让他通灵了吗?

他不禁一个寒颤,把话岔开道:

"你身体还好吧,没哪里疼了吧?"

周子马摇了摇头,也不知道是身体不好呢?还是没有哪里疼。摇过头之后,周子马丢下了顾小鳕,往车库方向走去,因为他在那里发现了李界梁,他大喊:

"李世栋,工具都摆好吧,老子要修车了!"

李界梁是牺牲了的列兵李世栋的双胞胎弟弟。十七名官兵牺牲后，他们的亲属，或兄弟或子侄，大都接过了烈士手中枪当兵入伍了。别的烈属来到部队，战友们心理上都还好接受，唯独李界梁的到来，很长一段时间，战友们都不能适应，一抬头看见他，第一反应是吓一跳，随后便悲从中来。

周子马从废墟里出来后直接被抬进医院，他是真不知坍塌现场的牺牲呢，还是因为他脑膜炎引起的失智或失忆让他不知世上已经没了李世栋？他这时见了李界梁，直呼已经牺牲了的李世栋的名字，让在场的所有人，包括李界梁在内，都如被孙悟空的定身法定住了一样，呆立不动了。

周子马没有感觉到有什么不对，他走近呆立着的李界梁，拍了拍他的肩膀，说：

"又想学，又怕累，还说退伍回家开汽修厂，我看你只能摆个给自行车打气补胎的摊子。"

顾小鳕觉得除了把难以分辨的李界梁错认为李世栋外，周子马这话没什么毛病，他向站在旁边的新来的中队长和指导员低声请示道：

"我去试试他？"

中队长和指导员双双点头。顾小鳕飞快地走向消防车，对李界梁说：

"跟我来。"

顾小鳕打开消防车的工具箱，拿出了修车工具，递给李界梁，朝周子马努努嘴，说：

"送给你周班长去。"

接下来大家都惊奇地发现，周子马打开消防车的引擎盖，麻溜儿地检查水箱、发动机等，不知发现了什么，又对李界梁一伸手：

"抹布，脏死了！"

众人松了口气，新任的指导员聂守卫说：

"估计是失忆，选择性地失忆，不是精神错乱。"

第二天一早，周子马却很不争气地在战友们面前表现出了精神错乱的举动。凌晨五点刚过，正是定安楼失火那天警铃在大桥中队响起的那个时刻，周子马忽然从床上跳起来，把顾小鳕拍醒，边拍边喊：

"起床！起床！出操了！快！"

因为顾小鳕和周子马是在大桥中队补员完毕之后归队的，且顾小鳕马上又要去军校上学，所以中队没让他们和其他班的战士们睡在一起，而是安排他俩睡在了顶楼接待家属的房间。周子马拍醒了顾小鳕之后，自己飞快地穿好衣服噔噔噔地朝操场跑去，跑到操场上，他等了一会儿，发现除了自己其他人都没来，便扯开嗓子喊：

"快点！出操了！不然罚得你好看！"

顾小鳕这时候知道了周子马是有些精神错乱了，他追到楼下时，周子马还在喊，喊得整个中队的寝室都亮起了灯。顾小鳕对周子马说：

"梦游呢？六点出操，还有一个小时呢！"

指导员聂守卫这时候也来到了操场，也对周子马说：

"看错时间了吧？回去再睡睡，听我的起床哨再下来。"

周子马说：

"我听见起床哨了啊！"

这时候，已经下来的战友们都说周子马是出现了幻觉，都证明没到时间，还指着天说：

"不信我们，信天吧，天还黑着呢！"

一干人又上楼继续睡。

到了第二天的这个时候，周子马又准时在五点刚过拍醒顾小鳕，叫嚷着"出操"跑到操场。这时候，大家都知道周子马是真的精神错乱了。

请示了支队之后，指导员让顾小鳕把周子马又送到了医院，医生听完顾小鳕的描述，又让护士领着做了一系列的检查，最后建议顾小鳕还是把周子马带回队里，医生说：

"他看报纸有些跳行，是因为脑积水压迫了视神经，他脑子里的那个机器没能及时把积水抽下去。以后碰到这种情况，就让他自己，或者你们帮他拍拍脑袋里装机器的那个地方就行了，机器就启动了。"

顾小鳕笑道：

"真稀奇，像我爷爷拍他那老古董电视机一样哦，拍拍就显像了。"

医生说：

"原理差不多。另外，他在队里会比在医院恢复得快，你们要有耐心，毕竟还是病人嘛，他要什么时候出操，你们就顺着他来，就让他单独出操嘛，他这个阶段是没能力去怀疑任何人的，你们吩咐就是。"

顾小鳕带周子马回到队里，向中队长和指导员反映了情况，中队长又向大队反映了情况，最终反映到支队长毛羽那里，毛羽说：

"特事特办，一定要优待周子马，哪怕派个兵专门跟着他，帮他拍脑袋，陪他聊往事，陪他去修车！这样，从政府给的钱里头，拨出点，再买台消防车给大桥中队，那辆'老感冒'，就让周子马去玩嘛，只要他不影响队里的正常工作，只要他能早点恢复记忆。"

支队长毛羽的指示下到大桥中队，全体官兵的心里都觉得暖烘烘的，顾小鳕那时候搂着周子马直掉泪，口里喃喃道：

"兄弟，咱们碰到了好首长，咱们赶上了好时候，没有了后顾之忧，咱们还有什么理由不去赴汤蹈火。"

"老感冒"成了周子马打发时间的玩具车，这可苦了李界梁。他那已经牺牲了的双胞胎哥哥喜欢修车，但是他不喜欢，他除了爱玩游戏之外，就是喜欢看书。中队的图书室是林海泉在牺牲前精心建置的，里面的藏书比其他的中队都多，除了专业书之外，社科类和历史典籍尤其多。李界梁之所以会同意来当消防兵，就是因为在哥哥的追悼会召开之前，参观哥哥生前所在中队时，他发现这里有这么个宝库。

而现在，除了出操、吃饭和睡觉之外，所有的时间都要陪着周子马拆装那台破车，陪着他回忆自己并不知道的往事，发现周子马不对劲，还要帮周子马拍脑袋。有几天周子马犯迷糊了，李界梁又忘了去拍他的脑袋，周子马便擅自跑到厨房帮厨，把厨房的整袋米都淘洗干净，直喊他过来煮饭，为此，李界梁还受到了指导员的批评，说他没看好周子马，让中队受损失了。

李界梁苦闷不已，他给家里写信，只想早点退伍回去，他也向顾小鳕诉苦，让他向首长反映，哪怕再找个人替替他也好啊。顾小鳕那时刚去 3·22 烈士陵园烧掉自己那本登记救人数字的日记本，再过几天，他就要去军校上学了，他请求李界梁：

"想想你牺牲的哥哥，你就把他当自己的亲哥哥看待吧，等我从军校回来，我来安排周子马，解放你。"

顾小鳕说到做到。他从军校回来之后，还真的安排了周子马，"解放"了李界梁，而且这"安排"和"解放"的程度都大大地超出了自己的预期，也超出了对方的预期。

顾小鳕完全"安排"好周子马和"解放"李界梁，是在二〇〇八年五月，这时候的顾小鳕，已经是大桥中队的中队长了。事情的缘起是，在二〇〇七年夏季的一天，他们接到了一个特殊的火警，大桥中队辖区的市郊北一户陈姓居民家里，连续几天都发生自燃性的零星火灾，他们自己实在找不到原因，只好向消防队求救。

顾小鳕回中队之后，先是任副中队长，在中队长调走之后，他便接任了中队长职务，这时候他刚刚上任，接此特殊火警，他也很感兴趣，因为知道不是大火，他带上了周子马。

这个时候，周子马的病依然时好时坏，但只要做消防专业之内的事情，他一点都不糊涂，放到生活中，他又稀里糊涂了。尽管这样，为了安全起见，每次出动的时候，顾小鳕都不会带周子马去，看这次情况特殊，想到周子马已经四年没有出警了，他便带上他去过过瘾，看能不能对他的病情好转有效果。

报警人陈致远家的房子是紧挨着河滩的一栋两层楼，两层楼上下七间房带一个大平台。房子是一九九九年用陈致远亡妻的赔偿金建的。他的亡妻付星原本是高照大剧院的服务员，那日火起时，她正在后台一侧的门边打盹。当屈大雪叫刘燕子老师去报警时，她被惊醒，从椅子上弹了起来，跟着一个老师去拿灭火器，灭火器拿来了，她也手忙脚乱地灭火。火越烧越大，直至断电，她就身陷混乱的人流当中，找不到出路，最后被踩倒地，最终被烟火夺去性命。其实那时她的口袋里，就揣着大剧院内保温墙上几张大门的钥匙。

陈致远埋葬了发妻，用政府的赔偿金建了这栋房子。他和付星有两个女儿，大女儿叫陈馥馥，二女儿叫陈星星，两个女儿都不爱学习，初中毕业后便打点临工，或在家闲着。陈馥馥在定安楼起火的那一年，还去过市长李为民家里当了二十天不到的保姆，最后因为没能及时喊醒醉酒熟睡的市长去火场，而被赶了出来，她发誓再也不出去打工，只等自己再长大点，找个好男人嫁了，过完一生。

消防队到了陈致远的家，车刚停好，陈致远一家人和众邻居就围了过来。陈致远的二女儿陈星星人活泼，嘴也快，看见威武帅气的消防官兵下了车，便抢着说：

"那天早上起床了我就刷牙洗脸，洗脸以后，我上来拿东西，就看见我房里的那个开关起火了。"

陈致远也接话道：

"这是我二女儿，我是户主，那天着火了之后，她就在上面喊我，我看是这个电源开关起火了，我就拿着钳子，一根根剪断了，就断了电源。"

由于围观者众，顾小鳕忽然发现周子马不见了，就对陈致远摆了摆手打断，他喊：

"李界梁，让周子马过来，站到我眼皮子底下！"

说完便转过头，示意陈致远继续讲下去。

陈致远说：

"由于着火点是开关，我简单换了开关以后，本以为这件事就这么过去了，但八月一号上午十点钟，我大女儿陈馥馥——"

说到这里，他拿眼睛找大女儿，在人群后找到，他朝大女儿招了招手，示意她站到前面他的身边来。人群给陈馥馥让开了一条路，陈馥馥站过来之后，李界梁带着周子马也跟过来了，就站在陈馥馥的身边。

待陈馥馥站定之后，陈致远介绍说：

"这是我大女儿陈馥馥，那天她在堂屋里打麻将，上午十点多钟的样子，她就打了电话给我，说，爸，你赶快回来，家里电开关起火了。"

周子马这时候忽然很清醒地问了一句话：

"刚修好的开关怎么又会无故烧起来呢？"

陈致远说：

"对啊！为避免电线短路起大火，我们都没细想，灭火之后，立即关掉电源总闸，不料二十分钟后，厨房、厕所，以及卧室里的开关全都先后燃烧起来。

陈馥馥这时候望了一眼身穿战斗服的周子马，说：

"那时候好像总开关全部都关了的，没有电了。没有电源来源了，那一样的会燃起，后来我很怕我就给我爸爸打电话。"

陈致远接着女儿的话道：

"我后来又重新换过新线，喊电工师傅重新布好，还是着火。"

电工就住在陈致远家不远，听到消防车的警笛声，他也跟着邻居们跑过来了，这时候他挤开人群上前对顾小鳕说：

"我在他房子里留下来看一下，我说这个没有问题啊，是从下面燃烧上去的，要是线路起火，应该从插座里面烧起。"

顾小鳕一直没有作声，但周子马这时候又很清醒地接了一句：

"断电后的开关还能再烧起来，不可能吧？"

电工看了眼周子马，接着说：

"就是啊！我干了二十年电工，我也百思不得其解，没办法，我只好建议他家仍然采取断电保护。但是晚七点的样子，我刚走不久，他家又喊起火了，你说吓人不吓人！"

周子马身边的陈馥馥这时候接话道：

"晚上我在家，就是我们楼底下，电视上的那个布，燃起来了，还有挂历也燃起来了。"

陈致远双手一摊，接着说：

"整个晚上，我家的人全都无法睡，只要闻到焦味，全家人就会吓得跳起来四处寻找着火点然后灭火。"

陈星星很久没插上话，这时候也抢着说：

"第二天凌晨三点到五点，我家厕所里的竹藤椅、楼梯间的雨伞、厨房里的塑料勺等等都前前后后莫名其妙燃烧。"

陈致远这时又两手一摊：

"警官同志，我是一家之主，我最后实在没办法了，才打了报警电话，求你们帮忙解决。"

顾小鳕点了点头，表示听明白了，他示意陈致远带他们进去看看，一行人就跟着陈致远往里走去，到了屋檐边，顾小鳕对陈致远说：

"不要这么多人都进去。"

见陈馥馥这时候正和周子马说着什么，陈致远就让二女儿喊邻居们都留在外面。

到现场看了以后，顾小鳕有了自己的判断。他的第一反应是人为纵火，因为他看到起火的点比较多，而且是被烧过的痕迹而非自燃的痕迹。他从一楼看到二楼，二楼三间房还没看完，陈致远的二女儿陈星星又在楼下喊：

"厨房又起火啦！"

顾小鳕当消防兵差不多十年了，见过许多的火灾现场，现在火居然就在眼前烧起来，这令包括顾小鳕在内的，在场所有的消防人员都大惑不解。其实，燃烧事件，在消防员眼里一般只有两类，一是人为造成，一是非人为的自燃，而在陈家现场还能碰到起火的情况，凭经验他们都觉得是后者。既然是自燃，通常第一个要排除的就是雷击自燃。他们回忆当时那段天气，高照市从七月三十日到八月二日那几天虽然有雨，却根本没有雷。第二个要排除的是易燃气体，易燃气体碰到火源会产生爆燃，而陈致远家四面都很通风，火又是持续多天、多点燃烧，这和易燃气体的燃烧状态完全不同，所以这点也很快被排除了。那么究竟是什么引发陈家这场离奇的火灾呢？

坐在消防车里，顾小鳕召集自己的兵开了个现场会，大家七嘴八舌说看法，周子马一直没有作声，等到顾小鳕说要收工回去再研究的时候，周子马突然说：

"自燃的话，还有一种情况就是磷啊，鬼火磷。"

这句话提醒了顾小鳕，他知道，由于生物体内都含有少量的磷，通常当人死后，尸骨中会跑出一种磷化氢的气体，而当它与空气充分混合发生反应时，能量以光的形式释放，于是形成人们常常在坟场可以见到的鬼火，也就是磷火。那么陈家离奇的着火现象会不会也是磷火呢，难道陈家的地下会是一片坟地吗？

为了尽快调查出事件真相、安抚周围群众，当天，顾小鳕和大桥派出所的刑警几人组成专案组，并让妈妈屈大雪帮忙联系了高照市最优秀的化学老师简朴初再次赶到陈家。而根据陈家起火的情况来看，简朴初认为这很像是磷火的自燃。

为进一步证实这个推断，刑警队的技术员们小心提取了部分燃烧残留物，简老师连夜就对它们进行了化验分析。由于磷燃烧后的残留物溶于水后应该呈酸性，所以一开始他们就对从陈家取回的物证进行了酸碱测试，发现这个溶液是中性的，不是呈酸性。

接下来，简朴初就模拟白磷在空气中自燃的现象，做了白磷的自燃。但白磷燃烧，开始要冒一股白烟，顾小鳕去问在现场看到过着火的群众，结果没有一个人看到有白烟的，所有人都说看到的是黑烟。

磷的燃烧冒白烟，而陈家现场残留的都是被烟熏黑的物证，这样一来，所有现象都表明，白磷自燃导致这场火灾的推断也是不可能的。那么陈家这场诡异的火灾到底因何而起？这起离奇鬼火案背后是否真的有鬼在作怪呢？

正当事情还没有什么眉目的时候，八月三日这天，没想到陈致远家的怪火竟然烧得更猖狂了，顾小鳕他们再次接到陈家的报警，看到带周子马出警对他的病情有好转的影响，这次顾小鳕又带上了周子马。

一到陈家，跳下车，陈致远的二女儿又抢先说话：

"昨天，我们每个人守一间房，我在守这间房，差不多我们每个人都守在一个房间里，还是老是不停地烧。今天凌晨五点一直到晚上八点，我家二楼的衣服、堂屋的麻将桌、电饭煲等又着火，这天，大大小小起火了有三十多次，间隔时间也越来越短。我们一点都没夸张，在这期间，几百人都来看热闹，他们都看见了我们楼上楼下不停扑救，也在讲这火也实在是烧得太邪了。"

由于这场怪火烧得实在诡异，很多人用他们现有的理论经验都无法解释所看到的现象，于是有关"陈家得罪神灵""陈家闹鬼"的传言就迅速传开。当时正是夏历的七月初，当地人都有从初一到十五给祖先、给孤魂野鬼烧纸钱的习俗，河滩上到处都是给先人烧纸钱的柴堆冒着烟，陈家这个时候不断起火，顾小鳕在现场听到群众都在说：

"七月半，鬼抢包，陈家起的肯定是鬼火。"

当顾小鳕第三次到陈致远家的时候，邻居们就像和老熟人聊天一样地，拉住顾小鳕说起来：

"每个人都是人心惶惶的，我们当然怕了，如果是他家有问题，我们这里都容易发生问题，都说是鬼火、怪火、神仙作怪。"

真是鬼火？从不迷信的顾小鳕心里也犯了嘀咕，难道陈家这场不明原因的火灾真是被超自然的神秘力量所控制的吗？

这时候一位年长的男人把顾小鳕拉到了消防车后面，给他讲了一件听起来有些神奇的事情。

据这位老者说，二〇〇六年年底，陈家来了一位神奇的人物，但据说他在陈家却待得很不愉快。因为这个道士那晚在他家里住过，丢了三百块钱。当时道士怀疑是陈致远的二女儿偷了。陈星星不承认，道士走的时候就跟陈家发生了矛盾，吵着吵着，还扭打起来。道士走的时候说了，过几个月你们家里要出问题的，你们看把戏吧。

难道陈家的"鬼火"真是道士作法的结果吗？难道道士的诅咒在一年之后还在显灵吗？但纵有再多的疑问，现在由于道士去向不明也已无从查起，顾小鳕闻言也只是笑笑。这时候一个头发乌青，但脸上皱纹纵横的妇人从顾小鳕后面扯了扯他的衣服，说要给他反映个情况。

据这个乌发老妇人讲，他们这里更多的人愿意相信的不是道士作法，而是陈致远几年前死去的妻子在家里闹鬼，因为陈致远的妻子付星，就是九年前高照大剧院的那场大火烧死的，而这个房子，大家都知道，是陈致远的第一个妻子的死亡赔偿金建起来的。说到最后，那个乌发老妇人还掉下了眼泪，那时她抹着眼泪说：

"我和付星做了十几年邻居，我们关系很好，她烧成一块黑炭埋了，造孽啊，命换来的钱建的屋，本来她老公说是两个女儿平分的，现在娶了个年轻的，又生了个儿子，命换来的房子自己没得住，自己的女儿眼见又没得分，还让别的女人占了，她做鬼也不安宁啊，还不是就把这屋子起鬼火，烧成鬼屋总没人住了吧。"

顾小鳕听乌发老妇人提到了两个女儿的妈妈也是高照大剧院的火灾中丧生了，不由得心里又起了一种别样的感情，他想一定要把这件事情查清，这两个没娘的女孩子，命运比自己要惨得多啊。

顾小鳕谢过这乌发老妇人提供的重要情况，便走到堂屋里找户主陈致远，问起了他亡妻的事情，陈致远倒也不掩饰，说：

"他们都说，我这个房间老起火，是我那个死去的前妻在里面做鬼，我们也不敢进这个房间了。"

种种流言传得神乎其神，但都没有任何科学根据，于是顾小鳕他们消防和公安人员加强现场勘察，希望有新的发现。经过长时间的调查清理，他们发现陈家五天内起火次数一共是七十余次，着火点三十九处。而对所有残留物证进行仔细分析后，他们终于找到了其中潜藏着的一些奇怪线索。

顾小鳕在现场发现了一把起火的帆布伞，燃烧的痕迹显示，只有伞的表层有烧痕。为什么只烧了外面，里面没烧？而且只在表层烧了一条线状痕？从这一点，顾小鳕再次肯定了自己的判断，肯定是人为的纵火。他继续分析线索，他发现在所燃烧的物品当中，没一样不是易燃的物件。

在消防指挥学校的专业课上，顾小鳕听老师讲过，一般火场都分为可燃物，助燃物以及着火源，那么针对陈家的情况，火源到底在哪呢？

顾小鳕发现位于一楼厨房里的煤火炉,只此一处明火源,根本就没有找到类似的其他着火点的明火源,这一点,让他感到很头疼。

头疼归头疼,但根据现场的燃烧痕迹,顾小鳕已经判断绝对是人为的了。回到消防队,他根据自己的所学,给他的兵做现场解说。他拿出一张白纸,用打燃了的打火机从下往上很快划拉一下,然后给大家看,他指着烧过的白纸说:

"下面肯定是先着火的地点,为什么呢,因为它这个火焰,烧灼的痕迹它是呈 V 字形。那么实际上我们的消防人员,现场痕迹调查人员,也是要根据周遭的这些情况来判断的,你比如说,进到一个房间,这个房间被烧过,那么先找找它上面有没有被熏黑的地方,沿着这个熏黑的 V 字的顶部往下找,往往就可以找到这个着火点。"

"根据这一点,我发现陈家的电饭煲、日历、竹藤椅、柜子里面等等,都有类似的痕迹,所以怀疑很有可能这就是人为纵火。那么既然是人为纵火。毫无疑问肯定得从人员这个角度去分析。看看陈家有没有邻里不和,有没有得罪过什么人,另外老陈他们自己家人当然也不能放过。"

顾小鳕像当年他的父亲顾如铁在火灾后的高照大剧院对他侃侃而谈一样,这时他一改往日沉默寡言的个性,如名侦探柯南一样阐述道:

"那么,好,我们来看看陈家住在这个房子里都有谁,老陈本人自不用说了,大女儿、二女儿,另外就是他续弦的现在的这个妻子、妻子带来的女儿以及他们新生的儿子,也就是这么六口人,你们分析一下,谁最有可能。"

就在顾小鳕肯定了人为纵火,让大家试着当一回侦探的同时,公安刑侦人员也在对物证做检验和检测。而没有想到的是,其中三个可疑物证的出现,又让顾小鳕感觉到自己的这个判断有可能是错误的。

这三个物证,一个是柜子里面的棉被,再一个是墙上的挂历,第三个是竹席子。这三个的疑点,第一个是竹席所燃烧的方式,和平常所见的都不一样,因为这种席子是南方很流行的如麻将块状连缀而成的竹席,很厚实,燃烧是需要一定时间的,而且不是一般能用火就能点燃的,这是当时给顾小鳕和刑侦人员的第一个疑惑。第二个，刑侦人员打开柜子，里面没有烟熏的痕迹，但偏偏里面的棉絮，熏了一层黑。第三是墙上的挂历，当时的挂历上面还有塑料薄膜，它应该向四周扩散燃烧，但顾小鳕他们看到的燃烧痕迹却是一条直线。

这三个奇怪的残留物证不仅让顾小鳕和办案人员大感疑惑，而且鬼打鞭一样被燃烧过的挂历图纸，更让一些群众坚信，这绝不是人为可能留下的痕迹。

四周的群众这时候人人都成了福尔摩斯，他们只要一听到消防车或警车的警笛声，就围拢了过来，七嘴八舌地表达，大有不吐不快之感：

"你说说一天时间他已经基本上达到二十多次，你想一想这个时间，有没有放火的这个时间，作案的时间。"

"没有目击证人，这几天陈家里里外外都是人，一个人既要避人耳目，同时又要在极短时间内频繁纵火，这可能吗？"

周子马这时候又有了让人惊奇的表现，简直就回到了他没生病时的"弹珠脑袋"状态，他说：

"从放火到后来着火，有个时间差。正好我看见队里的厨房墙上有一个开关，和他们家一模一样的开关，现在已经坏了，我就自己用打火机在那个开关上面点，点不到五秒钟，那个开关就燃起来了，开始的火很小，慢慢得就燃得很大了。"

顾小鳕那时候听周子马这么说，惊奇得像见了真的鬼火，他当众夸奖周子马：

"可以啊！"

当他说完这句话时，他看到陈馥馥看了周子马一眼，脸唰地红了，并且马上背转身去，逗着她旁边一个妇女手中抱着的孩子。

李界梁也发现了这点，他用手指捅了捅周子马，说：

"周班长，她对你有意思，去留个联系方式吧。"

周子马竟然真的走向陈馥馥，拍了拍她的肩膀，说：

"我们到那边去谈谈？"

周子马的一个小实验，让顾小鳕和办案人员很受启发。顾小鳕想，一些看似难以燃烧的东西是否真的很难着起来呢？

在这个疑问的驱动下，他们马上找来与陈致远家相似的几件物品开始做实验。果然，每件物品各自都在不到一分钟的时间里开始燃烧，有的甚至只要几秒钟，实验结果令人欢欣鼓舞。

与此同时，相关办案人员经过仔细研究发现，三个最难破解的燃烧残留物证竟然也全都是人为所造成：竹席是通过点燃底下的席梦思，慢慢地阴燃；柜子里面的棉絮能起火，是点燃之后，就把门马上关掉，在柜子内部的空气吸完了以后，棉絮在里面就不能再燃烧了，因此呈现半截黑；曾经被大家形容成鬼过来打了一鞭的挂历，也是人为造成的假象，事实是打火机从上往下烤燃了一下，到了下面再把它点一下，所以形成两个不一样的痕迹，一个是被皮鞭打了一条一样的痕迹，另一个则成了半弧形。

作案时间和物证鉴定的指向均是人为，而为证实这点，刑警们也开始布控。他们惊异地发现，在陈家人全部被带去刑警大队审查的晚上，一度让人恐怖不已的陈家小楼果真是异常安静，所有证据指向都是人为，但到底是谁所为呢？

陈致远的大女儿陈馥馥终于向办案民警承认了是自己所为，她哭诉道：

"我没有工作，没有文凭，没有技术和特长，一直是待业在家。妈妈去世之后，没有想到，我爸又给我找了一个后妈回来。没找后妈的时候，我爸说我比我妹妹老实勤快些，要我找个上门女婿回，这栋楼就给我。没想到，我还没找，他不仅找了后妻，这个后妻还带过来一个孩子，又生了一个。你说这房子还有可能分给我吗？所以，就在这种情况之下，我开始频频地放火，没有想到，那个叫周子马的消防队员一眼就看穿了，他那天把我拉到一边，问我是不是在家里受了欺负。

"我妈死了这么多年，没人关心过我，有哪个问过我是不是受欺负啊，我的亲爹欺负我，我还能怎么做啊，我当时没有回答这个周子马，因为他说要和我交朋友，我怕我承认会毁坏了我在他心里的形象，警察同志，请你不要告诉别人我说的这些，我出去之后再不点火了，我要做个好人，再找个好人嫁了算了。"

刑警从她身上搜出了打火机，厉声道：

"你已经违法了，你要接受法律的惩罚知道吗？"

陈馥馥大哭起来，边哭边说：

"我烧自己的东西怎么是犯法啊，我没有伤害一个人，是他们来伤我的心，你们要替我做主啊！"

这桩"鬼火"案件告破之后，因为陈馥馥被刑拘，周子马几次让李界梁陪着去陈家找陈馥馥都没找到，他又开始糊涂起来，且更加厉害，经常趁人不注意的时候，拿打火机点树叶，点厨房的鱼肉，还有一次把大冰箱打开，拿烛火去把冷气烤热。

顾小鳕着急了，但李界梁不急，他对顾小鳕说：

"周班长这回不是失忆了，他得的是相思病，你出面找下公安，把陈家那妹子保出来，让他们见面，保证就好了。"

几年来与周子马影形不离的李界梁猜对了周子马的心病，顾小鳕把陈馥馥保出来，让他俩见面之后，周子马的病情果真好了大半。顾小鳕把情况向大队反映了，大队又反映到支队，支队长毛羽灵机一动，说：

"李界梁好好的一个消防兵，让他照顾周子马可惜了，也委屈他了。这样，让顾小鳕和那姑娘说，如果愿意照顾周子马一辈子的话，我们解决她的工作，她的工作就是照顾周子马，我们给她工资。"

二〇〇八年的劳动节，周子马和陈馥馥结婚了，他们的小家就安在大桥中队里，房子是牺牲了的原大桥中队指导员林海泉和他的妻子夏淙曾住过的那间大教室隔成的一室一厅。

追悼会开过之后，夏淙不能从忧伤中走出来，她搬回娘家去住了。在娘家住了一年之后，亲戚朋友都给她介绍对象，她都一一回绝了。但让人意想不到的是，就在周子马和陈馥馥结婚的这一天，夏淙竟然成了高照市市长的第二任儿媳。夏淙能与李为民的儿子结缘，其实还是因为林海泉的缘故。林海泉牺牲之后，夏淙想起他生前曾和一个白血病人配型成功，便起了要寻找这个病人的心。她想找到了这个人，是女的，就要和她结拜成姐妹，是男的，就结拜成兄妹或姐弟，反正林海泉的人没了，和带着他骨髓、被他的骨髓救了命的人能成为亲近的人，也是一种安慰和寄托。

按规矩，中华骨髓库和捐骨髓的人是有协议在先，不许寻找配型成功的人，怕义务捐献变相成了事后的买卖。但听夏淙讲了她和林海泉的爱情故事，讲了林海泉的人生故事，加上之前3·22消防烈士万人相送的葬礼的轰动效应，中华骨髓库的工作人员答应帮她到医院去联系联系。

一年之后，在夏淙的执着之下，中华骨髓库在取得对方同意之后，让前市长李为民的儿子李见心和夏淙见面了。

虽然他们一见面便觉得亲切，但刚见面的时候，李见心的模特妻子正和他离婚，他的情绪很低落。夏淙讲起她和林海泉的爱情故事、婚姻生活，让这个锦衣玉食的前市长儿子很是羡慕。他从小就体弱多病，也深知自己的身体会耽误模特妻子，且这个模特妻子也给不了夏淙所描述的那种婚姻生活。在见了夏淙几面之后，他答应了和模特妻子离婚。

但离婚之后，他并没有想和夏淙结婚。夏淙更是不敢想，她每次去见李见心，都觉得是见林海泉的骨髓；每次做了好吃的带给李见心，都觉得是在照顾可怜的林海泉。可天长日久，李见心离不开这种不一样的被照顾，他终于下定决心追起了夏淙。

就在李见心和夏淙、周子马和陈馥馥结婚后的第十天，四川发生了大地震。因为周子马有了陈馥馥的照顾，李界梁终于被彻底"解放"出来，他跟着顾小鳕奔赴抗震救灾的前线，那里还有他的爹娘。

二十五

大地震的这天上午，顾小鳕按照工作安排，带人去了两处KTV和电影院进行消防例行检查。中午饭后，顾小鳕正找一名绰号"小广州"的战士谈心。

小广州真名叫陈嵫，家境不错，因为想当兵，刚刚十八岁连大学都不考就来入伍了。他身材矮小瘦弱，加之说着一口带广东腔的普通话，久而久之被战友们喊作"小广州"。

这个从广州入伍的小新兵刚刚和女友闹了别扭，电话里讲了又讲，女朋友手机已经充了两次电，始终还是说服不了，所以他想千里走单骑回家拯救爱情。他抱着斗胆一试的心情，向队里请假，没有被批准，就想偷偷溜回广州，结果被班长发现半道上堵住才捉回来。

得知自己队里出了"逃兵"，顾小鳕便让班长李界梁把小广州送到自己的办公室聊一聊。

小广州进来之后，想向素来"以慈带兵"的中队长打张苦情牌，于是调动了自己身上的所有文学细胞，用大量的文学语言，向顾小鳕说着自己与女朋友的种种美好过往，把三毛呀汪国真呀琼瑶呀亦舒呀等等作家描写的伟大纯洁甜蜜的爱情统统联系到自己和女友身上，完了又再次请求顾小鳕理解他，准予他回家与女友面对面解决爱情问题。最后，小广州站了起来，用广东腔的普通话一字一顿地朗读：

"一个人至少要拥有一个梦想，有一个理由去坚强，心若没有栖息的地方，到哪里都是在流浪。"

顾小鳕用手压了压，示意处于激动之中的小广州坐下：

"陈嶷你到底想说什么？"

"中队长我觉得我的梦想就是当兵，可是我的女友和爱情就是我的心栖息的地方，但我女朋友不理我了，你说我是不是变成一个流浪汉了，当然三毛也四处流浪，但她的流浪和我的流浪是不一样的，三毛有荷西陪着，而我完全是一个孤独的流浪汉，你说是不是？"

顾小鳕不置可否，亲切地望着这个很懂爱情的小弟兄聊着他和女友的伟大纯洁甜蜜爱情。他想，爱情这东西还需要教科书？还可以像数学课上，老师讲解例题一样，拿现成的公式去解题？虽然盛鱼之后，他就绝口不谈爱情，但在他心里，从来就觉得自己是一个爱过，并且懂得爱的人。

正因为这点，他不去随意谈起，就连郑小勇的遗孀余韵有意撮合在支队防火处工作的女儿余焰和他建立恋爱关系，他也委婉地拒绝了。虽然当年在废墟底下，临终的郑小勇曾将自己的妻女拜托给了顾小鳕，但顾小鳕认为，爱情是心底里油然而生的，只要有了人为的痕迹，就不算纯粹了。他只愿意将余焰当作小妹妹一样照顾，他准备让盛鱼在他心里住一辈子，如果自己再找了其他人，那么两边都会对不住的。

就在小广州聊完他甜蜜而又痛苦的爱情，顾小鳕准备开口棒喝让他清醒时，突然感觉到楼层在抖动，抬头一看，日光灯管晃来晃去。顾小鳕直觉不好，下意识地从椅子上一跃而起，拉上小广州直奔下楼，边下楼边抬腕看表，十四时二十八分。

这是危险的信号，是生命等待救援的第一信号！

火速集结！

省公安厅、省消防总队的指令很快下达。四川省某地发生八级地震，这次特大地震为新中国成立以来所未有，中央高层领导纷纷做出重要指示，全面部署抗震救灾工作，要求地震灾区和部队、公安武警积极投入到抗震救灾工作。公安部立即贯彻中央领导同志重要指示，迅速决策，全面部署，强力指挥，全警动员，全力抗震救灾，拯救生命。

省公安厅、省消防总队按上级命令,立即组建省消防抗震救灾突击队。

不出所料,顾小鳕如愿编入了省消防抗震救灾突击队。在第一时间接到总队急电后,顾小鳕已经让手下把生命探测仪、破拆工具、救生工具、通信照明等器材准备就绪了。顾小鳕的中队是第一个齐装整员报到的。在高照机场登机时,顾小鳕带领的高照市消防突击队受到了前所未有的致敬,在飞机起飞上升到还可以目视地面时的一刹那,顾小鳕望着高照市区,心里涌起了难以表达的情感。

他默默地注视着高照城,想起了在这片土地上牺牲的支队长郑小勇、指导员林海泉、中队长成小林、列兵李世株等战友,他把手伸进随身带着的小包里,摸到了那枚军功章,心里默念道:

"支队长、指导员,我不会给我们的军功章抹黑的。妈,等着我,我会平安归来的。"

乘坐包机的队员们绝大部分没有说话,小广州坐在顾小鳕后排,想像以往那样和顾小鳕聊一聊,聊他的女友、爱情和对参加这次任务的兴奋,但看到顾小鳕压根就没有要聊的意思,便也闭嘴不语。

在经历过多次救灾的顾小鳕看来,锦绣县城已面目全非,到处是当年那种把他埋在底下的废墟,以及从废墟里挖出的摆放在一边的尸体。顾小鳕带着突击队救出了三个被困人员,搜索搬运出近一百二十具尸体,搜救到后来顾小鳕都有些麻木了,完全是无意识地不停地搜救搜救,只想再多救出一个。

中午两点左右,正当顾小鳕和李界梁把县城西菜市场倒塌房屋再次搜寻一遍没有结果时,高照市消防支队支队长,也就是这次抗震救灾突击队的副队长毛羽边接听海事电话边匆匆赶过来。顾小鳕看见毛羽干涸的嘴唇像一条鱼嘴巴似的一张一合:

"救援总指挥部来紧急指示了,要我们立即以最快速度,赶到离这约二十公里的秀丽镇。"末了,毛羽又补了一句:

"那里不通车。"

顾小鳕听完毛羽的话，点点头，对班长李界梁只说了一句：

"马上集合人员。"

接着掉头就往菜市场大门处走去。

十分钟后，毛羽、顾小鳕带着一支三十人的队伍，背负着各类工具器材，以及必要的食品和瓶装水，开始穿过细雨，向秀丽镇方向快步前去。

越往前走，道路越差，这支三十人的队伍在山道间蜿蜒着。就在徒步穿越两山夹峙三公里的危险地段时，又有余震发生，两边碎石不断滚落。顾小鳕顿时提神聚气，突然看到一块滚石直落向身边毛羽身处的位置，顾小鳕一把将毛羽扯往峭壁，两人同时侧身贴伏躲过。顾小鳕大声喊道：

"快点快点，兄弟们快点通过这段。"

又对面前的毛羽说：

"支队长，这样子不行啊，我建议把多余的物资扔掉，轻装快速前进。"

毛羽边喘气边答道：

"必须这样，不然无法按时赶到秀丽不说，还会贻误救援行动。"

通过这段危险路段，又遇到一段极其崎岖不平的山路，只见行进途中，一侧是陡峭山崖，另一侧是因山体滑坡形成的深不见底的湖。顾小鳕一行人战战兢兢，手脚并用，好不容易才快速通过。

经过三个多小时的长途奔跑跋涉，终于在下午四点多到达了秀丽镇。

顾小鳕和战友们背着还有十几斤重的装备物资，一个个几近虚脱。站在通往镇子的山坡上向下俯视，顾小鳕被眼前的景象震住了：整座镇子已经看不出原有的模样，只有一片片连绵废墟，房屋几乎没有完整的，倒塌的房屋框架砖头石块瓦砾散乱地左一堆右一堆。走到镇子里，在比较宽旷的空地上，呆坐着数十个遍体鳞伤的受灾群众，可以听闻到被压在废墟里的细微呼救声，镇上没有受伤的或受了轻伤的人们正在废墟上奋力翻找被压困人员。

按照毛羽布置，顾小鳕急速安排好自己的手下分组展开救援，就见一个女人疯疯癫癫一瘸一拐朝自己这个方向跑来，边跑边喊：

"起火了，起火了，先走啊，孩子都死了。"

旁边有人说话了：

"瓜婆子，不要乱喊。"

转头对顾小鳕说：

"解放军同志，这是个疯婆子，没有起火，不过小学还真的有好多娃儿被压在楼板板底哈，你们要快些去救他们哈。"

顾小鳕也顾不上理会说话那人解放军和武警傻傻分不清，二话不说就带着几名手下朝那人所指的学校方向跑，一边扭头看了看那个似曾相识的疯婆子，脑海里出现了刘燕子的模样，可是这会儿实在无暇顾及，心想反正也跑不了，这会儿救人要紧，等有时间了再找这个疯婆子吧。

秀丽镇小学两栋教学楼全部垮塌，左边那栋剩下的约二层残墙倾斜靠在右边楼塌处，形成歪歪扭扭的一个"人"字形，在"人"字形的断垣前，有一个悲痛欲绝的母亲，拿着沾满血污的书包，在废墟前呼喊着自己孩子。

顾小鳕看到这个"人"字形断垣，仿佛看到了人类的渺小、生命的脆弱。战友们也都站立在钢筋、瓦砾、灰尘的废墟边，神情肃穆，悲情难耐。顾小鳕扭头向战友们示意，立即展开搜救。一个，一个，又一个，从废墟里不断地挖出、抬出、抱出，近一个小时就找到近五十七具尸体，有男孩子也有女孩子，小的六七岁，大的也就十二三岁的样子，幼小的生命被挤压埋压撞击砸损，成为一具具僵硬残破的躯体，由于已经七十二小时，有些残破的尸体已经开始散发出浓烈的腐臭味。

顾小鳕让战士们小心翼翼将这些孩子认真码放在草坪上，整整齐齐，尽可能地包裹或遮盖，边上人群一片哭天呼地声，有喊儿子女儿的，有喊孙女孙子的。顾小鳕被现场情绪弄得很难受，他又生怕弄痛他们似的，走到每个孩子跟前，又给孩子整理一遍，把这只手摆顺一下，把那只脚捋平一些。

放眼望去，顾小鳕突然感到这个场景和高照大剧院火后场景是何等相似，可这是天灾，那却是人祸啊！而造成人祸的居然有自己的妈妈，想到这些，顾小鳕又受到了极大的刺激，身体本能的反应，只想反胃和呕吐。在这个时刻，顾小鳕宁愿自己看不到，听不到，闻不到，他机械般不停地搜救寻找每一个可能存在生命迹象的地方，心里默默念着让我再救一个，再救一个。

顾小鳕嘶哑着一遍一遍地喊着，
"孩子们，还有人吗！还有人吗！"
终于，顾小鳕在教学楼的废墟中部，听到了若有若无的回应声。
"是一个小女孩在回应！"
冲在最前面的小广州和李界梁同时确定了被困孩子的方位。顾小鳕几乎是扑了上去，但现场复杂的环境让他们受阻：原本四层的教学楼，基本上倒塌到只露出一米多高，几块硕大的断裂水泥板下，乱石断砖和钢筋水泥犬牙交错，没有丝毫营救空间，顾小鳕与支队长毛羽等制定了三套不同营救方案。从孩子们被埋处的前后左右四个方位进行了尝试，由于余震不断，废墟内部结构复杂，顾小鳕带领小广州等几名战士几次都没有成功。

顾小鳕向毛羽请示后，带领小广州和李界梁两名战士决定从废墟上方利用钻机、铁梃打探洞，一直打到五米深处，然后再徒手清理大小不一的砖块。

在强光手电筒的照射下，透过窄窄的缝隙，他们发现了三具遇难学生的遗体，而小女孩的呼救就来自遗体下方课桌底下。顾小鳕钻进缝隙中，先将三名遇难学生遗体小心地传给小广州和李界梁，他们合力抬举轻轻抱起，生怕再次伤着了孩子。顾小鳕踌躇再三，确定不会发生坍塌，才轻轻挪开已经变形的课桌，直到这时，顾小鳕才看到了小女孩充溢着希望的目光。

"孩子，孩子，你还好吧，叔叔马上来救出你，别怕。"
顿了一下，顾小鳕眼睛模糊了，马上又温言温语道：

"乖孩子，再坚持一小会儿叔叔就救你出去。"

"叔叔我的脚好痛啊，叔叔快救我出去……"

小女孩看到身着橘红色衣服的顾小鳕，一声声叫着。

顾小鳕又探了探身再下去一点，地方实在太逼仄，工具无法施展，只好一点点地用手扒，一寸寸地用手抠，手指头破了出血了，顾小鳕犹不知道疼痛，还是一刻不停地抠挖。

大概半小时后，终于可以从侧面探视清楚了，顾小鳕见小女孩上半身在课桌下，而双下肢已经被掉下的水泥板挤压得死死的，虽然奄奄一息但神志还算清楚。但是在她唯一的出路还横着一块预制板。如果强行拖出，就可能导致二次伤害，同样也会危及小女孩的生命。这是他入伍以来第一次遇到这种情况，一筹莫展，营救再次陷入困境。

不知什么时候，也没人注意，那个疯女人又坐到了教学楼废墟的另一边，双眼迷离发直，用一只缺了一小块的塑料脸盆，往废墟里缓缓地浇水。清亮的水从脸盆里呈细线状往下流，人们听到她嘴里含糊不清地反复叨叨：

"要先走呀，先走就不会死了，先走就不会死了……"

顾小鳕闻言心里一阵悸动，多么熟悉的声音，连话语的内容都这么熟悉，他实在忍不住，朝疯女人的方向喊了一声：

"刘燕子！我是顾小鳕！"

疯女人没有任何反应，这时她把破脸盆放到一边，整个身子趴到废墟里的一个断梁上。

顾小鳕问近旁的镇干部：

"那女人叫什么名字？"

镇干部还没回答，废墟里的小女孩再次发出了声音：

"叔叔，我痛！"

顾小鳕双眼红肿喉咙嘶哑，双手缠满胶布的地方渗出的斑斑血迹已经干涸，橘红色的抢险救援服几处破损，此时顾小鳕突然有了深深的自责和无力感。

五年前，顾小鳕被埋在废墟底下，被高温烟气熏烤，几次命悬一线。出来之后，他对生命有了重新认识：人只有一条命，生命何其珍贵又何其卑贱，何其强韧又何其脆弱。除了生命，人还应该有更高的追求，完善自己的生命，有些人是带着使命而来的。

此番前来的路上，顾小鳕便是带着使命感备战的。

小女孩的喊声，让顾小鳕疲惫不堪的身心为之一振，他想到了自己的使命，想到了作为一个消防员的使命。他赶忙叫上小广州等战友，操起钻机、铁梃，小心谨慎地在楼板中打出一个小孔，伸进一根胶管，给小女孩子喂水和牛奶，以延续其生命体能。

到了晚上六点多，救援进展还是不够理想，医生们进入小女孩被卡住处进行了勘察。勘察完毕后，认为被卡空间不足以进行手术，否决了为小女孩进行截肢方案。一时间，如何营救小女孩又回到了原点。

这时，沉闷多时不讲话的顾小鳕开口提出了一个很冒险的方案，在避免截肢的情况下，能不能用橡皮带扎住孩子大腿，再加上止血带，用起重气垫或千斤顶顶开上方预制板，强行将女孩拉出。毛羽和几位医生几乎同时摇头，其中一位医生率先说道：

"这个方案太危险，孩子受困几十个小时了身体本就很虚弱，上面还有那么重物压挤，强行拖出来会有二次伤害，这个万万不行啊。"

毛羽这时候也开腔了：

"绝对不能这么做，我们必须避免让孩子再受到伤害，何况在拖出孩子时，谁能确保上方砖石预制板不掉落下来？要是大楼承重墙体连带发生坍塌，到那时孩子不仅无法得救，就连我们的救援人员也安全难保，后果不堪设想。"

顾小鳕听到众人分析，也没了主意，只好听从毛羽的指挥，和其他抢险队员一道，再次投入到新一轮的挖掘战斗中。

天空又下起了冷雨，夜色昏黄渐暗渐黑，温度又明显下降了不少，只有维持照明的手电，照耀着废墟，照耀着那形似怪兽般的洞口。

这时候，顾小鳕抬头看看暗黑的四周，他看见趴在废墟一根断梁上的疯女人这时候直起了身子，在用力地掀那根她明显掀不动的断梁，一边掀一边喊：

"鱼！鱼！"

顾小鳕几乎确认了眼前的疯女人是十年前因疯走丢的盛鱼的母亲——自己的小学班主任刘燕子。他再次问旁边的镇领导：

"那个女人是谁？"

镇领导说：

"不知道，就是一个疯子，只要她不妨碍我们救援就行了，甭管。"

小女孩的声音又从洞口传来：

"叔叔，我会死吗？"

顾小鳕想起了身陷火场的盛鱼，终是忍不住，一把扯开洞口医生，猫腰钻进去对女孩说道：

"小妹妹，你千万不要放弃，我向你保证，一定把你救出去！"

"叔叔我好冷，我快坚持不住了。"

"叔叔马上想办法，会最快救你出去。"

顾小鳕说完马上钻出来，对医生吼道：

"你们到底有什么办法，快说啊！"

医生望了望急躁不安的顾小鳕，又看了看毛羽及四周的人，声音低沉地喃喃道：

"还是截肢吧……"

"只能这样了？"

毛羽不甘心地问道。

旁边的顾小鳕心里眼里尽是失望和疼痛。

"只能这样。"

晚上八点半，毛羽、顾小鳕以及救援队医生紧急商议后，决定对被埋女孩进行截肢营救。手术方式可能是从膝盖部分开始进行，术中会使用电动石膏锯，先绑住大腿动脉，然后迅速拽出，尽快进行止血。顾小鳕仍不死心，一言不发又围着现场转了好几圈。

手术开始，一个助理大夫在出口处等待，麻醉师进去了又出来了，动手术的那个大夫也进去了，顾小鳕带着小广州、李界梁等几名战士准备接应。顾小鳕一直弓着腰侧着头，一动不动如雕塑般，关注着洞口内的情况。他就觉得时间漫长得如当年去医院看望母亲一般，如等待那个火场遗留的丝巾一般，如定安楼废墟底下，等待战友们的救援一般，任由冷雨如注地浇在头上脸上脖子上身上，一动不动听闻着洞内的每一个声音每一点动静。

顾小鳕眼看着那个进去手术的大夫出来了，毛羽等人忙问手术结果，大夫摇头不语，众人着急围盯着，大夫开口：

"我也不知道怎么回事，电动石膏锯就莫名其妙的坏了，弄了半天也没好，手术没法做了。"

毛羽、顾小鳕都急了，顾小鳕抵近到医生面前几乎脸对脸地对医生吼道：

"你他妈干什么吃的，偏偏这时候坏了，赶快找人修啊！"

麻醉师过来带着哭腔劝解道：

"警官同志，我们试过了，试过了好多种方法，是真的修不好，可能是路上受到颠簸抗击导致坏的。"

又转头对毛羽说：

"警官同志，麻醉药都已经打了，再拖下去孩子怎么办啊……"

顾小鳕顿时感到浑身毛孔都炸裂了，他看看医生又看看毛羽又看看其他人，毛羽也一时没了主意，四周救援队的消防战士们也都静默焦急等待。

顾小鳕脑海里快速搜寻着，想到一个主意马上又否定想到一个又马上否定……液压钳，对呀，剪断工具可以替代锯断工具啊，一念至此，顾小鳕脱口对医生叫道：

"用液压钳代替你那电动石膏锯可以吗？"

"呃……这个理论上应该是可以的……"

"别废话，既然可以就赶快的啊！"

医生踌躇了，面露难色说：

"这个是你们消防工具，我不会用，再则我也……"

顾小鳕急道：

"也什么也，你不会用我现在就教你。"

医生这会儿反而镇定下来了，嚅了嚅嘴巴：

"反正我是不会做这个截肢手术了。"

毛羽这会儿开口说话了：

"这样等下去，孩子生命危险了，多等待一分钟就意味着孩子离死亡近一步，医生同志，你必须要做这个手术。"

"不行不行，我做不了，我做不到。"

说完这句话，他大汗淋漓扭头走到了一边。

眼看着时间一分一秒地流逝，余震还时有发生，四周夜色越发浓重，只有几束强光手电的光柱浮在空中。毛羽和顾小鳕对望了一下，又同时环顾了一下周围的救援队兄弟以及医疗队三个医生，顾小鳕咬着牙，心里痛苦地想，从来都是要救人性命，救下健康的躯体，救下完整的身体，现在却要去亲手破坏和摧残一个身体，伤害一个娇嫩初长成的孩子完美的肢体，这是多么残忍又是多么无奈，更是一种多么大的嘲讽。

眼看着时间不能再拖再等，更容不得犹豫和退缩，顾小鳕开口了：

"性命攸关，你们都不要再说了，我去！"

顾小鳕拿起液压钳快步走向废墟洞口。小女孩因为上了麻药，苍白的脸上已经没有了痛苦，甚至像是甜甜地睡着似的，借着亮光，顾小鳕可以看到女孩双眼闭合，甚至可以清楚地看到女孩弯月小刷子般的睫毛上还挂着两滴泪花。

顾小鳕的心如鞭抽针刺一般，十分后悔自己刚刚做出的决定，也体会到那个医生的苦衷。顾小鳕拿起液压钳，手一直在抖颤，面对女孩，一个活生生的小孩子，他突然感觉自己像个凶手像个屠夫。又有余震来袭，坍塌的教学楼废墟又摇晃了几个，有大量的碎石细沙掉落。

顾小鳕不知怎么这会儿脑海里突然涌现出那句话：

"我不下地狱,谁下地狱。"

斜对面的疯女人又趴在断梁上喊着"鱼",顾小鳕也在心里默念着"盛鱼",开始了他的这种以破坏的方式进行的拯救。

顾小鳕忽然听到毛羽在上方喊：

"要控制再控制力度,避免膝盖骨、大腿骨受损。"

顾小鳕也艰难地控制着液压钳的力度和运力方向,汗如雨下。

"咔嚓,咔嚓"。

顾小鳕咬破的嘴唇渗出的血与钳断女孩下肢的血,同时流淌着；顾小鳕流淌的泪水和浑身无一处不被浸透的汗水,同时流淌着。

女孩双腿小腿骨被顾小鳕小心使用的液压钳剪断后,顾小鳕让医生摸了摸小女孩的膝盖和大腿骨,医生欣喜地说：

"没有受损。"

但是对于小腿骨外相连的皮肉,液压钳无能为力,顾小鳕转头闷吼：

"刀！"

后面医生随手递上,顾小鳕拿着手术刀,这是他平生第一次拿手术刀,他的脑子里满是妈妈屈大雪无数次做整形植皮手术的那把刀,刀刀割肉,刀刀剜心！

顾小鳕可以真切地听到切皮割肉的声音,这种声音他在五年前的病床上也听到过,那是自己背部的植皮手术。

而此时,他的背部忽然奇痒难忍,医生当年就说过,植皮的地方没有毛孔,无法呼吸,无法淌汗,如果太热,会出现痒痛过敏。

而现在,他强忍背部奇痒,强忍炼狱般窒息,而时间犹如一个世纪般漫长沉重,整个如外行剁肉一般的手术让顾小鳕又有了被埋进废墟的感觉。

最后一刀如火苗突起瞬息燃灭,顾小鳕扔掉手术刀,抱起只有大半截的女孩子就向外钻出去,救援队的两个医生同时接手抱起,就见顾小鳕站立的身形颓然而倒,像死人一般再无声息,只留下毛羽、李界梁和小广州的惊呼声。

倒地的顾小鳕耳朵里都是余震的地啸声、山石滑坡声、呼救呻吟声、房屋垮塌声、电锯钻机挖掘机声……可是他无法睁开眼睛，无力动弹身体四肢，就这么直挺挺在躺在地上。

他脑海里只有一个小女孩的苍白面孔，慢慢地那张面孔叠幻成盛鱼的模样，很乖巧地睁着清亮的眼睛，微微上翘的睫毛一动不动，静静地低头看着自己亲手用液压钳剪断那双细瘦的腿，亲手用刀割掉粘连的皮肉，甚至割完了自己还用手理了理紫色小碎花长裙的下摆，虽然裙摆以下已空空荡荡没了双脚。顾小鳕眼睛没有睁开，只是从眼角流出一行清冷的泪，随着这泪的流下，是战友们"醒醒！顾队！"的惊呼声。

这是高照市消防地震救灾突击队，随临时组建的三百二十人的省抗震救灾部队到达灾区的第三天。而在前两天，在经历了十六个小时的飞机、汽车、步行的长途跋涉后，顾小鳕跟随以毛羽为副总指挥的省突击队终于抵达了任务目的地—锦绣县。当地下起了大雨，气温也降至十几度，救援队只能就地休整喘息一小会儿，同时抓紧时间整理携带的装备，鳕小鳕带人与当地仅有的没有受伤的干部进行了联系，询问了基本情况，初步摸查了受损情况。顾小鳕看着四周的残垣断壁，支离破碎的危房，想起了五年前废墟被埋时的绝望与盼望，想起了支队长郑小勇在废墟底下生死弥留之际对自己的鼓励和冀望。他的目光穿透那些断壁残垣，看到了废墟底下无数双渴盼的眼神如夜空里的星星闪烁，无数个在胸膛里发不出来的救命声如山呼海啸一般在他的耳畔疾驰，作为消防员的职业使命感，那时在他的心里油然而生，并且势不可挡。

不知过了多久，顾小鳕在小广州和李界梁的喊声中醒来，慢慢睁开了眼睛。

这是一个临时搭建的帐篷，顾小鳕的身边只有小广州和李界梁两个兵陪伴着。小广州看到顾小鳕醒转过来盯着自己，他猜了猜中队长想知道什么，忙说：

"支队长和其他人都还在忙着救人，中队长你必须休息，这也是支队长的命令。"

"什么狗屁命令，这时候救人要紧，走……"

"可是——"

顾小鳕挺腰想要抬腿起来，说：

"赶快走吧，别他妈废话。"

顾小鳕刚说完话，一男一女，分明是两名记者，不知从哪里过来的，一个拿着话筒，一个肩扛摄像机，女记者直接将话筒伸到顾小鳕面前：

"请您谈谈这次施救的过程好吗？"

就在摄像机对准顾小鳕的同时，顾小鳕的大手就已经挡住了镜头，说：

"我又是高血压，又有心脏病，我哪能救人呀，你们不要采访我了。"

两名记者误会了他的意思，激动地说：

"您能带病参加救援，真是太让我们感动了！您能具体说说当时的情况吗？"

顾小鳕扭头就走。

两名记者追上去，顾小鳕用手一指身旁的李界梁说：

"呶，他是四川人，他家也遭了灾，父母到现在还联系不上，但是他没有回家，依然服从命令在这里救援，那个小女孩也是他和旁边那小个子救的，你们要采访就采访他俩吧。"

说完背对着记者，就着帐篷外临时竖起的应急照明灯，朝李界梁和小广州眨了眨眼。他俩和队里所有的战友一样，都知道自己的中队长最不喜欢的事情便是接受采访，况且营救小女孩时他俩也在场，顾小鳕说李界梁的事情，也千真万确，便欣然停步，接受了采访。

顾小鳕独自往前走，迎头碰上回来的毛羽，还有一起回来的其他救援队员，以及医疗救援组的三个人。毛羽见到顾小鳕，硬拉着他回到帐篷重新坐下，然后才说道：

"小鳕，你糊涂了吧，你知道现在几点了吗？"

顾小鳕望了望帐篷的门帘处，外面一片漆黑，顿时不语。毛羽说道：

"现在已经快晚上十点了，考虑到救援条件已经不具备，同志们也都极其疲惫了,同时也为了大家的安全起见,我已经通知大家都休息,明天再干。"

顾小鳕不再言语,但依然不放心地朝帐篷外张望,看见已经被采访完毕的小广州走进帐篷,便问:

"废墟里的那个疯女人呢?"

小广州回答说:

"哈,你说那个疯女人啊,真是个伟大的妈妈,原来她趴着的那根断梁下,埋着她的儿子。疯女人不知道找人帮忙救儿子,她自己又掀不动梁柱,但神奇的是,她居然知道不间断地往她儿子被埋的那个空间里倒水。在你昏倒的时候,疯女人再次倒水进去给她儿子喝,把她儿子冻醒了,我们都听到了她儿子在底下喊妈妈的声音。支队长就安排我们去把她儿子救上来了。毫发无损啊!真是命大,他躺在墙角形成的一个小空间里,应该是教室坍塌的时候,后脑勺受到撞击断续的昏迷。"

顾小鳕打断道:

"他们人呢?"

毛羽说:

"我们只管救人,还担心着你,哪里管得那么多,她应该是当地人——"

毛羽话未说完,有个战士跑进来:

"报告,刚才老乡说,在镇信用社那里有个人在喊救命。"

"确定吗?"

"确定!"

毛羽和顾小鳕以及帐篷里的几个人都听得清清楚楚,大家这一刻都看着毛羽和顾小鳕,毛羽和顾小鳕对了下眼神,几乎同时点了点头。毛羽:

"一班带上器材工具,走!"

路上,毛羽问顾小鳕:

"你行不行啊?"

"我没问题,已经缓过劲来了,时间太晚,我们得抓紧。"

李界梁和那位老乡在前带路，一会儿就来到了信用社。处于秀丽镇河道边上的信用社小楼，总共四层，已经全部垮塌倒倾，一半在路基上一半在河堤上。在五块预制板和一个水泥梁柱坍塌形成的废墟前，老乡手指一处道：

"就在这个地方，我表弟前天中午来取钱，哪想到地震来了就埋在里面出不来了，我们救了好久也没得用，求求你们一定要把救出来，他还没有结婚呀。"

由于埋压物太多难以清理，顾小鳕带领队员费了很大的劲，才将施救的出口扩大，受困的男子也拼命向顾小鳕这个方向靠近，双方渐渐可以看到了。

"兄弟，怎么样，还撑得住吗？我们马上救你！"

顾小鳕一面与男子说话以便缓解他的情绪，一面组织队员进行施救。

这个男子见到顾小鳕，眼睛里顿时燃起了希望的火苗。他虽然头部面部都被砸伤而且伤势不轻，但还是拼命地点头。就在大家急切地营救中，毛羽接到了上级的电话命令，说是秀丽镇西南方向高海拔处形成的堰塞湖不稳定并出现了裂缝，可能随时垮泄，要求所有人员撤离到安全地带。

被困男子、顾小鳕和在场的所有人，在这个诡秘不安的夜里，都听得清清楚楚，顾小鳕与被困男子四目相对，时间仿佛一下子凝固冻结一般。

男子的表哥先就急了，哭着说：

"这咋个办哦，这没得救了啊！"

倒是男子充耳不闻，平静地对顾小鳕说：

"兄弟，走吧，我一点都不怪你。"

顾小鳕百感交集，布满血丝的眼睛望着他，心有不甘。四年前的定安楼废墟下，顾小鳕命悬一线，焦急地等待救援，好不容易看到一线光射进来，他都欣喜若狂，以为救援的战友发现了他，但不久那个缝隙重新闭合，当时自己心里的绝望、痛苦、恐惧是多么地磨人！眼前这男子此时的心情，别人不了解，他顾小鳕怎能不了解！

可再看看身边那些体力严重透支的队员，再看看毛羽，顾小鳕读懂了毛羽的眼神，定安楼垮塌，是毛羽指挥兄弟们将他救了出来，四年前的牺牲还历历在目，怎么能让兄弟们白白送死呢！

想到这里，顾小鳕艰难而痛苦地说：

"兄弟，等我回来，你保重，相信我。"

男子低垂下头：

"我相信你……"

顾小鳕强忍住哽咽的声音：

"给你留点水和食物吧，兄弟，等我回来！"

毛羽、顾小鳕带领队员马上返回，又立即通知镇上百姓撤到安全地点后，顾小鳕心里还在惦记着那名男子，眼睛还盯着信用社的方向，临走时许下的承诺像只有力的大手，在一把抓着他的脑神经扯拽着，越来越急，他觉得自己的脑子里现在塞的是一团乱麻了。

一个小时过去了，大坝没有垮泄，但警报也没有解除。顾小鳕焦急地看着手表，过了一会儿，实在忍不住了对毛羽说：

"副指挥，我必须回去救他，我应该回去救他！"

毛羽也急呀，电话问了上面，可回答说是还不确定，要再观察观察。顾小鳕再次对毛羽道：

"时间不等人，现在已经快十二点了，救人要紧，哪怕给我处分我也要回去救人！"

"好，我同意，既然承诺了就要履行诺言，而且人命是第一位的，你若背了处分我陪着你，我来担责！"

毛羽肯定的话语和眼神也激发了队员的斗志，纷纷站出来要求参加。顾小鳕这时候已经点名叫上了李世梁、陈嶬、刘涛、周正军等七八个队员向信用社方向跑去。

支撑、破拆、搬运、挖掘，将近两个小时后，男子被救了出来，顾小鳕和队员们也差不多累瘫了。

第二天早晨不到六点，疲惫不堪的全体救援队员们又爬起来了，顾小鳕其实是真想让弟兄们多睡一会儿的，但灾区除了救人还要分发食品物资，撒药消毒，帮助群众搭建帐篷等等。顾小鳕带着李界梁、小广州等几人正在废墟周边巡察，路过镇政府仅剩余的一栋完好办公楼时，听到沸沸扬扬的叫声、哭声、喊声……挤成一团吵闹声。顾小鳕走近人群，就看到一个老汉大声喊着：

"不公平，太不公平了！"

一个胖胖的女人和边上几个人也在跟着起哄，边骂"这个时候了还不干人事"，边把那两个镇干部模样的人往外赶，一个头发花白的男人在劝解着胖女人和那几个推搡着干部的人。

见到顾小鳕过来，这个左额角一块刀疤的老汉马上拉着顾小鳕的胳膊对人群说：

"大家听我说，我们不相信镇上的干部，他们照顾这个叔叔婶婶照顾那个侄儿舅子，太不公平了，没得王法了，我们咋个也不相信他们。正好解放军来了，我们就相信解放军，让解放军替我们做主分发物资，要的啵？"

人群立时响起掌声叫好声：

"要得！要得！"

顾小鳕这会儿才明白吵闹的原因，刀疤老汉又激动地补充说：

"我们遭了这么大的难，政府下发了救灾物资，结果让这些狗日的干部，要么私分，要么瞒着少发，太没良心啦！"

顾小鳕彻底明白了是怎么回事，心里那个火啊，腾一下起来了，怒不可遏：

"老乡们请安静，我宣布，现在由我们来分发物资，请大家排好队，一个一个来，保证大家都公平分到。至于以前某些镇干部私分截留的救灾物资，我们也会督促认真追查，交由上级严肃处理！"

讲出这些话，顾小鳕胸中的正义感以及被老百姓信任的那一份自豪感油然升起。他立即安排几名队员分发救援物资，另外几名去维持秩序，其实也根本不用救援队员们维持秩序，大家伙听完顾小鳕的讲话，已经自动有序地排好了队，两路纵队排得竟然和新兵队列训练似的整齐。

这一刻，顾小鳕心里的使命感再次升腾充溢，正如他自己所思所想所悟：平庸的人只有一条命，性命；优秀的人两条命，性命和生命；卓越的人则是三条命，那就是性命、生命和使命。虽然顾小鳕从来没有认为自己是英雄，但他的自我救赎正在一点点地实现。

顾小鳕突然发现了那个女疯子在排队领物资的人群里，那个像极了刘燕子的女人，这会儿正牵着她儿子在排队。顾小鳕对刘燕子老师太熟悉了，当年把盛鱼从殡仪馆送往墓地时，还是自己背着刘燕子上的墓地，哪知道她就把自己当成了盛鱼，然后居然就疯了就跑了就失踪了。不会错的，自己绝对不会认错的。可是，刘燕子怎么会到这千里之外的秀丽镇，这些年她都经历了什么啊，想到这里，顾小鳕心酸至极，但是又不便直接问她本人，她这会儿神志不清又哪能说得明白。

顾小鳕走到了胖女人的身边，指着疯女人问：

"那是谁家的女人？她叫什么名字？"

胖女人朝疯女人身边的小孩招了招手：

"何小雨，快过来，解放军叔叔问你话。"

一个七八岁的小男孩踟蹰着过来。小男孩过来之后，疯女人也跟了过来。

顾小鳕盯着疯女人仔细看，脏乱的长发遮掩着的脏脸确实有几分熟悉，那眼睛和鼻子，可不是刘燕子老师么。

顾小鳕问疯女人身边的小孩：

"你妈妈姓什么？"

那个被胖女人叫作何小雨的小男孩望着顾小鳕摇了摇头。胖女人有些急：

"讲话啊！你晓得不你的命都是他们救下的呢！"

何小雨依然没说话，却对着顾小鳕深深地一鞠躬，疯女人也跟着弯腰鞠躬。

胖女人见状，只好自己回答顾小鳕了：

"不晓得从哪个外地跑来的，孩子的奶奶收留了，和知识分子圆了房，就生了他，奶奶后来也死了——"

顾小鳕打断道：

"知识分子？"

李界梁跑来向顾小鳕报告：

"中队长，又有新任务了，支队长要你马上去！"

毛羽看着气喘吁吁赶来的顾小鳕说：

"映川村三天前有一批十二人的摄影采风团，地震当天被困在了映川云母峰，不知生死，另外还有一名去送饭的本村人，共计十三人，给你十个人，全速去抢救，把他们转移出来。"

又指了指身边站着的人，说：

"这是映川村的孙万忠书记，具体情况让他给你介绍。"

顾小鳕听完孙支书的情况说明后，立即率队出发，紧急赶往映川村。顾小鳕知道，此时映川已经成为"孤岛"。

原来，十二号那天，孙万忠目送王静山一帮人上山后，稍微歇了会儿，就和婆娘、刀疤、胖婶等人忙鸡忙鱼忙菜搞了一上午，孙支书还听胖婶说今天的鸡都疯了似的，家里那条大黄狗也不知道跑到哪里去了。

好不容易把饭菜弄好，先打发黄毛去山上给王主席他们送饭，然后大家吃完各自回家了。孙万忠自己也吃完了回屋准备睡一会儿。家里的狗乱叫不停，气得孙支书抓起棍子把狗打得远远的，回屋上床刚刚躺下没一会儿，就感觉到地动山摇，却原来是地震了。

当然，当天那些鸡狗的不正常，再加上这些日子的怪异天象，孙万忠是事后才联系起来想到的，孙万忠就有些后悔和后怕。

村里当时房屋倒塌声哭声喊叫声，一片混乱。孙万忠从倒塌的屋里爬出来，又回过身把自己老伴拖出来，也顾不上老伴头上的伤，他知道作为支部书记有责任组织村民自救，马上喊上几个青壮年去救人救粮食。然后就是无望地等待，直到第三天才被抗震救灾部队转移到秀丽镇上。到了镇上安全了，孙万忠一拍脑袋才想起来，对自己婆娘大呼，还有黄毛和王主席他们十几个拍照片的在山上没出来，这才急急找到毛羽支队长。

二十六

"知识分子"何深,是秀丽镇映川村唯一上过高中的人,也是他们村上同辈人里唯一的独生子。他父亲在三年困难时期活活饿死,死之前把最后一点金子打成金牙镶在了何深妈嘴里,念念不忘要何深妈用这金牙给何家续后。何深长大后怎么也想不通,在映川村这地方,有山有水有庄稼地,天上飞的、地下跑的、水里游的,都生机勃勃,交配生崽繁衍,活的热热闹闹的,怎么父亲一个大活人会被活活饿死呢?怎么那点金子不换粮食救命,要打什么金牙让自己续后呢?怎么母亲这样一块肥沃的土地就只结了自己这一棵独瓜呢?弄得传宗接代的重任就落在自己一人肩上,偏偏婆娘还这么不好找,何深一想起就无端气恼。

因为何深喜欢琢磨事情,又爱夸张地戴上一副廉价黑框眼镜,以示与众不同,也想用这与众不同来吸引姑娘,却不料这么长时间以来颗粒无收。久而久之,村里人人都叫他"知识分子",何深似乎也乐于接受这个称谓。

可是随着年龄越来越大,作为知识分子的何深并没有得姑娘们的青睐,年过三十了还是单身一人,这就让何深妈非常着急,每当想起何深爹临死前的嘱托,何深妈就着急的要用手指抠抠嘴里的那颗金牙,仿佛那颗金牙可以救急止痛,也越发怀疑那个死鬼从哪里弄来的金子。

有天何深妈去荷塘摘莲蓬,一边走一边骂何深爸丢下自己和儿子不管不问,如今儿子这么大岁数了还没有讨着婆娘,再这么下去只怕真的会断子绝孙了。到了荷塘边,放眼望去,大片荷叶碧连天,塘与塘之间的埝坝也都遮盖无迹。何深妈小心翼翼走近，猛然间发现，塘埂荷叶下坐着一个女人。何深妈轻手轻脚过去看清了，女人并无觉察到，她的面前堆着大大小小的新鲜莲蓬。何深妈不乐意了，嚷道：

"你是哪个咯，怎么扯我屋里头的莲蓬！"

女人因为受到惊吓，不敢动弹，塘坝边莲叶掩映的溪水流过女人的光脚，阳光从荷花的缝隙里漏下来，照着女人呆住的神情，那神情也显得斑驳。何深妈担心吓着女人，又凑近开口：

"怎么没见过你，你是谁家的？"

女人痴痴笑：

"起火了。"

再问，女人咯咯笑：

"起火了。"

何深妈四处打望，哪有什么起火了。暗想是疯女人，再问，还是咯咯笑，说起火了，然后低下头，用脚踩水采摘莲蓬。何深妈心里有谱了，再仔细看，这疯女人岁数怎么看也差不多三十岁了，脸上脏兮兮，身上衣裤又破又旧，还有一股很长时间没洗身子的臭味。何深妈叹息作孽作孽，用莲蓬诱着疯女人到了溪边，指着疯女人的衣服：

"脱，洗干净了带你回家。"

疯女人褪去了衣服，破衣服滑落在溪水里。赤裸的疯女人开心地撩水，咯咯笑说"起火了，起火了"，任由何深妈检查与擦洗她的身子，擦到痒处，她扭动身子咯咯地笑。

何深妈擦洗疯女人的身体，发现了妊娠纹：

"生过了？证明能生，没事的，这个年龄还可以生。"

何深妈边麻利地帮疯女人擦洗，边自言自语。

疯女人耸肩、弯腰，像躲避，又像撒娇。洗着洗着，疯女人赤裸的背影不再动弹，忽然她喃喃道：

"妈妈，妈——"

何深妈停止了动作，绕到疯女人前面，定睛看着她。疯女人洗干净后漂亮标致了好多，她鲜润的唇微微启动吐出妈妈两字。

知识分子何深在村上和几个青年打台球。几个中老年妇女在球台边上的一张桌上打麻将，麻将桌一边，几个孩子在刘大眼卖肉案子的底下跑来跑去，弄得悬挂着的猪肉直晃荡，上面叮着的苍蝇四散而逃。台球桌边上，是老支书孙万忠的小卖部，伴着啪啪的击球声，里面传出流行歌曲《粉红色的回忆》：

"夏天夏天悄悄过去留下小秘密，压心底压心底不能告诉你——"

分明是从劣质收录机里传来的高分贝的声音，噪过了树枝上的蝉鸣声。

何深妈领着疯女人回村里，走近人群，打台球的、打麻将的、买菜割肉的、喝茶摆龙门阵的，特别是那群四处乱窜的孩子，呼啦啦一下子围过来。疯女人忽然抬头，露出洗干净了的脸，冲着人群笑。一青年走到疯女人面前，一脸不敢相信的表情：

"哇！我靠！从哪来的漂亮女人。"

何深妈一点头，有些得意：

"可不！你以为是白捡的，她是老天爷送给我们家续后的，我们镇上哪一个有她漂亮，走！回家。"

这话自然引起其他女人一片轻蔑的眼神，也引得那些个男人阵阵骚动嬉笑。

面子有些挂不住的何深扭转身与何深妈和疯女人背道而去。孙支书两头望望，冲着何深妈喊：

"你家知识分子不要她，你就当女儿带着吧，好人总有好报。"

知识分子后脚回到家，走到房子拐角处停下脚步，他看见疯女人已经换上了一件浅蓝色碎花上衣，何深妈正示范用斧头劈柴。疯女人举着斧头半天不放下来，眼睛瞪着何深妈，何深妈只得教她往下劈，疯女人依然举着斧头瞪着何深妈看。

何深妈头皮发麻赶忙跑开，转头自言自语道：

"你可不能劈我，我好心收留你的。"

疯女人点点头用力劈在树兜上，树兜应声开裂，疯女人毫无章法地朝着木柴乱剁。何深妈这下放心了，走过来，看了一地的乱柴，指指灶房的方向，说：

"一会儿把柴抱进灶房来，烧饭用。"

何深妈先在灶房里忙碌切菜、燃草往炉膛里放，何深与疯女人抱着柴进了灶房。但当疯女人看到从炉膛里窜出的红红的火苗时，她一下子把怀里的柴火扔掉继而惊恐大叫：

"起火了，起火了！"

扭头就跑，撞翻了水桶，跟跟跄跄跌倒又爬起来，不管不顾地跑出门去。何深，何深妈看到，急忙跟着向外追，只看到疯女人的背影。何深妈指挥何深：

"还不快些追啊，追回来呀！"

天近黄昏，映川村此刻正是傍晚时分，路上人不太多。何深追出门外，疯女人跑得超乎想象的快，远远一个影子，他便不敢迟疑，拔腿朝着疯女人方向追去。

这是村上通往铁道的路，也是铁道通往外面世界的路。何深追出去不久，山区的傍晚又惯常的开始下起雨来，疯女人沿着铁道跑，一列慢火车开过来，铁道边一排路灯，灯的光晕里映出一线线雨丝。何深见到前面的疯女人在灯光映照下的雨丝里边跑边跳，跳到后来竟然像是舞蹈般，似仙似妖，何深看得目瞪口呆了，脚步却也一点不放慢。

火车渐渐只留下个尾巴，疯女人也慢慢停止了舞蹈，火车渐渐只留下声音了，疯女人也慢慢安静了下来。何深脱下衣服包住疯女人，湿漉漉的何深，情绪就温柔而感伤：

"疯子，我高中毕业的时候，这条铁路就修到我们这里了，我是村里唯一的高中生，但是我妈死都不准我出去闯。"

何深拥着疯女人往家的方向走，像是对这会儿显得乖巧安静的疯女人，也像对雨脚长长的天叹息倾诉：

"你晓得不，我每晚听到火车来了又去了，我就想跑，火车能去的远方,一定是个富贵又自由的好地方,你,是从那地方跑来的吗?"

何深妈将饭菜端上桌,疯女人已经换下了湿衣服,拿起筷子在手里顺了几顺,夹了一块鱼,送到了嘴里,嘴巴稍微抿动,很细的鱼刺都被吐出来。何深不久也收拾干净,上桌后习惯地将眼镜摘下,将额前的刘海捋了捋,重新戴上眼镜,坐下看着疯女人吃饭,看着看着脸上渐渐地有了笑意:

"妈,我觉得她像个城里女人,你看她吃饭多好看,哪是我们这里的婆娘那样的吃相难看。"

何深妈也笑答:

"就是的嘛,村里的姑娘媳妇儿,没一个比她漂亮。"

何深也拿起筷子吃饭,眼睛依然不时地看着疯女人。疯女人又夹了一块鱼,吐刺的样子居然很优雅。何深妈看到疯女人这些表现和行为,心里便认为她这个样子不是先天疯病,那么生下的孩子就应该不会遗传。想到这,何深妈指着何深问疯女人:

"你喜欢他不?"

疯女人呆望了一会儿何深,伸手摘下他的眼镜,戴在自己的鼻梁上,笑着点头。

何深妈欣喜万分对何深说:

"瓜娃子你看到了没,她同意了。如果再过十天半个月没得人认领,你就可以去镇上民政打结婚证啦!"

何深这会儿满脸通红,嘴里含着饭菜一个劲儿地点头。

一个月过去了,疯女人变胖变白更美了,只是依旧神志不清胡言乱语。正如孙支书所言,婚姻自主,恋爱自由,虽然很多人想和疯女人自由,但疯女人除了和何深自由再不让其他人自由。于是乎,这个来历不明无人认领的外地疯女人,在一个星期后,就被何深迫不及待地领着去镇上民政打结婚证。

何深早就打听过,打结婚证是要结婚照片的,而且相处的这段时间,何深也以这个漂亮疯女人自豪，虽然是个疯子，却早想和她照个合影，别的人看了照片哪里知道是个疯子，只会讲他何深讨了个漂亮婆娘，那是很有面子的事哟。所以何深带疯女人先去了照相馆。照相的师傅见何深带着始终低头戴着草帽的疯女人进来，问清要求便开始摆布这两人。

照相师傅先将两人按坐在长凳上，再把他们拨弄得头挨头，肩靠肩，他们的脚下放着疯女人此前戴着的草帽。何深、疯女人并排坐在一张大红布景前，照相师傅后退几步准备拍，疯女人忽然又低头，原本被何深别到耳后的长发又垂下来遮住了脸，她咯咯直笑。照相师傅疑惑地看何深，何深说：

"我这女人天生害羞。"

照相师傅哭笑不得，也意识到这个女人不正常，便用眼神征求何深的意见，示意何深让疯女人的头抬起来，微笑就行了。疯女人害羞的样子捂着脸就是不抬头，笑个没完。

何深将疯女人的双手都抓在自己手里，疯女人还是笑着不抬头。照相师傅无奈只能仰拍，他蹲下抓住时机，快门咔嚓一声，闪光灯强光闪了，只见大红布背景在闪光灯的照耀下，犹如烈焰轰燃，整个房子如火烧般红光一片。疯女人在咔嚓声闪光灯亮起一刹那突然回头躲闪，她尖声厉厉，丢开何深双手，跳起来就要夺门而逃。

何深赶快急步上前一把捉住将出大门的疯女人，把她抱在怀里，尽管脸上被抓挠出血印子，尽管衣服被撕扯了两道口子，终是将疯女人安静下来，喘了口气对照像师傅喊：

"不要紧的师傅，紧张，她从小就怕照相，快把草帽拿给我，过一下下我们就过来拿照片，要加急快洗哈。"

拿到照片好不容易到了民政，何深将相片和自己的身份证户口本递给办事员：

"打结婚证。"

办事员翻看：

"女方的呢？"

"她家前一阵起火，都烧掉了，婚姻自主，恋爱自由，只要我俩都点头不就行了，疯——"

何深回头，没看到疯女人，转头解释：

"我老婆姓丰，丰收的丰，丰荷花。"

办事员看向何深身后喊下一位。将何深的资料叠好递回：

"补办了女方的资料再来。"

"那太麻烦了，求你能通融通融。"

何深哀求。

办事员说：

"我只能依法依规办事，请你理解。"

何深急了：

"我就是不想非法同居才来的嘛，你不给我打结婚证，这不是逼着我违法吗？"

办事员不再理会何深，接过另一对男女递过来的证件。何深嘟囔着往外走，边走边嘀咕：

"哼！就连孙支书都说了，我们都是自由恋爱自由结婚，还有哪个比我们更合法？"

从那天以后的每天晚上，自以为合法的知识分子，都会高兴地嘀咕着"人有多大胆，地有多大产"，在屋里进行着有声有色的大生产运动。他心想娶一个疯女人做老婆，确实够大胆，何家三代单传，到了自己这一辈怎么着也要生七个八个的，这样才够产量，于是何深忙碌着过起了开心的日子。转眼又到收莲季，何深妈、何深和大肚子的疯女人采莲蓬。疯女人边采边吃，何深妈看不过了，说：

"管管自己的瓜婆娘，要不然这样采多少吃多少，还拿什么卖钱？"

何深边采摘边看看她妈，再热切地看一眼在自己身边的妻子，并不回答，继续做事。

天有些闷热，知了叫得更欢，疯女人突然痛苦地大叫，荷塘里歇阴的水鸟都惊飞四散。何深、何深妈眼看着疯女人所站的地方被染红，殷红的血顺着疯女人裤腿管滴浸在水里，一圈圈地扩散，疯女人摇晃了几下，扑跌在红水里，如同中了靶心。

何深抱起疯女人上岸，何深妈追过来：

"快生了，你抱她回家，我叫接生婆。"

何深叫：

"妈呀！已经生出来啦！"

躺在床上的疯女人悠悠醒来，摸了摸自己的肚子，猛然坐起来寻找什么，就看见何深妈和何深蹲在木盆子边头挨着头，疯女人光脚跳下床，看见木盆子里的婴儿，双手撩起衣襟：

"鱼，鱼，吃！吃！"

何深妈推开疯女人：

"走开！你奶汁里有神经病，吃什么吃！"

何深却说：

"你喊雨？我们的孩子叫雨？好，就听你的，何小雨，我儿子叫何小雨！"

虚弱的疯女人被何深妈推开之后，又撩起衣襟凑过来，何深妈手上加力，将疯女人推倒在地上。

何深边扶起自己的瓜婆娘边埋怨自己的娘：

"她才生过呢！让她喂嘛！"

何深妈说：

"怎么？别的事情听了你的，这个事情必须听我的，我要保我孙子的周全！"

说完也不理睬他们俩，自顾自地抱着婴儿走回自己的房子，似乎还有些不放心，何深妈又折回头把门从里插上了插销。

疯女人挣脱何深，把房门摇晃得哗哗响，痛苦地嚎叫着：

"啊！啊！啊！"

门里的何深妈则大声唱童谣：

"花喜鹊,叫喳喳,娶了媳妇儿忘了妈。"

何深妈抱着婴儿慢慢哄睡了。黑暗中,拍门声和嚎叫声还在持续,只是疯女人的嗓音有些沙哑并且渐渐地小了下去。何深瞪着眼睛,静静地站着,一声不吭。

转天,何深妈得意地抱着婴儿来到孙支书的小卖部买奶粉,一群婆娘村妇叽叽喳喳围上来,支书老婆说话了:

"不像你家知识分子嘛,叫个啥名字?。"

何深妈略一思忖:

"小雨,像他妈,俗话一句言,'儿像娘,金砖砌墙'。"

旁边一胖婆娘指着自己脑袋:

"这里可别像。"

这边何深屋里,疯女人要往门外冲,何深拼命拦腰抱着往里拖,疯女人力气大,还是把何深甩倒到了地上跑出门外,何深深一脚浅一脚地跟着在后面追。

疯女人胸脯鼓鼓衣襟敞开一路奔跑,街上的闲人特别是光棍汉和半大小子,被鼓鼓的胸脯吸引跟着跑,一群人前前后后由疯女人引跑,颇为壮观,等跑到孙支书小卖部,便已经是召开村民大会的规模了。

疯女人冲到何深妈身边,撩起衣襟,对着孩子:

"吃,吃!"

何深妈躲:

"讲了奶汁里有神经病。"

疯女人追赶着何深妈,要抢孩子,小雨大哭。胖婶幸灾乐祸地看热闹戏,支书老婆试图劝架想拉开又不敢动手,黄毛青年拿着桌球杆子,眼睛不离疯女人的胸脯,众闲人随着两人争夺,腾挪聚散。

疯女人使劲儿掰开何深妈抱着婴儿小雨的手,何深妈情急之下用脚踹疯女人,疯女人的脚被踹出了血。何深这时气喘吁吁从后面追来拨开人群露出脑壳。

何深妈喊:

"快来快来，你故意放她出来的吧？"

何深接过小雨，哭丧着脸咧着嘴：

"她好歹十月怀胎呢，你也太过分了！这么久都不让她抱一回！"

何深妈推疯女人，理直气壮地回答：

"摔断了手脚，摔坏了脑壳怎么办？我告诉你，只要我有口气，就休想靠边！我要保我孙子的周全！"

这时候众人目瞪口呆，就见疯女人突然一把将何深妈扛起，往店铺后的猪圈跑去，到了跟前将何深妈撒手扔到猪圈里，出来前随手插上门栓将何深妈反锁在了猪舍里。

猪舍里的何深妈还在喊：

"你们帮我拦住疯子！莫让她抱我的孙子，她会摔坏他的！"

何深见娘被关在猪舍里，忙抱着小雨过来给何深妈开门，疯女人顺手抢过小雨就跑。何深、黄毛、胖婶一众人等跟着追，直追到水库边，恰好一只打渔的小船靠在岸边，疯女人抱着孩子飞快地跳上船。

何深以及众人七嘴八舌地喊：

"站住，孩子放下。"

疯女人用破渔网粗略地将孩子背在身后，再用长竹篙挑开系住船的绳子，奋力撑船向水中央划去。何深为首的一群人冲到岸边，看见破渔网里的小雨手舞足蹈，渔网几经摇腾逐渐破裂开，以至小雨的整个屁股都露了出来。何深妈从后面推了何深一把：

"快！快！快抢过来。"

何深往水里跑，何深妈忽然又将何深抓回来：

"你不会游泳啊，哪个会游的赶快救命啊！"

这当口，小雨从渔网撕开的大口子掉出，擦着船舷落到了水里。一个黄毛青年跳下水，向水库中间的水里潜下去。水里的小雨吐着泡泡。疯女人见小雨掉落水里，也跟着跳下，潜入水里。

何深、何深妈哭作一团：

"救命呐！救命呐！"

黄毛与疯女人都向小雨游去。何深、何深妈忍不住自己也向水里走，胖婶赶紧拉着何深妈。就见黄毛抱着小雨浮出了水面，倒提着拍了拍小雨屁股，一股水从小雨的嘴里吐出，又随即大哭了一声。

何深妈双手合十道：

"菩萨保佑！"

疯女人这时候也浮出水面，追着游过来。

何深妈着急地喊：

"快！小雨给我！"

何深伸手，也说：

"给我！"

黄毛的手托举着小雨向岸边游来，将放声大哭的小雨递给何深。小雨的眉间被擦破，正流着血，何深正要擦儿子额头的血，被刚刚爬上岸的疯女人一把夺了过去。何深妈拦住疯女人，用树棍抽打她的头和脸：

"放下！把雨放下！"

疯女人弯着腰跪在地上，护着自己的儿子，任凭何深妈抽打就是不放手。疯女人肩上、背上、屁股上的衣物破了，出现血痕。何深拉住何深妈的手：

"你要把她打死啦！"

众人也劝道：

"算了算了，算了嘛。"

何深妈打红了眼，一脚踹开何深，继续打疯女人。

何深冲了过去，用自己的身体护住疯女人。

长长的水库堤岸上，何深躬着背护疯女人，疯女人躬着背护小雨。

何深妈愣住了，她长叹一声，将树棍丢在地上，扭头抹泪：

"回家吧。"

喧哗退去，映川村的夜静下来了，山风也刮起来了。疯女人一声不响地趴在床上，何深正在用草药给她揉瘀青血红的地方。何深妈推门进来，小雨绑在她背上背着，已经睡着，眉间的伤口也涂了草药。

何深妈红肿着眼说：

"我来吧。"

何深迟疑地看着何深妈。何深妈接过何深手里的草药包：

"放心。"

疯女人听到何深妈的说话声，猛然坐起，缩在床角，低着头瑟瑟发抖。

何深妈长叹一声道：

"疯子，今天是我不好，你过来，妈给你搽。"

疯女人抬起头，看着何深妈，喃喃：

"妈，妈妈——"

何深的眼泪夺眶而出：

"妈，谢谢你，荷花，妈接受你了，你出青天了！"

何深擦着眼泪，捧起儿子小雨的脸，亲了又亲，小雨手舞足蹈，咿咿呀呀。

何深满意地转身，边穿衣服边说道：

"我去水库守鱼去了，你和她都要早些睡啊。"

疯女人乖乖地趴在床上，等着何深妈往她的伤口上搽药。

何深妈又叹一声：

"瓜媳妇，人这一世啊，爹管不着，娘管不着，只归两样东西管，一样是命，一样是缘。"

仔细搽完了，何深妈放下草药，转身走了出去。疯女人坐了起来，眼神茫然，眼角却有泪意。才过一会儿，何深妈又提着一个包袱进来，对疯女人说：

"这里面有我年轻时穿过的几件好衣服，还有最后五块钱，我们的缘分，也就这么长吧。"

何深妈将包袱塞到疯女人手上，将她从床上拉下来，又往门边推了一把：

"你走吧，寻个富贵人家过好日子去吧。"

包袱从疯女人手中落到地上，疯女人也同时跪到地上，磕头连连

"妈妈，妈妈，妈妈。"

何深妈强忍着眼泪，倔强地撇撇嘴，从墙角拿过米缸，倒扣在疯女人面前，再翻转，地上只有两粒白米。

何深妈硬着嗓子说：

"家里添了两张口，我们养不活呀，我饿死不要紧，你总不能看着你的男人和儿子饿死吧，我都借了两个月的米啦，全村都被我借遍了！"

疯女人抬头呆呆地看了何深妈一会儿，忽然往床底下钻，再出来时，手里拿着两个红薯。疯女人依然跪着，将红薯在何深妈跟前扬了扬，然后祈求的眼神望着何深妈啃一口，再啃一口，又啃一口。

何深妈厉声：

"吃红薯也不行！红薯要给小雨换奶粉吃。"

疯女人停止了啃红薯：

"雨——"

何深妈意识到什么，转身跑出房门，疯女人起身追去。何深妈冲进房门又反锁好，刚才安静地睡在床上的小雨被惊醒，哇哇大哭。哭声越发刺激了疯女人，门被推得直晃动，疯女人推打着门大喊：

"雨，抱抱，雨雨！"

何深妈抱起小雨哄着，对门外的疯女人说：

"你走吧！快走吧！"

啪啪的拍门声变成了咚咚的撞击声，可以听得出是疯女人的额头一下一下磕着：

"妈妈，妈妈，抱抱！抱抱！抱抱！"

何深妈终于不忍，猛然拉开房门，结果跪在门外的疯女人一头跌了进来。何深妈叹息：

"奶他一次，你走，坐到床边去。"

疯女人顺从地坐到床边，衣服还没完全撩起，眼泪就珠串子一样往下掉。何深妈抱着小雨送到疯女人的胸前。疯女人忙不迭地将小雨和何深妈的手一起搂住，何深妈只好用别扭费力的姿势，小心翼翼地抱紧小雨,紧张地盯着小雨吃奶。

静夜里,只有小雨嘤嘤嗡嗡的声音。

疯女人从啜泣到大哭起来,小雨也别过头望着疯女人大哭。何深妈赶快用力抢过小雨,倒提着拍出婴儿刚吸进去的奶汁,决绝地对疯女人说:

"走吧!寻个好人家,快走吧!"

在小雨的哭声中,疯女人一步三回头地朝门外走去。疯女人刚刚跨出门槛,何深妈急忙用力将房门关上,锁好。

就在房门砰的一声关上的时候,眼泪才从何深妈的眼睛里冲出来。空旷的山村夜空,很久没有出现的火车驰过声由远至近,听得很真切。

荷花开了又谢了,莲子采了一茬又一茬,日子一天天地过去。这天屋外下着雨,何深、何深妈和长大了的小雨围着桌子吃饭。小雨吃着吃着忽然站到了椅子上,将脚趾头伸到何深妈跟前说:

"吃一下。"

何深妈眼一瞪,用筷子敲小雨的嫩脚趾:

"别闹!没大没小的。"

小雨撒娇道:

"三毛的妈妈吃三毛的脚,奶奶你吃我的脚,不然就让爸爸吃。"

何深将小雨按到椅子上坐好:

"什么乱七八糟的撒!以后不许跟三毛妈妈讲话。"

"那我的妈妈呐?爸爸,为什么就是我没有妈妈?"

小雨不解地问道。

沉默了一会儿,何深妈看了一眼何深,说:

"你妈妈死了。"

何深牵着小雨进到里屋,摸摸索索地从枕头底下拿出一个透明塑料纸包打开,那是他们为打结婚证而拍的照,证照已被摩挲得发黄发旧,就连边缘都变得软而薄有些残缺了,显然被何深摩挲过无数次。何深开口对不明就里的小雨说：

"这个就是你妈妈，你看看，是不是比他们的妈妈都要漂亮？你长得就像她。"

小雨问：

"哪里像？"

何深把照片摆在桌子上，拿食指在照片上疯女人的两腮和下巴处一勾画，说：

"脸型像。"

又一勾画疯女人的两道弯月眉：

"眉毛像。"

然后勾画疯女人的鼻子：

"鼻子又高又直，还有个小尖尖，鼻子也像。"

再勾画疯女人的眼睛和嘴巴：

"眼睛和嘴巴像，哪里都像，你就是老天爷照着你妈的样子画的。"

见小雨的嘴巴瘪了瘪，想哭的样子，何深感叹：

"我是这个世界上最喜欢你妈妈的人，你妈妈是这个世界上最喜欢你的人。"

小雨擦着掉下来的泪珠问：

"有多喜欢？"

"喜欢到心窝子里，喜欢到骨头里。"

小雨捏着妈妈的照片大哭道：

"我要妈妈，我要妈妈再来喜欢我骨头里。"

屋檐边的雨水蜿蜒而下，何深望着这雨出神，快四年了，我那瓜婆娘跑到哪里去了呀，山里、塘里、铁路边，活不见人死不见尸啊。

何深的思绪滑进雨丝里不知多久，再回头望，小雨不见了踪影。他想了想，举着伞，喊着小雨的名字追了出去。

小雨蹦蹦颠颠踩着泥水跑到了三毛家，边喊三毛边冲进去。三毛家卧室里胖婶和孙支书匆匆忙忙跳下床披衣穿鞋。

全身湿漉漉的小雨冲进来，掏出塑料纸包不管不顾地说：

"我妈妈在这里，她死了，要不然她比你漂亮一千倍一万倍，她喜欢我骨头里。"

胖婶气恼不已：

"哪个讲你妈妈死了，你妈妈是疯子，被你奶奶打走了，打得一身血淋淋的，我亲眼看见她哭哭啼啼上了煤火车。"

孙支书脚尖钻进鞋里，踩着鞋后跟，裤子还没完全系好，刚出房门，与正进门的何深撞个满怀，他恼羞成怒对何深吼道：

"个龟儿子的，我告诉你知识分子，把你瓜婆娘的瓜儿子看好了，不然以后再不要到老子的店里来赊账，郎格一屋子瓜兮兮的。"

何深受了孙支书一顿臭骂，也是一肚子的气又没地方发，扬起手想往小雨身上吓唬他，扬了扬，巴掌终于没有落下，一把抱过小雨转身跑回家去。

何深妈此刻站在门槛看着屋外，见到何深抱着小雨湿漉漉跑回来，她正准备教训一下孙子，谁知小雨进屋下地之后，径直推搡何深妈哭喊大叫：

"你赔我的妈妈，你快把我妈妈喊回来。"

何深妈不再恼，难得柔声说：

"是我把你带大的，我就是你妈！"

小雨继续推搡何深妈：

"不是！不是！你赔我的妈妈！"

何深不愿让娘为难，复又拿着伞牵着小雨说：

"崽崽，我们去找妈妈去。"

父子俩走出门，共着一把黑色的破伞一直走，走到了铁道边。铁轨空空，雨下得越发密集。何深望着深不可测的铁路远方，悠悠道：

"儿子，你妈是个仙女，是火车带她来的，也是火车带她走的，说不定，火车哪天又会把她带回来。"

小雨把目光从铁轨收回，仰头，抓着何深的衣襟摇晃问：

"那是哪天？不许说不知道！"

何深用手抹一把脸上的雨水，长叹一声：

"崽啊，我也想你妈妈啊，我哪天都想，可我找不到她啊。"

何深又喃喃道：

"瓜婆娘哟，你倒是去了哪里，这几年你是咋子过的嘛……"

父子又共着一把黑色的破伞从铁道边回来，一路上父子俩也不说话，只有雨在一直下。回到屋，何深先把小雨湿衣服换下，再慢慢收拾自己。

黑夜降临，小雨趴到桌上，看了看又把桌子拉到灯光下，再把父母结婚证照端端正正放在桌子上，用薄薄的白纸蒙在照片上，一笔一画描着妈妈的样子。何深妈按往常一样过来喊小雨跟自己回屋睡觉去，哪知小雨头也不回：

"我才不和狼外婆睡呢！从今天起，我睡到我爸爸那里。"

何深妈走过来拍拍小雨的头：

"你这狼崽子！走！"

"不！"小雨起身瞪着何深妈犟道。

何深妈指着小雨描画的纸片：

"搞什么鬼？还真是狼崽子哦。"

小雨起身推何深妈：

"我不和狼外婆说话，你出去！"

何深妈抓住小雨，另一只手打他的屁股：

"我让你没大没小！我让你没大没小！"

小雨也不还手也不躲闪，用一种让人倒吸一口凉气的冷静说话：

"妈妈是被你打走的，血淋淋走的，三毛的妈妈没骗我。"

何深妈被深深地震撼，一时哑口无言，愣怔了半会儿，边摆头边擦泪，一摇一晃地进了自己屋。

这一夜何深妈没有睡好。她想起那个疼了自己一辈子的老头子，临终就一个遗言，给三代单传的何家续上后。她辛苦养大自己的儿子，又辛苦替儿子娶妻生子，还辛苦替儿子带着他的儿子，如今竟然被孙子嫌弃,她这一辈子真是苦命啊!

感叹着自己的苦命,流了一茬又一茬的泪,何深妈直到鸡叫头遍才进入睡梦,然后睡到日上三竿才醒来。她醒来的时候,小雨和何深都不在屋里,她也没在意,以为何深带着小雨去了他打工的橘园玩儿了。

孙支书家小卖部的前坪,墙壁上刷有"用二锅头放倒老丈人,用二手车放倒丈母娘"的广告,靠墙摆放着一张蚊蝇四飞的肉案子,太阳已经升的老高,气温也跟着升高,肉案子上的猪肉臭味也越来越浓。一群孩子围着个卖棉花糖的老头,老头的后面停着一辆小小的机动三轮车,三轮上有三个蛇皮袋,其中有一个已经快空了。小雨挤进来怯怯地说:

"爷爷,你还会去很多的地方吗?"

棉花糖老头指指天上的白云:

"看见没?它能走多少地方,我就能走多少地方。"

小雨递过一叠纸,上面有他描画的妈妈的图像:

"那你能帮我找妈妈吗?"

棉花糖老头瞟一眼,说:

"你妈妈丢啦?"

旁边三毛抢着说:

"他妈妈被他奶奶打走啦。"

棉花糖老头这时做好了一个棉花糖,递给小雨说:

"奖给孝顺孩子,不收钱!"

小雨不接棉花糖,继续递画像纸:

"爷爷你拿着,要是你看见我妈妈,就说我要她快点回!"

棉花糖老头接过去,说:

"哟!看来这个事儿是真的了!我是能帮你找,可这事儿还得你家里人带你去做。找人这事儿,得趁早。"

小雨听棉花糖老头说要趁早,便打起了三轮车和能像白云一样到处走的棉花糖爷爷的主意。他心里想着要跟棉花糖爷爷去找妈妈,怕爷爷不同意不带自己走,便等棉花糖爷爷进到店铺里去吃午饭的时候,见四下无人,一头钻进了棉花糖老头三轮车上那个快空的蛇皮口袋里。

棉花糖老头驾驶着三轮车在秀丽镇街边停下,等搬下做棉花糖的机器,小雨想想藏不住了便钻了出来。棉花糖老头看到小雨,无奈地叹叹气,他猜到了小雨的心思。

老头按往常一样把机器安置好,拿出白糖盒,叫卖棉花糖。小雨蹲在一边,只要看见长头发的漂亮女人都喊妈妈,让经过的这些女人或是惊异不已,或是掩嘴一笑,或是匆忙走开。

眼看着天近傍晚时分了,行人渐渐稀少,小雨不免有些着急,感觉肚子也有些饿了,虽然中午吃了老头给买的烧饼。

看看天色不早,棉花糖老头便劝小雨回家,小雨赌气不言语。老头盯着小雨看了一会儿,准备去拉他,小雨噘着嘴快步离开,走向街道对过的小巷深处。棉花糖老头刚要起身去追,这时候有两个孩子过来买棉花糖,挡住了老头的脚步,也挡住了老头的视线。

傍晚何深从橘园打工回来,何深妈一看,他身边没有小雨,便问:

"小雨呢?"

何深和娘从村东头匆匆跑到孙支书家坪上,见孙支书和孙支书的老婆站在一块,忙问询他们,结果可想而知。大家都在想这孩子会去哪里呢,这两天也不见有外人来,不可能让人拐走。孙支书想想,道:

"小雨是不是跟那个卖棉花糖的老头儿走了?可也不对哇,老头这两天就住在我家里,很明事理的一个走江湖的老人,再说今天中午我看着他踩着小三轮走的,就他一人。"

何深何深妈同时说:

"你再想想,再想想嘛!"

"想啥子啥,多喊上些人四处去找娃儿吧。"

何深和何深妈村里村外跑了一趟,不见小雨踪影,连个去向都没打听出来。孙支书做主,喊着留守在家的几个汉子,打着火把,山上山下,水渠河沟,找了个遍,毫无结果。凌晨一点,何深对着帮忙的同村人谢了又谢,疲惫地回家来,打算明天再找。

连找了三天，不见小雨踪影。何深妈把何深爹的遗像取下放在桌子上，遗像的旁边，摆着一把铁钳子。何深妈拿来一块软布，轻轻擦拭着何深爹的遗像。擦着擦着，何深妈的眼睛里开始落泪，滴落到何深爹遗像的镜框上，旋即被软布拭去，又有几滴滴在镜框上。

何深妈将遗像靠窗立了起来，拿过旁边的铁钳子，伸进嘴里，紧闭眼睛，略一用劲，一股鲜血溅到桌子上。何深妈把铁钳丢到地上，左手紧紧攥着那颗有血污的金牙，右手擦着唇边的鲜血，转身走进灶间，一直走到了水桶边，低着头漱嘴洗手。弄完收拾好了走出房门，去找何深。何深这会儿正坐在那发呆，以至何深妈进来还没有感觉到。何深妈伸手展开递给何深金牙，低声说：

"去登寻人启事吧，一定要把小雨找回来。"

何深徒然看见那颗金牙，震惊地抬头，喊：

"妈——"

何深妈一笑，露出嘴里白牙齿间一个黑洞，有些含混不清：

"你爹留给我的，三年苦日子没舍得卖，你爹生病临死了也不许我卖，要留给你娶媳妇儿打个金戒指，没想你娶了个……嗯，我本想留给我孙子娶媳妇儿的，唉。"

棉花糖老头带着小雨骑着三轮车从秀丽镇又转到了邻镇。他之所以带着小雨转悠，一是他喜欢这口舌伶俐的孩子，二是他觉得小雨的家人太不负责任，给他们个教训，让他们着急几天才送回去也不迟。另外，他之所以做起了走南闯北的棉花糖营生，他也是想找寻跟人走了的老婆，找到后来，老婆不是目的，"找"变成了目的。看小雨小小年纪这么执着，他便想做游戏一般，陪着小雨，每到有墙壁有电线杆的地方，棉花糖老头就将他替小雨在复印社做的印有疯女人画像的寻人启事郑重地贴上去。小雨满怀希望地仰头看着，那里已经贴满了各种各样的小张贴。临街店铺里飘出了当时正流行的歌曲：

"亲爱的你慢慢飞，小心前面带刺的玫瑰。"

何深一大早赶路，中午时分到了县城，左打听右询问，好不容易找到了县报社广告部。何深径直走到敞开着门的办公室，不管不顾地把金牙放在工作人员的面前，把那满头白发的工作人员吓了一跳。等这工作人员弄明白是怎么一回事，也是对何深倍加同情，便陪着何深去金店把金牙兑换成现金，然后再领着去签订协议。在交钱开票时，何深说：

"我要找两个人，只打一个寻人启事，是不是可以只付一个的钱？"

这位工作人员在这岗位上虽然把头发熬白了，级别并没熬上去，他虽然同情却做不了主，又请示了报社的领导，把何深的情况讲了讲，最终报纸上登出了何深的寻人启事，登有小雨和疯女人照片的报纸散布到了县城的每一个角落。

虽然已经做了寻人启事，但走在街道上的何深还是希望能亲自发现自己的瓜婆娘和小雨，何深失魂落魄地追赶打量着貌似疯女人和小雨的女人和孩子，但他一次次地寻找，一次次地失望。县城那并不宽敞的街道上，何深仰天长叹，他想起他妈经常说的那句话：

"千争万争，莫跟命争。"

二十七

何深决定从县城找回家去，橘园打工是有季节性的，他已经不需要去了。他顶着正午的太阳往家走，心里也有一双脚循着往事的轨迹往回走，他记起了疯女人的疯狂和温柔，他已经掌握了让疯女人安静和柔情的诀窍，那就是把她一年四季冰凉的双脚放在自己的腹部，再缓缓地摩挲到温热，疯女人便会侧转过来，像根充满韧劲儿的藤子一样缠着自己。这种被女人缠绕的感觉让何深尝到了做男人的滋味，也进而体会到了作为一个人活着的美好的滋味。

何深在尘土飞扬的县城大道上走着，他快走出县城城区的时候，忽然想到，他出来是受母亲的嘱托打寻人启事寻找儿子的，可怎么想起的都是自己的女人。他正自责着，迎面驶来一辆三轮车，车上坐着小雨，小雨看见何深，滚身跳下欣喜喊：

"爸爸，爸爸，妈妈回来没有？"

何深愣了愣，发疯似地几步上前来，抓住小雨翻转过来对着屁股就打，边打边哭边吼：

"我叫你乱跑！我叫你乱跑！"

棉花糖老头拉开何深，说：

"打不得，这孩子这么小就这么懂事，我好惊讶，我走南闯北多少年了，什么人没见过，他将来会有大出息的，好好带着他。"

小雨这时候已经挣脱开何深，他问：

"妈妈回来没有？"

何深说：

"要找我去找，你出来找什么妈妈！"

小雨说：

"你找妈妈，我就不找，我就在家啦？"

棉花糖老头对着何深竖起了大拇指：

"真是个神童！甘罗十二岁为丞相，王勃六岁善文辞，李白五岁诵六甲，算起来，他们四岁也就是你儿子这个水平啦！"

何深带着被棉花糖老头夸成了神童的儿子回到家里，不顾母亲的劝阻，毅然踏上了去往高照的寻妻之路。

他记起孩子尚在襁褓的时候，疯女人出走不见踪影，他花了半年时间四处寻找，只把丧魂落魄的自己找得胡子拉碴。在县城火车站工作的一个亲戚告诉他，他的老婆是高照口音，这个高照口音的女人，大概是间歇性精神病，当她不疯的时候，她就记起了自己的家乡，回去啦！

何深外出打工的理由，除了寻妻，还有一个就是年少时家乡通了火车后心里产生的对城市生活的向往。火车能去的远方，一定是个富贵又自由的好地方，何深的心里一直存着一个城市梦想。

何深在高照火车站下车，一摸口袋，为数不多的钱不见了踪影，他顺着火车站前的那条马路往前走了二十来分钟，看到了定安楼招聘保安的广告。

也是缘分，这天的招聘，由顾如铁亲自坐镇。何深寻找疯妻的故事打动了顾如铁，加上在所有前来应聘的人当中，高中毕业的何深口才也是最好的，所以他最终被顾如铁录取。

顾如铁那时考虑的是，潘定安不愿意把钱花在消防上，定安楼的消防设施很成问题，只能靠人防了，而外地来的保安吃住都在岗位上，有利于消防巡防。顾如铁那时做梦都没有想到，高照大剧院火灾过后，他去刘燕子家里问询情况，他为了维护自己妻儿的几句话，成了压死刘燕子正常神经的最后一根稻草，可正因为刘燕子的发疯和出走，这才有了她和何深的一段婚姻，何深也才来到高照，成为他公司的一名保安。

何深到定安楼当保安不到半年，城市的灯红酒绿满足了他高中毕业时，站在铁轨边上对远方所产生的遐想。定安楼离火车站很近，各色小店里藏着各色人，何深和他们交往，把赚来的钱都用在了体验在小山村体验不到的肉欲欢情上。他忘记了自己妻子的种种好，忽然觉得找一个疯女人是找负担，他是正常人，要有正常人的精神和肉体生活。

直到二〇〇四年春分过后的第二夜，定安楼大火发生前，何深还在和发廊里找来的女人行苟且之事。不过那晚的事情被定安楼旁边的一个叫周知苏的住户撞破，他不得不半途而废出去打火。令他多年以后仍想不明白的是，那晚他半途而废地出了保安室，明明打灭了仓库里被引燃的尼龙绳，并且按照管安保和消防的副总顾如铁交代的那样，连灰烬都扫了倒入垃圾桶，怎么到最后，定安楼却起了一场烧塌房子的大火！

火灾坍塌事故将招他进来的副总顾如铁的儿子埋在了楼下，几近死亡，何深惶惶不可终日。第三天，一个自称是定安楼的大老板潘定安找来的律师找到了他，让他证明起火的时间是凌晨两点，并让他说出几个连续拨打消防火警119的时间，拨打的结果是没人接听。何深问这个律师，为什么要他作伪证，律师说：

"你必须这样说，否则你就只能滚蛋了。"

何深不相信这个律师，他到公司总部找到了招他进来的副总顾如铁，将律师的话复述了一遍，并请顾总支招。他看到顾如铁那时双眼血红，听他说完之后，陷入久久的沉思，抽了两根烟才对他说了一句话：

"你不能这样说，但你真的要滚蛋。"

何深又回到了宁静的山村，他有了一种死里逃生的感觉。城市的生活热闹非凡，丰富多彩；城市的人心，比天高，似海深。他过了半年正常人的精神生活和肉体生活，但他逃回秀丽镇的路上，忽然意识到，疯女人才是最正常的妻子，和疯女人在一起的生活才是他这半辈子最正常最美好的生活。

小雨不满何深没有将他的妈妈带回来，总是嚷嚷着要自己去找。何深只好骗儿子，说妈妈在外婆家里，照顾生病了的外婆，等外婆病好了，就会回来。小雨这才作罢，把何深编下的谎言告诉他的小伙伴三毛等人，每次说完，还不忘补充：

"我妈妈是城里人，我外婆也是的，我爸爸去看了，那里的房子有天那么高，汽车比风跑得还快。"

半年后的某天，孙支书家店铺前坪就来了一辆跑得比风还快的黑色越野车。车辆刚刚拖着一线灰尘刹住，驾驶座的门就被推开，一个中年男子迫不及待下车，走进孙支书的店铺。孙支书正和老婆吃饭。中年男子问：

"请问何深家怎么走？"

孙支书愣了下：

"何深？我们这里没这个人。"

"哪个讲没有？就是知识分子嘛。"支书老婆接口说。

孙支书赶忙起身，嘴里说道：

"哦，有，有，我带你去。你找他干什么？"

中年男子没有搭腔说话，只是跟着孙支书走。何深家大门开着，前坪无人。孙支书喊：

"知识分子！知识分子！有人找。"

房间里何深听到有人喊，马上从床上坐了起来。孙支书带着中年男子已经走了进来，何深看着那中年男人有些意外。孙支书指着何深：

"这就是你要找的何深，我们都喊他知识分子。"

中年男子彬彬有礼地向何深问好，又转头对孙支书说：

"谢谢你了，关于——是这样，我想和他单独说几句话。"

孙支书退出后，中年男子拿出一张报纸递给何深，向何深说明是看了寻人启事找过来的。

何深露出错愕的表情，紧张地问道：

"你要干什么？"

中年男子起身朝外张望，见四周没有别人近前，便拿出一份更旧的纸张，递到何深手里。何深接过，目光一扫，旧报纸上登着自己瓜婆娘照片，时间是七年前致一名男子死亡的凶杀案通缉令。何深的手渐渐发抖，声音也跟着发抖：

"不像，不像，不是，不是的。"

中年男子盯着何深的表情，已然知道了这个叫知识分子的人，肯定知道自己想要知道的东西。便从包里掏出一张名片递给何深，富有深意地说道：

"这是我的名片，你自己好好收起来，慢慢对照吧，等什么时候她找回来，打个电话给我。你们生了孩子，她应该还是会回来的。"

何深心想这个男人难道是便衣警察吗？我那瓜婆娘傻兮兮的，怎么可能杀人？难道自己娶了个杀人犯作婆娘？可那报纸上的照片明明就是瓜婆娘啊。想到这些，何深感到毛骨悚然，他抬头看看那男人，虽有惧怕但还是硬着头皮一连几问：

"我为啥子要相信你？我为啥子要打电话给你？你是她的啥子人嘛？"

中年男子压低声音回道：

"你只能相信我，我是她和被害人共同的熟人，你不打电话给我你就是共谋犯知道吗！要判刑坐牢的。"

何深目送中年男子离去。这时他完全乱了心神，他手忙脚乱，把用塑料袋封好了的通缉令和寻人启事的报纸，一下掖在床底下，一下藏在柜子里，最后将九英寸的黑白电视机掀翻，用黑色的胶带贴在电视机的底部。做完这些，何深颓然倒在床上，嘴里喃喃：

"她到底是疯了杀人？还是杀了人才疯？或者装疯？"

漫长的雨季刚刚过去，天气放晴。这天午后，村里一群孩子在河滩边钓鱼捞虾。不知什么缘故，小雨和三毛吵闹起来，以至互相推搡，小雨将三毛推倒在地上。三毛的哥哥大毛见弟弟吃了亏，放下钓竿跑过来摁住小雨，然后喊了三毛过来，俩人骑到小雨身上，作势举起右手，口中"驾！驾！"地喊着，把小雨当马骑。小雨拼命挣扎，继而大哭。

像天降奇兵一样，失踪许久的疯女人突然从岸堤上冲了下来。她掀开大毛，抓起三毛用力扔到河里，然后背过小雨狂奔开去，一直跑到何深家前坪才停下。

何深妈与何深分别从灶间和房里出来，看到疯女人拿出一张登载有她和小雨照片的寻人启事的报纸，报纸已经破败，上面是油渍麻花的痕迹。她把旧报纸递给小雨，嘻嘻笑着。小雨捏着鼻子，嫌恶地打飞旧报纸。何深妈咧嘴笑时露出缺牙的黑洞，含混不清说：

"小雨，快叫妈妈，还真寻人喜事啊！这么久，还是给寻到了！"

何深表情复杂地看着疯女人，通缉令上那个女杀人犯的样子和眼前的形象交替闪过。作为原来的她，何深很想去拥抱这个想了很久的女人；作为杀人犯，他看她又仿佛看着一个陌生人。

疯女人咯咯傻笑，从怀里掏出一根融化了的棒棒糖递给小雨。小雨往后退着连声说：

"不是这样子的！不是的！"

小雨又扯何深的衣襟：

"爸爸，你帮我找回我真的妈妈，要跟他们的妈妈一样的不脏，一样的好样子。"

疯女人本来追着小雨，递给他棒棒糖，听完小雨的话，忽然转身朝灶间走去。何深一言不发，跟着疯女人走进去，目不转睛地盯着疯女人在脸盆里洗脸。

何深站在疯女人背后问：

"这些年你到哪里去了？是不是五年来你根本就没有走远？你看到我在报纸上打的寻人启事了？"

何深妈拖着小雨进来：

"要娘的也是你，不要也是你！不能再由着你了！"

疯女人不理会其他人，而小雨想从何深妈的手里挣扎走，疯女人转过身，摸着被自己洗净的脸，蹲下看着小雨傻笑，小雨抱着何深妈的腿把头偏开不理会。

何深见此情形，拿上毛巾水瓢和衣物，扯着疯女人去小溪里洗澡。何深边给疯女人擦背边问：

"瓜婆娘你记得回我家的路，你娘家在哪里你不记得了吗？"

疯女人不理睬何深，继续哼着不成调的歌谣。何深又给疯女人梳理头发，继续试探：

"你记得你的孩子，你不记得你的爸爸，妈妈了吗？"

疯女人舀起一瓢水，淋到了何深头上，咯咯直笑。何深抹掉脸上的水，观察着疯女人。疯女人又舀起一瓢水，浇到自己头上。

何深叹道：

"唉，不管怎样，你回来了就好，从今往后，你哪儿都不要去了，就是孙支书的店里，你也不要去，就在家待着。"

何深帮疯女人一寸寸地擦洗着身子，定安楼大火那夜被吓退了的欲念重又起来了，他三下两下将自己也脱了个精光。

老柳树浓密的荫凉下，潺潺流过的溪水里，何深从背后抱着自己的女人，呜呜哭着到达了巅峰。在到达巅峰的那一刻，何深心里暗暗发誓，此生一定要呵护好这个女人，哪怕付出自己的生命。

怎奈事不由己，命不由己，傍晚时分，一家四口正在灶间围桌吃饭，胖婶带着三个壮弱胖瘦不一的男人，拿着棍棒冲了进来。

一进屋，胖婶就指着桌子上的碗碟：

"给我砸！"

瘦个男人为表现自己，率先挥起棒子砸下去，顿时碗碟碎裂坠地。何深站了起来，拖住瘦男的手问道：

"什么意思？"

胖婶一手叉腰一手指着何深的疯女人道：

"你屋里头瓜婆娘把我家三毛丢到河里，脑袋撞坏了，要一千块钱住医院，拿钱来！"

何深双手一摊，说：

"我哪里来的一千，我十块钱都没有。"

胖婶朝何深的房间方向走去，何深大惊失色，追过去，阻止道：

"电视机不能搬！"

何深被另外男人拦着，胖婶进到房间指挥瘦男去柜子和枕头底下找看有没有钱，又指挥一粗壮男人说：

"电视机你搬。"

何深摆脱后进到屋里按住电视机：

"电视机不能搬，我们先摆摆道理撒。"

胖婶嚣张道：

"摆你个大头鬼，我三毛血淋淋躺在医院里，知识分子你还跟我讲啥子道理？呸！"

何深一躲，转身对屋外大喊：

"小雨把你妈带进来！"

何深等小雨、疯女人进来，何深妈也跟着进来，指着疯女人对胖婶也对其他几人道：

"疯子是不具备民事行为能力的，疯子打人不犯法。你们懂不懂法，你们看她正常不？倒是你们三个正常人要注意。还有啊，你们三个是她的啥子人？"

壮弱胖瘦不一的三个男人齐声：

"三毛他爹。"

胖婶恼羞成怒，转身抢过瘦男手里的棍棒，要追着打小雨：

"你娘打我三毛，我要打死你个疯崽子！"

小雨边跑边喊：

"是你家大毛、三毛先打我的。"

一行人往门外跑。小雨绕着何家前坪转圈跑，胖婶挥舞棍棒追着。疯女人追上挤开众人，一把抢过胖婶手里的棍棒，扔得远远的，又一把将胖婶推倒在地，搅过小雨抱在怀里。胖婶好一会儿才把自己从地上撑起，就近抓住粗壮男说：

"打呀！你照样打回来哇！"

粗壮男对何深说道：

"知识分子你说我们是正常人，这句话你说对了，但是你也是正常人，是这疯子的男人，所以这笔债你还是不能赖。"

何深狡辩：

"我跟你们一样，是没有证的露水夫妻，负什么法律责任？"

黄毛青年不知什么时候来的，这会走上前来说：

"一群没水平的！打就能解决问题啊？还不快走！"

胖婶看着黄毛，黄毛看着胖婶：

"看啥看，儿子醒了，喊妈妈呢，还不快去！"

胖婶带着哭腔一路小跑：

"三毛啊，我的肉啊。"

等壮弱胖瘦不一的三个男人跟着胖婶离开，黄毛又说话了：

"大人的事，小孩子不要掺和，婶子，你带着小雨到支书家去，听听他的意见。"

黄毛看到知识分子搂着疯女人进了房间，便也踏步走了进去，望着何深和疯女人：

"家里穷，没钱赔啊？"

何深点头。

黄毛又说：

"如果你记性不差的话，那年在水库还是我救了你儿子一命。"

何深点头。

黄毛又说：

"恩就不要报了，不过我儿子躺在重症监护室，这事儿不能因为你穷，就算了。"

何深点点头又摇摇头：

"你儿子是谁？你都没结婚。"

黄毛笑了笑：

"知识分子，你是吓傻了还是装傻？三毛头顶那撮黄毛，他妈用墨汁都盖不住呢！"

望着何深复杂的表情，黄毛换了语气：

"我儿子是你老婆摔坏的，这事儿就让我和你老婆来解决，哥哥你出去吧。"

何深表情木然地松开疯女人，往外走，黄毛将门反锁上。何深跨出门之后，意识到黄毛要干什么，他又返身拍打反锁的门，黄毛不理会，只是盯着疯女人看，疯女人低着头咯咯地笑。

黄毛抚摸疯女人头发，贴近疯女人脖子长长的一嗅：

"知识分子没吹牛，还真是香的。"

疯女人亦好奇地摸黄毛的头发。

何深趴在娘房间里曾经挂父亲遗像的那个墙洞边，往隔壁那边看，不看则已，看着看着，何深的手不自觉地抖动。何深看到黄毛抽出自己的皮带，拉着疯女人的手，轻轻地将她的手用皮带扣在那张老式架子床的床头柱子上。黄毛笑吟吟：

"这种玩法，知识分子肯定不会。"

疯女人笑着看，也不挣扎。就见黄毛粗暴地撕开疯女人的上衣，疯女人开始嚎叫起来，但黄毛不管疯女人如何嚎叫，只一个劲地将疯女人往床上压。

何深陡然间血往上涌，看看自己的空空两手，折身跑到灶间像狼一样转着找东西，抓起柴火棍试试又丢下，从角落翻找出一把锄头，高举着跑向自己的房间。

何深用锄头狠命地砸房门：

"放开她！你放开她！"

何深砸开房门，举着锄头冲进去：

"老子今天要打死你个龟儿子！"

黄毛从疯女人身上起来，转身指着何深：

"你砸呀！看你想欠几条人命。"

何深听闻一时被震住，疯女人在架子床上双腿乱蹬，依旧挣扎。黄毛看了看，回转头来对何深：

"过来帮忙啊，摁住她的脚。"

何深丢掉锄头慢慢走向疯女人，到床边的时候，他飞快地解下皮带，然后发疯了一样抽打疯女人。已经衣衫不整的疯女人被何深抽得皮开肉绽尖声嚎叫。一旁的黄毛拿着自己的衣服，点着头，默默离去。走出好远，他听到背后还传来知识分子挥舞皮带抽打疯女人啪啪声和疯女人尖锐的嚎叫声，黄毛擦着额头的汗珠嘀咕：

"他娘的一群疯子！"

何深感觉到黄毛走远了，连忙住手，忍着痛和泪让疯女人趴在床上。他撩开疯女人的衣襟给伤口上搽药，又仔细的给她换了身干净衣裤。做完这些，何深坐在床沿连叹几口气：

"你真的是我的女人，我的好女人，你让我搽药，说明你不怪我，你晓得我的难处，谁说你是疯子？"

何深观察着疯女人的表情，继续试探道：

"除了三毛，你还伤害过别人吗？好好想想七年前你在哪里，你真的杀了人吗？"

疯女人开始咯咯笑，然后模仿起了警车的鸣叫声，何深惊诧地望着疯女人，停止了手中的动作，耳朵里还真的听到了警车鸣叫的声音。

何深用小拇指挖了挖自己的耳朵，站到窗户边，这下子是真真切切地听见了警车鸣叫声，何深霎时紧张，嘴里骂道：

"是哪个龟儿子报的警！日他先人板板，瓜婆娘你真是个苦命人。"

何深手忙脚乱给疯女人穿上鞋子，拉起疯女人往门外跑，远远看到两个警察朝自己家走来，身后还跟着一些群众。他又回房关上门，扯着疯女人找地方躲藏，找来找去把疯女人藏在何深妈屋里衣柜里。

刚刚藏好，房门就被推开，两个警察进来扫视一下，其中一个摁住何深，给他戴上手铐。

何深大惊不解，反抗道：

"抓我做啥子？我犯了啥子法？"

站在门口的警察过来出示逮捕证：

"是何深吗，有人举报，你涉嫌强奸无防卫能力的疯女人。"

"何深是我，我哪有什么强奸，我到过民政办结婚，只是他们不给我扯证，这怪不到我嘛。是哪个报的警？有个真强奸犯刚才要强奸我老婆你们不抓，倒是来抓我，没得天理啊！"

对于何深的辩解，警察不予理睬，拧着何深一路警笛而去。

何深妈牵着小雨跌跌撞撞地跑到家里，围观村民已经散去不少，留下来的还在三三两两议论。何深妈弄明白事情后，拉着小雨在孙支书面前要跪下，小雨并不下跪。孙支书摆手道：

"别别别！来警车抓人的事情，并没有通过我，走的时候，我看见了，人家警察也不会给我过问的机会。"

何深妈强摁不下跪的小雨：

"谁报的官你支书不知道？"

孙支书摇头。

何深妈松开小雨：

"只要不是你报的，这事情就好办，你跟我去公安局走一趟，做个证，证明我儿子娶疯子是你村一级政府同意的。"

孙支书听毕指指自己：

"我，我也不能代表一级政府嘛。"

何深妈固执道：

"你做个证总可以吧。"

孙支书耐心答：

"何婶，当年我也是看疯子可怜，信口胡说，刚才我打电话咨询了一下懂法律的，只要跟精神病人发生性关系的，都算强奸，除非你能证明知识分子没跟她发生关系。"

何深妈翻眼：

"屁话，那我这孙子怎么来的？"

孙支书把烟点上，说：

"或者你带疯子去医院做个检查,证明她没有精神病。"

何深妈四外张望:

"疯子不见了。"

看守所里,何深傻笑个不停。他对面坐着的民警点燃了一根烟,一副看你还能装多久的样子望着何深的表演。

何深探头问:

"你看过开荷花吗?"

民警弹弹烟灰,盯着何深看,不置可否。

何深闭目开口道:

"你真该好好去看看,嘶,开一瓣,嘶,软软地又开一瓣,正好风来了,轻轻钻进去,荷花就摇啊摇,打得开开的,细细的芯子,抖啊抖啊,香得你发痒,蜜蜂也来了,吸啊吸,你能说这不是狂欢吗?"

何深言说的时候,民警脸上表情不断变幻,最后脸色转红站起来扔掉烟头走开,摇头说:

"这回是真疯。"

何深眼角的泪意出来,冲着外面喊:

"你们把全世界的风都抓进来啊,把全世界的蜜蜂蝴蝶都抓进来啊!我他妈就想好好对我的女人,我犯了哪条呀!"

孙支书家店铺前,炽烈的阳光照着从坡下爬上来的何深妈和小雨。一辆中巴车开过来,何深妈挥了挥手牵着小雨上车。

到了县城集贸市场,何深妈将一背篓莲子换成了现金。然后向老板娘打听清楚了去看守所的路,左问右打听,转了四趟车,终于到了看守所。何深妈见了何深就把和孙支书说的告诉了何深。何深在看守所会见窗口,隔着铁栏杆说:

"别信他的,证明疯子不疯,我就该给胖婶赔钱了。肯定是胖婶举报的,指不定孙老头孙支书也参与了谋划,都是一个床上的。"

何深妈抹泪:

"那我还能指望谁来帮你出去呀？"

"你按我说的去做，妈，我要你们三个都好好的等我回家。"

何深妈带小雨从看守所回来，刚进家，就看见了灶间里的疯女人正往柴灶里添柴。她立时惊呆了，这个怕火，怕红色的疯女人，在警察来抓何深的那一天，不知跑到哪里去了，又不知什么时候跑回来，而且居然不怕火，还会煮饭了，如此地来去无踪，真是让人费解。

灶上的铁锅里，热气从木头锅盖里冒出来，疯女人起身，再一转身，何深妈发现了疯女人背上和屁股上的衣服有些地方被浸湿了，粘在身上。她一把撩开疯女人的衣服，看到了背上的道道伤痕。

疯女人任凭何深妈撩开她的衣服，她只管揭开锅盖，拿出蒸熟了的红薯，递给一旁的小雨：

"吃，吃。"

小雨拉扯着何深妈衣襟往后退：

"我才不吃呢，你手上有神经病。"

何深妈望了一眼小雨，接过去捧在手里吹了吹咬一口：

"红薯是地里长的，不是她身上结的，没关系。"

小雨依然躲在何深妈身后，惊恐地望着疯女人。疯女人走到水缸处舀了水在脸盆里洗手，一边洗一边看着小雨傻笑，然后甩甩手再去拿红薯递给小雨：

"吃，吃。"

小雨依然不接。何深妈接过疯女人手上的红薯递给小雨：

"疯子，你出去这五年学会烧饭了？是不是你疯一阵好一阵？如果能证明你和我家知识分子结婚时你是正常的，那他就不用坐牢了。"

疯女人盯着小雨吃红薯，一直傻笑，似乎没有听见何深妈的话。小雨不再理会疯女人，转身进屋看那时而清楚，时而模糊的黑白电视机。疯女人坐在床边，望着小雨，一副怎么看也看不够的表情。小雨瞪了眼疯女人，别过头去。疯女人害羞地低下头，不再发出傻笑的声音。

何深妈见状，像是和小雨，又像是和疯女人商量：

"明天一起带妈妈到医院做检查，证明她不疯，尽快让你爹放出来好不好？"

小雨这时不看电视，他趴到何深妈的怀里哭起来：

"我要照片上的妈妈，我要我爸爸，我要爸爸回来给我讲故事，教认字，我要爸爸啊——"

小雨一哭，疯女人竟然也跟着嚎啕大哭起来，一时间破旧的土砖坯小屋里，哭声震天。

雷声就在这个时候响起，雨箭支支射向干涸的大地。

大雨落了一夜也没消停。第二天一大早，何深妈与小雨和疯女人冒雨走到孙支书家店铺前等车。左等右等不见中巴车来，正焦急着，见一辆带顶棚的机动小三轮车突突停在铺前，黄毛跳下来卸猪肉。孙支书老婆出来，见小雨由何深妈背着，疯女人在旁打伞，伞全部都在何深妈和小雨的头上遮着，疯女人全身快湿透了。孙支书老婆摇着头，擦着泪大声问：

"这么大的雨，上哪里去？"

何深妈大声答：

"卫生院。"

孙支书闻声从店里出来：

"谁病了？"

何深妈更大声：

"良心病了。"

孙支书知道何深妈在说自己，他不作声，只将黄毛卸下的猪肉往店里搬。

待黄毛卸完猪肉，走过来，他瞟了一眼疯女人，拉下雨衣帽说：

"如果当年不是你让她跟了你儿子，那今天坐牢的可就是我了。这鬼天气中巴来不了了，我送你们去。"

黄毛弯腰将小雨抱上车，又将后挡板放下。疯女人低着头不肯上，何深妈使劲儿推了疯女人一把，自己也爬了上去，小三轮消失在雨里那一刻，一个闪电劈了下来。

孙支书望望天眨了下眼睛，转身走进店里。一会儿孙支书提着一袋子苹果出来，打着伞到了胖婶家。胖婶在她房里，正对着镜子描眉毛，瞥见孙支书收伞抖雨进来，便起身从抽屉里拿出十块钱递给大毛：

"带弟弟去店里割一斤肉，再买点吃的。"

又问孙支书：

"警察来了？当娘的不给儿子报仇，这个娘也不是亲娘了，他知识分子不花一分钱捡个老婆生个儿子，总归还是要付出点代价的，天下哪有那么便宜的事？"

看着两个儿子出门去了，胖婶往床上坐：

"快点！"

孙支书站在房门边上没有动，嘴上说：

"唉，也要有个心情嘛，我说两句话就走。"

胖婶横了一眼孙支书：

"昨晚上被老婆喂饱了？"

孙支书走近，拧了一把胖婶胸脯：

"我查了法律书，强奸罪判三到七年，疯子没有防卫意识，知识分子肯定要罪加一等，都是乡里乡亲的，再说三毛也没什么大事——"

胖婶起身贴着孙支书：

"要判这么多年啊？"

"就是啊，等下警察来调查，大家都要统一口径，说疯子来的时候是正常的，生了孩子才疯的。"

"那不是作伪证？犯法的！"

孙支书拿起伞：

"犯啥子犯，伪啥子伪？你知道个卵泡泡，法不责众，总不可能把一村人都铐走吧。"

此刻，黄毛正驾驶小三轮车冒雨在乡镇路上颠簸，三轮车后厢里，疯女人和何深妈抱着的小雨左右对坐，随着车子的颠簸一起一伏。疯女人凝视小雨，小雨的手紧紧抓住何深妈衣襟，何深妈伸头望望外面山路和大雨，显然在担心天气和路况。开过一段弯曲山路时，何深妈感到车子猛地一跳，听到黄毛惊呼声，瞬时天地旋转，三轮车一弹三翻落下山沟。

雨水和血水蜿蜒流下，车轮朝天的三轮车压着已经昏晕的黄毛，不远处是倒在血泊中的何深妈，怀里还抱着小雨，更远处水沟里躺着疯女人，是翻车摔出来的。过了好一阵，疯女人的手指动了一下，又过了一会儿，疯女人醒了，拖着流血的腿从山沟里爬上来，四下打量，她找到并抱起小雨，又半背半拖着满身是血不知生死的何深妈，在雨中艰难行走。

走了一阵子，疯女人怀里的小雨也醒了，他开始挣扎，并大哭着叫奶奶！

小雨一挣扎，负重的疯女人跌倒在地，但她咬着牙，不哭不喊，从泥水里又爬起来，左手依然紧抱小雨，瘸着腿重新半拖，半背起何深妈。

何深妈的头在疯女人的背上滑动，样子看上去已经死亡，但疯女人还是拼尽力气地艰难往前行走。死去的人明显重于活着的伤者，疯女人又跌倒在了泥泞中，这回她的头磕在旁边的石头上，不再动弹。

小雨看到，疯子娘背上的奶奶滚落在地，而自己依然被疯娘的左手紧紧夹着。

小雨被吓坏了，他放声大哭，掀开疯女人揽着他的手，站起来查看奶奶，他拨弄着奶奶的鼻子嘴巴，去扒开她的眼皮，奶奶没有任何反应，小雨第一次感知大人嘴里说过的"死"。最后，他只好把不知所措的眼光投向腿部仍在流血，却已经昏迷了的疯女人。

小雨害怕地摇晃着疯女人，大喊：

"醒醒！你醒醒！"

疯女人眼睛紧闭，脸和唇都异常苍白，雨像箭矢一样在天地间往下扎。小雨更加害怕地大哭：

"妈——妈妈！"

疯女人嘴唇动了动，眼睛动了动。小雨见疯女人有了反应，加大力气摇晃着疯女人哭喊：

"妈妈！妈呀——"

孙支书店铺前，几乎全村的人都来了，举着色彩各异的雨伞，站在坪里和大路上。缤纷的伞下是包括胖婶在内的表情各异的村人。孙支书举着小扩音器，清了清嗓子开始喊话：

"我任支书以来，村里年年得表扬，从来没有过任何违法犯罪行为，这次受外乡人举报，致使知识分子遭难，乡里乡亲的，大家要帮一把——"

孙支书在喊话的同时，有一把大红伞在他讲话的末尾挤到前面，站在他的旁边。人群有嗡嗡的声音，孙支书扫视一下，顿了顿接着喊话：

"所谓的法不责众嘛，啊，大家商量一下，有意见的可以上来说，我相信意见是统一的。"

大红伞下的胖婶夺过孙支书的扩音器：

"我三毛的医药费、营养费，知识分子不负责，村上要负责，我总不可能人财两空。"

人群里有人接胖婶的话笑喊：

"没得事的，你反正男人多。"

大家一阵哄笑，哄笑过后，大家听到了警车鸣笛的声音。一片雨伞顿时分成两边，中间让开了一条道，警车鸣笛驶来，像一条船划进了水面，村里人都明白过来，孙支书是让大家同舟共济。

何深妈死了。

丧事是孙支书指挥全村人张罗完成的。丧事上，只有疯女人披麻戴孝，磕头还礼。孙支书和全村人都看到了这一幕，心里都认可了这个不明来历的疯女人是何家明媒正娶的媳妇，不管是疯还是不疯。疯女人的这些举动，也在小雨心里扎下了根，刻下了深深的印记，小雨开始心甘情愿地喊妈妈了。

法律是法律，人情是人情。经过一番调查取证，法院的判决也正式下来了：何深，也就是秀丽镇映川村的知识分子，强奸罪名成立，判决有期徒刑十年，即日起执行。

小雨至此和疯女人相依为命,村人不再叫她瓜婆娘,都喊她小雨妈,并轮流接济他们娘俩:今天这个送把豆角,明天那个背一袋米,送一桶油,拿两个鸡蛋。小雨妈在村人的指点下,也渐渐学会了做简单的饭菜,只要不和她交谈,乍一看,似乎也像个正常的女人。但自从小雨在孙支书的安排下,到可以寄宿的镇小学上学之后,疯女人又开始了疯疯癫癫,她日夜守在儿子的教室外面,不停地从窗口去看教室里的儿子。这样一来,同学们都笑话何小雨,老师也因为疯女人打扰了课堂纪律,而几次赶走疯女人。

成绩排在第一的何小雨自卑起来,他也跟着老师一起推疯女人回家。老师推疯女人的时候,疯女人不听,等老师一转背,她又回到教室窗户的外面,看着上课的儿子。儿子却皱着眉头推她离开,并勒令道:

"不许在这里再让我看见!"

疯女人这才一步三回头地走开。但她并没有真正走远,疯子自有属于她那一个世界的机智,她爬到了教学楼外面的一棵百多年树龄的银杏树上,在那里守护着,观望着自己的儿子。

大地震那一天,疯女人骑在银杏树的树杈上,看着刚刚午睡过后的儿子走进了教室,她的嘴里一会儿"雨",一会儿"鱼"地呢喃着。忽然一阵地动山摇,树倒了,等她爬起来的时候,哭喊声一片,儿子坐着的教室不见了。

疯女人疯狂地在那些跑出来的学生当中找儿子,那些学生逃出来之后,各散五方地逃向自己的家里找妈妈。疯女人不知道穿着同样校服的哪个孩子是自己的儿子,她这个追一阵,那个追一阵,追上之后,发现不是小雨,又跑到另一个方向去找。

后来,她看着一个个头和发型与小雨差不多的孩子上了一辆机动三轮车,三轮车朝通往县城的方向驶去,她便在摇晃的大地上,跌跌撞撞地追着三轮车跑。三轮车像个醉汉一样驶出了她的视线,已经面目全非的秀丽镇让她迷了路,直到她遇到了自己已经完全不记得了的,前来救援的高照市消防支队中队长顾小鳕。

二十八

　　时间如村外的小河，地震曾经把它阻断成堰塞湖，但疏通之后，它仍然按照从前的节奏缓缓流过。苦难把人的一生打了一个又一个伤疤，好了伤疤之后，日子也要继续。

　　大地震过后，疯女人也日渐苍老。夏日黄昏又落起大雨，疯女人蹲在路口的大树下等着，尽管手里拿着一把伞，却不打，以至浑身淋得透湿。

　　突然间，疯女人脸上有了笑意，她见儿子何小雨光着脚穿过密布的雨线飞奔而来。她笑着跳着，举着伞迎了过去，长大了的高中生何小雨接过雨伞为疯女人撑着，揽着疯女人的肩说：

　　"妈，告诉你我要住五天学校才能回来，今天才星期一呢，你怎么跑出来等我呢？"

　　又补充说：

　　"我今天是忘记拿化学书了，才临时回来一次，你是不是每天天都在这里等啊？"

　　疯女人仰脸看着高出自己一头的小雨咯咯笑，小雨似乎已经习惯了也不期待妈妈有回答，并不在意地搂着妈妈共着一把伞回家。

　　到家之后，疯女人从屋里一手端着一碗莲心茶，一手拿着把扇子，走进小雨房间。小雨正在写作业，见妈妈进来忙接过：

　　"可以啊，妈，你进步了！"

　　疯女人羞涩笑笑，见小雨专心喝莲心茶，她在围裙上擦擦手，将半墙的奖状那稍微翘起，或是破损的边角重新抚平抚好，动作轻柔、细致，表情充满了自豪，眼里充满慈爱。

又一个星期五，县重点高中高三一班教室里，监考老师严肃地盯着讲台下面。同学们都在埋头紧张地答卷，只有小雨的同桌小苡埋头提笔，却落不下去，神色沮丧，微微叹息。小雨偷瞄监考老师，偏头飞快地看了小苡一眼。趁监考老师不注意，小雨迅速将自己的试卷和小苡的试卷进行了互换。小雨抬头再看看监考老师确定没有发现自己的行为，便放心地拿起笔，模仿小苡的笔迹快速解答试卷，小苡埋头装模作样地在小雨那张试卷上勾勾描描。

铃声响过，小雨自管自地抓起书包就走，出了教室才知道在下雨，便将书包用衣服包住，冲进了雨里，奔跑起来。今天是周五，是回家的日子，小雨要赶县镇班车回映川村。

一辆豪车超过了小雨，又倒了回来，在小雨的前面停下。车窗下滑露出小苡的脸：

"何小雨，快上来。"

小雨看着自己沾满泥水的鞋子，尴尬地笑了笑，又朝前跑去。豪车追上小雨，小苡拉开车门拦住小雨，撒娇道：

"何小雨，给同桌个面子啊。"

小雨摆摆手，指了指前方，大声说：

"前面就到汽车站，不麻烦了！"

小雨冒雨回家，心里还在纳闷，不知为什么今天妈妈没来接自己，因为自己和妈妈商量好了，让她在儿子去县城上学后，每天早上起来第一件事，就是数家里那个大白瓷碗里装着的莲子。他那时告诉妈妈：

"每天早上起来，就吃掉一粒，都吃掉的那天，我就回来啦。"

而今天妈妈应该已经吃完了莲子了，怎么没在村口大树接自己呢？

待小雨到家走进灶间，见疯女人在羞涩地笑，小雨很惊奇，因为妈妈很少这么笑，忙探询地想问妈妈怎么回事，只见小苡从堂屋伸出半个头喊何小雨。

小雨惊讶地问：

"你怎么来了？你怎么找到我家来的？"

"屁股下有四个轮子，鼻子下面有嘴巴。"

小苡一步一摇走了过来，还拍着叮在胳膊上的蚊子，不等小雨搭腔接着说：

"到同学家做客不是很正常吗？你妈妈没有教过你招待客人吗？"

疯女人过来，看着穿着漂亮裙子的小苡咯咯笑，又走近，摸小苡裙子上的蕾丝花边，喃喃说：

"小鱼，小鱼。"

小苡继续拍打胳膊上的蚊子，问小雨：

"何小雨你告诉了你妈妈我叫小苡吗？"

小雨涨红脸：

"没有啊，我哪知道你会来我家，当然也不会告诉她你叫小苡啊。"

小雨心里也称奇，妈妈怎么知道小苡的名字呢？便又说道：

"我妈妈身体不好，有时候口齿不清楚，可能是叫我吧。妈妈你做你的饭去吧。"

疯女人边笑着边说着"小鱼小鱼"走向灶间。

小苡拍了拍小雨的肩膀：

"看来不是针对我，你对妈妈也这么没礼貌，好了，我原谅你了。"

小苡便擅自往屋里走，小雨呆望着，不知如何是好。

小雨房间的墙壁上贴满了小雨从小学到高中的奖状，小苡进来看到奖状墙惊呼：

"哇！劳模唉！原来学霸是这样炼成的。"

小苡转头看到九英寸黑白电视机，拍着电视机又一连惊呼：

"哇！古董唉！"

小雨跟着苦笑：

"好了，别取笑了！王小苡，你不可以这样居高临下地来羞辱别人。"

小苡报以无辜状：

"我没有呀！"

疯女人这时拿着一把蒲扇进来，一下一下跟着小苡扇，嘴巴里依然发出"小鱼小鱼"的称呼声，帮她驱赶蚊子。

终于，小苡看出了小雨妈妈不正常的症状，惊得张大了嘴巴，望望疯女人又望望小雨。

小雨意识到了什么，他木着脸大声说：

"雨停了，你走吧！走！"

小苡很委屈的样子，说道：

"何小雨，其实今天到你这儿来，我是有事的，但是如果你说我取笑你的话，那我现在就走。

"其实你真的没必要自卑。"

小苡临走又补了一句。

小苡走出何家，小雨似有不放心更有恋恋不舍，便也跟了出来。小雨不知道他妈妈疯女人也跟了出来。

雨停了，路有些湿滑，小雨看到小苡顺着小路，七拐八拐走到了荷塘边上。荷塘边有一群人，扛着长枪短炮各种设备在拍荷塘荷叶荷花。他看着小苡走过去，和一个穿着摄影马甲服、有艺术家范儿的中年男人说说笑笑，又从那人手里接一台照相机，开始专注拍荷花上的蜻蜓。

小雨看到这群人没注意他，自己也不想打扰其他人，便走到小苡的背后说：

"对不起，小苡。"

小苡似乎知道他会来，还是保持拍照姿势，眼睛盯着相机：

"不用说了！刚才那人是我爸。我爸很年轻的时候就喜欢摄影，除了打理公司，就是给《国家地理》杂志供稿，他带人这么一拍，你们这儿保准就要火起来啦！今天本来想推荐你妈当 Model 的，Sorry 啦！"

"其实也没什么，我奶奶死后，我们家就没什么人来，所以我不知道怎么待客。你让我妈当 Model？你脑子里怎么想的。"

"小雨你妈妈平时是怎么喊你的？"

小苡转移了话题。

"就喊'雨'呀,不过她基本上不喊的。怎么,有问题吗?"

"你说她刚才叫我的发音,是雨,还是苡?我怎么听着像鱼呢。"

"没有吧,哦,我妈她有时口齿不清。唉?你怎么突然对我妈那么感兴趣呀?"

"没什么呀,就是觉得你妈吧,看我的眼神不太对劲。"

小雨想了想,低声说道:

"我妈脑子有些不正常,我们是靠政府发放的低保过活的,唉,我真不想说这些。"

小苡又按了几下快门,抬头转过来对小雨:

"其实小雨,我特同情你妈。"

小雨只能苦笑着耸耸肩。身后不远处,疯女人呆呆地望着小苡,嘴里一直在念叨着"小鱼小鱼"。

小苡及她父亲一帮摄影爱好者走后,小雨扶着疯女人回到家,发现妈妈搬把竹椅子坐在门框边,望着外面,难得的安静。

从何小雨家回去之后,王小苡内心久久未能平静下来。她家里从爷爷那一代起,就算是县里的数一数二的有钱人。大地震那一年,她的妈妈连人带车滚下了山坡,连尸骨都没有找到,她的爸爸外出摄影,也幸得高照市前来增援的一个消防中队的中队长顾小鳕所救,保全了性命。失去妈妈之后,王小苡的父亲更加宠爱她,舍不得她受半点苦,简直可以说是百依百顺。就是这样,她还经常给父亲使小性子。而看到因为成绩优异而被特招进县重点高中的何小雨的家境之后,王小苡内心的善良和悲悯被激发出来。她想,一个疯疯癫癫的女人,还如此护着自己的孩子,护着孩子的同学,这种母爱,更胜于正常人的母爱。她一想起小雨妈蒲扇底下送来的风,想起那呆滞得一派天真,宛如波澜不惊的泉眼一样的双目,就不由得内心发紧。

她决定帮这个了不起的女人,她首先想到的是换掉小雨家那台老古董电视机,让小雨妈的日子有声音,有色彩,不再寂寞。

这天上午，她向老师请了病假，用自己的压岁钱，去商场买了一台彩色电视机。她不想让家里人知道，便打了一辆出租车，直奔小雨家而去。

到了小雨家，王小苡亲热地和疯女人抱了抱，便指挥司机将小雨房间柜子上的九英寸黑白电视机搬到地上，又将大彩电搬到柜子上放着。

看小苡在手把手，不断重复着教疯女人使用电视机，司机搔搔脑袋，指着地上的黑白电视机，有些不好意思地说：

"这旧东西我搬到车上去了啊，可以参加以旧换新的活动。"

能够帮到被她称为"伟大的母亲"的疯女人，王小苡很是开心。她看着车窗两边的景致，哼起了她的钢琴练习曲。她想到小雨回家，看到黑白电视机"长大"了，又穿上了"彩色"衣裳，该是多么地惊奇，她知道凭疯女人的智力和表达能力是讲不清彩电的来历的。想到这里，她的目光转到了车内，转向了车内侧放着的黑白电视机的底部，看到一个发黑的塑料包一半粘在电视机上，另一半掉了下来。

小苡随手撕下来，打开，她先看到的是寻人启事，后又看到了当年的通缉令，顿时惊呆了。

小苡将塑料包装好的寻人启事和通缉令，放到了书包里。她想到犹如大地震一样的事情正被她经历着，内心起了万丈狂澜，但她决定先沉住气，她要观察。

下课铃声一响，教室里同学们一个一个出去。小苡故意慢腾腾收拾着书包，存心要等小雨，而小雨仍然伏在课桌上整理着笔记。直到教室里只剩下了小苡和小雨，小苡背起书包准备走，犹豫了下，看了看小雨，斟酌道：

"有个事求你，上次你帮我考了全班第二，我爸高兴得搞了次家庭聚会炫耀，期中考完，我就十八岁成人礼了，虽然办成人礼是在家，但我爸也订了酒店招待宾客，我想让他再高兴一次。你能帮我吗？"

到了约定时间，小苡拿到房卡后，下电梯到大堂里，四处望望不见小雨，便转身走向旋转门外。小雨其实早到了，只是站在宾馆不远处注视着进进出出的人各个衣冠楚楚，低头看看露出大脚趾的白球鞋，越发地局促不安。小苡出门看到招手：

"小雨，进来啊，抓紧时间。"

小苡带小雨领头向里走，宾馆门童上下打量一眼小雨，拦住：

"这是五星级宾馆，先生您不能进。"

小雨的脸刷一下通红，小苡见小雨没跟上，一回头，明白了怎么回事，噔噔噔折返对门童不悦道：

"你的鞋多少钱？"

门童疑惑道：

"什么？"

小苡说：

"我出十倍的钱买了你的，脱下给他穿。"

门童似乎懂了，指着门内，说：

"啊？哦，你们，你，一起的？那，欢迎光临！"

小苡鼻子一哼，拉着小雨不由分说穿过大堂直上电梯，一进客房门，映入小雨眼帘的是宾馆客房电视机屏幕上的红色飞字"王小苡女士入住愉快"。

再瞧瞧客房大床的上面，有用白色手巾叠成了一对紧挨的小白兔。小雨第一次面对这样的暧昧氛围，脸红，心跳加速，便局促不安不断擦着额头上留下的汗。

小苡见怪不怪，不以为然：

"做吧！"

小雨问：

"啊？做……做……做什么？"

小苡一愣：

"试卷啊。"

继而扑倒在床上，把两只小白兔也掀翻落地，随之爆发出一阵哈哈哈的笑声，直到眼泪四溢手捂肚子没有了声音，停了半刻钟，才冲着小雨神秘地道：

"你想什么呢？大神。"

小雨如梦方醒，也不言语，长吁一口气，拿出一沓拍立得照相机拍出的试题卡片放在桌上准备做试卷。这些卷子的来历，小雨想想还有些后怕。那天晚上小苡带着小雨冒着小雨，偷偷潜进老师办公室，翻找到月考试卷，用拍立得照下冲洗出来。小雨头一回做这种事，既觉得新鲜又觉得刺激，更是被小苡的胆大妄为所震惊，甚至都觉得被小苡教唆坏了。刚才那几句话，更加让小雨对小苡的任性和精灵古怪，又爱又恨又怕又羞。

小苡靠在床头，顺手拿起遥控器，将电视机的声音调小，乜斜着眼睛看着小雨：

"不忙着做，你妈妈打过你吗？说实话！"

小雨仍没停笔，答道：

"她怎么会舍得打我呢，一天到晚巴结我还来不及呢。"

小苡问：

"那她打过别人吗？"

小雨答：

"没有吧，哦，我还小的时候，她帮我打过架。"

小苡问：

"动刀子了？"

小雨答：

"她连鱼都没剖过，怎么可能呢？"

小雨回头：

"诶？你怎么对我妈那么感兴趣呀？"

小苡依然望着天花板，说：

"那我还对你感兴趣呀，可不可以？"

小雨说：

"喊，得了吧，你该干嘛干嘛吧，哥不会再上你的当了。"

做了两张卷子，把写满试题答案的纸张规整一下，小雨一看已是凌晨了,又内急,便钻进卫生间,反锁好门。

完事了,小雨对着镜子洗手洗脸,左手食指指着镜子中的自己,右手握拳,大拇指向下,做出一个鄙视自己的动作和表情。门外在播放《天使的翅膀》:

"落叶随风将要去何方,只留给天空美丽一场,曾挥舞的声音,像天使的翅膀——"

小苡和衣躺在床上的被子上,睁眼细听卫生间传来的动静和小雨开门的声音,知道小雨出来了,小苡赶紧闭眼。

小雨走到床边,轻声道:

"小苡,赶紧起来背答案。"

小苡一动不动装睡。小雨看着小苡,眼里充满温柔,心里有某种东西在悸动,再听小苡的鼻息也均匀,似乎是真睡着了,便做贼似的朝着小苡,慢慢弯下了腰。就快到够着小苡的脸颊时,小雨忽然又直起身子,抬头看着天花板,长叹一声,背起书包推门离开。

小苡翻了个身,眯缝着眼,确认到关门的声音,才睁开眼睛,拿起遥控器关掉电视,盯着天花板傻愣了一会儿,起床走向小雨留下的答题卡。

小苡的十八岁成人礼,在自己家气派的别墅举办。

小雨当然是要参加的,而且以小苡的意见,还必须带着小雨妈妈一块去。

疯女人听小雨说要带自己去参加同学的成人礼,特别说明是那天来的那个叫小苡的同学后,疯女人表现得异常顺从,一路不停微笑着发出分不清是"苡、鱼、雨"的呢喃之声,来到了孙支书那个更名为"荷塘月色"的饭庄店铺前,等进城的中巴车。

上了年纪的孙支书站在饭庄玻璃门后面,看着小雨和疯女人等车,接着上了车,他始终没有出来打招呼,因为他觉得知识分子被判刑坐了牢,他这个支书有责任。

到了县城一下车，小雨就带着疯女人找了家小服装店，左挑右选，给疯女人和自己都买了新衣服新鞋子，虽然接下来这个月，小雨的伙食费只能让他吃个半饱，但是他愿意。

穿戴一新的疯女人像个小姑娘，蹦蹦跳跳地四处张望街道上琳琅满目的广告牌，特别是高楼上滚动播出的大屏幕。小雨紧紧地牵着她，生怕她走丢了，他们两边望着，躲着车流人流。忽然，疯女人不走了，她停脚认真看着王大福珠宝行玻璃橱窗里挂满的珠宝。

小雨笑着问：

"妈，想要吗？"

疯女人傻笑着。

"唉，等我考上大学，挣到钱了，就给你买，你说当年要是奶奶的金牙还在多好，小苡的成人礼礼物我就不愁了，村里人都讲我爷爷宁愿自己饿死也要留下金子给我爹攒老婆本，我奶奶呢，又想给我攒老婆本。"

疯女人似听非听，还表情神往的扒在橱窗外向里观望。小雨也随着疯女人朝里看。珠宝行里，有顾客在挑选项链或是耳环，戴在身上对镜审视，露出或幸福或不满意的表情。

小雨一转头，忽然发现不远处有卖棉花糖的老头和他的三轮车，他的童年跳到眼前。那个卖棉花糖的好心的老爷爷，跟着白云到处送甜蜜的老爷爷，今天他又遇到了！

小雨欣喜地拉着疯女人跑向棉花糖老头儿，近了，他才真切地看到棉花糖老头胡子全白了，蓬蓬的一团白，像他手里做出的棉花糖。小雨再打量棉花糖老头的三轮车，车上还用透明胶贴着数年前小雨画的疯女人的画像，透明胶有新有旧，看得出棉花糖老爷爷多年来持续不断的维护它。

小雨内心一阵悸动，眼泪就出来了，他动情地抚摸着已然模糊的画像，望着疑惑不解地看向自己的棉花糖老头说：

"爷爷，您还记得我吗？我叫何小雨，我妈妈找到了，她就是我的妈妈。"

棉花糖老头恍然大悟，连连感叹，又递过一个做好了的棉花糖，朗声笑着说：

"奖给孝顺孩子！"

小雨拉着疯女人来到小苡家别墅后面，让她坐在一丛月季花后面，连说带比画：

"妈，你在这里别动，一会儿我保准你送好吃的来，保准你从来没吃过。"

小雨见疯女人懂事地点点头，便急匆匆离去。

小雨在人群中找到了小苡，那个在母亲面前有主见的大男孩不见了，他变得局促不安。他跟着小苡，看小会客厅，看卧室，看书房，看琴房，看露台，包括卫生间都转了个遍，仿佛刘姥姥进了大观园。

一圈转完，小苡也被家人叫到楼下去迎接客人了，小雨不再局促，端着小苡冲泡的咖啡，在二楼阳台小口小口地喝着，暗中注视着别墅里进进出出的人。就见院门处，被小苡挽着胳膊的小苡父亲迎来送往，有的人衣冠楚楚，像企业老板，一口一个"王总"恭喜恭喜。有的人风度翩翩，像艺术家，口称"王老师王主席"。除此还有一些政府官员模样的人，他们打着哈哈，不称呼，只握手，握手完毕之后，还拍拍小苡父亲的手背。

看了一会儿小雨发现了门道，小苡父亲对这些人，有的是握手，有的是作揖，有的是拥抱，但不管怎样，都会向来宾介绍身边的小苡，小苡呢对之均报以微笑。直到三五成群的同学涌进了，小苡才得以脱身。小雨心想，小苡好累，还不如自己轻松自在。

小苡家别墅院子草地上，小苡和打扮入时的男女同学、老师以及小苡父亲和其他来宾，分散在花园草地的冷餐台前。

小苡父亲拉着小苡，给叔叔阿姨们频频敬酒，小苡面露微笑，时不时向人群里搜寻，一副魂不守舍的样子，她不知道家境贫寒的小雨，正在角落里，怜恤她富有的无奈。

小苡父亲已经喝得有些醉意，他从前院走向后院，一边接听着电话，似乎是谁在表达不能前来的歉意。汗珠从他前额滚下来，他想要从口袋里掏手巾擦汗和嘴角的红酒渍，把一个粉红色的首饰盒子带了出来掉在地上，他没有觉察，边打手机边走了。

盒子被摔开，有一对祖母绿耳钉滚出。疯女人从月季花后钻出来，捡起祖母绿耳钉，兴奋地看了看，又放在新衣服的口袋里，生怕丢失了一般，还用一只手捂住了口袋。

疯女人跑离了月季花丛，她要去找儿子，她想起了县城珠宝店里的那些首饰。

疯女人没走多远，碰到端着奶油蛋糕急匆匆过来的小雨。小雨捏起蛋糕，送到疯女人的嘴边，高兴地说：

"妈！蛋糕，你肯定没吃过！"

疯女人含着蛋糕，嘴里呜呜地，一边把小雨的手抓着，往放着耳钉的口袋里塞。小雨的手触到了耳钉，拿了出来，他疑惑道：

"哪儿来的？"

疯女人把蛋糕吃完了，她咧开嘴，食指放在牙齿处，咯咯地笑。

小雨想起奶奶死后，他要和妈妈谈奶奶，又怕妈妈听不懂的时候，就会把手指放到牙齿处，以奶奶嘴里拔掉金牙后留下的那个缺口指代奶奶。这时他看母亲用了他惯用的这个动作，不由得欣喜道：

"奶奶留给你的？真是奶奶留给你的？"

疯女人呵呵笑着。

小雨相信了，他想奶奶能够有金牙，就很有可能有玉，在他的印象里，金子是最贵的，玉则很普通。奶奶曾经告诉过他，当年是用金牙去打的寻人启事找他们的母子的，而这颗藏在嘴里的金牙，最初是想留给他娶媳妇儿的。

小雨那时想，也许奶奶把便宜的玉给了儿子娶媳妇，而要把贵的金子留给自己。他手中紧紧攥着耳钉，心里感念着奶奶的恩情，抬起头看了眼蓝天，对奶奶说：

"奶奶，我找到了一个好女孩，我一定会完成您的心愿的，您在天上保佑我吧！"

他朝前院草地人多处飞跑，人群中，他不动声色地将耳钉悄悄塞到了小苡的手中。

一辆由白玫瑰和蓝色妖姬布置而成的"小苡18快乐"字样的花屏已经成型，小苡父亲很满意地看了看，摁开手机键打出一串号码。草地那边传来《生日快乐》的音乐声，小苡父亲推着花屏转身向音乐走去。

别墅前院草地，参加宴会的客人都在冷餐台后面站好。小雨告诉小苡，妈妈吃了蛋糕兴奋得像个孩子。

花屏被小苡父亲推到冷餐台前定住，众人屏息。

小苡父亲在花屏前站好，对小苡伸手，小苡跑过去激动地投入父亲的怀抱，众人欢呼鼓掌。小苡父亲连连示意，等众人安静后朗声开腔：

"王小苡今天十八岁了，十八年来，我疼她，爱她，她就是我最好的作品！今天，她成人了，我要让她成为艺术品！

"黄金有价，玉无价，礼物有价，情无价，我要送我的无价之宝以无价之宝。"

人群静待，都在看着这个昏了头的幸福父亲，都在咂摸这句又绕又费劲的且无头无脑的话。小苡父亲不管这些，满心满意地沉浸在自己的情绪里，四处望望，信心十足地掏口袋，一掏二掏，小苡父亲的脸色在起变化。

本来看着台下小雨的小苡，这时也将目光转向了父亲。小苡父亲一掏不中，马上双手合十以掩饰自己的窘态，低头极力在回想着什么，似乎在祈祷，一副外人不知自己知的表情。小苡哪能不明白，忙抬头起身，抓住父亲的手，将自己握着的祖母绿耳钉放进去，耳语道：

"先戴这副吧。"

"我的宝贝呀！这！这个！你什么时候学会变魔术了？"

小苡父亲尴尬了，接过来，用颤抖的手，给小苡戴上祖母绿耳钉。

宾客很配合地欢呼，鼓掌。小苡看不下去了，狐疑的眼光看向了小雨，眼神里充满了咄咄逼人的拷问。

刚才王小苡和她父亲情绪的变化，动作的衔接与停顿，小雨都看在眼里，他意识到这副耳钉原本就是小苡爸爸要送给女儿的礼物，是被自己的妈妈或偷或捡，阴差阳错又到了自己手上，再通过自己的手，送还到了王小苡父亲的手中，让她父亲当众帮她戴上。

王小苡在怀疑自己！

她在怀疑自己偷了她父亲的东西？自己有那么傻么？明知是她父亲要给她的东西还去偷？又或许，王小苡想的是他在参观她家别墅的时候，顺手牵羊在宾客送的礼物堆里拿的？她认为他并不知道耳钉是他家的？如果她是这样想的话，母亲又是个不清楚的人，他可真是跳进黄河也洗不清。

小雨看着她双眼里传递出的信号，不知如何是好，只是呆立在原地，呆望着王小苡。

王小苡陪着父亲送完来客之后，小雨还在原地呆立着，他觉得时间仿佛凝固了一般。王小苡默默地走近他，仰头看着他的眼睛，轻声道：

"给我一个合理的解释。"

小雨喃喃道：

"不是解释，我只能陈述事实。事实是，你让我给待在后院的我妈送蛋糕吃，她吃着蛋糕忽然掏出了这副耳钉，我开始以为是今天给她新买的衣服里带的，后来又以为是她和我爸结婚的时候，我奶奶给她的，反正我没想到原本就是你家的。"

王小苡说：

"我知道你不知道是我家的，你是我们学校的学霸，智商高着呢，我也没怀疑你，我怀疑的是你妈，或者她根本就是个江湖大盗伪装的高人，要不然你的智商也不会这样超群。"

小雨哭笑不得，踢着脚下的草皮说：

"晕！玄幻看多了吧？"

王小苡盯着小雨看着，眼神里一直充满着研判，这让小雨很难受，他木着脸说：

"请你不要这样看着我，你可以侮辱我，但是不能侮辱我妈妈，这些年只有我自己知道，她有多么不容易。"

王小苡的情绪变得激动起来，但是她知道父亲在楼上看着自己，不便表现得太过分，于是咬着牙隐忍着说：

"我哪有那水平侮辱你妈？她也确实不容易，可能只有她才知道自己的不容易，以及为什么要不容易。"

王小苡的父亲这时候在楼上喊：

"宝贝儿，叫你的同学进来坐坐！"

王小苡转头回答父亲：

"不了，他还有事。"

又对小雨说：

"你先回去吧，明天学校我给你看一样东西。"

第二天到了学校，小雨的不安引起了老师的注意，两次点名提醒小雨，小苡也时不时地看手表，直到下课铃声响起，小苡拉着小雨跑到操场边的树林里，急急忙忙从书包里拿出发黑的塑料包，递给小雨：

"是从你家黑白电视机下发现的，本来我想独自消化这事儿，不想声张，也不打算告诉你，但耳钉这一出，证明你妈可能不是真疯，是掩藏太深了，这个对你，对周围的人来说，都很危险。"

小雨狐疑地接过，打开，顿时石化。

看着通缉令，小雨内心里波澜起伏。他想起了小时候顽皮腿骨骨折，妈妈搂着自己去卫生院打石膏，妈妈天天以别扭的姿势搂着自己送学校，无论刮风下雨，一搂两个月；想起妈妈每天在村口大树下等自己放学，无论寒暑；想起妈妈每天将半墙的奖状整理清扫，把翘起或破损的边角重新粘好，动作那样轻柔细致，表情那么自豪，妈妈双眼里充满的慈爱……

小苡焦急地看着小雨一声不吭，着急道：

"想什么呢，你倒是说话呀？"

小雨又想起村里人说妈妈的那些事，妈妈发疯把三毛扔到河里，发疯把奶奶扔到猪圈里，特别是妈妈几次跑出去几次又跑回来，莫名其妙地走又不知不觉地回，就像村里人所说的，既然一个疯子可以找到现在的家，那也可以找到以前的家……妈妈是装疯？小雨突然为自己的这个判断吓到了。小雨看了一眼身边的小苡，又陷入自己的世界里。妈妈对自己的好，是出自母鸡护小鸡般的生物本能，还是要掩饰见不得人的恶行？妈妈到底是真疯还是假疯？

小苡知道小雨的内心这会儿肯定翻江倒海，可是小雨不能因为一个通缉犯母亲影响以后的前途呀，小苡觉得自己喜欢小雨，就有责任向小雨晓明厉害：

"小雨，你听我说，现在是法制社会，对不对？"

然后拉着小雨坐下，给小雨分析开来：

"一，假设你妈妈是杀人嫌疑犯，同时也是疯子；二，你妈妈是杀人嫌疑犯，不是疯子；三，你妈妈不是杀人嫌疑犯，是疯子；最后你妈妈既不是杀人嫌疑犯也不是疯子……"

小苡望着小雨：

"最好的是第四种，这是最完美的结局，但是可以排除，因为你和我都知道你妈妈的状况。那么第一种可能你妈妈是杀人嫌疑犯也是疯子，从法律上讲，疯子不具有民事行为能力，可以免于刑事起诉。第三种情况你妈妈不是杀人嫌疑犯但确实是疯子，我们可以带她去北京上海大医院去治疗，这也是一种好的结局。我现在最担心的是第二种情况。可是我知道，不论是哪种情况，她都是你的妈妈，小雨，也请你相信，不论怎样，还有我呢。"

听完小苡的分析和判断，特别是小苡最后几句话，小雨似乎有些不认识小苡了。小雨觉得自己虽然学习成绩很好，表面上有些自卑，内心里其实是很骄傲的，可听了小苡一番话，他觉得自己完完全全是井底之蛙，眼界和胸怀都不如小苡，小苡的担当和喜爱之情更让小雨唏嘘不已。

小雨眼眶有些湿润，低咽着对小苡说：

"谢谢你小苡，我想自己一个人静静。"

小雨跑出学校,漫无目的在大街上游荡,神情悲戚。小雨想起奶奶,想起现在还关在牢里的爸爸,更多地是想如何帮助妈妈洗清嫌疑,最后想起小苡的那句话,现在是法治社会,应该去找专业的人咨询一下。于是,小雨找到了一家律师事务所。

律师听了小雨的情况介绍,耐心地给小雨解释,刑法第18条第1款规定:精神病人在不能辨认或者控制自己行为的时候造成危害结果,经法定程序鉴定确定的,不负刑事责任,但是应当责令他的家属或者监护人严加看管和医疗;在必要的时候,由政府强制医疗。

小雨似懂非懂问律师:

"我们村里人都说我那亲戚流落到村里时就疯了,按您的意思,她即使是杀了人都不需要负刑事责任了?"

"小伙子,因为她主观上无法辨认或者控制自己的行为,当然也不知道会造成什么后果。但是法律上还有一条,就是行为人在行为时是否有辨认或者控制能力,既不能根据行为人的供述来确定,也不能凭办案人员的主观判断来确定,而是必须经过法定的鉴定程序予以确认。所以,具体到你亲戚是不是疯子,不是村里人说了算,也不是警察说了算,更不是你这个亲戚说了算,这个要由法定的医学鉴定来决定。"

律师在送小雨出律师事务所大门时再次叮嘱:

"你尽快找个时间去做个司法鉴定,确认你亲戚的精神病症在事发前或事发时就存在,这个至关重要。"

小雨千恩万谢出了门,想着这个问题可真是犯难了。按通缉令上事发时间,已经是二十年前的事了,那时候还没有自己,莫说是自己,怕是爸爸、奶奶和村里的孙支书都无能为力了,自己怎么证明二十年前妈妈是不是正常人,是不是已经是精神病患者了呢?

小雨在县城街道上神思恍惚,当他看见不远处的棉花糖老头,心里已经决定了,让法律来证明妈妈的罪过或清白,正常或疯癫,他相信老师讲的法律的公正,社会的公理。小雨绕到棉花糖老头的旧三轮车后,抚摸那张已经模糊的画像,他想妈妈这些年不管是真疯还是装疯,都是多么不容易，也许妈妈早就想做个了结，儿子现在长大了，就帮妈妈做个了结吧。想到这里，小雨把额头顶在历经多年风吹雨打的画像上，心里说：

"妈妈，您想不想得解脱啊。"

棉花糖老头看到小雨反常的举动，停下来问：

"怎么？妈妈又丢了？"

小雨苦笑一下说：

"没有，觉得这东西还是我自己留着做纪念为好。"

棉花糖老头对小雨竖起了大拇指，眼睛又充满了多年前的赞许。然后拿小刀一点点把画像完好地剥离下来，递给小雨。

小雨双手接过，总算有了笑容说：

"爷爷，这次你不奖给孝顺孩子一个棉花糖了？"

棉花糖老头边飞快制作棉花糖边说：

"人长大了，孝心也长大了，棉花糖也长大了，这回给你做个大大的！"

小雨看着棉花糖老头专心做棉花糖，不紧不慢脚踩踏板，心也跟着紧一下慢一下。他想起了小苡说她乡下一个姨外婆，有个女儿犯间歇性精神病，犯病的时候，将姨外婆活活砍死了，想到此，小雨的心跟着踏板一紧，就想赶快回家。

棉花糖老头似乎看出了小雨的心思，边持签缠绕棉花糖边说道：

"不急不急，是福不是祸，是祸躲不过。"

小雨接过棉花糖老头的棉花糖，说：

"我想带回家给我妈吃，又怕它半路上化了，或是被风吹跑了。"

棉花糖老头随手拿起一个大塑料袋将棉花糖装起来，再递给小雨，一哂：

"糖化了，甜味还在，就像有些人走了，感情还在。"

坐了县际班车，小雨急匆匆回到家，就看到妈妈在看彩电。疯女人见小雨回来，嘴里"雨、苡、鱼"不清的指着彩电。小雨也习惯了，将塑料袋上的糖，用温开水洗到一个碗里，递过去说：

"妈，棉花糖化的。"

疯女人接过一边喝一边看着电视，电视里正在播放亲子真人秀节目。小雨看看电视，对疯女人笑了笑，然后去灶间拿起开水瓶，把冷热水兑好倒进盆子里，放在疯女人的面前。见疯女人还在看电视没理会自己，便把疯女人按坐下来，替疯女人脱下鞋袜，将她的脚浸入热水中，一下一下替她搓着，说：

"妈，现在只有我们两个人，当然，一直只有我们两个人，你能不能像别人的妈妈那样，正正常常地和我聊一次天呢？"

疯女人看着电视里的萌孩子，嘻嘻笑着，不理会小雨。

小雨手不停撩水擦洗着妈妈瘦瘦的脚丫，仰头看着疯女人：

"妈，你看着我，看着我回答我。"

疯女人还是不搭理，小雨伸出手把疯女人的头扳正对着自己，疯女人才极不情愿地把眼睛移开电视，看着小雨。

小雨把已经洗干净了的妈妈的双脚抱起来，搁在自己的膝盖上，用干毛巾一点点地擦干，认真地说：

"妈，装疯的人要比真疯的人，甚至要比正常人痛苦百倍，对吗？"

疯女人眼睛离开小雨的视线，又重新看电视，眼睛盯着屏幕，慢慢地，有眼泪溢了出来。

小雨看见了妈妈的眼泪，内心的震惊可想而知，她真能听懂自己的话？难道妈妈是真的装疯？不然何来眼泪，如果是真的装疯，那小苡的分析就有了九分的证据。小雨又惊又怕，更不愿相信自己的眼睛。如果真如小苡判断，妈妈不疯，那杀人嫌疑便确凿无疑了吗？但自己和妈妈生活了十几年，她虽然神志不清，却是那么善良而软弱，怎么可能杀人呢？小雨不再说话，默默地按揉着妈妈的双脚。良久，小雨蹲下来，背对着疯女人，轻声说：

"妈，让我来背背你。"

小雨背起疯女人，在房间来回走动，分明感觉到了妈妈在自己背上的呼吸从有短促的停顿或滞涩，再到安静而均匀，便说：

"妈，你会在我的背上睡着吗？小时候，我一哭，奶奶就会这样背着我走来走去，我就会睡着。但是我清楚地记得你在我小时候骨折时，天天以别扭的姿势费力地搂着我，坚持了两个月，送我去学校。"

疯女人趴在小雨的背上，眼睛慢慢地闭上了。

小雨背着疯妈妈继续慢慢地走动：

"妈，我的背，比奶奶的厚实多了，你放心睡吧，还有什么地方，比儿子的背，更安全呢。"

小雨说完这些话，知道妈妈睡着了，便将背上的妈妈放到床上，仔细小心盖好被子。

小雨看着安详入睡的疯女人，眼泪也无法控制地溢出：

"妈，你这么善良，怎么可能是杀人犯呢？"

小雨决定连夜赶回县城，此时此刻，他要尽快见小苡。

天色微明，带着满头、满裤腿的露水，小雨终于走到了小苡家门口，他没有马上按响门铃，他心里想着时间还早啊，怎能这么早打扰人家呢，其实他知道，他此时的延宕，是在躲避着什么。

在门口站了两个来小时，小雨等到小苡出门，这时他的内心已经趋于平静，他轻声对小苡说：

"你报案吧。"

然后不顾小苡的惊讶，掉头就往汽车站赶。小雨要搭乘第一班车回家，因为，小雨不放心妈妈，那个不知真疯假疯的妈妈。

到家接近中午时分，小雨不敢回屋，便侧身躲在屋后山上树丛里，他看到自家前坪里，一些警察或站或坐，在聊天，抽烟。不一会儿，可以清楚看到两个警察进了家里。他想上前阻止，却又担心万一妈妈不疯真是杀人犯；如果不去阻止，妈妈若真是精神病是疯子，好多方面不能自理，被抓进监狱肯定要大受折磨。

正在踌躇间，他已然看见警察带着妈妈出了家门，妈妈显然把手上戴着的手铐当成了玩具，咯咯笑着，很好奇地把手铐摇得哗哗响。

何家坪前坪后自然都是看热闹的村民，有孙支书、刀疤老头等等，当然也少不了胖婶。两个警察带着疯女人走向警车，一个眉头紧锁嘴巴紧闭，一个对疯女人说：

"装吧，接着装。"

小雨这会儿站在没人的地方，远远地看着，泪如雨下，小苡报警这么快？自己会不会做错了？

那天清晨，小雨站在小苡的家门口，告诉她可以报案的时候，何小雨的爸爸何深在抬头望天，因为刚从锦绣县监狱大门出来，因为重获自由的何深觉得，这天跟里面的天，太不一样。

何深出来，第一件事就是剪头发，然后才去坐县际班车回映川村，而西站到映川的中巴线几年前就撤销了。

车子在孙支书的荷塘月色饭庄前停稳下客，一台警车呼啸而去。何深从车上下来，第一眼看见饭庄前坪停着的警车，第二眼就看见变老了不少的孙支书从店里出来。

何深不知道刚刚呼啸而去的警车里，坐着的正是他牵念十年的妻子，他操着在监狱里浸染出来的油滑腔，大大咧咧喊道：

"孙支书，怎么这警车一停就是十年，在我们村落户了？"

孙支书刚搬着警车司机要的矿泉水出来放在车上，随手把副驾驶门关好，警车扬长而去。一回过头，这才认出何深，反唇相讥道：

"啊，是啊，主要是在你知识分子家落户了。"

何深感到不妙，试探着问：

"这车是抓——"

孙支书回道：

"你家瓜婆娘，也许不瓜吧。"

何深撒开腿就往家的方向跑去，村里有人看见知识分子放回来了，自然认为有好戏看，也跟着何深一块往何家跑。何深气喘吁吁直接跑进房间，首先看到电视机换了，床头小雨呆呆地靠着。

何深急急问道：

"你妈呢？"

小雨不知道这时候爸爸会回来，妈妈被抓走的巨大变故令他有些迟钝，以至于十年未见的父亲回来，他也只当迎接收工的爸爸一样，没有丝毫的惊诧。他走到父亲面前跪下，低着头说：

"爸，对不起，是我害了妈妈！"

何深双眼血红，一边疯狂地踢小雨一边怒吼：

"我打死你这个不孝子！你妈为你吃了多少苦！"

小雨自知愧对妈妈，一动不动地仰起脸，平静地说：

"打吧！"

何深扇小雨耳光：

"好！这一下，还她的十月怀胎！"

"这一下，还她为你受尽凌辱！"

"这一下，还她为你东躲西藏！"

"这一下，还她抱不到你，奶不到你的伤！"

"这一下，还她十年辛苦，白养了你这白眼狼！"

何深打累了吼累了，心身俱疲地走到柜子边，哆哆嗦嗦从柜子里面找出当年中年男子给的名片，眼眶含泪向外走去。

中年男子第二天就从省城赶到了锦绣县，并把何深和何小雨接到了县城一个茶楼里。一见面，中年男子和小雨父子俩寒暄了几句，切入正题。他说：

"这个案子当年轰动省城，起因是，一个舞蹈女生原本是学水上芭蕾的，她的爸爸是我们共同的老师，自打她懂事起到成年，她的爸爸就从不让别的男生接触她，每次练习或者表演，都是他自己带。她对父亲先是很崇拜，后来她和她的母亲都察觉出不正常来，她母亲抑郁得跳楼了。此后，她的父亲发展到每天晚上都要把头埋在她的脖颈处睡觉，否则通宵都会失眠，精神分裂。她想逃，我和我的爱人同情她，答应接她走。就在那天晚上，火车晚点了，她的父亲追来了，不断地纠缠她。她跳下月台顺着铁轨往前跑，她的父亲在后面喊叫着追赶。当他们追赶的时候，我们到了车站,眼睁睁地看到,在撕扯当中,她愤怒地将父亲推倒在铁轨中间,又捡起石头砸了过去,火车冲了过来,她跑了,我们就再也没有见过她。你想一个杀人犯,当然要追查。"

何深听到这,明白了,插嘴道:

"所以,你通过报纸上的寻人启事,找到了我们。"

中年男人点点头接着说:

"是的,通过你们我找到了她,她是杀人犯,这么多年来我一直这么认定。但是,她既是施害者,又是受害者。她本来应该有一个美好人生,却遭到如此不幸,令人同情,或许她换一种处理方式,又将是另外一种结局。姑且不论她是真疯假疯,当我知道她和你生活在一起,看到你对她很好,对她而言,也算是一个还算圆满的归宿,但我心里一直在想,善恶自有报,只是时间早晚的事。所以我的电话一直没有改变,将来也不会变,有什么情况你可以随时联系我。"

何深听着中年人的侃侃而谈,讷讷道:

"你的意思,她的事你不再管咯?"

"是的,这就是我答应见你们的原因。最后我想对你们说,明明我已经得知她就是杀人犯,我为什么放弃了追查?这么多年我也在反思自己,后来我开悟了,是源于不忍。对她父亲被杀的不忍,对她母亲自杀的不忍,更是对她本人命运的不忍,所以我放下了。放下,不是放弃,不是没有牵挂,而是,源于本心,源于对法律的敬畏,源于对人性的慈悲。"

小雨一直没说话,一直在静静地听,神情悲戚,对母亲的不幸身世,深深感到痛彻心扉,感到命运的不公和捉弄,对于生之于天地的人,对于人性的善恶与虚幻,有了他这个年纪不会有的感悟。

何小雨哪里知道,命运开了一个绝大的玩笑。约一个月后,两名警察开着警车,又把疯女人送回来了。

警察带给小雨和何深的,不仅有惊,还有喜。

警察说,经过大量的调查取证,费尽了大量的人力物力,终于查清,疯女人不是那个跳舞的杀人嫌疑犯,只是长得极其相像而已。所以结论是错了，大错特错。但是，在追查这个案子时，却有意外的收获，通过网上追查比对，有一个惊人发现，疯女人是高照市实验学校的一名老师，她的真实姓名叫刘燕子。至于她因为什么犯疯，又怎么离家出走，怎么流落到秀丽映川的，就不得而知了。但是何深判刑坐牢，却是一点不冤，因为涉嫌强奸无性防卫能力的疯女人，确实犯了法。

二十九

　　这件"抓放娘"的事情发生之后,何小雨放弃了高考,虽然他的学习成绩一直很好。

　　何小雨放弃高考的消息,是继他母亲被抓、被放后,全镇人的又一个新话题——自从疯女人来到村上,何家就一直处于话题中心。

　　小雨对风言风语不加理会,他心里清楚,家里没钱供他读大学,家境无法支撑他的大学梦。父亲回来后,身体也垮了,本就羸弱的身体更加不能干强体力活了。孙支书看在何深妈的份上,还是安排何深看守鱼塘。小雨记得自己小时候,妈妈就对火深怀恐惧,以至发展到对与火有关的一切比如红色,都怀有莫名的恐慌和躲避,心里便发愿要当一名消防兵。他要当消防兵,其实还有一个更久远的源起——大地震那一年,他的命就是被高照市消防支队的救援队员以死神手里给抢回来的。

　　可是,要当兵谈何容易,何深坐过牢判过刑,就这一条就把小雨的当兵路给封死了。

　　何深天天念咒般:

　　"我们家小雨是真的可以成为知识分子,可是命不好,造孽啊。"

　　每当知识分子念咒,疯女人就咯咯咯地笑。

　　何小雨的许多同学,当然也包括小苡,都知道了小雨要当兵,而且是非消防兵不当。

　　王小苡的父亲这天亲自登门了,以县政协委员、县工商联副主席,特别是摄影家协会主席的身份出现在何家。他来劝说小雨和知识分子,说这么优秀的青年不能当兵，对国家对个人都是一种浪费，而自己有办法有关系让小雨入伍当消防兵。

话是这么说，其实他是实在受不了女儿小苡的"威逼"。另外小苡父亲之所以有把握，在于十年前与顾小鳕的交集和交情，而这种交情一直在延续。

十年前，王小苡的父亲还叫王德政，因为崇拜用相机作画的摄影大师郎静山，便把自己的名字由王德政改为王静山。当年他带领十几名县摄影家协会会员到映川进行采风创作，正赶上大地震。

那次，县摄影家协会拟定了第二季度采风创作计划，组织十二人的摄影专业会员和摄影爱好者进行自然风光摄影。因为要创作一批作品参加省里的摄影大赛，王静山虽嫌这次活动水平太低，本不想参加，但身兼主席这个职务，在会员要求下还是硬着头皮来了。所以他比协会大队人马要晚到映川，将近下午四点他才到。王静山在孙支书家前坪泊好车，也没有休息就直接爬上映川石马山的最高峰——云母峰，这里可以看到整个映川全貌：左边是翠绿如茵如绿海般的茂林修竹，右边是起伏连绵被烟霞笼罩的峰峦，山腰三叠瀑布轰鸣日夜不歇倾泻而下，脚下是错落有致的映川村，村子周边是大片大片的荷花池，再远处是一望无际的映川水库。到此，王静山感叹不已，心里有了创作冲动，就想拍一组晨曦日出题材。

王静山带着协会秘书长等三人，查看完几个最佳拍摄地点，天色将晚，他便催着下山，到了孙万忠支书店里，也就是此次采风活动的集中地点。其他会员这时也都背着器材，三五成群，陆陆续续回到了孙支书的店前坪，等着晚饭。

参加采风的会员三三两两坐在一起喝茶抽烟谈收获，王静山也边坐下抽烟，边看一名女会员相机里回放的片子。王静山连连点头，问了问光圈、速度、焦距等参数，并建议取名"映川晚照"。

映川村平日里很难有这么多搞艺术的人来，孙支书想那些人一定不在乎钱,村里其他人没有自家的接待能力和条件,也没得哪个来争抢,如此一来,岂能放过这个赚钱机会。于是,孙支书就把这桩生意给大包大揽下了。但管吃喝拉撒也不轻松,孙万忠自己再加自家婆娘忙不过来,便还喊来了刀疤叔、胖婶、桂花嫂、二油等人帮忙,当然还有黄毛。虽然黄毛在那次车祸事故中大难不死,但左腿一瘸一拐落下残疾,孙支书考虑到黄毛见多识广,便也把黄毛喊来一起帮忙接待做事。这些搞艺术的穿着古怪,谈吐有趣,孙家周围自然就有一些村民特别是孩子在旁看热闹。

  饭菜整齐,不用吆喝,大家各自上桌开吃。孙支书端杯先给王静山敬酒,再热情周到地给所有客人敬了酒,大家也都熟络起来,扯开闲谈。瘸了腿的黄毛也自来熟地一口一个老师挨个敬酒,一圈下来,倒是把自己喝得有点晕,退席扶着一个三脚架抽烟,看着这些长长短短的镜头和设备,从中拿起一台相机仔细端详起来。胖婶也好奇地拿起一个镜头瞧,黄毛看见忙喊道:

  "胖婶,快莫乱动,弄坏了卖了你都赔不起。"

  胖婶有些生气地说:

  "烂屁娃儿,老娘看看就会坏啊,你倒是认得吗?"

  黄毛因为已经向客人请教过了一些摄影常识,便放下相机,牛哄哄地说:

  "你以为老子认不得相机,告诉你,我手里的叫单反相机,你拿着的是长焦镜头,那一个铁砣砣比你家房子都贵。"

  胖婶听黄毛一二三讲出的道道,唬得马上放下,翻眼嗔道:

  "你个龟儿子还识得蛮多嘛。"

  王静山听他们摆谈,便使坏笑道:

  "大婶,一看你年轻时就是个美人坯子,让我徒弟给你照张美人照怎么样?"

  胖婶一脸开花,乐道:

  "还是这个老板有眼光,我年轻时候是我们村里最乖的。"

黄毛一口烟差点呛倒，咳咳咳道：

"最乖的是知识分子的瓜婆娘好不好，你啊是最骚的！"

胖婶起身追打黄毛，孙支书笑并端着酒杯过来，对王静山说：

"乡野人不懂礼，莫见笑，要说我们映川村，人最纯朴，风景最美，你和老师们以后多来常来。我再敬主席一杯！"

脖子一扬，咂咂嘴，接着又说：

"你们来这里照相，算是碰到了好时候，这几天有些怪，正好可以照下来，说不定还会得奖。"

"噢，知识分子的瓜婆娘怎么个乖样？你们这里又怎么怪法？"王静山听闻好奇，便二问并作一问。

孙支书望着远处朦朦胧胧的云母峰黑影，说：

"知识分子的瓜婆娘是一个不晓得从哪里跑来的疯子，她的事一时半刻扯不清白，我就讲怎么个怪法吧。最近两天啊，太阳一出来，天上的云彩要么像一条条排列整齐的猪排骨，一会儿黄一会儿红；要么就像刚刚犁出的翻季水田，一道道一垄垄的；要么就像荷花叶，一片片一丛丛，镶着金边银边。还有你今天去云母峰看到那三叠瀑布了吧，早上可能是三叠，到了下午变五叠，可能到了傍晚时候没得了。我长这么大岁数，头一回看到这些怪事，你用照相机拍下来保准好看。"

王静山越发感兴趣了，跟得了个宝似的高兴地说：

"那太好了，我们明天早点上山，多拍些。"

秘书长也听了孙支书所描述的景象，便高兴地通知大伙明早拍日出。临睡前王静山心里想着孙支书讲的那些奇异天象，又把器材设备检查了一遍，定好闹钟，才踏踏实实上床睡觉。

早上四点不到，王静山及全体参加采风拍摄的十二人，就捏亮各自随身携带的照明工具，排成蜿蜒闪亮的一条长蛇阵，跌跌撞撞到了云母峰，各找各的位置，王静山也找到昨天下午选好的点，架好机位。

黎明前，黑得很深很浓，安静异常，除了王静山和其他人的呼吸声，斜对面山腰间的三叠泉落下的声音也消失了。东方由明亮的漆黑变成了混浊的灰黑，渐渐过渡到了浅灰，然后透出了绛红，天幕云层淡了一些，被一点点拨开扯散，每个边都被浸成绯红，这绯红再慢慢变成酒红、橙红、殷红、猩红、紫红、铁锈红。这会儿，王静山和其他人的呼吸声没了，只听到咔咔咔的快门声，一刻不停。

出现了火红色，略带有一些明黄，天际线一点点隆起，太阳在跃出的那一瞬间，突然又下沉了一下，随后缓缓上升。

王静山以为自己眼花了，左眼离开取景窗，眯缝着双眼看看前方，太阳彤红，已然跃升一半了，忙又伏身看镜头按快门。那时候，王静山从取景镜里看到，在太阳完全跳出的一刹那，云层褪薄，正东方上空出现了一条异常的云带，颜色和形状像一条乌黑泛紫的长蛇，横跨南北方向。其他人也被这诡异的天象惊呆了，就听到一片惊呼声和照相机的快门声。

随着天光大亮，天空云团变幻莫测，一会像鱼鳞列阵，一会儿像波状条纹，一会儿像辐辏四射。王静山等人被彻底震撼了，忙不迭地或对焦、换镜头，或另选角度，兴奋不已，忘了时间，忘了周围的一切。当黄毛带着饭菜和暖水瓶，一瘸一拐爬上云母峰时，王静山等人才感到饥饿和口渴。

黄毛趁这些人吃饭喝水休息，乐颠颠地拿起照相机四处乱拍，拍到三叠泉方向时，黄毛浑身毛都炸了，惊叫道：

"我的天啊，老师老师，快看，泉水真的断了没得喽！"

大家都被惊到，丢下食物，蹲的坐的都站起来，齐齐望向斜对面半山腰处，三叠泉真是凭空消失了。

"真的像孙支书讲的那样哦。"

秘书长张着嘴巴喃喃道。

王静山隐隐有不祥的感觉，抬起手看表，下午两点二十八分。再抬头看天，天际间的那条乌黑长蛇经过一上午的慢慢移动，这时候已经旋转成了纵向，变成了一柄金红色的倒立状蛇形宝剑，这宝剑立起来后涂上了一层幽蓝色的边，直刺山峦。

王静山感到脚下在摇晃，伴随着轰隆隆闷响，天空中那柄宝剑的剑尖闪出一道耀眼电弧，随之一声震耳的炸雷，顿时间山崩地裂，如群狼嘶吼，如饿虎咆哮，如万马奔腾，继而暴雨如注，狂风啸叫。

间不容发之际，王静山凭着专业的敏感和习惯，用手上那台佳能广角相机转圈扫拍，如机枪连射的同时，腾身抱住就近的一棵大树。抬头一看，原本站在自己面前的黄毛，此时已在另一个山头，不到一分钟的时间，他们中间居然已经起了一道鸿沟，脚下的山头分成了两半，他们隔山相望。

顾小鳕带领十人的救援队赶到映川村时，路断山崩，映川已经成为"孤岛"。

从村里通往云母峰，有一条必经之路，是两山夹一谷的险峻地形。此时已经被山体滑坡的石块所掩埋，有的地方乱石断树堆叠成小山。顾小鳕和战友们就用腰斧砍，用手搬，从大山北侧开辟出一条道路。

爬着爬着，顾小鳕停下了，因为原来通达云母峰的路没了。顾小鳕又拿出地图再次研究，紧随其后的李界梁紧赶两步也探头看地图。顾小鳕看了地图又观察四周，眉头越发紧锁。李界梁疑虑地说道：

"我们走错了？"

顾小鳕倒吸了口凉气，看着犬牙交错的群山，再看图，心说真是鬼斧神工，油然升起对大自然的敬畏，同时心里也有了对策，便缓缓对李界梁说道：

"我们没错，是地震把云母峰扭曲撕扯开了，原来的道路完全没有了。"

李界梁听了，顿时畏惧起来，问：

"那我们还去不去云母峰？也许那十几个人已经没了。"

"去，一定要去，只要还有一线希望！"顾小鳕毫不犹豫地回道，虽然他也担心李界梁说的可能性，但使命和责任不允许他有丝毫退缩。

顾小鳕指了指右手边一处山体滑坡带，说：

"我们得想办法从那里绕过去，再设法从旁边那座山迂回到云母峰。"

李界梁听完也明白了中队长的意思，便对后面喊：

"兄弟们，加把油，跟上！"

蹚过泥石流带，往下拐过一处山石断裂带，再绕过一个小型堰塞湖，穿过密林再向上爬时，李界梁眼尖，指着不远处悬崖边一块摇摇欲坠的巨石让顾小鳕看，所有人都不禁停下了脚步。

顾小鳕仔细察看了四周地形，指令李界梁警戒，同时自己走过去。就在他刚刚走到巨石处时，突然发生了剧烈的余震，碎石顿时从山顶飞落而下，那块巨大晃了晃，所有人都惊呼不已，顾小鳕已经手脚并用，迅速到了巨石下方的另一侧，大喊：

"余震刚过，现在最安全，全体快速通过！"

李界梁也在催促大家：

"快快、快！"

顾小鳕率十人突击队到达了半山腰处，也就是黄毛及王静山等人看到的那处三叠泉。此时泉水四溢，有如天女散花般。小广州看到，正感到口渴难耐，便捧来要喝，被顾小鳕眼疾手快地一把打飞。顾小鳕一改平日的和气，严肃地对小广州和大家说：

"这水不能喝！大地震后，地质结构产生极大变化，包括水质也极有可能有毒，这是纪律！"

此时，王静山看到了斜对面山腰处的顾小鳕他们，三天来的惊悸、饥饿、疼痛、恐惧甚至绝望顿时一扫而空，他扬起右手激动地扯起干涸的喉咙喊：

"喂——喂——救命啊——"

其他几个人也几乎同时发现了对面橙色服装的队伍，也跟着喊。

王静山和他的摄影采风队，此时死了四个，包括黄毛，另外重伤了两个，其他人多多少少都有些轻伤，王静山的左胳膊也被乱石砸伤，但不严重。

王静山庆幸自己活了下来。在大地震来临后，他看到对面的黄毛被剧烈晃动的山体摔下，被野兽似的巨大裂隙吞噬，看到遮天蔽日的狂风怒雨从天上往下砸，目力所及的云天山石峰峦树木隆隆巨响，左支右扭抖动摇晃……

王静山抱着树，大声喊叫着：

"抓紧啊，所有人抓紧一切可以抓住的东西！"

在余震的间隙，王静山清点好人数叮嘱大家互相搀扶着，一起相拥在这棵大树下，这是一个相对安全平缓的地方。接下来各自检查伤情，互相帮着包扎处理。

此时王静山才惊异地发现，大地震把云母峰的地理角度扭转了，简直是乾坤大挪移！山下的映川村居然看不到了。其他人也发觉了，个个目瞪口呆，可是谁也顾不上看稀奇，大家都纷纷拿出手机，焦急地给家里打电话。

王静山拿出自己那部新款摩托罗拉拨打妻子的电话，没有信号，再拨打女儿小苡的电话，依然没有信号，一连拨了几次都拨不出去，他知道通信断了瘫痪了，但他不甘心还是不间断地拨打，直到手机彻底没电了。

其他人也把手机放下，互相望着，大家都明白了摆在眼前的残酷现实。王静山安慰大家说村里人知道他们在山上拍照，会想办法营救的。

第二天，眼看着除了多次的余震，没有人来救他们。王静山便带着两个轻伤的会员，试图找到下山的路，可是他们发现根本就没有路了，下不去了，他们被困在了山顶。

到了第三天，饿、渴、痛、惧一起袭来。两个重伤员之一的秘书长也死了。王静山以及会员，共八个人，已经成为"孤岛"上的人，没人知道他们，没人营救他们，他们感到被抛弃了。

王静山从最初的惊恐中醒过神来，从被困山顶起，王静山心里一直牵挂着妻子和女儿。

他那时还不知道，地震那天妻子开车外出办事，被震波甩出车外，只见被损坏的车，她人都不知甩到了什么地方，女儿也被埋在教学楼的废墟下不明生死。

王静山不想死，虽然困在这儿生不如死，但是他相信总会有人来救他们，发生了大地震，政府不可能不管，也许正在赶往救他们的路上了。

王静山把这些讲给幸存的七个人听，从第二天开始就反复说，其实也是对自己说，以此来增强活下去的信念。

顾小鳕、李界梁以及其他官兵，几乎同时发现了绝壁山顶上的人。小广州最兴奋，跳起来也回应道：

"我们来救你们了！"

顾小鳕马上命令大家加快行进速度。到了绝壁下，迅速布置钻眼凿孔，铺设绳缆，顾小鳕一马当先往上爬，除留下的七名队员外，李界梁和小广州也跟在后面向上爬。

王静山见此，专业敏感立即驱使着他趴在峭壁边沿，用那只没受伤的右手端着相机不停地拍，把这些场景分别定格到了镜头里。

顾小鳕翻身上来，扫视了一下众人说道：

"对不起，我们来晚了！"

"哪里哪里，不晚不晚，太谢谢你们了！"

王静山把照相机挂套在脖子上，立即双手伸出去握住顾小鳕，眼眶里的热泪不停地流。

一名胡子拉碴的摄影师也瘸着腿过来伸出手抓住顾小鳕说：

"我就说政府不会不管我们，解放军不会不管我们！你们来了，我们有救了！这是我们摄影协会的主席王静山。"

王静山纠正：

"是消防兵，消防兵解放军都是人民子弟兵。"

顾小鳕听了他们的对话，心里定了，虽然被困三天了，看来他们精神状态还不错，笑了笑，对王静山说：

"时间紧迫，现在请大家听我安排指挥。先撤离重伤员，注意安全，防止二次伤害。"

"好好，老刘，还有小马你是女同志，你们先随武警同志走，其他人再按顺序走。"

王静山按照采风队队员伤情轻重，一一排好次序。

顾小鳕一愣，知道王静山把他自己排在了最后，便对这个男人另眼相看了，虽说他并没有听自己的指挥，但依他对伤员的了解应该不会错，因此也并没有打断王静山的安排。

顾小鳕及李界梁、小广州三人轮班，山顶采用背扶和吊装，峭壁下其他队员接应的方式，将摄影会员逐次救下。王静山从始至终用相机拍下了这场营救的全过程，王静山和顾小鳕也是最后一对下来的被救援者和救援者。

顾小鳕的十人救援队和王静山的八人摄影采风队汇合到了一处，唯一遗憾的是，只有重伤死亡的秘书长被一起带下来了，其他四名死者包括黄毛，没有找到尸体。

震后两个月，再经过寻找，只找到黄毛和另外两名会员的尸骨，另一名永远埋在云母峰了，当然这是后话了。

顾小鳕王静山带领着这支十八人的队伍，经过千辛万苦，经秀丽镇，安全撤离回到了锦绣县城。

这一路上，王静山也和顾小鳕意气相投，成了好朋友。

王静山所拍摄的大地震现场纪实摄影作品登报后，让顾小鳕成了全社会知名的英雄，但顾小鳕依然拒绝媒体对他本人的采访，只是对媒体的态度有所转变，不似十年前父母为媒体所害所扰后那种因厌恶所起的拒绝，他现在的拒绝，不在于媒体而在于他的观念，他认为，浮名始终是一种害人的东西，人性里的虚荣对抗不住它的腐蚀。

王静山拍摄的消防官兵地震救援作品，获得了国内新闻图片奖、全国摄影纪实类金奖，拍摄的大地震异常天象的作品荣获国际荷赛艺术类大奖，这让王静山内心里有喜有忧，有乐有哀。

得奖本身是一件喜乐的事，得奖机缘，却因为一场伤亡巨大的灾难，而且自己的妻子也在这场灾难中死亡。

看到获奖证书，王静山很不淡定，甚至很痛恨自己，特别是那张黄毛被巨大山体裂隙吞噬的照片，让王静山觉得自己很残忍，是麻木不仁的看客，王静山都不知道当时是出于什么心态抓拍下来的，自己那时真的无能为力，只能眼睁睁地看着黄毛被吞噬。

王静山想起那年的荷赛，有一张纪实摄影作品获奖。其背后的故事是波黑战争发生的街巷战里，一个受伤流血、濒临死亡的武装者被作者真实拍摄，但作品得奖后却引起了争议——救人要紧，还是拍摄重要？先救人再拍摄，就无法拍摄到现场，也无法展示战争的真实和残酷；先拍摄再救人，不及时抢救人死了怎么办，人道主义如何体现，人性何在？当然，王静山知道自己不是新闻摄影记者，只是恰好赶上了这个特殊场景，只是无意识地抓拍了黄毛，只是想及时客观忠实地记录，他自问到底是道德优先还是职业优先？可不论从哪方面看，都会陷入一个悖论。

再比如拍摄的那些怪异天象，从摄影艺术角度看，构图、光影、速度和焦距等把握控制，是真的一流水准，很美，得奖也不意外。但是这种美，却是以山川地貌被破坏，是生命被戕害为代价，实是不美，甚至极丑极恶，这也陷入了一个悖论。

作为这场大地震的亲历者，见证者，能在现场拍摄，是千载难逢的机遇，并不是每个摄影者都能有幸碰到，可遇而不可求。可也正因为自己亲历，所以被困三天，若不是消防官兵及时营救，只怕已经困死在云母峰顶了。三天里的绝望与希望，三天里自己与妻子阴阳两隔，生与死就在瞬间转换，这幸与不幸，也是一种悖论。

王静山被这些悖论搅得内心不得安宁。这些奖项竟然成了他的一块心病。

他想让自己走出来，想到顾小鳕也是这场灾难的经历者，说走就走，一张机票，王静山和顾小鳕在高照相聚了。

听完王静山的叙述，顾小鳕从高照大剧院那把大火讲起：讲到他因自己的误会，失去自己青梅竹马的恋人；讲到因母亲的一场晚会而丧生火场的三百多个学生，以及自己入伍救赎的决定；讲到定安楼大火自己前去救援，却和其他十几位战友一起被埋在干爹建的楼下，最终，他得救了，十七个战友牺牲了。那时，顾小鳕对王静山伸出手指头比画：

"十七个呀，他们临终的悲鸣，现在还时常来到我的梦里。你只是一个专业摄影家，而我却是一个职业救援者，我的指导员，和我腿压腿压在一起，我又能怎么样呢？还不是只能听任他在生命的尽头，喷血而亡？所以，我们人在这个世界上的角色定位，是随着当时的环境而不断互换的，我们心境的转换也同此道理。只要我们的心是善的，心境就是安的，安宁的心境，怎能有悖论呢。就像那句禅诗'本来无一物，何处惹尘埃'。"

王静山心有所悟，稍感释然。从此二人互通信息，交往不断，而王静山因为自己和女儿都被消防官兵救过命，又因为拍摄消防题材的作品获奖，便也开始关注起了和消防有关的人和事。在锦绣成立消防志愿者协会时，王静山因积极组织筹划，被众人推举，担任了副会长。如此，虽与高照远隔千里，王静山与顾小鳕的联系一直也没有中断过。

顾小鳕来锦绣县接兵，王静山是知道的，并已经和顾小鳕吃过一次饭，当然是王静山掏钱请客。顾小鳕没有客气，也不认为这有违纪之嫌，这让王静山越发感觉与顾小鳕的性情相投。

何深和何小雨听了王静山说的这些往事，便认定参军当兵寄托在王静山身上必定万无一失。王静山说：

"你们父子俩不要高兴太早哟。但是，也不要担心，晓得吧，我现在还是锦绣消防志愿者协会副会长。这样吧，我现在就开车带你们一块去见见顾队长，他这会儿应该在县武装部旁边的招待所。"

顾小鳕见到何小雨父子，心情很复杂。

顾小鳕打量着何深，虽然他早就详细了解过情况，第一次面对面，对眼前这个瘦小男人，还是觉得他猥琐并心生厌恶，忍不住要质问：

"你既然知道刘燕子老师疯癫，神志不清，为什么还要和她同居生子，你知不知道，你这样是违法的！还知识分子，我看你是愚昧无知！当年刘燕子老师既然来历不明，你们当地政府就那样不负责任？你们当地的人就那样胡乱来？你和你妈妈当时就没有一点同情怜悯之心吗？"

"啊哟,顾警官,政府还有我们大家都做了调查了解,实在找不到她的家人,我不管她,那她还不是自生自灭,再说了我们那里的风俗都是这样的,我收留了她是做好事嘛,最关键的我对她也不赖,因为这个事我还坐了十年牢,你可以打听打听。"

何深絮絮叨叨很委屈地回答。

何小雨听到他们的对话,心里翻江倒海,既痛恨又可怜自己的父亲,既可惜又可怜自己的妈妈,最可怜可恨自己,根本就不应该来到这个世界上,自己简直就是一个孽种,可是自己又怎么由得了自己来与不来。

顾小鳕观察到了何小雨的变化,心想自己是不是太过分了。便不再理会何深,问何小雨:

"听说你成绩很好,却放弃了高考,你为什么要当消防兵?"

何小雨强忍住内心里的挣扎,直视着顾小鳕:

"为了我妈妈!我妈妈也就是刘燕子,是一个不幸的人。妈妈被抓又被放之后,我的同学王小苡和她的爸爸王叔叔,帮我到高照市去查过我妈妈是怎么疯的,又是怎么流浪的。他们回来后,告诉我她是因为高照大火失去了女儿而疯。从我懂事起,就知道她怕火,怕一切跟火有关的东西,火,在她心里就是魔鬼。她是一个可怜的人,疯疯癫癫,受尽侮辱,多少人打她骂她欺负她,她忍受了二十多年;她是一个可敬的人,她给了我两次生命,一次是十月怀胎,一次是大地震从废墟里把我救出来。她关心我爱护我保护我,为我遮风挡雨,为我吃苦受难,为了我,她宁愿自己挨饿,也要把好吃好喝的留给我,她甚至可以克服恐惧,烧火做饭给我吃;她是一个善良的人,即使她神志不清,也从不打骂别人,从不拿别人的东西。就因为一场大火,让我妈妈变成了这个样子,所以我一定要当兵,当消防兵,让那些像我妈妈这样的人,不再发生这样的悲剧。你说,我不为她,为谁?"

顾小鳕听罢,为这个年轻人所说的话感动不已,一时竟语塞了。

何小雨擦了擦眼泪,接着道:

"我知道,你对我爸爸有偏见。我告诉你,他不是愚昧无知,他也不是不懂法，他当年对我妈妈所做的一切，都是贫穷导致的，是贫穷害了他！再说，如果没有他和我奶奶收留，我妈妈在外流浪，衣食无着，没人照顾，结局不见得会比你所想的要好。"

何深在旁边已经呜呜呜地哭得稀里哗啦，王静山也是凄然泪下。顾小鳕听着何小雨的话，脸上没有什么大的变化，内心可是波澜壮阔惊涛骇浪，顾小鳕知道自己被何小雨说服了，这是块好坏钢，一定要亲自把他锻造成精钢。

顾小鳕站起来说：

"何小雨，这张表，认真填好，能不能当上，还需要组织审查和体检。"

等何深何小雨父子走后，顾小鳕对王静山说：

"你也听到看到了，我决定带走何小雨。但是，刘燕子老师还待在映川的话，我实在放心不下，想一块把刘燕子老师接回高照。"

王静山也是感慨万千，长出一口气，说：

"经过大地震，我也是经历过生死的人，对世间很多东西看淡了。顾队呀，干脆你把小雨他们一家三口都接到高照吧。"

"什么意思？"

"你想啊，小雨去了高照当兵，你又把刘燕子老师接去，那平日里刘老师谁来照顾？你，还是小雨？即使你们想照顾，也得有时间不是，更何况何深也和刘燕子生活了几十年，他们俩也成事实婚姻了，你总不能生生把这两人分开吧？再说对刘燕子现在的生活习性，何深肯定比你我了解，他肯定比我们要照顾的好。另外，我和小苡到高照市去查刘老师的身份时，刘老师的姐姐刘菊秋就哭着告诉我，说刘老师的前夫在十年前就已经再婚，并且给刘老师已经销户了。所以说，干脆把他们一家三口都接过去，映川那里还有高照那边我想办法解决处理。"

顾小鳕听完王静山的话，心里又起了新的自责，他想真是世道人心啊，刘燕子老师的不幸，映照出了自己和盛鱼的爸爸盛博吉是一样的人。

这二十年来，虽然顾小鳕一刻都没忘记过盛鱼，却也在前支队长郑小勇遗孀余韵的安排下，和她的女儿余焰认真交往过。但在交往的过程中，顾小鳕发现，余焰只想过城市白领的平凡生活，她深谙市场经济里的人情世故，在消防验收中打擦边球，而顾小鳕却对她的这种行为疾恶如仇一般横加干预。余焰要求顾小鳕在不多的业余时间陪她儿女情长，顾小鳕却把这些时间用于钻研业务——汶川地震救援现场掀起的"橙色风暴"让政府看到了消防部队的力量。这以后，各级政府给消防队的器材配备都有了长足的进步。但面对这些新式武器，战友们都因为不熟悉而在警铃响起时继续操起老式武器。顾小鳕却对习惯势力说不，只要有闲暇，他就去仔细阅读那些新式装备的说明书、查看相关资料、进行实际操作，对中队配备的上百种特种器材装备的理化特性、性能参数、适应条件和操作方法都做到了然于心，如数家珍，并用简洁生动的语言，教会了战友们。针对城市越来越多的高楼火灾和地下火灾，他也主动编出了实用性很强的教案。

以上种种，都耽误了他和余焰谈情说爱的时间，更让余焰不能接受的是，顾小鳕将教案与革新方案都落了战友李界梁的名字，理由是家境贫寒的李界梁需要这些成绩来上军校改变家族的命运，而他不需要。顾小鳕的这些做法让余焰觉得不可理喻。最后，余焰让顾小鳕做出选择，她说：

"英雄不配有婚姻。因为婚姻世俗，而英雄脱俗；英雄被要求爱世人，在世间是金字塔尖得仰视的角度，而爱情里的角色只能爱一人，两人是平视的角度。"

顾小鳕否认自己想成为这种所谓的"英雄"，但也选择了放手，他认为盛鱼之后，世间再无懂他的人。此后，他更加心无旁骛地投入到工作中，逐渐成长为榜样式的人物，虽然他一直拒绝这个称号，也不愿做相关的报告。

和余焰分手后，他再也没有想过恋爱结婚这回事，他本以为自己算对得起盛鱼，对得起心中神圣的初恋，但听王静山这么一说，顾小鳕愧疚不已，盛博吉将刘燕子老师销户又再婚，自己不是也和余焰谈过恋爱么？虽说最后分了手，但这也只是五十步与百步之分。另外，这么多年来，他一直在心里认为自己家对盛鱼一家是有亏欠的，甚至可以说是有罪的，但他们又有什么行动"赎罪"呢？只是在心里想想罢了，盛博吉再婚以及刘燕子老师被销户的消息，还要千里之外的王静山来告知。

想到这里，顾小鳕落泪了，他紧握着王静山的手说了三个字：

"谢谢您！"

在征兵结束那天，王静山亲自开车，带着刘燕子、知识分子何深去了高照市。顾小鳕在母亲所住的幸福楼买了个小户型的二手房，让已经补上了户口的刘燕子老师和与她补办了结婚证的丈夫何深一起居住。

搬到幸福楼的那天，何深看着楼下被围墙围起来作为警示的定安楼废墟，惊呼道：

"地球他妈的还真是个圆的哦！转了一圈老子又回来了！"

三十

除夕夜，顾小鳕的爷爷顾兴洲仙逝了，享年九十一岁。耄耋之年，又是寿终正寝，顾如铁对他的勇、猛、刚、强四个哥哥说：

"咱爹最爱热闹了，办个九十一桌，热热闹闹把风光了一辈子的爹风风光光送上山！"

又自嘲道：

"搭帮那个狗屁记者，一家伙把我弄出了消防队，不然的话，公职人员不许大办喜丧，我还真被卡住了。"

顾兴洲是在春节联欢晚会上，王菲和那英的那首《岁月》的歌声中，结束他此生岁月的。

二十年前的春节联欢晚会上，王菲和那英也合唱过一首《相约1998》。那时候，顾小鳕还叫顾小雪，是一个即将进入高三的学生。那时候他就觉得小学班主任刘燕子老师的女儿盛鱼的声音，和王菲的声音非常相似，都是那种有金属簧片质地的声音。

也正是王菲的《相约1998》响彻神州大地的这一年夏天，顾小雪和盛鱼这对愣头青相恋了。岁月荏苒，岁月也无情，紧接着，这一年的冬天，高照大剧院的一把火，却让顾小鳕永远地失去了盛鱼。与此同时，他的母亲也毁容丢官判刑，父亲去职离婚名誉扫地，而他无心高考，为了心中虚幻的"救赎"，改名顾小鳕当兵入伍，这一干就是二十年。

二十年后，当王菲和那英又在电视机里的春节联欢晚会上合唱的时候，早已升为消防大队长的顾小鳕正带着手下在高照大市场附近巡查。

第一信号

The First Signal

巡查告一段落，他信步走到了与大市场毗邻的幸福楼楼下，母亲和继父黄天蓝，刘燕子老师和何深，都住在这里。他仰头看着幸福楼里一扇又一扇亮堂堂的窗口，心里也温暖和亮堂。他本想上楼去给他们两家辞岁，但这时候各家各户的窗口都飘出了同一首歌的声音，顾小鳕一听，就知道是王菲在唱。

他停下了脚步，站在楼下，听百来个王菲在各家的电视机里给他合唱这首歌：

"生活是个复杂的剧本，不改变我们生命的单纯。"

顾小鳕想到了盛鱼，他转过身，面向围墙围起来的定安楼废墟。十四年前，他被埋在定安楼废墟底下，多年没有出现的盛鱼的声音就在黑暗里出现，在他意识涣散濒临死亡的时刻出现。

泪水又爬出他的眼眶，他知道隔了二十年的岁月，这泪水不是难过，只是一种触动。几百个"王菲"还在幸福楼各家的电视机里为他合唱：

"感动不一定流泪，感情还一样率真。"

"我心中亮着一盏灯，你是让我看透天地那个人。"

顾小鳕的手机就在这个时候响了，手机那头，父亲顾如铁大声说：

"你爷爷走了，你马上请假回来！记得把你妈一起带回来！"

就挂了电话。

顾小鳕愣在那里。回过神来，他想他父亲其实给他出了个难题：第一，对于消防队来说，别人过年，消防队过关，何况自己是大队主官，肯定是不能离岗的；第二，母亲毁容之后，一直没再去过爷爷家，用母亲的话来说，就是无颜见江东父老，这时候突然去，躺在棺材里的爷爷不吓人，母亲的样子反倒把别人吓着了；第三，母亲和父亲已经离婚多年，又各自成家，何况顾如铁又还生了个女儿，爷爷那个家，早就没有母亲的位置了。

这么想着，他又把电话给父亲拨回去，却总是占线。他知道父亲肯定在四处通知人，也不气恼，只一直拨打。几分钟后打通了，顾小鳕便把他考虑到的三点说了。

哪知顾如铁在电话那头气得大声叫骂：

"你老子搞了几十年的消防，不晓得过年是过关啊！你爷爷，是你亲爷爷呢，能死几回？请个假会死人啊？你不请老子给你请！"

说完又挂断了电话，顾小鳕拨过去，又占线。他知道他爹说到做到，肯定在打支队长的电话替他请假。

他无奈地苦笑了一下，一边朝母亲屈大雪家里走去，一边继续拨打父亲的电话，这下拨通了，父亲在电话那头说：

"假给你请好了，快滚回来！另外，你妈妈来也要来，不来也得来，这是你爷爷临走的时候说的，是遗言，遗言无法修改。"

顾小鳕质疑道：

"我爷爷子子孙孙这么多，临终话都说不利索，会一个个地点名他百年之后要谁来？"

顾如铁在手机那头骂道：

"小子，你还怀疑老子！你爷爷说，他死了之后，上了他族谱家谱的人，一个都不能少，他会在天上看着呢！你妈妈是和我离婚了，但是她生了你，早就在族谱上记了呢！阳世上的那张离婚纸，祖先是不认的！"

说完又把电话挂了。

关于顾家族谱的事，顾小鳕也略知一二。定安楼事故之后，父亲带着梅丽贞回老家种果树，结果那年一个没结，快五十岁的梅丽贞倒是结了父亲顾如铁种下的果子。梅丽贞害羞不想要，父亲顾如铁却坚持要，他说：

"怕什么！生下来，生下来叫顾铜墙！"

梅丽贞说：

"万一是个女孩子呢？"

顾如铁说：

"女孩子也叫顾铜墙！"

梅丽贞还是不想生，她说：

"我生下来，到时候舅舅或者是姨比外甥还小呢，羞死了，不生！"

顾如铁拿出杀手锏：

"你没见我爹老念着当过副市长的屈大雪啊，他老怪我把上了族谱的人推出去，也不和他商量一声。你不生孩子，你就是和我打了结婚证，都上不了我家族谱，你不上我家族谱，我的那些先人还有我家的后人都不会认你，你就白嫁给我们顾家了。"

就是顾如铁的这句话打动了梅丽贞。第二年，她真的给顾如铁生了个女儿，顾如铁还真的坚持给这个粉嫩嫩的丫头取名顾铜墙。等顾铜墙长到十来岁，同学都笑话她的名字，她哭哭啼啼回来，让已呈老态的父亲给她改，谁知一向对她宠爱有加的父亲马上就板脸道：

"就叫顾铜墙，哪个都不许改！"

当顾小鳕把这件事告知母亲屈大雪时，屈大雪用那残破的手指掩着嘴笑了，说：

"他还真记仇，这口气憋了这么多年都没顺，也没把自己给憋坏。"

顾小鳕上楼给母亲转达了父亲的邀请，他本以为母亲会拒绝，哪知母亲很爽快地答应了，临走却没头没脑地说了三个字：

"不容易。"

也不知是说前公爹顾兴洲这一辈子不容易，还是说他临死还惦记着前儿媳不容易，抑或是说她自己克服重重困难，去见多年未见的"江东父老"不容易。

顾小鳕爷爷的丧事果真按顾如铁设想的那样，办得热热闹闹。彩条布搭起的帐篷从院子里一直搭到院子外的马路上，足足搭了半里路长；流水席每轮三十桌，开了三轮，从上午十点开到下午四点才开完。按照老规矩，不开追悼会，做道场，除了道士喊礼上祭的时间外，全交给高照市有名的笑星团队来主持。这一来就像进入冰火两重天一样，灵堂里哭声笑声交替进行，界限分明——当道士读祭文，一声：

"孝子磕头——"

底下上了族谱的顾兴洲的后人便白茫茫跪倒一片放声大哭，当祭文读完，笑星上来主持，这些刚刚哭过的，穿白衣戴白帽的孝子贤孙又笑得东倒西歪。

顾小鳕有点不适应，但顾如铁却很坦然道：

"就是这个样子，喜丧嘛！"

还有一点让顾小鳕不适应的是潘定安一家和父亲现在的这个小家的伦理关系。当他看到头发掉光、皱纹纵横的潘定安一口一声喊顾如铁"岳父老子"的时候，听到潘定安和梅朵兰的儿子一口一声喊比他还小的顾铜墙"姨"的时候，顾小鳕的胳膊上就会起一层鸡皮疙瘩。

顾小鳕很久没有见到潘定安了，他听说潘定安给烈士家属和记者以及那些住户赔偿了许多钱，当然顾小鳕是没有申请赔偿的。另外，潘定安出狱之后，因为建的房子被人怀疑有质量问题，他的公司也亏了不少钱。再后来，潘定安转型了，以妻子梅朵兰为法人代表，开了一家农药厂，这下可把本来就乐观的高照市民乐坏了，他们都说：

"他潘定安造假惯了，农药也会造假。别的造假是谋财害命，农药造假会救人命，当想不开的人喝农药喝不死，就救了命嘛。就是没人喝他的农药，假农药打到菜上头，也不会杀死虫子嘛，虫子不也是一条命？也不会让人慢性中毒嘛，岂不是给自己做功德？所以农药厂开对了！"

开农药厂的潘定安在顾兴洲的灵堂上碰到了消防大队长顾小鳕反倒不别扭，他一分钟前刚拍着顾如铁的肩膀叫了"岳父老子"，转身又拍着顾小鳕的肩膀叫"干儿子"，叫的那个顺畅，让顾小鳕心里直打结。

顾小鳕心里打结，爷爷灵堂外，挂在楠竹上，预示后人生死祸福的"孝幡"也在北风里不断打结。

爷爷出殡后，道士取下打了结的"孝幡"一看，眉头也打了一个结。他把顾兴洲的勇、猛、刚、强、如铁五个儿子叫到堂屋里，沉重地说：

"看样子今年之内，孙子辈里他老人家还会要带走一个人呐！"

这话后来顾兴洲的孙子们都传到了，屈大雪对儿子说：

"带谁走也不会带你，他那些孙子，除了你，哪个不是他带大的？"

又说：

"你都是死过一回的人了,大难不死必有后福,你安心过好自己的生活就是。"

　　谁知半年之后,顾小鳕还真的再次赴死。

　　这一年的夏天,一个与圣母同名的台风"玛丽亚"和世界杯一起,来到了中国的高照市,使得高照市普降暴雨。

　　与前几次下雨不同,此次暴雨强度大,持续时间长,来势更为猛烈,导致高照市境内局部地区河水猛涨,山洪暴发,特别是高照市下辖的龙尾县,也就是顾小鳕的老家那个县的灾情尤为惨重。一时间山洪肆虐,房屋倒塌,三百多名群众被洪水围困,面临着灭顶之灾。

　　七月十日凌晨一时十四分,顾小鳕所在的消防大队接到报警,龙尾县龙须镇龙鳞村小学有人员被困。接到命令后,值班首长顾小鳕放心不下,甚至来不及带上自己的降压药,就急急地出了家门,带领包括小广州、李界梁、何小雨在内的十二名官兵组成的抗洪抢险突击队,顶着暴雨和浓雾向重灾区龙须镇急驶而去。

　　铁青的黑夜被闪电一鞭又一鞭地抽着,像世界杯开幕式上俄罗斯队对沙特的狂轰滥炸,倾盆大雨也直泻不停,像那些球员掉在绿茵场的一线线汗水。

　　通往龙鳞、凤羽、鸡公三村的公路被洪水淹没,公路左边的庄稼遭受洪水的灭顶,公路右边,小河涨满,洪水淹着消防车的车轮。黑夜中,顾小鳕睁大眼睛,也分不清路在何处。

　　为了以最快的速度营救被困群众,顾小鳕没有犹豫,他果断决定,让消防车停在路边,自己带领官兵们在村民的指引下,绕道,翻山越岭赶往龙鳞村。

　　天黑、路滑、雨大、雾浓,加上通往龙鳞村的山路接连出现塌方,山坡上的洪水从上漫下,淹没山路,没过脚背,同样分不出路在哪里。

　　电闪雷鸣间,只有他们头盔上那一盏盏小小的强光灯划破黑夜和浓雾,在风雨中指引他们沉缓坚决的前行。顾小鳕不时鼓励身边的几个新战士,自己不慎摔了好几跤,左腿扭伤,行走困难,但他强忍着剧痛,坚持以最快的速度率领突击队员第一时间赶到灾区。

眼前的一幕让人揪心,山上的防洪堤被洪水冲垮,整个村子一片汪洋,洪水仍然在急速上涨,四处传来群众的哭声、喊声和呼救声,还有很多人家尚在睡梦中,对即将到来的困境一无所知。

顾小鳕对他的队员说:

"速度!一定要赶在洪水之前!"

顾小鳕当即部署展开救援行动,他把突击队分成两组:一组负责逐户敲门,疏散转移群众,背、抬老人、病人和小孩;另一组负责组织被困群众向附近安全地带和山坡高地迅速疏散转移,并迅速向高照市消防支队全勤指挥部报告灾情。

汇报完毕,顾小鳕再次向队员指示:

"先看地势低的房屋,要快!"

他带领救援队员在岸边坚固处系牢安全绳,淌着齐腰深的洪水,开始对水淹区房屋进行挨家挨户搜寻。找不着坚固点,他就让何小雨和李界梁站在高处,把绳子系在他们身上,自己用棍子探路,摸索着在水中前行,靠近低处的一处处房屋。

就这样,顾小鳕带领官兵一户户搜索、营救。由于长时间在洪水中浸泡,顾小鳕两腿不听使唤,几次昏倒,但他咬紧牙关,连续作战。

七月十一日清晨,天渐渐亮起来,雨也停住了。肆虐了一夜的洪水也偃旗息鼓了。顾小鳕觉得这洪水真像这个县的名字——龙尾,倏忽之间,在云里一闪,来得快也去得快。

龙鳞村经历洪水一夜的摧残,已是面目全非,惨不忍睹。上午九点二十分,高照市消防支队支队长毛羽乘支队通讯指挥车赶到现场,看到顾小鳕一瘸一拐地在一线沉着镇定地指挥救援战斗,他要顾小鳕上指挥车休息一下,顾小鳕却摇摇头,连说没事。

上午十点,县政府副县长分别带领相关部门负责人进驻重灾区,指挥解救被围困的群众,疏散沿河群众,开展生产自救和恢复重建工作。因为洪水的冲击,有的房屋成了危房,不能再进住。有的村民急于想挽回一些财产损失，就冒险进屋。为确保所有群众及时脱险，顾小鳕又组织人员对水淹过的房屋进行第二次挨家挨户的搜寻。

中午快两点的时候，顾小鳕带领消防官兵终于将三百一十九名被困群众安全疏散转移。当顾小鳕坚持着向高照市龙尾县领导汇报救援情况的时候，他的行走已经很是吃力。当他拖着沉重的双腿走过去，抬起左腿想爬上河边那只有几厘米高的台阶，却一直不能站上去。

毛羽看见，急步走过来，拉着他的手心疼地说：

"不是地震那时候的年龄啦！我来扶你吧。"

一群记者这时候都围了过来，顾小鳕在记者群里发现了阮眉。

潘定安判刑之后，被定安楼砸得高位截瘫的欧阳至尊如愿得到了相应的赔偿，他也被评为那一年的"十佳"记者，在北京接受了颁奖。此后不久，阮眉调入了高照市电视台，现在，她便是以高照市电视台首席记者的身份来报道二十年不遇的洪灾。

高照市的媒体都知道了消防支队有个叫顾小鳕的警官从不接受采访，这一来，顾小鳕反倒比那些经常接受采访的英模人物更长久地被人谈起。知道内情的人往往发出一声叹息，不知道内情的人，说得就难听了，有说他"忸怩作态"的，有说他"故作清高"的，还有人居然连"砸坏了脑子"的话都说出来了。

对这些评论，顾小鳕一律一笑置之。

现在，见记者们背着长枪短炮围拢过来，顾小鳕拍了拍被战友们戏称为"御用新闻官"的小广州的肩膀，低声说：

"上。"

小广州就心领神会地朝记者们走过去，顾小鳕则转身又走向了河滩，这时，他才感到胃里已经空空如也，头也昏痛得像顶了一口沉重的大铁锅。

直到下午三点，当地老百姓才给参战官兵送来了方便面，在洪水冲刷过的河堤旁，顾小鳕和战友们也才吃了这顿特殊的午餐。

顾小鳕对身边的何小雨说：

"这是我这辈子觉得最好吃的方便面"。

正吃着,上面的指示又传来,附近的龙头山发生了山洪暴发,要求他们火速赶去救援。

龙头山就是顾小鳕的爷爷顾兴洲的埋骨之地。顾小鳕心里掠过一丝不安,他想起爷爷过世时那个道士的预言。

他在何小雨的又扶又推之下,艰难地登上了消防车。一坐上车,顾小鳕便觉得天旋地转,他这才意识到,定安楼坍塌事故在他身上遗留的高血压犯了,而这两天因为太忙的缘故,他都没有吃降压药,更没有带在身上。坐在他旁边的何小雨看到大队长一脸的难受,便劝道:

"顾队,你休息一下,到地方了我叫你。"

车开到半路,却见去往龙头山的路断了,消防车开不过去,司机扭过头来请示:

"顾队,怎么办?"

同时也打着盹的何小雨这时被司机的声音惊醒,他一转头,才发现顾小鳕已经不省人事。

又窄又烂的河堤上,消防车不能掉头,司机急得直喊:

"怎么办啊?我都不会开了,我手抖得厉害!"

定安楼的坍塌事故让顾小鳕落下肾病和高血压的后遗症,关于这点,何小雨是知道的,这时他果断地对司机说:

"只怕我跑还快些。"

泥泞的河堤上,何小雨背着顾小鳕飞奔起来,速度比河里咆哮的洪水跑得还快。

当何小雨背着顾小鳕跑到毛羽当初扶了一把顾小鳕的地方,他惊喜地发现,还有一辆新闻采访车在掉头,正准备离去。

何小雨的双腿已经从沉重跑到麻木,这时他仍然下意识地加快速度,一边喊:

"救命啊——"

这辆新闻采访车便是阮眉带来的高照市电视台的车,车内的阮眉闻声按下车窗，她看到了昏迷的顾小鳕。

阮眉赶忙下车，喊司机一起，将顾小鳕抬上车，又欲将瘫倒在地的何小雨拖上车，何小雨摆摆手，说：

"别管我，你们快去。"

何小雨的记忆一下子回到了父亲被抓的那一年，同样的暴雨倾盆，他和奶奶、妈妈一起出了车祸，受伤的妈妈背着已经死去的奶奶，同时还紧紧地搂着自己，朝着她未知的一个目的地，跑、走、爬，直到她累得瘫倒在公路旁。

顾小鳕最终没有牺牲，医生说，再晚来几分钟，他的性命就没了。但顾小鳕也没有被彻底被救活，高血压引起的脑溢血，让他变成了植物人。

毛羽赶到医院，对曾经治疗过周子马的留美博士说：

"请你对接国际上最先进的医疗力量，让他尽快醒过来，他是我们的骄傲！"

又对他特意带过来的，已经完全恢复正常的周子马说：

"请你尽心照顾他，唤醒他，就像当年他对你一样，他是你的兄弟。"

就在毛羽到医院看望顾小鳕的第二天，高照市所在的省消防总队换了牌子，变成了"省应急救援总队"。

换牌仪式安排与顾小鳕的先进事迹报告会一起开。报告会上，来宣讲他的人大多是他的战友、领导，只有两个身份特殊的人，一个叫水熠熠，另一个是屈大雪。

水熠熠是来自四川的一个残疾姑娘，十年前，她在地震废墟里被顾小鳕以"电锯偏为手术刀，施救无奈先伤害"的特殊方式救下一命，她这时刚刚拿到四川音乐学院的录取通知书。

水熠熠能够进川音，与她那个业余词曲作者的警察父亲水火生分不开——水熠熠在父亲的影响下，对音乐一直有着深深的热爱。大地震之前，她已经学了三年的钢琴演奏，大地震的时候，她失去了双脚，此后便改拉小提琴，且把更多的精力用于向父亲学习词曲的创作，父女俩互相唱和，常常不知夜之已深。十三年前，水火生亲自审问涉嫌强奸罪的何深。那天审问何深时,何深反问他有没有看过开荷花,这连珠炮式的诘问,启发了他的音乐创作灵感,那日回家之后,他便打下歌词的草稿,但一放就是十多年。直到何深出狱后,他又带人去抓涉嫌杀人的疯女人刘燕子,最后发现错抓之后,了解到了刘燕子的身世,他找出了那个词稿本,竟然找到了十三年前的那首歌词。他将刘燕子母子情深的故事讲给了女儿水熠熠听,父女俩的灵感顿时如云母峰下断了复重流的三叠泉那般飞溅。水熠熠给父亲十三年前的歌词加了最后六句,又父女联手连夜谱下了曲:

你见过开荷花吗

软的一瓣

你见过开荷花吗

香的一叹

她就开了嘛

蕊就欢了嘛

她颤,她颤,她颤

你见过开荷花吗

风的呐喊

你见过开荷花吗

蜂的纠缠

我就来了嘛

蕊就欢了嘛

我颤,我颤,我颤

你来自黑黑的泥浆

散发疯狂致命的馨香

你结出白白的莲子

苦根一线深深包藏

我的荷花
　　我的姑娘

　　这首歌创作完毕，水火生隐去了自己的名字，单独署上水熠熠的名，发表在音乐杂志上，有乐评人说这是继周敦颐的《爱莲说》之后，最生机勃勃的赞美荷花的文辞。紧接着，这首轻摇滚的歌曲被一个年届而立的高照市的摇滚歌手王子阳发现，他在自己的音乐工作室编曲之后，以此参加了一个有名的音乐选秀节目。水熠熠也因此而出名，被川音破格录取。

　　摇滚歌手王子阳便是顾小鳕的高中数学老师王一川的儿子，二十年前的高照大剧院，他和盛鱼同台主持，后来剧院失火，火灾中，他被顾小鳕的母亲屈大雪奋力一推，躲开那团飞火，之后他又抓着教育局长宋华平的衣服，成功逃离火场。二十年后，他接待了水熠熠，他知道她是来给屈大雪那已经变成了植物人的儿子做报告的。

　　水熠熠是由父亲水火生陪同而来的，报告会后，三个音乐人在青松广场摆起了路演，开场歌曲和结尾歌曲，都是这一首《苦荷花乐荷花》。

　　路演完毕，他们仨在刻有"盛鱼"名字的青松树干上，挂上条条洁白的哈达。风吹过，翻飞的哈达像雪白的婚纱，裙裾飘飘。他们仨看着飘飞的盛鱼的"裙裾"，齐声说：

　　"相见快乐！"

　　在"换牌仪式暨顾小鳕先进事迹报告会"上，顾小鳕的母亲，高照市前副市长，高照大剧院火灾里的罪人和伤者——屈大雪，终于面对记者那闪烁不停的镁光灯走到了台前，向人们讲述了消防战士顾小鳕的故事。

　　而报告会结束之后，她却主动找到了阮眉，那个二十年前费尽心力才采访到她的女记者，向她讲述了更为详细、真挚的，她屈大雪的儿子顾小鳕的故事。

　　二十年的恩怨一笔勾销，阮眉结合自己的遭遇，以屈大雪一家的命运为主线，虚构了一本长篇小说。小说初稿出来之后，她在递交出版社的同时，也打印了一份送给了屈大雪。此后，屈大雪便日日在顾小鳕的耳畔读这些文字。很多篇章让她读得涕泪交加，抱着儿子直哭得嗓子发不出声音；

读第二遍的时候,她也几次喉头哽咽,却不再落泪;再往后,她常常读着读着,就陷入了深深的回忆,好久没了声音。这个时候,她觉得自己是在读别人的故事,就像她无法把媒体称为"英雄"的顾小鳕跟眼前的儿子对上号。对前夫顾如铁,她像个老熟人一样和他交谈,内心却波澜不惊,而前一刻,她还因为书里所写的自己狠心离开他的情节而揪心。

如此自夏入秋,又经秋历冬,她由读变成了背,再到自主添加,那些没有对阮眉讲出的隐私细节,她都在儿子的病房里喃喃讲出。在她那唯一没被大火伤害的好声音里,窗外密集的银杏树叶也由青转黄,再逐渐凋落。窗口正对着的人行天桥上挂着的一行标语,先是露出了"人民"俩字,后又露出"向往"和"目标",直到黄叶落尽,"人民对美好生活的向往,就是我们的奋斗目标"才完整呈现。

又一个跨年夜,脱下了军装的总队长毛羽,穿着一身火焰蓝的新制服,带着何小雨和周子马等人赶到病房,给顾小鳕举行了简单的换装仪式,但屈大雪执意要等顾小鳕醒来再给他穿上。

及至春分日,阮眉来看顾小鳕。阮眉告诉屈大雪,这部长篇小说的名字一直没想好,她抚摸着挂在墙上的那套火焰蓝新制服,轻声道:

"我们的这本书,叫'火焰蓝',如何?"

那时屈大雪正轻抚儿子的面颊,白皙的脸和几根焦黑残破的手指,像雪地上露出的几截枯枝。她从"白雪枯枝"上抬眼,望向了人行天桥上的那行标语,脱口而出:

"叫《第一信号》吧。"

又抬手指了指那一行标语:

"党和政府把人民的需要作为奋斗目标,其间传递的就是执政为民的第一信号。执政为民,是需要各级执政者跟人性弱点,跟天灾人祸作斗争的,没那么容易,像我儿子他们,不都是泥里水里,血里火里蹚过来的吗?"

屈大雪声音越来越高,好像在广场上激情演讲。

一滴眼泪自顾小鳕的眼角滑落,流到屈大雪停留在他面颊上的手指上,屈大雪本能地抬手一看,"呀"的一声惊呼……